U0618618

王筠 著

长津湖

北京出版集团
北京十月文艺出版社

信仰犹如一盏指路的明灯，照耀着我们的归乡之路。

——作者手记

目录

第一章

1

车到天津，吴铁锤八百人的前卫营才真正搞清了自己的去向。他们这个部队不是要去东南方向的沿海打台湾，而是要去东北方向的朝鲜跟美国鬼子作战。

火车经过了又一个整夜的行驶之后，在天明时分开进天津车站。这个普普通通的早晨在吴铁锤以后的日子里将会有着挥之不去的印痕。

机车喷吐着浓浓的蒸汽，慢慢停靠在站台上。部队需要吃饭，车头需要加水加煤，所以按计划停车时间会相对长一点。

当这列长长的闷罐子军列伴随着咣当咣当的节奏驶进车站之后，冷清而又寂静的站台上顿时热闹起来。大喇叭开始播放雄壮的乐曲，播音员声音洪亮慷慨激昂，远远近近的几台锣鼓骤然而起，一片一片的口号声猛然间此起彼伏。车上的人都被吵醒了，他们不知道发生了什么事，纷纷打开窗户，奔向车门。

满眼一片标语的海洋。

车站两面的墙上，站牌上，电灯杆子上，配电箱、工具房的屋顶上，到处都是红红绿绿的标语。从昏昏沉沉的夜晚晄当过来，许多人还是睡眼蒙胧，当他们揉了揉眼睛后，才看清上面写着“抗美援朝，保家卫国”“响应党中央毛主席号召，支援朝鲜人民正义斗争”“打败美帝国主义及其一切反动派”“向英雄的中国人民志愿军学习致敬”一类的字眼。喇叭里播放着的是中央各民主党派告全国同胞的宣言，铿锵有力的声音正声讨着美帝国主义的滔天罪行，拥护中共中央抗美援朝保家卫国的英明决定。

所有的人都惊住了。神神秘秘那么些日子，原来是要他们开拔到朝鲜去，他们成了“志愿军”，要去打从未见过面的美国人。

吴铁锤正躺在铺板上睡大觉。外面的喧嚣和部队的惊嚷有一会儿影响了他的睡眠，当他搞清了事情的原委后，并没有表现出丝毫的惊奇。吴铁锤没有起来，只是翻了个身，继续睡他的大觉。

“营长，营长！”

通信员李大个肩膀上扛着中正式步枪，一边喊着，一边从敞开的车门爬上来，连滚带爬地来到吴铁锤旁边，动作相当麻利。

吴铁锤装作听不见。李大个喊了几声看没有动静，只好用手来推吴铁锤的肩膀。这一推，把吴铁锤惹火了。

“穷叫唤什么穷叫唤？”

吴铁锤翻身起来，一只手撑着闷罐子车厢的铺板，眼睛瞪得溜圆：“狗跳墙了？火上房了？还是谁家祖坟被挖了？”

李大个并不害怕，小眼睛眨巴着：“比这个要得！你晓得我们往哪开吗？格老子，朝鲜！”

吴铁锤摆了摆手：“有什么大惊小怪的？不就是朝鲜吗？我到现在还没有去过一个外国，正好去看看。”

李大个的眼睛瞪圆了：“抗美援朝，打美国佬龟儿子！”

吴铁锤不想跟他纠缠，朝车厢里面扬了扬下巴，哈欠连天地说：“还用你龟儿子告诉我？我和教导员早就猜到了。”

李大个顺着吴铁锤扬起的下巴看过去，见教导员欧阳云逸此刻正倚在车厢上，神情专注地用一方手绢擦拭着自己的近视眼镜，秀气的脸庞上是一副不动声色的神态。

吴铁锤还想要继续睡自己的大觉，同车厢的人却都呼呼啦啦爬了回来。白白净净的司号员陈阿毛脸上带着满足的笑意，回到车厢的角落里以后就把一个方方正正的紫黑色的木头匣子抱在了怀里。小个子机炮连曹连长摩擦着两手，显得有些激动，说了好几个“好”，说这回去朝鲜打美国鬼子，不仅可以给朝鲜人民出口气，打败美帝野心狼图谋中国的狼子野心，也能趁机搞点美国武器回来，毕竟占他们机炮连绝大多数的日式装备比起美国货来还是要逊色不少。

大个子机枪班班长孙友壮粗壮的胳膊挥来挥去的，大嗓门喊出的浓厚沂蒙山乡音在闷罐子车厢中回荡：

“俺的娘！这下可好，去朝鲜，打美国鬼子！俺说怎么觉着这两天俺这个左眼皮光跳呢，左眼跳财，右眼跳灾，原来要发美国财呢！”

欧阳云逸皱了皱眉头：“发什么财发财？抗美援朝保家卫国，国际主义义务，你以为是去捡洋落吗？”

孙友壮嘿嘿地笑了：“当然首先要完成国际主义义务，不过俺寻思着俺们连长说得也有道理，跟美国鬼子干一仗，肯定能改善改善装备。”

小个子曹连长看了看欧阳云逸的脸色，没有接孙友壮的话茬。

陈阿毛抱着怀里的木头匣子说：“这一回打美国鬼子，营长你这个传家宝要有用武之地了。”

吴铁锤晃了晃脑袋：“那还用说！我这个宝贝，小日本听过，国民党听过，这回让美国佬也听听。一句话，够他喝一壶的。”

老王头王三刚去敞篷车厢看了看他的高大骡子“大清花”以及其他的十几匹骡马，回来后就蹲在车厢门口吧嗒着长长的旱烟袋，饱经沧桑的黝黑的脸庞上毫无表情。

营部粮秣员吴一六在车厢里走来走去，在突然而至的重大事件之前显得有些六神无主。

“有点紧张，”他看看吴铁锤，又看看欧阳云逸说，“有点紧张，我一点准备也没有。”

欧阳云逸戴上擦好的眼镜："上级有上级的安排，到了朝鲜，不会让你这个粮草官两手空空的。"

吴一六还是直挠头："早知道这样，我也弄两筐馒头放车上。"

"两筐馒头有个屁用？"吴铁锤瞪了他一眼，"去朝鲜打美国鬼子，你就用馒头打发我？"

吴一六小心地说："那要准备些什么，营长？"

吴铁锤从铺板上爬起来，一双大手抹了抹胡子拉碴的脸。这个觉是睡不成了，与其在车厢里听他们穷叨叨，还不如到站台上去走走。

"你呀，"他对吴一六说，"起码也得给老子弄碗红烧肉来！"

吴铁锤从车厢门口跳到了站台上，李大个紧随其后也跳了下来。

远远近近的都是他这个部队的战士。在热热闹闹的锣鼓和红红绿绿的标语的海洋中，差不多人人都是有说有笑。两个字，兴奋。

车厢尾部传来一阵阵女同志叽叽喳喳的话语及夸张的笑声，即便是在嘈杂的人群中也能够轻易分辨出来。吴铁锤知道那是师医院的一帮人，前天半夜在兖州车站装车起运的时候，他曾碰到过这帮人。

2

就在刚刚过去的昨天，一切还是那么神秘莫测。

夜半时分，吴铁锤八百人的部队已经登车完毕，他和欧阳云逸坐在若明若暗的马灯灯光下，等待着军列开动。可是等了一大会儿，火车还是没有动静。吴铁锤坐不住了，他要下去看看。

欧阳云逸说："你下去干什么？这么黑的天，你也看不到什么，火车开了你上不来反而坏事。"吴铁锤说："我不上来它敢开吗？就去侦察一下，一会儿就回来。"

吴铁锤带着李大个顺着闷罐子车厢往后走。远远近近的站台上都是一趟一趟的闷罐子军列，黑压压的一大片。机车车头喷吐着蒸汽，有节奏的哧哧声在暗夜中听起来非常真切。友邻部队还在登车，站台内外人声鼎沸，骡马嘶鸣。

还没走到车尾，吴铁锤远远地就听到前面传过来一阵叽叽喳喳的女人说话声。吴铁锤有点纳闷，深更半夜的，怎么还来了女同志呢?

到了后面，正看到铁路工人把一节闷罐子车厢挂在他们这个军列上，一大群人忙忙乎乎地搬东西装车。女人说话本来声音就大，尤其是在夜间，吵吵嚷嚷，就愈发地响亮。站台上堆着不少箱箱罐罐，吴铁锤发现她们虽然忙忙乎乎的，但是效率并不很高。

吴铁锤走到一个很壮实的女同志面前，问道："同志，你们哪个单位的？"

这人用了一口山东话回答他："俺师医院的。"

"师医院？"吴铁锤说，"师医院怎么跑到我们这来了？"

这个女同志说："俺也不知道，开始让俺们上那边的车，上着上着上不去了，又让俺来这边上。"

吴铁锤想起一个人："你认识欧阳云梅吗？"

"认识啊，"女同志说，"俺俩一块的，她在那边，俺给你喊啊。"

吴铁锤也就是随便问问，没想到这个女同志这么热情。他刚要拦住她，可是这个女同志的宽大嗓门已经嘹亮地响了起来。"欧阳云梅，欧阳云梅！"她冲一堆人喊着。人声嘈杂，喊了两嗓子没有应声的，她就叫吴铁锤等着，自己则转身向那堆人走去。

吴铁锤走也不是，不走也不是，心里想这个人还真是实在。李大个说这个女的看起来有点面熟，一定在哪里见过。吴铁锤问是谁，李大个说好像是师医院的护士，叫李什么兰。

不一会儿从人群中跑出个人来，"谁找我？"她大声地喊着，音量上丝毫不亚于刚才那个女的。跑到吴铁锤和李大个跟前，她直勾勾地看着黑暗中这一高一矮的两个人，说了一句上海话：

"侬找我？"

"欧阳云梅？"吴铁锤问道。

"侬是谁呀？"

“我，吴铁锤！”

欧阳云梅笑了，声音很大。“吴铁锤呀，我当谁呢！”她说，“黑灯瞎火的，阿拉看不到侬的。”

吴铁锤冲她竖起一个巴掌：“打住，你还是讲我能懂的话，别阿拉阿拉的，我头晕。”

欧阳云梅又大声地笑了笑：“你怎么跑到我们这来了？”

吴铁锤说：“什么叫跑到你们这来了？是你们跑到我们这个地方来了！”

“我们一个车啊？”欧阳云梅的声音里带着明显的惊喜。

吴铁锤指了指长长的闷罐子军列：“我这个营都在上边，你拴在我们屁股后头呢。”

欧阳云梅拍了几下巴掌，说她没想到会碰到吴铁锤他们。吴铁锤说碰到你们就是个慢，磨磨蹭蹭的，什么时候能装完？我们八百人都等着呢。欧阳云梅说就快了，本来是在别的车上，装不下，又临时调到这边，吴营长要是能帮忙的话，那就更快了。吴铁锤二话不说，叫李大个通知机炮连曹连长马上派一个班过来。机炮连连部及其部分人员和吴铁锤的营部混装在一节闷罐子车厢，吴铁锤一下子就想到了机炮连。

李大个一溜小跑消失在黑暗中。吴铁锤问欧阳云梅刚才那个女的是谁，欧阳云梅说哪个女的？就喊我的那个？孩他娘，我们师医院孩他娘，李桂兰。

吴铁锤后来才知道，“孩他娘”是师医院的一帮女人给这个实实在在的山东人李桂兰起的外号，至于为什么叫她“孩他娘”，他一直也没有搞得很清。

远近的灯光都很暗淡，吴铁锤也不能看清欧阳云梅的样子，觉得还是过去的那个印象，大大咧咧风风火火的，与她的哥哥欧阳云逸是截然不同。

吴铁锤对欧阳云梅说：“你哥欧阳云逸就在前面的闷罐子车厢里，你可以去看看你哥。”欧阳云梅说：“我才不去看他，每次去都挨批评，好像欠他二百吊钱。”她问吴铁锤部队是往哪开，是不是回上海然后去台湾。吴铁锤沉默了一下，说他也弄不准，都是按着上级的命令，让去哪就去哪，到时候就知道了。

他们说话的工夫又过来一个女同志，走到欧阳云梅跟前，轻声轻语地说：“你在这呢欧阳姐，我到处找你。”

“碰到个熟人，”欧阳云梅亮亮地说，“吴铁锤，侬晓得的。”又对吴铁锤介绍道：“蓝晓萍，师文工队的。”

“是吴营长啊，侬好。”蓝晓萍依然轻声轻语地说道。

吴铁锤跟她打了招呼，心想怪了，黑灯瞎火的，碰到的还都是熟人。他认得这个蓝晓萍，还是在江南的时候，有一次欧阳云梅来看他的哥哥欧阳云逸，就带着这个蓝晓萍，他还让粮秣员吴一六杀了鸭子招待她们。他印象里这是一个文文静静的江南女子。

欧阳云梅告诉吴铁锤，师文工队解散了，人员都充实到了师医院，蓝晓萍正好分在她这个治疗队。吴铁锤心里想看来确实要有大动静，连师文工队都解散了。

蓝晓萍问吴铁锤：“你们营都在这个车上吗？”

“这是我们营的专列。”吴铁锤回答道，“我们欧阳教导员就在前面的车厢里。”

欧阳云梅扒着蓝晓萍的耳朵说了一句什么悄悄话，蓝晓萍要用拳头打她，欧阳云梅笑着躲开了。

两个人的举动让吴铁锤感觉出她们之间的秘密，但是他也没有多想。女人嘛，大概都是这样。

机炮连曹连长派了孙友壮的机枪班前来帮忙装车，孙友壮在这里也碰着了熟人，就是师医院的李桂兰，他的沂蒙山老乡。两个人都很高兴，说没想到黑更半夜的，他们能在一列闷罐子车上。李桂兰问孙友壮知不知道往哪走，孙友壮说不知道，保着密呢。李桂兰说早知道走得这样急，前几天应该买些煎饼好预备着路上吃。孙友壮说孔老二家乡的煎饼不好，没有沂蒙山的煎饼筋道。李桂兰说再不好也是山东的煎饼，离开了山东，怕是就再也吃不着了。

不一会儿又有一辆机车推着一节客车车厢挂在专列的后尾，这节客车车厢的门口和站台上都布上了哨兵。吴铁锤觉得有问题，客车车厢，显然说明有领导前来，恐怕还会是不小的领导。既然过来了，就索性弄个明白。

吴铁锤说他是营长，是这个列车的指挥员。哨兵没有拦他，看着他身背二十响驳壳枪径直登上车去。

车厢里烟雾弥漫，一伙人正围在一起低头弯腰看着地图。中间有过道，两旁是一排一排的木头椅子，车顶上挂着几盏马灯。靠最后头的地方安着一个烧煤的炉子，铁皮烟筒直直地通向车外。

“报告！”

吴铁锤对几个低头弯腰的人打着敬礼。

这几个人抬起头来。吴铁锤看清了，一个是他们团的政委张之白，一个是师参谋长范书宝，而靠窗口坐着的两个人，一个是师长黄天柱，一个是师政委向修远。夜里很凉，几个人都把土黄色的日本军用大衣披在肩头上。

吴铁锤一见是师领导，灵机一动，又喊了一嗓子：

“报告师长政委，营长吴铁锤前来报到！”

黄天柱说：“你不好好带部队，跑到这来干什么？”

“我来侦察侦察，不是，我来看看领导们有什么指示没有……我们一个车呢，我总得要过来看看。”

黄天柱说：“没什么好看的，给我管好你的人，看好你的门，别给我跑肚拉稀就好。”

吴铁锤说：“是，一定带好部队，绝不跑肚拉稀！”

张之白问他：“部队都上车了？”

“都上车了，就等着领导们一声令下开拔了。”

向修远这时候说：“部队情绪怎么样啊？大家有没有什么反应？”

吴铁锤回答道：“部队情绪很好，反应嘛，就一条，不知道往哪开、去打谁。”

向修远笑了：“还能打谁？都是反动派嘛，打哪个反动派都是将革命进行到底。”

吴铁锤说：“对，打倒反动派，将革命进行到底。”

范书宝看着吴铁锤，有点严肃地说道：“不要瞎想瞎琢磨犯自由主义，部队就是正常的调动训练。”

吴铁锤说：“谁犯自由主义了？就是随便说说。”

范书宝有点不高兴。黄天柱从木头椅子上站起来，把大衣在肩头耸耸，对吴铁锤说：

“一个优秀的基层指挥员，除了顽强的战斗意志战斗精神，眼睛里要有敌情，肚子里要有胆量，脑子里要有办法。你给我说说，你脑子里现在想的什么？”

部队的任务可能会有重大的变化，可能会取消原来的攻台计划而去朝鲜，这是这些日子吴铁锤和欧阳云逸私下里的一致看法。但是上级没有明确，他们就不能犯自由主义。吴铁锤把大盖帽摘下，挠了挠短短的头发楂子说：

“不瞒师长，我现在想的是从哪里弄一些棉帽棉鞋棉大衣，我小时候听说过那个地方冷得很。”

他本来是想说“朝鲜那个地方冷得很”，可是一想还是别惹事，范参谋长已经有感觉了，话到嘴边，把朝鲜两个字去掉了。

黄天柱和向修远交换了一下眼色，既没有肯定也没有否定吴铁锤的回答是不是正确。入朝参战对部队虽然还处在保密状态，但是一个优秀的基层指挥员应当能够从细微之处敏感地意识到事态的发展变化，从而把握住主动。吴铁锤做到了这一点，从他的身上，体现了一个优秀指挥员应该具备的素质。

黄天柱用满意并且多少带着点欣赏的目光看了一下吴铁锤，对他说道：

“不用担心棉帽子棉鞋棉大衣，该发的时候自然会发给你。你们现在的任务是看好部队，保证思想稳定，保证途中安全，到时候一声令下，你冲得上山头，守得住阵地就算完成任务。”

吴铁锤说这个没问题，他们这个营保证完成任务，不管是什么样的任务。他给师团领导们敬了礼，回到营部所在的闷罐子。欧阳云逸一直在等着他回来，问他怎么去了这么长时间。吴铁锤趴在他的肩膀头上，嘴巴对着他的耳朵，神神秘秘地说了四句话。一是师长政委就在客车上，那是师里的临时指挥部；二是让他们两个猜着了，部队入朝作战已经板上钉钉；三是师医院拴在他们腚后头呢，吵吵嚷嚷一大群子人；四是他看到欧阳云梅了，另外还有个女的。欧阳云逸问谁呀？

“蓝晓萍，侬晓得的。”吴铁锤学着上海话的腔调回答道。

3

太阳挂在东天的时候，他们的闷罐子军列已经开出了很远的距离。

在孙友壮的想象中，列车肯定是在向南方行进，因为他们这个部队担负的是解放台湾的任务，在兖州一带整训完毕，部队肯定还是要回到南方。可是随着太阳的升起，他感觉到事情有些不太对头。

一般来说部队的干部战士都具备着一些简单的依照地形地貌判断方位的技能，根据太阳升起的角度，能够判断出东西南北；根据房屋的朝向，能够判断出哪是南哪是北；根据星月的位置以及沟坡、坟头、树木的年轮等等，也能判断出大致的方向。行军打仗，这是一个基本的能力。此时的太阳高挂在东南，而火车却在向相反的方向行进，所以能够很轻易地就看出来他们正在往北而不是向南开拔。

孙友壮躺在闷罐子车厢的上层铺板上，脑袋旁边刚好是一方小小的铁皮窗户。迷迷糊糊一觉醒来，孙友壮打开了这个小小的窗户，让带有凉意的清风吹进燥闷的车厢里。在车轮咣当咣当的撞击声中，孙友壮睡了一小觉，短暂的梦境虽不踏实，但还算完整。他依稀记得睡梦中自己和一个结结实实的女人一块摊煎饼，好像是在沂蒙山的老家里，四面环山的小山村家家户户炊烟袅袅，男人女人大人孩子都在抱着柴火烧火摊煎饼，一派热热闹闹的景象。孙友壮拉着风箱，不停地将一把一把的玉米秸秆塞进炉灶，火光熊熊，灶膛上的鏊子一片红光。女人把一勺勺的面糊糊倒在火热的鏊子上，手中的木刮子一推又一转，只听吱啦一声，一张煎饼也就摊好了。她摊一张孙友壮吃一张，摊一张孙友壮吃一张，一边吃还一边朝她看，觉得这个女人很是面熟。女人要他慢慢吃，别像个饿死鬼似的，孙友壮说不行，他要吃得很饱很饱，因为到了台湾就吃不着了。突然一阵很大的咣当声把他吵醒了，似睡非睡的孙友壮感觉自己好像还在拉着风箱。后来他终于搞清楚了，咣当咣当的不是他的风箱，而是车轮的撞击声。可是梦境中那个结结实实的女人是谁呢？孙友壮为此很费了一番脑筋。他想啊想的，终于搞明白了，就是昨天夜里碰到的师医院护士李桂兰。

阳光照射着孙友壮心满意足的脸庞，他微闭着双眼，盯着深秋时节的日头看了好长时间。可是看着看着发现了一个问题，他们的火车不是顺着太阳往南，而是背着太阳往北。孙友壮一个激灵坐直了，脑袋碰到车顶都没感觉出痛。

“往哪走，这是？”他大声地喊道。

战士们都挤到窗口上。片刻之后，车厢之内一片议论纷纷。有的说往南，有的说往北，少数的人认为是往南，多数的人认为是往北，最后一致确定他们的闷罐子火车正在往北走。都觉得奇怪，台湾在南边呢，怎么不往南开反而往北走呢？孙友壮和他班里的兵都把寻找答案的目光投向了营连的几个干部。

机炮连曹连长也朝窗口看了看，但是他一句话没说，重又坐回到硬邦邦的地铺上。

欧阳云逸靠在车厢上看书，看得十分投入，好像没有听到大家的疑问。吴一六的眼睛半睁半闭，明显是在打盹装迷糊。陈阿毛擦着他的军号，李大个吃着个什么东西，吃得津津有味。而吴铁锤正躺在地铺上睡大觉，连孙友壮的大嗓门也没有影响他呼噜连天。

营部的几个人不表态反而让大家有了底数。看来他们是早就知道往北开，所以才一个个沉得住气。车厢里有了片刻的安静。车轮依然节奏分明地撞击着，火车在隆隆地行进。多年养成的习惯使孙友壮他们回归到现实，觉得领导不说自有领导上的考虑，那是还不到通知他们的时候。部队就是服从命令，上级怎么说就怎么办，至于开到哪里，那是上级的事情。孙友壮说都别嚷嚷了，往哪开还不是一样？没见营长睡觉呢吗？

他这一嗓子倒叫吴铁锤停止了呼噜。他人不起，眼不睁，冲上面喊道：

“谁嚷嚷？我就听到你孙友壮嗓门大！”

孙友壮吐了一下舌头，小心地解释道：“俺没嚷嚷，营长，俺是看到这个车朝北开，俺跟你报告一下，别跑错了。”

“车能跑错？”吴铁锤不动地方，“就怕你一时跟不上趟跑到沂蒙山老家去。”

孙友壮不说话了。他想开到沂蒙山更好，昨夜里做梦刚摊的煎饼，正好拉一车回来。

欧阳云逸放下书本，摘掉眼镜，对孙友壮和大家说：

“往南往北都是上级的安排，都是革命需要。我们老王头有句话，相信上级，跟着部队，什么时候都不会跑错地方。”

孙友壮说：“教导员说得在理。不过俺寻思朝北还是比朝南要强。”

欧阳云逸说：“你此话怎么讲呢？”

孙友壮说：“你们南方好是好，就是这个饭不好吃，顿顿大米，吃不饱。朝北好啊，天天馒头大饼。”

欧阳云逸笑了：“你个孙友壮，你吃不惯我们南方米饭，我也吃不惯你们北方馒头。大米也好，馒头也好，能吃饱就行，打仗嘛，没那么多讲究。”

曹连长在地铺上躺好，接着欧阳云逸的话说：“别想那么多了，还是睡觉，一觉醒来就晓得到什么地方了。”

孙友壮也在他的铺位上躺好，但嘴里还是说：“要是来两捆子煎饼就好了。”

吴一六一直没说话，这时候也冲孙友壮说："别提你那个煎饼，吃一张煎饼拽掉两颗大牙。"

李大个往他嘴巴上看看："吴干部你是个金牙，哪个拽得掉嘛。"

一阵哄笑。

孙友壮仍然认真地解释："粮秣员你不知道，这个煎饼可是个好东西，又筋道，又能放，俺那里出门走远路都带着煎饼，多长时间也坏不了。"

欧阳云逸又笑了笑，没有再说什么。在他看来这是个很小的问题，米饭馒头也好，煎饼大葱也好，地域不同，人们的生活习惯就不同，不能说哪个好哪个不好。有的人喜欢吃红烧肉，有的人喜欢吃臭豆腐，各有所爱吧。但是不管是什么东西，只要吃得饱，打起仗来就没得问题。

吴铁锤也没有说话，翻了个身继续睡他的觉。在吃的问题上，他很赞成孙友壮的看法，北方的馒头大饼就是比南方的大米饭好吃。他这个大饼可不是孙友壮老家的沂蒙山煎饼，那是他铁锤妈妈手工烙制的发面饼，又暄又软的，吃起来才叫一个饭。他的苏北老家吴家集虽距鲁南的蒙山沂水并不遥远，但却很少见到煎饼这种东西，而且他也同样地吃不惯。虽然不会像吴一六说的那样拽掉牙，但吃起来确实是费劲。不知道朝鲜人吃什么，吴铁锤迷迷糊糊地又想，不知道朝鲜有没有馒头大饼。可是不管怎样那也是个北方，是北方饭就比南方的好吃。他想那可就苦了欧阳教导员了，得隔三岔五地给他弄些大米，没有大米，他欧阳云逸刷牙都懒得刷。

吴铁锤又打起了呼噜。睡着的那一刻他还在想着馒头大饼的问题，美国人肯定都是罐头，国民党部队原来就有罐头。后来他想还是睡觉吧，睡他个几天几夜的，到了朝鲜战场，兴许就睡不着了。

吴铁锤欧阳云逸孙友壮他们都想错了，在随之而来的艰苦战斗中，不要说馒头大饼煎饼大米饭根本没有，其他任何能够果腹的东西都是极度缺乏。在长津湖湖畔零下三四十摄氏度的残酷环境中，他们曾经几天几夜吃不到任何东西，饿得前胸贴着后背与美国海军陆战1师鏖战，这是他们在这个闷罐子军列中从未想到的。

4

师医院的闷罐子车厢里也发生着同样的事情。

欧阳云梅最先发现了火车的行进方向，并以她惯有的风格大呼小叫，吸引了一车厢的人挤到铁皮小窗前。同样也是议论纷纷，不同之处在于她们许久也无法安静下来。车厢里的最高领导是治疗队队长陆元寿，在这个时候却显得毫无主见，既说不了什么道理，也拿不出什么办法。李桂兰不管这个事，别人所关注的与她好像没有任何的关联，去南去北的无所谓，她该干啥还干啥。蓝晓萍坐在自己的铺盖上，文文静静地织着一只毛线手套，不时抬头看看大家。郑小莉嗑着瓜子，对议论纷纷的人们不屑一顾，觉得闷罐子里的人都是少见多怪，所以她独在一角，不与任何人搭腔。上海来的导演凌子林两手背在身后，在狭小的空间里走来走去，嘴里不停地念叨，可是谁也不知道他念叨的是什么。

欧阳云梅显得很兴奋，说根据她的判断一定是发生了什么了不起的大事情，因为明摆着的，台湾都不去打了嘛，说明有比打台湾更大的事情。凌子林背着手过来，问她是什么样的大事情，欧阳云梅说这个她暂时还不知道。凌子林又问陆元寿是不是知道点什么，因为他好歹也是个领导。陆元寿笑笑，说他真不知道，他要知道了能不告诉大家吗？李桂兰说你们都是瞎操心，该上哪就上哪，都是上级领导的事情，俺们只管跟着部队走就是了。蓝晓萍看看她，又看看欧阳云梅，微微一笑，仍然专心致志织她的毛线手套。

蓝晓萍用的是在曲阜时买的毛线，蓝色的，有如蓝天一样的颜色。欧阳云梅说你这个颜色太重，小女孩子应该穿一点浅颜色的花花草草，与你的长相也般配，搞得这么深反而俗气。蓝晓萍笑笑，说她喜欢这样的颜色，蓝，和她的姓一样。

郑小莉听着大家七嘴八舌的议论觉得很可笑，叽叽喳喳的，真是没见识。尤其是这个“孩他娘”李桂兰，傻乎乎的，好像这事和她没有一点关系似的，简直就是一个农村来的老妇女，要不怎么管她叫“孩他娘”呢？郑小莉因此感到自己再不说点什么是不行了，她们吵吵嚷嚷的没个完，烦死人。

郑小莉丢掉瓜子皮，用手抹了抹嘴巴。房东大娘家的葵花籽炒得有些过火，弄得她嘴唇乌黑。她叫大家静一静，别再瞎嚷嚷了，她被她们吵得心烦意乱呢。欧阳云梅说，乖乖，侬稳坐钓鱼台的，侬晓得事体呀？郑小莉说她当然晓得。欧阳云梅说侬讲来大家听听嘛。郑小莉说那我可就讲了啊，这是个秘密，不能讲的。

郑小莉语出惊人。

她说部队是往东北开，开到东北还不是目的，接下来还要往朝鲜开，开到朝鲜也不是目的。开到朝鲜去干什么？她卖了个关子，停下来不说了。

大家面面相觑。欧阳云梅不满地说，你有话就说有屁就放，还拿我们一把啊？郑小莉很不习惯欧阳云梅大大咧咧的粗话，就不想把这个秘密讲出来，可是又怕欧阳云梅说出更难听的粗话来，只好翻了翻白眼。

她告诉大家，开到朝鲜是去打美国人。

车厢内一片哗然。

这不是胡说八道吗？可是看看部队反常的动态，似乎又觉得也有可能。所以有人惊奇，有人兴奋，有人默不作声，有人说她瞎猜。一伙人围着郑小莉，好像她一时间成了明星。

欧阳云梅拍着手，说真的呀，这个太好了，部队不往南而往北开，就知道有大的事情发生，去朝鲜打美国佬，爽快，过瘾。凌子林问，去朝鲜打美国鬼子，台湾怎么办呢？还打不打台湾呢？郑小莉说台湾当然打的，不过要等到打完朝鲜，打完朝鲜再回来打台湾不迟的。陆元寿一副心事重重的样子，说这个美国佬当然该打，可是也没有什么准备，就怕时间来不及。郑小莉说时间来得及的，因为到了东北还要整补，还要发棉帽子棉鞋棉手套。李桂兰说你瞎说的吧，闹笑话呢。郑小莉又翻了两下白眼，没搭理她。

一直都没有说话的蓝晓萍这时候却忽然问道："依是哪里晓得这个事情的？"

郑小莉看了看她，以多少有点教训的口吻说："这个嘛，就不该你问了。"

车到天津，郑小莉的惊人之语得到了验证。

5

此时此刻的朝鲜半岛已早早落下了第一场冬雪。

在北朝鲜紧靠鸭绿江的灰霾天空上，一队涂着白色星徽的机群正缓慢而又威严地飞行着。八架战斗机伴随着一个圆脑袋大肚皮的大家伙横空列队，巨大的轰鸣声在白雪皑皑的大地上回荡。

这个大家伙是远东盟军最高司令号座机，它是美国远东军司令、日本占领军司令和联合国军司令道格拉斯·麦克阿瑟五星上将的专机。此时的麦克阿瑟正端坐在一张宽大的写字桌前，身板笔直，神态自若，透过舷窗稳稳扫视着北朝鲜的冰封大地。

座舱内机声轻盈，气氛轻松。虽说里面的光线并不明亮，麦克阿瑟却依然戴着墨镜，时不时咬一下玉米茎烟斗，历经风霜的脸庞上是一副矜持的似笑非笑的神情。尽管镶着金边的油脂麻花的大檐帽已戴了多年，已经稍显破旧，他此刻依然戴着。远东部队的军官和士兵早已熟悉他们这位最高司令长官的风格，墨镜、旧檐帽、大烟斗，是这位五星上将的标志性装备，从第二次世界大战他率军横扫太平洋岛屿、占领日本，始终如一，从未改变过。

随机同行的美第8集团军司令沃尔顿·沃克中将正襟危坐，表情严峻。他衣襟严谨，每个扣子都扣得严丝合缝。而第10军军长爱德华·阿尔蒙德少将则与美联社的随军记者詹姆斯·爱德华谈笑风生。虽然是在飞机上，阿尔蒙德也仍然拄着他那随手不离的手杖，就像是麦克阿瑟时刻端着他的大烟斗一样。

编队飞行的高度并不高，大约只有一千米，机上人员能够清晰地看清楚地面上的景物，公路和小路均历历在目。

从眼下到目力所能及至的远方，大地冰封，白雪皑皑，崇山峻岭，裂谷深峡，满目皆是无边无际的穷乡僻壤，没有任何部队运动的痕迹，也看不到任何有价值的目标。麦克阿瑟咬着烟斗，对身旁的沃尔顿·沃克说：

“将军，没有你所担心的任何事情发生。”

身材结实、诨号“斗牛犬”的沃克中将未置可否，但在严肃的脸庞上挤出了一些矜持的笑容，不过这笑容很快就消失无踪，出现在大家面前的仍然是正襟危坐的沃尔顿·沃克。

对于此次临时动议下的飞行，沃尔顿·沃克心存疑虑。

麦克阿瑟这次飞临第8集团军设在清川江沿岸的指挥部，说是视察部队，了解情况，实际上也有力促他下定决心、加速北上的督战味道。自从10月下旬的初冬时节与中共军队第一次交火之后，中国人像他们突然出现的那样，又突然无声无息消失在朝鲜北部的崇山峻岭之中，令他们这些高级将领以及华盛顿的决策当局迷惑不已。中国人的意图是什么？他们参战的规模有多大？是为了象征性地出兵以顾及脸面，还是为了保护边境线上的几个小小的水力发电站？为什么在取得了初步的战果之后，又消失得无影无踪了呢？

以麦克阿瑟将军的“专业知识”判断，在第一次战斗（中国人称为第一次战役）打响之前，他料定中国人绝不敢出兵，因为他会让中共军队、他称之为“一帮亚洲的乌合之众”在前出到韩满边境之前便血流成河，惨不忍睹。可是当中国人突然出现在第8集团军面前、成功歼灭了大韩民国第1师、第6师的大部并击溃了他沃克的部队后，这位德高望重的将军开始时还不承认那是中共军队，那只不过是得到了中共秘密支持的北朝鲜最后的残余势力，之后又断然分析，即使中国人出兵，那也完全是象征性的，在规模上不会超过三万人，如若超过三万人，就会被空中侦察发现。而且他们很可能打了就跑，因为他们没有胆量、没有条件，也没有必要冒大规模与美国及其盟军全面战争的风险。

沃尔顿·沃克将军清楚地记得，6月份的朝鲜战争爆发后，美国就很快插手了，不仅以联合国的名义组织同盟国军队入朝参战，而且将第七舰队开进了台湾海峡，以阻止共产党对国民党残部的进攻。他也临危受命，奉命指挥第8集团军入朝作战。在当时，北朝鲜人民军正以破竹之势横扫南朝鲜李承晚的部队，攻陷了汉城，并将刚刚入朝的少量美国部队打得稀里哗啦。

道格拉斯·麦克阿瑟将军在第二次世界大战中的战略成功完全取决于他的越岛进攻战役，以海军陆战队和陆军部队实施突然的两栖作战，绕过不易攻占的据点，而从后面夺取日本人的岛屿。现在他决心故技重施，把全部赌注押在仁川的大规模两栖作战上，以挽救危如累卵的李承晚政权。人们应该记住1950年9月15日这个日子，这一天，麦克阿瑟集中了他所能集中的全部海空军力量共七万余人，以第10军所属陆战第1师、步兵第7师为主力，在二百六十余艘舰艇、五百架飞机的配合下，发射了数万发炮弹，成功地实施了仁川登陆作战，收复汉城，切断了北朝鲜人民军的退路，使得后方空虚的人民军开始崩溃。此时的联合国军不仅势如破竹，而且向北越过了三八线。许多人，包括随军记者们都在询问麦克阿瑟是否担心中共军队介入。沃克对当时的情景记忆犹新。“如果中国人真的进行干预，”麦克阿瑟神态自若地说，“我们的空军将会让鸭绿江史无前例地血流成河。”

不仅是麦克阿瑟，对于这个时候的所有美国人来说，也包括他沃克，都认为最后的成功唾手可得，确实是胜利在望。

美军涌现出了一股浓浓的还乡热，麦克阿瑟同陆军参谋部商谈把第8集团军的一些部队送回美国还是送往欧洲的问题。五角大楼告诉麦克阿瑟，取消原定10月和11月增援朝鲜的计划。仅仅几周之前，他沃尔顿·沃克还急不可待地要求补充弹药，可是他现在又告诉麦克阿瑟，他的弹药已绰绰有余，以后来自美国的弹药船应改道去日本。麦克阿瑟欣然接受，命令装载着105毫米和155毫米炮弹以及航空炸弹的六艘舰船返航夏威夷或美国本土。前线部队则更为乐观，甚至已经讨论起感恩节是在东京还是在别的什么地方过了。当后勤部门分发战地消费合作社的礼物价格单时，许多士兵都把它们扔掉了，他们打算在东京而不是在战地采办年货。有些部队更是刀枪入库，准备打道回国了。

实际上在对待是否要越过三八线的问题上，不仅是沃尔顿·沃克这些战地指挥官，远在太平洋对岸的杜鲁门政府也一直是举棋不定。其中关键取决于中国人的态度。在10月份最初的日子里，外交途径传来了中国总理周恩来的声音，如果美国人越过三八线，中国将被迫对朝鲜进行干预。随后几天，周恩来更严正表示，美国人一旦入侵北朝鲜，将会遭到中国的抗击，中国绝不会坐视邻国遭受侵略而置之不理。让沃克将军神伤不已的是，中国的态度被政府高层的大部分人当成恫吓而不屑一顾，他们越过了三八线，而中国人也果然出了兵。这一战略上的判断失误致使美国在随后的整个朝鲜战争中付出了五万余生命的代价。

6

改写历史的机会往往只是短短的一瞬。在1950年这个冬季刚刚开始的10月25日上午，大韩民国第6师的一个营从温井向西北方向的鸭绿江运动，开始时行动十分顺利，几个小时就推进了十几公里，可是接下来就遭到了火力袭击。韩国士兵懒洋洋地跳下车，他们以为又碰到了北朝鲜的小股部队，只要赶一赶就会将他们赶跑。然而大祸临头了：他们碰上的是大批共产党中国骁勇善战的官兵。仅仅只是短短的几分钟，这个营的七百多人就被击毙、击伤和俘虏四百余人，当另一个团赶来救援时，也与为数众多的中国部队遭遇，一触即溃，他们丢掉了所有的车辆、装备以及全部三个炮兵连。两天后，韩国军队在该地区又投入了一个团，结果在夜幕降临以后的混战中，该团近四千人的部队仅有八百余人逃了回去。紧接着，整个韩国第二军团被彻底击溃，被迫后撤六十公里至清川江。与此同时，西边的美骑第1师、第24步兵师和英联邦第27旅也遭到中国人的大举围攻，伤亡惨重，仅在云山周围的战斗中，美军就损失了六百多名军官和士兵，其中第8骑兵团的第3营全军覆没。沃克不得不将第8集团军的所有部队撤往清川江一线掘壕固守。

韩国编写出版的战史对此有如下记述：

> 历史性的仁川登陆作战成功后，国军和联军发起总反攻，一举突破三八线，以破竹之势北进，10月10日攻陷元山，10月19日进入平壤，10月26日占领楚山，11月30日占领惠山，前出到韩满国境，胜利的气势达到了顶点。就在这梦寐以求的国土统一即将成就的时候，祸从天降，遭到了中共军大兵团的进攻，战局发生逆转，我军不得不冒着朔风雪寒，饮恨全面撤退。

尽管如此，麦克阿瑟依然态度乐观。让沃尔顿·沃克等战地指挥官不满的是，麦克阿瑟不仅轻率地否决了前线部队有关中国人大批参战的报告，而且仍然不正视中国人全面干预的可能性，也不认为形势正在失去控制。他的理由在于，直到目前，所有中国人的军事行动的象征意义大于实际需要，因为从战术的观点来看，目前中国全面干预的黄金时间已经过去，而且中共从未有过与一个主要的军事强国进行实际战争的有效经验。因此，联合国军大可不必惊慌失措，他们需要稳住阵脚，他们前进的方向依然是北方的鸭绿江而不是南边的三八线。

麦克阿瑟是个一旦打定主意就不会随意改变的人，沃尔顿·沃克对此心知肚明。他深知这位德高望重的将军从东京的联军总部飞抵清川江，其用意一目了然。作为战地指挥官，他有权提出建议；但是作为第8集团军司令，他只能听命于麦克阿瑟的指挥。

沃克现在已经初步了解，与第8集团军正面交战的中共军队绝不是麦克阿瑟所嘲弄的“一帮亚洲的乌合之众”，他们军纪严明，训练有素，骁勇善战，斗志高昂，虽然武器装备的质量十分低劣，没有重武器，但具有不屈不挠的意志，善于在夜间发起进攻，总是百折不挠地穿越那些无法通过的山区，渗透到联军部队的后方，将联军部队分割包围，然后发起一波又一波的攻击。

在清川江沿岸，麦克阿瑟坐着吉普车，大约用了六个小时视察前线，用他的乐观和笃定鼓舞士气。视察结束后，当他再次登上盟军最高司令号座机时，却突然命令飞机驾驶员向西边的海岸线飞，然后顺着鸭绿江向北飞。这个随心所欲的临时决定使得飞机上除了阿尔蒙德以外的所有人都大吃一惊，因为这意味着这位联合国军的最高统帅将冒着被击落的风险去中国的边境上巡游。

阿尔蒙德追随麦克阿瑟多年，一直欣赏和崇敬麦帅的胆识、风格与气派，认为他是整个美国高级将领中真正具有大将风度的人。此次他陪同麦克阿瑟视察第8集团军在西线的部队，一路上同样受到麦帅指挥若定精神的感染，他拄着而不是挥舞着手杖，在颠簸的吉普车上笑容可掬，只是没有像过去那样夸夸其谈。因为他知道这是属于沃克将军而不是他直接指挥的部队。所以当麦克阿瑟别出心裁地突然提出飞往中国的鸭绿江边境时，他一点也不感到意外。

随军记者詹姆斯·爱德华心存不安，作为一名资深的随军记者，虽然他一向了解麦克阿瑟的秉性，但他不认为这个冒险值得。

“你感到真的有必要吗，将军？”

爱德华问一旁的阿尔蒙德。

阿尔蒙德一笑了之。他轻松地告诉爱德华不要有任何的顾虑，因为一切都会像一趟出游那样简单。

飞机起飞后，为了安全起见，飞行主任拿来了几副降落伞要大家佩戴。麦克阿瑟取下烟斗，笑着对大家说：

“你们哪位绅士想要戴就戴上吧，我可不想离开飞机。”

此话惹得阿尔蒙德哈哈大笑。自然，没有一人套上降落伞。

麦克阿瑟告诉大家，敢于进行这样的飞行本身就是最好的保护，而不用担心有没有战斗机护航。随军记者詹姆斯·爱德华的心情稍微安定下来，但是飞行主任却不敢掉以轻心，始终将飞机保持在安全高度。

麦克阿瑟的大将风度使他们回忆起几个月前汉江边上的一幕情景，

当时阿尔蒙德还是第8集团军的参谋长。为了挽救大韩民国岌岌可危的局面，麦克阿瑟亲临前线。站在可以俯视汉江和汉城的山坡上，浮现在眼前的是一幅可怕的景象：汉城内火光冲天，大批溃败而下的韩国军队和难民正沿着汉江上的唯一一座铁桥蜂拥南逃。北朝鲜人民军的迫击炮弹不时落在江边和附近的山坡上，腾起一股股的水柱和硝烟，大家都为将军的安全担心，而麦克阿瑟却叼着烟斗，神态自若。在返回水原机场的时候，途中又遇到北朝鲜的一架雅克式螺旋桨战斗机，爱德华和记者们的吉普车从后面追上来，他们大喊大叫。几乎所有的人都纷纷跳车隐蔽，唯有麦克阿瑟依旧稳如泰山地端坐在他那辆临时找来的老掉牙的道奇车里，任凭北朝鲜的螺旋桨战斗机在头顶盘旋半小时而纹丝不动。

飞机飞走后，人们来到总司令的车旁，麦克阿瑟叼着烟斗，一副闲庭信步的模样。

“北朝鲜人走了？”他若无其事地问爱德华。

在下午晚一点的时候，盟军最高司令号座机终于飞临鸭绿江上空，机翼下依旧是贫瘠而又荒凉的苍茫大地。弯弯曲曲如同缎子般闪亮的江水受了两边冰雪世界的压迫，显得备受束缚和桎梏。白山黑水，残阳西斜，神秘而又不动声色的中国东北大地向无边无际的远方伸延。

机舱内一时鸦雀无声。

这时候大家才发现麦克阿瑟不愿佩戴降落伞其实是有某种道理的。与其降落在这冷酷无情而又神秘莫测的荒郊野岭，倒不如在飞机上待着。

还是麦克阿瑟打破了短暂的平静。在往南返航的飞行途中，他要求沃尔顿·沃克重新制订进攻计划，并要阿尔蒙德第10军所指挥的美7师和陆战第1师在东线开始新的行动。

“告诉史密斯那帮陆战队小子，”他用烟斗指着脚下的地面，声音洪亮地说道，“他们的目标是这该死的鸭绿江。”

随军记者詹姆斯·爱德华对当时的情况进行了分析 ，他在这一天的《前线日记》中写道：

虽然发生了与中国人的战斗，但是看起来形势依然十分乐观，麦克阿瑟将军的既定目标没有丝毫改变。他是一位信念坚定的人，在他看来，突然出现的中国人仅仅只是推迟，而不是改变了他的计划。

当盟军最高司令号座机重新在坑坑洼洼的跑道上起飞并消失在远方的天空之后，沃尔顿·沃克中将轻声地说了一句：

“简直胡闹。”

“你说什么，将军？”爱德华问道。

沃克径自走向自己的吉普车，没做任何回答。

阿尔蒙德一直举手敬礼，直到飞机远去。在驶往第8集团军指挥部的吉普车上，随军记者詹姆斯·爱德华感叹着麦克阿瑟的所作所为。“德高望重。”他用这几个字进行了概括。

“是啊，”阿尔蒙德接过话茬说，“他的资历很高，非常高，仅次于上帝。”

第二章

1

天津车站，震耳的锣鼓似乎越敲越响。

范书宝从蒙眬的睡意中醒来，他不知道车外发生了什么，披着大衣走到站台上。满世界花花绿绿的标语把他吓了一跳，这儿已经热火朝天干上了，他们却还在对部队保着密。范书宝的第一个反应是转身上车，向师长、政委报告。

黄天柱、向修远还躺在木头椅子上睡觉，这时候刚刚被外面的喧闹声吵醒。黄天柱没有睡好觉，嘴里头嘟嘟囔囔，一脸不高兴。看见匆匆而来的范书宝，劈头就说：

“什么鬼动静，连个觉都不让人睡！”

范书宝说：“不好了，都暴露了。”

“什么都暴露了？”黄天柱迷迷瞪瞪地问。

“抗美援朝，保家卫国，全公开了。”范书宝回答道。

“你说什么？”黄天柱一把掀开大衣，坐直了身子。

范书宝说：“你们快去看看吧，大喇叭喊得热火朝天。”

向修远也起来了，他顾不得问什么，披上大衣，随着黄天柱、范书宝快步来到外面的站台上。

果然是满目标语，热闹非凡。各个闷罐子车厢都打开了车门，部队有的拥挤在车门口，有的下到站台上，倾听观望，交头接耳。黄天柱听了一会儿，对向修远说：

“真他妈操蛋，我们还没有公开，他这里倒嚷嚷上了。”

向修远倒很沉稳。他对黄天柱范书宝以及随后下来的张之白等人说：“早晚的事情，晚公开不如早公开，早点动手反而更主动。”

这时候军作战科的参谋气喘吁吁跑了过来，交给黄天柱一张字条，上面只有潦潦草草的四个大字：立即动员。署名是张仁清。

张仁清是黄天柱他们这个军的军长兼政委。军作战科的这个参谋拿着张仁清的手写命令在车站上待了整整一夜，把张仁清的指示传达给路过的每一列军列的最高指挥员。

面对突如其来的情况，师的几个领导就在站台上商量了一下意见，决定在师指挥所的临时客车车厢里召开一个由连以上干部参加的紧急会议，宣布毛主席中央军委的决定，同时派出人员到站内外搜寻报纸和一切能够搜寻到的宣传材料，对部队就地展开入朝参战动员。已经开过去的军列恐怕都已如此，余下的由范书宝留在天津车站，代为传达师党委的决定和部署安排。条件很差，各个列车之间也没有通信联系，只能靠人工一车一车地传达。

报纸上刊载的《各民主党派联合宣言》成为教育动员的重要依据，在行进的军列上，每个车厢都是宣读报纸的激昂声音，每个车厢里都群情激奋，义愤填膺。对这些在国内战场上驰骋了大半个中国、挥戈之处皆是所向披靡的主力部队而言，“抗美援朝，保家卫国”的号召犹如一把熊熊的火焰，将这堆待燃的干柴点燃了。在他们看来，美帝国主义猖狂至极又外强中干，中国出兵朝鲜、抗美援朝，既是责任，也是国际主义义务，更是保卫新中国的建设成果。美国鬼子纸老虎，我们这么多主力部队上去，要不了多长时间就会解决问题的。

师医院的闷罐子车厢里一如往日的欢声笑语，不同之处在于多了一些激奋和昂扬。文工队导演凌子林情绪激动，坚决要求入党，并要陆元寿欧阳云梅做他的入党介绍人。陆元寿未置可否，对这个突然而来的要求一时半会儿也拿不定主意。欧阳云梅则是一口回绝。她对凌子林说，入党是一个非常神圣的事情，不能靠一时的感情冲动。凌子林说他不是一时冲动，他迫切要求加入中国共产党，因为只有中国共产党领导的中国人才敢于到朝鲜去打美国佬，才能打败美国鬼子，美国鬼子都打败了，区区台湾国民党残余还成什么问题吗？欧阳云梅说那也不行，必须要在血与火的朝鲜战场上得到考验，考验合格了，她才能做他的入党介绍人。

满心欢喜的凌子林犹如深秋里喝了一瓢凉水，一声不响坐回到自己的铺位，半天不说一句话。不过他还是决定写一份入党申请书，一到朝鲜战场就交给治疗队队长陆元寿。

此刻的郑小莉却被大家包围着，俨然成为了这节闷罐子车厢的主角。但是不论是陆元寿欧阳云梅，还是蓝晓萍李桂兰，谁也无法探寻到她消息的来源。这个家居无锡城外一条小小街镇上的女文工队员一直对她的秘密守口如瓶，守了一辈子，直到五十多年以后离开人世。

同吴铁锤预料到的一样，他和欧阳云逸的这个营就是一堆干柴，一经烈火的点燃便熊熊燃烧起来，车头车尾一片嗷嗷叫唤。虽然他们暂时还不知道未来的交战对手会是哪一路的敌人，但既是美国鬼子就统统都是纸老虎，表面上来势汹汹武装到牙齿，实际上经不住敲打，一戳就破。

一切来得那么突然，一切都是在仓促和匆忙之中开始的。

2

两个月以前，军长张仁清的部队还在吴淞口以外的海上进行渡海训练，以迎接即将到来的解放台湾的神圣时刻。对于当时的他来说，朝鲜还是一个远在天边的国家，他丝毫没有想到过自己的部队会去往那块陌生的土地。而就吴铁锤欧阳云逸这些基层指挥员而言，他们更不可能知道朝鲜的战局，也从没有想到过自己会放下眼前的台湾去朝鲜同以美国人为首的联合国军作战。

1950年9月的中国江南，丹桂飘香，这儿那儿的田地上，沉甸甸的稻谷压弯了秸秆，鹌鹑在远远近近的地头上划空飞过。农民们收拾晒场，准备刀筐，远处的阵阵稻浪预示着新中国第一个好年景的降临。解放战争的硝烟逐渐散去，饱经创伤的大地也似乎远离了鼓角争鸣拼杀呼喊，为备受战乱之苦的人们带来了安宁与祥和。在老百姓的目光中，晚季稻谷丰收在望，城镇乡村社会安定，大人孩子们憋足了劲头，准备为刚刚成立的国家大干一场。除了台湾还没有解放，人们都在盼望着这个多灾多难的民族从此远离战争、安享太平。

至于台湾还没有解放，吴铁锤欧阳云逸等基层干部的看法与他们的师长、军长几乎是如出一辙。在张仁清军长看来，解放台湾只是早晚的事。在他眼里，东南沿海诸岛以及台湾都不过是囊中之物而已，他们九兵团伸伸手就能够摘下来。在中国人民解放军第三野战军的战斗序列中，九兵团的十几万大军是绝对的主力，在攻台战役中将担负起开路先锋的历史重任。打下大上海之后，他这个军与九兵团的其他兄弟部队一同肃清了东南沿海一带的国民党残余武装，而后就地开始了大规模的海上练兵活动，为即将到来的攻台战斗做准备。部队进行了扩军整备，全军五万余人，兵强马壮，士气高昂。经过一年多的时间，部队的战备训练已初具规模，他们就等着毛主席中央军委一声令下，打过台湾海峡，解放台湾宝岛。

这一年6月朝鲜战争爆发，张仁清等作战部队的高级指挥员也多少了解一些情况，但是又都认为这个发生在异国他乡的战争离他们很远，即使情况复杂或者恶化，也还有东北边防军，而他们的任务是攻打台湾。东北边防军是在朝鲜战争爆发不到一个月的时间之内，由党中央毛主席决定在中国人民解放军第四野战军的基础上，抽调了四野的主力部队组建而成，后来证明这个决策是十分英明的。当麦克阿瑟指挥的联合国军越过三八线踏上北朝鲜的领土进而将战火烧到鸭绿江边的时候，第一批出国抗击联合国军的部队就是这个四野的主力十三兵团，首战告捷，将来势汹汹的沃尔顿·沃克的第8集团军从鸭绿江赶回到清川江。虽然时下的朝鲜风云变幻，但是张仁清总觉得它远在天边。有毛主席中央军委运筹帷幄，他们一心一意准备好打台湾就行了。

7月中旬，作为军长兼政委的张仁清曾带着几个师的政委到上海参加华东局党委的扩大会议，可是会议刚刚开始不久就突然中断了原定议程，通知陈毅等华东局的主要领导紧急赶赴北京去参加中央政治局会议。大家一时不明究竟，但也猜测到中央政治局的会议可能与朝鲜有关。回到部队的海训基地以后，师团这一级干部们私下里议论纷纷，师长黄天柱还大老远地专门跑到军部，摩拳擦掌，说什么先去朝鲜打美国佬，打了美国佬再回头解放台湾也不迟。张仁清当时还批了他几句，说他是个人英雄主义。张仁清说去朝鲜轮到你了？四野老大哥那么多主力，哪个军拉出来遛遛不比你强？你的任务就是组织部队搞好海训，命令一到，你拉得出，过得去，打得赢就行了。可是让张仁清没有想到的是，战局的发展变化是如此之快，完全超出了他的预料。

命令很快就来了，但不是要他们去东南方向的台湾，而是去东北方向的朝鲜。

9月7日，张仁清又一次到上海参加兵团会议。兵团首长讲话后，华东军区司令员陈毅传达了中央军委的决定：九兵团即刻解除攻台训练任务，开赴山东兖州地区训练整补，做好入朝参战准备。9月8日，毛主席电令：

> 九兵团全部可以统于10月底前开到徐济线，11月中旬开始整训。

军令如山。在这个丹桂飘香稻谷弯弯的季节里，全军紧急收拢部队，清点移交物资，拟订开进计划。10月7日，全军所属各师即由上海的黄渡、南翔，江苏昆山等车站分别登车，浩浩荡荡地向北开进。不过对于即将到来的入朝作战，为保密起见，这时候还只有师以上的干部了解掌握，而部队并不知情。吴铁锤欧阳云逸他们接到的通知只是训练整补，叫“到有山有水的地方去练兵”。

对于如此大规模的变化，张仁清处之泰然。十五岁参加中央红军，爬雪山过草地走过二万五千里长征；发展淮南、浙东抗日根据地，打过日本人；率部参加鲁南、莱芜、孟良崮大战，粉碎了国民党对山东解放区的全面和重点进攻；淮海、渡江战役摧枯拉朽，横扫蒋介石千军万马，随后又打下了大上海，历经大大小小的战役战斗近百次，所谓戎马一生，处变不惊。去朝鲜打美国鬼子又怎样呢？美国人过去帮蒋介石打内战，现在又帮李承晚打朝鲜，把战火直接烧到了鸭绿江边，部队对趾高气扬的美国佬历来没有好感。周总理说了，唇亡齿寒，中国人民绝不会看着自己的邻国遭受侵略而坐视不管。虽然这是一个新的对手，是武装到牙齿的强大敌人，但是又怎样呢？毛主席早有论断，美帝国主义及其一切反动派都是纸老虎。何谓纸老虎？就是看上去强大，实际上经不住一阵痛打，一戳就破。虽然部队目前尚处在保密状态，还没有进行入朝动员，但是张仁清相信自己的部队。他这个部队是新四军的老底子，从江南的抗日游击队起家，先后打过日本人、皇协军、忠义救国军，打过国民党的杂牌武装、地方军、中央军，大小战役战斗千余次，一路发展壮大，所向披靡。这就是他的这个军，现在这个军一旦知道去打美国佬，全军上下都会嗷嗷叫唤。但是张仁清也想到事发突然，部队准备的时间很仓促，会带来许多困难。好在毛主席有指示，开到徐济线以后进行整训，经过整训，部队的准备将会更完整、更充分。想到这里，张仁清放下心来。他靠在硬邦邦的座位上，把脸转向车窗外的初秋。

车窗外，金黄色的稻田和一片一片的水乡慢慢向后滑动，后来这样的景色逐渐被绿色的玉米地以及褐黄色的豆子地所取代。丹桂的芬芳也愈来愈淡，它们渐渐消失在军列后方那个收获的季节里。

令军长张仁清同样想不到的是，由于战局的迅速发展，徐济线的整补训练最终成为了纸上谈兵的设想。

3

在由江南开往齐鲁大地的闷罐子军列上，吴铁锤按捺不住兴奋的心情。他的兴奋当然不是因为知道了要去朝鲜打美国佬，此刻的他自然也不会有军长张仁清这样的所思所想，他的兴奋是因为部队开往北方，而开往北方就意味着他又能吃到馒头大饼了。在吴铁锤的眼里，江南好是好，富庶之地嘛，大米也很白，可是他却吃不惯江南的大白米，不管一顿吃下去几碗，总觉得吃不饱。还是他苏北老家吴家集的大饼馒头，就着辣椒蒜泥辣白菜，那才叫吃饭。吴铁锤想起他母亲烙的大饼，又暄又软，是他这辈子吃过的最好吃的东西。铁锤妈妈做得一手好饭，不管日子多么艰难多么紧巴，吃糠咽咸菜，她也会把家拾掇得利利索索、有条不紊。当然，大饼馒头一年里也吃不了几次，这一家大大小小平日里的饭食主要还是窝头就咸菜，玉米饼子要算细粮好东西。而每当铁锤妈妈忙忙乎乎蒸馒头烙大饼的时候，那就是说要过年了。

在吃的问题上，欧阳云逸与吴铁锤有着截然不同的看法。他这个土生土长的南方人也吃不惯北方的咸菜窝窝头。江南水乡，水好米好，那个米饭才叫养人。当然这个米是他欧阳云逸江南的大米，不是北方的小米。解放战争初期，已整编成华东军区一纵的欧阳云逸所在的部队从苏北北上山东，跨过陇海铁路之后，第一顿饭是在鲁南的一个叫作十字路的小镇上吃的。欧阳云逸记得十分清楚，开饭的时候炊事班端来了一盆盆冒着热气的金灿灿、黄澄澄的米饭，让他们这个南方的部队倍感温暖。老解放区人民就是不一般，拿来蛋炒饭款待他们，所以每人都装了满满的一碗。欧阳云逸也没有吃过这个东西，说它是蛋炒饭，可是并没有见着蛋花。先不管什么饭，尝尝再说。他一口下去，满嘴沙子硌牙。满心欢喜的战士们把这个“蛋炒饭”吐得满地都是，饭里的沙子太多，实在无法下咽。后来他们搞清楚了，这根本不是什么“蛋炒饭”，而是用沂蒙山区的小米所蒸的一种小米干饭。南方部队的炊事班不会淘洗小米，沙子出不来，所以硌得大家直喊牙痛。

吴铁锤并没有叫沙子硌着。在他的苏北老家吴家集，小米虽不多见，但他毕竟还是吃过这个东西，大盆的小米饭一端出来，他就知道不是什么“蛋炒饭”，可他又不愿扫了大家的兴，哪里料到会有这么多的沙子。后来还是沂蒙山区“识字班”的妇女们手把手教他们淘洗小米，部队才解决了这个难题。

“识字班”，抗战时期的一种进步组织，由女同志组成，属于沂蒙山区所独有。后来，队伍上的人也将沂蒙山区的妇女称作“识字班”，“识字班”就是女同志。

还有一种欧阳云逸吃不惯吴铁锤也吃不惯的东西，就是沂蒙山区的煎饼。开始是不会吃，把煎饼团成团当馒头吃，吃不动。后来学着当地人的样子卷起来吃，也吃不动。再后来都会了，要卷着大葱吃，煎饼卷大葱，这才是沂蒙山人的正规吃法。实际上在当时贫瘠的沂蒙山区，小米的产量很小，一般都是妇女生了孩子坐月子，才熬了小米粥以作滋补，所以要算是好东西了，老百姓一日三餐的主食还是地瓜窝窝头煎饼卷大葱。土生土长的南方战士吃不惯这个东西，不少人发牢骚，还编了顺口溜：“反攻反攻反到山东，一手煎饼一手大葱。”不过部队还是靠着沂蒙山老根据地的煎饼大葱打了鲁南战役、莱芜战役、孟良崮战役等一些大战，全面粉碎了国民党反对派对山东解放区的进攻，为彻底打倒蒋介石解放全中国奠定了坚实的基础。

在这个北去的闷罐子列车上，吴铁锤欧阳云逸各有所思各有所想，一个想着苏北老家吴家集的馒头大饼辣椒蒜泥辣白菜，一个想着江南水乡的米线菱角莲蓬白米饭。吴铁锤想部队整训时间不会长久，吃过了馒头大饼辣椒蒜泥辣白菜还会回到欧阳云逸的南方去打台湾，所以要多吃一点；欧阳云逸同样想整训时间不会太长，吃过了吃不惯的吴铁锤北方饭还会回到他的家乡南方去，还会吃到他家乡的米线菱角莲蓬白米饭，而吃过了米线菱角莲蓬白米饭，他们这个部队就会去解放台湾了。

他们都想错了。自此一别，不管吴铁锤还是欧阳云逸，都再也没能回到自己的家乡。

4

一趟一趟的闷罐子军列走走停停，走了七天之后，终于在徐州济南之间的曲阜、兖州、泰安一线停顿下来，部队下车，装备卸载。吴铁锤把四面一打量：

“有山有水，这就是练兵的好地方？”

黄天柱的这个师驻训在兖州地区一带。全军在此补入了起义的国民党十六兵团及地方武装五千余人，预计教育训练一个月，而后向东北地区转进。兵团部临时设在曲阜。这一天，九兵团的全体团以上干部奉了兵团部的命令，到曲阜兵团部参加会议。

黄天柱和向修远带着师团以上干部几十人在兖州城里集合完毕，统一乘车前往曲阜。路过火车站，只见站里站外岗哨林立，戒备森严，而站台上停靠着一列墨绿色的客车，窗户上都挂着白色的窗幔，觉得非常新奇。因为在此之前，他们还没有看到过如此高级的火车。向修远对大家说这叫专列，专供高级领导乘坐。黄天柱问他什么是“专列”，是不是就像他的骡子一样专供他骑而别的人一般不能随便使唤？向修远说有点这样的意思，不过专列就是专车，很专，很高级，根本不能和你的骡子比。你那头骡子值几个钱呢？像这么高级的专列，全国也没有几辆。他要大家等着瞧，一定是来了非常高级的领导。向修远还告诉大家曲阜是一方风水宝地，有孔府、孔庙、孔林，出了个了不起的大圣人叫孔子，为历代帝王顶礼膜拜之地，是齐鲁文化的发祥地。大部分人都知道万世师表为孔子，但是他们却不知道大名鼎鼎的孔圣人就住在眼前的曲阜城里。

黄天柱说：“全兵团团以上干部会议，规模不小，我估计今天要会餐。”

范书宝说：“这么多的人，恐怕摆不开桌子。”

黄天柱说：“肯定搞，兵团不搞军里也会搞。”

向修远说：“你们净想着吃了，还不知道会议有什么重大部署。”

黄天柱说："还不就是……"

他本来想说"还不就是入朝参战的事"，但是话到嘴边又咽了回去。车子上有一些团级干部，而这时候入朝作战对团级干部还处在保密状态，只有他们几个师级的领导掌握。

会场设在孔庙大院里。举目四望，青石楼台，庙宇高耸，古木参天，气象森严，俨然一方皇家宫殿庭院。黄天柱啧啧连声，说这个孔圣人真是了得，搞这么大排场，够他们装备几个师了。

会议还没有开始，几百人挤在一起聊天。这些南征北战的各路将领平时天各一方，难得一见，所以是机会难得，握手，拍肩，捅拳，逗乐，大声地说话，大声地笑，会场上热闹非凡。这时候就听说是朱德总司令到了曲阜，而且是为了入朝作战的事情专门过来的。因此团级干部们第一次听说了他们的部队要开往朝鲜与美国人打仗。黄天柱他们想起刚刚在车站上看到的那个很高级的火车，知道那就是朱老总坐来的，也只有朱老总才有那么高级的专列。

兵团首长做了简要的情况介绍后，请朱德总司令讲话，会场上一片掌声。黄天柱他们都伸直了脖子往前看。对于他们而言，朱德总司令大名鼎鼎、德高望重，但是过去仅仅在画像上见过，见着真人，这还是第一次。他们感到这个面带笑容的长者态度和蔼，说起话来慢声慢语，显得很慈祥、很厚道。

朱德总司令介绍了朝鲜的战况，给大家讲了党中央毛主席抗美援朝保家卫国的决心，并且告诉大家，第一批秘密出国的四野的五个军，目前正在朝鲜西部的鸭绿江与清川江之间与麦克阿瑟指挥的以美国为首的联合国军作战，第一次战役首战告捷，取得了初步的胜利。过去打日本人，打国民党，现在要打以美国为首的联合国军，作战对象变了。我们要去支援的是由朝鲜劳动党领导的这么一个国家，现在很困难，没有我们的支援，肯定撑不住。美国人把战火烧到鸭绿江边，把第七舰队开到台湾海峡，直接威胁到我们国家的安全和建设，我们不能不抗美援朝保家卫国。首战虽然取得了一些战果，但是朝鲜的形势变化很快，麦克阿瑟不会甘心失败。为了应对复杂形势，确保抗美援朝战争取得胜利，毛主席决定九兵团三个军秘密北上，在东北边防地区完成换装整训之后即入朝参战。朱德总司令特别历数了九兵团在抗日战争和解放战争中的赫赫战绩，说他们是中国人民解放军的主力，从来都是腿肚子上绑面锣，走到哪响到哪的，这次入朝打以美国为首的联合国军，也会再接再厉，无往不胜，圆满完成毛主席、中央军委赋予的战略任务。说得大家群情激奋，掌声笑声响成一片。

黄天柱对身边的向修远说：“这个好，先打朝鲜，打了朝鲜再收拾台湾也不迟。”

向修远朝台上指指，示意他不要说话，认真听朱老总的。

朱德总司令这时候环视了一下周围的苍松翠柏和气象森严的庙宇楼阁，用浓重的家乡方言说道：

“孔府孔庙，孔圣人的道场嘛！孔圣人在天之灵看着大家，相信九兵团一定打出中国人的威风，可不要给孔圣人他老人家丢脸哟！”

又是一阵热烈的掌声和笑声。

5

会议结束的时候，朱德总司令还关切地与兵团领导以及军长政委们谈起部队防寒保暖的问题，说他们这个部队都是南方的部队，没有高寒地带的作战经验，要注意防冻。不过他也说已令东北边防军为九兵团准备了寒区的服装，供他们入朝前换穿。

兵团首长最后宣布，为了欢迎朱德总司令，为了打败美国佬，兵团请客，四菜一汤，全体会餐。

引来一阵子嗷嗷的叫声。黄天柱对向修远说：“我说嘛！我就知道兵团要请客，早上就没吃饭。”

向修远说：“那你就好好吃，到朝鲜就吃不到了。”

黄天柱头一歪：“朝鲜有好东西，冷冻狗肉，我们军长最喜欢吃的东西。”

向修远说："错了不是，军长喜欢的是红烧狗肉，你是什么狗肉都喜欢。"

"还是政委了解我！管它冷冻还是红烧呢，是个狗肉就行。"黄天柱四面张望，已经饿得不行了。

会餐的地方就在孔府的大院子里，摆了几十张桌子。这些桌子是兵团部从四面八方借来的，有大有小，新旧不一，但都是方方正正的八仙桌。与会者有几百人，八人一桌，也没有凳子椅子，都站着吃。一共是四大面盆：一盆红烧猪肉，一盆酱油煮黄豆，一盆炒鸡蛋，一盆白菜粉丝豆腐，桌子旁放着一大木桶蛋花白菜汤，主食就是山东的大馒头。

黄天柱向修远几个师的领导和张仁清在一张八仙桌上，黄天柱知道张仁清的爱好，故意把几个菜盆子看了看，说：

"既然会餐嘛就搞得好一点，就一个荤菜，连个红烧狗肉都没有。"

张仁清反驳他说："怎么一个荤菜呢？还有炒鸡蛋嘛。"

黄天柱不同意："军长打埋伏啊，炒鸡蛋怎么能算荤菜？"

向修远接过来说："在我们家乡，炒鸡蛋就算荤菜了。"

张仁清说："我知道你黄天柱想吃狗肉，你把仗给我打好，到朝鲜我请你吃狗肉，朝鲜红烧狗肉。"

黄天柱笑眯眯地说："朝鲜不一定有红烧狗肉，不过听说朝鲜的冷冻狗肉很有名，没有红烧狗肉，冷冻狗肉也行。"

张仁清说："不管什么肉，打好了仗有的你吃，打不好，你黄天柱西北风都喝不上！"

黄天柱一本正经地说："大家都在这里啊，军长说话算话，不能食言。"

张仁清说："你这个黄天柱，我什么时候说话不算数了？"

向修远接过来说："哪能打军长的牙祭？到了朝鲜，打完了美国佬，我们请军长吃四菜一汤，起码两个荤菜，包括红烧狗肉。"

说说笑笑，气氛轻松，饭菜倒没有下去多少。大家都很兴奋，一兴奋反而不觉得饿了。他们也知道为了这顿会餐，兵团一定想了不少办法，这个看起来简单的四菜一汤，不知道费了多少周折。毕竟要入朝参战了，这也许是他们当时能搞出来的最好的东西。

天气已经很凉，远远近近的树木开始落叶。在这个十月还有几天就要过去的季节，不管是兵团首长还是军师团的各级领导，都对即将到来的入朝作战充满了信心。不就是打美国鬼子吗？他们这个部队经过的大战恶战多了，淮海战役又怎么样？国民党那么多王牌军，还不是一下子就干掉他五六十万人？美国鬼子能有多少人？我们一家伙上去这么多部队，一个穿插迂回分割包围，很快就会解决问题的。

返回驻地之前，与会者每人都领到了一件棉大衣，一色的日本土黄色军用大衣，这是兵团部特意为全体团以上干部发放的，营以下干部没有。在接下来的几天时间里，部队陆续发放了温带地区的冬装，即一种十分单薄的棉衣，二三斤重的样子，在欧阳云逸的家乡叫作夹衣。还发了薄棉被，也是二三斤重，没有棉鞋棉帽。师团领导们被告知，到了东北后才能再发寒区的冬装，包括皮大衣、皮帽子、棉手套、大头鞋等等。

形势的发展变化总是出乎人们的意料，严峻的现实没有给张仁清黄天柱他们留下更多的时间。兵团部曲阜孔庙团以上干部会议之后的第五天，他们这个部队就紧急登车，直奔东北而去。

由于战局的变化，毛主席、中央军委电令九兵团的三个军火速开往东北边防，原定于徐济线进行整训的计划被完全打乱。张仁清的这个军奉了兵团命令，立即开抵吉林梅河口集结，进行短期整补后即入朝作战。来不及过多地准备，所属四个师由徐济线的姚村、曲阜、兖州、邹县等站上车，依次北上，为兵团后卫。一切都乱了，好在到了东北之后还可以进行短期的整补，张仁清这才稍稍松了一口气。

没想到随后的战局急转直下，九兵团的十几万人马未能等到发放皮大衣、皮帽子、棉手套、大头鞋的日子，也未能在东北的吉林梅河口地区集结和短期整补，他们就穿着在曲阜兖州和泰安一线领到的南方的夹衣，直接开向了冰天雪地的北朝鲜的长津湖。

6

陈阿毛小心翼翼擦拭吴铁锤视之为祖传宝物的雕花云龙纹檀木匣铜锣。

深秋的太阳懒洋洋悬挂在西天之上，收割过的田野光光秃秃，这儿那儿，褐黄色的山岭坡地上，矮小的灌木和荒草已显枯黄，预示着又一个生命季节的来临。陈阿毛把锣摆放在新发的薄棉被上，用一块柔软的棉布仔细地擦拭。雕花云龙纹檀木匣子也摆放在一旁，很暗很涩的样子，但是包浆圆润，显示出岁月的印痕。木面上刻着的“大清道光二十一年四月制”字样清晰可辨。在西斜的阳光照射下，紫铜色的锣面连同檀木匣子放射着沉静而又幽幽的光泽。

陈阿毛对吴铁锤说：“侬这个锣三两天擦一擦，一直当供品一样供着，什么时候用用呢？就怕时间长了会生锈。”

吴铁锤好像还没有睡醒，懒洋洋地说：“好好擦你的吧，该敲的时候自然会让你敲。”

陈阿毛说：“我是担心到时候敲不响。”

吴铁锤一听来了劲：“敲不响？就怕你耳朵受不住！你是不知道啊……”他干脆蹲在陈阿毛面前，有一点眉飞色舞起来：

“我们祖上老铁锤吴老举人三元里一通锣响，杀得英国鬼子屁滚尿流自不用讲，就说到了我这辈，淮阴城外打日本坂田次郎小队，我那个锣敲的，一小队鬼子抱着脑袋呜哇乱叫，你根本不用打！孟良崮战役怎么样？攻张灵甫指挥部攻不上去，我一通锣响，部队上了大崮顶子，把整编74师来了个一锅端。大崮顶子，张灵甫指挥部，跟你说这个你也不懂。”

吴铁锤掏出烟叶纸片卷成一个喇叭筒，点火吸了一大口后又说：

“远的不扯，就说这近的，淮海战役又怎么样？你打听打听粮秣员吴一六，他是怎么跑过来的。”

“怎么来的？”陈阿毛歪着脑袋。

吴铁锤脖子一梗："还不是听了我的锣响嘛！"

陈阿毛偏要找点别扭："听吴干部说他是因为饿得受不住，闻着大馒头味才跑过来投的诚。"

"什么饿得受不住，"吴铁锤说，"他就是听了我的锣响跑过来的，不信你问问欧阳云逸教导员，他全知道。吴一六这家伙和我一个村的，我的锣，他熟！"

陈阿毛偏不相信。陈阿毛说："我没有听过的，我不信你这个锣这么神。"

吴铁锤似乎想起点什么，他对陈阿毛说："我看你这个陈阿毛是人小鬼大呢，原来你想用激将法来激我，我偏不上你那个当。"想了想又说："你好好给我保管着吧，到时候有你听的。解放台湾，我一通锣响，部队就能登上台湾岛。"

在他们进行这一番讨论的时候，周围已围了一圈的人，有营里的战士，也有村里的老百姓。其中一个老头把雕花云龙纹的檀木匣子以及那面铜锣仔细地打量了又打量，用很讨好的口气夸赞它们都是老物件，总有几百年的岁数。

"那倒也不是。"吴铁锤扔掉烟屁股，站起来说，"也就百十来年。"

营部的几个人都不在。李大个跟着欧阳云逸教导员去了团政委张之白那里，而吴一六带着老王头王三去团部领作战地图和给养。营里上午搞训练，吴铁锤和欧阳云逸组织部队爬了半天的山。从上海坐了一个星期的闷罐子火车，说是到这有山有水的地方来练兵，可是吴铁锤没看到这个地方有什么好。水不见有多少，山也没有多高，而且这个地方看上去和打台湾也缺乏根本的联系。因此他们想要不是上级搞错了地方，就是哪儿出了毛病。问师里团里的领导，师团领导们一个个遮遮掩掩，什么都不说，只是要他们抓紧教育，抓紧训练。教育就是讲阶级觉悟，讲新中国，讲人民当家做主，训练就是爬爬山投投弹，没什么新鲜内容。营里补充了一部分原国民党十六兵团起义的战士，也补充了一批当地的地方武装，据说全军一下子补充了五千余人。吴铁锤觉得这里面肯定有道道。

欧阳云逸来见团政委张之白，也是想了解一点情况。张之白刚参加了兵团的干部会议，会了餐还发了大衣，一定是知道点什么。部队在南方转战多年，从来都没有发过大衣，现在突然把大衣发下来，虽然只给团以上领导发，可是欧阳云逸仍然感觉到其中的问题。

张之白同样守口如瓶。他对欧阳云逸说，该打听的就打听，不该打听的就不要打听。该你知道的，你不问也会告诉你；不该你知道的，你问也问不去。大衣是发了，那又怎么样？团以上领导年纪大，身体差，组织上照顾。你们年纪轻轻的，身强力壮，当然也用不着发。还是去组织好部队，不管什么时候任务下来，不管下来什么样的任务，都要保证拉得出，上得去，打得响。

用李大个的话说欧阳云逸是碰了一鼻子的灰。不过这一趟团部也没有白来，听话听音，他从张之白的话里也听出来一些言外之意。他感觉到他们这个部队大概是不会再回到南方了，任务很可能会有变化。但到底是什么样的任务，他也一时拿不准。会不会去朝鲜呢？美国鬼子打到了朝鲜，中国会不会出兵朝鲜？

欧阳云逸敏感地意识到，在这有山有水的地方练兵，练完了兵，恐怕去的不是南边的台湾，而是北边的朝鲜。

下午全体集合，听兄弟部队的杨根思等几位战斗英雄报告英模大会情况。杨根思、周文江、毛杏表、陈宝富四人是他们这个军和华东军区评选出来的全国战斗英雄，刚刚参加完第一届全国英雄模范代表大会，受到了毛主席等党和国家领导人的接见。国庆观礼之后，他们返回江浙一带的部队，行至南京下关，却被告知他们的部队已经开往山东曲阜兖州一线。当时他们都不明白，打台湾怎么去了山东呢？杨根思会前还是副连长，现在刚刚提升的连长。四个人讲了半天，见到毛主席的激动和兴奋之情溢于言表。

杨根思是江苏泰兴人，与机炮连曹连长的家乡相距只有几里路，两个人很熟，是地道的老乡。曹连长入伍的时间虽比杨根思晚一点，当连长却比杨根思要早。现在人家成了闻名全国的英雄模范，上天安门观礼，受到毛主席的亲切接见，曹连长的心里不是个滋味。报告会后，两个泰兴老乡找了个僻静之地单独聊了聊，聊了很长时间。

在吴铁锤的印象中，杨根思以及他的老乡曹连长哪都好，就是有点……怎么说呢？发怡。“怡”是他们老家当地的方言，意思是呆板、死板、不灵活、不合群、别着劲。吴铁锤记得当时选举英模代表，军里的宣教科长写好了稿子在大会上宣讲他杨根思的战斗事迹，念到中间，会场下面的杨根思突然站起来举手报告，说有个地方写错了，与实际情况有出入。本不是什么大不了的事情，却打乱了会场秩序，弄得台上台下都很尴尬。主持会议的张仁清军长对杨根思说既然这样，你亲自上来讲好了，杨根思还真的走上台去，实打实讲了起来。最后全体投票，杨根思虽然也榜上有名，但是票数却比人家周文江、毛杏表、陈宝富少了十几票。

“这不是吃饱了撑的吗？”

吴铁锤一散会就对欧阳云逸说道。

吴一六带着老王头以及他的几匹骡马从团部拉回来一些给养，其中“大清花”驮着满满的一木头箱子地图。老王头还领了一件大衣，同样的日本土黄色军用大衣。陕北红军出身的老王头王三享受着团级干部待遇，团以上干部发大衣，当然也给他发了一件。

老王头的大衣并没引起吴铁锤多大的兴趣，日本货，也就那么回事。引起他注意的是“大清花”驮来的这一木头箱子地图。

吴一六告诉他，木头箱子里装着的是全团的地图，只发到营这一级，连里不发。团部也没有更好的地方来保管，他们去领东西，团部就叫他们拉回来先存起来，什么时候用什么时候再发。团里还特别交代不能遗失，不能泄密，不能随意翻看。

吴铁锤心想什么图搞得神神秘秘的？但凡是军用地图，都不能遗失不能泄密，这还用交代吗？就是这个不能看，不能看你发它干什么？吴铁锤决定不管三七二十一，先看看再说。

箱子打开，里面是一摞一摞已经有些发黄的图纸，显然是有点年头了。抽出来几张一看，上面的等高线密密麻麻，很容易就能看出来高山盆地峡谷河流之类的地形地貌。吴铁锤把相邻的几张按照编号拼接起来，使其成为一部分完整的地区，可是这一下把吴铁锤难住了。这是一个他十分陌生从未见过的地方，一条狭长的半岛与陆地相连，三面都是大海，而且图上的字也很奇怪，有的是中国字，有的显然不是中国字，所以有些他认得，而大部分是不认识。不过其中的一行字被他认出来了，是“大正十四年”。这些奇怪的文字使得吴铁锤有一种似曾相识的感觉，凭他的印象，好像是日本人的地图。

开始吴铁锤认为图上的这个地方肯定是台湾无疑，又一想不对，台湾是一个岛屿，与大陆中间隔着台湾海峡呢，而这个地方却与大陆相连。这是个什么鬼地方呢？

行军打仗多年，吴铁锤当然懂得一些看图识图的技巧。抗战的时候用的是缴获的日本地图，数量很少，后来用的是国民党地图。日本地图一般都搞得很细，虽然很多的字他不认识，但是能够很清楚地认出上面所标注的独立房、独立树以及村庄、道路、河流，比国民党的图要好用。国民党地图搞得很粗，经常是张冠李戴，错误百出。吴铁锤想人家来到你的国家打你，人家弄的图反而比你自己国家的图还要准，怎么能不打败仗？所以到了解放战争后期，他们部队还经常使用日本地图而不是国民党地图。但是眼前的这些在吴铁锤看起来有些似曾相识的地图，它上面所标注的地域却很陌生，这是他没有见过的。

老王头对地图是一窍不通，吴一六和李大个也搞不明白。陈阿毛虽说认得几个字，但是对这个半是中国字半是日本字的图也同样稀里糊涂，闹不清是怎么一回事情。吴铁锤说还是等教导员回来吧。

欧阳云逸回来后，吴铁锤就让他看这些图。欧阳云逸只是看了一眼，心里就什么都明白了。

他对吴铁锤说，地图是日本地图无疑，是日本大正十四年，也就是1926年制作的，将近三十年的时间，年代虽有些久远，但看着还行，还很清楚。吴铁锤问他图上的这个地方是什么地方，他怎么从来没见过？欧阳云逸看看他说，是朝鲜。

“朝鲜？”吴铁锤眼睛瞪圆了，“怎么不发台湾地图发朝鲜地图？”

欧阳云逸摘下眼镜，往上面哈了一口气，很仔细地擦拭着镜片，并没有回答吴铁锤的问话。

7

从团部回来的路上，欧阳云逸一直都在想着部队可能面临的任务变化，他有一种预感，他们的部队可能不会再回到南方去打台湾了，而很可能会继续北上。新中国刚刚成立，美国人就把战火烧到了鸭绿江边，中国人能闭着眼睛睡觉吗？这些天部队的一些反常举动，上级领导们一个个神神秘秘的模样，已使他预感到可能发生的变化。现在看到朝鲜地图都发下来了，更加印证了他的判断。但是既然上级还没有把这个消息公开，依然处于保密状态，他也只能在心里面琢磨，而不能违反规定，特别是屋子里还有别人。所以对吴铁锤的问话，他就不便回答。

吴铁锤反而不依不饶，他对欧阳云逸说：“老欧你是个知识分子，你判断一下，发朝鲜地图，不会让我们去打朝鲜吧？”

欧阳云逸说：“发朝鲜地图就打朝鲜，发日本地图还打日本呢！就是训练，看看你的识图用图有没有提高。”

吴铁锤说：“我琢磨不是这么回事，部队一登车我就看出来了，跑到苏北鲁南打什么台湾？肯定另有说法。”

欧阳云逸说：“不管打哪儿，你就好好练你的兵，让你去哪就去哪。”

欧阳云逸模棱两可的态度更加重了吴铁锤的疑虑，也使他更加相信自己的猜测，那就是部队有可能会去朝鲜。

吴铁锤撸了撸袖子，对屋里的几个人说：“去朝鲜好啊，我就想跟美国佬干一仗！咱们过去打日本人，把日本人打跑了，打国民党，把国民党打得屁滚尿流，跑到个台湾小岛上，再打也没什么劲了。这个美国人很操蛋，过去帮国民党打内战，现在帮李承晚打朝鲜，不教训教训他，他也不知道咱们九兵团马王爷几只眼。”

李大个说：“就是，我原来在那边，美国教官没少出歪主意，榴弹炮喷火器都调来打解放军。不是美国佬，哪个打得了内战嘛！”

陈阿毛说：“美国瘪三在阿拉上海横行霸道，打人搞女人家常便饭的。”

吴一六有些担心：“美国武器好，飞机多，打美国佬，要有些飞机大炮才好。”

吴铁锤说：“武器好又怎么样？我们小米加步枪，不是照样打败日本法西斯！他飞机多，他飞机多敢下来拼刺刀吗？”

老王头蹲在地上抽旱烟，这时候也插话说：“相信上级，一句话，相信上级跟着队伍就有办法。”

欧阳云逸见大家说得远了，出来收场。他说，去不去朝鲜，打不打美国鬼子，那是上级的事情，是毛主席中央军委定的事情，我们只要服从命令就行了。去朝鲜也好，去台湾也好，都是为了新中国，都是将革命进行到底。老王头说得对，相信上级，相信上级总没有错的。所以大家不要乱议论，练好了战斗技术，去哪里都能完成战斗任务。

欧阳云逸一讲话，几个人也不好再说什么。沉默了一会儿，后来话题转到了老王头新发的大衣上。说是新发的，但看上去也就六七成新的样子。天气还不是很凉，刚刚发下的薄棉衣，许多人都还没有穿上，而老王头却已把大衣披在肩头了。按他的说法没有什么地方放，披着反而省事。吴铁锤说你现在就把大衣披上了，到天寒地冻的时候怎么办呢？老王头说再天寒地冻的，它还能有多冷？这些年没有大衣，冬天不也过来了？吴铁锤一想也是，行军打仗多少年，他一直都没有穿过大衣，不管南方还是北方，也都扛过来了。在接下来的这个冬天，又可能会遇到怎样的寒冷呢？

老王头却直夸他这个日本大衣质量不错，披在肩膀上暖烘烘的。他要大家都披披，体会体会。

欧阳云逸只是用手摸了摸，没摸出多少新鲜的感觉，就是一层棉布，只不过厚实一点而已。吴铁锤没拿正眼看。他对老王头王三说，真要去朝鲜打美国佬，我弄一件皮大衣来，翻毛的，比你这个日本货不知好多少倍。

收拾好地图，吴铁锤给李大个他们下了命令，说这个地图目前还只是发到营这一级，只有营干部们掌握，你们几个看见就看见了，但是嘴巴要严，不准乱说，谁要乱说说漏了嘴，别怪我揍你个熊。

吃过晚饭，欧阳云逸拉着吴铁锤在村头上走了一会儿，这时候两个人才把真实的想法进行了交换。部队要去朝鲜，目前看基本上已成定局，虽然上级还没有公开这个事情，但也是早晚的事。欧阳云逸说，“上级有上级的考虑，而我们要有我们的打算，要尽早准备，免得到时候上级一声令下，搞得手忙脚乱的。”吴铁锤说，“准备就是抓紧时间练兵了，别的还有什么可准备的？吃喝拉撒睡，那都是上级的事情，他总不能叫我们光腚去朝鲜。”

四野里一片宁静，只有秋虫在唧唧地鸣叫。天空上星月无光，远远近近的山地丘陵都隐藏在暗夜之中，让人辨不清方向。他们临时居住的村庄黑乎乎的一片，只能辨别出一个大致的轮廓。偶尔有昏黄的煤油灯灯光从一家一户的窗户和门缝中透出，更是加重了夜的黑暗与安详。村头村尾的家狗不时轻轻一吠，显示出一个一个村庄的确切方位。远远的地方，火车鸣响着汽笛隆隆驶过，车轮撞击铁轨的声响隐约传来，它节奏分明，在黑暗的田野上缓缓飘荡。

在这个宁静而又黑暗的夜晚，他们谈到了杨根思等四个战斗英雄的报告，说他们去北京开会见到毛主席又在天安门观礼，真是一件无比幸福的事情。吴铁锤有点不服，说他大战小仗也打了不少，怎么他就不能搞个战斗英雄当当呢？欧阳云逸说打好仗带好部队完成任务是根本，英雄模范毕竟是少数。吴铁锤说不行，这回去朝鲜打美国佬，一定搞个战斗英雄，也为他的苏北老家吴家集露露脸，让他铁锤妈妈脸上沾点光。

欧阳云逸看不清吴铁锤的脸庞，但是他知道此时此刻的这张脸庞一定是容光焕发。只要有仗打，他吴铁锤就会兴奋，更别说去朝鲜打美国佬了。枪林弹雨，血雨腥风，他和这个吴铁锤多少年摸爬滚打在一起，他太了解这个人了，就像了解他们这个营、了解他自己一样。他相信自己的部队，战士们要是知道了出兵朝鲜，一定都会嗷嗷叫唤。

吴铁锤也看不清欧阳云逸的样子，然而他一样知道欧阳云逸脸上的表情。这是一张文质彬彬的脸，上面有一副眼镜。这张脸爱干净，什么时候都弄得利利索索的，就像什么时候都坚持早晚刷牙那样。当年吴铁锤跟着欧阳云逸参加了新四军的抗日武装，与其说是因为打了苏北老家吴家集吴老财的黄毛狮子狗，与吴老财结下了不解之怨，倒不如说是这张脸吸引了他。这是一张沉静和不动声色的脸，让人感觉到力量、感觉到生活的阳光。他信得过这张脸。

黑暗之中的他们还谈起了老王头的土黄色日本军用大衣，说那是个老同志，组织上应该照顾的。吴铁锤说兵团也真是的，要发还不都发，光给团以上干部发。欧阳云逸说，兵团一定是有困难，一下子哪来那么多大衣？再说了，这些年你也没有穿过大衣，从南打到北，从北打到南，还不是一样打到今天？吴铁锤说那倒也是。不过教导员你不知道，我小时候听说过，东北那个地方很冷，非常冷。

欧阳云逸说：“冷到什么样？还能冻死人？”

第三章

1

一列一列的闷罐子军列在躁动与期待之中开出了山海关。

天气开始变冷，出发时暖洋洋的日头已是余温寥寥，凉风一阵紧过一阵。江南的这个季节正是晾晒稻谷的时候，田野村头花红柳绿，而眼下的东北大地已是满目肃杀，冬天开始降临在这片黑色的原野上。越往北走寒意越重，越往北走，冬天的落日也就愈发苍茫。

车过通化，吴铁锤的这趟火车又做了短暂的停靠。正是黄昏落日，寒风吹裹着站台上的落叶枯草，飞沙走石，红红绿绿的标语随风飘舞着，破旧的门窗在噼啪作响。西北方向的云层压得很低，预示着一场风暴的来临。

吴铁锤、欧阳云逸和营部的几个人在站台上走了一圈，只碰到了一位管理道岔的铁路师傅。没有了天津车站的锣鼓喧闹，也缺少了大喇叭的洪亮声音，除了长长的闷罐子军列，站台上十分冷清。

这位铁路师傅头戴三块瓦的棉帽，大头鞋，身披一件油脂麻花的厚重大衣。由于常年的烟熏火燎，这件臃肿的大衣眼下已辨不清本来的颜色。

他脸膛红润，高高的个子，看到站台上吴铁锤他们高高矮矮的几个人，就主动地上前攀谈起来。他们得知这个铁路师傅姓吴，所以就管他叫吴师傅。吴师傅一口纯正的东北方言，他知道吴铁锤他们是将要开赴朝鲜的志愿军，言谈话语之间满怀着崇敬和热情。他告诉吴铁锤和欧阳云逸，像这样的闷罐子军列已开过去很多趟，后面不知道还要来多少。一家伙上去这么多部队，够美国小鬼子喝一壶的。不过他看到这几个人身上的军装，也流露出担心疑惑。吴铁锤他们都是出发时的装扮，大盖帽，胶底回力鞋，单薄的棉衣裤。

吴师傅对他们说："朝鲜那疙瘩贼冷，你们这个样子上去恐怕够呛呢。"

李大个说："贼冷是啥子？啷个晓得吗？"

吴师傅说："小同志是南方人吧？你可不知道俺们东北这疙瘩，零下几十摄氏度是家常便饭，鼻子耳朵一拨拉就能掉下来。"

陈阿毛说："耳朵还能掉下来，吹掉的吧？"

"吹掉的？邪乎，"吴师傅说，"冻掉的！"

他的话引来了一阵轻松的笑声，能够明显感觉到对他的不信任。吴师傅正颜厉色地说："你们还别不信，俺们这疙瘩冬天净是大烟泡，尿尿，你出门手里都要拿根棍子。"

"拿棍子干什么？"欧阳云逸也产生了疑问。

"干什么，"吴师傅仍然一本正经地说，"拿棍子敲，不然尿到一半就冻住了。"

李大个和陈阿毛完全被唬住了，吴铁锤和欧阳云逸也是将信将疑。他们都没有在东北生活过，虽然知道东北是比他们江南苏北要冷，但是究竟冷到什么样，谁也没有体会过。至于鼻子耳朵拨拉拨拉就掉，尿尿要用棍子敲，他们感到不太可能，但是吴师傅说得这么认真，又由不得他们不信。

铁路吴师傅担心部队的衣着，欧阳云逸对吴师傅的打扮也不以为然。欧阳云逸说：

"什么季节师傅，你穿着这么厚的大衣、大头鞋，到冬天穿什么？"

吴师傅惊奇地说：“啥季节？这疙瘩已经冬天了，九月份入冬，十月份下雪，眼下都十一月了，还啥季节！”

吴铁锤小时候听说过东北的寒冷，小时候挨冻的滋味真不好受，那还是他的老家苏北吴家集。在冰天雪地的东北，不知道要比他老家冷出多少倍。

火车还没有得到发车的信号。站台上的风很大，大家也确实感觉到风寒天冷，所以就找了个避风的地方抽烟。铁路吴师傅抽的是自卷的喇叭筒，吴铁锤却掏出了轻易不抽的洋烟卷，是在南京下关车站上买的“老刀牌”香烟。一共买了两盒，一路上还没有舍得抽。吴铁锤撕开烟纸，抽出一根给吴师傅，自己却要了吴师傅的喇叭筒来抽。吴师傅的东北旱烟劲头很大，吴铁锤觉得非常过瘾。

铁路吴师傅没有点燃吴铁锤的老刀牌烟卷，只是在鼻子上闻了闻，很小心地装进大衣口袋里，而后又掏出烟叶纸条卷起了喇叭筒。吴铁锤一看他的举动，知道这是个真正抽烟的人，干脆把一整盒“老刀牌”都送给了这个铁路吴师傅，说就当是出国打美国鬼子而留下的一点纪念吧。

铁路吴师傅仿佛收受了贵重礼物般受宠若惊，同时又感到十分为难与愧疚，说他没什么东西送给打美国鬼子的志愿军，反而收了志愿军这么好的香烟，心里头真是过意不去。在此他只能祝英勇的中国人民志愿军出国作战一路胜利，早日凯旋。

即将开车的哨音吹响了，火车鸣响了汽笛，一团一团的蒸汽在寒风中飘荡。吴铁锤和欧阳云逸他们告别了铁路吴师傅，奔向即将出征的闷罐子军列。已经拉开了一段距离，吴师傅却突然从后面跑上来，三两把脱下油脂麻花的厚重大衣，死活塞给吴铁锤。铁路吴师傅说，“别看我这个大衣埋汰，却是正宗的日本关东军军用装备，翻毛的，抗风抗寒。你们带上它，到了朝鲜那疙瘩兴许能用上，就算我为抗美援朝保家卫国尽点心意吧。”

吴铁锤一个劲地推辞：“怎么能要你的大衣？你现在也要穿。”铁路吴师傅死活不干：“俺们家在这疙瘩呢，本乡本土的，总会想出办法，你们到了朝鲜是人生地不熟，拿上就能派点用场。”

吴铁锤一看确实盛情难却，就叫李大个接过了大衣。他真心实意地对吴师傅说：

“大冬天的让你把大衣脱下来，真不好意思。你放心吴师傅，有了你这件翻毛皮大衣，我就能替你多干掉几个美国鬼子。”

吴师傅冲他们招招手，意思是让他们快上车，火车马上要开了。吴铁锤突然间想起个事，他叫吴师傅等等，自己一跃上了闷罐子，少刻又蹦下车来，手里却攥着瓶洋河大曲。他把这瓶酒硬塞到吴师傅怀里，说这个酒是他苏北老家吴家集的老母亲捎给他的，珍藏了多年，一直舍不得喝。你们这疙瘩天冷，大衣又脱了，冷的时候喝两口，暖暖身子。吴铁锤特意叮嘱，他们家的老酒劲头特别大，两口下去就能放倒一个人，他要铁路吴师傅喝的时候悠着点，不然会一醉不醒的。

铁路吴师傅没有推辞，他接过了这个酒瓶子，也记住了吴铁锤的话。他看着吴铁锤匆忙爬上已经缓缓开动的火车。吴铁锤冲着站台上的吴师傅招招手，想说一句回来见，可是却并没有说出口来。风很大，满地飞舞着落叶枯草以及残破的红绿标语。在他的视线中，吴师傅的身影越来越远，连同这个冷清破旧的小站消失在灰蒙蒙的天空之下。

吴师傅目送闷罐子军列喷吐着黑烟隆隆地驶往远方，把手里的洋河大曲放在鼻子下闻了又闻。真是好酒啊，他在心里面说道，怪不得人家珍藏了那么多年。这一去就冰天雪地炮火连天的了，不知道这些人什么时候能够回来，不知道这辈子还能不能再见个面啥的。他想刚才光顾着说话了，也忘了问问几个志愿军同志的名字，也不知道他们都姓甚名谁。

吴师傅感到非常懊悔。

2

张仁清军长的部队及其九兵团兄弟部队的两个军奔波在关外大地上的时候，奥利弗·史密斯的陆战1师刚刚结束了黄海日本海的“悠悠行动”

而在元山港正式登陆。依照麦克阿瑟的计划，他们将从东部战线沿长津湖水库一线向北发起钳形攻势，直插鸭绿江边，在东西两线完成对志愿军十三兵团的战略包围，从而一举扫荡北部朝鲜，结束朝鲜战争。十三兵团是第一批出国作战的志愿军六个军，此刻在西线正面临沃尔顿·沃克第8集团军的巨大压力。如果陆战1师于东部发起并完成钳形攻势，将使十三兵团腹背受敌，后果无法想象。

战场形势变得万分危急。

鉴于朝鲜战场的严峻局面，毛主席、中央军委电令九兵团取消原定于梅河口地区进行整补换装的计划，直开鸭绿江，由辑安（现名为集安）等地火速直接入朝。毛主席的电报充满了对时局的焦虑：

> 江界、长津方向应确定由九兵团全力担任，以诱敌深入寻机各个歼敌为方针。九兵团之一个军应直开江界并速去长津。

张仁清军即将到达边界整补地区，计划取消后，由于友邻部队的一个军已开向安东，一时来不及掉转，所以以他们所在的位置，兵团决定他这个军从后卫变为前卫，直开辑安鸭绿江。军直及其所属四个师在辑安过江后，将经由北朝鲜的满浦里、江界、平南镇一线进至长津湖地区，迎头截击美陆战1师，阻敌北犯。

张仁清明白，取消整补换装计划，将意味着几万人的部队没有棉帽子棉鞋棉手套棉大衣，他们将要穿着南方部队的单薄冬装在朝鲜的高寒地带作战。

军情永远是第一位的，不容你讲价钱打折扣。部队还在开进途中，通信联络也无法保障，张仁清只能派出人员口头传达军党委的紧急命令，沿站通知所有的军列不再停车，一路直开辑安鸭绿江。同时要求全军部队立足现有条件，自己动手克服困难，解决防寒保暖问题，最大限度取得粮弹保障，以大无畏的精神插到长津湖，完成毛主席、中央军委的战略部署。

火车在茫茫夜色中穿行。

车出通化后，出于防空需要，部队被要求一律实行灯火管制，战争的气氛骤然降临在面前。黄天柱和向修远进行了分工，向修远暂时留下传达军党委命令，并负责部队进行必要的物资准备，而由黄天柱带着手头上的部队先行开进，连夜过江。作为全军的前卫，吴铁锤和欧阳云逸的前卫营由此而生，从这一刻起，他们就和长津湖这个陌生的地方紧紧连在了一起。

黎明时分，长长的闷罐子军列缓缓驶达边境小镇辑安。灯火寥落，到处一片昏暗。车头喷吐着蒸汽，一缕一缕的白烟在微明的夜空中飘散。晨光熹微中的街道屋舍虽然依稀可辨，然而吴铁锤他们却一时搞不清东南西北。空空的山坡下面是一片茫然，什么也看不出来，有当地人告诉他们，那里就是鸭绿江，对面就是朝鲜。

黄天柱带着吴铁锤、欧阳云逸及其营部人员穿过拥挤着的人群，来到外面的站台上。车站内外到处都是刚刚下车的部队，几间具有浓厚日本风格的平房候车室里挤满了来来往往的军人，他们的衣着截然不同，操着南腔北调的方言。穿大衣戴狗皮帽子的是东北边防军，而头戴大盖帽脚蹬胶底鞋的一定是刚刚从南方过来的部队。窗户门板上都遮挡着厚厚的布帘，以防灯光外泄。

3

东北边防军的一位领导在这里和他们碰头，双方简要介绍了情况。看起来非常严重，黄天柱他们任务紧急而又艰巨，需要当天连夜过江，而东北边防军所能提供的后勤保障却是捉襟见肘。

东北边防军领导是个矮胖子，他自报家门，自称是边防军一个部门的副参谋长，姓郭，所以黄天柱就叫他郭副参谋长。郭副参谋长也穿着厚重的大衣，狗皮帽子却拎在手上，由于忙得焦头烂额，他短短的头发楂子里此刻正冒着丝丝缕缕的热气。郭副参谋长一再向黄天柱表示歉意，因为受领任务紧急，时间过于仓促，他们仅仅筹集了一点馒头干、高粱米。不过各种枪弹倒是不少，步机弹手榴弹在车站内外的场地上堆得到处都是，管够他们拿。他又告诉黄天柱，眼下正发动附近驻军和辑安的老百姓连夜为他们蒸馒头，保证部队不会饿着肚子过江。

吴一六听说只有一点点馒头干、高粱米就很不高兴，说这个高粱米怎么吃呢？我们部队平时都吃的大白米，这个高粱米从来没吃过，我们南方人见都没见过。

吴铁锤瞪了他一眼："你哪门子南方人？师长还没有说话呢！"

黄天柱一时无语。他心想过江好说，过去以后怎么办？部队需要连续行军然后到达战役集结地域，一路上总不能喝西北风吧！不过他知道人家边防军这时候肯定也是困难，所以这些埋怨的话语并未出口。他顿了顿，然后对这个矮胖子边防军领导说：

"我们部队也是刚刚接到命令今天连夜过江，原来的整补换装泡汤了，都仓促，都急。"

郭副参谋长说："哪怕有两三天的时间呢，我就能为咱们部队准备好足够的伙食。"

黄天柱说："肯定是不行了，来不及了，只能等到过江后再送。还要全靠你们帮忙。"

"那是没说的，"郭副参谋长马上表态，"你们在前边，我们在后边，无论如何也要保证你们的供应。"

吴铁锤这时候插话说："大馒头什么时候蒸好？部队昨晚到现在还没有开饭。"

郭副参谋长说："家家户户正在蒸，已经蒸了一部分出来。"

黄天柱对吴铁锤说："你们不要干等着，马上组织部队领东西，不管什么吃的，大馒头高粱米馒头干，还有武器弹药，有什么拿什么，能多拿尽量多拿，拿不动为止。"

吴铁锤吩咐通信员李大个立即通知四个连的连长照此办理，又叫吴一六抓紧去筹备，别在这里大眼瞪小眼。吴一六李大个一溜烟消失在寒冷而微微放亮的晨曦中。

站房内灯光昏黄，但是边防军郭副参谋长还是轻易看出了这个南方部队单薄的衣着，尤其是他们的单帽单鞋，在此时尤为显眼。不少人正挤在一起，瑟瑟发抖。

郭副参谋长问黄天柱：“部队没有棉帽棉鞋？”

“没有，”黄天柱说，“我这个部队，冬天就没有戴过棉帽子。”

“棉大衣呢？”郭副参谋长又问。

黄天柱说：“更没有了。”

“哎呀，”郭副参谋长叹了一口气，说道，“大冬天的，这可够呛！”

黄天柱说：“是啊，原来计划在梅河口一带整补换装，发棉帽子棉鞋棉大衣，现在不行了，梅河口去不了啦，敌情紧急，来不及了！”

边防军郭副参谋长一下子脸色严峻：“这可不行，你们这个样子怎么去朝鲜打仗？冻也把你们冻死了！”

“会冻死人？”欧阳云逸在旁边问道。

郭副参谋长看了看欧阳云逸，这个戴着眼镜的文质彬彬的南方部队教导员也是一样衣着单薄，话语里流露出明显的不相信。他对他们说：

“现在是冬天，鸭绿江已经开始封江。每年这个季节，西伯利亚寒流一来，气温马上降到零下几十摄氏度，别说人了，啥东西都能冻坏。”

吴铁锤说：“冻坏就冻坏了，有什么办法！也不能去抢。再说了，人生地不熟的，到哪里去抢！”

边防军郭副参谋长直挠头，说了几个“不行、简直开玩笑”之类的话，说他们这个样子上去就等于是自杀，根本不可能打仗。

吴铁锤牛劲上来了，撸撸袖子说：“你还别不信，首长，就我们这个部队，新四军的老底子，什么艰难困苦没见过？别说是小小的天寒地冻，就算我们前卫营冻掉了，也一样打得美国鬼子哭爹喊娘！”

黄天柱眼一瞪：“吴铁锤你是什么作风？有这样跟领导讲话的吗？领导怕你们受冻不是关心你们吗？”

吴铁锤还不服气：“那也不能说我们就是去自杀吧？多不吉利啊？不吉利嘛！”

黄天柱眼睛瞪得更大：“你还瞪眼？你瞪什么眼瞪眼？什么吉利不吉

利的？打仗靠迷信吗？”

吴铁锤还想解释点什么，欧阳云逸拉了拉他的袖子，把他制止了。边防军郭副参谋长在一旁哭笑不得。

黄天柱对郭副参谋长说：“不要介意，我们前卫营营长，铁锤子，就这个熊样！”

郭副参谋长笑笑，表示他毫不在意，反而夸赞吴铁锤军事素质高，一看就是一员虎将。

黄天柱由衷地说道：“感谢你们边防军领导关心啊，情况就这个情况，你们也算尽到心了。”

郭副参谋长又挠挠短短的头发楂子，略作思考，然后像下了决心似的对黄天柱说：“这样吧，我们的人集合一下，大衣棉帽子棉鞋都脱下来换给你们，有多少算多少，救救急。”

黄天柱手一摆：“这怎么行？大冬天的，你们也冷嘛。”

东北边防军的郭副参谋长十分真诚地说：“你们马上就过去了，我们在后边，换掉了还有别的办法嘛。都是打美国鬼子，一定不要拒绝。”

黄天柱没再说别的，只是伸出双手与这个矮胖子边防军副参谋长紧紧地握了握。

东北边防军的干部战士有的脱掉了大衣，有的脱掉了棉鞋，有的摘下了头上的狗皮帽子，力所能及，不一会就堆起一垛冬装。但是数量毕竟有限，对几万人的部队而言，可谓是杯水车薪。吴铁锤和欧阳云逸因此决定把这些东西留给后面的部队，留给团部师部，他们前卫营不要一件大衣一顶帽子一双鞋。他们知道自己困难，别的部队一样困难，这是他们完全自然而又自觉的行动，是多年来养成的觉悟。而在私下里，他们对即将到来的严寒仍然缺乏足够的认识，他们认为自己年轻力壮，跑一跑扛一扛就能扛过去。

欧阳云逸对吴铁锤说，东北这个地方也好，朝鲜那个地方也好，冷是肯定比他们江南要冷，但不至于冷到冻死人。

欧阳云逸为自己的这个判断付出了不可挽回的代价。

4

部队集合在山脚的公路边上，两边的山头山坡上林木茂盛。昏白色的天空已经完全亮起来，云层很低，看不到太阳升起的地方。

三路纵队排起了长长的距离。因为这时候还是秘密入朝参战，所以按照上级规定，所有能够暴露身份的标志记号一律清除，也就是清装。部队所戴的大盖帽上有“八一”“五星”的标志，要把“五星”摘下来；每个人的胸前都缝有“中国人民解放军”字样的胸章，要把胸章撕下来；毛巾两端也印有“八一”和“中国人民解放军”字样，这两端的标志都要剪下来。总之，凡是带有中国印记的痕迹都要清除，包括个人的随身物品。

吴铁锤对欧阳云逸说，抗美援朝保家卫国是光明正大的事情嘛，不偷人不抢人的，干什么遮遮掩掩？欧阳云逸说你就别说这个话了，上级自有上级的道理，让你怎么办你就怎么办，营连干部都要带头。

但是清装的效果仍然不够彻底。每个人身上都有一个本子，扉页上印着毛主席画像，这是再明显不过的标志了，按规定同样不能带入朝鲜。然而许多人悄悄藏起了这个本子，因为那上面有伟大的毛主席。吴一六对李大个和陈阿毛说，是毛主席让他去打美国鬼子，他不能丢下毛主席他老人家不管。

吴铁锤的雕花云龙纹檀木匣上刻有“大清道光二十一年四月制”一类的字样，中国印记非同寻常，用欧阳云逸的话说，明眼人一看就知道是典型的中国货。吴铁锤说，“这可不能清，我的传家之宝，打美国小鬼子全仗着这面锣呢。”欧阳云逸一想也是，这个锣陪伴着他和吴铁锤走过多少年的战火硝烟了，他们的部队一闻锣声就犹如下山的猛虎，对别的部队来说无所谓，而他们这个部队却不能没有这面锣。欧阳云逸掐指一算，大清道光二十一年应该是1841年，那时候朝鲜还是中国的地盘呢，所以这个东西到了朝鲜也是顺理成章的事。“那就留着吧”，欧阳云逸说，“也让美国鬼子听听锣声。”吴铁锤说他搞不懂什么康熙乾隆嘉庆道光，反正都是一个祖宗。不过他倒可以把他的另一个心爱之物清下来。欧阳云逸说，“什么东西啊？”吴铁锤说，“我的刮胡子刀。”

这把刮胡子刀还是吴铁锤参加上海战役时的缴获品。当时他们的部队在黄浦江东岸攻进了一个国民党军团部，在打扫战场时眼尖的李大个发现了它，还是很新的样子呢。吴铁锤从那个时候起用上了刮胡子刀，而在此之前，他的胡子一直是拿剪子剪。李大个问他：“你把刮胡子刀清掉，你的胡子到了朝鲜怎么办？”

吴铁锤对他说，打美国鬼子纸老虎费不了多大劲，一个穿插迂回分割包围就能解决问题，回来刮胡子完全来得及。李大个佩服得五体投地。一年多前，他原来所在的国民党部队五六十万人一个淮海战役就被打掉了，才用了多长时间？不过两个月。美国小鬼子能有多少人？

李大个的帆布挎包里装着吴铁锤珍藏多年的家乡好酒洋河大曲，原来是两瓶，在通化车站停车的时候给了铁路吴师傅一瓶，换了铁路吴师傅的翻毛皮大衣，现在还有一瓶，李大个问这个酒清不清。

吴铁锤瞪了他一眼，对他说清什么也不能清这个酒，这是铁锤妈妈留给他的，珍藏多少年了，他连喝都舍不得喝，能随随便便清掉？他要李大个好好保管着，要像陈阿毛保护他的锣一样保护好这瓶洋河大曲，磕了碰了都要揍他个熊。

李大个狡黠地笑笑，把酒重新包在了挎包里。实际上他是故意这样一问，他知道吴铁锤舍不得这个酒，这个酒和那个雕花云龙纹的檀木匣铜锣一样，都是吴铁锤的宝贝。

欧阳云逸尽量清除了个人的随身物品，但是却把牙膏牙刷留了下来。陈阿毛说，“教导员你这个牙膏上写着上海，可能会暴露目标。”吴铁锤也说，“就是，你天天行军打仗的，不管刮风下雨白天黑夜都要刷牙洗脸，不当吃不当喝的，搞那么多穷讲究干啥？”

欧阳云逸没理会他们。他把他的牙膏牙刷用毛巾仔细包好，很小心地放进帆布挎包里，然后对他们说道：

“你们不让我吃饭喝水可以，不让我洗脸刷牙不可以的。”

清装后，部队草草吃了点饭，隐蔽在辑安附近的山林村庄之中，一面准备，一面等待着夜幕的降临。

欧阳云梅带着蓝晓萍来看她的哥哥欧阳云逸。

5

惨白的太阳在云层后面时隐时现，天空中一片昏白。在东西两岸冷白色雪景的映照之下，黑色的鸭绿江江水自东北向西南缓缓流淌。对岸的朝鲜大地寂寥万分，没有人影，也不闻鸡鸣狗吠，像是一个没有生命的蛮荒世界。更远的地方，飞机与爆炸的声音隐约传来，标示着战争和战场所在。

李大个最先发现了欧阳云梅和蓝晓萍，她们正一路走一路打听情况。这个欧阳云梅他认得，知道她是欧阳云逸教导员的妹子，可是这个蓝晓萍头上包着围巾，他一时间没能认出来。

欧阳云梅一看到李大个就说："大个子，马上要打美国佬小瘪三了，侬的个子这么低，摔跤摔不过美国佬的。"

李大个举了举手中的中正式步枪说："啷个跟他摔跤嘛，格老子一枪送龟儿子去西天！"

欧阳云梅却成心跟李大个过不去，说道："就怕侬枪拖在地上打不响的。"

李大个知道欧阳云梅又在耍笑他，翻了翻眼睛不再说话。他原来有个外号叫"老母猪"，很多人都知道，想必欧阳云梅也了解的。李大个心里不太服气，个子矮怎么了？个子矮也是爹妈给的，小巧玲珑，机动灵活。你欧阳云梅个子大，风风火火的却不像个女人，怪不得教导员一提起他这个妹妹就直叹气。就怕你这样的女人将来找不到个婆家，反正给我李大个做婆娘我李大个是无论如何不会动心的。

世事难料。在中国东北的鸭绿江边，在这个边境小镇辑安，无论李大个还是欧阳云梅，谁也没有预料到在以后的日子里会发生些什么。

李大个心里打着自个的主意，脸上却是一副笑眯眯的模样，很热情地把欧阳云梅她们领到了营部。吴铁锤的前卫营分散在辑安小镇周围，营部临时找了间房子安顿下来。下半夜一趟一趟的闷罐子军列又运来不少的部队，都隐藏在远远近近的山沟里，千军万马，可是你从外面看却一点也不显山露水。

欧阳云梅她们进来的时候，陈阿毛坐在地上擦拭着雕花云龙纹檀木匣铜锣，吴铁锤、欧阳云逸和吴一六则横盖着通化铁路吴师傅的关东军翻毛皮大衣，躺在炕上睡觉。炕洞里烧着火，不是很大，但比外面要暖和不少。

欧阳云梅的大嗓门扰了他们的好梦。

吴铁锤一掀大衣坐起身来说："稀客稀客，前卫营表示欢迎。"

欧阳云梅说："几天不见，侬怎么油腔滑调的？"

吴铁锤笑道："岂敢岂敢，你们是师部领导呢！"又转脸对吴一六说："客人来了，看看营部有什么招待的没有。"

吴一六说："什么东西也没有，就是馒头干、高粱米，另外还有子弹箱子手榴弹，倒是不少，搬不完。我看这个东北边防军还真是抠门，怎么说我们要出国了，也得吃个七碟八碗的吧？"

欧阳云逸戴上眼镜，对蓝晓萍笑笑，说："我们这个粮秣员一天到晚就想着吃了，也不想想人家边防军把大衣帽子都脱下了，都有困难，都不容易嘛。"

吴一六说："怎么我想吃了？营长要招待客人嘛！"

蓝晓萍这时候解下头上的围巾，同样很文静地笑笑，看着吴铁锤说："不用客气了，我们吃过饭的。"

李大个这时候认出了蓝晓萍，知道她是师文工队的。部队还在江南驻地的时候，也是这个欧阳云梅有一次带着她来的营部，当时营长教导员还安排粮秣员吴一六杀了鸭子招待她们，大家有说有笑的，好像就是昨天的事情。

欧阳云梅一本正经地说："我们来就是看看你们，给你们送送行，可不是来要吃的。再者说，都是革命战友，哪有那么多穷讲究？”

吴铁锤挠挠头说：“那就不客气了。”又说，“才刚刚躺下，刚刚要睡个好觉。”

“呦，”欧阳云梅说，“我们来得还不是时候了？打扰你们了？”

吴铁锤说：“没有没有，那倒没有，你们来了我们高兴还来不及呢！是吧，教导员？”他看着欧阳云逸说：“我们老欧比我还要高兴。”

6

欧阳云逸知道他话里有话，笑了笑，把眼镜摘下来擦着，并没有回答吴铁锤的问话。

欧阳云梅却对他们表示了不满，她说：“睡觉，睡觉，你们就知道睡觉，外面空气多新鲜，也不去江边看看风景。”

吴铁锤说：“最后一觉了，到了晚上我一腿跨过鸭绿江，这个中国觉就睡不成了。”

“呸呸，”欧阳云梅嘴里吐着唾沫说，“什么最后一觉？打完了美国佬小瘪三，你回来天天可以睡大觉的。”

蓝晓萍也插话说：“吴营长你这样说话不吉利的，吐两口唾沫，把晦气吐了。”

吴铁锤嘿嘿地笑着，却并没有吐唾沫。他说：“什么吉利不吉利的，我们师长说了，当兵的不讲究这个。”

“昨天到现在一直没睡，”欧阳云逸解释道，“晚上就过江了，过去后要走一夜。”

欧阳云梅说：“你们先过去，我们随后就到的。”

吴铁锤故意咧着嘴巴说：“你们早到晚到无所谓的，婆婆妈妈的，也上不了阵地，就是上了阵地，还要我们照顾你们。”

欧阳云逸看了看吴铁锤，说道：“老吴你这个话不能这样说，打起仗来真少不了她们师医院。”

欧阳云梅说：“还是我哥哥讲道理吧？我们不上去，你吴铁锤负伤了谁给你抢救？谁给你换汤换药的？”

吴铁锤眼睛一瞪：“什么？我负伤？你打听打听，问问你哥老欧，我吴铁锤大小战斗几百次，什么时候负过伤挂过彩？打我吴铁锤的子弹，它就没有造出来！”

“吹吧你就。”欧阳云梅也故意撇着嘴。

“几百次战斗多了，”欧阳云逸更正道，“几十次差不多。”

“不管它多少次，”吴铁锤对欧阳云逸说，“子弹它不找咱老吴这是真的吧？”又盯着欧阳云梅和蓝晓萍：“你们知不知道这个子弹它为什么不找我吴铁锤？”

蓝晓萍并不说话，只是文静地笑着。

欧阳云梅却是一脸不解：“为什么？”

“那不是，”吴铁锤两腿盘在炕上，朝陈阿毛手里的雕花云龙纹檀木匣铜锣扬扬头，“全靠老祖宗这个锣护着呢。”

这几个人你来我往说话的时候，粮秣员吴一六在不大的屋子里走来走去，给人一种走也不是留也不是的感觉。而陈阿毛则一直擦拭着雕花云龙纹檀木匣的铜锣，里里外外反复擦了几遍，边边角角的灰尘都用嘴巴仔细吹过了。檀木匣子包浆圆润，光泽饱满，锣面在微寒的光线中放射着幽幽的青光。

这个锣欧阳云梅见过几次，在她为数不多的印象中，几乎每次到来都会看到这面锣。开始是李大个在擦，后来是陈阿毛在擦，有时是个锣，有时就是个檀木匣子，上面雕刻着一层一层的云状花纹。她也知道这面锣有些年头，听说过是吴铁锤祖上传下来的，也听说过别的部队打仗吹号，他们这个部队不仅吹号，还敲锣。但按着吴铁锤的说法，这个锣能护着他们刀枪不入，这还是头一回听说。她想，吴铁锤胡说八道，肯定又在吹牛。

欧阳云梅对吴铁锤说：“你吹吧，我们没有看见过的，吹牛也不交税。”

“怎么是吹牛呢？”吴铁锤不干了，“我这个人不会编瞎话，不信问问你哥。”

欧阳云逸把擦好的眼镜举在头顶上看看，哈口热气，又接着擦，却并没有回答吴铁锤的问话。

欧阳云梅站起来说：“别在这瞎吹八说的，我们去外面走走，去鸭绿江看看风景吧。”

“好啊，”吴铁锤一蹦下了炕，戴上狗皮帽子，披上他关东军厚重的大衣说，“反正睡不了觉了，去外面走走。不过鸭绿江不能去，防空，有纪律。我带你们到辑安街上转转。”

蓝晓萍不想去。蓝晓萍对欧阳云梅说：“外面很冷的，小街道有什么好看？”

欧阳云梅一拍手：“你不去正好，和我哥哥说话吧，吴铁锤我们走。”

吴铁锤并不傻，欧阳云梅一说他就明白了。吴铁锤对李大个几个人说：“蓝同志怕冷，让教导员和蓝同志在屋里暖和，我们去外面逛逛。”

李大个动作很快，背起他的中正式步枪，麻溜出了门。陈阿毛也收好雕花云龙纹檀木匣铜锣，往炕洞里添了几块木头，戴上大盖帽出去了，只有吴一六站在原地不动。吴铁锤说：“我说出去逛逛，我的话你没有听见吗？”吴一六说：“我听是听见了，你们去辑安街上逛，我去哪里逛？”吴铁锤说：“随便你去哪里，反正不能在屋里。”吴一六嘴巴吧嗒两下，唉声叹气地走了出去，好像很不情愿的样子。

屋子里只剩下了欧阳云逸和蓝晓萍。

起风了，风吹动着木板门上的铁环，叮当作响。炕洞里的木头柈子噼噼啪啪，微微泛红的火光投射在炕洞外的地面上，晃晃悠悠，仿佛一面小小的旗帜在不停地舞动。

两个人一时间都没有说话。蓝晓萍看看欧阳云逸，笑笑；欧阳云逸也看看蓝晓萍，同样笑笑。后来蓝晓萍拿起欧阳云逸的眼镜，说：“你总是擦来擦去的，擦得那么干净干什么啊？”欧阳云逸就开玩笑：“擦干净了看你看得更清楚啊！”蓝晓萍又文静地笑笑，脸上却起了些许红色的光晕，不知道是不好意思呢还是炕洞里的柴火在作怪。

蓝晓萍盯着欧阳云逸的眼睛看了一会儿，很仔细，很认真，好像要把他眼睛上的每个细节都记住一样。在蓝晓萍的感觉中，欧阳云逸摘掉眼镜框的双眸温润细腻。蓝晓萍知道营部的几个人都出去了，但还是往外面看了看。当她确定周围确实非常安静时，便从怀里面掏出了此行专门带来的东西，一副蓝色的毛线编织手套。这副手套还是她在孔子的老家曲阜买的毛线，从曲阜一出发就开始编织，在咣当咣当的闷罐子火车上整整编织了三天，车过通化以后才刚刚编织完成。手套是蓝色的，蓝，和她的姓一样。

师文工队解散后，人员都充实到师医院，蓝晓萍正好与欧阳云梅分在一个治疗队。在辑安下车后，蓝晓萍对欧阳云梅说："给你哥哥织了副手套，你去送给他吧，他们马上就过江了。"欧阳云梅说："你干吗不自己去送？"蓝晓萍笑笑："我一个人怎么去啊，也不知道他们在哪里。"欧阳云梅说："这个好办，我可以陪你去的。"她们两个就来找前卫营。在路上欧阳云梅跟蓝晓萍开玩笑："你这个小丫头人小鬼大，什么时候喜欢上我哥哥欧阳云逸了，你是不是想给我做嫂子啊？"蓝晓萍白白净净的脸上红了又红，也不说话，只顾低着头走路。欧阳云梅虽然大大咧咧，但毕竟女人心细，蓝晓萍这个样子，她也就什么都明白了。在火车上她看到蓝晓萍一直织着这副手套，可是并没有想到是为她的哥哥而织。令欧阳云梅百思不得其解的是，这个不声不响的文文静静的小丫头是什么时候喜欢上她哥哥的。欧阳云梅一路上都在想，后来终于想起来了，一定是在江南部队的驻地，有一次她们两个去看她的哥哥欧阳云逸，那是蓝晓萍第一次见到她的哥哥。那个时候满山满野遍地金黄，正是油菜花怒放的季节。

然而有一件事情教欧阳云梅弄不准。她问蓝晓萍："你是我的小妹妹，一直都喊我姐姐的，将来嫁了我哥哥，我怎么称呼你呢？总不能反过来教我喊你姐姐吧？"蓝晓萍小米牙咬着嘴唇，咬了半天，后来对欧阳云梅说："你是我姐姐，永远都是我姐姐。"

欧阳云梅哈哈大笑，拍打着蓝晓萍的肩膀，说："想不到你是人小鬼大，真的是人小鬼大，连我都没有看出来呢，我考验你呢！不过请你放心，你既然够意思，我也要够朋友，将来真的嫁了我哥，妹妹要喊，嫂子也要喊的，我就喊你嫂子妹妹。”

此时此刻蓝晓萍坐在欧阳云逸面前，坐在这安静而又温暖的屋子里，想起在来的路上欧阳云梅所说的那些滚烫的话语，不觉得脸上又泛起了红红的光晕。

欧阳云逸试着戴了戴蓝晓萍所织的蓝色毛线手套，不大不小正合适。欧阳云逸说：“谢谢你蓝晓萍，织这副手套一定费了你不少的工夫。”蓝晓萍说：“其实也没有费多少工夫，就织了三天。”欧阳云逸说：“我也没有什么东西送给你，等上去打了这一仗，一定缴获美国鬼子战利品给你。蓝晓萍笑笑，没说什么。”

屋子里重新变得安静。木头门板上的铁环好像又在叮当作响，有一会儿他们似乎忘了它的存在。外面的小风溜溜儿刮着，炕洞里的木头柈子噼噼啪啪。

欧阳云逸很喜欢眼前的氛围，安静，温暖，让人流连忘返。这个瘦瘦小小的蓝晓萍总给他一种十分宁静的感觉，他第一次看到她时就有这样的感觉。要是不打仗多好，欧阳云逸想，要是不打仗，他这个年纪也该是娶妻生子的时候了，不对，不是娶妻生子，是儿女满堂。都是美国鬼子，美国鬼子不到朝鲜，他们也不会前来抗美援朝。看来只有打完美国鬼子了，打完美国鬼子才能考虑娶妻生子的事情。这个蓝晓萍也不错，娶了这样的女人回家，她会很安静，不吵不闹，一辈子安安静静、平平安安的，多好。

欧阳云逸沉浸在这样的氛围之中，不知道是因为蓝晓萍，还是因为自己思想开小差，有一会儿觉得神思恍惚，不知道自己身在何处。

蓝晓萍后来说她还想为欧阳云逸织一件毛衣，线都买了，只是没有量过他身材大小。毛线也是同样的蓝色，和她的姓一样，但是她担心欧阳云逸会不喜欢。因为男人要是穿上了一件蓝色的毛衣，别人看到可能会笑话的，好像是灰色的毛衣更适合男人。欧阳云逸从恍惚之中清醒过来，对蓝晓萍说一副手套已经够麻烦她的了，无功受禄，总让他觉得忐忑不安。

然而蓝晓萍决意要为欧阳云逸织一件毛衣。她叫欧阳云逸站着别动，张开手掌，先是上下，然后又从左至右从右至左量了一遍，心里面有了大概的尺寸。她微微地笑着，对欧阳云逸说不费事的，她十天半月的就能织出来。

欧阳云逸感到有些别扭，但是又不好推辞，心想随她去吧，大不了多缴获几个战利品给她。

李大个跟着吴铁锤和欧阳云梅出去了，欧阳云逸叫过来司号员陈阿毛，要他领着蓝晓萍找到欧阳云梅，然后送她们回自己的单位。

蓝晓萍离开的时候说了两句话。蓝晓萍对欧阳云逸说："你上去要当心，别叫子弹碰着。你要回来的。"

欧阳云逸一时间没能理解蓝晓萍话中的全部含义。欧阳云逸对蓝晓萍说："我肯定回来的，你们也要当心。"

蓝晓萍走了很远，后来停下来，回头冲着欧阳云逸摆了摆手。

"再见。"

蓝晓萍轻轻地说道。

欧阳云逸站在屋门口，也对蓝晓萍摆了摆手。他没有能够听到蓝晓萍说话的声音，但是明白蓝晓萍此刻全部的心意。

第四章

1

奥利弗·史密斯总觉得哪儿不太对劲。

陆战1师经过了一个多星期的颠簸之后，才终于结束了被士兵们讥讽为“悠悠行动”的海上旅行。这个行动是整个陆战1师，也包括紧随其后的步兵第7师的所有人员和装备由仁川港登船后自北向南航行，经朝鲜海峡，绕过整个朝鲜半岛的最南端，再掉头向北，经日本海到达北朝鲜东部的元山港，在转了一个一百八十度大弯以后，再登陆卸船，向北和西北方向的鸭绿江进攻。作为仁川登陆的主力，史密斯师长的部队刚刚结束了收复汉城的战斗，完全可以乘势发展，就算是要从东部开辟新的战线，那也用不着在海上漂泊一个星期。史密斯看了一下作战地图，元山港位于汉城的东北方向，几乎是这个半岛蜂腰部的最为狭窄之地，与他们当时所处的位置近在咫尺，由陆路直插而去，不仅省时，而且省力。然而让史密斯百思不得其解的是，最高统帅麦克阿瑟将军对这一显而易见的态势视而不见，非要来一个大海上的长途旅行，士兵们饱受颠簸晕船之苦事小，致命的是贻误了宝贵的战机。他和他的部队在海上“悠悠行动”的时候，沃尔顿·沃克将军的第8集团军正与突然出现的中国人浴血苦战，联军部队被迫退往清川江一线，使唾手可得的胜利化为泡影。他手下的团长里兹伯格上校对此有精辟的见解，如果不是这个貌似强大的“大龄屎壳郎”一时糊涂，那就是他还沉浸在声势浩大的仁川登陆之中头脑发涨不能自拔，还在想着打一场仁川似的登陆战役。可是当疲惫不堪的陆战1师尚在仁川港装船待运的时候，他们要绕道而去的朝鲜北部的元山港已由大韩民国的部队从陆路占领，在此之前，北朝鲜人民军已弃守这个荒凉的港口多日。大家盼望着麦克阿瑟能够改变计划从而使他们由陆地奔赴仁川，但是麦克阿瑟不为所动，仍然要让陆战队坐船绕圈子。因此，在这个“悠悠行动”的过程中，陆战1师除了在船上坐观海军部队的扫雷活动之外，没有发挥仁川登陆之战时的任何作用。

“大龄屎壳郎”是陆战队私下里送给麦克阿瑟的绰号，奥利弗·史密斯一直未弄懂其中所包含的确切含义。身为一师之长，他非常了解他手下的那帮陆战队士兵，他们习惯于给任何人起绰号，他们不仅管麦克阿瑟叫作“屎壳郎”，后来还给阿尔蒙德将军起了个绰号，叫作“屎壳郎兄弟”。以史密斯的理解，这两个绰号不能说多么恶意，但起码也不会是夸赞的同义词。

差不多人人都了解麦克阿瑟的刚愎自用，他的自我感觉一贯良好，无论何时何地都是一副泰然自若的模样，以显示其独有的大将风范，一旦打定了什么样的主意就从来不会改变。然而却很少有人知道奥利弗·史密斯。

史密斯师长参加过第二次世界大战，领导过西点军校的工作，加之他温文尔雅，出言谨慎，因此也被陆战队称作史密斯教授。他是美国陆战队的老底子，指挥陆战1师多年，热爱和熟悉他的部队。在当时，陆战1师是美军所有部队中装备最好、现代化程度最高的部队，被赞誉为重装备典型，往往在最关键的时候被用在最关键的地方，发挥着一击致命的作用。

这位被称作史密斯教授的师长虽然温文尔雅、做事谨慎，但是性格中却具备一种十分执拗的因素，有时会显得非常固执。上司有上司的计划，他有他的计划，当他的计划不被上司采纳而又受到上司的严令督查时，他不会大声争辩，他会执行上司的计划，但是按照他自己的想法去执行。

元山港登陆之后，陆战1师在由元山、咸兴向鸭绿江方向推进的过程中，在刚刚进入山区的黄草岭一带受到了中国人的阻击。中国人打得很顽强，陆战队在空炮火力的协同支援下，往往要经过三番五次的争夺才能拿下一个山头。几天之后，当夜幕慢慢隐去，曙光悄悄来临，陆战队却突然发现中国人在一夜之间消失得无影无踪。前面是北朝鲜跌宕起伏的崇山峻岭以及最大的人工湖泊长津湖，极目四望，荒无人烟。虽经空中反复侦察，却未能发现中国人的任何蛛丝马迹，他们就像是突然出现时那样，又一下子蒸发，神秘地不见了踪影。他们去了哪里？会不会再来？他们的目的究竟何在？这一切让史密斯和他的部队迷惘不已。

与此同时，在西线作战的沃尔顿·沃克将军的第8集团军也遭遇了同样的情况，中国人开始大步退却，影踪难寻。麦克阿瑟十分简单然而却是果断地做出了自己的判断，他认为中国人的参战具有象征性意义，无非是一个警告或者是出于极小利益的考虑，因此他们的退却也合乎其理，在强大的美国及其联军部队的攻势之下，人数不多的中国部队只能远遁他方，或者早已返回了满洲的白山黑水。所以联合国军仍要坚定不移地向鸭绿江挺进，胜利就在眼前。

史密斯和里兹伯格以及陆战队的大多数军官都不相信“大龄屎壳郎”麦克阿瑟的这一判断，认为他是在信口雌黄。

判明中国人确实已神秘消失在暗夜中后，里兹伯格坐上吉普车来见他的长官史密斯。前后左右都是高大险峻的山脉，白雪皑皑，只有一条弯绕盘旋的山谷可供车辆通行。道路崎岖不平，布满了大大小小的凹坑，车子颠得厉害，使得摇来晃去的里兹伯格一路上充满了奇思妙想。他认为这样的地方根本不适合打仗，如果倒退700多年，大概也只有成吉思汗的游牧骑兵有可能在这里出现。这个地方更适合于种植鲜花，每到5月，整条山谷以及远山近岭都开满了五颜六色的花朵，海风轻抚，玫瑰怒放，阵阵芬芳扑鼻而来。那会是一番多么迷人的景象呀！

吉普车驶过一片相对平整的盆地，里兹伯格看到哈里斯营的营长哈里斯中校正在指挥士兵把夏秋季节的单帐篷换成棉帐篷，而站在哈里斯旁边的那个人他认识，是随军牧师弗雷特。

弗雷特牧师是陆战1师的老人，他跟随陆战1师多年，被士兵们唤作“陆战队的弗雷特”。

天气已经很冷，陆战队同样缺乏在严寒季节作战的经验，他们不知道在这个已经来临的冬天会发生什么。

看到迎面而来的吉普，哈里斯敬礼说：“你好长官。”

“你好中校。”里兹伯格把手指在帽檐上碰了碰说，“越冬物资怎么样？”

“正在陆续到达，”哈里斯回答道，“小伙子们已经感觉到寒冷了。”

里兹伯格把头转向弗雷特牧师，问道：“你怎么样牧师，还好吗？”

“感谢上帝，”弗雷特牧师在胸前画着十字说，“一切都很如意。”

“多保重牧师，”里兹伯格说，“小伙子们到时候就全靠你了。”

“上帝保佑，”弗雷特说，“孩子们干得不错。”

二等兵刘易斯停下手中的活计，向他的长官问道：“我们要在这里过冬吗长官？”

“我也不好回答，士兵。”里兹伯格说，“不过你还是尽量做好过冬的准备。”

副连长麦卡锡插话说：“广播说中国人已经全线崩溃，他们不会再回到这里了。”

“别信那个，中尉，”里兹伯格对他说，“他们会回来的。”

“我们是否会去东京过感恩节呢？”刘易斯又问道，“长官们说我们感恩节就会回到日本。”

里兹伯格说：“我想大概不会了，士兵。”又说，“不过只要有烤火鸡，我想在这里也是一样的。”

随之响起的是一片轻松的笑声。

刘易斯又问了不少的问题，而他的班长、胖胖的肯尼斯·本森下士则在一旁埋头干活，一言不发。

里兹伯格继续驱车赶路。他要求哈里斯营长抓紧筹备御寒物品，补充好弹药，为新的攻势做好准备，虽然他尚不十分清楚如何和向哪里进攻。

哈里斯营长问他究竟是先筹备御寒物品，还是先补充弹药。里兹伯格略作思考，回答道：

“你还是先准备御寒物品吧。”

里兹伯格团长走后，刘易斯问他的班长本森下士，既然上校到了跟前，他为什么不问他几个问题？

肯尼斯·本森下士停下手里的活计，看了看他，说道：“你的脑子里总是有各种各样的问题，而我，只希望干好自己的活计。”

说完，继续进行他手里的工作。刘易斯摊开两手耸了耸肩膀，一副无所谓的样子，然后往一旁走去。

陆战1师师部安在一个不大的朝鲜村庄，有一些看起来非常简陋的房屋，尚没有遭受联军飞机的轰炸。坦克和车辆来来往往，宪兵在村内巡逻，这儿那儿的保暖帐篷里不时飘出一团团烤面包和热咖啡的香气。从航母上起飞的海盗式战斗机摇晃着翅膀以整齐的队形从上空飞过。

里兹伯格在史密斯师长的房间外面遇到师司令部的作战指挥军官麦克劳克林少校，双方在帽檐上碰了碰手指。里兹伯格问道：“有什么新的情况吗，少校？”

“没有长官，”麦克劳克林回答道，“一切正常。”他想了想又补充道：“不过长官，昨天刚刚送来一批剃须膏。”

里兹伯格笑道：“那就让小伙子们好好刮刮脸！”

史密斯的房间简单整洁，行军床、行军桌、帆布折叠椅，墙上挂满了作战地图。麦克劳克林从咖啡壶里倒出一杯热咖啡，轻轻放在里兹伯格面前的桌子上，然后轻快地走了出去。

“你觉得怎么样？”

史密斯开门见山。

里兹伯格回答说："我觉得什么地方出了问题。"他对史密斯谈起刚刚进入山区的一些零星战斗的情况，这是他所指挥的部队第一次与中国人交手。中国人虽然打得顽强，但是能够明显看出来他们的目的在于迟滞陆战队的行动，而不是要打一场拼死拼活的消耗战。更为奇怪的是，一夜之间，这些中国人神秘地消失在北朝鲜的崇山峻岭之中，他们去了哪里？会不会再来？这让他疑虑重重。

史密斯说他有同样的感觉。他走到大幅的作战地图前，看着上面密密麻麻的等高线以及其他各种各样的标记。他们现在的站立点处在一个边缘的位置上，大致在平壤的东北方向，往北是北朝鲜跌宕起伏的狼林山脉，所对应的等高线非常密集，显示出一处处的山峰和谷地；往南则是通往咸兴和兴南港的缓冲平原，等高线也相对平缓稀疏，是他们一路所来之地。从现在的站立点进入山区，沿着崎岖的道路一直向北，将分别经过真兴里、古土里、下碣隅里等一些北朝鲜村庄，通过长津湖左岸到达柳潭里，前后差不多70公里的距离。再往北，在密集交织着的等高线的上方，横亘着一条自东北向西南延伸直达黄海的黑色曲线，那是鸭绿江。

史密斯沉默了一会儿，然后对里兹伯格说："那些人，中国士兵，他们怎么样？"

里兹伯格说："这是一群我们还不了解的对手，他们装备很差，没有空中掩护，没有重武器，缺乏充足的后勤支援。他们只有一些轻武器，而且很杂，根据目前掌握的情况，大致是三到五个国家的牌子。"

史密斯默不作声地听着，没有发表任何意见。

"不过依据我的判断，"里兹伯格喝了一口热咖啡说，"他们纪律严明，有很强的战斗意志，绝不是一群乌合之众。他们总是在夜间发起进攻，以抵御他们火力上的先天不足。不论如何，"里兹伯格站起来，走到大幅的作战地图前，说道，"我认为他们绝不是溃败，也没有退回满洲，他们的突然消失一定有着其他的目的，虽然我们还不清楚他们的目的何在。"

"撤回满洲？"史密斯轻轻地笑了笑，说了句与他温文尔雅的性格不太相符的话语，"别信那个'大龄屎壳郎'的。"

他告诉里兹伯格："陆战队在哪里、在干什么，中国人好像搞得很清，而我们对中国人却一无所知。他们在暗处，我们在明处。我不知道明天会发生什么，但是我们要为明天的事情做好准备。"

再过几天就是感恩节了，士兵们在北朝鲜的荒郊野岭上进行祈祷与祝福看起来已成定局。史密斯师长信念笃定，要力所能及，虽然远隔重洋，也要让部队有一个家一样感觉的感恩节。

他要求里兹伯格筹备好各种物资，弹药、食品、感恩节用品，特别是防寒设备，保暖帐篷、防寒靴、鸭绒睡袋、棉手套、取暖炉等等，所有的一切，全师运输部队的数百台车辆将全力予以保障。如果不够，史密斯强调，将请求远东空军的空投支援。

里兹伯格说他在路上已经要求部队储备物资，在运力不足的情况下，将优先储备抗寒保暖物资。史密斯对此给予了肯定。他说：

"只要有一把刺刀就可以同敌人作战，而一旦缺乏防寒物品，我们将无能为力。"

中国人来了，这一点已毋庸置疑。但中国人的目的何在，参战的规模究竟多大，他们下一步的计划是什么，仍然扑朔迷离。这是一个完全陌生的对手，来自一个谜一样的东方大国，拥有着五千年的文化。他们刚刚从内战的硝烟中走出，他们的国家千疮百孔、百废待兴。他们敢于同强大的美利坚合众国及其联军打一场大规模战争吗？史密斯不相信麦克阿瑟的判断，却也一时半会儿拿不定自己的主意。不过有一点他笃信不疑，那就是中国人并没有走远，中国人还会回来。

他用手在密集标注着等高线的狼林山脉和长津湖水库地区画了一个圈，缓慢然而却是十分肯定地说：

"他们将会出现在这里，将会出现在前面不远的什么地方。"

2

天色慢慢地暗淡下来。

从西北而来的冷风一阵紧似一阵，暮色苍茫中，纷纷扬扬的雪花开始飘落而下。黑色的鸭绿江渐渐隐没在暗夜之中，辑安内外灯火寥落。这儿那儿的村头屋后偶尔有一两声轻轻的狗吠，但是很快便消逝在愈来愈浓重的黑暗之中。天寒风冷，雪花飞舞，在偶然闪起的一束束手电光亮的映照之下，山坡江岸已是一片银白。

成千上万的部队一路路拥向江边，虽是千军万马，但秩序井然，没有丝毫的拥挤、喧嚷与忙乱。前卫营走在全军的最前面，一色的大盖帽子、单胶鞋，每个人的身上都缠裹着干粮子弹袋。没有大声说话和咳嗽，胶底鞋踏在逐渐板结起来的大地上，远远近近都是一片沙沙的声响。

东北边防军在江面上架设了浮桥，三三两两的边防军战士横枪巡逻，狗皮帽子棉大衣在白色江岸的衬托之下很容易分辨。

机枪班班长孙友壮来到江边，把捷克式轻机枪交给班里战士扛着，自己却捧起冰凉的江水喝了起来。他喝得很痛快，也不怕水凉，咕咚咕咚的，跟老牛饮水差不了多少。他自己喝了一气之后，叫班里战士都照着他的模样去捧水喝。于是这一二十个人都喝起了凉水，一边喝还一边冲着孙友壮直喊痛快，真是痛快。

一通凉水下肚，孙友壮感觉到浑身通透，从头顶上一直凉到脚后跟。凉是凉，但他觉得这个江水还真是好喝，甜丝丝的，有点他们老家沂蒙山区沂河水的味道。在他们老家沂蒙山区，水网密布，河流众多，大河小河里水清见底，到处都游动着青青的小鱼，味道也是特别鲜美。他们老家沂蒙山区山清水秀，有沂河、汶河、蒙河、沭河等大大小小的河流，有孟良崮、抱犊崮、马头崮、掀板子崮等数不清的崮，其中有名有姓的就有七十二座。崮是他们沂蒙山老家独有的景物，特指四面为绝壁，而上面却坦荡如砥的山头。孟良崮原先在七十二崮中其实并不出名，只因为三年前他们这个部队在这里干掉了号称国民党五大主力之一的整编七十四师，才变得家喻户晓。而在此刻，有点沂河味道的鸭绿江在他的脚下缓缓流淌，使他感觉到陌生而又熟悉。孙友壮看看一片黑暗的朝鲜，他不知道江对岸的水好不好喝，不知道朝鲜的鸭绿江水有没有中国鸭绿江水这种甜丝丝的味道。

吴铁锤跟着黄天柱师长去前面勘地形去了，欧阳云逸听说了孙友壮正在江边组织全班喝凉水，就摸索着找了过来。“孙友壮，孙友壮！”欧阳云逸在黑暗中喊着，“孙友壮在哪里？”

孙友壮紧忙跑了过来，高大的身躯像座黑塔。

欧阳云逸说：“你们搞什么名堂？不知道水凉会闹肚子吗？”

“不会的教导员，”孙友壮回答道，“俺多少年一直都喝的凉水，可以这么说，俺打小是喝沂蒙山凉水长大的。”

“胡闹！”欧阳云逸的声音很严厉，“喝坏了肚子造成非战斗减员，你几个孙友壮能承担责任？”

孙友壮不敢说话了，他知道欧阳云逸教导员发了脾气。欧阳教导员一贯温文尔雅，很少动怒发火，要是他生了气，那就是他们真的在什么地方做错了。

“你们连长指导员呢？”欧阳云逸的话里面仍然冒着火。

机炮连曹连长从人群中挤过来，站在旁边一言不发。孙友壮是他连里的战斗骨干，打仗是把好手，没得说。但是这个五大三粗的孙二愣子也总给他惹乱子，经常干出一些可笑的让人意想不到的事情，对此他也没什么办法。现在孙友壮又闯了祸，教导员发火，他只能跟着挨熊。

“你们想干什么？还没有过江呢，还没有见到美国鬼子呢，跑肚拉稀，全班掉队减员，怎么抗美援朝打美国鬼子？你们连队干部干什么吃的？”

黑暗中欧阳云逸的话语依然威严。孙友壮不敢说话，他这个班一二十个喝了凉水，刚才还直喊“痛快，真是痛快”的战士都不敢说话了。曹连长也站在暗地里不敢说话。

“怎么不说话？”欧阳云逸冲着眼前黑塔般的身躯问道。

“是这样的教导员，”孙友壮解释着说，“俺也没有想喝这个凉水，这不是要出国到朝鲜了嘛，俺寻思这一脚过去，说不定啥时候才能回来。亲不亲家乡水嘛，喝口中国的家乡水，也好留个念想。”

附近一片黑压压的部队。欧阳云逸一发火，许多本来也想喝点家乡水以作告别的战士都站着不动了。

“你这个孙友壮，”欧阳云逸的声音缓和下来，“江水不分你我，朝鲜水中国水都混在一块了，怎么就成了你家乡水了？”

孙友壮一听欧阳云逸的声音就知道他开始消气了，于是胆子也壮了起来。他嘿嘿地笑着对欧阳云逸说：

“起码靠这边的是中国水，那边的是朝鲜水。”

欧阳云逸没再批评他们。水凉是水凉，有可能喝坏肚子，但是战士们的本意不在这里。要出国了，离开亲爱的家乡，大家以此留念也在情理之中。他吩咐曹连长以及各连干部交代下去，一律不准再喝冰凉的江水，否则纪律处分。

让欧阳云逸没有想到的是，跨过鸭绿江之后，一直到冰天雪地的长津湖湖畔，他们这个部队从此再也没有喝过热水，许多的时候甚至连凉水也没有，干部战士往往只能嚼雪为水，以雪当饭，艰难程度超出了他们此刻的想象。

老王头王三和他的兵们赶着“大清花”及十几匹骡马同样下到江边，目的却不是让骡马们饮水，他要让它们每个都撒上一泡尿。

为了这一泡尿，老王头让他的“大清花”和其他的骡马憋了半天，不仅控制它们的饮水，也用手里的棍子时刻打消它们撒尿的念头。一当个别的骡子或马叉开两腿流露出撒尿的念头时，老王头就叫他的兵用棍子捅马肚子捅马胯裆，骡马就会因为刺激而无法排尿。老王头是个闷葫芦，并不说明他的目的何在，所以马夫班的十几个兵也都闷在葫芦里，搞不清他是何用意。

老王头与十几匹骡马朝夕相处多年，像“大清花”这样的骡子甚至是从抗战时期就到了他的马夫班，所以他和它们的感情一向很深，平时从不舍得动它们一根指头。它们一个个秉性如何，脾气是内敛还是外张，老王头均一一熟记在心。不管什么时候哪匹骡马打个喷嚏，他闭着眼睛也能听出胖瘦红黑，辨得清公母。但是像现在这样摧残它们的生理自由，这在过去还是从来没有过的事情。大家伙都不知道老红军王三中了哪门子邪。

骡马们憋了半天，一来到空旷的江边上，听到江水的流动，吹着凛冽的江风，大都叉开两腿哗哗地尿将开来。但是老王头一向宠爱的“大清花”却未能从禁锢中完全解脱，立在那里茫然不知所措。老王头对此自有一套。他用手摩擦着“大清花”的屁股，一边摩擦一边劝慰着它，说尿吧尿吧，这是中国的地盘呢，尿了这个尿，你就出国了，就到朝鲜了。

“大清花”果然听话，在老王头的劝慰之下叉开了两腿，骡马们也全都撒开了欢地尿。一时间尿浆飞溅，泡沫流淌，板结的江滩冻土被滋得千疮百孔。

老王头对马夫班的战士说：“猫狗识道，猫记千狗记万，就是说猫走一千里、狗走一万里也能回到它原来的家。猫狗为什么识道？因为它做着记号呢，就是撒尿，走一路撒一路。不管它什么时候迷了路，只要闻闻撒在路上的尿，它就又能找到回家的路了。”

老王头德高望重，又说得一本正经，所以大多数人都很信服。但也有个别的战士将信将疑。有人对他说，猫狗识道不假，但是猫记千狗记万，骡子就记一大片，再怎么尿，尿得天花乱坠，它也就识得周围巴掌大的地盘，到了朝鲜，怕是就再也找不到回家的路了。

老王头听了这个话很生气。说他的骡子特别是“大清花”只识得巴掌大的地盘，等于是小看了他的骡子，而小看了他的骡子就等于是小看了他老王头王三。“大清花”从抗战时期就跟着他老王头，在他眼里俨然是一名老兵。他带着“大清花”从陕北走到晋中，从晋中走到山东，从山东走到淮海，过长江下江南占上海，现在又来到这冰天雪地的中朝边境鸭绿江，怎么能说“大清花”只识得巴掌大的地盘呢？老王头闷声闷气，说不可能，凡属动物都有这个记性。猫狗是这样，大到狮子老虎，小到小老鼠也是这样，同样，骡马也是这个道理。说骡马不记道，那是瞎掰。

吴铁锤带着李大个路过此地，闻听了老王头王三的一番理论，感到颇有些道理，于是也在江边上尿了一泡。李大个说：“猫狗骡马狮子老虎都是动物呢，营长你是个人噻，啷个还尿上了呢？”

吴铁锤说："这个你就不懂了不是？猫狗骡马狮子老虎是动物，人也是动物，坯子是一个坯子，长相上不同而已。"李大个说："不对，人会说话唱歌骂娘，动物会说话唱歌骂娘吗？"吴铁锤说："当然会了，动物也会说话唱歌骂娘，只是它们说话唱歌骂娘只有它们能懂，你不懂罢了。就好比你李大个说话唱歌骂娘，我听得懂，欧阳教导员听得懂，骡马们听不懂。你说个话让它听听看它懂不懂？所以说，在它在你，这是一回事情。"

李大个心想是这么个道理，就也尿了一泡。

营长一带头，全营的干部战士不论三七二十一都在鸭绿江江边上撒开了尿，有的尿在江岸，有的尿在江滩，有的尿在了江水里，上上下下，一片热气蒸腾。

头顶上的天空昏暗无比，见不到一星半点的星月，冰凉的寒风依然一阵紧似一阵。鹅毛大雪铺天而降，白的江岸黑的江水在此时此刻的夜空中却是格外分明。

前卫营全体集结在鸭绿江边境中国一侧，敞开了膀胱撒尿，一泡热尿穿透了寒风冷雪，使一团一团的蒸汽在夜空里弥漫。尚未完全封冻的江水缓慢而又凝重地向南流淌，带走了他们的体温，也带走了他们的念想，把他们在这个11月夜晚的心情带向了更加辽阔的黄海。他们尿得痛快淋漓，心绪激荡。

吴铁锤对李大个说："有了这泡尿，不管什么时候我都能回来，都能回到我的苏北老家吴家集。"

李大个回答道："这儿离你的苏北老家吴家集还远着呢，有几千里路。早知道这样，就应该在来的路上尿上几泡。"

吴铁锤沉默了一下，没有应答他的这个问题。苏北老家吴家集离此地确实遥远，那里有他的老母亲他的铁锤妈妈。吴铁锤想到这个时候他铁锤妈妈该是上床睡下了，那处小院，那座老屋，靠着院墙根一溜摆放着的几口大缸，缸里腌制着的辣白菜，它们好像一下子就到了眼前的鸭绿江江边，使得此刻的吴铁锤忽然觉得内心里一片温暖。他看了看黑漆漆的朝鲜对岸，耳听着远远近近的行云流水之声，为了让这股温暖留存得更为长久一点，他静静地站了一会儿，才对李大个说：

“就算我人回不来，我的魂飘到这里，闻到了这泡尿的味道，我也能摸到我的苏北老家吴家集。”

“你会回来的营长，我们都会回来的。”

李大个在暗夜里说道。

3

八百人的前卫营加上黄天柱师长和黄天柱带来的一个作训参谋一个警卫员，一共是八百零三人，只有四个人没在鸭绿江江边上撒尿。这四个人中一个是黄天柱，两个是跟着黄天柱的作训参谋警卫员，再一个是欧阳云逸。黄天柱看到了前卫营轰轰烈烈撒尿的情景，本来也想尿上一泡，可是一想不行，吴铁锤带了个头全营就尿开了，他这个师长要是带了头，全师岂不是都要撒尿吗？那传到张仁清军长耳朵里成什么了？所以黄天柱没有尿。黄天柱不尿，跟着黄天柱的作训参谋警卫员也不好意思尿。

欧阳云逸是另有看法。

说心里话欧阳云逸不信老王头王三那一套，什么标记记号的那么多穷讲究，显得没文化。人就是人，人怎么能和动物相提并论呢？他也不信吴铁锤的歪道理，什么魂啊灵的，什么回来回不来的。打美国鬼子就打美国鬼子，只要打败了美国鬼子，回来回不来的又能怎么样？倒下了也是光荣的。青山处处埋忠骨，哪里黄土不埋人？所以欧阳云逸也没有尿。欧阳云逸自己没有尿，他也没有去制止别人。欧阳云逸心里头明白，大家尿个尿本身并不是什么原则性问题，就像孙友壮全班在江边喝凉水。由着他们去好了。你不让人家喝凉水，总不能不让人家撒尿吧？

欧阳云逸没有撒尿，但是欧阳云逸找了个相对安静的地方抓了把岸边的沙土。江岸边的沙土已经板结，不容易取下来，可是欧阳云逸还是设法弄了一小把，把它用手绢仔细地包好，装在帆布挎包的里面。

欧阳云逸想到孙友壮的话或许有些道理，这可是中国的鸭绿江土，而一旦到了对岸，那就是朝鲜的鸭绿江了。虽说是一江之隔，一衣带水，山水相连，可中国的鸭绿江毕竟是中国的鸭绿江，朝鲜的鸭绿江毕竟是朝鲜的鸭绿江，中国就是中国，朝鲜就是朝鲜。这包中国的泥土让欧阳云逸心里面踏实，使他感觉到温暖。

黄天柱走在前卫营的最前面。

按吴铁锤、欧阳云逸的想法，黄天柱实际上根本不用跟着他们前卫营，更不用在前边带着队伍。吴铁锤说："师长你还信不着我这个部队吗？打小日本打老蒋，我们什么时候给你跑肚拉稀过？"黄天柱说："现在不是打小日本也不是打老蒋，现在打的是美国鬼子。"吴铁锤说："美国鬼子又能怎样？他也是俩胳膊俩腿，也长着一个脑袋一个屌，子弹扫过去一个熊样，他也不能多出个屌来。"欧阳云逸在一旁听了直叹气。吴铁锤的嘴巴上没个把门的，一天到晚脏话连篇，弄得营部与一帮连排干部都跟着他学，搞得上下很不文明。但是在这个黑暗的鸭绿江江边，如同往常一样，欧阳云逸也并没有对吴铁锤说什么。

黄天柱却执意要第一个过江。他对吴铁锤和欧阳云逸说："我就跟着你们到江对岸，然后你们就自己走吧，以后八抬大轿来抬，我也不会再跟着你个铁锤子。我是个师长，不是你这个前卫营的营长，我有我的事情呢，不能一直在你这个前卫营里。再说你一天到晚脏话连篇，我这个耳朵也受不了。"

吴铁锤听了以后暗自高兴，心想这样最好，不然一个师长放在营部，伤了碰了的他们不好交代。毕竟，他们还没有跟美国人交过手，说是美国鬼子"纸老虎"，但这个"纸老虎"究竟如何，他们还不了解，美国人的子弹长不长眼睛，他们一时半会儿也说不准。

4

在临时架起的鸭绿江浮桥的桥头，有十几个东北边防军在此把守，他们的狗皮帽子棉大衣即使在如此黑暗的夜幕下也能很容易分辨出来。黄天柱带着长长的队伍迎面而来。

“站住！”边防军哨兵横枪伸手，挡住了他们的去路，“干什么的？”

东北边防军的这一句问话让他们十分惊奇，“干什么的？”黄天柱反问道，“你说我们干什么的？”

一个中等个子，干部模样的人亮了一下手电，出现在面前的是一路路肩扛武器头戴着大盖帽子的部队。夜幕之中，手电光柱非常刺眼，这些排列着密集队形的部队没有大衣，没有棉帽子棉手套，光手搞枪，一张张年轻的脸庞却是精神抖擞，看起来气势凛然。此时的雪花依然飞舞着，每个人的大盖帽子、肩膀和身上都落满了斑斑点点的白雪，而他们一任雪花飘落却是无动于衷。边防军同样感觉到惊奇。

“你们到哪里去？”干部模样的中等个子边防军问道。

黄天柱说：“这个还用问吗？江对岸，朝鲜。”

“看看你们的出境证。”边防军干部伸出手来。

“什么玩意儿？”黄天柱没有听懂，扭头问吴铁锤和欧阳云逸。

吴铁锤和欧阳云逸也没有听懂，自然也就回答不了黄天柱的问话。他们弄不懂这个边防军所谓的“出境证”是个什么东西。

“出境证，出国境的出境证。”边防军干部重复道。

黄天柱这下子听懂了，边防军是要看他们出国的手续，这让他感到非常可笑。“出境证？”黄天柱对这个中等个子边防军说，“不知道我们要去打美国鬼子吗？”

“不管你们去干什么，”边防军干部说，“出国境都要有出境证。”

黄天柱不高兴了：“什么时候了还要手续？你们不知道军情紧急吗？”

干部模样的边防军却说：“什么时候也要按规定办，这是上级的要求。”

“你这个同志怎么这么死板？”黄天柱说，“出境证，黑灯瞎火哪里来的什么出境证！”

边防军干部却很认真：“没有出境证，谁也不准过去。”

欧阳云逸上前解释说：“我们是抗美援朝的部队，情况紧急，需要马上过江。”

“不行！”边防军干部一口咬定，“没有出境证，一律不准通行，这是上面的规定。”

“你这个同志怎么这么不好说话呢？”欧阳云逸也有点生气，“你们上级没通知你们吗？哪有什么出境证？没人发给我们啊。”

“那个我不管，”边防军干部态度坚决，“我只认出境证，这是我的任务。”

欧阳云逸还想说点什么，吴铁锤早在一旁火了：“什么屌出境证！别跟他啰唆。”回头冲着部队喊道，“后面跟上，出发！”

黄天柱一听也是，这儿跟他们费话瞎耽误时间，不理他最好，便带头往浮桥上走去，吴铁锤欧阳云逸紧随其后。边防军一看他们要硬闯，十几个人呼啦一下堵在桥头，横刀立马的样子。

“都站住！”干部模样的边防军喊道，“没有出境证，绝对不行！”

黄天柱他们也不听那一套，只是快步往浮桥上走。边防军干部急眼了，竟然哗啦一声枪中子弹上膛。十几个人也都拥上来，对着师长黄天柱又拉又扯。他们看出了黄天柱是个领导，虽然搞不清他的职务，但是知道他是这个部队里打头的，所以就对着他下了手。

黄天柱是个小个子，哪里经得住一群东北汉子拉拉扯扯，一下子就被搞得踉踉跄跄、东倒西歪。

“我是师长！”黄天柱在人群里喊着。

边防军这时候也不管什么师长不师长的了，拽住黄天柱不放。黄天柱被几双大手抓扯着，竟然动弹不得。“吴铁锤，吴铁锤！”他对人群外面喊道，“你们干什么吃的？”

吴铁锤的眼睛早瞪得溜圆。师长一下子被边防军拿住，这个突如其来的情况把他弄蒙了，一时间有点手足无措。黄天柱一喊，他立马回过神来，抽出二十响的驳壳枪，头顶上一举，大喊道：

“前卫营，给我上！”

呼呼啦啦一家伙上去几十人，见着戴狗皮帽子穿大衣的就搂头的搂头，抱腰的抱腰，搂不住头抱不着腰的就扭胳膊别腿，很快把十几个边防军制伏。孙友壮的大手抓住干部模样中等个子边防军的脖领子，好像是老鹰抓小鸡，嘴里面念念有词叨叨咕咕地说：

“敢打俺们师长，你好大的胆子！不给你们点颜色瞧瞧，你也不知道马王爷长的几只眼！”

控制住了局面，吴铁锤上前对着干部模样的边防军说：

“还敢动枪，反了你们了！”转而对部队下达命令，

“把他们的枪都给我下了，通通扔鸭绿江喂鱼。”

扑扑通通一阵响，东北边防军的十几条长枪短枪都被扔到了鸭绿江里。黄天柱余怒未消，对着中等个子的边防军干部说：

“出境证？你们边防军吃干饭的？告诉你们上级，我这个部队没有出境证，一个也没有！”

说完，大步向浮桥上走去。

吴铁锤紧跟着黄天柱上了浮桥，走前没忘了教育一下边防军。他用二十响的驳壳枪朝中等个子边防军干部点点，以教训的口气说道：

“出境证？屌！耽误了老子打美国佬，要你们脑袋！”

欧阳云逸紧随其后，接着是黄天柱的作训参谋警卫员，李大个，陈阿毛，吴一六，前卫营的四个连，曹连长，孙友壮，老王头王三和他的“大清花”，前卫团，师参谋长范书宝，团政委张之白，黄天柱的整个师，师政委向修远，师医院欧阳云梅，蓝晓萍，李桂兰，郑小莉，陆元寿，师文工队导演凌子林，战斗英雄杨根思，周文江，毛杏表，陈宝富，全军、张仁清军长……在这个夜晚以及接下来的数个夜晚，千军万马，浩浩荡荡，他们通过浮桥、江桥，一路路一队队奔向陌生的朝鲜，没有一人出示“出境证”。

5

在这个大雪纷飞的夜晚，吴铁锤、欧阳云逸和他们的前卫营一样胸膛火热，心绪激荡。走过浮桥，攀上江岸，黑色的鸭绿江已在身后。江对岸的辑安一派安详，仿佛已熟睡在宁静的深夜里。中国东北的白山黑水都隐没在浓重的暗夜之中了，雪花飞舞，天上地下一片银白。

欧阳云逸站立在高高的江岸上，回头遥望着身后的故乡。暗夜里的故乡不辨模样，天空中混混沌沌，风雪弥漫。他知道故乡就在身后，就在那风雪弥漫的安详与宁静之中。

风怒吼着，马嘶鸣着，一路路一队队的队伍从身边走过。欧阳云逸捏了捏他的帆布挎包，故乡的鸭绿江土此刻正静静躺在里面，软软的，实实的，让他感觉到踏实和温暖。再见了，亲爱的祖国，欧阳云逸在心里面说道，我们还会回来的。

十几个东北边防军完全被吴铁锤的前卫营镇住了，他们抱着膀子蹲在地上，一个个唉声叹气。在刚才的一场混战中，他们有的大衣被扯出了窟窿，有的狗皮帽子不知道去了哪里，枪都给扔到鸭绿江里去了，边防军干部的脖颈儿生疼生疼，好像是转了筋。他们从来没有见过这样的部队，说着难懂的南方话语，戴着奇怪的大盖帽子，寒冬腊月连件大衣都不穿。这是个什么部队？从哪里来？他们就这样大踏步走过浮桥去了朝鲜，留下了一溜雪花一路尘烟，好像是奔赴追歼国民党残兵败将的辽沈和淮海战场。十几个东北边防军抱着膀子蹲在地上，蹲了很长时间。他们七嘴八舌，说真不该对前边的小个子动手，黑灯瞎火的，谁知道他是个师长？他们后来又埋怨起自己的上级，说他们的上级在这个时候真不该搞什么“出境证”，明明是抗美援朝保家卫国打美国鬼子，偏偏要搞什么“出境证”，这就等于是放屁脱裤子，多此一举。

中等个子边防军干部两手扳着脖颈儿，在江边的雪地上来回走了几趟，像孙友壮一样叨叨咕咕念念有词。他说这个部队不得了，打美国鬼子也许就要靠这样的部队上去，他说他从来没有见过这样的部队这样的人。

十几个边防军战士不明白，问他怎么会有这样的判断。

“这不是秃子头上的虱子，明摆着吗？”

中等个子边防军干部对他们说，“对我们下手都这么狠，对美国小鬼子还能手下留情？”

第五章

1

一过江就下雪，李大个跟随着营长吴铁锤的前卫营已经在朝鲜北部的崇山峻岭中跋涉了三天三夜。

他们身后，是全军五万余连绵不绝的人马。天气越来越冷，到处一片冰天雪地，白雪皑皑，让吴铁锤的前卫营很不适应。不仅是他这个前卫营，他们身后的前卫团、前卫师，他们全军，他们整个的九兵团的十几万人马都极不适应。他们这个军长期战斗生活在江南温带地区，虽然也有像吴铁锤这样苏北、鲁南等地的人，但部队官兵的绝大多数还是来自江浙两广一带，别说从未经受过这么冷的天气，有些战士甚至都是第一次见到雪。单薄的棉衣早已经冻透了，在曲阜兖州一带刚穿上的时候还觉得暖和，可是在零下十几摄氏度的严寒天气里，风雪呼号，这些温带区的服装到了东北高寒地带，此刻却像一张薄纸那样薄，风一吹，寒冷彻骨。

李大个的个头其实并不大，说起来比营里一般的战士都要矮，中正式步枪背在肩上，枪托能戳着地面，所以人送外号“老母猪”。当时还是指导员的欧阳云逸发现了这个问题，他觉得这个外号很不雅，有点侮辱解放军战士的味道，就在连排班骨干会议上很严肃地进行了纠正。李大个原本在国民党军十六兵团当了半年多兵，清一色的川军，打淮海战役的时候随队伍开到徐淮，说是去解围，结果别人的围没解开，自个的部队却被围了个水泄不通。同样的天寒地冻，弹尽粮绝，饿得实在不行，他闻到解放军阵地上的肉包子味就爬来了。开始他是一个人空手过来的，二话不说，先狼吞虎咽、风卷残云地干掉了八个大包子，还喝了一大缸子热汤。解放军不仅不怪他，反而说了许多安慰的话语，让李大个眼泪蛋蛋和着肉包子吞在饥肠辘辘的肚子里。吃完了八个肉包子，他用油脂麻花的棉袄袖子一抹嘴，对当时还是连长的吴铁锤说："给我带些肉包子回去，班里弟兄几天没得饭吃了。"吴铁锤两眼睁得溜圆，却并未说话，只管让炊事班班长往篮里装包子。李大个拖着满满一柳条篮猪肉粉条包子，连夜爬回了国民党兵阵地。赶到天蒙蒙亮的时候，他就领着这一班国民党四川兵到了吴铁锤的阵地上，一共带过来两挺轻机枪，三支汤姆式，外加四条中正步枪。这时候吴铁锤黑乎乎的大脸才露出些许笑模样，心满意得地对这个矮个子国民党兵说："看你个蔫不拉叽的熊样，人倒是蛮灵巧，留在连部干通信员吧。"

李大个因此摇身一变，当上了解放军，天天在连部行走，是离连长指导员等连首长距离最近的一个兵。

当时的指导员欧阳云逸事后问李大个，他是做了什么样工作把这一班人连同武器一块带回来的。李大个回答得很干脆：

"做啥子工作嘛！格老子我就讲了一下下，解放军把老子当人！"

欧阳云逸再说不出别的。一些日子后，听连队战士唤这个矮个子叫"老母猪"，才感觉到问题的严重。这时候部队人员的组成上国民党兵很多，有成建制投诚起义的部队，有俘虏兵，还有些开小差自个跑来的。有的班除了班长副班长，其余都是清一色的原国民党兵。不仅是战士，许多基层干部也都是那边过来的，欧阳云逸因此认为这不是个小事，弄不好会伤了解放军战士的感情，影响部队团结。而干上了连部通信员整天行走在连长指导员身边的李大个却满不在乎，他对欧阳云逸和吴铁锤说，"老母猪”就“老母猪”，无所谓，因为一直以来他就被叫作“老母猪”。欧阳云逸白了他一眼，没说话。吴铁锤却拍拍这个矮个子兵的肩膀，看着旁边的欧阳云逸，说道：“不行啊，指导员是文化人，指导员说不雅就不雅。”又说，“看你个熊样，个子也确实矮了点，多吃点干的少喝点稀的，长长个，长成李大个。以后就叫你李大个。

“李大个”因此得名。

六十年以后，“老母猪”的绰号已在历史的长河中湮没无闻，但是“李大个”的名号却一直沿用下来。已届八十高龄的李大个依然耳聪目明，头脑清醒，走起路来依旧腿脚利落。稍感瑕疵之处是满口的牙齿早已大部脱落，只剩下了几颗孤零零的门牙把门，使得两腮过早地凹陷。晚年的李大个一直生活在中国四川川西平原紧靠青城山的一个叫作街子的小镇上，街子在当地方言中读作“该子”，保留着一条条明清时期的街道和店铺，总有一二百年的历史。在李大个的记忆中，这个古色古香的小镇几十年来一直就是他小时候的模样，并没有因为世事沧桑而改变，唯一的不同是他小时候的街子恬静安闲，他老年的街子多了些许车马人流而已。已届暮年的李大个儿女成群，子孙满堂，他一共养育了三双儿女，有十八个孙子孙女，有的孙子孙女又给他生了重孙子重孙女，所以李大个的膝下满满当当几十口人，是一个蛮大的家族。这对于六根不全的李大个而言不能不说是一个奇迹。在当年的朝鲜战场上，李大个的要命之处曾经受到过致命的伤害，他也曾经流露出短暂的心灰意懒，觉得他老李家可能从此就要绝后。谁承想斗转星移，岁月交替，六根不全的李大个竟成了子孙满堂的名门望族。晚年的李大个喜欢清静，他独居在古老的街子小镇上，并不喜欢儿孙们常来打扰。李大个一日三餐，这三餐皆为红薯地瓜热稀饭，个中缘由，一半因为牙齿脱落不能咀嚼硬物，一半因为他多年前对于红薯地瓜热稀饭的向往和迷恋。比他年长数岁又高出他整整一头的老伴一日三餐为他熬制红薯地瓜稀饭，米汤熬得黏滑，红薯熬得稀烂，李大个每次都要喝上几大碗。在呼呼吞咽的过程中，出于条件反射和习惯，他总是要用不多的门牙咬嚼，其结果可想而知，大碗里的稀饭一半装进了肚子，一半却顺着漏风的牙齿和嘴角滴落而下，流淌在老伴为他特意缝制的大围裙上，引了鸟雀来啄。老年的李大个每每吃过稀饭，就会坐在明清时期的街道的太阳底下，目睹着人群熙来攘往，八方来客络绎不绝，这时候的他就会回想起过去，脑际里就会浮现出长津湖畔一个个刻骨铭心的日日夜夜。

说起来三天三夜的行军，吴铁锤和欧阳云逸领着他们八百人的前卫营实际上只连续走了三个晚上。白天不能走，天一见亮就得去山上树林隐蔽。美国人的飞机非常厉害，整天成群结队在头顶上转悠，什么人啊车啊房子啊，见什么炸什么，片瓦不留。所以每逢遇到一个个村庄的废墟，欧阳云逸就会告诉大家，不来打美国鬼子，美国鬼子炸完了朝鲜就会接着去炸中国的东北，炸完了中国的东北，还会去炸他们各自的家乡。欧阳云逸还让李大个找来了木板插在废墟上，写上了几个粗大的汉字：

同志们，看看朝鲜，想想祖国！

耳听是虚，眼见为实。后面的部队从木板前经过，虽然一个个都默不作声，却把牙齿咬得咔吧响，心想这个美国鬼子还真是孬种，要不是他们，这一个个山清水秀的朝鲜村庄岂能遭受如此浩劫？

所到之处满眼皆是残垣断壁，城镇乡村都给炸得差不多了，所以部队有着非常严格的防空纪律，白天不能冒烟，晚上不能生火，天一亮就隐蔽。朝鲜半岛，山高林密，许多地方生长着参天的原木和原始森林，倒是利于部队的隐蔽集结。

2

美国人的飞机大小不等，颜色不一，通常却只有四个类别，一种是比较小巧的侦察机，光转圈不扫射，要是发现了可以打的目标，要不了多久，战斗机就跟腚过来了。另一种就是战斗机，一副长长翅膀的两头各挂着一个副油箱，像是一副挑子挑着俩油桶，所以都管它叫“油挑子”，后来知道它大名叫F-84，是一款性能很好的飞机，能打机关炮、扔炸弹，也能发射火箭弹，低空性能优良，有时就贴着山沟和树梢飞，部队在山上看下去，连它翅膀上白五星的机徽和座舱里头戴飞行皮帽的飞行员都看得很清楚，很多部队吃过它的亏。再一种是轰炸机，块头大，声音大，炸弹威力大，飞得也高，多半出现在城镇、桥梁、交通枢纽和集散地上空，炸起来是铺天盖地、惊天动地。后来战斗打响后还有一种专门给炮兵指示目标的飞机，叫炮兵校射机，它一在头上出现，炮弹也就跟着打来了。

在这三天与美国飞机的遭遇中，吴铁锤他们也摸出了一些门道。美国飞机虽然猖狂，却也有规律可循。“油挑子”基本上是沿着山谷和道路飞，只要避开了谷地、道路、开阔地，隐蔽得当，它一般也打不着你。轰炸机有自己固定的目标，它轰轰隆隆地从头上过，你不招惹它，它也不会停下来炸你。关键是不能暴露目标。兵团所属部队都是秘密入朝隐蔽开进，除了防空需要外还有隐藏战役企图的目的，挨点炸受点损失事小，真要是暴露了战役企图，那问题可就大了。

尽管如此，部队在空袭中的损失还是非常大。虽说过江前都仓促地安排了防空学习，但是有些情况对从未经历过如此高强度、大规模、饱和式空袭的干部战士而言还是始料不及。

吴铁锤的前卫营作为全军的先头部队是在11月7号这天晚上过的江，十来天前，先期入朝的十三兵团三十八军的一个师在战役机动途中遭遇美机空袭，师指挥所隐蔽在一条近百米长的隧道中，人员进进出出，结果被超低空飞行的“油挑子”发现了。四架“油挑子”轮番俯冲攻击，发射的数枚火箭弹直接打在隧洞中，引起爆炸、燃烧和浓烟，造成司政后机关干部战士二百余人阵亡。所以全军部队被紧急要求，凡遇空袭，一律不准进入洞口开放的山洞或隧道，以免造成巨大损失。

吴铁锤他们也多次遇险。

过江后的第一天，部队一整夜走了几十里山路，人困马乏，天亮后刚在树林里隐蔽休息，美国飞机就来了。开始是架侦察机，慢慢腾腾地在林子上空转，转了差不多两袋烟的工夫，翅膀一斜，直直地向北边的鸭绿江飞去。趴在大树底下的吴铁锤站起来拍打拍打身上的土，摸出了碎烟末和一指长两指宽的纸条条，才要卷根烟抽抽，打南面又响起了越来越大的飞机轰鸣声。这回来的可是三架“油挑子”，机翼下黑乎乎的小炸弹都看得一清二楚。吴铁锤丢了烟末子，边往冰凉的地面上趴，边向四周围大声喊叫：“不准动，都趴下，谁动我揍你个熊！”又扭头吼道：

“吹号！”

司号员也是营部的号长陈阿毛一个激灵爬起，亮出油光铮亮的小号，腮帮子一鼓，凄厉的号音顿时掩盖了风雪呼啸，回荡在冰冻的山岭。

随着吴铁锤的指令和陈阿毛的防空号声，远远近近传来了一片“趴好”“不许动”“不准讲话”等此起彼伏的喊叫。林子里立时变得安静。

上海人陈阿毛中等个头，长得细皮嫩肉，天生吹得一手好号。他随身背着两件宝，一个是小号，一个是吴铁锤的心爱之物——雕花云龙纹檀木匣铜锣。吴铁锤戎马倥偬，南北转战，无论仗打到哪块都随身不离这面雕花云龙纹檀木匣铜锣。他所带的部队也与众不同，别的部队打仗吹冲锋号，他的部队打仗不仅吹冲锋号，还敲锣，他称之为冲锋锣。这个宝贝疙瘩在淮海战役后原来一直是通信员李大个保管，后来打上海时陈阿毛参军当了号手，吴铁锤认为锣、号都是响器，就交由陈阿毛统一管理了。吴铁锤告诫上海人陈阿毛，无论何时、哪种情况，缺胳膊断腿少脑袋，也不能把锣丢了、碰了。

几架“油挑子”先是以极低的高度轰轰隆隆地从林地上空飞过去，像是在接受检阅，可是转了一圈又飞回来，如同先头的那架侦察机一样，慢慢腾腾地开始转圈。兴许是发现了点蛛丝马迹，兴许先前的侦察机给他们捎了话也不一定，这几架美国飞机转了一圈又一圈，两袋烟的工夫都过了，还在上面转，一点没有飞走的意思。

机枪班长孙友壮两手把着捷克式轻机枪，一只眼闭着，用另一只眼斜了斜不停转圈的美国飞机，说：

“只要下命令，俺保准一梭子给狗日的揍下来！”

未待吴铁锤瞪眼，欧阳云逸却火了。欧阳云逸压低了嗓子说：

“就你孙二愣子本事大！想违反战场纪律吗？”

孙友壮的顶头上司、小个子浙江人曹连长一见欧阳教导员发了脾气，也感觉到脸上不好看。

“个人主义。”他闷声闷气地说。

孙友壮脖子一缩眼一闭，趴在捷克式上再不敢言语了。

上级在防空问题上有严格的规定，要求一律不准组织对空射击，以免部队暴露。

孙友壮是沂蒙山山脚下垛庄镇孙家庄子人，典型的山东大汉。三年前部队在他家乡的孟良崮打国民党兵整编七十四师，他在支前的阵地上火线入伍。平日里饭量大，胆子大，人送外号孙二愣子。

欧阳云逸一说话，吴铁锤反而不好说什么了。凭心讲他认为机枪班长孙友壮的话是有道理的，美国飞机这么猖狂，又飞得这么低，多半都贴着头皮、擦着树梢，轻重机枪一个集火齐射，揍下他三架两架不成问题。有时看到飞机贴着树梢飞，他手心里头也确实痒痒。可话说回来，上级自有上级的考虑，纪律就是纪律，不准打你就不能打。

马夫班老王头王三也等得心焦，掏出烟袋，装好了烟锅子对吴铁锤说：

“抽袋烟，营长，我估摸着它得转个一年半载的。”

老王头的十几匹骡子拴在远处的一座小山包里，驮着营部的行李干粮和重机枪迫击炮弹，其中一匹驮的有满满一箱子地图。这是全团的作战地图，数日前刚在曲阜兖州发下，还没怎么派上用场。吴铁锤和欧阳云逸趁着隐蔽休息的空隙想要研究研究，他就抱了一摞子送到营部来了。

让老王头心焦的是他那些骡马，虽说都卸了驮具，在树上拴牢了，也放了草料让它们嚼，但是“油挑子”这么个转法，难保不转出点什么事来。“大清花”也在其中，此刻更让他牵肠挂肚。

3

看着眼前的烟袋锅，吴铁锤又要瞪眼，可一想这个人是老王头，就把到了嘴边的狠话咽了回去。

“我这有。”他捏出烟末子，闷声闷气地说，“不怕飞机发现你？”

老王头不紧不慢，自个点上火，吐出一口淡淡的黄烟，说道：

“咱抽袋烟他还看见了，那不是瞎掰扯吗？”

吴铁锤眼睛翻翻，没好说别的。

防空对于刚刚入朝的部队而言是个既新鲜又十分严峻的课题，他们既未经历也未想象过会有如此残酷的现实。大声说话、吸烟会不会暴露目标？会不会影响防空？谁也说不准。以吴铁锤和欧阳云逸的看法，这似乎是大白天说梦话，自个糊弄自个，但谁又能说得准呢？在事关部队生死存亡的大是大非面前，他们是宁愿信其有不愿信其无。毕竟，大白天说梦话的事情也确曾发生过。所以说王三认为抽袋烟飞机看见了那是瞎掰扯，吴铁锤一时也不好反驳他什么。

老王头王三的资历很老，别说是吴铁锤、欧阳云逸这些营以下干部，在团里，团长、政委的资历也没有他高，就是到了师部，他跟师长黄天柱、师政委向修远也是不相上下。师长黄天柱、师政委向修远不过是在长江以南打了几年游击，带着新四军的老底子北上发展，后来在苏北鲁南这一带统一整编，成为他们这个军的前身华东军区、华东野战军第一纵队。而老王头可是个地地道道的陕北红军，虽说没走过二万五千里，却是在中央红军长征到达陕北前几个月就参加了当地刘志丹的红军部队，抗战初期，随八路军115师东进支队辗转到了鲁南鲁中，开辟了山东抗日根据地，后期与江南苏北北上的新四军部队会合，编入了一纵的部队。老王头虽是一介马夫，却也戎马一生，参加过很多大大小小的战役战斗。开始他一直给首长喂马，随着仗越打越大，从山沟沟打到大城市，首长们都打进了城，不再用他喂马了，他就请求下连队喂马。老王头平日里少言寡语，像个闷驴，对骡马的感情却极深，偶尔也只和心爱的牲口说上几句话。诨号“大清花”的高大骡子是他从陕北一步一步牵过来的，据说与他感情极深，谁都不得动其一根指头。这时候老王头三十开外将近四十的年纪，比起一般的营连干部要大出十几岁，虽然是一介马夫，享受的却是团级待遇。

吴铁锤将烟末抹在纸条上摊匀，一转一转拧成个喇叭，伸出舌头舔了舔，点燃，深吸一口，随之就涌出一团黑乎乎的烟雾，呛得欧阳云逸咳了好几口。他把眼镜摘下来擦了擦，十分不满地说：

“什么鬼烟，简直就是辣椒粉！”

不抽烟的曹连长也咳了好几咳，但是却未敢埋怨。

吴铁锤也不答话，自顾自一口接一口吸烟，没几下，指把长的喇叭筒就烧成了烟屁股。几个胆子大一点的干部老兵说抽烟暖和身体，也拿了纸条烟叶卷来抽，一时间，营部所在的树林子烟雾弥漫。

粮秣员吴一六已多年不吸烟了，但是听说吸烟暖和，也想要来上两口。因为多年前吸的是洋烟卷，跟别人要了烟叶纸条，他却不会卷。吴铁锤说：

“给我，我给你弄。”

吴一六将卷烟的家什递给吴铁锤，吴铁锤三两下卷好了，却并未还给他，而是自个点火吸了起来，一边吸还一边没好气地说：

“凑什么热闹呢，不能干点正事？”

吴一六冻青的脸上露出了笑容，嘴巴却咧得难看。他一咧嘴，门牙边上的一颗金牙也就暴露无遗，闪闪发光。他很小心地解释着说：

“吸烟暖和，我暖和暖和。”

“暖和个屁呀暖和，”吴铁锤说，“你想法给老子搞点吃的来，不比什么都暖和？”

吴一六嘴唇吧嗒两下，闭上了嘴巴。他嘴巴一闭上，那颗闪亮的金牙也就随之不见了。因此吴一六也有个绰号，叫“大金牙”。不过这个绰号一般情况下只有吴铁锤和其他的营干连干以及团部认识他的人喊喊，普通战士可不敢当面喊，只会在背后偷着叫。粮秣员，也是个连排级干部呢。

李大个在一旁打趣："吴干部不要讲话啊，龟儿子看到了你的金牙非打下来不可。"

吴一六冲他说："去，金牙怎么了？教导员的眼镜还反光呢！"

欧阳云逸也不说话，只把雾气蒙蒙的眼镜擦了又擦。

4

说起营部粮秣员吴一六的这颗金牙，可谓历史悠久，这还是他在国民党军队时留下的纪念。吴一六和吴铁锤是一个村子出来当的兵，都是苏北吴家集人，当兵的时间也不相上下。不同之处在于人家吴铁锤参加的是新四军，一开始就走在了革命的道路上，而吴一六却是命运多舛，先后当过汪精卫的忠义救国军和后来的皇协军，加入过国民党的保安大队，淮海战役投诚到解放军阵地前是国民党黄百韬兵团的副连长。五味杂陈，酸甜苦辣，世态炎凉，人生百态，吴一六在短短十余年里都尝了个遍，唯一留下的印记却只有门牙旁边的这颗大金牙。他有时候也会扪心自问，当年欧阳云逸的新四军到苏北吴家集搞扩军，因为自个一时眼短，为了区区一块现大洋就背弃了与吴铁锤、欧阳云逸的约定，没有参加新四军的江抗支队而是跟上忠义救国军进了城。如果当时和吴铁锤一同参加了江抗支队，那自己现在也会是个营长，不是个营长也是个连长，说不定还干得更明白。起码，不会被他吴铁锤当成一个立场不坚定的革命者。

吴铁锤没好气他吴一六也是知道的，因为营长教导员对他的工作不满意。可是他眼下有什么法子呢？虽说营部的粮秣员是全营的粮草官，管着全营的吃喝拉撒睡，责任不小，可如今不是国内，现在不是过去了。在国内打仗每逢大战，部队身后都跟随着源源不断的支前大军，特别是解放战争后期，火线上的战士基本上不用为吃饭负伤担心，随时都有热饭吃，一旦挂彩负伤，也能立即转运，得到良好的照顾。解放战争打响后，开始是国民党兵有饭吃解放军吃不饱，后来是解放军有饭吃而国民党兵吃不饱了，尤其到了淮海战役，国民党兵饿得没法，整营整连往解放军阵地上跑，因为解放军的白面馒头管够了吃。他吴一六不也是因为几个白面馒头、一顿饱饭而从国民党阵地上开的小差吗？然而现在情况不同了，别说没有支前大军，连找个当地朝鲜老百姓都不好找。村庄都让美国飞机炸平了，人地两生，语言不通，确实是巧妇难为无米之炊。过江前每个战士倒是都发了一些馒头干，有的发了一些高粱米，说是自带一周的干粮，然而三天下来，已消耗得差不多了。馒头干也都是领来馒头自己制作，有炉子的用炉子烘烘，没有炉子的就在太阳底下晒，麦子面、高粱面、棒子面，啥都有，五花八门。眼看着部队要断顿，吴铁锤和欧阳云逸没少对他吴一六施加压力，愁得他一天到晚焦头烂额。可是在这异国他乡，在这已被战争严重摧残的贫瘠之地，他也实在没有什么法子，唯一的办法就是要求吴铁锤下令谁也不准随便吃馒头干，必须有统一命令才能吃，谁要是偷吃了，就“揍他个熊”。

吴铁锤的命令下是下了，效果却不明显。八百人的一个营露宿在荒郊野外，寒冷难耐，又不能生火冒烟，也没热水喝，没有一点热量补充，战士们又冻又饿，如果不嚼点馒头干，他们怎么挺得过来？所以每个战士携带的干粮都在日渐减少。

吴铁锤一看到这个样就大叫不好，还没照着美国鬼子的面，还没接上火呢，部队却先自断了粮草，这样下去十之八九要坏事。预计是九天九夜的行程之后到达战役集结地域，而这才刚刚走了三天。前面的路途风雪弥漫，困难肯定会越来越大，这样下去别说打美国佬，连战役集结地域恐怕都开不到。

三架“油挑子”排着整齐的一字纵队又顺着山谷隆隆地开过来，这次飞得更低，机翼擦着树梢，气浪掀翻了积雪，弄得整条山谷飞沙走石，烽烟四起。它们通过老王头王三隐蔽骡马的山坡时，引起了十几匹牲口的惊恐嘶鸣，其中一匹半大骡子挣开了缰绳，跑出树林，跑进了谷地。老王头看得真切，心想要坏事，烟袋锅怀里一插就往外跑。旁边的曹连长一把将他拽住了。

吴铁锤厉声喝道：“不要命了？”转而冲着四周围高喊，“谁都不准动，谁动我揍你个熊！”

老王头懊恼地一拍大腿说：“‘大清花’，我的‘大清花’！”

他蹲在地上，牙关紧咬着空烟袋的烟嘴，胡子拉碴的脸成了猪肝色，半天没憋出一句话来。

惊慌失措的骡子显然引起了美国飞机注意。它们一字爬升到半空后又一个跟斗折返过来，开始俯冲扫射，山谷中顿时炮声大作。

机关炮弹打在白雪皑皑的谷地和树林上，雪花飞溅，枝条纷飞。三架“油挑子”鱼贯而行，一架接一架紧追着这头半大骡子不放，炮弹在其前后左右如同犁铧犁出一道道深深的沟壑。骡子全然不顾，没命地狂奔。

一番俯冲攻击过后，三架“油挑子”又开始转圈，使他们惊奇的是骡子还在下面的谷地上奔跑，这使他们的自尊心大受打击。美国人又是一个跟头折返过来，重新俯冲扫射。雪花飞溅，枝条纷飞，整条山谷重新淹没在飞机的轰鸣和隆隆的炮声之中。

如注的弹雨之下，半大不小的骡子终于跌倒在冰冷的雪地上，身中数弹，血流不止。而“油挑子”转了一圈，好像有点意犹未尽，于是再次俯冲，不仅扫射了机关炮，还扔下了几颗炸弹，之后才呼啸着一溜烟飞跑了。

炸弹在冰冻的大地炸开，白雪黑土高高扬起，宁静的山谷中腾起了几团刺鼻的黑烟，留下了几处焦裂的弹坑。其中有一颗刚好落在老王头掩蔽骡马的山坡林子里，炸死了十几匹骡马中的五匹，炸死了两个看马的战士。

美国人的飞机飞走后，吴铁锤和欧阳云逸来到这个落弹的山坡，林子里一片狼藉。大家心情沉重，脸色难看。

“大清花”倒是平安无碍。

老王头王三看着横七竖八躺在雪地上的骡马，心里很难过。“可惜了。”他嗫嚅着说。

吴一六前后转了一圈，踢了踢地上的死骡子死马，对吴铁锤说：

“正好没吃的，剥剥皮分了，能管好几天。”

老王头脸一黑：“吴干部说的什么话！骡子马，无言战友呢！”

吴一六无奈地笑笑：“那你说怎么办？还能扔了不成？”

老王头没再说什么，只是仍然黑着脸。他蹲在地上，捡起几片炸碎的地图，想把它们拼起来，可是却怎么也拼不到一块了。老王头王三沉默良久，以很低的声音说：

“不是这些图，老夫休矣。”

欧阳云逸看看他，以安慰的话语说：“收拾收拾，把牺牲同志掩埋了吧。”

回到营部，吴铁锤和欧阳云逸召集营连干部开碰头会，重申了上级有关防空工作的指示要求，做了几条新的防空规定：

一是不许吸烟，二是不许大声说话，三是镶金牙的不许张嘴，四是戴眼镜的要把眼镜摘掉。

吴铁锤俩眼溜圆，脸板着：“这几条规定，我和教导员带头执行，你们谁要违反，我就……”

他本来想说“我就揍你个熊”，可是觉得这样力度不够大，于是改成了“我就执行战场纪律”。

炸死的骡马自然不可能扔掉，各个单位平均分了分，这一天营部的晚饭就是盐水煮骡马肉。老王头没舍得动上一口。

在美国人的空袭中，军直属队这一天遭遇了更大的损失。军里有一个炮兵团，是刚刚装备起来的骡马炮兵，一色的日本九二步兵炮，也是因为马匹受惊暴露了目标，给几十架敌机咬上了。从早上九点到中午十一点，轰炸机和“油挑子”轮番攻击，两个小时，这个骡马炮兵团就垮了，失去了战斗力，八十余名干部战士阵亡。兵团唯一的机械化运输力量、四十辆汽车的运输部队在空袭中同样损失惨重，剩余的几台也因为缺乏冰面道路驾驶经验而损毁严重，所载粮弹和战伤救护的紧急物品全部损失，造成战役打响后一线战斗部队连一个备用的急救包都没有。

5

上海人陈阿毛头枕着雕花云龙纹檀木匣铜锣一觉醒来，感觉到双脚疼得厉害。他弯起身，解开缠裹在脚板上的棉袄里子，发现眼前的脚面红且明亮，犹如刚刚出锅的发面馒头。他试探着按了按，手指压过的地方留下了一处处浅浅的圆坑，过一会儿才能恢复到原来的模样，这使得他十分惊奇。

陈阿毛拿起身旁的回力牌胶底帆布鞋，很仔细地相互拍打了几拍打，挪过两脚来穿，可是却怎么也穿不进去了。陈阿毛又感觉到奇怪，明明睡觉前还穿在脚上好好的，怎么一觉醒来鞋子变小了？

一年多前部队打下了上海，全军干部战士每人都发了双回力牌的胶鞋。这可是个老牌子，在当时非常有名。部队行军打仗，多年一日穿着老解放区根据地人民手工缝制的千层底布鞋，一旦穿上了这洋家伙、洋鞋，就算是开了洋荤，着实高兴了好几天。胶鞋是个浅圆口，也没有鞋带，轻巧方便，还能走雨路，大家觉得真是个好东西，说大上海就是大上海，工人阶级了不起，又说，怪不得老蒋国民党一直待在大城市不愿住到山沟沟，原来大城市里都是好东西呢。很多人舍不得穿，仔细包好了藏在背包里。部队由江浙一带沿京浦线向山东曲阜兖州战役机动时，感到要向老解放区人民展示一下，要求统一换装，这才穿上了一色的回力鞋。可这鞋有个毛病，轻巧方便，却不防寒保暖，全军紧急奔赴东北，车过山海关后天气一天冷于一天，脚也就一天比一天冰凉，一旦进入了冰天雪地的朝鲜半岛，“回力”便变得无力，很多人因此受冻，两脚如同猫咬一般又痒又痛。

陈阿毛纳闷之间，吴铁锤来到他们这间四面漏风的棚架子，听明情况，他看看陈阿毛的鞋，又按按陈阿毛的脚，对陈阿毛说：

“什么鞋小了，脚肿了！”

半夜宿营，部队在山脚下的林子边上发现了几间尚未被飞机炸着的棚架子和木楞房，营部的人相互挤着住下了，这是他们行军几天第一次在还能叫房子的地方住，而数百人的前卫营仍然露营于风雪野岭。

“脚怎么会肿呢？”陈阿毛不得其解。

吴铁锤说：“烫脚了？”

“烫了。”陈阿毛回答得很干脆。

吴铁锤大脑袋点点，心想这就对了。一觉起来，全营有百十号人的脚都肿了，脱了鞋子的穿不进鞋子，没脱鞋子的胀得厉害，走路都困难。这些人有个规律，睡觉前都用热水烫了脚。他对陈阿毛说：

“站起来看看，能不能走？”

陈阿毛为难地说：“脚进不去。”

“开个口。”吴铁锤命令着。

陈阿毛抽出中正式步枪的枪刺，在回力鞋的圆口上每边划了一刀，裹好脚布，虽然很难，但还是穿了进去。通信员李大个在旁边帮忙搀着，陈阿毛站起来走了几步，脚面子勒得生疼。“还行，”他说，“没得问题。”

吴铁锤说：“先将就将就，战斗一打响，给你换双美国大皮靴。”

李大个有些怀疑：“营长，你啷个晓得美国佬穿大皮靴？”

吴铁锤很自信：“国民党都穿小皮鞋，美国佬肯定穿大皮靴。”

李大个一想也对，他原来的国民党川军十六兵团，装备虽不如中央军，但士兵也都穿的翻毛皮鞋。当时的军需物资都靠美国支持，部队大多美式装备，美国佬是后台老板，大皮靴一定少不了的。

吴铁锤这时候想起他的锣来，问他的宝贝疙瘩咋样了。“侬放心好了，”陈阿毛痛痛快快地用上海话回答，“冻手冻脚冻脑袋，冻不了你的锣。”

“锣呢？”吴铁锤却问。

陈阿毛也不说话，从稻草地上解开一块不辨颜色的油脂麻花的旧毯子，雕花云龙纹的紫檀木匣子出现在眼前，它在这个已经微微泛亮但是依然昏暗无比的早晨散射着沉静和润泽的幽光。

“侬看看好吧？”陈阿毛问。

“不用了”，吴铁锤说，“让老祖宗歇着吧，冲锋的时候再请他老人家出山。”

陈阿毛便又用毯子将檀木匣子包好，很小心地放在稻草铺上。他知道这面锣是营长的传家宝，平日里一直十分仔细，风雪天里宁愿自己挨冻，也用毯子包裹着它，睡觉时就枕在头下，可谓呵护备至。匣子有半米见方，沉甸甸的，比他的中正式步枪重多了。不过直到目前陈阿毛还没有机会使用，只是听老兵们说打起仗来它如何了得、如何威风等等。

陈阿毛是上海战役时入的伍，但他当兵时整个上海已经打下来了，没参加过大的战斗。虽然后期吴铁锤的这个营又在上海周边打了几次小的战斗，清剿国民党的散兵游勇，他也曾跃跃欲试，要把锣拿出来试吧试吧，可是吴铁锤说几个小蟊贼哪里用得着麻烦老祖宗？陈阿毛也就未能一闻其声。

“不能再烫脚了，”吴铁锤临走的时候告诉他们，“再烫就毁了个熊的。”

他要李大个马上通知各连，一律不准用热水洗脚，否则耽误了大事，纪律处分。

说到这他突然记起欧阳云逸也用热水烫的脚，心想坏了，教导员的脚要肿了就麻烦大了。

欧阳云逸正在山下的溪流边上刷牙。多年的老习惯，不吃饭不喝水行，不刷牙不行。无论环境多么恶劣，战斗多么残酷，他一直坚持着这么个习惯，早晚刷牙，雷打不动。

看着匆匆而来的吴铁锤，欧阳云逸坦然一笑。他告诉吴铁锤，自己的脚不仅没肿，反倒是非常轻松，比昨天还要轻松。

“这就怪了，”吴铁锤说，“他们烫过都肿了，怎么你烫了没事呢？”

“烫个鬼呀，”欧阳云逸说，“到我洗的时候水都凉了，只是有点温乎而已。”

吴铁锤明白了，看来水烫不烫和脚肿不肿是有直接的关系。“这个大金牙，”他埋怨道，“搞什么烫脚，还化雪，连一条小河都找不到。”

欧阳云逸说：“都是缺乏经验，吴一六同志也是好意嘛。”

天阴得厉害，山上山下雪花飞舞。欧阳云逸摘掉眼镜，很仔细地在冰块上放好，掬起冰凉的溪水洗了脸，仰望着灰白色的天空说：

“这样的天气，敌机恐怕不敢出来了。”

吴铁锤说：“出来？出来就成他娘的开山机了！”

欧阳云逸没有回应他的粗话，而是拿起冰块上的眼镜，小心翼翼地擦了又擦。

吴铁锤说：“这个美国佬不出来，我看白天也可以走嘛。”

欧阳云逸说：“这要请示上级，一旦暴露，麻烦就大了。”

他和吴铁锤商量去趟团部，一是反映反映前卫营的困难，二来也听听情况，看看形势有什么新的变化没有。

雪好像比刚才又大了些，满目皆是一派冰封的世界。道路，河流，树林，山野，所有的一切似乎都凝固了，唯有他们脚下的这处小溪还在汩汩地流淌。

吴铁锤的分析是有道理的。全营顶风冒雪大半夜，天快亮的时候宿营下来，粮秣员吴一六为营部寻了房子，将木楞房的四面用被子围住，以防漏光，化了雪水，要几个营部领导烫烫脚，说是又暖和又解乏。欧阳云逸还表扬他考虑周到，说老同志就是不一样。但他坚持让战士先烫，一事当前先想着战士，是他们这个部队的老传统、老底子。结果，凡是烫了的脚都肿了，那些没烫或者水温了以后才洗的反而没事。欧阳云逸、吴铁锤、李大个、吴一六几个人都没事，但情况各有不同。欧阳云逸没事是因为把热水让给了战士；吴铁锤没事是因为他认为那是穷讲究，根本就用不着；李大个没事是因为去了团部没赶上；而吴一六没事则是因为欧阳云逸有话在先，教导员都把方便让给了战士，他这个粮秣员也不能不在一些小节问题上注意。

由于缺乏防冻经验，在这个和以后的日子比起来还不算特别寒冷的早晨，跋涉在通往战区途中的全军十余万人马，有近千人因为脚肿而不能走路。吴铁锤所属师医院有一个担架连，夜里宿营，三个排露宿于外，一个排挤在朝鲜老乡的热炕上，结果外面的几个排依然活蹦乱跳的，而里面的这个排全都爬不起来了，大家的腿脚肿得跟大萝卜一样。非战斗减员初露端倪，这个长期生活在中国南方的部队自此知道了一个新的名词：冻伤。

6

天气一天冷于一天，气温总在零下十几摄氏度，开始的时候战士们还淌鼻涕，可是随着天气越来越冷，大家连鼻涕也没了，呼出的热气都直接凝结在了眉毛胡子上，看起来像是一尊尊的白毛狐仙。在这样严寒的天气里，部队都还穿着单胶鞋，戴着大盖帽，棉袜子棉手套等御寒物品一应俱缺，又不能生火做饭，单靠一点点不多的馒头干维持，部队的体力消耗很大。但是说到打美国佬，大家精神饱满，士气很高。

为了抵御严寒，在力所能及的条件下，前卫营和全军部队一样想了不少办法。其实也没有什么好办法，就是立足现有条件，土法上马，自力更生。

首先是解决冻手冻脚冻脑袋的问题，很多战士扯出了被子里的棉花塞在鞋窝里，脚面子裹上棉袄里子、布片、棉花套子以及他们所能找到的任何东西。有的剪下军装口袋塞进棉花制成了耳捂子。棉被一律剪短二十厘米，以缝制手套和护耳。裁成了长条的棉被弯成个圈就是手套，连在了大盖帽的帽墙下就成了护耳的围脖，没有针线，就用电话线的细钢丝连接，帽窝里再塞上棉花，猛一看跟日本人的战斗帽差不多。几年前部队打日本鬼子，日本兵帽子的四周围都有一圈布拉条子，大家一直不明白用途何在，现在他们知道了，那可以挡风防寒。如此一番折腾，本来就单薄的棉被已经所剩无几。曹连长的机炮连招数频出，有的战士干脆扎上裤脚，把剩余的棉花全部塞在裤筒里，鼓鼓囊囊的，像是得了浮肿病。而机枪班长孙友壮搞得更绝，他在被子上掏了两个洞，两条膀子插进去一穿，被子就上了身，再一围一系，被子就变成了大衣。暖和是暖和了不少，然而看起来却活像是民国初年的叫花子。

欧阳云逸对部队的这个装扮很不满意，这成什么了？兵、匪，还是民？吴铁锤说你管他什么打扮，只要能打美国佬，光腚都行。

他们想起过江前的边境小镇辑安，东北边防军的部分官兵曾脱下自己的棉帽子棉鞋棉大衣，要换给他们这个匆匆过江的南方部队。而吴铁锤和欧阳云逸却把这杯水车薪的一小部分冬装留给了后面的师团领导以及其他部队。那个时候的他们还没有意识到朝鲜的冬天会是这样寒冷。

在吴铁锤的前卫营，一共有两件可以真正称得上抗寒物品的东西，这是两件土黄色的日本军用大衣。一件穿在老王头王三身上，是在兖州出发时为团以上干部发下的，老王头享受团级干部待遇，所以也发了一件。另一件是关东军的翻毛皮大衣，已经掉色发白，几乎分不出原来的颜色。这个大衣披在吴铁锤的肩膀头，是部队在吉林通化车站短暂停车时，吴铁锤用了两瓶子家乡洋河大曲中的一瓶，跟一个铁路吴师傅交换的。铁路吴师傅献出了自己的大衣，吴铁锤奉上了珍藏多年的洋河大曲。上海解放后，吴铁锤所在的部队在昆山一带驻防，他大哥费尽周折从老家苏北吴家集前来找他，带了两瓶子家中珍藏多年的老酒。大哥捎来了铁锤妈妈吴李氏的口信，日本鬼子打跑了，国民党不知道去了哪，新中国也成立了，该找媳妇生小孩了。铁锤妈妈让铁锤回趟苏北老家。吴铁锤留下了酒，却未能跟大哥回去。酒是陈年好酒，吴铁锤舍不得喝，一直带在身边，半夜里闻一闻，仿佛就闻到了苏北吴家集老屋的气息，看到了头发花白的老娘。吴铁锤他爸死得早，他兄弟四人全靠铁锤妈妈一人拉扯大，吴铁锤又是个老小，格外得到母亲的疼爱。自从打了大户人家吴财主的黄毛狮子狗，吴铁锤参加了欧阳云逸的新四军江抗支队独立连，先是跟皇协军、忠义救国军、日本人打，后来是跟国民党打，他一路奔波行军战斗，已有十余年没回过苏北老家吴家集了。不打仗没了枪炮声的时候，吴铁锤就会想起吴家集的老屋，想起家中的老娘来。

吴铁锤用一瓶子洋河大曲所换的关东军大衣，确也货真价实，又厚又重，走起路来都费劲。过江后，它白天披在吴铁锤的肩膀上，晚上盖在大家的身上，营部的几个人就靠着它，度过了一天又一天的风雪严寒。

要说还有什么别的防寒设备，就要数吴铁锤头上的狗皮帽子了，这是他用了一盒子老刀牌烟卷从朝鲜老百姓那里淘换来的。

一路走来，有时候会碰到十个一群、八个一伙逃难的朝鲜群众，有往北走的，也有往南去的。其中一个戴狗皮帽子的朝鲜老头会说中国话，上来问吴铁锤他们有没有飞机大炮。吴铁锤掂了掂手中的二十响驳壳枪，说飞机大炮倒是没有，就这家伙，照样打得美国佬屁滚尿流。老头摇摇头，一副不信任的表情，说你们这个样子，寒冬腊月的还穿着单鞋、戴着单帽，别说打仗了，冻也把你们冻坏了。吴铁锤说那好啊，咱俩换换，反正你都快到鸭绿江了。看到老头面有难色，他又从关东军的大衣口袋里摸出盒烟卷，对他说这是老刀牌，中国烟，志愿军讲纪律的，不白换。老头不再表示异议。吴铁锤拿过他的狗皮帽，将自个的大盖帽扣在了这个老头的光头上。当然，战斗打响后他不食其言，还从美国人那里弄来了防寒皮靴、棉帐篷、兜头大衣、鸭绒睡袋等等，让大家高兴了好几天。

从此，吴铁锤头戴狗皮帽子，身穿日本关东军的土黄色翻毛皮大衣，脚蹬美国大皮靴，在天寒地冻、寒风凛冽的长津湖畔拼杀呼喊，与当时最为王牌的美国海军陆战1师殊死战斗，升升降降，曲曲折折，经历了他人生中最为艰难也最为辉煌的生命历程。

第六章

1

师政委向修远带着警卫员和一个政治部的科长来到师部医院的时候，雪下得正大。

师长黄天柱去了前卫团，他在师部坐镇，坐了一会也没坐住。他给军长张仁清打电话，见军里没有新的指示，留下了副师长政治部主任守电台，自己就冒雪出来了。师医院的距离也不远，就隔着一条山谷。

师医院是个大架子，各个科室，加上担架连、炊事排，男男女女几百号人。入朝前重新进行了编组，现在分成了两个治疗队，每个队均可单独收容伤员。师文工队也解散了，解散的人员都充实到了这两个治疗队，进一步扩大了力量。师有师医院，团有卫生队，营有卫生所，连有卫生员，而兵团和军里都伴随有野战医院，系统应当说还算完善，但是运输条件很差，战救器材极度匮乏。

刚刚出现的冻伤是个新问题，向修远从未想到过一入朝雪就下得这么大，天就变得这么冷。在南方的八年游击战争中，他也曾经历过无数个凄风苦雨和寒冷的日日夜夜，也曾无数次地露宿于风雪野岭，但是这样的大雪和这样的寒冷确实还是第一次遇到。打游击条件再苦，还可以到群众家里住一住，还能有口热米汤喝，现在可好，部队基本上都是露宿于荒郊野外，难得喝上一口热汤热水。零下十几摄氏度的天气，长途行军，空袭阻隔，既挡不了风寒，也缺乏热量补充，体力消耗可想而知。随着冬季的进一步来临，气温肯定还会下降，部队会面临更大的困难。

向修远走下山坡，来到师部医院所在的山谷，迎面传来一阵嬉笑打闹声。向修远凝目看去，在山脚边的林子里，有四个人正在相互追逐着打雪仗。虽说也都穿着单棉的军装，但是依据声音和形体，凭向修远的判断，那应该是四个女同志。

不出所料，在雪地上追逐嬉戏的正是师治疗队的欧阳云梅、李桂兰和蓝晓萍、郑小莉等几个人。欧阳云梅和李桂兰原先就是师医院的医生护士，蓝晓萍、郑小莉则刚从师文工队分来不久，欧阳云梅还兼任着治疗队下面一个治疗组的组长。在漫天飞舞的雪花中，因为郑小莉的提议，几个人出来堆雪人，雪人堆好后，首先是郑小莉挑起事端，向李桂兰扔了一个雪团子，李桂兰只是笑着，未还手。蓝晓萍觉着好玩，也向李桂兰丢了个雪团子，李桂兰说你们净欺负俺，才一手抓一把雪，每人给了一下，三个人就嘻嘻哈哈地打在了一起。欧阳云梅说你们两个别欺负老实人啊，要玩我们分分拨，明刀明枪干一场。于是分成两拨，欧阳云梅李桂兰一边，郑小莉和蓝晓萍一边。分好了阵容，郑小莉又提出她们要在上面，让欧阳云梅她们俩在下面，因为她们年纪小。欧阳云梅说好，就让你们占据有利地形。阵势一摆好就你来我往地打上了。开始中间还隔了段距离，相互对着打，但火力效果不太理想，欧阳云梅提议冲锋，她和李桂兰两个人就攻上去了，雪团子直接落在了郑小莉和蓝晓萍的身上、脸上，使得她们只有招架之功，没有还手之力，只好落败而逃。欧阳云梅一边追击还一边喊着：

“打你个美帝野心狼，看你猖狂不猖狂！”

且战且退远不是欧阳云梅和李桂兰对手的两个小丫头正碰上迎面下来的向修远，都不好意思地丢了手里的雪，上气不接下气。这时候欧阳云梅和李桂兰也追上来，大家笑作一团。对于眼前的向修远，她们几个并不陌生，向修远在她们的心目中不仅是德高望重的首长，也是一个和蔼可亲的长者。要是换上师长黄天柱，她们就不敢如此大胆了。

向修远一直笑望着她们，等到她们平静了，才对欧阳云梅说："怎么欺负两个小同志啊？"

欧阳云梅一指郑小莉："是她们先发动战争的！"

向修远看着郑小莉和蓝晓萍说："你们居高临下，占据有利地形嘛，怎么还打不过人家？"

蓝晓萍、郑小莉只是不好意思地笑着，并未回答他的问话。

欧阳云梅说道："她们的战争是不正义的，不正义的战争地形再好也要吃败仗的。"

"有点道理，"向修远肯定道，"美帝国主义就是这样，貌似吓人，实际上外强中干，毛主席说的，纸老虎，一戳就破。"

郑小莉却反驳欧阳云梅道："你才不正义呢，我们都认输了，还穷追不放的。"

欧阳云梅说："毛主席说的，宜将剩勇追穷寇，不可沽名学霸王，打过长江去就解放全中国。"

向修远笑了，连说了几个"不简单"。不过他又说清官难断家务事，对于她们的争论他就不做评判了，还是下山去她们的队部。

在郑小莉和欧阳云梅你来我往唇枪舌剑的时候，蓝晓萍、李桂兰都没有插话，她们一直微微地笑着站在旁边。蓝晓萍的笑是一种很文静的笑，如同欧阳云逸所做的描述，有点小家碧玉的感觉。而李桂兰的笑则显得朴实、率直，让人感觉到实实在在。

向修远认得这个欧阳云梅。当年她从上海的一所教会学校里跑出来，只身找到多年未见的哥哥欧阳云逸，还是欧阳云逸拉着她求了向修远的批准，她这才参加了部队。当时抗战刚刚胜利，内战尚未开始，向修远和欧阳云逸所在的江北新四军部队整编成华东军区一纵，正要从苏北向山东解放区进发。欧阳云逸多年来对他这个唯一的妹妹心存看法，觉得她一天到晚疯疯癫癫，女孩不像个女孩，姑娘不像个姑娘，二十出头的人了，却放着好好的书不读而满世界疯跑。教会学校在当时是很好的学校，一律用英语授课，毕业后一般都会有很好的薪水和待遇。欧阳云逸也不喜欢妹妹跑出来的理由，实际上欧阳云梅逃离教会学校的原因十分简单，日本人战败，国民党接收了大上海，不仅接收地盘，也接收房子、家产和女人，八年抗战，天下无忧，该是享受太平日子的时候了，因此欧阳云梅女子教会学校的女同学，不少人摇身一变成了国民党的官太太。国民党部队的一个军需处长看上了欧阳云梅，三番五次，送来了几大摞子好吃的点心外加一枚很沉的金戒指。欧阳云逸听罢嘴角露出一丝不易觉察的冷笑，嘲讽道："很好嘛，跟着国民党的军需官有吃有喝的，再生个小孩子，小日子该是多么自在。"欧阳云梅朝她哥哥翻了两下白眼，说她不干。欧阳云逸问她为什么不干呀？欧阳云梅说她打心眼里不喜欢这个人，说他哼哼唧唧男不男女不女，好像是宫里的太监，一气之下就卷了铺盖卷。欧阳云逸问她那几大摞子好吃的点心还有那枚很沉的金戒指呢？欧阳云梅说点心都叫她吃光了，而戒指换了银圆当了盘缠。

向修远与欧阳云逸的交往要追溯到八年游击战争那些凄风苦雨的日子，他不仅是欧阳云逸参加新四军的指路人和领路人，也是他的入党介绍人。正是因为向修远的出现，欧阳云逸才改变了他生命的初衷，由一个英国洋行的小职员转而成为一名坚定的战士和指挥员。

2

两个治疗队分散在一条几里路的山谷中，有条件的搭着棚子，没有雨布或者帐篷的就躲避在山崖下和洞子里。放眼望去，银装素裹，漫天飞雪，一派烟雨迷蒙。

欧阳云梅几个人陪同着向修远走进山谷，在一处山崖下遇着位任凭风雪侵袭而孑然不动的人。这个人的大衣和棉帽子上落满了一层厚厚的雪花，可是他却毫不在意，只是出神地凝视着灰蒙蒙的天空。

欧阳云梅看见他后，大声地打着招呼说："构思呢凌导？"

这个人慢慢转过头来，说：“构什么思啊，饿得头眼发昏的，哪里有那个闲情逸致？”

向修远也认出了这个人，这是师文工队的导演凌子林，老家台湾台南，解放前就在上海的一家电影公司里做场记、美工以及服装道具之类工作，跑了多年的龙套，后来才当的导演，据说也导过几个片子。他还十分清晰地记得一年多前这个凌子林参军时的情景。大上海刚刚解放，解放军正以摧枯拉朽之势席卷东南沿海。向全国进军，把革命的红旗插上台湾宝岛似乎是唾手可得。凌子林受革命大好形势鼓舞，热血涌动，一套小洋楼捐给了军管会，电影公司导演也不干了，跑到向修远所在的三野一纵，声泪俱下，非要参加解放军不可，当时向修远还只是师政治部主任。凌子林的举动对于急需将革命进行到底而要进一步壮大力量的人民军队而言可谓是雪中送炭，其结果可想而知。他不仅被顺利批准入伍，到了师文工队，而且仍然干的导演工作，不同之处在于，原来导的是大电影，现在导的是活报剧；原来在电影公司导，现在在师文工队导，时间与空间不同而已。他也确实导了几个节目，在一纵乃至整个华东军区小有影响，纵队的小报记者还专门给他写过稿子，登了不小的一块，凌子林着实高兴了一阵子。而眼前这个任凭雪花落满了全身而孑然不动的凌子林已与一年前的凌子林判若两人，确切地说不仅是在上海，与在进军朝鲜列车上的凌子林也大有区别。有多年政治工作经验的向修远敏感地意识到其中可能的原因。

“怎么了凌导演？也不避避雪？”向修远关切地问凌子林。

凌子林叹了一口气，说道：“在哪还不都是一样的事情？躲又没得躲，吃也没得吃，都说美国鬼子纸老虎，纸老虎没见着，肚子饿得受不住了。”

“哎，”向修远说，“困难是暂时的嘛，要相信自己，相信部队嘛！”

凌子林说：“相信是相信，哪能不信呢？不过美国佬飞机就是多，我们一架也没有嘛。”

欧阳云梅在旁边说：“飞机多怎么了？小瘪三天天在天上转，它就不敢到地上来！它敢下来吗？”

凌子林也不搭理她，只是自顾自地说：“雄赳赳，气昂昂，跨过鸭绿江，没得几天都打光了。”

李桂兰憋不住了：“凌导演，俺看你这个思想有问题呢！”

凌子林也意识到自己有些过于悲观，特别是当着向修远政委的面，确实不太应该，遂解嘲似的说：“言过了，言过了。”话题一转，又说道，“我们不谈这个，大好的雪景，我们拍张照片，拍张照片。”

他解开棉大衣的纽扣，掏出一架上好的德国蔡司相机，调好了光圈速度。向修远很爽朗地招呼大家道：

“好啊，凌导演给我们拍照，来来都过来，和志愿军的女同志们照张相。”

几个人站在一起，摆好了姿势。

照片上一共七个人：向修远自然站的中间位置，他的旁边一边站着欧阳云梅，一边是挤上来的郑小莉，郑小莉的旁边是蓝晓萍，向修远的后面一排是他的警卫员和政治部的科长，而李桂兰则站在了最边角的地方。电影公司导演出身的凌子林拍起照片来可谓得心应手，然而令他万万没有想到的是，三十年以后，在这张满目冰雪共七人合影的黑白照片中，恰恰是这个站在最边角位置上毫不起眼，甚至看上去有点傻乎乎的李桂兰，成了为他凌子林洗却冤屈的大恩人，而这张照片是他当时所能翻找出来的唯一证据。

治疗队队部设在一顶破旧的帐篷内，四面漏风，堆满了箱子、架子和一些所能找到的瓶瓶罐罐。

医院院长，也是治疗队队长的陆元寿搓着两手，十分谦恭地把向修远迎进帐篷，为一时半会儿拿不出什么东西招待师首长而自责不已。

几个人在医疗箱子上坐着，喝着欧阳云梅设法弄来的开水。陆元寿简要汇报了治疗队目前的情况，实际上也没有太多的话语，无非那几个问题，冻、饿，加上缺医少药、缺东少西。在他说话的过程中，他的两只大手无意识地相互交叉着不停地揉搓，这是陆元寿的一个习惯动作，好像他要不揉搓两手，他就不能够讲话。

这些问题都在向修远的意料之中，他也不是为了听问题而来，他的目的在于督促他们拿出办法克服困难，为即将到来的战斗做好准备。

陆元寿显示出一脸的无可奈何。战斗尚未打响，他这个医院的担架连却因为缺乏防冻经验而率先减员，四个担架排中的一个在热烘烘的大炕上过夜，结果发生冻伤跟不上部队，更别说去抬伤员了。没有经验，又缺乏药品，他这个南方人一筹莫展。向修远说你们要开动脑筋，自己不懂可以找找当地老百姓嘛，他们长期生活在这里，怎么防冻，如何保暖，一定有不少办法。不能睡热炕，不能用热水洗脚，现在都知道了，看看还有什么主意，比如是不是可以多活动活动呀？我刚才看她们几个玩雪，跑得全身暖和，也不冻了，也不冷了。大雪天的部队不要都躲在洞洞里，组织起来，活动活动。要组织人员上前沿、上一线，你们的责任是为前边的部队服务。另外就是要掌握部队思想，做好思想工作。要看到目前的困难是暂时的，我们和日本人打，和国民党打，过去也有很多困难，不是也都解决了？不能遇到一点困难就丧失信心悲观泄气。

向修远显然是想起了雪地中的凌子林，在这个问题上也就多说了几句。

陆元寿同样是搓着两手，表示对于师首长的指示他都记下了，一定好好落实，马上就组织人员上前线、上前卫营。向修远注意到他搓手的动作，在他不停地反复揉搓下，那双手微微泛红，给人一种很温暖的感觉。

多年后，陆元寿回忆起这个异常寒冷的朝鲜的冬天，认为在那样一种情况下，他的双手没有任何的冻疮，多亏了他这一下意识的习惯。

谈话间欧阳云梅不知道从哪里倒腾来一盆冒着热气的煮豆子，说向政委来了，师医院总要有所表示。在这个过程当中，她一直出出进进的，也弄不清在干些什么。

向修远说这可不行，领导干部不搞特殊、不开小灶是新四军部队的老底子，他这个政委可不能坏了规矩。欧阳云梅说：“这怎么是开小灶呢？大家一起吃嘛！”郑小莉嘴巴快，连说：“是的是的，什么开小灶了，就是一盆煮黄豆嘛，又不是什么好东西。”蓝晓萍依然微微地笑着不说话，李桂兰却上去舀了一瓷碗直接揣在了向修远的怀里。

向修远觉得不好再推辞，就随大家吃起了煮豆子。没有盐，煮得也不是很烂，但大家吃得津津有味。在这个风雪呼啸的严寒天气里，任何食物都是那样令人眼馋，任何能吃下去的东西都会提供热量，从而让他们感觉到一丝温暖。

欧阳云梅一边吃着煮豆子，一边夸着向修远的好，说都是因为向政委，向政委要不来，她们也沾不了这个光，刚才的一场雪仗，暖和是暖和了一些，可也早饿得前胸贴着后背了。向修远说：“这要谢谢你，还是你有办法。”陆元寿问欧阳云梅从哪淘换的煮黄豆，欧阳云梅嘿嘿地笑着，说：“这个你就别问了。”

吃了一会煮豆子，又谈到前线部队的情况，向修远说你们要赶快上去，你们困难，但总是在后方，总还有些办法，部队的问题更多，困难更大，特别是前卫团、前卫营，他们在全军的最前面，担当着逢山开路的重任，遇到的困难将会是难以想象的，你们要尽可能地帮助他们。欧阳云梅对陆元寿说，去前卫营可要有她的份，她还是比较熟悉那里的情况。李桂兰说她也要去，蓝晓萍也轻轻地表示了上去的态度。郑小莉一看她们几个都表了态，就说她也去吧，不然会被别人当成落后的。陆元寿对她和蓝晓萍说：“你们两个文工队下来的就别掺和了，救护又不懂，还给部队添乱子。”

这时候师部的骑兵通信员策马赶来，把师长黄天柱从师前进指挥所传来的决定对向修远做了汇报，要求趁着大雪天敌机不出动，部队加速开进。

向修远完全同意这个决定。目前的关键是按战役预想按时到达指定地域，能不能打，打不打得赢，就看这几天的路程怎么走了。

他没有耽搁更多的时间，在陆元寿和欧阳云梅等几个人陪同下又看了看附近几个治疗组，决定马上返回师部。临走的时候，向修远叮嘱治疗队注意防空，搞好自我保护，不然到了前面什么事情也干不成。他对欧阳云梅说：

“去前卫营可以看看你哥哥欧阳云逸。有些日子不见了吧？是不是有点想他啊？”

欧阳云梅一撇嘴说：“我才不想他呢！”

“她呀，”郑小莉对向修远说，“她有别人想！”

欧阳云梅要打她。“看你个死丫头胡说八道。”她从地上抓了雪团，才要站起来，郑小莉早一溜烟地跑掉了。

蓝晓萍静静地跟在后面，直到向修远一行走远。欧阳云梅过来搂住她瘦小的肩膀，对她说道：

“放心吧，我会带你去的！”

蓝晓萍看看她，文静地笑笑，没有说话。

3

欧阳云逸和吴铁锤顶风冒雪赶到团部的时候，正碰到师长黄天柱从一头不大不小的骡子上下来。这个骡子很犟，高昂着脑袋，嗷嗷叫唤，在漫天的大雪中浑身热气直冒。黄天柱的警卫员使劲拉着缰绳，大概是骂了一句什么难听的话，它不干了，一使劲尥了好几个蹶子。前卫营的通信员李大个急忙过去帮忙，和黄天柱的警卫员又拉又拽，费了很大劲才把这个牲口稳住。黄天柱朝骡子踢了一脚，骂道：

“犟驴，骑你两下还不干了，招来美国佬，我一枪毙了你，吃肉，喝汤！”

吴铁锤满脸带笑地迎上前去：“师长，这是个骡子，不是驴。”

黄天柱一脸的怒气：“什么骡子驴的，一个熊样！”一看到是吴铁锤，又说，“不好好带着你的前卫营，跑到这里干什么？”

吴铁锤说：“来团部反映反映困难，没想到师长你也来了。”

“困难困难，都是困难。”黄天柱边往里走边说，“没有困难要你这个前卫营长干什么？要你这个铁锤子干什么？”

团部也是师的前进指挥所，设在山脚旁的一处山崖下面，半面为洞，半面露天，临时搭起了一面帆布，遮挡着寒风冷雪。师参谋长、师前进指挥所主任范书宝和团政委张之白几个人从里面迎出来，张之白很过意不去地说：

“这么大的雪，师长你还亲自过来，有什么事打个电话就行了。”

黄天柱看了他一眼说：“打电话？你那个电话能打通吗？”

帆布棚子里的风比外面小了不少，因此也感觉到少许的暖和。里面也没有什么东西，横七竖八堆着些弹药箱子，上面铺着几张作战地图。靠洞子的里面，摞着一堆叠压在一起的大麻袋。几块石头上支着茶壶，木炭火烧得正旺。

吴铁锤眼尖，撒摸了一圈就盯上了这堆麻袋，一边佯装着在上面坐下来，一边用手偷偷地摸了两把。

张之白张罗着找来几把搪瓷茶缸，倒满了热水，有些歉意地说：

“没有什么招待的，喝点开水吧。”

大家咕咚咕咚喝了一阵热水，加上挡着风烧着火，都觉得暖和了许多。

吴铁锤说：“团部就是团部，还有开水喝。”

黄天柱往四周围看看，说道：“不能大意啊，一定注意防空。”

范书宝却不太在意：“大雪天的，敌机不出来。”

就在这个简易的指挥所里，黄天柱听取了团部和前卫营的情况汇报，大家说得不多，但问题不少，归纳起来也就四个字，挨冻受饿。这在黄天柱的意料之中。部队仓促过江，准备不足，不仅没有高寒地带的防寒设备，也缺乏防寒经验，加上道路崎岖，敌机封锁，后勤供应不上，粮弹等严重短缺，几天下来，全师一万多人的部队因为冻伤了腿脚而掉队的就有近千人。目前不仅是这个前卫营、前卫团，他们这个师乃至全军都是这个状况，当然走在最前面的部队困难会更多一些，因为你越靠前，离后方也就越远，后勤保障也就越难跟上。在国内打仗，部队后面总是跟随着滔滔不绝的支前大军，一个淮海战役打下来，光是山东老解放区人民的牛车、独轮车就有几万辆之多。而目前的情况截然不同，部队是出国作战，人地两生，缺乏了人民群众的大力支持，自身又运力不足，困难可想而知。全师能不能克服困难，能不能按时到达战役集结地域，是他这个师长最焦虑、最担心的。因此他和师政委向修远碰了碰头，由老搭档向修远政委坐镇留守，他自己则顶风冒雪到了前卫团。

黄天柱肯定了前卫营在防空和防冻方面的一些做法，就是要立足现有条件，自力更生克服困难，要把他们的做法在全师推广。

师参谋长范书宝表态一定将师长的指示落实到位，但对推广前卫营防空方面的做法也提出了一点不同的意见，比如戴眼镜的要摘掉、镶金牙的不许张嘴等，觉得太神乎其神，是走夜路的学鬼叫，自己吓唬自己，完全没有必要。

“小心没大错。”黄天柱说，“谁也不知道美国鬼子能不能看见，宁信其有，不信其无。”

范书宝说：“你不叫他张嘴，他怎么说话？”

吴铁锤接过来说：“镶金牙的没几个，一会工夫不说话，不会当他哑巴。”

范书宝稍感不满地看了他一眼。这个吴铁锤样样都好，就是有时候说起话来不知道天高地厚。不过这也不是什么大毛病，军事干部嘛，都这样。他也知道师长、政委很喜欢这个铁锤子，所以也就没再说别的。

师前指设在前卫团，不仅是靠前指挥的需要，也因为前卫团的团长入朝前就病重入院，缺个团长，所以范书宝不仅是前进指挥所主任，也有代理团长的意思。他在介绍全师情况的基础上，重点谈了谈他这个前卫团的作战部署。当务之急是克服一切困难向战区开进，按照军和兵团的战役部署按时到达战役集结地域，以保证战役按计划打响。眼前的问题是部队的行军速度太慢，大雪封山，夜里不好走，白天不能走，干着急没办法。

黄天柱看了看风雪弥漫的天空，对大家说：“我看这个大雪天的敌机不出来，部队白天也可以走嘛，不一定都要窝在洞里孵鸡崽。”

范书宝说：“白天一律掩蔽防空，军里规定很严。”又说：“军长有过话，凡违反防空规定致部队暴露者，一律按战场纪律论处。”

“你这个范书宝，”黄天柱有点不满地说，“规定是死的，你人是活的！你个大活人还能被尿憋死了？军长会让你被尿憋死？”

范书宝不敢说话了。吴铁锤向欧阳云逸使了个眼色，欧阳云逸也会心地笑了笑。临来团部的时候他们还想着请示一下白天开进的问题，看来也用不着了，已经迎刃而解了。

黄天柱要范书宝通知各团抓紧吃饭上路，能多走一点就多走一点，灵活机动，并将情况向向修远政委报告。接着，他谈了谈对手的一些情况，比较简单，因为也没有多少东西可介绍，只是说当面之敌为美海军陆战1师，是美国鬼子的王牌部队，参加过第二次世界大战，战斗力非常强。

“海军部队怎么跑到陆地上打仗？”吴铁锤不明白了，“军舰上安了轱辘？”

“什么军舰安轱辘！”黄天柱说，“陆战1师属于海军的编制序列，是海军陆战队，主要担负两栖作战、登陆作战。仁川登陆时，这个师是主力。”

张之白问道：“美军王牌，有多厉害呢？”

黄天柱说：“嗐，还不就是飞机多，大炮多，坦克多，美国鬼子那一套，全仗着这堆破烂玩意。”

范书宝说：“蒋介石飞机大炮也不少，一个淮海战役，五六十万人还不都叫我们干掉了？”

吴铁锤撸了撸袖子，说：“什么王牌，都是纸老虎、老爷兵，一顿机枪、步枪、手榴弹，照样打得他哭爹喊娘！”

欧阳云逸坐在一个角落里，一直在静静地听着，这时候也插话说：“美国人钢多气少，怕死。”

黄天柱问他：“部队士气怎么样？”

欧阳云逸回答道：“没得说，打美国鬼子，嗷嗷叫。”

黄天柱要求吴铁锤和欧阳云逸一定要把前卫营带好，因为他们是全师最前面的部队，担当着开路先锋的任务，全师、全军都在看着他们。吴铁锤保证没有问题，一定想办法克服困难完成任务。同时也提出部队确实很困难，该想的办法都想了，问题还是不少，师部、团部最好能支持支持，补充点粮食，再发点大衣棉鞋什么的，那完成任务就更有保证了。

黄天柱说："我怎么支持？我是你的后勤部长粮秣员？师部也没有多少东西，军部也断顿了，军长、我、向政委天天开水馒头干。粮食，没有；大衣，没有；棉鞋，也没有。我一个人空手来的，你看着办吧。"

吴铁锤摘掉狗皮帽子，用手摩挲着自个的脑袋，不好意思地说："你不还骑了头骡子嘛。"

黄天柱眼睛一睁："呦！你还看上那头犟驴了？"转而对着欧阳云逸，"你看看你这个营长，打牙祭都打到我师长头上来了！"

欧阳云逸也不说话，只是偷着笑。团政委张之白却在旁边直朝吴铁锤使眼色。

吴铁锤大言不惭："我看这个骡子不听你的话，你还干生气，不如给我们老王头王三，他那骡子教飞机打掉了好几匹，正难受呢。"

黄天柱看看他，一时竟找不出合适的话语来反驳。

张之白说："你这个吴铁锤，蹬鼻子上脸！师长的东西你也敢要？"

吴铁锤说："哪能呢！开个玩笑，开个玩笑。"

黄天柱把吴铁锤上下打量一番，说道："你这身行头不错嘛，狗皮帽子皮大衣，就差美国佬的大皮靴了，我看比我的还阔气呢！哪里弄来的？"

吴铁锤说："你不是叫我们开动脑筋吗？这就是开动脑筋开的。"

黄天柱也穿着件土黄色日本大衣，棉的，没毛，同样是在兖州北上时发下的。帽子也就是顶普通的三块瓦棉帽，质量显然比不了吴铁锤的狗皮帽子。

黄天柱告诉他们，想办法是对的，自力更生也没有错，但是不能违反群众纪律。毛主席说要爱护朝鲜的一山一水一草一木，大家都要注意。违反了群众纪律，别怪我到时候处分你们不留情。

欧阳云逸表态请师长放心，在这方面他们一定严格要求部队，绝不做违反朝鲜群众纪律的事。

黄天柱看到欧阳云逸头上包裹着棉被片子的日本式大盖帽，说你们这个发明倒是有点新鲜，不过恐怕也解决不了多少问题，还是要多想想办法，也可以跟美国人要嘛。蒋介石过去是我们的运输大队长，美国人怎么了？同样要做贡献。他把头上的三块瓦棉帽摘下来，对欧阳云逸说：

“我这个帽子也暖和不了多少，但比你这个日本式的要强，拿去吧。”

欧阳云逸没想到黄天柱会把帽子给他。“这怎么行师长？”他有点着急地说，“我怎么能要你的帽子！”

“哎，”黄天柱把帽子往他怀里一塞，“我在后边嘛，总还有点办法，拿去！”转而指着吴铁锤对大家说，“我要是一点东西不掏，这小子不定说我怎么抠门呢！”又对吴铁锤说，“还有那头犟驴，也归你了。”

“敬礼！”吴铁锤一个立正，“感谢师长大力支持。”

欧阳云逸真不好意思了，说：“师长，你把骡子给了我们，你怎么回去呢？”

黄天柱说：“我还回去个鬼呀？你们先走，我不回去了，就在这等着部队上来。”

可是吴铁锤没有要走的意思。他磨磨蹭蹭地在这个简易的指挥所里走来走去，好像还有什么事情没办完。欧阳云逸知道他心里还有鬼道道。

黄天柱说：“吴铁锤你不牵着你的犟驴赶快滚蛋，在这磨蹭什么？”

吴铁锤嗯嗯啊啊好半天，最后才对着团政委张之白说道：

“是这样，政委，你看啊，师长帽子也给了，驴也给了，团部也要有点表示吧？”

张之白真有点不高兴了：“你这个吴铁锤，得寸进尺！团部有什么？什么也没有！”

吴铁锤却胆子很壮：“你这不还有好几包黄豆吗？”

“咦？”张之白很惊奇，“你是什么时候看到的？”

吴铁锤一副嬉皮笑脸的模样：“表示表示，政委，表示表示。”

里面的人都在笑，谁也不说话。黄天柱佯装着要打喷嚏，在洞子门口咳了好几咳。

“好好，”张之白一脸的无可奈何，“给你一麻袋黄豆，赶着你的驴，快快走人。”

“是骡子，”吴铁锤说，“反正它也闲着不是？还有两箱手榴弹。”他又加了一条。

张之白摆摆手，也不说话，心想随你去吧。

吴铁锤一个跨步蹿到外面，大喊大叫道：“李大个，李大个！还不赶快搬东西滚蛋，教首长们生气？”

李大个一溜雪花跑过来。等到把这些东西装好捆牢，吴铁锤才一本正经地说：

“请首长放心，有了这一麻袋黄豆两箱子手榴弹，我就能攻下一个山头。”

大家都笑着挥挥手，看着前卫营的两个基层指挥员走进迷蒙的风雪中。师长黄天柱在后面喊着：

“关键时候要是上不去、打不响，我撸了你个吴铁锤子！”

吴铁锤摇了摇狗皮帽子，喊叫了一句算是回答。他的声音淹没在呼啸的风雪中，没人听清他说的什么。

第七章

1

被陆战队称作“屎壳郎兄弟”的第10军军长阿尔蒙德一大早就来到了陆战1师师部。

天气已经很冷，阿尔蒙德却故意穿得很少，以显示出精神抖擞的模样。前面是开道的宪兵，后面是他的警卫部队以及随军记者们，一色的美式敞篷吉普，前前后后排成了几里路的纵队。当他们在起伏不平的渐入山区的土路上行进时，烟尘滚滚，宛如一条不断扭曲而行的长蛇。

阿尔蒙德头戴钢盔，拄着他随身不离的手杖，他的钢盔和吉普车上分别涂有两颗醒目的白星，显示着他的官阶和身份。当他的车子经过时，道路两边的陆战队士兵，不论徒步的还是坐车的，拿枪的还是扛锹的，他们纷纷驻足，举手敬礼。每逢此时，阿尔蒙德都要用手杖在钢盔的边沿上碰一碰，以示回应，颇有些当年巴顿将军的模样。弄得陆战队士兵也一时糊涂，不知道他们碰到的究竟是这个“屎壳郎兄弟”阿尔蒙德，还是那个叱咤风云的巴顿将军。

阿尔蒙德的傲派令史密斯师长回忆起差不多两个月以前重占汉城时的

情景。虽然在外围地区还有些零星的战斗，但是当时的汉城已完全被陆战队以及其他的联军部队所占领，足以满足麦克阿瑟将军凯旋的要求。麦克阿瑟完全可以乘坐直升机直接入城，但是他不，他要坐车由陆路进城，而且要由韩国总统李承晚陪同，这样就会有更多的汉城市民一睹他们凯旋的场面。这带来一个问题，由陆路进城需要经过汉江，但是当时汉江上的桥梁已全部毁坏，无法通行。这难不住麦克阿瑟，他轻描淡写地说道：

“那就架一座好了。”

史密斯的陆战队不得不想尽办法来架一座浮桥，他们动用了远东空军的运输部队，从亚洲各地运来器材，终于赶在麦克阿瑟抵达之前将浮桥架好。麦克阿瑟的车队浩浩荡荡，足有五十辆之多。虽然所经之地到处残垣断壁，一片废墟，空气中散发着难闻的死尸气味，然而影响不了麦克阿瑟一路上谈笑风生，甚至说什么眼前的满目疮痍勾起了他对过去美好时光的留恋。在弹痕累累的韩国首都大厦，麦克阿瑟更是发表了辞藻华丽的演讲，史密斯对这一段尤其印象深刻。麦克阿瑟说道：

“在万能的上帝保佑下，在人类最伟大的希望和寄托的象征、联合国旗帜下战斗的我军，已经解放了这座历史悠久的有着灿烂文明的古都。”

诸如此类的语言还有不少。对接下来发生的事情史密斯印象更深。麦克阿瑟提议所有在场的人一起祷告以祈福于这个多灾多难的半岛，正当他们背诵祷文的时候，首都大厦顶端被炮火震松的天花板轰然掉落在人们面前，引起短暂的骚动。麦克阿瑟对此不屑一顾，好像这事根本就没有发生。他泰然自若地走到李承晚面前说：

“总统先生，我和我的部队已完成我们的使命，现在我把它——汉城，交给您了。”

老态龙钟的李承晚已完全被麦克阿瑟所征服，他泪光闪闪，紧紧握住麦克阿瑟的手说：

“谢谢，谢谢，您是我们民族的救星，我们将永远敬佩您！”

麦克阿瑟像个绅士那样地抱了抱李承晚，说：“我想这是我的责任，总统先生。”

眼前的这个阿尔蒙德当时也在场，史密斯从他脸上所看到的是李承晚一样的崇敬之情。他觉得这个阿尔蒙德总在有意无意地模仿着麦克阿瑟，所以他手下的陆战士兵队称其为“屎壳郎兄弟”，从这个意义上说，也许是有点道理的。

阿尔蒙德下车后，似乎丝毫也不在意落满钢盔的尘土，用手杖四面指指，兴高采烈地说道：

“这个地方不错嘛，它使我想起美国的弗吉尼亚。”

史密斯默不作声。里兹伯格却恭维了他一句，里兹伯格说：

“是的将军，它和昨天一样好。”

阿尔蒙德随之将同行的指挥官以及随军记者们介绍给史密斯，他们相互敬礼，亲切地握手。其中一位史密斯认识，那是美联社的随军记者詹姆斯·爱德华。

在作战指挥部的宽大帐篷内听过史密斯师长所做的简要汇报后，阿尔蒙德开始了他富于感染力的滔滔不绝的演讲。麦克阿瑟将军以他不同凡响的指挥才能制订了新的进攻计划，一旦付诸实施，战争将很快结束，胜利就在眼前。目前，沃尔顿·沃克将军的第8集团军已在西部的战线上整装待发，而他的第10军，陆战1师、步兵第7师以及韩国的部队将从东部发起攻击。这就像巨大无比的铁钳，在这把铁钳的夹击之下，北朝鲜的残余武装以及为数不多的中国共产党的部队将彻底崩溃。陆战1师作为东部钳子的主力，将从眼下的真兴里、古土里、下碣隅里、柳潭里一线，沿着长津湖水库的西岸向前推进，然后向北直插鸭绿江。而步兵第7师作为支援部队，将穿过新兴山谷，在新兴里一带向水库东部运动，然后向北直奔与中国东北满洲遥遥相望的边境城镇惠山津。

“一旦把这一带扫荡完毕，”阿尔蒙德用手杖在巨幅作战地图上画了一个大圈，然后说道，“我们就把北朝鲜交给韩国人，而我们就可以回家了。”

史密斯及其指挥官们听完阿尔蒙德这一番雄心勃勃然而又是轻描淡写的作战部署，一个个疑虑重重，缄默不语。依照阿尔蒙德的说法，好像他们不是去打仗，而只是去参加一个微不足道的山区旅行而已。

2

史密斯走到作战地图前，又十分仔细地研究了一下阿尔蒙德所指定的这条进攻路线。他们的右翼是美7师，而左翼是光秃秃的穷乡僻壤，没有任何掩护部队。前方的长津湖地区山高岭险，神秘莫测，在这条崎岖难行的山区道路上向前推进，犹如孤军深入狼群。虽然空中的侦察活动没有发现中国人大规模运动的迹象，但是在一个陌生的地区，面对着一个陌生的对手，不能不让他忧心忡忡。

阿尔蒙德却认为史密斯大可不必如此谨慎。他对史密斯说："依据麦克阿瑟将军的判断，为数不多的中国人已向韩满边界溃散，在通往鸭绿江的道路上，陆战队将不会遇到任何有规模的抵抗。"史密斯心存疑虑，但是出于某种方面的考虑，他不好当面顶撞这个信口雌黄的"屎壳郎兄弟"，于是就提出如若照此计划行动，则必须保证他翼侧的安全，并要确保自咸兴、兴南一直通往长津湖地区的补给道路的畅通。阿尔蒙德用一个不易察觉的微笑回答了他的疑问，算是默许了史密斯的建议。可是对于这位陆战队指挥官接下来的意见，阿尔蒙德却大光其火。

在紧靠长津湖南端下碣隅里附近的盆地，地势相对平缓，有利于飞机起降，因此史密斯打算在那里修一座野战机场，以备不时之需。阿尔蒙德认为这纯属浪费时间。

"有这个必要吗，将军？"阿尔蒙德的话里带有明显的不满。

"非常有必要，"史密斯不为所动，"一旦开战而补给线又被切断，我们可以通过这个空中通道运进弹药和食品，运走伤员和阵亡者的遗体，可以使我们的伤亡降低到最小限度。"

"伤亡？哪里来的伤亡？"阿尔蒙德做出一副大惑不解的模样。

没有人回答他的问话，史密斯及其陆战队的指挥官们都不再搭理他。帐篷内出现了短暂的安静。

"如若照您的计划行事，将军，"后来还是史密斯打破了沉默，他缓慢但是一字一句地说，“我必须照此办理，否则很难完成您的部署。”

阿尔蒙德看了看帐篷里的每一个人，最后无可奈何地说：“好吧，将军，如果你非如此不可的话。”

帐篷里的争论破坏了阿尔蒙德到来时的好心情，爱德华及其他的记者注意到他在离开陆战队的时候脸色冷峻，一改之前的谈笑风生。

阿尔蒙德在踏上吉普车的那一刻对史密斯强调道：“不管你打算做什么，将军，麦克阿瑟将军的进攻计划是不容改变的。”

“那是当然，将军。”史密斯对此给予了明确的回答。

爱德华在当天的《前线日记》中写道：

> 阿尔蒙德将军与史密斯将军两位指挥官显然发生了争执，他们未来的行动意见不一。史密斯将军认为最好的办法是就地掘壕固守，以度过朝鲜半岛这个寒冷的冬季，而阿尔蒙德将军却要陆战队加速向鸭绿江推进。在阿尔蒙德将军看来，朝鲜半岛的统一好像就是明天早上的事情。

在阿尔蒙德的第10军，史密斯的陆战1师处在一个很微妙的位置。虽然目前他们是在第10军的战斗序列之内，但归根结底，他们是属于海军的建制，他们的人事和装备等等统由海军而不是阿尔蒙德或者麦克阿瑟来管辖。尽管如此，既已配属给第10军，他们还是要听从战区司令官的指挥，虽然他们经常牢骚满腹或者敢于冒犯那个“大龄屎壳郎”及其兄弟。反之，阿尔蒙德对陆战队亦是如此，他既要果敢地指挥他们，又要留有余地，有时候不得不听取他们的意见。总之，在大的方面还是一致的，因为谁也不敢冒违抗军令的风险。

小心谨慎的奥利弗·史密斯“教授”决计要行事了，方向是麦克阿瑟及其追随者阿尔蒙德划定的方向，方式却是他自己独有的。他想他会到达鸭绿江的，不过是按照他自己的方式到达。

3

在狼林山脉的另一端，吴铁锤的前卫营及其身后的十余万人马仍然艰难地跋涉着。

大雪过后，天气似乎更加寒冷，尤其到了夜间，山风呼啸，滴水成冰，露宿在外的部队备受着极度严寒的煎熬。吴铁锤想起来小时候他的母亲吴李氏常说的一句话，雪前雪后冷，他觉得母亲的这个话现在看起来是有道理的。

在狼林山脉的崇山峻岭中昼伏夜行，吴铁锤有时候会想起过去的事情，这使他感到奇怪。行军打仗十几年，风里雨里，烟里火里，不管是屋里睡还是地里睡，不管肚子饱还是肚子饿，他都很少回想起过去。欧阳云逸对他说这是老了的缘故，人老了才会回想过去。吴铁锤说："瞎扯淡不是？我还不到三十，还没娶亲成家，家中老娘还等着我给她生孙子呢，怎么会老？"欧阳云逸说："是你的心老了。"吴铁锤一想也对，打完了朝鲜的美国佬，也许就再没什么仗可打了，他就可以回到他苏北的吴家集去娶妻生子，侍奉老母了。至于在外面娶还是在家里娶却显得无关紧要，那要看情况再说。欧阳云逸说："打完了美国佬还要回头收拾蒋介石，还要解放台湾。"吴铁锤说："那就等到打下台湾再说吧，弄不好娶个台湾媳妇回来也不一定。"

部队掩蔽在茂密的原始森林中。风停雪住，天气晴朗而寒冷，远远近近的山岭和沟坡都在散射着耀眼的银光。营部昨夜宿营在山脚下的一个朝鲜村庄，当时已是暮霭渐浓的黄昏时刻。一路上昼伏夜行，冻饿交加，连续多日的长途行军使得吴铁锤的前卫营疲劳至极。拿出日本人大正十四年绘制的朝鲜地图，他们前方的目标长津湖已在视线之内。欧阳云逸与吴铁锤看看时间尚能允许，遂决定部队休整一天。就这个疲惫不堪的样子，即便是上去接了火，恐怕也攻不了几个山头。

山脚下的这个村庄说是个村庄，而实际上只有几间四面漏风的木板房子。它们本来是猎户们的临时居所，现在却因为战乱早已人去屋空，眼下只有一家乔姓的朝鲜老百姓不知道为什么还住在这里。这一家三口，一个男人和一个女人带着五六岁大小的小姑娘。男主人会说几句夹杂着日语的中国话，因此吴铁锤大致能弄懂这一家三口的来龙去脉。男主人连说带比画地告诉吴铁锤他们，在战争的进展反复中，他一家先是从南边跑到北边，后来又从北边跑到南边，开始是一大群人跑，跑着跑着都跑散了，他们就一家三口人自己跑，跑到这个四面环山而又安静的猎户房，看看实在跑不动了，索性住了下来。在来回奔波的路上，他们遇到过北朝鲜的人民军，遇到过南朝鲜军，也遇到过美国人的联合国军。听说过中国人进来了，可是一直没碰到，没想到在这里目睹了中国大军的风采。欧阳云逸告诉他，是志愿军，中国人民志愿军，专门来打美国鬼子的。

暮色已浓，乔姓的朝鲜老乡看不清部队的全貌，甚至也看不清他们的衣着和装备，但是这些人数众多而又饥寒交迫的战士在他的目光中依然整肃，斗志昂扬。当然他不可能知道，在这个近千人的前卫营的身后，还跟进着十几万人的大军。

用帆布把四面漏风的木板房包好之后（吴铁锤认为它既抗风寒又防漏光），大家席地而坐。乔姓的朝鲜老乡点亮了随身携带的嘎斯灯。乔老乡非常好客，说他是第一次看到中国部队，非要表示点意思不可。然而他除了一堆破衣烂衫，什么也拿不出来。可是这个朝鲜人（吴铁锤一直没弄清他是南朝鲜人还是北朝鲜人）性格执拗，怎么都劝不住，非要翻出点什么有用的东西来不可。功夫不负有心人，最后他终于从一个角落里翻出只半大不小的罐子，用袖子擦了擦上面的灰土，很郑重地放在了吴铁锤和欧阳云逸面前。乔老乡脑子不笨，看出了戴狗皮帽子的吴铁锤与戴眼镜的欧阳云逸非同一般，虽然他们都穿着和其他人一样的服装。李大个动作麻利，不待吴铁锤、欧阳云逸发话，早就一伸手揭掉了罐子盖。里面是半罐子的咸菜。

吴铁锤看这个咸菜，白生生的菜叶子上涂抹着红红的辣椒酱，不知道是一种什么吃法。菜就是白菜，这个他认得，但是这个做法他是第一次看见。乔老乡比画着吃的动作，请大家接纳他的表示。李大个要动手，欧阳云逸用一个手势制止了他。

欧阳云逸摘掉眼镜，拿手绢慢慢擦拭着，并不说话。大家一看欧阳云逸和吴铁锤不表态，也就没有去动。

这个朝鲜人似乎明白了点什么，自己捏了咸菜放到嘴里，很夸张地咀嚼着，随后又捏了点塞到那个小姑娘的嘴里。小女孩正依偎在中年朝鲜女人的怀抱里，她肯定饿坏了，一边吃着这一小块，一边挣脱开这个女人的怀抱，用红肿的小手往罐子里抓。朝鲜女人不好意思地笑笑，把小姑娘抱在了怀里。

在忽明忽暗的嘎斯灯光下，吴铁锤看到这个小女孩被一件不知道什么颜色的大棉袄包裹着，只露出一张小脸。圆圆的脸蛋因为寒风而变得皲裂，两只黑亮的眼睛却显得特别有神，忽闪忽闪地对着他看。

乔老乡对欧阳云逸说："米西米西，没有关系。"又指着小女孩说："乔静子，米西米西，没有关系的。"

他这样一说大家都明白了，小女孩叫乔静子，而这个"米西米西"显然是句日本话，就是吃的意思嘛，这句他们是听得懂的。打了多年的日本鬼子，他们对这个并不陌生。

欧阳云逸有点难为情，感到朝鲜老乡误解了他的意思，就戴上眼镜，对这个朝鲜人说：

"你误会了，老乡，志愿军有纪律的，我们不拿群众一针一线。"

吴铁锤接过来说："你对他说这个他也不懂，我看他真情实意的，就米西米西，影响了军民关系反而不好。"

欧阳云逸看了看吴铁锤，心想什么米西米西，这是在什么地方嘛！什么时候了还军民关系？你当这是在国内呢？可是当着营部几个人的面，他也不好对吴铁锤说什么。

吴铁锤对乔老乡说："你的心意我们领了，东西不能白要，我们教导员说了，志愿军有纪律的，你的明白？"

吴铁锤和欧阳云逸后来发现，在当时的朝鲜半岛，七八岁以上的朝鲜人基本上都会说点日本话。殖民统治几十年，日本人差不多把朝鲜变成了自己的领土了。

可是眼下的这个乔老乡并不明白吴铁锤话里的全部意思。他憔悴的双眼看看吴铁锤又看看欧阳云逸，一副似懂非懂的模样。吴铁锤心想再说也是白说，就扭头冲吴一六喊道：

“吴一六，你过来！”

吴一六心领神会，掏出了几张朝鲜钱放在乔老乡面前。部队出国时都发了朝币，以备不时之需。然而他们这一路走来夜行晓宿，发的朝鲜钱基本上没动，没想到现在派上了用场。

乔老乡却说什么都不要。他摆动着右手，一副坚决拒绝的模样。

吴铁锤认为这个朝鲜人可能嫌钱少，就叫吴一六又掏了几张出来。他们都没有用过朝鲜钱，不知道它斤两多重。没想到乔老乡手摆得更急了，嘴里还不断重复着“米国米国”一类的字眼。

欧阳云逸终于搞明白了，这个朝鲜人不是嫌钱少，而是他们拿出来的这个朝币已经根本不是钱了，现在也只有美国人的钱似乎才叫钱。话又说回来，就算有了美国钱，美元，兵荒马乱的，你去哪儿买东西呢？

欧阳云逸问吴一六：“营部还有什么吃的吗？”

粮秣员吴一六皱眉又摇头，表示他一无所有。吴铁锤说：

“不是还有点黄豆吗？去拿些煮熟的豆子。”

吴一六去了好一会儿，最后还是端了半盆煮黄豆过来。没想到乔老乡还是摆手，涨得脸红脖子粗，以使任何人都能够明白这也并非他的本意。

吴铁锤心里想管你明白不明白的，把半盆煮豆子往他怀里一推：“这个，你的！”又把咸菜罐子往自己怀里一拨拉，“这个，我的！”说完就觉得别扭，这日本话还真他娘的不是个味。

4

乔老乡不再摆手了，他也看出来中国人的真诚，端起盆子递给那个中年朝鲜女人和小女孩。小姑娘抓了豆子就往嘴里塞，嘴巴鼓鼓的，而朝鲜女人也捡了几颗慢慢地吃。豆子是放了盐煮的，已经很凉很硬，小姑娘却吃得津津有味。这一家人都吃起了志愿军的煮黄豆，前卫营营部的几个人也尝了尝乔老乡的朝鲜咸菜。

吴铁锤一吧嗒嘴就搞明白了，这个第一次见到的朝鲜咸菜实际上就是他老家苏北吴家集的辣白菜，在秋末冬初的季节里，差不多家家户户都要腌晒，他的母亲吴李氏也腌得一手上好的辣白菜。不同之处在于，人家这是个小罐，他铁锤妈妈则用的大缸；人家的辣椒是红的并且磨成了酱，而他铁锤妈妈的辣椒是青的整个的，所以吃的时候白菜是白菜，辣椒是辣椒，倒也特别下饭。

欧阳云逸毕竟在大地方待过，见多识广。他告诉大家这个叫作泡菜，是朝鲜一道很有名的风味小菜，做工很讲究，不管是大户人家还是平民老百姓，家里一年四季都备着这泡菜，类似于中国人的油盐酱醋茶。吴铁锤说它就是个辣白菜嘛，地方不同，叫法不同而已。不过他也承认，这个朝鲜乔老乡的辣白菜确实是比他们老家苏北吴家集的辣白菜要好吃不少。

陈阿毛说他吃过这个东西，抗战胜利前他在上海的一家修车行做学徒，有一次给日本人修理汽车水箱，日本人就给他们吃这个，他也不知道叫泡菜。不过他觉得味道上也差不了许多。

吴一六在吃下去一块吴铁锤称之为辣白菜，而欧阳云逸叫作泡菜的朝鲜咸菜后，冲乔老乡竖起了大拇指，说了几个大大的好，咸菜大大的好，乔老乡良心大大的好，而志愿军的煮黄豆也大大的好。吴铁锤朝他一瞪眼，什么大大小小的，你真把自个当成日本人了？你戴着日本人的披风帽，挎着日本人的王八盒子，说着不三不四的日本话，你以为这是在日本呢？小心把你当成日本鬼子给宰了！惹得大家一阵哄笑。

李大个说："我看吴干部就像日本人，起码也是个小队长。"

陈阿毛随声附和道："侬像个翻译官。"

吴一六冲他们一咧嘴说："去，干部说话，你们小兵插什么嘴？"

又是一阵笑声。乔老乡一家也在笑，尤其小姑娘乔静子笑得特别可爱，一口小米牙齐齐整整，两只眼睛黑亮黑亮的。虽然听不懂中国大军谈笑的全部内容，但是他们弄得清其中的所有含义。

吴一六不咧嘴还好，他一咧嘴那颗大金牙就露出来了，在嘎斯灯光下一亮一亮的，很是惹眼，让小女孩乔静子盯着他的嘴巴看了好半天。

在这个寒冷的冬夜，不管煮豆子还是辣白菜都显得那样珍贵，除此之外他们再也无能为力。前卫营已几乎断粮，入朝时携带的一点馒头干、高粱米早已吃光，这两天就靠着一部分黄豆充饥。吴铁锤厚着脸皮从师前指驮回来一麻袋黄豆后，师长黄天柱考虑到前卫营重任在肩，又送过来十几袋豆子，这是他这个师长在当时所能筹集并拿出来的最好的东西。前卫营四个连队八百人，除了一部分冻伤掉队的，分到每人手里的黄豆也没有多少。加工豆子的方法很简单，就是化了雪水用锅煮，加了盐的是菜，不加盐的就当饭。煮豆子一般选择在黄昏或者黎明时分敌机活动较少时进行，利用岩缝或者石洞，遮蔽烟火，以利防空。为了减少美国飞机发现的机会，也尽量减少煮豆子的次数，这样一来，分到部队手里的煮豆子多半都成了凉豆子、冰豆子。冰天雪地，天寒地冻，嚼着冰豆子，又没有热汤开水，渴了随手抓上一把雪，其结果可想而知，放屁拉稀者比比皆是。夜间行军，一路走一路都听得到连天屁响，其情其景让蹒跚在队伍中的李大个几十年以后都难以忘怀。吴铁锤对此自有看法，他认为有豆子吃总比没豆子吃好，有屁放总比没屁放强，到屁都没得放了，那才真叫拉稀。吴铁锤说只要能把陆战1师堵在长津湖，脱裤子放屁算不了什么，裤裆蹿稀也是小菜一碟。又说放屁好，放屁通肠胃，全兵团一人一个屁，就能把美国佬熏死。

5

天蒙蒙亮的时候，部队都早已吃过东西上山隐蔽了。这是惯例。天气晴朗，能见度很高，美国佬的飞机会很猖狂。吴铁锤要乔老乡一家人也收拾收拾抓紧上山，可是他们却不肯走。吴铁锤很奇怪，“难道你们不怕飞机扫射吗？”飞机，他用手比画着，美国飞机。乔老乡明白吴铁锤的意思，可是他不走。吴铁锤说：“谁能搞懂他为什么不上山？”吴一六就过来连说带比画，当然又夹杂了几句半生不熟的日本话，后来还真的搞明白了。乔老乡不上山是因为山上风大，小女孩乔静子扛不住，而他们在这个地方住了几天了，安全的，没有美国飞机。吴铁锤见说不动他，看看天空已明，时候不早，只好带着营部上了山而把乔老乡一家三口人留在了山下。走的时候他还在想，但愿不要来美国飞机，但愿没事。

吴铁锤在山上眼望着山脚下的木板房，回想起昨晚的一些情景，心里想着乔老乡，觉得这一家三口不容易，兵荒马乱的日子，跑来跑去的，哪里是个头呢？得赶快打走美国鬼子，打走了美国佬，这一家人就可以回家了。

太阳悬挂在东天上，天空碧蓝如洗。远远近近的山峦起伏不平，苍松翠柏，白雪皑皑，一派神清气爽的景色。欧阳云逸摘下眼镜，让阳光照射在他微眯的双眼上。他的眼睛很秀气，长睫毛，双眼皮，有一种少妇那样的感觉。师文工队的蓝晓萍第一次看到欧阳云逸，第一次看见他摘下眼镜的样子，就出神地看了他好一会儿，看得欧阳云逸都不好意思了。欧阳云逸当时有点别扭，心想这个女孩子怎么光盯着人家看。后来文静的蓝晓萍说出了其中的原因，她说他很善良，因为一看到他的眼睛就知道他心地善良。欧阳云逸说：“我要是戴上眼镜呢？”蓝晓萍说：“你戴上眼镜也善良，因为善良的心地是遮挡不住的。”

现在欧阳云逸静静地享受着阳光的照射，他想起来蓝晓萍的这句话，脑海里浮现出蓝晓萍文静而又瘦弱的样子，不知道为什么就觉得蓝晓萍也很善良了。欧阳云逸解开帆布挎包，往里面看了看。他的挎包里除了随身不离的牙刷、牙膏和毛巾，还珍藏着一包泥土，一副毛线编织的手套，蓝色的，和蓝晓萍的姓一样。泥土是部队过江的那个晚上在中国一侧的鸭绿江江边上取的，毛线手套则是蓝晓萍送给他的。他想到过鸭绿江前，在辑安的一所房子里，蓝晓萍送给他手套的情景，当时的蓝晓萍同样盯着他的眼睛看了半天。那个房子里烧着炕，他在炕上盘腿而坐，蓝晓萍坐在炕沿，两腿交叉着搭在炕下。炕洞里的木头样子噼啪作响，房子里暖意融融。欧阳云逸想要是不打仗，在他的故乡、在这个季节的江南，该是晚季稻谷收获的日子了，水乡上炊烟袅袅，稻田中一派繁忙，家家过着和平的生活。美国人到了朝鲜，志愿军抗美援朝，要不是美国人，他和他的部队此刻正在江南收获的季节里忙碌，谁会来到这个冰天雪地的朝鲜呢？欧阳云逸摸了摸毛茸茸的手套，捏了捏硬邦邦的鸭绿江江土，然后重新把帆布挎包系好。天气已经很冷，他还没有舍得戴上这副手套，他想再等一等，等到天气更冷的时候，他再把它拿出来。

山上的风很大，松涛阵阵，寒气逼人。在阵阵松涛之中，隐约传来一种异样的声音。多日防空，吴铁锤对飞机的声音已十分敏感，这个异样的声音一出现就引起了他高度警觉。该不会是美国佬的飞机吧？

越担心的事情就越会发生。随着声音越来越大，南边的天空上果然出现了一架飞机的影子。吴铁锤几乎不假思索，冲着陈阿毛就是一嗓子：

“防空号！”

陈阿毛早有准备，他一跃而起，不待吴铁锤话音落地，凄厉的号音就嘹亮地响起来了。随着陈阿毛的号声，远远近近的防空号音响成了一片。部队就地隐蔽，抽烟的灭了烟火，说话的闭了嘴巴，欧阳云逸把刚刚戴上的眼镜又拿下，吴一六在脸上扎了毛巾，以防大金牙闪光漏风。吴铁锤的土规定在前卫营得到了很好的贯彻落实。一时间山峦大地和蓝天上的白云都寂然无声，千军万马悄然隐藏在狼林山脉的崇山峻岭中，像是火山爆发之前那样沉默和安定。

以号为令是部队自红军和抗战时期就遗留下来的老传统，基本上以团一级战斗单位为一个独立的体系，团部的称作号母，营部的称作号长，连部的称作号手，公开的号音由部队共同掌握，而以号谱的变换和音调的不同作为相互间联系的基础，这个只有号兵能够听得出来，一般的人则听不懂。

吴铁锤看到往这边来的是一架侦察机，它不急不躁不紧不慢地飞着，灰黑色的翅膀在雪地上留下了阴影。这个阴影顺着山谷自南而北飘忽不定，慢慢地就接近了他们昨夜宿营的几栋猎户房。吴铁锤心里一紧，朝鲜人乔老乡一家三口还在木板房子里，可千万别出什么事。

可是，最担心的事情还是发生了。也许是听到了飞机的声音，小女孩乔静子跑出了屋门往天上看，乔老乡紧随着出来，一把将她抱了回去。恰在此刻，灰黑色的侦察机以很低的高度从木板房子的上空一掠而过。

吴铁锤他们在山上看得很清，料想不妙，乔老乡以及这几栋木板房子肯定被这个不下蛋的美国佬看见了，说不定什么时候就会来个下蛋的，乔老乡一家三口人处在危险之中。他当机立断，要机炮连曹连长和李大个几个人马上下山，不管三七二十一，先把乔老乡一家三口弄上山来再说。李大个站起来就跑，曹连长在后面跟着。机枪班长孙友壮也抱着轻机枪冲出来，说他担心李大个腿短跑不快，下去助个一臂之力。吴铁锤眼睛一瞪，下去就下去，抱个机关枪干什么？打冲锋吗？孙友壮轻机枪往地上一放，蹽开两条长腿就往山下跑。欧阳云逸在后面喊，注意防空，注意隐蔽。

以吴铁锤的估计，从他们隐蔽的地方跑到山下，需要五六分钟时间，接上乔老乡一家三口又需要几分钟，上山是肯定来不及，但只要离开那几栋木板房进入了山边的树林，就会安全了。

吴铁锤的想法过于乐观。曹连长带着孙友壮、李大个和陈阿毛几个人跑出去不到两分钟，南边的天空上就响起了雷鸣般的飞机轰鸣声。欧阳云逸不用看也听得出来这是“油挑子”的声音。果然，两架“油挑子”一前一后、一高一低顺着山谷径直飞来，它们目不斜视，直奔几栋猎户房子而去。曹连长、孙友壮还在往下跑，李大个脑子来得快，喊叫着要大家卧倒。几个人都就地卧倒了，只有孙友壮佯装着听不到，仍然蹽开了长腿狂奔。李大个一看要坏事，大骂道：“孙二愣子，你个龟儿子，暴露了目标，砍你龟儿子脑壳！”

孙友壮脑子冷静下来，知道暴露目标不是闹着玩的，就停下大长腿，蹲在树底下不敢再动。

美国人的“油挑子”战斗机从他们的下方呼啸而过。

6

两架“油挑子”一前一后、一高一低，低的在前，高的在后，离着木板房子还有几百米，前边的这架首先开了火，机腹下的炮口吐着火焰，山谷中回荡着隆隆的炮声。机关炮弹打在冰结的大地、松树和猎户房的墙壁、屋顶，一时间树枝飞舞，木屑迸溅，一片雪雾弥漫。前面的这架刚刚从木板房子上拉起，紧随其后的另一架接着投了弹。黑乎乎的炸弹离开机翼后呈一条斜线直直地砸向目标，连它们弹离机翼时的清亮余音都听得清清楚楚。

两颗炸弹一前一后一左一右，一颗直接命中了几栋木板房子中的一间，另一颗掉落在附近的山坡上。树木泥土呈放射状拔地而起，烟火腾空，房子随之噼噼啪啪地燃烧起来。

吴铁锤他们的心里一沉，知道乔老乡一家三口人算是完了。

“油挑子”飞走以后，吴铁锤带着几个人下了山。机关炮弹由远而近越过木板房子的废墟后又向远处伸延，在地面上留下了一道深深的沟辙。被炸弹击中的房子已经燃烧殆尽，现在只冒着些青灰色的余烟。乔老乡所在的猎户房并没有被炸弹直接命中，但是屋顶和墙壁上弹洞累累，显然是机关炮扫射的结果。推开破烂不堪的屋门，室内一片狼藉。乔老乡侧卧在房子的中央，脖子被打断了，身首之处仅有一点点皮肉相连。他的脑袋艰难地向旁边扭动，似睁似闭的眼睛中流露出迷惘和执拗。乔老乡的女人蜷缩在屋子的一角，后背靠近臀部的地方炸开了一个血肉模糊的大洞。地面以及木制的墙壁上到处都是殷红色的血液，天寒地冻，这些血液都已慢慢凝结起来。寒冷的阳光穿越一个个圆圆的弹孔投射在已经冰结的殷红色的地面上，一束束光柱像是毫无来由地进入到这个陌生的地方，惊讶地注视着眼前的一切。

屋内很静，听得到外面松涛阵阵，山风呼啸。

有一会儿吴铁锤他们忘掉了小女孩乔静子，好像她在与不在与眼前的这个血腥的场面已经毫无关联，而当他们突然想起她来时，又觉得室内已是空无一人，这个感觉让他们非常奇怪。后来还是孙友壮、李大个、陈阿毛几个人搬开乔老乡女人的身体，拿掉她压在身下的一堆破烂棉被，才露出了这个圆圆脸蛋的小女孩。乔静子十分安静地躺在地面上，脸上布满了一些被寒风吹裂的细小口子，红肿的小手毫无目的地撕扯着衣襟，而那双黑黑亮亮的眼珠正困惑地对着他们端详。

吴铁锤认为在两架“油挑子”的扫射轰炸下乔静子能够安然无恙并且毫发无损不能不说是一个奇迹。危急关头，一定是乔老乡的女人将她压在身下，用自己的母性之躯抵挡了钢铁的弹头，而把活着的希望留给了自己的血肉至亲。

乔静子没能看到她父母最后离去时的模样。吴铁锤把她从地面上抱起来后就直接裹在了自己的翻毛皮大衣里。对于这个尚不谙世事的小女孩而言，这样的场面太过血腥和残酷了，她幼小的心灵无论如何都承受不住这样的打击。乔静子也一直很安详，躲在暖乎乎的大衣里不吭不动，黑亮的眼珠盯着吴铁锤胡子拉碴的下巴。她还搞不懂这个胡子拉碴的人是谁，搞不懂他为什么要把她抱在怀里，搞不懂她的亲人去了哪里，也搞不懂在她的身边究竟发生了什么。曹连长在一旁张罗着，孙友壮、李大个、陈阿毛几个人把乔老乡和他的女人抬到外面，就在美国人留下的弹坑里，把他们并排摆好，用炸弹炸起来的泥土雪块掩埋了。

每个人都用家乡话骂了一句美国佬。孙友壮骂了一句“驴操的”，李大个骂的是“龟儿子”，而陈阿毛则骂了一句“小瘪三”。曹连长也想骂一句，但一时没找到合适的字眼，只是闷声闷气地说了一句“奶奶个熊”，显然不是他的家乡话。骂完以后，他们就都上山了。

几片白云在深远而又寒冷的天际飘游，山谷中恢复了昔日的宁静。吴铁锤后来一个人走到掩埋了乔静子父母的弹坑边上，心情复杂地站了一小会儿。他想早上要是硬把乔老乡一家三口人弄到山上去就好了，那这会儿他们还是一家人，再苦再难也还是一家人。现在他们走了，丢下了乔静子，这个家就散了，没有了。吴铁锤想乔老乡你从南跑到北从北跑到南，有时在村庄跑有时在城镇跑，有时跑到山头有时又跑到山脚，你跑得很辛苦，现在你终于可以不用跑了。吴铁锤想乔老乡你这个人还是不错，你把最后的一点辣白菜拿出来给我们吃，你自己却不舍得吃。吴铁锤又想，不管你乔老乡是北朝鲜人还是南朝鲜人，你是个好人。

乔静子趴在孙友壮的背上，她用一双红肿的小手紧紧搂着孙友壮的脖子，孙友壮则用一副大手把着她的小腿。已经走上了山坡，走在了覆盖着积雪的树林间，这个小女孩才好像突然想起点什么，扭头去看下面的废墟。“阿爸吉”，她十分清脆地喊了一声，扭动着要从孙友壮的背上溜下来。“阿玛尼”，乔静子又喊了一声，身体也就扭动得更厉害。当她发现自己的努力纯属徒劳之后，便开始放声大哭。“阿爸吉”，“阿玛尼”，乔静子哭喊着，极力扭动着脑袋朝山下看。几个大人都不说话，只是默默地背着她走。乔静子嗓子哭哑了，哭声由弱到强再由强变弱，后来只剩下了抽泣。在她被泪水模糊的视线中，山脚下那个临时的、曾经的家已是越来越远，最后也消失在了白雪皑皑的山坡后面。

欧阳云逸看到吴铁锤他们背着乔静子一个人回来就什么都明白了。吴铁锤对欧阳云逸说：

“现在我当阿爸吉。”

第八章

1

就在刚刚过去的一个月前，麦克阿瑟还是牢骚满腹，因为大洋彼岸的白宫接连发来了几份电报，搞得他心烦意乱。这在他看来是无病呻吟，无虱搔痒。尤其令他不能接受的是，他们竟然叫他离开东京远东最高指挥官的指挥位置往东飞行将近三千公里，到太平洋的一个小岛上去见一个人，尽管这个人是美国总统。

阿尔蒙德第10军所属的陆战1师和步兵第7师以及相当数量的大韩民国部队即将从朝鲜东北部的长津湖一线向北发动新的钳形攻势，沃尔顿·沃克的第8集团军也守住了清川江一线的阵地，此刻粮弹充足，正要去痛击为数不多的中国共产党军队。前线部队蓄势待发，对北朝鲜的最后一击马上就要开始，朝鲜的统一和最后的胜利很快就要到来，可是在这个节骨眼上，他们却要他这个远东战区的最高指挥官、他这个朝鲜战场最声名赫赫的人物离开战场，离开他的指挥位置。在他麦克阿瑟看来，此时此刻美国国内的任何事情也不如朝鲜战场重要，尤其是在最后的时刻，他不想在欢呼到来的时候缺席现场，不想离开这个唾手可得的胜利。当然，他也不想去见杜鲁门。

与麦克阿瑟恰恰相反的是，杜鲁门总统感到非常有必要在眼下这个关键时候召见他的战地指挥官。虽然远东战区所有的电报上都洋溢着一派胜利的字眼，但是杜鲁门的心里却一直忐忑不安。扑朔迷离的朝鲜，扑朔迷离的远东，那里究竟发生了什么，究竟还要发生些什么，一想到这些个问题他就寝食难安。华盛顿曾经多次邀请过麦克阿瑟，希望他能够从占领下的日本回一趟美国，哪怕仅仅只是回来熟悉一下国内的情况也好。但是非常遗憾，麦克阿瑟全神贯注于东方，对美国国内的事情丝毫不感兴趣。因此华盛顿感到麦克阿瑟正与美国在某种程度上失去联系。虽然白宫和五角大楼前往日本的人马不断，但他们都不能改变麦克阿瑟的任何主张。杜鲁门因此觉得他非常有必要与麦克阿瑟直接谈谈。

在杜鲁门与其幕僚们讨论的最初计划中，开始的时候是要把麦克阿瑟请到华盛顿来，这样一来麦克阿瑟就要离开他的指挥岗位，他显然不会同意。没办法，大家又提出让麦克阿瑟飞往夏威夷，这个怡人的热带岛屿处于东京与华盛顿中间，与东京和华盛顿的距离大致相等。可是杜鲁门在与五角大楼的将军们讨论之后，又为麦克阿瑟提供了一个新的选择。五角大楼向东京发出了一封新的电报：“如果将军您认为朝鲜的形势使您不能够脱身进行这样的长途旅行的话，威克岛是否更为合适？”

麦克阿瑟也不客气，他直截了当地回答道：“我将十分愉快地在威克岛与总统晤面。”

杜鲁门对此表示同意，为此他要往西飞行七千五百公里，而麦克阿瑟则只要飞行三千公里。

总统的幕僚们认为此举给足了麦克阿瑟面子，会进一步助长他自以为是、目中无人的一贯作风。杜鲁门对此却另有打算。当然，作为最高统帅，他有权召回麦克阿瑟，有权在任何时间、任何地点约见麦克阿瑟，可是他却并不打算这样做，他要给美国大众一种关怀体恤远东最高司令官，并且与远东前线部队联系密切的印象，而且这种联系决定着朝鲜战争的局面，特别是这种联系要与诸如仁川登陆这样的胜利有关。所以杜鲁门认为他有必要不辞辛劳长途跋涉，从而把更多的时间留给每天都身负指挥作战重任的麦克阿瑟。

“看看我们能为麦克阿瑟将军做点什么。”

离开白宫的椭圆形办公室之前，杜鲁门话语轻松。随行的要员们则是一言不发。杜鲁门想了想，决意授给麦克阿瑟一枚优质服役奖章。当听说麦克阿瑟已经有多枚这样的奖章时，他仍执意这样做。

“那就再授给他一枚好了。”杜鲁门十分大度地对属下们说。

2

老谋深算的麦克阿瑟当然能够一眼洞穿。他知道这必定是一次政治旅行，除了无聊的政治需要之外不会对他的朝鲜战争带来任何益处。他端着他的玉米茎大烟斗，在狭小的飞机过道中走来走去，满脸的厌烦之情。

差不多午夜时分，麦克阿瑟率先降落在威克岛上，而此时的东京则是上午九点。时差的关系搞得麦克阿瑟晕头转向，他冲了个澡，刮了刮胡子，简单地用过早餐，而后端着他的玉米茎大烟斗，来到机场跑道旁边的简易房子中坐等天亮，几乎是一夜无眠。

拂晓之后，杜鲁门的庞大机群终于降临威克岛。他带来了大批的随从，装了满满三架飞机，光是新闻记者就有四五十人。除了美联社的随军记者詹姆斯·爱德华以外，其中的大部分人对麦克阿瑟都无好感。与之形成鲜明对比的是，麦克阿瑟形单影只，他只带来了自己的副官，另有美国驻韩大使与之同行。

威克岛的民用机场条件简陋，只有一辆老雪佛兰轿车供麦克阿瑟使用。当他推开吱嘎作响的车门走下轿车时，杜鲁门也刚好走下“独立号”座机的舷梯。日本人投降以后麦克阿瑟就去了东京，远离华盛顿的喧嚣浮躁，他已经独居了整整五年。现在，他和美国总统终于又见面了。

杜鲁门衣冠楚楚，虽然是在热带的威克岛，他却依然西装革履，打着领带，衬衣上的每个扣子都扣得严严实实。同样对照鲜明的是，麦克阿瑟敞着衬衣，头戴一顶差不多已经戴了几十年的旧军帽，左手端着大烟斗，右手则伸向了杜鲁门。

他们握了握手。

“我很长时间没有见到你了，将军。”杜鲁门面带笑容。

“我也是。”麦克阿瑟说道，“希望以后不要等待这么长时间。”

杜鲁门走到地面上，看了看朝霞满天的威克岛天空，以愉快的口吻说：“这儿天气不错，你觉得怎么样，将军？”

“是的，”麦克阿瑟表示赞同，接着补充了一句，“东京的天气更好。”

包括美联社的随军记者詹姆斯·爱德华在内的许多人都注意到，麦克阿瑟没有向杜鲁门敬礼。

两个人一并走向老雪佛兰轿车。一辆军用吉普在前面开道，后面是载着随员们的老道奇中吉普和大卡车。几百名威克岛机场的员工以及居民在两旁夹道欢迎，欢呼鼓掌。

詹姆斯·爱德华与麦克阿瑟一直保持着不错的关系，两个人的私交据说很深。后来爱德华有一次无意间问到麦克阿瑟，在那个曙光初照的威克岛早晨，他为什么没有向他的最高统帅杜鲁门总统敬礼，从而给众多的新闻界人士攻击批评的借口。麦克阿瑟对此轻描淡写，说那完全是一时疏忽。

在正式会谈开始之前，杜鲁门和麦克阿瑟在机场跑道尽头的一座小房子里面单独而又随便地聊了聊天，他们谈到朝鲜战争，谈到台湾问题。麦克阿瑟为他私下里到台湾去会见国民党首脑蒋介石进行了解释，说他无意使朝鲜战争扩大化，也不会同意国民党部队参战。他向杜鲁门保证，中国共产党绝不会正面卷入朝鲜战争，朝鲜战争将很快结束，他的部队将很快班师回营。

当他们走出小房子时，炎炎烈日已高挂天空。正式会谈的会场设在一座用珊瑚装饰着墙面的浅红色房屋中，本是民航驻威克岛的办事处。长条桌子上铺着洁白的桌布，门窗洞开，周围绿树环绕。

双方人员分别在长条桌子的两边就座，形成很大的反差。杜鲁门的身旁坐着参谋长联席会议主席、陆军部长、太平洋舰队司令、助理国务卿、白宫新闻秘书等十几位高官政要，而麦克阿瑟一旁则只有他、他的副官和美国驻韩大使。

热浪袭人，杜鲁门不得不脱掉他的浅灰色西装外套。“这样的天气看起来不太适合我的服装。”他自嘲道。但是他没有解下领带，扣子也一如既往的严严实实。

因为杜鲁门的带动，随行的大员们纷纷解开扣子，脱下外套。工作人员端来了新榨的杧果汁和刚刚切好的菠萝。

麦克阿瑟依然敞着衬衣领口，甚至也依然戴着他油脂麻花的旧军帽。他拿出他的大烟斗，煞有介事地对杜鲁门说：

“我想您不会介意我抽烟吧，总统先生？”

杜鲁门当然不能介意。“我想我不会的，将军。”他说，“虽然我不抽烟，但是可以说我每天都处在烟幕弹的包围之中。”

一片笑声，气氛显得十分轻松。

3

麦克阿瑟就在这样的轻松氛围中开始了他滔滔不绝的言谈。他谈到仁川登陆的壮举，谈到北朝鲜人民军的溃败，谈到他所指挥的联合国军特别是第8集团军以及第10军的陆战1师如何大刀阔斧地横扫整个朝鲜半岛，谈到朝鲜的泡菜，当然也谈到即将到来的感恩节和圣诞节。他的谈话轻松愉快，无所不包，而且娓娓道来，好像不是在讨论朝鲜战场的形势，而仅仅只是在与别人分享他远东旅行的见闻。他使大家相信，共产党中国和苏联均不会正面参战，世界大战不会爆发。中国有可能出兵，但也仅仅只是为了顾及颜面，现在他们已经消失在韩满边境的崇山峻岭之中，战争很快就要结束了。以后的朝鲜将是按照美国价值标准建立的统一的民主国家，而共产主义势力将会从这个半岛彻底消退，最后的胜利就要到来。

“我本来是要第8集团军的小伙子们回到东京，”麦克阿瑟泰然自若地说，“但是现在看来他们不得不在前线过感恩节了，对此我只能感到抱歉。不过，”麦克阿瑟话锋一转加重了语气强调，“他们在前线也一样会有一个家庭式的不错的感恩节，而且我保证，我们主要的作战部队将会在圣诞节来临之前回到日本。”

这是麦克阿瑟第一次公开谈到圣诞节结束朝鲜战争的问题。

杜鲁门心存疑虑。他问麦克阿瑟：“以您的判断，将军，中国和苏联全面干涉的可能性会有多大？”

“非常小。”麦克阿瑟信心十足地答道，“如果他们在开始的一两个月内进行干涉，那会是决定性的，可是现在，时机早已过去。中国在满洲部署有三十万军队，其中鸭绿江沿岸一线大约有十万至十二万人，只有三四万人可以越过鸭绿江进入朝鲜，多于这个数量就会被空中侦察发现。我们在朝鲜握有绝对的制空权，如果他们的大部队参战，将会遭受极其惨重的损失。”

“苏联人会不会从空中掩护和支援中国人的行动？”杜鲁门又问。

“同样不会，总统先生，”麦克阿瑟说，“据我所知，他们之间没有任何的联系，协调配合非常差劲，如果苏联人出动空军，我相信他们轰炸中国人的机会将会比轰炸我们的机会还要多。”

麦克阿瑟超脱和自信万分的话语无疑使与会者们的心情坦荡开来，他们对此报以一阵欢快的掌声。就连衣衫严谨的杜鲁门也面带笑容，放下了那颗因为朝鲜战争而一直忐忑不安的心。

麦克阿瑟一直侃侃而谈，其他人包括杜鲁门都很少说话。麦克阿瑟说起话来振振有词，会时常使用一些令人眼花缭乱的华丽辞藻，教那些熟悉他和不太熟悉他甚至讨厌他的人都不得不佩服他的口才，并为之折服。从单纯的军事角度而言，他们相信麦克阿瑟确实是一位不可多得的军事天才。

关于战后朝鲜的归宿和治理问题，麦克阿瑟更是口若悬河。他认为朝鲜陷入瘫痪已有很长时间，起码要在五六年时间里才能恢复过来，而且要投入至少十亿至十五亿美元去弥补损失。他将会为朝鲜留下十个美式装备的陆军师，加上一支精干的海空军力量。这些部队将会确保朝鲜半岛的安全，并能有效防范共产党中国和苏联共产主义势力的南下。至于南朝鲜总统李承晚，他将会继续领导统一后的朝鲜半岛。麦克阿瑟极力反对把南朝鲜人与北朝鲜人相提并论的做法，反对在战后解决朝鲜问题时把南朝鲜人与北朝鲜人同等对待的联合国大会决议案。该项决议案要求南北朝鲜一视同仁，重新举行选举。麦克阿瑟以十分不满的语气说道：

“如果把一个合法的饱经沧桑的政府赶下台，并把它与共产党的北朝鲜相提并论，那将是我们美国民主的失败。”

杜鲁门对此表示赞同。他说：“不会这样做，也用不着这样做。我们必须坚定不移地支持李承晚政府。联合国会让共产主义势力远去他乡。”

正式会谈的内容至此似乎已经结束，用了差不多一个半小时。麦克阿瑟掏出他的怀表，反反复复看来看去，不断用手擦拭着，一点也不掩饰他想马上离开的想法。杜鲁门却是意犹未尽，提议与会者先稍事休息，而后共进午餐。但是麦克阿瑟不愿意这样，他急于赶回东京。

“我离开我的指挥岗位已经有些时间了，”麦克阿瑟对杜鲁门说，“如果您不介意的话，总统先生，我想马上回到东京，而且是在午餐前就回去。”

杜鲁门对此表示了遗憾，但是同意了麦克阿瑟的请求。

接下来举行了一个小小的授勋仪式，杜鲁门把他带来的优质服役奖章颁给了五星上将麦克阿瑟，并且说了一大堆的溢美之词。这是麦克阿瑟所获得的第5枚优质服役奖章，他对此表示了感谢。

双方共同签署了正式的新闻公报，华盛顿一方签字的是杜鲁门总统，另一方签字的当然是麦克阿瑟，仿佛他们是两个不同国家的首脑人物。大多数与会者以及新闻记者都有这样的看法。

美联社随军记者詹姆斯·爱德华在这一天的《前线日记》中写道：

虽然在形式和感觉上看，杜鲁门总统与麦克阿瑟将军好像是不同国家的最高统治者，他们带着各自的随从到一个中立的地区去见面和相互摸底、察言观色，但是最为根本的结果是双方取得了对朝鲜战争的一致看法，即共产主义势力必须从这个半岛上彻底清除。不同之处在于，麦克阿瑟将军习惯于用他自己的方式去单枪匹马地同共产主义作战，而杜鲁门总统却要麦克阿瑟听命于白宫，要他用华盛顿的方式去处理和解决朝鲜问题。

麦克阿瑟飞回了他的东京，杜鲁门也打道回府。威克岛会谈暂时打消了白宫以及五角大楼对于麦克阿瑟的疑虑，就好比他是一匹脱缰的野马，而他们此时又给这匹野马套上了一副缰绳那样。

与此恰恰相反，麦克阿瑟在他飞往东京的“盟军最高司令号座机”上却是牢骚满腹，愤愤不平。在他看来，这个往返六千公里的飞行极度无聊，完全是浪费时间，华盛顿里里外外充斥着一种庸俗与令人不安的气氛，像富兰克林·罗斯福那样的人已不复存在，随之而来的是一群庸俗无能之辈。即便是杜鲁门总统，也因为受到这种氛围的影响而不能自拔，缺乏果敢和坚定的决心。尤其令他不能接受的是，白宫和五角大楼的这些无能之辈竟敢与他平起平坐。

“那个不知道天高地厚提问题的小子是谁？”

麦克阿瑟十分生气地问自己的副官。

副官想了半天，后来终于琢磨出麦克阿瑟所指应该是助理国务卿。在麦克阿瑟滔滔不绝的演讲过程中，助理国务卿曾经插话提了两个小小的问题。

美联社的随军记者詹姆斯·爱德华同机飞回东京。在百无聊赖的长途飞行中，他与麦克阿瑟的副官聊起威克岛会谈的情景，聊起杜鲁门总统亲自颁发的优质服役奖章，说麦克阿瑟五星上将的大将风度从来都是名不虚传，完全把白宫和五角大楼那帮家伙给镇服了。

“那是当然，”副官回答道，“在战时美国的最高军衔是五星上将，如果有八星上将的话，那也一定非麦克阿瑟将军莫属。”

在前排就座的麦克阿瑟听了这些窃窃私语十分高兴，特意走过来和爱德华以及他的副官聊了一会儿天。副官谈到杜鲁门总统，说杜鲁门总统对远东朝鲜的形势好像并不是特别清晰，而麦克阿瑟将军则应该多给总统一些有用的建议。

“我是应该开导开导他，”麦克阿瑟端着他的大烟斗说，“但是你们知道，我不能当面开导他。”

4

一年一度的感恩节终于伴随着纷飞的雪花降临在朝鲜半岛东海岸的美军前线阵地。

陆战1师从师部、团营到连排，全师上下布置一新，长津湖以南的美军驻地上到处洋溢着一派节日气氛。

感恩节是北美洲独有的节日，大致始于三百多年以前，到1863年，美国总统林肯才将它定为法定的国家假日，规定每年11月的第四个星期四为美国的感恩节。在美国国内，感恩节有四天假期，人们借着长假探亲访友，很多人会从外地赶回家乡，与家人一起共度佳节。所以在美国，感恩节是一个合家团圆的节日，其浓浓的节日氛围和家庭亲情丝毫也不亚于中国的春节和中秋节。

不过对于陆战1师的士兵们而言，1950年的这一个感恩节注定是要在天寒地冻的朝鲜度过，他们既不能回到家乡，也不能与家人一起围着火炉畅叙亲情，其中的许多人在度过了这个感恩节之后，再也没能回到他们大洋彼岸的故乡。

陆战1师运输条件优越，他们不仅运来了全套的厨房和节日所需的一切设备，而且运来了一应俱全的各类食品，使这个战地的感恩节大餐丰盛多彩。

感恩节有着美丽的传说。17世纪初叶，英国的清教徒遭到迫害，一百零二名清教徒登上“五月花”号帆船，于12月26日到达了美国东海岸，准备开始新的生活。那时当地还是一片未开垦的荒凉之地，条件非常恶劣，到处游荡着火鸡等野生动物。漂洋过海远道而来的清教徒们根本不适应当地的环境，在第一个冬天过去之后，已有几十人死于非命，只留下了五十名幸存者。开春以后，当地的土著印第安人向他们伸出了援助之手，不仅送给他们许多生活必需品，而且教会他们如何在这个美洲大陆耕作。到了这一年的秋天，五十个幸存下来的清教徒获得了大丰收。11月底，他们请来印第安人共享由玉米、南瓜、火鸡等制作而成的佳肴，感谢印第安人的无私帮助，感谢上帝所赐予的丰收。从那个时候起，感恩节这个特有的节日便在美洲大陆固定下来，一年一度，为人们的家庭团聚提供了平台。

1950年感恩节的这个早晨，随军牧师弗雷特早早地起了床，这将会是他非常忙碌的一天。他把随军牧师的专用帐篷打扫得干干净净，点燃了柴油取暖炉，仔细擦拭了圣杯、十字架，早早地去军官食堂用过早餐，等待着每一个前来做感恩节祷告的士兵。

弗雷特的专用帐篷也是上帝的信徒们平时做礼拜和祷告的场所，这样的场所在陆战1师及其联合国军部队里为数众多。朝鲜战争刚刚开始的时候，前线美军部队才只有几十名随军牧师，现在已有几百名牧师在战地服务，在朝鲜战争结束时，一共有两千余位随军牧师奔波在战场。作为上帝的使者，他们为士兵们做祈祷和祷告，把上帝的祝福送给广大信徒，在战地开展布道，洗礼，主持婚礼与葬礼，咨询和访问病弱的军人，并且进行战伤救治。牧师是教会中专职负责带领及照顾其他基督徒的人，素有“牧羊犬”的美誉。弗雷特跟随陆战1师已经多年，他在陆战1师士兵们中的声誉一向很好，被士兵们亲切地称作陆战队的“牧羊犬”。

刘易斯二等兵和他的班长肯尼斯·本森下士最先来到随军牧师的专用帐篷，在这个寒冷的感恩节的早晨，他们想第一个接受牧师的祝福，并把上帝的曙光带回他们的前进阵地。

“你好啊牧师！早晨好！”刘易斯远远地就打着招呼。

“你们好，我的孩子，”弗雷特在帐篷门口回答道，“上帝会很高兴看到你们。”

他们一同进了帐篷，坐在行军床和帆布椅子上。帐篷内相当整洁，物品摆放得整整齐齐。正面的墙壁上挂着银光闪闪的十字架，下方的柜子上铺着洁净的蓝白色桌布，上面端放着同样是银光闪闪的圣杯。柴油取暖炉呼呼作响，咕咕翻动着的咖啡壶里香气四溢。

弗雷特给他们倒了咖啡，他自己也倒了一杯，然后他们手握着热咖啡，坐在各自的座位上。

“你们觉得怎么样，我的孩子？”弗雷特首先问道。

“还行，”刘易斯抢先说道，“怎么说呢？还可以吧，一切看起来都还说得过去。”

“你呢，我的孩子？”弗雷特问肯尼斯·本森。

“很好，这儿和我的弗吉尼亚家乡一样好。”本森下士回答道。

“那就好，”弗雷特牧师温厚地笑着说，“上帝将会很高兴他的孩子们有这样美好的心情。”

刘易斯摊开两手耸了耸肩膀：“遗憾的是我们不能回到美国与家人团聚，也不能回到日本约会心爱的姑娘。”

他想起在东京街头的一家咖啡馆里邂逅的日本女孩美智子，他们曾经如胶似漆了数个夜晚，美智子嗲声嗲气的叫声让他现在想起来还觉得心绪激荡。他曾经写信告诉过他的美智子，说他们这个部队感恩节前就会回到日本，他们会在一起度过感恩节。可是据说由于出现了中国人，他们不得不沿着长津湖前往鸭绿江去扫荡最后的中国部队，而眼巴巴地看着美智子留在一水之隔的日本，不知道又要投入谁的怀抱。想到这里，刘易斯的好心情一扫而光。

弗雷特牧师说：“上帝的眼睛是明亮的，不管在美国在日本还是在长津湖畔，上帝都会赐福于你们。”

刘易斯说：“我在万能的上帝面前从来不说假话，我不想冒犯上帝。可我一直不明白的是，我们为什么来到这里？为什么要在这个冰封雪冻的长津湖畔过感恩节？韩国人和北朝鲜人他们去打好了，与我们有什么关系呢？我们待在东京岂不是更好？”

“你的脑袋里问题太多，”肯尼斯·本森对刘易斯说，“上帝自有其道理，占领日本是上帝的旨意，来到这儿同样也是上帝的旨意，上帝无时无刻不在把福音传播到四面八方。”

刘易斯又摊开两手耸了耸肩膀，表示他根本不能理解。

本森下士是一位虔诚的基督徒，也是一位本分的士兵，他相信上帝无时无刻不在看着他。他和他的部队占领日本是因为日本人践踏了他们美国的主权，他们来到朝鲜，按照长官们的说法，是因为自由世界受到了挑战，他们的民主遭到了唾弃，所以他们有责任到这里来恢复自由和秩序，而且他相信这一切都是上帝的旨意。他要照着上帝的旨意去做，要像《圣经》里面常说的那样，尽心尽意尽力爱上帝。在本森下士看来，做好了上帝所赋予他的一切，就算做到了尽心尽意尽力爱上帝，就是爱人如己。

弗雷特牧师肯定了本森下士的所思所想，说上帝会很高兴他有这样的想法。他也安慰了刘易斯，说上帝是宽厚仁慈的，上帝允许每个人有自己的想法，上帝会看到他的孩子们感受到他的力量。

弗雷特牧师对他们说：“灵魂与永生的问题是上帝随时随地思考的问题。人有灵魂，以生前所为，死后受到审判。生前信仰基督者，得靠基督步入永生；怙恶不悛者，必将受到惩罚与灭亡。世界或许会有末日，但在上帝所造的新天地中，却是永生长存。”

在弗雷特牧师的带领下，肯尼斯·本森下士和刘易斯二等兵一前一后来到悬挂着十字架的圣桌旁边，他们做了祷告，吻了圣杯，画了十字，念了阿门，一时间感觉到神清气爽起来，刘易斯又是那个活泼快乐的刘易斯了。

“你来参加我们的餐前祷告吗，牧师？”他快快乐乐地问道。

“我想不能，孩子。”弗雷特牧师指了指帐篷外面的陆战队士兵说，“这将是我非常充实的一天。”

一个一个的陆战队士兵在弗雷特牧师的专用帐篷外面排起了长队，他们有许多话要向牧师倾诉，而弗雷特牧师也会把上帝的祝福带给他们，好让他们轻轻松松上前线。

5

感恩节大餐丰盛异常，所有的陆战队士兵不仅都吃到了烤火鸡，还有夹馅橄榄、酸果酱、红薯、水果沙拉、水果蛋糕、肉馅饼以及热咖啡等等，奢侈程度远远超过了在家乡吃过的感恩节大餐。一处处战地厨房热气蒸腾，无论军官还是士兵的帐篷餐厅里都是香气四溢，到处欢声笑语。

远东空军为此发挥了很大作用，他们不仅是出击轰炸的好手，干起运送感恩节物资的活计也一样毫不逊色。这些丰盛的食物大多从日本或关岛空运而来，有的甚至是从美国本土漂洋过海才到达朝鲜半岛美军的前线阵地。他们的努力得到了回报。如同奥利弗·史密斯师长说的那样，虽然是在朝鲜半岛，是在眼下这个条件恶劣的战场，但是陆战队的感恩节有了家一样的感觉。

同样都是家的感觉，但是质量也有所不同，军官们的感恩节餐厅布置得要更为讲究些，花色品种也更为丰富。在陆战1师师部，不仅士兵们所有的食物在这里应有尽有，他们还有士兵们所没有的东西。他们有香槟、鸡尾酒，桌子上铺着洁白的桌布，摆放着餐巾、瓷器、银器以及座位姓名卡片。房间内暖意融融，灯光明亮。

师长史密斯，师里的副师长、参谋长以及包括里兹伯格上校在内的各团团长均坐在洁净的长条桌子旁。师司令部的作战指挥军官麦克劳克林少校等几个年轻军官也参加了宴会，不过他们更多的是里里外外地张罗与服务。

气氛非常热烈，每个人都吃了不少的火鸡和苹果派，喝了大量的香槟。席间说了许多笑话，谈话的内容无所不包，但是涉及最多的话题还是即将开始的长津湖进攻战斗。在史密斯的一再要求下，远东空军的战斗侦察机对长津湖以北及其周围地区进行了反复侦察，没有发现中国人大规模运动的迹象，这使他忐忑不安的心情稍微放松下来。更让他欣慰的是，由于他的坚决要求，下碣隅里简易机场施工顺利，即将投入使用。粮弹充足，万事俱备，部队开始进入长津湖所在的山区。阿尔蒙德军长传来麦克阿瑟将军的命令，催促他们加速北上，史密斯知道他们必须要有所动作了，否则就可能和那个“大龄屎壳郎”的圣诞节总攻势计划脱节，这是任何人都不希望看到的。在阿尔蒙德看来，陆战队的所有要求都得到了满足，他们没有任何理由再止步不前。

形势看起来非常乐观，不管是在东部长津湖畔直至鸭绿江的广袤地区，还是在西部沃尔顿·沃克将军第8集团军的正面，都没有发现中国的大部队，退却的中国人似乎已远去他乡。日复一日，周复一周，几个星期过去了，中国人仍未露面，整个联合国军都在暗自庆幸。或许最坏的时候已经过去，或许麦克阿瑟将军的判断是完全正确的，中国人确实是不敢冒大规模交战的风险，只是象征性露了露脸，之后便不再回来，如今大概正在他们东北白山黑水的老家烧炕取暖。严寒季节的到来更是支持了这一判断，谁愿意在滴水成冰的冬季打仗呢？史密斯对他的部属们说，就算是中国古代的成吉思汗，大概也不会来到冬天的朝鲜，特别是不会来到这个冰封雪冻的长津湖。

里兹伯格团长的心情同样不错，在这个感恩节的丰盛宴会上喝了不少香槟。由于他的优先考虑，后勤部队通过自元山港而来的补给线送来了大批的防寒物资，陆战队士兵每人都有一件兜帽大衣，棉帽子、棉手套、防寒靴、鸭绒睡袋等一应俱全，每个班都配备着棉帐篷和柴油炉，可以生火取暖，有热饮热食供应。尽管如此，里兹伯格团长也同样不愿意在这样的季节里作战，毕竟朝鲜的冬季寒冷异常，部队的行动会大受影响。虽然到目前为止已采取了必要的措施，但是部队仍然出现了冻伤，有相当的陆战队士兵因为手脚被冻而住院治疗。让这一切尽快过去吧，里兹伯格一面喝着香槟一面想到，也许那个“大龄屎壳郎”麦克阿瑟和“屎壳郎兄弟”阿尔蒙德是对的，北进鸭绿江的总攻势计划一旦实现，圣诞节前就可以结束战争，而他们就可以打道回府了，再也用不着在这个冬季的朝鲜活受罪。

麦克劳克林端着高脚的香槟酒杯，与师团的每位长官都碰了杯，预祝他们的鸭绿江铁钳进击顺利圆满。他与司令部的几个年轻军官谈到，既然形势一片大好，他们就应该抓紧行动，不要把唾手可得的胜利让给别的部队，或者叫这个机会从手中溜走。自打仁川登陆以来，他们几乎横扫了大半个朝鲜，还没有遭遇过什么像样的抵抗。他们来到这个地方是为了美国的利益，是为了远东战区的每个人都能够享受到美国一样的民主与自由。在他看来，陆战队最能代表美国的意志，也最能把美国的意志传播到四面八方。现在，战争就要结束了，饱经战乱之苦的朝鲜半岛即将恢复民主与和平的新秩序，而他们将要回到日本，还可能去往更远的地方，到任何一个需要的地方去传播美国的生活方式，去履行他们陆战队应尽的职责。圣诞节结束朝鲜战争的总攻势？现在看来它确实是一个天才的计划。感恩节过得不错，但是也就这个样子了，他可不想再在朝鲜过一个圣诞节。驻军海外，谁没有几个像样的女友呢？麦克劳克林少校虽然像大多数陆战队的人一样不喜欢那个“大龄屎壳郎”，但他还是提议为麦克阿瑟的圣诞节总攻势计划干一杯。

6

在哈里斯营长的军官餐厅，气氛却远不如师部那样轻松。虽说烤火鸡、苹果派等食物十分丰富，但是麦卡锡中尉却一直愁眉不展。倒不是因为缺少香槟鸡尾酒，麦卡锡的所忧所虑在于已经降临的严寒和即将开始的战斗。

打仗是要死人的，麦卡锡想，即便你装备再好、火力再强大，你也不可能没有伤亡。他们的部队有几十辆重型坦克和几十门大口径火炮，可以得到大批的航空火力以及舰炮火力的支援，钢铁不可谓不多。但是你钢铁再多又能如何？阵地还是要靠人去占领和守卫。麦卡锡远在美国的孩子才刚刚出生几个月，他还没有见过那个小家伙，他可不想永远躺在这个荒凉贫瘠的朝鲜。

哈里斯营长取了一些水果沙拉，然后把这个装着水果沙拉的盘子放在愁眉不展的麦卡锡面前，对他说道：

“再吃一点吧，中尉，在眼下这是难得的美食。”

麦卡锡看了看他的营长，说：“谢谢长官，我已经吃得很多，我可不想让它伤了我的胃。”

哈里斯拍了拍他的背，以深表理解的口吻说道：“虽然说北进的行动就要开始，我们也不能因此而暴饮暴食。”

“有这个丰盛的夜晚就够了，”一个年轻的军官走过来说，“可惜我们没有香槟，不能酩酊大醉。”

“酩酊大醉又如何？”麦卡锡说，“你一觉醒来还不是要面对明天的战斗？”

“战斗是军人的天职，”哈里斯说，“谁叫我们穿着陆战队的制服呢？”

哈里斯知道在这个感恩节的夜晚，大家都很想家，所以就多说了几句安慰的话语，并尽量调节气氛，以使军官们能暂时忘却思乡的寂寞。

麦卡锡走到帐篷门口，撩起厚厚的挡风布帘，看着外面黑洞洞的夜空。一股寒气扑面而来，他不由得打了个寒噤。外面的气温在零下一二十摄氏度，天寒地冻，滴水成冰。除了远远近近帐篷里的笑声，这个荒凉偏僻的地方什么东西也没有。冰封的大地、河流，冻结的灌木、山岗，一眼望不到头的白雪覆盖的起伏山川，所有的一切都淹没在寒冷的暗夜之中。如此严寒的条件怎么作战？也许这个时候他们更应该待在原来的军营，或者是回到美国的家乡。在同一个夜晚的家乡，他不知道他的家人们过得如何，他的尚未谋面的小家伙是不是已经睡下，朋友们是不是也在吃着烤火鸡和水果沙拉。

哈里斯营长把麦卡锡叫回来，说他这样会感冒的，他也大可不必为即将开始的进攻而多想。“是军人就要战斗，”哈里斯说，“不管我们愿不愿意，我们都要尽到我们的责任。”

麦卡锡放下布帘，重新坐回到行军桌子旁边。柴油取暖炉子呼呼作响，帐篷内外冰火两重天，好像是两个不同的世界。

“也许这是最后的晚餐了，”他端起水果沙拉盘子说，“我想我还是把它吃下去为好。”

哈里斯在他的对面坐下，很认真地看着他说：“你没事吧，中尉？”

麦卡锡从他的忧虑中回过神来，不好意思地笑了笑。“没事的长官，我一切还好。”他回答道。

“不必如此，中尉，”哈里斯说，“我们每个人都在这里。”

麦卡锡说：“那些中国人，不知道他们有没有感恩节。”

“就算他们有，”另一个年轻军官接着说道，“也没有远东空军送来的火鸡和水果沙拉。”

一阵哄笑。

“据我所知，”哈里斯说，“他们没有感恩节，没有圣诞节，也没有上帝，他们没有任何信仰。”

麦卡锡说：“那他们为何来到这里？他们为何而战？”

“据说是为了履行他们的共产主义义务。”年轻军官在旁边说道。

“可怕的共产主义。”麦卡锡耸了耸肩膀，表示他对此一无所知，毫不理解。

“但是实话而言，”哈里斯说，“我们对他们还缺乏了解，这是我们从未遇到过的对手。现在好了，”他拍着两手说，“中国人已经远走高飞，阿尔蒙德将军预言在北进鸭绿江的道路上，我们将不会遇到任何有组织的抵抗。”

“但愿如此。”麦卡锡在胸前画着十字，每个人的脸上都露出轻松的笑容。

“我们装备一流，”哈里斯继续宽慰大家，“火力强大，不会有问题。至于中国人，他们不过是刚刚拿起枪来的农民，他们的装备非常差劲，在陆战队面前，他们将会不堪一击。”

哈里斯营长的一席鼓励的话重新点燃了帐篷里的热情，麦卡锡也为之忘记了刚才的不快。他对自己的营长表示，他一点问题没有，完全可以像一个西部牛仔那样去战斗。

哈里斯又拍了拍麦卡锡的肩膀，大声说道：“打起精神，先生们，士兵们在看着我们，让我们向鸭绿江前进吧！”

军官们举起咖啡或是果汁杯子，他们以水为酒地干了杯，把这个冰天雪地野战条件下的感恩节推向了高潮。

部属们走后，哈里斯营长独自留在帐篷里，一个人沉思了很长时间。他知道在进军鸭绿江的道路上，远不如刚才的那一番豪言壮语那样简单。后来他拿出纸笔，开始给远在大洋彼岸的妻子写信。哈里斯写道：

亲爱的丽达：

在这个朝鲜半岛的寒冷夜晚，我像你思念我一样地思念你和我们的孩子安德逊。感恩节的夜晚已经过去，天明以后我们的部队就要去执行新的进攻计划。这将是第三次世界大战的揭幕战，如若不能取胜，战火将会蔓延至整个远东乃至世界。这将是事关生死的最后一击，若能完成计划，就会在圣诞节前结束战争。可以预料到在北进鸭绿江的道路上会碰上中国共产党的部队，战斗的结果将在全世界产生反响，我们希望能够确保其结果对共产主义不利。前途未卜，生死难料，望予珍重。

爱你的哈里

11月24日凌晨，1950，远东朝鲜前线

哈里斯把写好的信笺仔细叠好，装进信封，而后走到帐篷外面，站在冰冷的荒野上。

斗转星移，东方的天际已微微泛明。四野里一片安静，只有哨兵的皮靴踩在雪地上，发出嚓嚓的声响。哈里斯不顾寒冷，在外面站了很长时间。

7

在这个即将过去的感恩节深夜，还有一个人像哈里斯一样彻夜难眠，这便是第10军军长阿尔蒙德。阿尔蒙德的难以成眠不是因为彻夜狂欢，也

不是因为哈里斯那样的忧思深重，他是因为兴奋而睡不着。

感恩节到来的前一天，韩满边境传来了压倒一切的好消息，他所统率的步兵第7师的一支先遣部队到达了鸭绿江边的惠山镇。作为陆战1师的右邻，步兵第7师自登陆以来进展神速，他们沿着东海岸一路向北推进，没有遭遇到任何有价值的抵抗，所碰到的主要敌人是严寒的天气。但是步兵第7师克服严寒和大雪带来的不便，在崎岖险峻的山区强行开进了三百余公里，终于把美利坚合众国的旗帜插在鸭绿江边。阿尔蒙德闻听此信，立即决定先乘机而后驱车八十公里赶往惠山。他要亲自站在鸭绿江岸，看一看神秘莫测的中国东北。

到达鸭绿江边的先遣队只是步兵第7师的一个营，甚至连陆战1师的师长奥利弗·史密斯也为其担心，他们过于孤军深入，缺乏任何掩护。步兵第7师的师长后来也告诉史密斯，他也不想如此孤军深入地推进，但是阿尔蒙德将军就像个催命鬼，一再地催促他们加速前进，好像只要到达鸭绿江就算是大功告成，而他没有任何办法止步不前。史密斯对此表示了理解。步兵第7师是阿尔蒙德第10军的直属部队，不像他海军建制的陆战队，可以摆条件讲价钱，有时候甚至可以抗命不遵。但是从安全角度考虑，他们都不同意阿尔蒙德前往惠山。无奈阿尔蒙德有着和麦克阿瑟一样的执拗性格，一旦他打定了什么主意就不会改变。

吉普车在崎岖不平的山区道路颠簸着前行，两旁都是一眼望不到尽头的起伏山岗。阿尔蒙德头戴钢盔，拄着他那形影不离的手杖，目光犀利，面露威严，一派巴顿将军的风度。随员和警卫部队的中吉普排起了长长的车队，马达的轰鸣在山区回荡着，烟尘滚滚。在下午晚一些的时候，他们终于抵达了边境小镇惠山。

惠山镇只是个有着几十间房屋的小村庄，由于远东空军的轰炸，如今变成了一片废墟，直立的墙壁已经所剩无几。一面很新的插在废墟中间的美国国旗在寒风中抖动。

看见喷涂着将军星徽的车队远远而来，步兵第7师的士兵们伫立路边举手敬礼。阿尔蒙德的手杖在钢盔上碰碰，车子没有减速，一溜烟地直接开向了鸭绿江岸。

车队在高高的大堤下依次而停，阿尔蒙德走下车子，在步兵第7师师长等一群将校军官的陪同下缓步走上江堤。寒风凛冽，大堤上面的风似乎要比下面大出许多。举目而望，四野里一片空旷寂寥，已经封冻的鸭绿江江面上一马平川。对面就是中国的东北，白色的山岗，青灰色的冰冻鸭绿江，江对岸荷枪而立并来回走动着的中国士兵，所有的一切，看起来清清楚楚，一览无余。

警卫部队的士兵都卧倒在冰冻的大堤上，他们一字排开，黑黑的枪口指向对面的中国。阿尔蒙德觉得不必如此，他们只是象征性地前来这里，他们只是看看。他脚下站立的江岸是朝鲜的鸭绿江岸，而不是中国的鸭绿江岸。不过阿尔蒙德又觉得一江之隔，虽然是两个国家，距离却是如此之近，他甚至一抬腿就可以迈到对面的中国去。

对面站哨的中国士兵肯定也发现了这一群人，他们有时候会停下来，往这边的江岸上遥望，长长的枪支扛在肩头。但是过不了多久，他们又来回地走动起来，显然没有被这一群他们并不了解的美国人引起注意。因为从对岸那个方向看过来，明显弄不清他们的身份，美国人？朝鲜人？韩国人？战局是如此的扑朔迷离，谁又能知道美第10军军长阿尔蒙德少将到了鸭绿江边呢？

而步兵第7师的师长却非常担心。一江之隔，距离是如此之近，假如对面的中国人来上几枪，说不定哪位美军的军官就要倒霉。要是中国人的子弹不巧碰到了阿尔蒙德将军，那事情就大了，朝鲜的战局很可能急转直下，说不定第三次世界大战都可能因此而爆发。

这时候又有几个中国人从远远的江堤上走下来站在江边，一起朝这边看着，其中一个人的手里显然举着望远镜。

步兵第7师师长进一步表示了他的担忧，催促阿尔蒙德抓紧回到他的吉普车上去。阿尔蒙德对此不屑一顾。他对这一群将校军官说道：

“我们是在一个中立的地界上，虽然发生了与中国人的战斗，但是并没有宣战。我们没有向他们宣战，他们也没有向我们宣战，他们只是参与了不宣而战的战斗。因此我觉得现在比以往任何时候都要安全。”

军官们面面相觑。有人说，在第一次战斗中发现的中国部队是中国出动的正规部队，并非中国人号称的那样是什么“志愿军”。

“志愿军？”阿尔蒙德的嘴角露出明显的笑意，“不管它是什么军，也不管它是不是什么正规部队，”阿尔蒙德挥舞着他的手杖，一指对面的中国哨兵说，“他们都是刚刚从地里干活出来的农民，如同麦克阿瑟将军所言，不过是一帮亚洲的乌合之众。这样的部队，战斗力可想而知。”

军官们附和着笑了笑。而步兵第7师的师长却是一副神色冷峻的面孔。

阿尔蒙德拍了拍他的肩膀，要他不必如此谨慎。他拄着手杖，在江堤上发表了一番即兴演说，表扬了步兵第7师挺进鸭绿江的壮举。

“仅仅还在二十天以前，”阿尔蒙德对大家说，“你们才在利源滩头实施两栖登陆，可是现在你们已经饮马鸭绿江边。二百英里的崎岖山路，零摄氏度以下的风雪严寒，没有阻挡你们的前进，你们打败了寒冷与顽敌，将我们美利坚合众国的标志、下面这个美国国旗插在鸭绿江边。你们的行动是一个出类拔萃的军事业绩，它将作为一个了不起的丰功伟业载入美国陆军的光荣史册。如果所有的部队都能像你们一样无畏地奋战，那么我们早已扫荡并统一了北朝鲜，而不是站在这里谋划明天的时局。”

阿尔蒙德显然想起了踌躇不前的陆战1师，心里面一阵不快。他决定马上给陆战1师打电报，就在鸭绿江边的惠山镇。陆战队必须加速北进。

8

为了纪念步兵第7师进抵鸭绿江这一个“出类拔萃的军事业绩”，阿尔蒙德提议大家合影留念，地点就是脚下的鸭绿江，背景就是对面的中国以及江边来回走动的中国哨兵。

几个人背对着中国的方向站成了一排。风很大，每个人军大衣的衣角都在寒风中掀动着。阿尔蒙德短大衣的翻毛领子也被吹得呼啦直响，他却全然不顾，反而摘下钢盔，戴上军便帽，手杖也交与别人暂时保管。有人对他说，将军你拄着手杖岂不是更有风采？阿尔蒙德笑了笑说：

“我觉得那样像个教授，而不是将军。”

残阳夕照，寒风呼啸，一抹余晖直直地照射在江对面积雪的山坡上。冰封的鸭绿江江面上光线倏忽变暗，肩扛长枪的中国哨兵隐没在堤岸下面的暗影里，不仔细看已是难以分辨。

阿尔蒙德出神地凝望着中国的江山，看了很长时间，直到残阳西下，暮霭渐起。谁也不知道他想了些什么。

车队重新回到一片瓦砾的惠山镇，阿尔蒙德又看见了那面在寒风中抖动着的美国国旗。他私下里问步兵第7师的师长，为什么不把它插到鸭绿江的大堤上面去，那样岂不是更为醒目？

“为了避免刺激中国人，”步兵第7师的师长回答道，“我认为插在这个地方更为合适，将军。”

阿尔蒙德没有再说什么，他对此一笑了之。

美联社随军记者詹姆斯·爱德华曾经在他的《前线日记》中写道：

> 整个朝鲜战争期间，美军步兵第7师的先头部队是最先抵达，也是唯一一支孤军抵达鸭绿江的联合国军部队。他们不顾一切地冒进，把起码的安全置之度外，仿佛到达了鸭绿江就算是万事大吉，而朝鲜战争也会因此而结束。在后来的战斗中，这支部队吃尽了苦头。几天之后，长津湖战役打响，过于突进的该营不得不原路返回，重新龟缩到陆战1师右翼的长津湖东岸，其所在的“北极熊团”遭到毁灭性打击，绣有北极熊图案的团旗也被中国人缴获。步兵第7师为其孤军深入付出了极其惨重的伤亡和代价，而整个朝鲜战争才刚刚拉开帷幕。

正如詹姆斯·爱德华记者所言，插在惠山镇废墟上的那面簇新的美国国旗并没有飘扬多长的时间，随着步兵第7师先遣部队仓促撤离，它仅仅只是昙花一现。但是在麦克阿瑟看来，到达鸭绿江是一件富于象征意义的事件，标志着朝鲜战争将会以一个全新的面貌出现在远东，他的“圣诞节结束朝鲜战争的总攻势”胜景在望势在必行。他已经在美国总统和参谋长联席会议面前信誓旦旦，圣诞节一到就把部队撤回日本或是欧洲，如今圣诞节已为期不远，该是开始行动的时候了。

感恩节的当天晚上，麦克阿瑟就向包括美军所有部队在内的联合国军发出了总动员命令。麦克阿瑟的总动员命令激情满怀，具有很强的号召力。麦克阿瑟在他的公报中写道：

> 联合国在北朝鲜的作战已到关键时期。在过去的几周里，作为铁钳计划组成部分的各类空军，以他们模范的战斗行动发动了强有力的持续的攻击，一举切断了来自北方的所有供给，使他们渗透到前方的部队面临着断绝保障的巨大危机。今天上午，铁钳攻势的西段发动了总攻，以完成包围并夹紧钳子，而右翼也在海军的有效支援下到达理想的阵地，从而在地理上把北部有可能存在着敌人的地区一分为二。倘能成功，这实际上将结束战争，从而恢复朝鲜的和平与统一。联合国军将会迅速撤退，而朝鲜人民及其国家将享有全部的主权和国际的平等与自由。
>
> 我们就是为此而战。

第九章

1

吴铁锤不晓得什么感恩节，当然也不晓得这个世界上还有烤火鸡、水果沙拉之类的东西，他印象中最好吃的东西就是他铁锤妈妈亲手烙制的大饼，配上同样是他铁锤妈妈亲手腌制的辣白菜，又暄又软，又香又辣，吃起来那才叫下饭，那才叫一个饭。然而眼下，别说是他铁锤妈妈的馒头大饼辣白菜了，任何可以果腹的东西都已所剩无几。过鸭绿江时随身携带的馒头干、高粱米早已告罄，他厚着脸皮弄来，以及后来黄天柱师长专门支援的黄豆，也都嚼尽吃光了，几百人的部队饿得难受。粮秣员吴一六巧妇难为无米之炊，一筹莫展。他龇着大金牙对吴铁锤说：

“前几天还说黄豆不好，说吃豆子放屁。现在可好，连屁也没的放了。”

吴铁锤没有瞪眼睛。他看了看吴一六，一言未发。

吴一六所言正是当时吴铁锤所言。刚刚把黄豆弄回来的时候，全营高兴了好几天，放盐不放盐的，人人都吃煮豆子。天气是如此寒冷，又没有一口热汤热水下肚，后果可想而知，放屁拉稀者比比皆是。吴铁锤当时还对欧阳云逸说，有豆子吃总比没豆子吃好，有屁放总比没屁放强，到屁都没得放了，那才真叫拉稀。吴铁锤说只要能把陆战1师堵在长津湖，脱裤子放屁算不了什么，裤裆蹿稀也是小菜一碟。又说放屁好，放屁通肠胃，全兵团一人一个屁，就能把美国佬熏死。可是事到如今，唯一的煮豆子也吃光了，果然就到了无屁可放的程度，拿什么去熏美国佬？

小女孩乔静子虽然受到了格外的关照，但是也一样拉得厉害，没有几天圆圆的脸蛋就凹陷下来，黑黑亮亮的眼睛也失去了往日的光彩。欧阳云逸说这样子不行，这样下去乔静子撑不了几天。怎么办呢？营部卫生所发给大家的药品本来就少，吴铁锤他们只能每人省下半片，留给乔静子吃。又发动大家给乔静子找吃的，一星半点的馒头干、高粱米，一小把黄豆，一块糖果，几颗花生，一把瓜子，不管什么东西，通通找来，优先供给乔静子。吴一六的帆布挎包里还有几块压缩饼干，是他在辑安的时候从东北边防军一个司务长那里淘换来的，他藏着，很隐蔽，一直未暴露，结果还是被吴铁锤发现了。吴铁锤要他拿出来给乔静子，吴一六磨磨蹭蹭的不情愿，说这是他珍藏的最后一口吃的东西，可不是为他自己，是专门为营长、教导员而珍藏，准备在最关键、最紧急的时候拿出来。吴铁锤一瞪眼，什么最关键、最紧急？现在就是最关键、最紧急。大人饿就饿了，几岁的孩子，扛不住。吴一六只得在帆布挎包里掏了又掏。

虽然是杯水车薪，乔静子却因此有了最起码的保障。李大个不知道打哪里捉来一只野兔子，也剥了皮煮吧煮吧给乔静子吃了。这个小女孩凹陷的脸蛋又渐渐见圆，一双大眼睛又变得黑黑亮亮起来。

乔静子身上的衣服也是五花八门，有她原来阿爸吉阿玛尼留下的，有欧阳云逸、吴一六、陈阿毛、李大个他们倒腾来的，但大多还属于吴铁锤的一手装扮。在清一色的队伍中，小女孩乔静子头戴遮没到鼻梁的三块瓦大棉帽，身穿不露手脚的大棉袄，腿脚上缠裹着一层又一层的棉布片，暖和倒是暖和，行动却不自由，一摇三晃，像是冰天雪地的南极洲企鹅。

开头几天乔静子还想家，还哭着喊着找她的阿爸吉阿玛尼，后来也就慢慢变得安静。部队行军的时候，乔静子靠在吴铁锤、欧阳云逸的背上，骑在吴一六、陈阿毛、李大个的膀子上，扛着捷克式轻机枪的孙友壮有时候也跑过来抱她一把。一到宿营，乔静子就蜷伏在吴铁锤的胳肢窝底下，身上盖着厚重的日本关东军翻毛皮大衣，任凭外面冰冻严寒，风雪呼啸。

2

顶风冒雪昼伏夜行十几个昼夜，九兵团的十几万大军可谓历尽了艰难，吃尽了苦头。气温降至零下二十余摄氏度，放眼四望，到处一派冰封雪冻的世界，手脚耳朵冻得不行、疼得不行、麻木得不行，手脚已不是自己的手脚，耳朵也不再是自己的耳朵了。通化停车的时候，铁路吴师傅告诉他们朝鲜那疙瘩贼冷，耳朵拨拉拨拉就掉了，当时他们都不相信，还笑话人家铁路吴师傅，现在他们体会到什么叫作耳朵拨拉拨拉就掉了的滋味了。虽然耳朵并没有真冻掉，但是谁也不敢贸然地去拨拉它们了。

部队大多都已断粮，风雪严寒，山高岭险，加上又冷又饿，官兵们饥寒交加，一些身体条件较差的战士躺下以后就再也没有起来。欧阳云逸原来不相信朝鲜的冬天会冻死人，现在他知道了。他们这个营有十几个战士永远留在了通往长津湖畔的道路上。

就在这种极端恶劣的情况下，吴铁锤的前卫营和全军十几万人马一样，克服千难万险，以打败美国鬼子纸老虎的昂扬斗志跋涉在险峻的狼林山脉，按时到达了方圆百里的战役集结地域。横亘在前卫营以及黄天柱这个部队面前的最后一座大山叫东白山，海拔1500米。从地图上看，翻过了这座大山就直接插到了长津湖畔，山下面就是长津湖的重镇下碣隅里了。

没有东西吃，别说是不能打仗，连起码的生存也难以保障，以吴铁锤的秉性，他们当然是活人不能被尿憋死。吴铁锤对欧阳云逸说："我想来想去，只有一个办法。"欧阳云逸说："什么办法？"吴铁锤说："到老百姓家里，找。"

欧阳云逸想了想，看来目前只有这个办法。不过他叮嘱吴铁锤，找是可以找，遇着朝鲜老百姓要好说好讲，好买好卖，不能违反群众纪律。吴铁锤说："这个自然不能，都发了朝鲜钱嘛。"

四个连都成立了找粮组，分别由各连的连长指导员带着。大部队就地隐蔽，找粮组则奔向了远远近近的山坡山坳。吴铁锤要欧阳云逸留在营部，一面掌握部队，一面照看乔静子，他自己带着吴一六、李大个以及机炮连的曹连长、孙友壮等几个人走进了白雪皑皑的群山。

陈阿毛也想跟着进山去找粮，吴铁锤说你留下照看乔静子还有我的锣，两样东西一个都不能坏。陈阿毛就留下了。自打乔静子来到营部，他知道自己有了三个宝贝：一个是他的小号，一个是吴铁锤的雕花云龙纹檀木匣铜锣，一个是朝鲜小女孩乔静子。

雪下得很厚，漫山遍野一片银白。山间的道路和林间的小径都被厚厚的积雪掩盖着，走起来不辨方向，也十分吃力。吴铁锤他们深一脚浅一脚摸索着前行，走得很费劲。村庄寥落，人烟稀少，走了半天也没有碰到几个像样的村庄。有时候遇着零零散散的几间木板支撑泥巴糊墙的茅草房子，也是人去屋空，里里外外没有一件像样的物件，更说不上吃的东西了。

早上都没有吃饭，眼见着日头西斜，大家一个个心灰意懒。吴一六扶着山路旁边的大树，有气无力地对吴铁锤说：

"要我说就别找了，这么个兔子不拉屎的地方，再找也找不着。"

"看你那个熊样！"吴铁锤瞪了他一眼，"不找吃什么？喝西北风吗？"

曹连长过来打圆场，他对吴一六说："再找找，兴许前面的山窝里就有。"

吴铁锤也不说话，带头朝前走去，走上了一个不大的山岗。李大个、孙友壮和曹连长都跟在后边。吴一六没有什么办法，也只能跟在后面走，一边走一边唉声叹气。

爬上了这个不大的山岗，下面是一个背风向阳的山坳。山上山下林木茂密，苍松翠柏上覆盖着晶莹的冰雪。一个几十户人家的小村庄隐藏在山窝窝里，木板房子的烟筒里竟然冒着袅袅的炊烟。有房子就有村庄，有炊烟就有人家。几个人喜出望外，加快了步伐往山下走。吴一六也来了精神，步子迈得比谁都快。

3

山岗上下来了扛枪的人，五六个朝鲜的老头老太太都站在村头上看。这是些什么人呢？他们穿着五花八门的服装，有的戴着狗皮帽子，狗皮帽子的耳朵耷拉着，辨不清颜色；有的戴着大盖帽子，大盖帽子的帽墙下面缝着棉布片，可能是为了遮蔽风寒。有的穿着日本人的军大衣，有的裤筒里鼓鼓囊囊，闹不清里面塞的什么。还有一个虎背熊腰的大汉，披着一件显然是用被子改造的大衣，腰里面扎着绳子。他们从来没有见过这样的大衣，不伦不类，别提有多新奇。都带着武器，却没有棉鞋。看上去既不是北朝鲜的人民军，也不是打南边过来的大韩民国的部队，更不像美国佬大鼻子，因为在长相上也不像外国人。美国佬大鼻子打到了北朝鲜，但是还没有到达他们这个小村庄。打南边过来的韩国部队前些日子来过一次，捆走了村里的村干部和十几个年轻女人，这些人再也没有回来。倒是听说中国的部队开过了鸭绿江，难道这些人是中国的部队？

“老乡们，你们好啊！”远远地，李大个就打着招呼。

这一嗓子倒把几个朝鲜老头老太太吓住了，因为从话音上听，这些扛枪的人肯定不是他们的同胞。

面对着一双双疑惑的目光，吴铁锤的语气非常亲切。他比画着对几个老头老太太说：

“不要怕，阿爸吉，我们，中国部队，志愿军，来打美国鬼子。”

老人们面面相觑，但是谁也没有说话。

吴一六心想你给他们说这个他们也不懂，都饿得够呛，不如竹筒倒豆子，直来直去。于是他掏出一把朝币，说道：

“我们想买点粮食，买粮食，明白吗？就是吃饭，米西米西。”

老头们都不明白，还以为他要请客。

吴一六米西米西说了好几遍，同时比画着吃的动作。他一比画，嘴里的金牙露了出来，弄得几个朝鲜老头老太太盯着他嘴巴看，心里琢磨这可是个有钱人，嘴里镶着金牙，手里捏着票子，非同寻常。

孙友壮放下肩膀上的捷克式轻机枪，弯下腰来说："粮食，知道吧？就是煎饼、地瓜、窝窝头，什么都行。"

朝鲜老乡听不懂他说的什么，但是他的块头和他用被子改制而成的大衣同样吸引了他们，让他们一双双浑浊的老眼盯着他看了半天。

吴铁锤一看不行，从吴一六手里抓过来一把票子，分别往几个老头老太太怀里塞，吓得老人们直往后退，谁也不敢要他的钱。

吴铁锤急了，他一急就俩眼溜圆，并且说起来半生不熟的中国式日本话："我们，中国人，志愿军，"他瞪着俩眼，"买粮食，米西米西，你们的明白？"

几个老头相互看了看，知道这伙人不是要请他们的客，也不会平白无故给他们钱。他们大概弄明白吴铁锤才是这伙人里的头头，而那个镶金牙的不过是他的副官。看来他们是要买什么东西，但是究竟要买什么，却一时无法搞得很准。所以老头老太太们依然沉默着，不说话也不表态。小个子曹连长插不上话，只能背着两手在旁边走来走去。

一筹莫展的时候，村里面又走来一个老者，年龄似乎更大，一把长长的白色胡须飘在胸前。他不动声色地听了一会儿，突然用中国话说道：

"你们是中国人？"

吴铁锤几个人十分惊喜，终于有个能说话的了。

"对，我们，中国人。"吴铁锤说。

"我们是中国志愿军，来打美国龟儿子。"李大个也抢着说。

他的四川腔调不太好懂，白胡须长者一时间没听明白。"什么？"他侧着耳朵问。

"志愿军，中国部队，帮你们打美国佬的。"吴一六大声说道。

白胡须长者确认了他的判断，站在他面前的确实是中国人，中国的部队。前些日子传说中国部队开过了鸭绿江，并且已经和美国人交上了手，他竟然见到了。

“中国同志，志愿军同志！”白胡须长者流露出激动的模样，一边捋着胡须，一边后仰着身子，昂着头，以赞许的目光看着吴铁锤他们，连说，“好，好，还是当年抗联那个样！”

吴铁锤一听心里凉了半截，“抗联那个样”，把我们当成东北的抗日联军了，那是十几年前的事情了。谁都知道最艰苦的莫过于东北的抗联，但是看看自己的这个打扮，看看现在的这个状况，跟当年的抗联又有什么区别？不过是人多枪多子弹多。当然了，当年的抗联要是有现在的装备，也早把小日本赶出了东三省。

“阿爸吉知道抗联？”吴铁锤还是问道。

白胡须长者颇为自豪地说：“我不仅知道中国的抗联，我还参加过中国的抗联。”

“哎呀，”吴铁锤一把拉住长者的手，连说，“那你是老同志，老革命！”

两双大手紧紧握在了一起。白胡须长者的手虽然瘦骨嶙峋，但是很有力量，有一种硬邦邦的感觉。

说了一会儿话，长者突然一拍脑袋，说：“这个光顾着说话了，也忘了请志愿军同志到屋里做客，快请志愿军同志屋里去，屋里烧着炕，暖和。”

一大群人都到了白胡须长者的家里。里面果然暖和，迎面一盘大炕，炕洞里烧着木头样子，门口一口大锅，不知道煮的什么，咕嘟咕嘟地冒着热气。长者叫大家脱鞋上炕，这样他们就能好好叙旧。吴铁锤谢绝了长者的好意，说他们在雪地里站得久了，不便脱鞋上炕，而且在屋里也不能时间很长。白胡须长者明白了吴铁锤的用意，说他们有经验，冰天雪地就要有冰天雪地的办法，像个打仗的样子。

吴铁锤心想都是教训逼的，不冻伤那么多人，他们也没有这样的经验。

吴一六一进门就盯上了那口咕嘟咕嘟直冒热气的大锅，知道那一定是吃的东西，有几次都想动手揭那个锅盖子，但是吴铁锤不说话，他也没敢动。所以他只能偷偷地对着吴铁锤使眼色。曹连长、孙友壮、李大个差不多也是这样，一边听白胡须长者说话，一边时不时地盯着那口锅看。

吴铁锤明白大家的意思，毕竟已经过了晌午，都还没有吃饭，自己也正饿得难受。于是就对白胡须长者说：

“阿爸吉，既然都是自己人，我们也不客气了，看看有什么东西填填肚子，说实话早上到现在水米没打牙，前胸贴着后背了。”

长者又是懊恼地一拍脑袋，片言没有，一步上前揭开了大锅的锅盖。

热气蒸腾。

密集的水蒸气在屋子里飘散开来，很快地凝结并悬浮在低矮的木板屋顶上，像是一团团浓浓的白云，浓而湿润。大家都围在灶台旁边，每个人的手里攥着一双木筷。说是筷子，实际上就是木头棍棍，不过是经过了朝鲜老人的加工打磨，更便于使用而已。吴铁锤有一会儿没看清大锅里的东西，待到蒸汽散去，才看到一堆黄白色石头一样的圆蛋蛋躺在锅里。吴铁锤认得这个东西，在他们苏北老家吴家集，管这个东西叫地瓜。

地瓜是苏北皖北一带的叫法，再往北到了孙友壮的沂蒙山区，这个东西就不叫地瓜了，叫土豆，而地瓜则是指的红薯。红薯在吴铁锤的苏北老家吴家集又不叫红薯了，叫白芋。土豆学名马铃薯，曹连长则管它叫地蛋，他说在他们江浙一带，都把这个东西叫地蛋。虽然叫法不同，实际上是一个东西。他们现在也管不了那许多了，用木头棍棍插上来，也顾不得烫，又吹又拍地吃开了，连皮都没有扒。

4

朝鲜长者趁着这个机会自我介绍，说他十几年以前跟随着金日成的部队到过中国东北，参加了东北的民主联军，在白山黑水打过日本关东军。他看了看吴铁锤身上的土黄色翻毛皮大衣，说这个大衣有点像当年关东军的装备，抗联司令杨靖宇也穿这样的大衣。有一次杨司令给他们讲话，就穿着这样的大衣，戴着狗皮帽子，很威风，因此他对这种大衣印象特别深刻。吴铁锤说不是有点像，他这个大衣本来就是正经的日本货，是日本关东军的标准装备。

说着话的当口，风卷残云般，一大锅热地蛋很快没了踪影。吴铁锤怕朝鲜白胡须长者多心，就对他解释，说他们这个部队打美国鬼子军情紧急，随身所带干粮不多，加上美国飞机炸得厉害，后勤一时供应不上，所以出来买点粮食，还望老抗联多多支持。

白胡须长者一拍大腿，这个没得说。同时他也告诉吴铁锤，在眼下这个季节，家家户户差不多都是土豆，加上战乱，恐怕也存得不多，都像宝贝一样埋在窖子里。不过他要吴铁锤放心，只要说是打美国鬼子，村庄里的老乡都会帮忙，本来你们就是为了朝鲜，为了朝鲜才到这个冰天雪地的地方来受罪嘛！

果然像白胡须长者预言的那样，留在村庄里的老头老太太几乎都是倾其所有，拿出了他们差不多全部的粮食——土豆。土豆都埋在一家一户的窖子里，一堆堆一层层的，上面覆盖着泥土，看起来还非常新鲜。吴铁锤还特意下到窖子里看了看。一个一个的土豆窖子方圆不一，大小不等，分布在村头村尾以及各家各户的房前屋后。大的土豆窖子有一间房子那么大，能容下十几个人，小的也有好几个立方，装得下几百斤的土豆。窖子都挖至一两人那么深，顶棚由木棒秸秆搭制而成，泥土封顶，保暖透气。大雪把一个一个的土豆窖子掩盖得严严实实，不知情的人根本就找寻不到。

孙友壮在窖子里捡土豆，眼前的土豆窖子使他联想到他的老家沂蒙山区的地瓜窖子。窖子与窖子似乎有着相同的功效，不过相对于眼前的土豆窖子而言，他们老家的地瓜窖子更大更规整，不仅可以窖地瓜，也可以住人。当时的村庄里都有“识字班”，是一种由大姑娘小媳妇组织起来的抗日武装。在冬天“识字班”搞学习开会，多数都在地瓜窖子里。所以孙友壮一边捡着土豆，一边对吴铁锤说：

“朝鲜这个地方小，窖子也挖得小，这个地蛋也没俺们老家地瓜大。”

吴铁锤说：“你这不是废话吗？地蛋当然没有地瓜大！你们老家地瓜大，你倒是拉两车过来尝尝啊？”

孙友壮笑了笑，一边捡着土豆一边又说：“不过这里面还算暖和，俺看还可以防空，油挑子来了能抵挡一气。”

“我看够呛。”吴铁锤抬头看了看由木棒秸秆搭制而成的顶棚，“就这个覆盖，别说是美国人的油挑子，它连我的盒子枪都挡不住。”

先入为主的吴铁锤具有先见之明，由于这次筹粮中见识了朝鲜老乡的土豆窖子，不久就因其而得福，在后来的空袭中逢凶化吉，大难不死。

北朝鲜的狼林山区森林茂盛，但是少量的山岭坡地却大多贫瘠，并不适合种植庄稼，唯一能够栽种并且丰收的便是这土豆了，对于山区的朝鲜老乡而言，这是他们一年四季里的主要食物。尤其是在这个大雪封山的季节里，每家每户还能留藏有一部分土豆，也是相当不易。吴铁锤他们对此心知肚明，所以在筹粮的时候也没有都筹，给每家每户都留下了生活的口粮。白胡须长者带着他们一家一户买粮食，也不谈斤论价了，反正就这一堆土豆，就这一把子朝鲜钱，发完算是结束。

白胡须长者的土豆窖子深及两人，却并无多少土豆窖藏。他告诉吴铁锤，他有三个儿子两个儿媳，老伴早年去世，大儿子是村干部，两个小儿子参加了人民军，窖藏的土豆原来有几千斤。北朝鲜的人民军六月里南下，两个小儿子随人民军去了南方。前些日子打南边过来的韩国军队开到村里，捆走了他当村干部的大儿子，带走了两个儿媳妇，这一走就再没回来。有人说他们都给打死了，又有人说他们都给带到了南朝鲜，是死是活，老人也不清楚。他要留在村里等，等他的儿子儿媳妇们。他对吴铁锤说，小日本在朝鲜和中国的东北待了那么多年，最后还不是滚了蛋？所以他相信总有一天战争会结束，总有一天，不管是跟着北朝鲜的人民军还是被南朝鲜军队带走的儿子媳妇们，都还会回到这个安详宁静的小山村来。

对吴一六掏出来的朝币，老人说什么都不要。你们帮忙打美国鬼子，我还要你们的钱，这成什么了？明显不仗义嘛！吴一六却异常坚决地要老人家收下：

“阿爸吉，你老人家是个老抗联，知道我们中国部队的规矩，公买公卖，不拿群众一针一线。在中国不拿，在朝鲜，也不拿。”

老人在中国的抗日联军待过多年，一听便不再坚持了。中国的部队，还是当年抗联那个作风。

吴铁锤一行告别了长须冉冉的朝鲜阿爸吉，重新走在了积雪覆盖的山坡。每个人的肩上都背着沉甸甸的袋子，走起来十分吃力。但是搞到了吃的，大家还是很高兴，虽然它并不是什么像样的粮食，可在眼下这个困难的节骨眼上，也算是好东西了。

5

孙友壮不愧是个山东大汉，手上拎着捷克式轻机枪，肩上扛着两袋子土豆，走起来大步流星，面不改色。相对而言，腿短身矮的李大个就很费劲，中正式步枪拖在地上，一步三喘，脸憋得通红。

在吴铁锤看来，白胡须长者讲义气，毕竟是参加过中国民主联军的抗联老兵，有点东北人的秉性。他想光知道喊人家阿爸吉了，也忘了问一问老人家的姓名，也不知道人家叫什么。走的时候他还告诉他们注意防空，防空，他指着头顶，就是提防着美国飞机来炸，美国佬可是不管你三七二十一，见着你这个房子冒烟，必炸无疑。老人说他们不怕美国飞机，美国飞机在天上飞过好几次了，也没有丢炸弹。

孙友壮和李大个听了以后都摇头，心想美国佬没炸你并不是因为他善良，他是没有发现你，发现你你就跑不了。

爬了一会儿山坡，吴一六累得够呛，他说不能再顺着原路往回走了，那样到不了营部，人就趴下了。吴铁锤对此表示同意。于是就抄了近道，斜插着往回走。近是可能近一些，但是没有路，雪深及膝，反而更加费劲。

走进了一片密密的林子，突然听到一声动物的叫声，几个人一愣，都扔了土豆袋子操起了手里的长枪短枪。吴一六神色紧张地说：

“不是老虎吧？”

“胡扯！”吴铁锤说，“在中国的东北才有老虎，朝鲜哪来的老虎？”

吴一六不吭气了，大家都不说话，等着。果然，没过多久，又是一声叫，比刚才还要清楚。孙友壮端着他的捷克式轻机枪，对吴铁锤说：

“俺怎么听着像牛呢？”

于是都循着声音往前走。走了一会儿，果然看见一大一小两头黄牛拴在树上，雪地上还放着秸秆草料，主人却不知去向。

兵荒马乱的岁月，人人都是自身难保，牲口自然也喂得不好，大牛瘦骨嶙峋，几乎就剩了一副架子，小牛倒还结实，不时地拱一拱老牛的肚皮，看起来还没有完全断奶。两头牛看到人来，又哞哞地叫了几声，显示出非常亲切的模样。

粮秣员吴一六喜笑颜开，他收起手里的王八盒子，就去解树上的缰绳，一边还对吴铁锤说：

“这个好，我们收获大大的，土豆炖牛肉，大大的好！”

吴铁锤瞪了他一眼：“什么土豆炖牛肉大大的好？你当自己是谁？日本人吗？包着大金牙，说着日本话，老毛病一点改不了。”

吴一六停下手里的动作，解嘲似的说：“都是跟朝鲜老乡学说话，习惯了，完全习惯了。”

吴铁锤说：“你炖了吃了怪舒服，朝鲜老乡回来找不着牛，他舒服不舒服？”

吴一六不敢说话了。临来的时候欧阳云逸有交代，不能违反群众纪律。把朝鲜老乡的牛拉回去土豆炖牛肉大大的好，显然是违反群众纪律，而且还不是一般违反。

“你说怎么办呢，营长？拴在这里也不行的。”曹连长对吴铁锤说。

吴铁锤朝四下里看看，对大家说：“都找找，看看有没有朝鲜老乡。”

几个人四面找了一圈，自然不可能发现一个人影。

孙友壮建议先把两头牛牵回去，因为明显地，留在这里不是冻死就是饿死，要不就被美国佬飞机炸死，或是被其他的动物吃掉了，总之拉回去比留在这里强。曹连长说这个主意不错，完全可以采纳这个方案。李大个亦表示同意，土豆袋子压得他喘不过气来，这头牛正好可以利用。

吴铁锤围着一大一小两头牛来回走了几圈，没有想出什么好办法。看来也只好将这个牛拉回去，拉回去再说。吴铁锤问吴一六身上还有多少朝鲜钱，吴一六又掏了一把，就这么多，都在这里了。吴铁锤让他把钱给朝鲜老乡，名正言顺，花钱买的，光明正大，不能随随便便就把朝鲜老百姓牛拉走了。

吴一六哭笑不得，哪来的朝鲜老乡？有朝鲜老乡不就好说了嘛！吴铁锤说你是个死脑筋，大活人尿不出个尿。你把钱留下，有朝一日朝鲜老乡回来看见这个钱，他不就什么都明白了？吴一六一想也是，就把树下的积雪弄掉，把钱放在地上，找了一块石头压好。李大个怕标记不明显，又在地上插了一根树枝。一大一小两头牛能值多少朝鲜钱，他们也说不准，反正是倾其所有，把身上的钱都掏了出来。弄好了这一切，他们就牵着老牛赶着小牛回去了。小牛显得很高兴，围着老牛钻来钻去的，一路上活蹦乱跳。

四面八方的筹粮组陆续回到了宿营地，收获虽然不多，却是五花八门。有抱着咸菜罐子的，有扛着稻谷米糠的，也有一些牵着牛拉着驴的，还有的捎回了几只野兔山鸡，但大多数还是筹的土豆。欧阳云逸了解了一下，每个筹粮组都付了钱，有人的钱物当面算清，没人的也都留下了朝鲜的纸币。一袋袋一筐筐的土豆堆在地上，倒可以暂时对付几天。至于拉回来的十几头牛，欧阳云逸说得十分严肃，谁也不能动，更不能杀了吃肉。农谚说耕牛是个宝，农家少不了。耕牛是老百姓的命根子，一头耕牛就是家里的一口人，甚至于比家里的一口人还要珍贵，能对家里人动手吗？显然不能。

吴铁锤对欧阳云逸说：“你说不杀就不杀，留着，喂肥了再说。”

6

月黑风高的夜晚，欧阳云梅领着李桂兰以及蓝晓萍、郑小莉等几个人爬上了树木稀疏的山岗。跟在她们身后的还有两个身高力大的男兵，手里提溜着绳子扁担。

这个树木稀疏的山岗距离他们的宿营地只有几里路的样子，所以他们悄悄溜出了营地以后，没过多久就来到了这里。山岗上积雪覆盖，稀稀落落地长着几棵松树，很容易辨认。

欧阳云梅的治疗队过江后一直跟随在师作战部队的最后面，离开她哥哥欧阳云逸的前卫营已经有很远的距离。在这个粮食供应十分困难的日子里，师部和后勤单位也遭遇了同样的危机。一样没有什么办法，也只能就地筹粮。但是筹粮不好筹，问题在于师医院两个治疗队的所经之路都是前面部队走过的地方，他们筹粮的区域也都经前面部队筹过了。地广人稀，本来没有多少东西，经过前方千军万马的反复搜寻，还能给他们留下多少？眼看着就要断顿，治疗队队长陆元寿急得唉声叹气。

比陆元寿更唉声叹气的还有一个人，师文工队导演凌子林。

目前的形势和局面已经完全出乎凌子林的意料。十几天以前，凌子林还是一副精神饱满的模样，也曾经意气风发斗志昂扬，在北行的闷罐子军列上坚决要求入党，而且开始写他的入党申请书。申请书刚刚开了个头，部队就过了鸭绿江，一到朝鲜就进入了冰天雪地的世界，他刚刚开了个头的申请书再也没有写下去。部队不畏严寒与困难，大踏步向南开进，叫作“雄赳赳气昂昂跨过鸭绿江”，凌子林在后面加了一句，“没有几天都打光”，当时师政委向修远还说了他几句。在凌子林看来，现在不是打光的问题，是吃光的问题。开头几天还有一些馒头干子高粱米，现在连这个馒头干子高粱米也没有了，每天都只有一个感觉：饿。凌子林跟在师医院，虽说一天到晚无所事事，什么也不用干，但是饿的滋味一样不好受。凌子林想这还没有见着美国人的面，一旦见着了美国人，不知道后果有多严重。都说美国鬼子像纸老虎一戳就破，自己这个部队也不怎么样，不用戳，饿就饿垮了。凌子林在火车上的激情飘到了九霄云外，除了唉声叹气就是垂头丧气，情绪低落得厉害。李桂兰深为凌子林这副垂头丧气的模样担心，她私下里对欧阳云梅说：

“俺觉得凌导演这个人思想成问题呢，碰上美国佬，八成要投降。”

“他敢！”欧阳云梅声色俱厉地说，“他要敢投降，我一枪毙了他！”

欧阳云梅的话让蓝晓萍吓了一跳。这个姐姐的性格她是知道的，但是听到这么狠的话还是第一次。战场会改变人，这是她在一本书里读到的，现在看起来一点不假。冰天雪地的朝鲜战场不仅改变了凌子林，也可能会改变欧阳云梅。

凌子林曾经是她们尊敬的人，毕竟上海来的大导演，有文化，有水平，他在华东军区导的几个活报剧她们都看了，都很佩服他的才华。想不到这么一个受人尊敬的人，一到战场就是这种消极悲观的熊样。郑小莉说，干脆把凌导演送回去算了，在这里也是丢人现眼活受罪。欧阳云梅说送回去便宜他了，这样的人，就要让他在战火中锻炼成长。她想起闷罐子火车上凌子林坚决要求入党的情景，还要她做入党介绍人。幸亏当时没答应，不然成了这家伙的介绍人，那就等于往她脸上扇巴掌。

治疗队队长陆元寿对此漠视不管。大战即将打响，他更多考虑的是如何救治伤员，而不是凌子林之辈的垂头丧气。凌子林情绪低落就低落好了，反正也不要他干什么事情，也用不着他搞什么导演。可是陆元寿心里也明白，依照目前的状况而言，自己都自身难保，又如何去转运救治伤员？

欧阳云梅对陆元寿说：“你是个队长，一天到晚唉声叹气的，就不能想点办法？”

陆元寿蹲在雪地上头也不抬：“全军上下都一样，有什么办法想？”

欧阳云梅说：“活人不能被尿憋死，只要想就能想出办法。”

蓝晓萍在一旁觉得这个话很耳熟，这是经常挂在前卫营吴铁锤嘴巴上的一句话。有一次欧阳云逸对她开玩笑，说他这个妹妹很多的地方不像他而像吴铁锤，好像不是他的亲妹妹而是吴铁锤的亲妹妹，搞不好将来嫁给吴铁锤也说不定。蓝晓萍当时捂着嘴直笑，哪有哥哥这样说妹妹的呢？

7

整整一个白天，治疗队都在外面筹粮，粮没有筹到，欧阳云梅她们却发现了一个秘密。在一个白雪覆盖的山岗下，紧靠着公路旁边的密集林子里堆着一堆一堆的麻袋，上面都用帆布盖着，有厚厚的积雪作为掩护。林子内外有持枪的哨兵把守，戒备颇为森严。欧阳云梅想过去看看是什么东西，持枪的哨兵把她拦住了。

“上级有话，不准进去。”哨兵板着年轻的面孔。

“呦，”欧阳云梅说，“什么宝贝这么珍贵？看看还不行啦？”

哨兵说：“不准进就是不准进，我说了也不算。”

“小气，”欧阳云梅故意撇着嘴说，“又不要你们的，真是的。”她仔细地看了一下这个哨兵，他很年轻，下巴上长着一颗黑痣。

哨兵没有搭理她。李桂兰说：“堆的什么东西呀？俺问问总可以吧？”

“你们是哪个单位的？”下巴上有着黑痣的哨兵仍然保持着警惕。

“我们是师医院治疗队的，”欧阳云梅说，“出来巡诊，就是看看你们有没有冻伤，拉不拉肚子。”

蓝晓萍看了欧阳云梅一眼，明明出来找粮食，偏偏说是巡诊，瞎话编得理直气壮，脸都不红。

欧阳云梅这边还在问：“手脚有没有冻伤啊？快脱下鞋子阿拉看看好吧啦？”

哨兵没好意思脱鞋，紧板着的面孔倒是松弛下来。

“到底堆的什么东西？俺就是问问，你告诉俺俺就走。”李桂兰仍然不依不饶。

有着黑痣的年轻哨兵四下里看看，放缓了声音回答道：“上面不让说。”

“你这个小同志蛮小气的，”郑小莉用十分尖细的声音说道，“我们就是问问嘛，又不偷不抢你们的，干吗这么小气？不会是美国佬吧？”

“美国佬？”哨兵睁大了眼睛，“亏你们想得出来！”

“那是什么呀？”蓝晓萍声音很柔地问道。

年轻的哨兵又四下里看看，轻轻地对她们说道：

“大米。”

哨兵说话的声音很小，欧阳云梅她们的眼睛睁得很大。

这是大米，雪白的大米，比金子还要珍贵的大米。如果哨兵告诉她们帆布下面堆着的是一麻袋一麻袋的金子，她们也不会如此吃惊，眼睛也不会睁得如此之大。在眼下这个饥寒交迫的节骨眼上，还有什么东西比粮食更为珍贵呢？况且它不是一般的粮食，是她们南方人最爱吃的大米。

长着黑痣的哨兵自我介绍，说他们是师警卫连的，他是班长，而这些大米本来是要运往前线，车子走到这里却给美国佬飞机炸了，所以兵团在这里临时开设了兵站，将大米弹药等物资堆在这里，他们只是负责看守。欧阳云梅说能不能给她们一些，一小把也可以的，因为她们好几天没有吃过一顿像样的饭了。

黑痣班长一下子严肃起来，说这个不行，连长传达了师长的命令，哪个要是丢掉了一包大米，要他们脑袋。

欧阳云梅说看你吓得那个样，开玩笑呢，不用紧张的。她坚持要给哨兵们检查一下手脚，说这个是她们的责任，希望能够得到班长的配合。这个长着黑痣的班长没有办法，叫来了他的兵，有七八个人。看了看，捏了捏，均有不同程度的冻伤，但是还好，都比较轻。欧阳云梅说她们今天没有带着冻伤膏，哪天拿过来给他们涂上，再注意保暖，问题不大。有着黑痣的班长很感动，想不到师医院的作风这么好。

回去的路上欧阳云梅手舞足蹈，天无绝人之路，她们竟然有大米吃了。李桂兰很纳闷，哪儿来的大米？欧阳云梅也不说话，只管对着她们喜笑颜开。

李桂兰一路走一路都在想着她沂蒙山老家的煎饼卷大葱，心里想要知道在朝鲜会挨饿，从山东开拔的时候就应该拉上一火车的煎饼大葱，又撑放，又撑饿，什么时候也坏不了。郑小莉说别提你那个煎饼大葱，多大的味啊？咬一口嘴巴臭上好几天，而且就她那个樱桃小口，她也撕不动那个布片一样的煎饼，就是饿死，也不会吃那个煎饼卷大葱。李桂兰一听生了气，你樱桃小口？还柳叶眉呢！你现在还是不饿，饿得你爬不动的时候，狗屎都是香的。欧阳云梅只在一旁嘿嘿地笑。

蓝晓萍一路上没有说话，心想这个郑小莉真是站着说话不腰疼，好像她是多么大的地方来的，不就是无锡城外一条小小街镇上的人吗？嫌山东人的煎饼大葱不好，煎饼大葱怎么了？听说打孟良崮战役的时候，他们这个纵队都吃的煎饼大葱，还不是一样歼灭了七十四师张灵甫？现在要是有一捆子煎饼大葱，还用得着到处筹粮嘛！但是欧阳云梅没对郑小莉发火，这让她感到奇怪。她看着笑模笑样的欧阳云梅，知道她一定是有了什么鬼主意。

陆元寿听了欧阳云梅的打算后吓了一跳，这可是违反纪律的事情，弄不好脑袋都保不住。欧阳云梅不屑一顾，什么脑袋保不住，多大的事啊？不就一点大米嘛！陆元寿说不行，坚决不行，你这是目无组织、目无纪律，你这是个人主义、自由主义，他坚决不能同意。欧阳云梅红颜一怒，你不同意又怎么样？眼看着喝西北风了，一个个无精打采，战斗打响了谁去抢救伤员？活人不能被尿憋死，你哼哼唧唧的样子哪里像个男人？欧阳云梅说这个事情不用你管了，脑袋掉了碗大的疤瘌，是杀是剐我顶着。

陆元寿被戗得直翻白眼，一句话也说不出来。

在治疗队，欧阳云梅的主意也引起了争论。李桂兰表示坚决支持，既然煎饼卷大葱成为了一种奢望，弄点大米也不是不行，虽然她吃不惯这个大米，但是有东西吃总比没东西吃强，而且她们是为了师医院，也不是一个人独吞。蓝晓萍有些犹豫，这样行吗？会不会出什么事呀？欧阳云梅一拍胸脯，有事我顶着，与你们无关。郑小莉开始说什么也不去，她还没有嫁人，她可不想背着黑锅受处分，到那时嫁人都嫁不了。欧阳云梅神色冷峻地给她指出了两点：你不去可以，第一不能打小报告坏事，第二我们搞回的大米你不能吃，否则她就要不客气。郑小莉走到屋外，一个人想了半天，最终还是决定跟上她们。她在师医院的人缘本来就不好，如果因为这个再得罪姐妹们，那她的日子会很难过。再说要是真的搞回了大米，只能眼巴巴地看着而吃不到，那比死了都难受。

准备了冻伤膏和纱布，找出了绳子扁担，又叫上两个力气大听话的男兵，她们就趁着夜色上路了。

8

从山岗上往下看去，山脚下的树林子影影绰绰一片黑暗，叫蓝晓萍和郑小莉的心里直打鼓。欧阳云梅满不在乎，让她们按照战斗计划开始行动，自己在前面带头大步朝下走，并且故意把声音弄得很大。

蓝晓萍和郑小莉紧随其后。蓝晓萍拉了拉欧阳云梅的衣服，颤着声音说：“你轻点欧阳姐，叫他们听见。”

欧阳云梅则大声说：“听见了怕什么？我们来巡诊的，又不是偷大米的。”

蓝晓萍吓得够呛，不偷大米，还用得着这样鬼鬼祟祟的？

“我们不晓得口令的，他们问起来怎么办？”郑小莉一样紧张。

欧阳云梅说：“问就问，有什么好担心的？看我的好啦。”

两个男兵跟在身后，手里拎着绳子扁担，李桂兰走在最后面，肩膀上扛着三八式步枪。入朝以后，师医院也发了武器，虽然只是一些步枪手榴弹，达不到人手一份，但也算是有了武装了。步枪是清一色的三八大盖，不太好使，依着蓝晓萍和郑小莉她们的力气，枪栓都难以拉开。深更半夜扛在肩膀上，倒不指望它发挥什么作用，自己给自己壮个胆子而已。

“哪个？口令！”远远地就传来了哨兵的喝问声。

欧阳云梅马上大声回答：“是我们，师医院的。”

“站住！”对方一拉枪栓，仍然追问道，“口令！”

欧阳云梅站住了。她知道哨兵在没有确定她们的身份前，要你站住你就得站住，不然黑灯瞎火的，他会真的开枪。

郑小莉怕得要死，两手紧紧抓着欧阳云梅的棉袄袖子，好像哭了似的说：“他们要射击了！”

“射你个头！”欧阳云梅使劲甩了两下胳膊，但是由于郑小莉抓得很紧，没甩掉，只好低声呵斥道，“你给我住嘴，不然一脚把你踢下去！”

郑小莉不敢言语了，抓着欧阳云梅的手却没有放松。

对面哨兵仍在警告：“哪个部分的？不然开枪了！”

未待欧阳云梅再开口，李桂兰大声说道：“你这个同志，怎么这样不好说话呢？俺们就师医院的嘛，上午还刚刚来过。”

对方沉默了一下，显然是在回忆着白天的事情。欧阳云梅赶快补充着说：“给你们送冻伤膏的。”

“你们几个啊，”哨兵的声音明显缓和下来，“不过你们没有口令，拍着手，一个一个过来。”

什么事呀？一个一个过去，还拍手，欧阳云梅心里很不痛快。不过哨兵的话就是命令，只能按着哨兵的话去做。她叫两个男兵留下，等她到时候发出信号，自己则带头朝着黑压压的树林子走去，一边手掌拍得啪啪直响。欧阳云梅一边拍手一边走一边说：

“你这个班长蛮不够意思的，好心好意来送冻伤膏，反而把我们当成敌人。我们是美国佬吗？有我们这样的美国佬吗？”

欧阳云梅已经听出来，问话的哨兵就是白天那个下巴上长着黑痣的班长。

“没办法，”班长显然也感到了难为情，“谁让你们黑更半夜地过来？”

蓝晓萍和郑小莉也都不紧不慢地拍着巴掌，响声自然没有欧阳云梅那么大。李桂兰的手里提着枪，有一会儿不知道这个巴掌怎么拍。但是她很快有了办法，她把枪夹在胳肢窝里，虽然很费事，却把两手腾了出来，巴掌也拍得十分响亮。

到了树林子边上，却不见哨兵的身影，几个人茫然不知所措。欧阳云梅说："你在哪里呀班长？出来呀？"

大树后面走出一个人来，端着枪，即使是在黑暗的夜晚，由于雪光的映照，枪刺依然闪着寒光。

欧阳云梅对着这个刚刚从暗地里出来的黑影说："看见了吧？就我们几个，白天来巡诊过的。"

哨兵努力地看了看她们，然后说："真是你们。没有口令，别见怪啊。"他收起长枪，声音里带着明显的歉意。

欧阳云梅说："好心好意给你们送冻伤膏，反而被你们当成敌人，哪有这样对待自己同志的？"

黑暗中的哨兵没有说话，在蓝晓萍的想象中，他此刻的脸庞上一定布满了愧疚之情。

李桂兰说："别瞎耽误时间了，赶快看病，看完了俺们还要回去。"

欧阳云梅马上说道："对，把你的人都叫过来，抓紧时间。"

哨兵班长以十分不好意思的声音说："这么冷的天还让你们跑一趟。这样吧，你把药留下，我们自己抹抹就行了，赶快回去，太冷了。"

"不行！"欧阳云梅十分坚决，"我必须亲自给你们包扎，不然你们这个脚就坏了，晓得吧？"

班长摸了摸下巴，显然还在犹豫。郑小莉知道他一定在摸那颗黑痣，那颗黑痣很显眼，可惜现在是夜里，看不到。

"赶紧的啊？"李桂兰在一旁直催，"俺们还要去别的地方巡诊呢！"

看起来再无别的办法，这个带班的班长只好向黑暗中的树林子喊了几嗓子。在这个天寒地冻的深夜，师医院的医生同志们前来送医送药，给他们看病，还要亲自为他们抹药包扎。她们与他们素昧平生，却有亲人一样的关怀，只有家中的老娘、姐姐才有如此这般的体贴。班长的心里一时间充满了感激与温暖之情。

从黑暗中的不同方向上又陆续走过来三个哨兵。欧阳云梅数了数，对带哨的班长说：

“都叫来呀？我们没有时间再来一次的。”

班长说：“都来了。”

“不对，”欧阳云梅明显不相信，“我看到有七八个人的。”

班长说：“白天人多，夜里冷，轮岗，就四个人。”

“就四个人呀？”郑小莉也表示了怀疑。

“一个不少，全部到齐。”带班的班长非常肯定。

“那好吧，都围过来。”欧阳云梅以不容置疑的口气说道，“坐在地上，都把鞋子脱掉。”

蓝晓萍在旁边听了捂着嘴偷笑。她已经不紧张了，刚才还是人家要她们拍着巴掌一个一个排着队走，现在反而命令他们一个一个脱了鞋子坐在地上。这个反差在蓝晓萍看起来蛮大。她长舒了一口气，用敬佩的目光看着欧阳云梅。欧阳云梅的面孔隐没在暗夜之中，不能够分辨出来，但是她知道这张面孔在此刻一定是神采焕发。

几个哨兵乖乖地坐在地上，都脱了鞋子，枪抱在怀里。郑小莉打开了手电筒，为了闭光，蓝晓萍用随身携带的棉布片子遮挡着。欧阳云梅不紧不慢，挨个检查了哨兵的脚，捏了又捏，看了又看，检查得很认真、很仔细。然后她站起身来拍了拍手，叫李桂兰给他们上药。李桂兰拿出来一个罐子，拧开罐子盖，挨个给哨兵抹药膏。师医院的条件很差，由于没有治疗冻伤的思想准备，加之仓促出国，药品奇缺，更别说什么冻伤膏了。这些所谓的冻伤膏是她们了解了当地的朝鲜老乡后，用牛油和蜜糖自制而成，效果竟然还不错。她们还发明了一些其他的土办法治疗冻伤，什么辣椒水湿敷，松针煎水泡洗等等，对治疗不同程度的冻伤均有一定的疗效。李桂兰抹着这个自制的冻伤膏，同样抹得很认真、很仔细，当然也抹得很慢。

欧阳云梅说：“你们先搞着，我到那边小便。晚上喝了一肚子开水，憋得难受。”走了几步又回头叮嘱：“女同志小便，不许过来啊！”

哨兵们都光脚坐在地上，就是想走也不便走掉。况且明摆着的，人家说了去小便，哪有看女同志小便的呢？所以都老老实实坐着没动。欧阳云梅一个人往黑暗中走去，边走边哼唱起了一个歌子，倒是十分好听。欧阳云梅唱道：

好一朵茉莉花，
好一朵茉莉花，
满园花草，香也香不过它；
我有心采一朵戴，
看花的人儿要将我骂……

歌声婉转轻柔，像是一条冒着热气的溪流划过了寒冷的冬夜。哨兵们都被吸引住了，扭着头往欧阳云梅走去的方向看。欧阳云梅的歌声仍然响着：

好一朵茉莉花，
好一朵茉莉花，
茉莉花开，雪也白不过它；
我有心采一朵戴，
又怕旁人笑话。

李桂兰和蓝晓萍、郑小莉也听得呆了，她们从未听到过欧阳云梅唱歌，而且也从来不知道大嗓门的欧阳云梅能唱出这么柔软好听的调调来。她们也侧脸听着，有一会忘记了涂抹冻伤膏的动作。欧阳云梅的歌声时断时续，但是依然穿越了静谧的冬夜，娓娓而来：

好一朵茉莉花，
好一朵茉莉花，

满园花开，比也比不过它；
我有心采一朵戴，
又怕来年不发芽……

留在山岗上的男兵听到了欧阳云梅的信号，很快以半匍匐跃进的战斗姿态冲到了另一头堆放着麻袋包的林子里。一袋一袋的大米和一箱一箱的弹药码放在帆布下面，犹如一座小小的山峰。欧阳云梅早有交代，弹药箱子不要，要的是粒粒硬实的麻袋包。这些麻袋包很沉，每袋足有两百斤重，即便是两个身强力壮的男兵搬起来也是非常吃力。好在他们并没有耽误太多的时间，套上绳子插进扁担，照原样恢复如初后，就抬着这包两百斤重的大米往山坡上爬去，一路上步履蹒跚，摇摇晃晃。

欧阳云梅又一路哼着小曲回来了，李桂兰的冻伤膏还没有抹完。郑小莉故意问道：

“小便又不是大便，怎么那么长时间？”

欧阳云梅说：“女人事多你不晓得吗？阿拉屁股冻得生疼，谁想蹲那么久啊？”

几个哨兵听了也不说话，连头都没好意思抬。

抹完了冻伤膏包上了纱布，李桂兰才让哨兵们把鞋子穿上，并交代了应该注意的事项。哨兵们很感动，说了不少的肺腑之言。带哨的班长对欧阳云梅说：

“你刚才唱的歌子我知道，叫《茉莉花》，真好听，我听到过的，我们江南人人都会唱的。”

“那我们是同乡啊？”郑小莉的话语里充满了惊喜。

“大家都是同乡。”欧阳云梅说，“时候不早，我们要回去了，再会啊。”

“再会。”

两边的人互相摆着手，分别隐没在黑暗之中。哨兵们立在原地，听着欧阳云梅她们的脚步声由近而远，后来消失在雪地的尽头。其中一个哨兵说："好人啊，该给她们一些大米的，哪天美国佬飞机过来，炸了也是白炸。"

长着黑痣的带哨班长是个老兵。他对班里的几个战士说："她们回去都有热米汤喝。"

第十章

1

山东人李桂兰不会唱《茉莉花》，而且她也从来没有听到过如此婉转柔软的曲调。在朝鲜半岛那个风雪交加的夜晚，欧阳云梅把一首《茉莉花》的曲子唱得如此婉转动听，让李桂兰在多年以后的回忆中都充满了温暖。那是李桂兰第一次听《茉莉花》，当她后来再一次听到这首异常熟悉的曲子时，沧桑的岁月已过去了整整半个世纪。在她的沂蒙山老家，也有一支歌谣耳熟能详，人人会唱，那是她们的《沂蒙山小调》。老年的李桂兰坐在宁静的院子中，一边纳着鞋底一边就会哼唱起她的《沂蒙山小调》。在已经皱纹满面的李桂兰看来，《茉莉花》与《沂蒙山小调》并没有什么本质区别，只不过是一个婉转柔软，一个高亢明亮而已。李桂兰在安享晚年的生活中，最喜欢的事情就是坐在宁静的院子中一边纳着鞋底儿一边哼唱这首小曲，而当战争岁月的风云忽然涌过她的内心时，她就会立即曲调一变，转到《茉莉花》的旋律中来。每当此时，她的在朝鲜战场冻掉一条右腿的丈夫就会架着一副双拐站到她的身旁，憨憨地笑着，说她这个调调不南不北，不东不西。而李桂兰却仍然沉浸在自己的曲调中。

李桂兰跟随着欧阳云梅走了整整一天，身前身后都是背负着粮食的机关和后勤单位的人员。长津湖战役即将打响，然而前方部队却全面断粮，情急之下，军长张仁清命令军师机关与后勤单位全体人员统一组织往前线送粮食。各个部队虽然都开展了就地筹粮活动，但是由于山区的自然条件恶劣，人烟稀少，一下子上来十余万人马的部队，使得就地筹粮也变得十分困难，普遍只筹上来一些土豆，难解燃眉之急。通往长津湖战区的方向上道路崎岖，敌机封锁严重，为后勤供应和保障带来了数不尽的困难。张仁清军长为此下了死命令，军师机关与后勤单位除了值班留守人员以外，全部给部队送粮食，能送多少算多少，能送多远算多远，越往前越好。师医院两个治疗队全体出动，不分男女老少，每人三十斤黄豆、高粱米。欧阳云梅和李桂兰不仅背了三十斤重的粮食，还带了一些自制的冻伤膏。去一次前线不容易，正好看一看部队的冻伤。李桂兰还带上了三八大盖，以备不时之需。

三十斤的分量在平时并不是多大的负担，可是在冰封雪冻的山区，爬山上坡，道路湿滑，加之送粮者自身也处于饥饿状态，三十斤的粮食就变成了六十斤的铁块，沉重无比地压在每个人的肩上。

陆元寿的这个治疗队由陆元寿和欧阳云梅在前面打头，李桂兰、蓝晓萍、郑小莉她们紧随其后，文工队导演凌子林以及其他的人跟在队伍的最后面。凌子林没干过这样的活计，一听说往前线送粮食就面露难色，讲了一大堆推托的理由，说他导几个电影话剧问题不大，肩背粮食袋子却不在行。治疗队队长陆元寿开始想，算了，上海来的导演哪里受过这个罪？让他在家里留守也许更好。欧阳云梅却不同意。她说凌子林再怎么不行也是个男的吧？总比弱不禁风的蓝晓萍、郑小莉要强吧？难道凌子林还不如两个弱不禁风的女人？

“人家不是个导演吗？”陆元寿决意放凌子林一马。

“都什么时候了还导？导个屁呀导！”欧阳云梅声色俱厉地告诉凌子林，“你不是坚决要求入党吗？现在就是考验你的时候，你这个导演不能凭空瞎导，要到战场上去导，到前线上去导，前面正好可以收集战斗材料。”

凌子林只好垂头丧气跟在了队伍后面。

时近晌午，迎面一座高山挡住了去路。远远地看过去，山上森林覆盖，白雪皑皑，面对着阳光的山坡上反射着耀眼的银光。而在阳光不能到达的背阴之地则是悬崖峭壁，寒气袭人，令人望而却步。

郑小莉实在走不动了，一屁股跌坐在雪地上，有气无力地对欧阳云梅说：“我不行了，快死了，说什么也不走了。”

欧阳云梅同样很累，呼哧呼哧地回答道：“不是还没死吗？没死，就走。”

郑小莉干脆躺在雪地上，头枕着粮食袋子，软绵绵地摆了摆手，意思是我就这样了，随你去吧。

蓝晓萍也栽倒在地，粮食袋子摔在一边，话都懒得说。李桂兰过来将她拉起，又把粮袋扶好，把三八大盖靠在粮袋上，然后对另一边的郑小莉说：

“你不能睡下，睡下就起不来了。”

郑小莉也不搭理她，只顾自己躺着。李桂兰硬是过去把她拽起来，让她靠着粮袋坐好，对她说：

“大冷的天，出一身热汗，睡着了你会冻死的！”

郑小莉眼睛翻翻，点了点头，表示她听懂了李桂兰的话语。

陆元寿走了一段距离，回头一看后面的人倒的倒坐的坐，就又折回来，走到欧阳云梅身旁说：“怎么不走了？路还远着吧？”

欧阳云梅坐在地上，头也不抬地说：“都走不动了，休息一下，吃点东西，再走。”

“那好吧。”陆元寿放下肩上的粮袋，“休息，吃点东西再走。”

大家都筋疲力尽地围着一棵大松树坐了下来。说是往前面送粮，但是这个“前面”在哪里，一无所知。军师的要求是尽量往前送，越往前越好，能送多远算多远。关键是这个“能送多远算多远”，每个人有着截然不同的理解。一路上都是开往长津湖战区的部队，都缺粮，送给谁都合乎情理。有的走了一段就放下粮食回去了，有的走到了中间，有的走了一多半，但是真正送到最前面的却是凤毛麟角。因为越往前走路途越远，越往前走道路越崎岖。陆元寿三番五次提出来差不多了，可以了，打道回府吧。欧阳云梅却不同意："出来一趟不容易，往前走，再往前走走。"陆元寿说："究竟走到哪里是个头呢？总得有个目标吧！"欧阳云梅却不回答。她心里当然有目标，但是眼下还不能说，她怕一说把治疗队的这帮人吓回去了，岂不是前功尽弃？所以只能用"出来一趟不容易，往前走，再往前走走"这句话鼓励大家。

其实她心中的目标是吴铁锤的前卫营。

蓝晓萍对此心知肚明，虽然她没有问过欧阳云梅，但她能确定。

2

累坏了也饿坏了。其实也没有什么东西吃，咸菜疙瘩，冰凉的土豆，菜团子，一两块嚼不动的馒头干，大家坐在松树底下，吃得津津有味。袋子里的黄豆、高粱米自然不能动，欧阳云梅有话在先，谁要是撒了漏了偷吃了身上的粮食，别怪她到时候六亲不认。大家听了以后都面面相觑默不作声。治疗队队长本是陆元寿，然而现在却好像是欧阳云梅在当家做主。这个角色是什么时候开始转变的呢？谁也说不清楚。

欧阳云梅带着她的三位女同胞两个男兵利用巡诊巡来的一麻袋大米发挥了至关重要的作用。如同那位熟悉《茉莉花》的带哨班长所预言的那样，她们捧出来几把珍贵的大米，连夜熬制了米汤，治疗队的每个人，男的、女的、老的、少的，包括陆元寿和凌子林，人人一碗热米汤。米汤就是米汤，尽管碗里难觅几粒米，但是大家都觉得是全世界最美味的佳肴。郑小莉意犹未尽地表示，要是能蒸上一锅大米干饭就更好了。欧阳云梅神色威严地立即表态：

"这个珍贵的大米谁也不准乱动，只能用在最关键最困难的地方，而且只能熬制米汤，绝不可以蒸什么大米干饭。"接着又进一步提高了嗓门，“要是哪个胆敢铤而走险偷大米蒸什么大米干饭，”她从裤兜里摸出一把手枪比画了一下子，“说不定我一枪毙了他。”

大米交由李桂兰统一保管，李桂兰就像是珍藏家里价值连城的宝贝一样珍藏着每一粒大米。长津湖战役打响以后，身负重伤的孙友壮和李大个被送到治疗队，奄奄一息之时，在零下三十多摄氏度的严寒天气下，靠的就是这些大米熬成的米汤才活了下来。

然而总归是偷了兵站的东西，几个人的心里也惴惴不安。李桂兰担心人家班长受处分，说不定枪毙都有可能。黄天柱师长治军严格，从来说一不二。欧阳云梅说不会吧？说不定哪天美国佬来炸，还不如我们搞回来挡挡饥荒。

不幸被她言中。那个夜晚刚刚过去不久，美国人的“油挑子”就轰炸了这处物资集散点，弹药箱子麻袋包被炸得七零八落满天乱飞。长着黑痣的班长及其战士们倒是没事，而欧阳云梅他们到过现场的痕迹却被炸得杳无踪影。

大家草草地补充了一点食物之后，凌子林一摇三晃地赶了上来。看上去也确实是累坏了，佝偻着脊背，大衣拖在地面上。陆元寿上前搀着他走了几步，让他坐在大树下。凌子林一句话不说，一口接一口地捯气。捯得差不多了，他从大衣口袋里摸出来一个长条形的锡纸，撕开，然后很仔细地一点一点吃了起来。

李桂兰没见过这个东西，觉得好奇，就问他：“凌导演，你吃的这个是啥？”

凌子林脑袋耷拉着说：“巧克力。”

“桥什么里？”李桂兰从来没有听说过，“那是个啥？”

凌子林看了她一眼，说道：“巧克力就是巧克力，一种食品。”

李桂兰仍然不明白。欧阳云梅对她说：“凌导演吃药呢，吃了这个药，他就有力气扛粮食了。”

蓝晓萍无力地笑了笑。她和欧阳云梅都是大上海出来的，当然见识过巧克力，就是在上海的时候，它也是一种不多见的奢侈品。没想到在这个冰天雪地的长津湖畔，凌子林的身上竟然还藏着巧克力。

李桂兰却不相信这个药会有那么神奇，人还是要吃粮食的，哪怕是吃糠咽菜，那也是粮食，光吃药怎么能行？于是她掏出省下的两个土豆，对凌子林说：

“凌导演，这有两个土豆，你吃了吧，吃了就有力气走路了。”

凌子林又看了她一眼，目光中流露出一丝感激。这个实实在在的李桂兰看起来有点傻乎乎的，实际上人倒不错。凌子林心里面想着，手上却没客气，一口一个，狼吞虎咽，两个土豆消失得无影无踪。

郑小莉在旁边直勾勾看着，偷偷埋怨了李桂兰好一阵子，心想这个“孩他娘”还真是实在，一点心眼没有。她对李桂兰说：

“你也太傻了，干吗给他？你自己饿了怎么办呀？”

李桂兰叹了一口气，说道：“唉，都不容易呢。”

短暂的休息之后，治疗队继续往“前面”走，但是除了李桂兰和蓝晓萍，其他人都不愿意再跟着欧阳云梅往前走了，陆元寿也再次提出了异议。欧阳云梅说前面就要到了，翻过这个山，下面就是部队。可是所有人都静静地站着，再也不愿意挪动一步了。欧阳云梅板了脸：“你们不走是吧？你们不走我们走！”说完扛起粮袋往前走去。李桂兰和蓝晓萍也跟着背起了袋子，李桂兰还没忘了她的三八大盖枪。

陆元寿站起来，看看前面又看看后面，有点茫然不知所措。凌子林坐在原地未动，郑小莉倒是欠了欠身子，却没有坐起来。

欧阳云梅走了几步，回过头来大声说：“侬晓得吧？山里有狼、狮子、老虎、特务、美国佬、油挑子，吃你们杀你们炸你们，活该！等死吧你们！”

说完以后就与李桂兰和蓝晓萍吃力地向着山坡走去，再也没有回头。陆元寿又在原地站了一会儿，后来还是无可奈何地往前走去。其他人一看队长都走了，也不得不拖着沉重的脚步跟着往前走。早上出发时，大家都觉得带着武器是累赘，所以都是轻装上阵，只有欧阳云梅和李桂兰两人带着枪。带枪的走了，如果不跟上的话，周围是一望无际的崇山峻岭，危险重重，要是真出现了野兽跟美国大兵……所有停滞不前的人一想到这，就不寒而栗。一番得失权衡之后，大家还是鼓足勇气决定继续向“前面”走。

上山的道路都结了冰，走起来相当费劲，遇着坡度稍微大一些的地方，更是走两步滑一步。空着手走都非易事，何况身上还背负着沉重的粮袋。欧阳云梅心想这要是连人带粮一块滚下山去，后果会不堪设想。她和李桂兰想了个办法，把粮袋放在山下，她们两个与几个男同志先爬上去，然后用绳子把大家一个一个拽上去，再把粮袋一个一个往上拉。时间是耽搁了一些，但是治疗队全体及其携带的粮食都安全到达了山顶。

举目四望，仍然是看不到头的崇山峻岭，远远近近白雪茫茫，林木铺展。在更远一些的地方，群山环绕之间，有一处坦荡的平展展的冰原，冰面在西斜阳光的照射之下闪射着耀眼的寒光，能够分辨出那是一处湖泊。他们知道，那就是长津湖。

山上的风很大，上山时出了一身汗，现在停下来，冷风一吹，都冻得牙齿打战。大家的情绪都很低落。

欧阳云梅说这个地方不能停，停下来会冻坏的。陆元寿说：“你不是讲上了这个山下面就是部队吗？哪里有什么部队的影子！部队在哪里？人在哪里？”欧阳云梅指了指远处的一大片树林子，告诉他们部队就在那里，在树林子里隐蔽着呢，说完又往山下走。陆元寿努力地将欧阳云梅所指的树林子反反复复看了几遍，自然什么也没有看出来。

上山容易下山难。结冰的下坡面非常湿滑，大家刚刚迈动脚步就滑倒了，真是寸步难行。欧阳云梅摔了个屁股蹲儿，陆元寿跌了个四脚朝天，蓝晓萍和郑小莉滚了又滚，粮袋丢得老远，黄豆高粱米撒了一地。李桂兰还好，抱着口袋坐了一会儿“土飞机”，滑出了百十米远，啥事没有。欧阳云梅觉得李桂兰的做法好，不仅快捷，而且安全稳妥，还能保护粮食，号召大家都坐“土飞机”滑下山去。欧阳云梅押后，帮着大家一个一个滑下山去，并大声不停地喊着：

“抱紧口袋，抱紧！千万不能丢掉粮食！”

几十个人都顺利地滑了下去，山上只剩下了凌子林。

欧阳云梅说："凌导演你滑不滑？我可要坐'土飞机'走了啊。"

凌子林一脸为难："滑是可以滑，不过我这个裤子大衣……"

欧阳云梅很不耐烦地打断他："什么时候了还裤子大衣？山上光秃秃的，美国佬飞机过来，一顿机关炮打得你浑身窟窿朝天，你命重要还是裤子大衣重要？"

凌子林看了看天空，天气很好，说不定美国人的飞机真会过来的，所以咬了咬牙，抱着粮食袋子滑了下去。

山坡的中间地带比较平坦，一行人滑到这里都停了下来。粮食颗粒没掉，可是每个人的衣服裤子却都磨出了洞。有的胳膊肘子破了，有的裤脚撕开了，有的屁股上露着棉花。凌子林的大衣并没有磨坏，帽子却丢在了远远的雪地上。他茫然若失地坐在地上，光着头，却并没有捡回棉帽子的念头。

李桂兰看见他光着头，关切地说："凌导演，你得戴上帽子，要不会冻着的。"

凌子林懒得动弹，心想冻就冻吧，实在没有力气再挪动一步。

李桂兰摇了摇头，一个人朝远处帽子掉落的雪地上走去。

李桂兰一起身，蓝晓萍在后面对她喊道："李护士，你的屁股，屁股！"

"你说啥？"李桂兰没听清她话里的意思。

"唉，屁股嘛！"蓝晓萍只好拍了拍自己的臀部，以为示范。

李桂兰用手摸了摸。她屁股上的棉裤扯了个大洞，一团棉花耷拉着，仿佛一根白色的尾巴，在蓝晓萍看来显然是有失雅观。李桂兰并不在意，把棉花塞回裤洞里，微笑着对蓝晓萍说：

"不碍事呢，俺回去拿针缝缝就行。"

一群人或躺或坐地停留在开阔的雪地上，讨论起刚才坐"土飞机"的经历，心有余悸，同时也感觉到一丝快意，这使他们中间的一些人想起了小时候滑山滑水滑滑梯的日子。只有凌子林愁容满面，心里嘟囔着，什么"土飞机"，裤子破了，帽子也掉了，命不知道保不保得住，还"土飞机"，穷乐呵呢！

3

大家边说边笑的时候，靠近树林子的地方一个向着他们蠕动着的黑点引起了所有人的注意。郑小莉眼睛尖，最先叫道：

“你们快看，那是什么？”

大家都齐刷刷地向着郑小莉手指的方向看去。随着距离的拉近，黑点的轮廓越来越清晰，应该是一只动物，黑黑的身影，在白色的雪原上十分显眼。究竟是什么动物，没有人能确定。

“狼吧？”郑小莉不无担心地说。

欧阳云梅掏出她的小手枪，拉了拉枪栓，用手遮在眉前远眺了一会儿，回过头来说：“什么狼，狗！”

蓝晓萍也有些担心。她对欧阳云梅说，狼狗狼狗，狼和狗本来就是一家，长相上也差不了许多，你怎么知道这个是狗不是狼？

欧阳云梅说：“我当然知道了，就是狗嘛。”

“是狗，黑狗。”陆元寿也肯定地说，“狼的耳朵是直立的，你看这个狗，耳朵往下耷拉着，无精打采，狗！”

蓝晓萍和郑小莉将信将疑，并没有完全放下心来。她们站在欧阳云梅身后，颇有些紧张地注视着越来越近的动物。

不知道是狼是狗的动物走到离大家二十步左右的地方停了下来，看了看这群人，冲着他们叫了两声，突然两条前腿直立了一下，又马上一屁股坐到了雪地上。它一叫，大家放下心来，应该是条狗。

奇怪的是，这条黑狗既不跑开也不往前走了，只是懒洋洋地坐在那里看着他们。蓝晓萍猜它肯定是饿坏了，不然不会如此安静。欧阳云梅觉得有道理，从挎包里掏出仅存的菜团子，远远地扔了过去。黑狗马上跑上来，几下就把这个菜团子吃掉了，又坐在地上，继续看着他们。

郑小莉对欧阳云梅说：“你看你也真是的，把饭给了它，你吃什么？”

欧阳云梅挥了挥手里的小手枪，满不在乎地说：“先给它点甜头尝尝，说不定我一枪毙了它，吃肉，喝汤！”

狗的出现让每个人放松了下来，大家像找到了乐子，有的唤它，有的吵它，有的团了个雪球扔过去，黑狗却依然安静地蹲在那里，偶尔亲热地叫上一两声，显然把他们当成了自家人。

又是土飞机又是黑狗，一时间忘记了饥饿疲劳，也忘记了可能面临的危险，几十个人处在开阔之地，没有任何的遮蔽和防范，边说边笑，而对突然出现在头顶上的敌机却是浑然不知。

这是一架灰褐色的喷气式“油挑子”战斗侦察机，它飞得很低，几乎是无声无息，毫无动静，谁也不知道它是什么时候、从什么地方而来，当突然听到巨大的轰鸣，感觉到危险可能降临的时候，战斗侦察机“油挑子”已经临空。他们猛然间抬起头来，正看到它黑黑的影子伴随着发动机的震耳轰鸣声在头顶的天空上呼啸而过。

瞬间而至的巨大危险让每个人都忘记了呼吸。突然欧阳云梅大声尖叫道：“跑，往树林子跑！”

顾不得队形和姿态，也不管什么黑狗黄狗的了，都头也不回地向树林跑去。男兵们力气大，普遍是以冲锋的架势低着头倾着身子跑，因而跑得快，最先接近了林子边缘。陆元寿昂着脑袋跑，脸红脖子粗，脚下却起不来速度。蓝晓萍和郑小莉跑得两手挓挲着，看上去很有节奏，好像跳着一个什么舞蹈。凌子林迈不开步子，尽管使出了浑身的解数，但仍然显得慢慢腾腾，仿佛闲庭信步一般。

“粮食，粮食！”

欧阳云梅在后面喊着。她的肩上扛着一袋，手里还抓着一袋，跑的速度自然不会很快。听到了她的喊声，有的人折回来抓起了粮食袋子，但大多数没有回头，白的黑的灰的黄的粮袋扔了一地。

“李桂兰，李桂兰！”欧阳云梅又大声呼喊着远处的李桂兰，示意她赶快往树林子跑。

已经走出了很远的李桂兰当然发现了刚刚呼啸而过的“油挑子”，她同样奔跑了起来，但她没有朝树林子跑，而是奔向了凌子林的三块瓦帽子。李桂兰加快了脚步，终于在“油挑子”转回来之前，将凌子林的棉帽抓在了手里。

美国人的“油挑子”当然也发现了地面上的目标。它一个筋斗折返回来，向着刚刚坐着人的林间空地俯冲。其他的人差不多都已经跑进树林掩蔽了起来，空地上只剩下了李桂兰一个。在超低空俯冲的美国飞行员看来，一片洁白的雪地背景上此时还剩下两个目标，一个是正在奔跑着的人，一个是那条黑色的狗。刚才巡航而过的时候，他分明看到的是一群人，有几十个，至于他们的身份他没有想得太多。他们也许是中国人，也许是北朝鲜人，反正都是一些残余的部队，不会是他们自己人，因为自己人还没有推进到这个地区。等这一个筋斗折返过来，一群目标变成了两个孤立的目标，美国人知道，那些人一定是藏进了周围的树林。先干掉这两个，然后再对付那些藏在树下面的家伙。“油挑子”打定主意，首先对准了正在奔跑着的人。

李桂兰一手提着三八大盖，一手抓着凌子林的棉帽子，拼命奔跑着。美国佬的飞机正带着巨大的呼啸从后面追上来，她别无选择，只能勇往直前。缺乏常识的李桂兰情急之中犯下了一个致命的错误，此时的她正好在美国飞机正前方的航线上。

尽管欧阳云梅以及蓝晓萍、陆元寿他们在大树底下拼命地喊，李桂兰都听不进去了，只是狂奔不止，她觉得一辈子也没有这样跑过，一辈子的力气似乎都花在了此时此刻的奔跑之中。“油挑子”仍然轰鸣着，距离越来越近，眼看着就要开火扫射了。

李桂兰危在旦夕。

4

危急之中，突然从另一边的树林子里跑出个人来，两手抱着机枪，侧对着李桂兰跑过去，一边跑一边大声喊着：

“同志往这边跑！往这边跑同志！”

李桂兰哪里听得到，她慌了神，心里只有一个念头了，就是朝前跑。抱着机枪的大个子急得直跺脚，干脆连机枪也不要了，几个跨步上去，一把抓住李桂兰狠狠地向旁边一拽，两个人都倒在地上，就势向旁边滚去。几乎就在他们倒地的同时，“油挑子”隆隆的炮声猛然间炸响开来，机关炮弹犹如两条长长的火舌扫在冰冻的雪地上，犁开了一道深深的沟辙，几乎就在李桂兰的脚边上伸向了远方。

李桂兰和这个把她拽倒的大个子身上脸上都落满了炮弹激起的泥土雪块。大个子全然不顾，把李桂兰拽起来又跑，同时以不容置疑的语气吼道：

“跑！跟着俺跑！”

“油挑子”没有击中目标，又一个筋斗俯冲过来，再次瞄准了两个在山坡上跑动的人。大个子一边拽着李桂兰跑，一边留意着山顶上这个美国佬的一举一动，在他行将摁下发射按钮的一刹那，又是往旁边一闪，滚在地上，从而再次脱离开“油挑子”的航线。飞机由于自身的惯性来不及转弯，只能顺着原来的航线往前飞，长长的火舌犹如两条鞭子抽打着大地，弹雨纷飞、火光闪烁之后，雪地上又留下了两道深深的沟辙。李桂兰和大个子仍然毫发无损。此时李桂兰的手里还紧紧抓着凌子林的三块瓦棉帽子，三八式大盖步枪却不知道丢在了何处。

几番折腾以后，李桂兰和拖拽着她的大个子终于连滚带爬进了树林，两个人瘫坐在地上，气喘吁吁。大个子显然不太高兴，稍微平静一点后，头也不抬地说道：

“你这个同志，怎尽瞎跑呢？看把俺打的，多悬乎！一点军事常识都没有。”

李桂兰已经没有力气了，本来不想说话，但是听到这个声音很熟，是她沂蒙山老家的标准乡音，抬头看了他一眼。这一看不打紧，她从刚才巨大的死亡威胁中缓过了神，感觉到了突然而至的从未有过的欢愉。

“俺的个娘！”李桂兰满脸惊讶。

大个子抬起头来，也愣住了："李桂兰？"

"孙友壮！"

"李桂兰呢！你怎跑到这个地场来了？"

"俺给你们送粮食呢！"

"哎呀，你这个粮食不打紧，你这个命差点没了！"

"怎知道飞机会来呢？"

"就该有点军事常识，那个空地，无遮无掩的，美国鬼子还能看不见？"

"刚从山上滑下来，都没在意。"

"多悬乎！俺这个命差点没了，还没打着美国佬，你看看多不划算。"

"……"

"步兵紧，马夫松，稀稀落落就你们后勤兵。俺看这个话一点不假。"

"……"

"冻死饿死不能叫'油挑子'打死，知道不？俺们营长说的。为啥呢？你不划算！真刀真枪面对面干一场，那才够本。"

李桂兰没有反驳，她确实累了，而且刚才确实惊险，还差一点把老乡孙友壮搭上。她多少有点难为情，低着头，两手拿着凌子林的帽子扯来扯去。

两个沂蒙山老乡说着话的时候，美国人的飞机还在头顶上盘旋，没打中目标，美国佬显然不甘心，一圈又一圈地寻找着。此刻的雪地上已经空空如也，只剩下了一个黑色的物体在慢慢走动，那是他刚才超低空而过的时候就发现的黑狗。白色的雪原，黑色的狗，在这个大为不满的美国人看来是如此醒目，如此刺眼。打不着人打个狗也算是没有白来，美国人拿定主意，操纵着"油挑子"再次俯冲下来。黑狗可能是饿得太厉害了，它毫无力气关心周围的一切，因此它依然不紧不慢地在雪地上踱步。

"油挑子"带着巨大的呼啸朝它飞了过去，急得李桂兰在树林子里大喊：

“跑啊？快跑！你这条黑狗！”

另一边的林子里也传来了隐隐约约的喊声，显然是欧阳云梅的大嗓门。黑狗不理不睬，全然不知道即将到来的危险，依旧不紧不慢走它的路。

“拐弯！往旁边拐弯！”李桂兰站起来喊着。

黑狗当然听不懂，它不仅没有拐弯，反而站在原地不走了，昂着头，向李桂兰这边看着。“油挑子”的机关炮弹倾泻而下，地面上土石迸裂，一片雪雾弥漫。硝烟散去，尘埃落定，黑狗已经静静躺在了雪原之上。

美国人意犹未尽，又朝附近的树林子里胡乱丢了两颗炸弹，之后才悻悻而去。

林间的空地以及远远近近的山林又恢复了安静，一阵一阵的冷风掠过树梢。孙友壮站起来，拍了拍身上的雪，说道：

“没事了，走吧。”

李桂兰又看了看孙友壮，这一看又把她惊住了。“俺娘耶！”她说道，“你这穿的是个啥？”

5

孙友壮身上披着的依旧是他用被子改制而成的“大衣”，两条胳膊穿洞而过，腰上扎着绳子。头上戴的是大盖帽，帽墙下连着棉布片子。这一身奇怪的装扮显然把李桂兰吓坏了。在刚才与“油挑子”的一番翻滚打斗中，谁也没有注意对方，现在李桂兰真切地看到了孙友壮。孙友壮自制的大衣并没有因为刚才的翻滚打斗而损坏，日本式的大盖帽子竟然没有掉下来，这不能不说是一个奇迹。

看着李桂兰惊讶的目光，孙友壮满不在乎地回答：“土大衣，给俺被子改的。”

“你这是身什么打扮？”

李桂兰的声音里仍然充满了惊奇。

孙友壮嘿嘿地笑了：“你管它什么打扮，穿着暖和就行，能打美国鬼子就行呗！”

两个人走在空地上，孙友壮捡起了他的捷克式轻机枪，又捡起了李桂兰丢掉的三八大盖，踢了踢血肉模糊的黑狗。

李桂兰用一种十分复杂的眼神看着孙友壮说：“不是你，俺这个命今天没了。”

孙友壮头也不抬地说：“以后可得注意呢，可不敢闹着玩呢！”

周围的林子里陆续出来一些人，有欧阳云梅和陆元寿他们的治疗队，也有孙友壮班里的战士以及机炮连的曹连长。部队都在集结地域隐蔽休整补充粮弹，为即将开始的大战做准备。曹连长领着孙友壮几个人外出筹粮，不巧碰到了师医院治疗队。有惊无险的一幕令他们心有余悸，同时也都十分庆幸。

李桂兰把手里的帽子递给凌子林，对他说道：“凌导演，戴上帽子，可别冻着你的头。”

凌子林把帽子接过来，嘴巴嗫嚅着，好像是要说一点感谢之类的话，但是最终一句话也没有说出来。

欧阳云梅对李桂兰说：“为了这个破帽子，你命也不要了，命值钱还是这个破帽子值钱？”

李桂兰知道欧阳云梅是关心她，温和地笑着说：“我是怕凌导演这个头光着，挨冻，大城市人呢，不经冻。”

欧阳云梅睁着眼睛：“他头光着一会儿半会儿冻不掉的，机关炮打到侬一下子没得了，侬晓得吧？”

李桂兰笑着，不说话了。凌子林站在旁边，脸上青一块红一块的，看上去很不是个滋味。而郑小莉在人群后面直撇嘴，心里想她见到过傻子，但是没有见到过像“孩他娘”李桂兰这么傻的。

一路上背来的粮食都交给了曹连长的筹粮组，在接下来的行动上，欧阳云梅与陆元寿却发生了严重的分歧。按照陆元寿的想法，走到这个地方已经完全可以了，粮食也交给了部队同志，回去正好。而欧阳云梅还要往前走，起码要到达吴铁锤他们的营部。曹连长说营部还远着呢，少说要走上半夜。欧阳云梅说走上一夜也要去。陆元寿生气了，说到底你当队长我当队长？欧阳云梅说你是队长怎么样的？你队长还不叫我去给战士看病了？陆元寿一时语塞，鼓着嘴巴说不出话来。

欧阳云梅她们的身上都带着自制的冻伤膏，本来就有看冻伤的打算。部队现在是处于隐蔽集结地域，战役发起后肯定还要往前走，她们师医院也会随着往前开设，说不定开到这个地方也不好说，那样她们也就不用往回走了。

陆元寿当然没有想到这一点。最后折中的意见是欧阳云梅跟着曹连长继续往前走，陆元寿带着一部分人打道回府。李桂兰和蓝晓萍都坚定地站在了欧阳云梅一边，凌子林自然是跟着陆元寿回去。

郑小莉左右为难。说实话她是一步也不想往前走了，恨不得马上回到后方，回到师医院。师医院的条件虽然一样艰苦，但毕竟是在后面。可要是不跟着欧阳云梅她们，她们会怎么看呢？再说她一个女的跟着一帮男人也不方便。所以郑小莉思来想去，还是走在了欧阳云梅、李桂兰和蓝晓萍的身后。

李桂兰的三八大盖枪交给了陆元寿。孙友壮把已经冰结了的黑狗拎在了手里。

“你拎着这个干啥？怪吓人的。”李桂兰说。

“干啥？”孙友壮把死狗在手里抖了抖，“大补呢，俺们营长说不定多欢喜呢！”

第十一章

1

吴铁锤两手把着望远镜已在雪地上趴了很长时间。

远远地，两片淡淡的尘烟忽前忽后忽左忽右地在山谷中飘浮，一会儿隐没在山坡之后，一会儿又重新出现在山间的道路上。漫山遍野都是连绵起伏的山岭，林木茂盛，白雪皑皑。除了山风掠过的声音以及苍松翠柏微微地摇动，四周一片安详。

吴铁锤他们卧伏在山岗之上，眼前是目力所不能至的巨大冰湖，封冻的湖面在西斜阳光的照射之下光芒四起。随着阳光的变幻交替，湖面上的景致也在不停地变化着，一会儿刺眼，一会儿柔和，一会儿又仿佛波光粼粼，如梦如幻。土石而筑的道路在湖岸西侧起伏不平的山谷之中绕来绕去，经过他们所处的这个山岭，向西北方向延伸而去。

这就是长津湖。

在吴铁锤的望远镜中，飘忽不定的尘烟若明若暗，它们忽前忽后，游来荡去。起初他以为那只是被风卷起的雪雾尘埃，但是很快就否定了自己的判断。游来荡去的尘烟看似飘忽不定，实际上却非常有规律地在运动。

虽然它们一前一后一左一右，但却始终保持着相等的距离，而且一直是顺着山间的道路在飘移。吴铁锤将目光聚焦于尘烟与地面的接触之地，慢慢地，两个黑点出现在镜头之中。吴铁锤终于看清楚了，这是两台行驶中的车辆。

部队都在集结地域隐蔽，距离长津湖畔的预设阵地差不多还有半个夜晚的路程。吴铁锤拿出日本人于大正十四年绘制的地图，和欧阳云逸反反复复看了半天，没看出什么道道来。老王头用骡子驮来的地图，除了美国飞机炸坏的以外，都发到了团营，但是大多已经残缺不全。就是这个残缺不全的地图，连以下单位还没能领到。

吴铁锤把地图一扔，对欧阳云逸说："光看这个图也看不出什么花样，窟窿朝天的，不如来点实惠的痛快。"

欧阳云逸说："你想怎么样？"

吴铁锤说："我带上几个人到前边看看。"

"这可不行，"欧阳云逸很认真，"未经批准擅自行动，这是违反纪律的。"

"哎呀，什么违反纪律！"吴铁锤满脸不在乎，"不就是侦察侦察吗？哪个部队打仗不去看看地形？"

"那是在国内，现在是在朝鲜，长津湖。"欧阳云逸不松口。

"你这个话我听着别扭，"吴铁锤说，"在朝鲜打仗就不用看地形了？亏你老欧还是个老兵。"

欧阳云逸说："出国第一仗，军师团命令很严，统一行动，照顾大局。你知道前面什么情况呢？万一有个什么事，你我担当不起。"

吴铁锤嘴巴撇得难看："老欧你这个人哪都好，就是死心眼，我就看一看嘛，又不干什么！"

"看一看？"欧阳云逸说，"我还不了解你吴铁锤吗？一旦捅出娄子暴露了战役企图，那可不是闹着玩的！"

吴铁锤一屁股坐在雪地上，盘着两腿，以一副你爱干不干的架势说："反正我得到前边去看看，天不亮就走，你看着办。"

欧阳云逸一时语塞。在他看来，在没有上级命令的情况下不得擅自行动，自己是从大局着眼，但吴铁锤毕竟是营长，军事上的事以军事干部为主，他当然明白这个道理。所以吴铁锤牛劲上来非要去不行，他也没有什么办法。欧阳云逸想了想说道：

“要去也可以，必须向团里请示。”

“你请吧。”吴铁锤头也不抬。

团部也是师的前指，此刻由师参谋长范书宝和团政委张之白坐镇指挥。张之白听完欧阳云逸的报告之后也不敢下决定，他向范书宝请示，范书宝也做不了主，最后又跟师长黄天柱报告。这个时候团营之间、师团之间还能电话联系，但是通话质量很差，时断时续，听不太清彼此的声音。

黄天柱倒是觉得吴铁锤的想法可以，打仗嘛，熟悉地形乃兵家常识，不然光在后面看地图，岂不是纸上谈兵？再说日本人几十年前绘制的地图，哪个说得准虚虚实实、真真假假？他自己是不能亲自过去，可能的话他也想去看看。所以黄天柱与向修远碰了下头，同意吴铁锤带几个人上去摸摸情况，但不能惹是生非。

黄天柱在电话里再三叮嘱参谋长范书宝，部队还没有集结完毕，一旦遇到美国陆战1师，只准观察，不准接火，你敲打敲打吴铁锤，这小子说不定会惹什么乱子。

黄天柱心里面明白，两军交战，肯定都会派出自己的侦察队，难免不会碰到对方的侦察队。

范书宝对着话筒喊了半天，终于让吴铁锤明白，他要是不按命令自己胡来的话，师长就会毙了他吴铁锤。

吴铁锤两手背在身后，在雪地上走了几个来回。正好欧阳云梅她们跟随曹连长的筹粮组来到了营部，更增添了高兴的氛围。大家在营部里用她们送来的黄豆高粱米合在一起煮了稀饭，伴着长津湖畔生长的土豆，有说有笑，热闹了好一阵子。师医院治疗队带过来的几十袋粮食，欧阳云逸派战士给团部送了一些，其余都分到了各连。一个连队一二百人，百八十斤粮食，实际上解决不了什么问题，但是毕竟是能吃到点粮食了，又是女同志越过冰雪山路，历尽艰辛送来的粮食，前卫营的战士们都充满了感激之情。

孙友壮带回来的死狗着实叫吴铁锤高兴得不行，如果按照吴一六的意思，他们可以立即把黑狗剥皮下锅，正好招待雪中送炭的四位女同志。吴铁锤说好东西先留着，等他从前边侦察回来再吃不迟。

吴铁锤挑选了侦察人员，让曹连长带上孙友壮的机枪班，他自己领着李大个。陈阿毛自告奋勇，也要跟着去。吴铁锤对陈阿毛说："就是看看地形，用不了那么多人。你留着，看着乔静子还有我的锣。"

陈阿毛没有办法，悻悻地留下了。

多日下来，乔静子已与他们熟悉，毕竟是个几岁的孩子，炸毁的家、身亡的双亲已经开始从她的记忆中淡去。除了偶尔在梦境中，在吴铁锤的土黄色翻毛皮大衣下面，她还会哭上一两声，一觉醒来，她又变得乖巧可爱。吴铁锤愤愤地说，如果美国鬼子不来朝鲜，乔静子的一家还是幸福的一家，乔静子的童年该会是多么美好的童年啊!

欧阳云梅第一次看到朝鲜小姑娘乔静子，黑亮黑亮的眼珠，红苹果一样的脸蛋，完全包住了腿脚的大棉袄，遮住大半个脸庞的棉帽子，让她的疼爱之情油然而生。在朝鲜话里"阿玛尼"是对于母亲的称谓，欧阳云梅决定要做乔静子的"阿玛尼"。

"我，妈妈，阿玛尼。"欧阳云梅手把手地教着乔静子。

乔静子与欧阳云梅并不熟悉，她只是睁大着眼睛望着她，当然也叫不出"阿玛尼"。她忽闪着黑亮黑亮的眼睛，看看欧阳云梅，看看李桂兰，看看蓝晓萍，又看看郑小莉，最后还是摇晃着跑到吴铁锤的跟前，藏在他土黄色的翻毛皮大衣下面。吴铁锤颇为自豪地说：

"怎么样？还是跟她阿爸吉亲吧！"

郑小莉挤眉弄眼："哟，一个是阿爸吉，一个是阿玛尼，你们两个岂不是成了爱人了？"

欧阳云梅大大咧咧地说："爱人就爱人，怎么样了？你呀，想当她阿玛尼还当不成呢！"

郑小莉拿手指刮着脸颊，意思是说欧阳云梅不害臊。欧阳云梅也不在乎，依然一副乐呵呵的模样。蓝晓萍在一旁咬着嘴唇，十分文静地笑了又笑。

“爱人”对于李桂兰而言是个新鲜的字眼，她还弄不清其中的确切含义。她问郑小莉：

“你说的爱人是个啥？”

郑小莉捂着嘴直笑，并不回答她的问话。欧阳云梅却大大方方说：“爱人就是两口子，就是你们沂蒙山老家的对象！”

“哎呀！”李桂兰恍然大悟，“那你们不成一家人了？”

吴铁锤摸着乔静子的头说：“刚给她找个爸，现在又来个妈，我们乔静子又有家了。”

欧阳云逸听了以后直叹气，心里不是个滋味。他看看吴铁锤，又看看他的妹妹欧阳云梅，心里头想这两个人倒是天生的一对。

现在吴铁锤趴在积雪的山岗上，想象着欧阳云梅说话时的语气和表情，心里满怀着快乐的感觉。当然都是些玩笑话，他吴铁锤再憨也不可能不知道这一点。但是吴铁锤转而又想，欧阳云梅大气泼辣，敢做敢当，这倒很对他的脾气，真要把她欧阳云梅娶回家也不是不可以，他铁锤的妈妈说不定会十分高兴。当然了，人家欧阳云梅是上海大地方人，她愿不愿意屈尊下嫁到他的老家苏北吴家集，还另当别论。

2

车轮碾起的雪花尘雾越来越近，吴铁锤终于能够看清顺着山间谷地一路而来的是两辆美式吉普，每辆车上有五六个人，都戴着钢盔，随着车辆的颠簸摇晃和阳光的照射，每顶钢盔都在一明一暗地闪着，好像每个人的头上都点着一盏灯笼一样。

吴铁锤把望远镜还给李大个，叫他装好。日头西斜，他们面对着阳光，若是镜片反光就会暴露目标。其实已经用不着望远镜了，两辆车子一前一后进入了目视范围之内，用肉眼已经能够看得很清楚。车上的人员都是全副武装，前面的车子上架着机关枪，后面车子的尾巴上挺立着一根长长的柔软的棍子，显然是无线电台的鞭状天线。

“美国佬龟儿子吧？”李大个悄悄地说。

“别说话！”吴铁锤瞪了他一眼，“暴露目标我揍你个熊！”

山岗上杂七杂八长着一些灌木，十几个人都趴在灌木丛中的雪地上。为了掩蔽，都把身体尽量朝雪窝里缩，衣服帽子上撒着白雪，与周围的景致融为了一体。掩蔽的效果自然不错，但是却非常寒冷。

大家的心里既兴奋又紧张。兴奋的是风餐露宿十几个昼夜，终于见着美国人了。而有些紧张的原因却在于，这是他们实实在在第一次碰到可能是美国人的战斗部队，美国鬼子。他们没有见过美国人，更没有与美国人交过手。都说美国鬼子纸老虎，但是这个纸老虎长什么样，是纸老虎还是真老虎，是三头还是六臂，谁心里也没底。

吉普车轻盈而有力的马达声已经听得很清楚，连对方说话的声音也隐约可闻，有时竟然是一阵高过一阵的笑声。但是说的什么，却听不清也听不懂。

吴铁锤侧着耳朵努力地辨别了许久，但还是徒劳地趴回到雪地上，忍不住低声地骂着说：

“妈拉巴子，美国佬说笑话呢。”

他要求大家别出声，自己却又坏了规矩。他这个营长带了头，其他的人也都开始小声议论，有的说是美国人，有的说是南朝鲜人。好在距离远，他们的窃窃私语还传不到那边。

孙友壮把着捷克式轻机枪，不屑地说：“管他什么美国人南朝鲜人，反正是敌人，俺一梭子过去叫驴操的上西天！”

“就你能！”吴铁锤又瞪了他一眼。

大伙又静静地听了一会儿。李大个低声问吴铁锤：“营长，你晔个晓得人家说笑话嘛？晔个晓得龟儿子是美国佬吗！”

吴铁锤说：“凭老子的判断，说不定就是陆战1师。”

曹连长接过话来说："我看营长说得对，你看他们乐得那个熊样。"

吴铁锤看了看一字散开的队伍，对大家说："你们注意观察，吉普车，电台，都穿的大衣，大皮靴，自动武器，长相也不是朝鲜人，不是美国佬还会是谁？"

吴铁锤的眼睛很尖，这一切早在他的目光之内。有两个人躺在吉普车的后座上，腿耷拉在车外，大皮靴在他的望远镜前面晃来晃去的，叫他心里痒痒难受。天气非常寒冷，他们都还穿着单鞋，在寒风凛冽的季节，走在没及小腿的雪地之上，脚冻得不行，这个滋味可实在是不好受。

该换换鞋了，吴铁锤在心里面说道。

两辆吉普匀速地行进着，当行驶到他们所处的这个山岗下面时，竟一前一后停了下来。车上的人纷纷下到地面上，围着吉普车往四面看，其中一个端着望远镜，对着前后左右的山岗山谷仔细观察。吴铁锤两只眼睛一睁一闭，以目视的方法估算了一下远近，直线距离大概在一百多米不到两百米的样子。

"龟儿子是不是看到我们了？"

李大个的头脸埋在雪地上，只用一只眼睛斜着吴铁锤。

"别吱声！"吴铁锤低声喝道，"美国佬听到你龟儿子四川话非上来不可。"

以吴铁锤的常识判断，山下的美国人显然没有发现他们的存在。他们都悠闲懒散地站在吉普车四周，有的端着枪，有的扛着枪，有的将枪挎在肩膀上，还有三两个人凑在一起，能够很明显地看出来是在点火吸烟。而那个举着望远镜的人也在漫山遍野搜寻了一番之后放下了手臂，与其他的人在一起指点着什么。

孙友壮把机枪的枪托紧紧抵在肩膀上，两只眼睛也是一睁一闭，一边稳稳地瞄着那个拿望远镜的人，一边还是忍不住说道：

"打吧，营长？"

吴铁锤这次没有瞪眼。他的手里握着二十响驳壳枪，正出神地看着山下的一伙美国人，心里面显然打着什么主意。

李大个也在旁边建议道："我看可以搞他一家伙，换双大皮靴穿穿。"

"你们都是猪八戒娶媳妇，净想着好事。"吴铁锤收回目光，低声说，"我还没有混上大皮靴穿呢！再说这个距离有点远，你一动他又能看见，不够隐蔽。"

曹连长不无担心地说："你不会真打吧，营长？师长说只是侦察侦察，看一看地形。"

吴铁锤一睁眼："你是营长我是营长？我说打了吗？侦察，火力侦察、武装侦察，都是侦察！"他又对着左右两边喝道，

"都趴着别动，打不打的，天黑了再说。"

这个曹连长哪都好，就是古板，跟他的老乡杨根思一个熊样。吴铁锤的心里已经打定主意，山下的美国人马上滚蛋算他们走运，要是天黑了以后还赖着不走，那就活该他们倒霉。反正现在趴在山岗上也不能动，一动就会暴露目标。侦察就要摸点真情况，不面对面搞他一家伙，怎知道他战斗力强弱？怎知道他真老虎还是纸老虎呢？当然了，师长黄天柱是在电话里敲打过他，叫他一旦遇着美国人的陆战1师，只准观察，不准接火，但师长并没有不准他打遭遇战。遭遇了，迎面碰上了，不打能行吗？你不动家伙就要吃亏。都说这个陆战1师是王牌，吴铁锤倒要看看他到底是多大的牌，到底是铁牌还是纸牌。

3

夕阳正在西下，白雪覆盖的群山之上流光溢彩。

麦卡锡中尉与他的陆战队士兵沐浴在晚霞之中，虽说天气有些寒冷，但大家的心情都非常不错。在长津湖大战一触即发之前的这个傍晚，远远近近的崇山峻岭和冰封的湖面是如此宁静，以至于远道而来的陆战队队员差一点忘记了他们为何而来，仿佛他们不是为了即将的战斗而来，仿佛此行只是一场惬意的户外运动而已。

按照奥利弗·史密斯师长和里兹伯格团长的要求，哈里斯营长向北派出了几支武装搜索队，麦卡锡中尉所率领的只是其中的一支。他们的任务是侦察扑朔迷离的敌情，了解道路以及其他方面的情况，为陆战1师向鸭绿江方向的推进做好准备。在阿尔蒙德军长的三令五申之下，陆战1师加快了北进步伐，其先头部队已进至长津湖南端的下碣隅里一带。虽然阿尔蒙德将军一再表示在北进鸭绿江的征途上，陆战1师将不会遇到任何有规模的抵抗，但是史密斯师长依然小心谨慎，不仅派出了多支搜索部队，而且较好地把握着推进的节奏，使全师部队的运动保持在交替掩护、逐次跟进的状态上。

在麦卡锡中尉及其陆战队士兵看来，史密斯师长和里兹伯格团长或许是太过谨慎了，因为在感恩节之后即展开的武装搜索过程中，他们不仅没有碰到任何中国部队，甚至连可能出现的北朝鲜的散兵游勇也没有碰到。除了偶尔出现的三三两两逃难的朝鲜人，满目皆是白雪皑皑的荒山峻岭，视野之内空无一人。空中侦察中倒是报告了长津湖以北的山区有零星的武装人员，像是溃散的游击队，但是依然没有发现大部队运动的迹象。此时此刻，又是非常平安的一天过去了，大家都感觉到十分轻松。

冬日的残阳以不易觉察的速度往群山之后掉落，刚才还十分明亮的霞光已昏红变暗。此去西北方向的柳潭里尚有几十公里的路程，山高路险，寒气迷蒙，因此麦卡锡中尉决定就地露营。

二等兵刘易斯对麦卡锡的这个决定不以为然，按照他的想法，他们完全可以返回南面的下碣隅里，那里有棉帐篷，有柴油取暖炉，有香气四溢的热腾腾的咖啡，而就地露营在这荒山野岭，他就只能钻进鸭绒睡袋躺在硬邦邦的雪地上。他的班长，肯尼斯·本森下士告诉他，如若返回下碣隅里，那他们天亮以后还要回到这里，从这里继续北上，因为他们的下一个侦察目标是西北方向的柳潭里。来回折腾，费时费力不说，关键是延误了陆战队北进鸭绿江的速度，那样长官们就会颇有微词。

刘易斯摊开两手耸了耸肩膀，无可奈何地回到吉普车旁，从背囊里取出自己的野战饭盒、刀叉、压缩干粮以及罐头食品。麦卡锡中尉用无线电报告了情况及其位置后，也把自己的野战背囊从吉普车上拿下来。本森下士点燃了柴油炉，士兵们燃起了篝火，他们准备开饭了。

1950年11月下旬的这个冬夜，在长津湖畔，在下碣隅里与柳潭里之间的这处山脚下面，看起来势必要发生吴铁锤称之为“遭遇战”的小规模战斗。在李大个和孙友壮多年以后的记忆中，这个小规模的战斗非常短促，与随后而来的大战相比，几乎未能给他们留下太深的印象。可是对于麦卡锡中尉和刘易斯二等兵而言，同样的遭遇却有着不同的记忆。在他们多年以后的叙述中，战斗到来得突然而短促，几乎不假思索，这一点并无不同；不同之处在于和随后的战斗比起来，这个小规模的遭遇战令他们刻骨铭心，而以后的战斗却可以用轻描淡写来形容，好像有了这个小规模的遭遇战，以后的战斗就不再足够谈起。

对于眼下的这一小队陆战队官兵而言，野外住宿的条件虽说比不上下碣隅里的帐篷营房，但他们有鸭绒睡袋可以御寒；咖啡虽然比不上连部野战厨房那样香浓，却也一样热气腾腾。罐头可以加热，篝火噼噼啪啪，每个人的脸庞辉映着微微的红光，忽明忽暗。

用过晚餐，陆战队士兵都钻进了鸭绒睡袋，刘易斯自告奋勇站第一班岗，因为他反正也睡不着，现在钻进睡袋就等于是活受罪。肯尼斯·本森下士拿起自己的勃朗宁自动步枪对他说道：

“你还是强迫自己去睡吧，士兵，明天还是同样地辛苦。”

刘易斯耸耸肩膀说：“那好吧，下士，如果你觉得必要的时候，随时可以叫我。”

本森下士对他摆了摆手，然后消失在周围的黑暗之中。

刘易斯在挤满了同伴的篝火旁边找了个位置，把自己的睡袋铺好，拉开拉链钻了进去，M-1迦兰德半自动步枪放在一旁。篝火噼啪作响，让他感觉一侧温热一侧冰凉，而同伴的呼噜声也着实让他消受不起，这些都叫他很不习惯，以至于翻来覆去许久也没有睡去。刘易斯后来干脆起身，拎着他的鸭绒睡袋走向了更远一点的黑暗之中，在一处凹坑里躺下，而M-1迦兰德半自动步枪就丢在了篝火旁边。

这个凹坑虽然没有篝火的余温，但刘易斯感觉到比在篝火旁要舒服许多。想象着又一个即将来临的荒凉的白日，刘易斯觉得百无聊赖。他想了一会儿心事，想到了大洋彼岸美国的家乡，也想到了东京的美智子。如果按照长官们的计划，此刻的他应该正在东京，应该怀抱着美智子在温暖的大床上翻滚呢。都是可恶的中国人，刘易斯想，要不是中国人，他们早已返回了东京，哪里还要在这荒郊野外受罪。长官们把中国人描绘成一群亚洲的乌合之众、农民军、乡巴佬，他不知道这些人到底什么样，他也不知道自己为什么要跑到这个冰封雪冻的朝鲜半岛来。刘易斯还想了许多，想着想着睡意袭来。他打了几个哈欠，慢慢地睡去了。

麦卡锡就着柴油炉又煮了一饭盒咖啡，直到野战饭盒里咕咕作响，热咖啡的香气在寒夜里弥漫，才将炉火熄灭。煮咖啡的水来自于遍野的白雪，喝起来倒是别有一番滋味。

麦卡锡把半饭盒咖啡喝掉，将剩下的咖啡放在篝火旁边。本森在雪夜里执勤，换哨的时候他会把这半饭盒咖啡喝掉，然后可以舒舒服服睡上一觉。篝火旁边横七竖八躺满了陆战队士兵，麦卡锡中尉感到不必再打扰他们，同样拎着他的野战背囊走进了远处的黑暗。然后他把鸭绒睡袋铺好，躺倒在积雪的山坡上。

4

一股的奇异香气在寒夜里弥漫，随着微微的冷风飘上了山岗，弄得吴铁锤他们一阵阵鼻孔发痒。

吴铁锤他们从来没有闻到过这样的香味，猪肉、炖鱼、烧鸡、炒菜，好像都是，又好像都不是。鼻子使劲地抽动，脑子漫天地联想，一个一个的肚子却在咕咕直叫。在雪地上趴了半天了，也没有吃饭，都是又冷又饿。眼望着远方若明若暗的篝火，想象着美国人的美味佳肴，都馋得不行。

“香油！”孙友壮一口咬定，“美国佬在喝香油。”

身强力壮的孙友壮想起他参军前跟随着父亲在苏北一户地主家里扛活的情景，那个地主其实也不是什么大户，不过是有十几亩水田旱地，不端架子，并没有什么讲究，一日三餐均和他们父子一起吃。应该是一个什么节，具体是端午节还是中秋节孙友壮已不能记得太清，在大鱼大肉的正餐以前，土地主来到田间地头，招呼着汗流浃背的他们到树荫下歇歇，话语里充满了关怀与体贴。他随身带来了一篮子贴饼子，黄的是大蜀黍面，在孙友壮的沂蒙山老家叫玉米，黑的是红芋面，孙友壮管它们叫地瓜。除了这黄黄黑黑的一篮贴饼子，还有一个很大的青花瓷碗，盛的是满满一大碗烀得稀烂的辣疙瘩黑咸菜，上面浇了许多的香油。当时年少的孙友壮对这个香油的印象特别深刻，因为这个节俭的土地主从来没有舍得用如此多的香油招待过他们父子。土地主笑容满面地告诉这父子俩，过节的晌午饭尚没有做好，你们先垫垫，歇一歇，中午有的是鸡鸭鱼肉管你们吃够。孙友壮父子坐在树荫下面，都心怀感激。对于奋力劳作的他们而言，不管黄的黑的贴饼子都是那样香甜，再加上这一大碗香气扑鼻的辣疙瘩黑咸菜，不能不叫他们胃口大开，直到黄黄黑黑的一篮子贴饼子连同着青花瓷碗都见了底，父子两个才打着饱嗝站起身来，还没有忘记对土地主说上好几句感激的话。这个土地主不失其言，晌午饭果然摆上了一桌子的鸡鸭鱼肉，热情招呼他们吃鱼吃肉。可是因为那一大碗浇了太多香油的辣疙瘩黑咸菜及其满满一篮子黄黄黑黑的贴饼子，那时的孙友壮父子已经胃口紧闭，再也吃不进任何东西。

这一幕情景在孙友壮的记忆中是如此之深，以至于闻着随风而来的奇异香气就料定它必是香油无疑，自然也就在情理之中了。

吴铁锤现在想不了这么许多，不管猪肉、炖鱼、烧鸡、炒菜还是香油，反正都是些好东西，美国佬吃得，他吴铁锤同样吃得。师长“只侦察不接火”的叮嘱已被他丢到九霄云外了，他已经决定要打一场“遭遇战”。

吴铁锤有一会儿想到了小女孩乔静子，大人饿就饿了，小姑娘却饿得教人心疼。乔静子黑黑亮亮的眼珠一在眼前出现，吴铁锤就觉得心头发紧。等着吧小姑娘，等着你“阿爸吉”搞些美国的香油还有其他好吃的给你开开洋荤。

曹连长对于吴铁锤的决定再次表示了担忧。欧阳云逸教导员出发前专门交代过，师团首长有令在先，避免交火以防暴露，而营长现在却要摸下山去跟美国人打“遭遇战”，这显然是有违军令的。日落之前趴着不动是为了不被敌人发现，现在夜幕降临了，可以很安全地撤回去了。曹连长对吴铁锤说：

“还是撤吧营长，捅了娄子反而不好交代。”

“捅什么娄子？”黑暗中传来吴铁锤十分不满的声音，“捅了娄子我顶着，要你多嘴？”

“欧阳教导员有交代，”曹连长还不甘心，“上级都说了……”

“我就是上级！”吴铁锤打断他的话，“你这个连长大还是我这个营长大？”

曹连长嗫嚅道：“这个还用说吗？”

“那不就是了！”吴铁锤说，“你只管执行我的命令，有事我负责。”

“回去欧阳教导员还有上级那里……”曹连长还想争辩。

吴铁锤低声喝道：“我是营长，打仗的事我说了算！”

孙友壮在旁边插话：“要俺说，不用担心，就这几个吃货，俺这一梭子过去保准解决问题。再说了，趁这个机会弄他一点罐头、香油，也改善改善生活。”

“还有大皮靴。”李大个也趁机说出了自己的谋算。

“什么罐头、香油、大皮靴？”吴铁锤又冲他俩喝道，“都给我听着，下去以后尽量少开枪，东西拣重要的拿，武器，弹药，皮大衣，特别看看有没有美国人的作战地图。”

大伙都不吱声了。李大个抽出枪刺，把它安在中正式步枪的枪管上，左右两边都是嚓嚓安装枪刺的声音。

“都起来，活动活动身子。”黑暗中传来的依然是吴铁锤严厉的声音。

在雪窝子里趴了半天，差不多都快冻僵了。一行人挥动着胳膊腿，有的蹲下起来，有的转来转去，好半天才缓过劲来。吴铁锤看看差不多了，二十响驳壳枪朝前一挥，低声喝道：

“跟我上！”

十几个人猫着腰，悄悄地往山下摸去。

5

他们潜伏的这处山岗位于下碣隅里与柳潭里之间，土石公路自下碣隅里一路蜿蜒而来，绕过山脚通往西北方向的柳潭里。吴铁锤要大家记住这个地方，这是下碣隅里、柳潭里相互之间往来的必经之地。

陆战队燃起的篝火若明若暗，奇异的香味忽有忽无，指引着他们前进的方向。远远地看到美国人的哨兵走来走去，是个大个子，一会儿走近篝火，一会儿又隐没在远处的黑暗之中，皮靴踩在冰冻的雪地上，发出咯吱咯吱的响声。吴铁锤对着孙友壮耳语了一番，要他不管别的，一门心思对付这个大个子美国哨兵。孙友壮在黑暗中点点头。他把捷克式轻机枪挎在背上，两只大手交替着撸了撸袖子，一副和美国人摔跤的架势。

随着距离越来越近，吴铁锤他们开始在地上爬行。冰凉的小风一阵过来又一阵过去，小风沙沙而来的时候送来了他们在山岗上就闻到的异香，他们就伴随着沙沙的风声紧爬几步；小风过去以后异香消失，他们又将动作减慢下来，尽量不弄出声响。渐渐地听到了高一声低一声的呼噜，看到了篝火旁边的吉普车以及横七竖八躺在地上的美国人。

在他们眼里，美国人都裹着圆筒形的被子睡在雪地上，枪支摆放在身旁。这个时候的他们还不知道什么叫鸭绒睡袋，也不晓得美国人露宿野外的时候都是睡在这种可以像被子一样叠起的圆筒形睡袋中。奇异的香味再次飘来，孙友壮鼻孔发痒差一点打出喷嚏。他用鼻孔使劲地吸了一大口凉气，判断出那个熟悉的味道就在篝火旁。

美国人对即将到来的危险浑然不知，依然打着呼噜放松地睡着觉。眼看着就剩下十几步的距离了，吴铁锤看准时机，驳壳枪一挥道：

“上！”

孙友壮一个箭步蹿了出去，未待大个子美国哨兵反应过来，已将他拦腰抱住。十几个人纷纷扑上去，都挺着明晃晃的刺刀，对着雪地上身裹圆筒形被子的美国人一阵乱捅。

急促的脚步声还是惊醒了陆战队员的好梦，他们慌张地起身，同时去抓身边的武器。然而由于处于鸭绒睡袋之中，手脚受其所缚，慌乱中竟然都手足无措。

哨兵力气很大，孙友壮摔了两次都未能将其摔倒。他叉开两腿又踢又撞，孙友壮则连胳膊带腰紧紧抱着他，两个人扭打在了一起。厮打中，美国人的大皮靴踩在孙友壮穿着单薄胶底鞋并且已经冻肿的脚面子上，痛得他一咧嘴，双臂稍微有些松动，哨兵趁机扣动了枪机。

一溜火光打在冰冻的雪地上。枪声急促而爆裂，仿佛一把利刃划破了寒夜的黑暗，惊扰了寂静的长津湖。

孙友壮急了，使出了浑身的气力来扳美国人。他想他不能松手，美国人的怀里抱着自动武器，他一松手，美国人腾出空来再给他们一梭子那就完蛋了。所以他紧紧地抱住这个大个子美国哨兵，任凭他又踢又撞也毫不松劲。两个大个子同时摔倒在地。翻滚厮打中，美国大个子的枪脱手飞了出去，孙友壮捷克式轻机枪的弹夹也掉在了雪地上。

6

肯尼斯·本森下士还没有换岗，因为其他年轻的陆战队员睡意正浓，他想让他们再多睡一会儿。在麦卡锡中尉的连队，本森下士年长几岁，平日里也是尽其所能照顾其他的年轻士兵。刘易斯去了远处的凹坑里睡觉，接下来应该是他上岗，本森下士心里计算着时间，再给他十分钟，然后他就叫他起来。

麦卡锡中尉留下的咖啡已经凉了，本森下士把它放在篝火上，加了几块木柴。一阵淡淡的青烟之后，伴随着噼噼啪啪的声响，篝火又旺旺地燃烧起来。

也许是因为寒冷，也许是由于四野里的宁静，也许是缘于尚未出现的任何情况，说不清什么原因，本森在离开了篝火之后头脑一时有些恍惚。等到他一个激灵反应过来，孙友壮已将他死死抱住。

孙友壮的突然出现着实让本森吓了一跳。恍恍惚惚的篝火余光中，一个穿着大衣不是大衣、被子不是被子，分不清是人还是动物的大个子猛扑而来，在一片万籁俱寂之中，你可以想象出那该是一种怎样的震惊。但是职业本能使他迅疾反应过来，这是敌人，不管他是人还是动物他都是敌人，敌人来了，陆战队遭到了袭击，而他要做的就是报警，把危险告知那些熟睡的同伴。

本森下士的枪声犹如一阵惊雷掠过冰封的长津湖畔，唤醒了远远近近的陆战队员。被刺刀捅到的已经不动了，其余的则挣脱开鸭绒睡袋的束缚拿起了武器。吴铁锤一看不好，大喊道：

“开枪！”

一阵乱枪，篝火周围的美国人都躺着不动了。而在稍远一点的地方，孙友壮还在与肯尼斯·本森扭打翻滚在一起。

李大个挺着明晃晃的刺刀跑过来，分明是想给孙友壮助个一臂之力。但是由于两个大个子相互抱着在雪地上翻滚，加上天黑难以分辨，李大个一时无从下手。情急之中，李大个大喊大叫道：

“松手，孙友壮，龟儿子，松手！”

孙友壮听懂了李大个的意思。他刚一脱离开大个子美国哨兵，李大个上来就连扎了好几刀。本森班长动作非常麻利，左躲右闪，以至于李大个几枪都未能刺中他的要害。勃朗宁自动步枪不知道摔在了何处，本森本想去夺李大个手里的武器，可是一看又有对方的人员奔过来，就打消了这个念头。他顺势在雪地上滚了几滚，往黑暗中蹿去。

李大个端着他的中正式从后面“当”的就是一枪。孙友壮也抱起了他的捷克式，一拉枪栓，想照着大个子美国哨兵的背影来上一梭子，然而枪却未响。他用手一摸，弹夹没有了，孙友壮懊恼得不行。一高一矮两个人拔腿就追，吴铁锤跑上来喊道：

“回来！抓紧时间打扫战场。”

话音未落，另一个方向的黑暗中哗地打过来一梭子子弹，所有的人都就地卧倒，长枪短枪朝着枪响之处一齐打。对方一下子沉默起来，未再还击。

吴铁锤对曹连长说：“带几个人过去看看。”

曹连长领着几个人来到响枪的地方，却没有发现敌人，只在地上找到了一个鸭绒睡袋和一个背囊，显然是刚才的美国人丢下的。

打枪的人是麦卡锡中尉。

从本森下士的枪声中惊醒过来，远处的篝火旁边已打成一团。敌人！袭击！麦卡锡情知不妙，本能地抓起武器，趴在一个塄坎上。北朝鲜的游击队？传说中的中国人？麦卡锡不能分辨。慌乱中他也管不上敌我了，对着人头攒动的篝火就是一梭子连射，直到勃朗宁自动步枪15发弹夹的子弹打光，迎来的却是一片更为密集和乱七八糟的枪声。麦卡锡知道袭击者占据了上风，留在此地只有死路一条，便借着塄坎的掩护跑进了更远的黑暗。

麦卡锡的一梭子勃朗宁子弹打倒了吴铁锤的三个人，两人负伤，一人阵亡。

刘易斯二等兵则觉得他一晚上都在做梦。

好不容易在寒冷的荒野上睡去，好不容易梦乡中出现了模模糊糊的美智子的身影，突然而至的枪声就把他从虚幻的梦境一下子带入到真实的噩梦之中。中国人来了！这是刘易斯的第一个反应；肯定是传说中的中国人，这是刘易斯的第二个判断。而他的本能反应则只有一个字：跑。远离枪声，远离噩梦，跑得越远越好。

刘易斯的野战背囊及其鸭绒睡袋完整地留在了凹坑里，可惜未被李大个他们发现。

这个后来被吴铁锤称作小规模遭遇战的袭击战斗其实仅仅发生了不到三分钟的时间，麦卡锡的十人武装搜索队只逃出了三个人，一个是他，一个是肯尼斯·本森下士，一个是刘易斯。七名年轻的美国陆战队员永远留在了冰封雪冻的长津湖畔。

吴铁锤感到此地不能久留，命令大家抓紧时间打扫战场。地上地下、车内车外搜寻了一遍，陆战队的野战背囊、兜头大衣、枪支、弹药、电台、皮靴、罐头等等堆了一地。李大个捡起了二等兵刘易斯放在篝火旁边的M-1迦兰德半自动步枪，感觉到沉甸甸的，比他的中正式要重出来不少。他一手提着自己的中正式步枪，一手拎着叫不上名字的美国人的步枪，指了指雪地上的鸭绒睡袋对吴铁锤说：

“龟儿子这个困觉的筒筒要不要得？”

吴铁锤说：“要得，通通要得！能拿的都给我拿回去。”

于是七手八脚把打死的美国人弄出来，把他们脚上的皮靴也扒了，钢盔棉帽子通通撸掉。曹连长在周围转来转去，最后发现了本森下士掉落在雪地上的勃朗宁自动步枪。他把它拿起来，摆弄着，觉得小巧玲珑，有一种别样的感觉。

肯尼斯·本森下士的勃朗宁自动步枪和黑人二等兵刘易斯的M-1迦兰德半自步枪是当时陆战队最为普遍的轻武器装备。勃朗宁自动步枪有一个15发子弹的弹夹，被大家称作卡宾枪；而M-1迦兰德的弹仓里能装八粒子弹，属于半自动武器，虽不能连发，但拉一下枪栓就可以将八粒子弹打光，比起日本人的三八大盖以及国民党军队中正式五发子弹的弹仓及其打一枪拉一下枪栓的操作，自然先进许多。李大个他们后来都管这种步枪叫“八粒快”。

吉普车上的机关枪也搬到了地面上，上上下下已经打扫得差不多了，孙友壮却还围着两辆车子前后转悠。吴铁锤瞪了他一眼：

“瞎转什么转？还不赶快拿东西走人？”

“香油，美国佬的香油。”

孙友壮头也不抬地回答道。

功夫不负有心人，他最终还是在篝火旁边找到了麦卡锡中尉煮咖啡的野战饭盒。饭盒里的咖啡尚有余温，异香扑鼻。孙友壮想品尝品尝美国佬的这个洋香油，于是就喝了一小口。

“是不是龟儿子的香油？”

李大个凑上来问道。

孙友壮抿着嘴，皱着眉，一副痛苦不堪的模样。

“不是。”他把嘴里的东西吐在雪地上，不无遗憾地说，“是美国佬喝的药。”

第十二章

1

长津湖是位于朝鲜平壤东北部狼林山脉与赴战岭山脉之间的一处人工湖泊，由发源于黄草岭崇山峻岭之中的长津江向北流淌，在柳潭里与下碣隅里之间汇集而成，一路向北注入鸭绿江，成为鸭绿江上游最大的一条支流。在它的东面，有朝鲜的另一个湖泊赴战湖，两湖之间相距三十余公里，从而构成总面积一百多平方公里的长津地区。

美联社随军记者詹姆斯·爱德华的《前线日记》对此有十分详尽的记述：

> 长津湖地区是北韩北部最为苦寒的山区，平均海拔在一千至两千米之间，林木茂盛，山高路险，村镇寥落，人烟稀少，满目一片荒凉贫瘠。每年一到冬季，来自西伯利亚的寒流顺着狼林山脉与赴战岭山脉之间的峡谷直达长津湖并向南涌向咸兴和元山港附近的日本海，气温往往在零下三四十摄氏度。雪寒岭，荒山岭，黄草岭，死鹰岭……一个个地名让人不寒而栗。雪寒岭终年积雪，荒山岭人烟皆无，黄草

岭在夏天刚刚萌芽的小草转眼间就会枯黄，死鹰岭则是连老鹰也难以飞越的绝地。当地的朝鲜人说，能飞到死鹰岭上的鹰已是寥寥无几，就算是飞到了死鹰岭上空，鹰的血液也会凝结，就会拖着双翅掉到山头，死在岭上。

这就是北韩的死鹰岭，这就是长津湖。

吴铁锤他们曾经潜伏并且袭击过陆战1师里麦卡锡中尉搜索队的这处山岗，就属于长津湖畔死鹰岭的一部分。

在距离死鹰岭二十余公里的军指挥所里，张仁清军长神色凝重。木板拼搭而成的长条形桌子上铺放着一张美军的作战地图，清晰的箭头标示出陆战1师向北推进的进军路线。这条路线从最南面的黄草岭一路延伸而来，在真兴里一带逐渐进入长津湖水库地区，经古土里、下碣隅里、柳潭里一线一直向北，目标是中朝边境的鸭绿江。依照图上的标注而看，不仅师团营连所处的方位非常清楚，行动的时间节点也明明白白。图上的字都是英文，但是已经通过了汉字的对照比较，因而很容易分辨。

这张图是由师长黄天柱派人强行军转送而来。与地图一道送来的还有一床美国人浅绿色的鸭绒睡袋。前线部队派出的侦察分队与美军发生了遭遇战，地图和鸭绒睡袋就是战斗中的缴获品。张仁清开始并不相信图上所示，以为其中有诈。哪有如此清清楚楚的标注，并且是由前线基层部队人员随身而带的绝密作战地图呢？但是综合各方面的侦察情况，与图上所示也并无大异。张仁清明白了，这样的作风与其所谓的联合国军最高司令的作风几乎是如出一辙。麦克阿瑟搞了一个什么“圣诞节结束朝鲜战争的总攻势”，也是把作战的时间地点大白于天下，全世界都在广播，确实是有个性。张仁清将手里的铅笔往桌子上一扔，嘴角上露出一丝不易察觉的冷笑。美国人从上到下都是这副德行，不是愚蠢透顶，就是他们已经狂妄到了极点。

张仁清要作战科长给黄天柱打电话，他们的侦察分队缴获了美军如此重要的作战地图，应给予其嘉奖或记功。

美国人的鸭绒睡袋确实是个好东西，张仁清试着用了几次，防风防寒又保暖，质量真是没说的。后来，他一直保存着这床鸭绒睡袋，保存了几十年。在长津湖战役结束三十多个春秋以后，他的老部队建军史馆，已届七十高龄的张仁清就把它献给了老部队的军史馆。当然睡袋已全然失去了本来的颜色，只在上面留下了一片片岁月的印痕。

通信员端来了一碗煮熟的土豆。半天了，他还没有吃东西。早上吃的就是土豆，中午还是土豆，晚上也没有别的东西吃。九兵团的十余万人马压在荒凉贫瘠的长津湖地区，物资的供应和保障发生了严重困难。不仅是由于仓促入朝御寒服装极度匮乏，上上下下的粮食供应也已中断，无奈之下各部队普遍开展了就地筹粮。但是由于该地自然环境的恶劣，一下子上来这么多部队，就地筹粮也变得十分困难。东西两线联合国军部队的圣诞节总攻势已经全面展开，根据敌人进攻的态势，志愿军部队入朝之后的第二次战役将于11月的26日、27日打响。大战在即，军长兼政委的张仁清决意置一切困难于不顾，按照志愿军司令部及兵团要求完成对美陆战1师的分割包围，务必将这个所谓的王牌歼灭在长津湖地区。

作战科长过来请示，问什么时候研究作战方案。张仁清说：

“还研究什么？美国人给你标得清清楚楚，你依葫芦画瓢就行。告诉黄天柱，美国人在下碣隅里修建了飞机场，要他们特别注意下碣隅里方向。”

作战科长把吴铁锤缴获的美军作战地图从木板桌子上拿起来，一边看着一边去了隔壁的山洞。张仁清则拿起一个煮熟的土豆，慢慢吃了起来。

2

与此同时，师长黄天柱却在大发雷霆。

吴铁锤的侦察小分队同美国人的陆战1师在长津湖畔打响了第一枪，这本在他的预料之内，但同时又是他不情愿发生的事情。前卫营前卫团报上来的情况是发生了与美国人的遭遇战，是一场短兵相接的战斗，好像是万不得已，身不由己，不得已而为之，然而依据他对于吴铁锤的一贯了解和战斗人员不自觉的表白，他就知道吴铁锤这家伙肯定搞了什么名堂。缴获不少，伤亡也不算大，两人负伤一人阵亡换取美国人七具尸体的战果当然值得一说，但令黄天柱最为担心的却在于可能因此暴露目标，暴露他们九兵团在长津湖地区围歼陆战1师的战役企图。

黄天柱对向修远说："通报，处分，一定不能饶了这小子。"

向修远说："打也打过了，通报处分有什么用？"

"杀鸡给猴看，下不为例。"黄天柱背着两手在山洞里走来走去。

向修远笑道："谁是猴谁是鸡呢？打他一家伙，摸摸美国人的底数，说不定是个好事。"

"我反反复复敲打过他，"黄天柱余怒未息，"一定不能给我捅娄子。怎么样？还是捅了娄子吧？"

向修远说："也不一定是捅娄子，我看美国人那个作战地图很有价值。"

黄天柱不说话了。吴铁锤派人送来了缴获的战利品，三床鸭绒睡袋，两件兜头大衣，几个牛肉青豆罐头，一部电台，一份作战地图。三床鸭绒睡袋中只有一件是完好无缺的，其余两个都烂了，上面还有片片的血迹。另外就是一条已经冻得硬邦邦的什么动物的大腿。来人告诉黄天柱，这是一条真正的狗腿，黑狗腿。

来送东西的两个战士一高一矮，向修远询问以后得知，大个子叫孙友壮，山东人，小个子叫李大个，四川人，他们都参加了长津湖畔的遭遇战。大个子孙友壮还披着用被子自制的土大衣，这个奇怪的装扮叫他和黄天柱哭笑不得。

黄天柱指着两床狗撕般的睡袋问："这个是怎么回事？还有血。"

大个子孙友壮说："给俺拿刺刀捅的。"

"你捅人家睡袋干什么？很可惜的。"黄天柱有些不明白了。

小个子李大个回答道："打遭遇战的时候龟儿子都在困觉，一阵刺刀见红，美国佬都捅死在这个圆筒筒里了。"

“你说什么？”黄天柱警觉起来，“美国人都在睡觉？不是遭遇战吗？”

“是的嘛，遭遇战嘛！”李大个一想他可能说漏了嘴，马上补充道，“龟儿子困觉的时候遭遇了。”

黄天柱看看李大个又看看孙友壮，说道：“不对，我怎么觉得像伏击战呢？”

“遭遇战！”孙友壮一口咬定，“美国佬睡觉时候遭遇的，俺从来不编瞎话。”

孙友壮一脸认真和庄重，以至于黄天柱一时竟找不出合适的话来问。

“还有这个，”过了一会儿他才踢了踢地上的狗腿说，“哪里弄来的？”

李大个抢先回答道：“师长，这个要感谢美国佬喽。”

“怎么说？”黄天柱又不明白了。

孙友壮说：“油挑子打的，俺们营长知道师长欢喜狗肉，专门给留的。”

向修远在旁边笑道：“你黄师长爱吃狗肉，全军上下都知道。”

“谁说我爱吃狗肉了？”黄天柱佯怒道，“回去告诉你们营长，送条狗腿也脱不了他违抗命令的干系，等着接受处理吧。”

孙友壮一听急了：“你可不能处理俺营长！大战马上就要开始了，没有俺营长，这个仗可怎么打？”

“呦！”黄天柱说，“缺了张屠夫还吃连毛猪啦？”

向修远笑着说：“你们回去吧，没事，消灭了陆战1师，什么都好说。”

他拿起一件陆战队的兜头大衣要孙友壮换上，因为孙友壮的这个打扮实在是不伦不类。孙友壮急得脸红脖子粗，这是专门捎给师长和政委的，坚决不能要。向修远说你们的心意我领了，大衣我也收下了，现在把它发给你。孙友壮一个劲地推辞。

向修远板起了面容，很严肃地说：“穿上，这是命令。”

孙友壮不好办了，师首长向修远比团长营长都大，他的命令自然是要执行的。可是回去呢？吴铁锤看到他穿上了捎给师首长的陆战队兜头大衣，眼珠子还不得蹦出来？所以孙友壮摘下了刚刚缴获的陆战队的棉帽子，挠着头发楂子说：

“你不知道政委，俺那个营长回去肯定怨俺。”

向修远说：“你是怕你们营长啊？这个好办。”

他拿出纸笔，在上面写道：“兹将缴获之陆战1师大衣一件发给孙友壮同志使用。向修远，一九五〇年十一月二十六日。”

孙友壮非常不情愿，但还是接过向修远写的条子，拿上大衣，戴上棉帽子，与李大个一起返回了即将投入长津湖大战的前卫营。

袭击美军小分队的战斗让李大个和孙友壮都扔掉了日本式的大盖帽，换上了缴获的棉帽子。美军的棉帽子并无特别之处，在欧阳云逸看来也就是个普通的三块瓦帽，跟师长黄天柱送给他的棉帽子差不多，吴铁锤认为它根本不能与自己的狗皮帽子相提并论。李大个还从小个子美国人脚上扒下了一双皮靴，不大不小穿着正合适。孙友壮本来就脚大，又肿得厉害，因而在缴获的他们称之为大皮靴的几双防寒靴中，没有一双能穿得进去。他也不在乎，心想穿不进更好，大皮靴又重又笨，行军打仗都不方便。

遗憾的是，麦卡锡中尉搜索队的两辆吉普车没办法开回来，谁也摆弄不了那个洋家伙。撤退的时候吴铁锤只好下令把它们推进了路边的沟壑，让它们一辆吃了一颗手榴弹。

那一床完好无损的鸭绒睡袋送给了军长张仁清，剩下的一件兜头大衣穿在了黄天柱身上。当然，最为重要的缴获品还是陆战1师的作战地图。军长张仁清有言在先，给予参战人员嘉奖或是记功。黄天柱对向修远说：

“奖什么奖？不处分他吴铁锤就算不错了。功过相抵，互不赊账。”

3

孙友壮从来没有见识过闻起来奇香扑鼻、喝到嘴里却是苦不堪言的东西，而且他从来也没有听说过这个东西叫作“咖啡”。在他们老家沂蒙山区，过年过节，红白喜事，女人生小孩坐月子，不论炒菜还是烧汤，浇上些在村头油坊自己打下的小磨香油，那就是最好的东西了，那个香才是天地之间的真香，除此之外，在他孙友壮看来，普天之下再也没有什么能与之相提并论。美国佬的“咖啡”算什么呢？闻起来香，喝起来苦，而且那个香也不地道，是一种怪香。孙友壮觉得美国人说不定都有病，只有病人才会喝这样的药汤。

孙友壮把“药汤”毫不留情倒在了白雪皑皑的长津湖畔，但是却把美国人的野战饭盒留了下来。陆战队的铝制饭盒一盒多用，从外面看是一个整体，实际上又可以分解结合，兼有水壶与饭盒的多重功用。套在一起是个完整的水壶，掏出来就成了饭盒，刀、叉、勺子一应俱全。孙友壮爱不释手，比缴获了美国人的机关枪还要高兴。他逢人就说，这么好的东西拿它盛“咖啡”药汤子，可惜了。

“咖啡”一解源自于欧阳教导员，欧阳云逸毕竟是上海大地方出来的人，见多识广。他听过了孙友壮、李大个他们连说加比画的叙述以后就知道，美国人的野战饭盒里煮的是咖啡，不是洋香油，更不是什么药汤。在人家美国，那只是一种普通的饮料而已。李大个、孙友壮不明白，吴铁锤和曹连长不明白，老王头王三吧嗒着旱烟袋，更不明白。吴一六倒是听说过这个东西，在国民党军队的时候，听长官们说美国顾问一日三餐都得喝咖啡，不吃饭，咖啡就是饭。上海人陈阿毛虽然未曾亲自品尝过咖啡的味道，但是也有过耳闻。欧阳云逸解释了半天，绝大多数人还是无法理解美国人为何如此偏爱喝这种药汤。

欧阳云逸想来想去，最后打了一个比方：“我们中国人饭前饭后要喝茶的，美国人饭前饭后要喝咖啡，美国的咖啡就相当于中国的茶；中国的茶就是美国的咖啡。”

吴铁锤对此不屑一顾。他对欧阳云逸说：“什么咖啡、茶的！你说这个什么‘咖啡’，别人都不懂；你说美国的香油，大家就都明白了。”

欧阳云逸说：“咖啡怎么能与香油混在一起呢？香油是一种调味品、调料，咖啡是一种饮料，两者有本质的区别嘛。”

吴铁锤说：“我看都差不多，香油闻起来香，咖啡闻起来也香。要说有区别，香油闻起来香吃起来也香，咖啡闻起来香吃起来苦，不是药引子是什么呢？”

欧阳云逸还想给他解释：“美国人生病的时候才放点茶叶，平时都是喝咖啡。”

“还不是有病嘛！”吴铁锤大言不惭地回敬道，“把我们中国茶当成他美国的药引子，不是个半吊子就是个二衣子。”

欧阳云逸哭笑不得，周围的人，包括师医院治疗队的几名女同志，都笑得前仰后合。

“半吊子”“二衣子”都是吴铁锤家乡的土话，意指神经不健全、呆不呆傻不傻、神神道道之类的人。欧阳云梅对他的哥哥欧阳云逸说：

“你不要和他说了，你再说他也不懂的，他就是个半吊子。”

“你才半吊子呢！”吴铁锤笑着回敬了欧阳云梅一句，径自走了出去。

欧阳云逸看看傻笑着的妹妹，又看看吴铁锤大步流星走出去的背影，心里说你们两个半斤八两，都差不多。

欧阳云梅和李桂兰、蓝晓萍、郑小莉几个人来到前卫营以后就没有再回去。战役马上就要打响了，前面的部队要上去，后面的部队要上来，师医院的治疗队肯定也要就地展开，所以她们想在此等待着师医院的到来。趁着这个机会，她们几个到各连看了看，普遍都有冻伤的伤员。可是她们随身带来的土冻伤膏都用光了，效果也不明显，她们只好给大家用松针熬汁泡脚，告诉战士们注意保暖，多活动手脚。这个话说起来容易做起来难，天寒地冻，都穿的单鞋，在零下几十摄氏度的荒山野外，怎么保暖？

唯一的办法就是多活动活动手脚了，可是每个人都饥肠辘辘的，哪有力气去跑跑跳跳呢？

吴铁锤带人袭击了美国人的搜索队，缴获了一些战利品，他自己只留下了一双陆战队的大皮靴，其余分的分发的发，处理得一干二净。鸭绒睡袋、兜头大衣除了送给师团领导的之外，他留下了一件大衣送给欧阳云逸，留下了一个睡袋给乔静子，其余几个睡袋都给了治疗队的女同志。美国人的背囊里有罐头、苹果，有饼干和巧克力，有刮胡子刀、剃须膏和口香糖，犹如一个小小的杂货铺。大家象征性地品尝了一下之后，最后都留给了乔静子，归陈阿毛统一保管。最重要的缴获当属一只背囊里的作战地图，当然，他们不可能知道这是麦卡锡中尉惊慌而逃时丢下的背囊。地图上都是吴铁锤不认识的洋字码，但是却难不住欧阳云逸。他只略微一扫，便十分利索地用汉字做了标记，然后对吴铁锤说：

“马上送团部并报师长政委。”

欧阳云逸的英文相当有水平，这要归功于参军前他在上海一家英国洋行里的刻苦与努力，那时候的他还只是一名求生计求温饱的小职员。因为向修远的出现，欧阳云逸改变了自己的生活，从此也改变了自己的一生。

欧阳云逸只字未提这个所谓的“遭遇战”是否该打，也没有询问或者埋怨任何人。遭遇的敌人显然是陆战1师，这一点已毋庸置疑。吴铁锤做出的决定，不论其正确与否他都要面对，这是他这个政治教导员的应有之义。况且打已经打了，埋怨责备还有何用？当然，伤亡三人，小小的遭遇战也有损失。可是话说回来，打仗哪有不死人的？他深知，如果缴获的作战地图真实可信，这样的损失，或者更大的损失都是值得的。

背囊里还有一瓶剃须膏，香喷喷的，被李大个当成了擦脸霜往脸上抹，说是抹到脸上以后又抗风又防冷，鼻子、耳朵都不会冻掉，弄得吴一六、陈阿毛也跟着往脸上抹，还给乔静子的小脸蛋上涂了好几把。欧阳云逸把瓶子拿过来看了看，说道：

“什么擦脸霜，剃须膏！美国人刮胡子用的。”

吴铁锤心里想幸亏他没有跟着李大个抹这个什么霜，不然会给欧阳教导员跟他妹妹欧阳云梅几个女同志笑话的。入朝前在鸭绿江边清装，他把自己的刮胡刀主动清掉了，想等着打完了这个仗再刮胡子。过去刮胡子，不管自己动手还是在剃头铺子，都打的肥皂沫子，他根本不知道还有如此香喷喷的叫剃须膏的东西。现在的吴铁锤已经胡子拉碴了，而大战还没有开始，每当他搂着乔静子睡觉，小女孩都直往一旁躲，生怕被他硬挺挺的胡须戳着。

吴铁锤对欧阳云逸说："美国佬就是烧包，刮胡子还用这么香的什么膏膏，穷讲究嘛，有什么用呢？还不是睡着觉就去了西天！"

欧阳云逸未置可否。吴铁锤的嘴巴一贯没有遮拦，说话办事随便得很。国家不同，军队不同，装备也不同，许多地方都存在着差异。小小的遭遇战占了点上风，把七具陆战队员的尸体留在了长津湖，不等于美国人就一无是处。比如说人家的武器还是不错的，不是烧包能烧来的。缴获的枪支欧阳云逸都看了，卡宾枪、"八粒快"都是新的，很好使，比他们的杂牌武器好多了。美国人的长处是装备好、武器精，后勤供应充足；短处是怕死，把自己的命看得比什么都重要。欧阳云逸觉得聪明者应该是能够取人之长、补己之短。

其实欧阳云逸和吴铁锤都不知道，剃须膏也好，咖啡也好，以及他们随后缴获的香烟、罐头、口香糖，都是美军部队的普通供给品，是一种装备，像飞机、大炮、坦克、枪支弹药一样的装备。

4

美国人的鸭绒睡袋还是有些质量，里外四层，从内到外分别是毛绒、鸭绒、棉布罩、防雨罩，防寒、防雨、保暖，大家都很稀罕。但是吴铁锤发给几位女同志的鸭绒睡袋却没有得到应有的珍惜。蓝晓萍和郑小莉说什么也不用，因为上面除了刺刀戳的洞就是子弹打的窟窿眼，还有一片一片暗红色的血迹。不仅如此，每个袋袋里都睡过死的美国佬……这是李大个、孙友壮亲口对她们说的，所以就更不敢用了，害怕半夜里做噩梦梦到美国佬。欧阳云梅对此不屑一顾。她对几个女同伴说：

“梦见美国佬蛮好的，阿拉要看看他是几只鼻子几只眼睛。”

一夜过去，相安无事。蓝晓萍问她有没有梦见美国佬。

“没有，”欧阳云梅不无失望地说，“阿拉睡得太死了，什么也没有梦到。”

李桂兰开始也不敢用这个睡袋，但是一看人家欧阳云梅睡得很好、很暖和，也就不管三七二十一钻了进去，不同之处在于她接连做了好几个梦。欧阳云梅、蓝晓萍和郑小莉都围过来，问她梦见的是什么，有没有梦见美国佬，美国佬几只鼻子几只眼睛，到底长得什么样。李桂兰看了看她们，迷迷瞪瞪地说：

“俺感觉着这个人怎么有点像孙友壮呢？”

蓝晓萍一直没有用那个沾血的鸭绒睡袋。

个中原因，除了忌讳之外，钻在这个睡觉的袋袋里，她就没有办法织她的毛衣了。蓝晓萍在辑安用手掌丈量了欧阳云逸的肩宽体长，过江以后，她就开始织这件蓝色的毛衣。毛线是她在曲阜孔子的家乡购买的，天蓝色的。在蓝晓萍的想象中，织一件毛衣费不了多大工夫，有个十天半月的就可以织完，可是零下几十摄氏度的严寒破坏了她的计划，手冻僵了，手指头肿得很厉害，以至于她没办法握住针线。她只能把手放在怀里暖一暖，缓过劲来再织。可是片刻之后，又僵住了，她就又放在怀里暖，暖一暖接着继续织。就这样织织停停，加上其他乱七八糟的事情，好几天过去，一件毛衣还没有织到三分之一。

自从在鸭绿江边的辑安分别以后，她还是第一次见到欧阳云逸。在辑安的时候，欧阳云逸还戴着大盖帽，现在戴的是三块瓦的棉帽子；那时候他还穿着单薄的棉夹衣，现在好了，穿上了缴获的陆战队的兜头大衣。所谓兜头，是这个大衣的领子上面有一个罩子，防风防寒还能遮雪挡雨，非常实用。眼镜还是那副眼镜，眼镜后面的双眸还是那样秀气，这些都没有什么变化，但是她觉得又有些什么变化。蓝晓萍仔细地看了看，发现欧阳云逸的脸庞比在辑安的时候消瘦了一些，眼镜上的水汽多了一些。天气极度严寒，口鼻腔呼出的气流凝结在冰冻的镜片上，就形成了一层水汽，所以欧阳云逸就会不时摘下眼镜，擦拭镜片上的水汽。蓝晓萍还有一个重要的发现，欧阳云逸并没有戴上她亲手编织的毛线手套。

她有些不高兴，以为他弄丢了或是送给了别人，刚才还是文静的笑容倏忽间消失得无影无踪。

“给你的毛线手套呢？”她沉静地问欧阳云逸。

“这儿呢。”欧阳云逸拍了拍自己的帆布挎包。

“哪儿？”蓝晓萍探着头，她要看个清楚。

欧阳云逸解开了挎包的系带，打开布帘。果然，蓝色的毛线手套静静躺卧在土黄色的帆布挎包之中。与其放在一起的还有牙膏牙刷、洗脸毛巾、喝水用的搪瓷缸子以及一个手绢包包，倒看不出里面是什么东西。

蓝晓萍又笑了，还是那种文文静静的笑，其间多了一丝歉意，多了一层不好意思。她想她刚才有点小肚鸡肠了，有点小家子气了，怎么能这样想欧阳云逸呢？怎么会想到欧阳云逸把她的毛线手套丢掉或是送给别人呢？他是像宝贝一样地珍藏着它，把它放在随身而带的挎包之中。珍藏着她亲手编织的毛线手套不就等于珍藏着她自己吗？把她的毛线手套放在挎包之中，不就等于把她蓝晓萍放在了欧阳云逸的心里吗？蓝晓萍又文静地笑了，其间多了一些新的含义，那是羞涩。

“你怎么不戴上它？这么冷的天。”过了一会儿，蓝晓萍才低着头说道。

“冷吗？”欧阳云逸挥了挥胳膊说，“我觉得还可以。”

蓝晓萍抬起头来说：“你的手指头都肿了，还说不冷。”

如同其他的战士一样，欧阳云逸的两个手背上都包裹着棉布片子，但是手指头已经又红又肿，显然是因冻而致。他不在意地笑笑，说：

“没关系的，打过这一仗回到后方就有条件了，棉大衣、棉手套、棉帽子什么都有了。”

“这是美国人的大衣吧？蛮不错的。”蓝晓萍看着他身上的陆战队兜头大衣说。

欧阳云逸回答道："美国货，吴营长他们缴获的。等上去打过这一仗，也给你缴一件。"

"我在后面，用不着的。"蓝晓萍说，"听说那个战斗蛮漂亮的？"

"睡着觉就被营长他们干掉了。"欧阳云逸回答道。

蓝晓萍说："都说美国人纸老虎，看来还真是纸老虎啊？"

欧阳云逸说："只是一个小规模的遭遇战，他们在明处，我们在暗处。是不是纸老虎还要真刀真枪干一场，但是从精神上，要把他看成纸老虎。"

蓝晓萍说："大家一定受到了鼓舞吧？"

"嗷嗷叫，"欧阳云逸说，"有了这个小规模战斗垫底，打美国佬，底气更足了。"

"这是什么呀？"蓝晓萍指着挎包里的手绢包包问道。

欧阳云逸说："土，江土，中国土。过江的时候在中国的鸭绿江江边上拿的。"

他把手绢解开，褐色的、带着鸭绿江江水气息的泥土便裸露在眼前。

蓝晓萍说："你还挎了一包中国土到了朝鲜。"

"这个好啊，"欧阳云逸把手绢重新系上，放进挎包，"有了这个，不论何时都晓得自己是中国人，都晓得身后有一个刚刚站立起来的国家，她地大物博，九百六十万平方公里土地，四万万勤劳勇敢的劳动人民，那里有我们的家乡，有我们的兄弟姐妹，有农村有工厂，有村庄有学校，那是我们亲爱的祖国呢，怎么能让美国鬼子去糟蹋？"

欧阳云逸一时间激情澎湃，滔滔不绝，而蓝晓萍只是沉静地看着他，静静地倾听。这一刻，她完全被欧阳云逸所打动，完全忘记了寒冷。

蓝晓萍出神地看着欧阳云逸，后来帮他摘下眼镜，用自己的手绢慢慢擦拭起来。欧阳云逸没有制止她的动作。说话的时候，他的镜片已经完全蒙在了水汽之中了，雾蒙蒙的，蓝晓萍都看不清他秀气的双眸了。

"很冷的，你把手套戴上吧。"蓝晓萍对欧阳云逸说。

"我想等到更冷的时候再戴。"

蓝晓萍嗔怪道："你傻啊？零下几十摄氏度，还不冷呀？"

欧阳云逸笑了笑，拿出了蓝色的毛线手套，握了握，又在脸上贴了贴，然后说道：

"有点舍不得戴它。"

蓝晓萍红了脸，说："就是一副毛线手套，有什么舍不得的？又不是什么好东西。"

"那可不一样，"欧阳云逸回答道，"礼轻情意重嘛，你一针一线织的，多不容易啊！"

蓝晓萍的脸红了又红。她没有说话，拿出了毛线和织针，一下一下织起了毛衣。欧阳云逸看到蓝晓萍的双手又红又肿，织针都要拿不住了，劝她不要织了，太受罪，太不容易了。蓝晓萍没有停下来，她说她会织完的。

蓝晓萍想象着欧阳云逸穿着她亲手织成的毛衣时的情景，戴上眼镜文质彬彬的样子，再穿上像高天一样蓝的蓝毛衣，走在白雪皑皑的大地之上，那时候的欧阳云逸该会是多么洒脱啊！

在蓝晓萍的劝说之下，欧阳云逸戴上了天蓝色的毛线手套，与吴铁锤一道带领着他们的前卫营，连同着九兵团的千军万马扑向了风雪呼号的长津湖。不过，他没有能够等到蓝晓萍织完毛衣的日子——那是一件天蓝色的高天一样颜色的毛衣。

5

吴铁锤决意杀牛了。

兵团的作战命令经由军师团逐级传达了下来，九兵团先期上来的两个军共计八个师将在天黑以后由待机地域向前线运动，拂晓前发起战斗。其中两个师钳制并负责攻击长津湖东岸美7师的一个团，其余六个师分割包围美海军陆战第1师的部队，而作为预备队的另外一个军的四个师正由鸭绿江方向向长津湖地区机动。当面之敌美陆战1师已全线进入长津湖水库地区，其先头部队的一个营已进至长津湖西北方向的柳潭里。

美国人的进攻和线路与他们作战地图的标注完全一致，并没有因为麦卡锡的搜索队遭到袭击而做出任何的更改。也许在美国人看来，遭到袭击不过是一个意外的小小插曲，它并不影响部队的行动，也不影响部队向鸭绿江方向的推进，更不会因此而改变麦克阿瑟将军圣诞节结束朝鲜战争的总攻势计划。美国人信誓旦旦，自认为从来说一不二。

黄天柱和向修远的这个师担负着攻击下碣隅里机场、切断下碣隅里与柳潭里相互间联系的重任，吴铁锤、欧阳云逸的前卫营一马当先，将率先发起向下碣隅里机场的进攻。

天空阴沉沉的，视野之内暗淡无光，西北方向的云层越来越厚、越来越暗，也越来越低了，预示着一场暴风雪即将来临。

晌午过后，吴铁锤找到欧阳云逸，想跟他研究一下“战前牙祭”的事情。

“战前牙祭”是他们这个部队打新四军时期就一直延续下来的老传统，每逢开战前夕，不论规模大小、情况复杂与否、环境是否恶劣，部队都要搞一次会餐。有条件的时候杀猪宰羊，大鱼大肉地吃上一顿；没条件的时候弄几只鸭子炖一炖，鸭汤泡米饭，也算改善了生活。时运再不济的时候，炸两根油条，煮几个鸡蛋也叫打牙祭，总之，想方设法改善一下生活，让大家精神饱满上战场，这叫作壮行酒、壮行饭。部队的生活一向清苦，什么时候看到他们杀猪宰羊改善生活了，那就意味着他们又要打仗了。许许多多的战士吃过了这最后的“战前牙祭”上了战场以后，从此就再也没有回来了。

久而久之，“战前牙祭”成为了他们这个部队的传统。每逢战斗，要是不搞一次会餐，不打一次牙祭，那就等于缺了点什么，就等于战斗准备不充分，那这个仗就没有办法打。

前卫营的弟兄们眼巴巴等待着长津湖畔的壮行饭。实际上他们等待着的只是一个仪式，而并不在意这个仪式的内容。但是吴铁锤偏不这样看，他不仅决定搞这个战前牙祭，而且要把这个长津湖畔的战前牙祭搞得热热闹闹，隆重而又丰富多彩。

欧阳云逸却是一筹莫展。

部队普遍断粮，只靠就地筹集到的一些土豆维持，现在就连土豆也所剩无几了。在他看来，“战前牙祭”当然要搞，这个传统还是向修远传给他、他传给吴铁锤的。对于他们这个部队而言，“战前牙祭”不仅是一个传统，也是一个神圣的仪式，欧阳云逸当然比吴铁锤更能理解其中的含义。问题在于在眼下这个冰天雪地贫瘠而又荒凉的不毛之地，在风雪呼号的长津湖畔，拿什么东西去充实这个仪式的内容呢？欧阳云逸真正感到了巧妇难为无米之炊的滋味了。

吴一六看到愁眉不展的欧阳云逸，也背着两手在雪地上转来转去。

吴铁锤一看到他转圈就气不打一处来。没好气地说：

“瞎转悠什么？你是个粮秣员，半天崩不出一个屁，指望你连西北风都喝不上！”

吴一六咧咧嘴，金牙一闪一闪的。他停住了步子，两手一拍一合地回答道：

“你看看你看看，又拿我撒气不是？就还有一些冻土豆，买也没得买，偷也没得偷，你们营长、教导员都没主意，我这个小小的粮秣员又有什么办法？”

吴铁锤眼睛一瞪：“给老子想，想不出办法我揍你个熊！”

吴一六眼睛翻翻，没敢再犟嘴。吴铁锤成天揍这个熊揍那个熊，但是并没有看到他揍到了哪个熊的身上。在吴一六看来，这差不多是吴铁锤的一句口头禅。但对于打小一块光屁股长大的吴一六来说，没有人比他更了解吴铁锤的秉性，吴铁锤要是真急了眼，在关乎到部队生死存亡的紧要关口，别说是揍他个熊，掏出枪来给他一梭子都有可能。

吴一六的长处在于能够察言观色。他看看吴铁锤，又看看欧阳云逸，把营部及其附近的几个人，李大个、陈阿毛、曹连长、老王头王三、孙友壮等，挨个看了一遍之后，小心翼翼地说道：

“要叫我想办法，我想来想去，只有一个办法。”

吴铁锤说："有屁就放，少给老子玩点子。"

"玩点子"是吴铁锤苏北老家吴家集的土话，意指要心眼、弄机巧之类的小把戏，吴一六当然听得明白，他就等这句话。

"把几头朝鲜牛搞掉。"

吴一六的话音刚落，所有人都颇有期待地瞧向了欧阳云逸。几头半大不小的老牛小牛拉回来或者叫"买回来"的时候，欧阳云逸曾有严令在先，耕牛是老百姓的命根子，谁也不能动，更不能杀了吃肉。农谚说耕牛是个宝，农家少不了，对老百姓来说，一头耕牛就是家里的一口人，甚至于比家里的一口人还要珍贵，你能对家里人动手吗？显然不能。但是现在不同了，部队马上就要发起冲锋，都等着"战前牙祭"这顿饭呢，在这个叫天天不应叫地地不灵的地方，拿什么打牙祭？吴一六的主意其实也是大家伙共同的主意。吴铁锤想来想去，也觉得只有这几头牛了。

但是吴铁锤明明知道欧阳云逸不会同意他杀牛，他也知道杀老百姓的耕牛是违反纪律的，在国内都违反，在朝鲜就更不要说了，所以他不能自己说出来，他要借用吴一六的嘴巴，让吴一六说。吴一六是营部的粮秣员，管着全营的吃喝拉撒睡，他说，顺理成章。

像大家预料的那样，欧阳云逸秀气的脸庞一下子严肃起来。他对吴一六说：

"亏你想得出来，还是个干部！朝鲜老乡的牛能随便杀吗？"

吴一六当然无法回答，只是看着吴铁锤，但吴铁锤却把头扭向了一边，他要等更多的人来投赞成票。

但所有人都沉默了下来，欧阳云逸摘下眼镜不紧不慢擦拭着。

李大个憋不住，率先表态同意粮秣员吴一六把朝鲜牛宰掉搞"战前牙祭"，因为目前看来只有这个办法可行，要是部队上去后只剩下几头孤零零的朝鲜牛，它们饿也饿垮了，瘦也瘦干了，等到从阵地下来就只能嚼牛肉干了。

陈阿毛表示了同样的意思。打美国佬的陆战1师不是个小事情，几头朝鲜牛正好可以用来打牙祭，打过了牙祭就去打美国佬，美国佬打跑了，朝鲜老百姓还可以再养牛，养许多许多的牛，好牛。

听说要杀牛，孙友壮来了精神，撸胳膊蹬腿，一副跃跃欲试的架势。他依然披扎着自制的土大衣。尽管向修远政委亲手写的条子吴铁锤、欧阳云逸他们都看了，也没有什么异议，但是不知何故，孙友壮并没有把那件陆战队的兜头大衣穿在身上。

“要俺看早就该杀！”孙友壮看也没看欧阳云逸的脸色，大大咧咧地说，“留着几头破牛有啥用？不当吃不当看的，趁早杀掉。几头破牛要不够，还有老王头的‘大清花’，一块打牙祭算完。”

老王头王三一直蹲在雪地上吧嗒着旱烟袋，没有发表任何意见。营里有营长、教导员，杀不杀牛、打不打牙祭那是领导上的事情。虽说他兵龄长、资历老，然而毕竟是一介马夫，在许多事情上吴铁锤和欧阳云逸征询他的看法，那是尊重他，给他面子，他自己心里有数。但是一听说要拿他的“大清花”打牙祭，老王头就急眼了。

他把烟袋锅在雪地上使劲磕了磕，脸红脖子粗地对着孙友壮说：

“新兵蛋子，没深没浅，你还琢磨上我的‘大清花’了？打牙祭，你先把我老王头打了吧！”

老王头一贯温厚少言，很少有发火生气的时候，像眼下火冒三丈的样子，确实还属少见。孙友壮被吓住了，结结巴巴解释着说：

“俺就是随便说说，随便说说呢！老革命千万别生气。俺说了能算吗？还不得营长、教导员定吗？”

“他敢！”

老王头又把烟袋锅子在雪地上猛劲磕了一下。他这个“他”显然指的是吴铁锤、欧阳云逸了。

欧阳云逸擦拭着眼镜一言不发，吴铁锤则狠狠瞪了孙友壮一家伙。

这个孙二愣子，哪壶不开提哪壶，说话也说不到个点子上。明明是讨论杀朝鲜牛的问题，偏偏打上了“大清花”的主意，这不是猪八戒照镜子——自找难看吗？“大清花”是老王头的命根子，前卫营乃至他们这个团、这个师人人皆知，拿他的“大清花”打牙祭，还不等于是要了老王头王三的命嘛！吴铁锤心想，自找难看还在其次，关键是岔开了杀不杀牛的话题，下面怎么说呢？

老王头统率着他的骡马们在鸭绿江边轰轰烈烈撒尿做了标记之后，一路跋涉在通往长津湖战区的冰雪道路上，途中遭遇敌机扫射打掉了几匹，其余皆在翻越最后一座大山东白山的时候损失殆尽。山高岭险，道路结冰，上山的时候人拉肩扛总算把一匹匹骡马弄上了山，但是下山的时候，因为骡马的腿不能打弯，都在溜滑溜滑的山路上劈了腿、翻了身，一匹匹摔死在深深的山沟里。老王头把大衣和薄棉被铺在冰路上，让他的“大清花”踩着被子、大衣走，走两步铺一铺，走两步铺一铺，因为受到了这一特殊的礼遇，“大清花”才得以安然无恙，才来到这个长津湖畔。而老王头王三在兖州领下的团级干部待遇的土黄色日本军用大衣及其薄薄的棉被，则是窟窿朝天，被踩得不成样子了。

曹连长一会儿说打牙祭该打；一会儿说朝鲜牛不能杀；一会儿说这个朝鲜牛放在那里其实作用并不大；一会儿又说打不打牙祭也不是最重要的，因为困难嘛，大家都能理解，重要的是打美国鬼子，打了美国鬼子，什么吃的东西都有了，还在乎几头朝鲜牛？欧阳云逸把擦拭好的眼镜重新戴上，一字一句对大家说：

“毛主席要我们爱护朝鲜人民的一山一水一草一木，朝鲜老乡的耕牛属不属于一山一水一草一木？当然属于！所以不仅不能杀它们，还要爱护它们，保护它们。我们是志愿军，中国人民志愿军，来朝鲜是为了帮助朝鲜人民打击美国侵略军，而不是来祸害朝鲜人民的，我们不是国民党，也不是还乡团。”

吴铁锤实在憋不住了，说：“老欧你扯远了，打牙祭怎么打到国民党、还乡团那里去了？你要不同意杀牛也行，你倒给想个办法，看怎么把这个牙祭打了。”

欧阳云逸说：“我有什么办法？我没有办法。”

“还不就是了！”吴铁锤大手一摊，“吴一六说得有道理，目前的情况下，只能杀牛。”

“我不同意！”欧阳云逸站了起来。

吴铁锤一脸无奈：“你看看老欧，杀又杀不得，吃又没得吃，战士们都在饿着肚子，喝西北风吗？拿什么去打下碣隅里飞机场？”

欧阳云逸说：“实在不行就饿着，缴获了战利品再补上。违反群众纪律的事，说什么不能干。”

吴铁锤说：“我是营长，我要对部队战斗力负责！”

欧阳云逸说：“我要对政策纪律负责！”

“打美国鬼子重要还是几头破牛重要？”吴铁锤牛劲上来了。

“都重要，缺了哪个也不行。”欧阳云逸同样执拗。

吴铁锤袖子一撸：“打仗的事情我说了算，有什么问题我顶着，不会让你担什么责的。”

“你……”欧阳云逸被噎住了，脸庞涨得通红。他知道吴铁锤犯了牛脾气，只要他一犯性子，八头水牛也拉不回来。

吴铁锤对吴一六下达了最后的命令：“把全营筹到的几头牛和土豆集中起来，一块杀一块煮，天黑以前弄好，弄不好我揍你个熊！”

吴一六听完吴铁锤的命令，看看欧阳云逸的脸色，左右为难。吴铁锤火了，上去就是一脚，用家乡话骂道：

“小鬼屌！老子的话是放屁吗？不执行好老子的命令，别看你和我一个村的，我照样一枪毙了你！”

吴一六挨了吴铁锤极有质量的一脚，不敢怠慢，一溜小跑着安排去了。

欧阳云逸与吴铁锤争执的时候，大家都在看着他们。在他们的印象中，尽管过去的那些日子他们俩也有过争执，也有过意见不一致的时候，但是像现在这样两人都怒气冲冲地大声争吵还是第一次。怎么说呢？吴铁锤有吴铁锤的道理，欧阳云逸有欧阳云逸的道理，吴铁锤一心想着打仗，欧阳云逸要考虑着政策纪律，各有各的理。这个地方实在是条件太差，环境太恶劣了，如果有东西打牙祭，哪怕有东西能填饱肚子，这两个在战场上一起摸爬滚打了多年的人也绝对不会动这么大的肝火。

“你要杀就杀吧，”欧阳云逸又擦了擦眼镜，对吴铁锤说，“我保留意见，而且我要向上级反映。”

吴铁锤说：“反映！你是教导员，有这个权利。决定我做的，是杀是剐我顶着，脑袋掉了碗大的疤瘌，多大点事情？”

欧阳云逸摇摇头，一个人独自离开了。

6

后果可想而知。情况反映到团部，团政委张之白感到情况很严重，问师参谋长兼团长的范书宝怎么办，范书宝也做不了主，所以就又把情况反映到了师部。师长黄天柱一巴掌拍在木板桌子上，对政委向修远说：

“怎么样？这个铁锤子又捅娄子了吧？上次袭击美国人的搜索队，说是什么遭遇战，让他打马虎眼蒙过去了，现在连老百姓的耕牛都敢杀，再不修理修理他，指不定还会闹什么乱子呢，必须严肃处理！”

向修远同样感觉到了问题的严重与复杂。宰杀群众的耕牛，即使在国内也是一件要命的事情，因宰杀老百姓的耕牛被执行枪决的人或事，过去也不鲜见，何况眼下还是在朝鲜！可是要怎么处理这个吴铁锤呢？

“撸了他。”黄天柱皱着眉头。

向修远很认真地看了看他，说道：“你舍得？临阵换将，兵家大忌。”

黄天柱挠着短短的头发楂子：“你看怎么办？大部队作战，执纪要严。”

“给他个处分吧，以儆效尤。”

“一个处分太轻，这小子根本不会当回事。”黄天柱挠着短短的头发楂子说，一脸的无奈。

“你的意见呢？”向修远问他。

黄天柱一抹脸说道：“党内处分，行政降职，降成副营长。”

向修远说：“当副营长他就指挥不了前卫营了。”

“这个好办啊！”黄天柱说，“副营长代营长职务，还是前卫营的头。想撂挑子不干，没那么便宜！”

向修远笑了，分明是你撸了人家嘛，怎么成了吴铁锤撂挑子不干了？他对黄天柱说，“关键是此风不可长。我们是来抗美援朝打美国鬼子的，美国鬼子还没有打着，倒把朝鲜老乡耕牛杀了、吃了，怎么对得住人家？此风当刹。”

两个人还商量了对于欧阳云逸的处理意见。欧阳云逸反映了情况，也自请处分，毕竟发生了这样的事情，他没有能够制止住，身为营教导员，他觉得自己难辞其咎。

欧阳云逸是一个襟怀坦荡的人，新四军部队的老作风，都这样。他说向上级反映就会反映，自请处分也是发自内心的，什么事情都在当面，从不掖着藏着。

师部的处分决定当天下午就以电话通报的方式传达到各团营，这时候师团营之间还有电话联系。吴铁锤欧阳云逸都是党内警告，吴铁锤比欧阳云逸还多了一条：撤销营长职务降为副营长，但是继续履行营长的职责。

吴铁锤觉得有点对不住人家欧阳云逸，本来是他自己单枪匹马的行为，却捎带着让教导员背了个处分。处分就处分吧，一个处分背着，两个处分扛着，再来一个处分用脑袋顶着，反正不能叫部队打不了这个战前牙祭就去跟美国佬刺刀见红。

战史对此有如下的记载：

> 我部进入朝鲜后，在连续八天的急行军中，经常雪地露营，生活十分艰苦，但是各部队遵照党的“爱护朝鲜人民一山一水一草一木”的指示，严格地执行了三大纪律八项注意，普遍重视了解和尊重朝鲜人民的风俗习惯，做到了态度和蔼、进门脱鞋、学习顶水等等。投入战斗前，部队生活异常艰苦，破坏政策纪律的现象开始萌露，特别是在战斗中宰杀耕牛，达近千头之多，影响到战区群众的农业生产。依法进行了严肃处理，并且拨了大批粮食、物资，派专人至战区进行了

调查清理、道歉赔偿等善后工作。

多年以后，向修远回忆起吴铁锤在长津湖畔杀牛的事情还是长吁短叹。情况紧急，环境又是那样残酷与恶劣，在那种极端条件之下，除了杀牛似乎也别无他法，部队总不能空着肚子上火线。但是话又说回来，无论什么样的艰难困苦，无论多么残酷恶劣的环境，都不能而且也不应当成为原谅自己的理由。政策纪律是军队的生命，没有了政策纪律，军队岂不是一盘散沙，与乌合之众的土匪又有什么区别呢？向修远想这就是命，是命中注定的事情。在他看来所谓的命就是历史，而历史是无法改变的。

一抹残阳钻出了厚重而低垂的云层，悬挂在西天之上。暮色苍茫，远远近近的崇山峻岭一片昏暗。山上的树木都在摇晃着，一团一团的雪花开始从阴沉沉的天空上飘落下来。

吴铁锤、欧阳云逸把部队集合在山脚下。除了途中因病因冻死亡和冻伤掉队的以外，过江时八百人的前卫营还剩下了六百多人。迎面两棵松柏，中间横卧一杆，杆子上吊挂着吴铁锤祖传的雕花云龙纹檀木匣铜锣。在锣的下方摆放着一溜十几个箩筐麻袋，分别装着煮熟的土豆和牛肉。

残阳的暗淡余晖投射到吊挂着的铜锣上面，折射出一抹冷冷的寒光。一阵紧似一阵的寒风拂动着锣面，锣随风而动，铮铮有声。

欧阳云逸首先讲话，宣布了师党委关于给予他和吴铁锤同志处分的通知，讲了战斗的意义与要求，讲了为什么来到这里和到这里以后干什么、怎么干，总之也算是个简短的战前动员吧。最后特别强调，为了几头牛，营长吴铁锤同志受了处分，但是吴铁锤同志是为了战斗，是为了全局，吴铁锤同志还是营长、还领导全营，全体指战员要严格执行吴铁锤同志的命令，服从他的指挥。

吴铁锤讲话当然不会像欧阳云逸那样条理分明，他开门见山：“我就讲两句话，第一句，锣；第二句，下碣隅里飞机场。”

关于他这个祖传的雕花云龙纹檀木匣铜锣，吴铁锤说他用不着费话太多，因为不管老兵新兵早到的晚来的都知道他这面锣，他们这个部队打仗吹冲锋号敲冲锋锣，是自打新四军时候就有的老传统，打美国鬼子陆战1师也不例外。冲锋号一响，紧跟着就是一阵“急急风”，全部人员，不管是指挥员还是战士，都要使劲往上冲，不使劲冲我就要揍你个熊；撤退的时候是“慢三锤”，“锤，我吴铁锤的锤，叫作鸣金收兵，听到这个‘慢三锤’就得给我脱离战斗，谁要恋战不给我撤下来，我也一样揍你个熊”。

吴铁锤的声音很大，几乎是在吼叫着，压过了阵阵的松涛，在山谷中回荡。黑压压的队伍中鸦雀无声。

所谓的“急急风”“慢三锤”是吴铁锤祖传雕花云龙纹檀木匣铜锣的两种不同敲法，冲锋的时候锣声急促“哐哐哐哐哐哐哐哐……”一个劲地响，叫作“急急风”；撤退的时候锣声悠长“哐……哐哐，哐……哐哐，哐……哐哐”有节奏地敲，叫作“慢三锤”。“慢三锤”一响，意味着一场血战拼杀的结束，可以鸣金收兵喘口气了。

“第二句，下碣隅里飞机场！”吴铁锤接着喊，“为什么打这个下碣隅里飞机场呢？这是陆战1师的仓库，所有好吃的东西，当然也包括武器弹药，都是先用飞机驮到这个地方，打下了下碣隅里飞机场，穿美国皮靴，吃美国罐头，喝美国‘香油’！”

戛然而止，一句废话没有。

欧阳云逸在一边直皱眉头。而战士们却是议论纷纷、群情高昂，队伍里一片沸腾。在欧阳云逸看来，吴铁锤是掐头去尾，不仅避开了事情的本质，也偏离了事物的方向。打下碣隅里飞机场，师长黄天柱、政委向修远早有交代，两个目的：切断敌人来自空中的后勤供应，取敌所有，补充自己。向修远还特别强调，只要打下了下碣隅里机场，切断了美国人的这一条空中大动脉，陆战1师就成了丧家之犬，只有等待着覆灭的命运。而吴铁锤只把打下下碣隅里机场的目标定在穿美国皮靴、吃美国罐头、喝美国“香油”上，岂不是捡了芝麻丢了西瓜吗？但是当着几百名战士的面，欧阳云逸自然也不能纠正或是反驳他吴铁锤。毕竟打仗的事情，以军事指挥员的意见为主。至于芝麻西瓜的，只要打下了下碣隅里飞机场，什么都好说。

7

教导员、营长都讲过了话，接下来开始“打牙祭”，吴铁锤、欧阳云逸以下六百多人，每人三个土豆，一块土豆大小的盐水或是清水煮牛肉。

全营剩余的土豆都集中到了一起，一共杀了五头大大小小骨瘦如柴的黄牛外加一头老驴，没有多少肉，盐也用光了。汤汤水水分到各个班排，每个人其实只是尝尝味道而已，但这已经是前卫营出击下碣隅里飞机场之前所能筹集到的全部物资了。

吴铁锤告诉大家，三个土豆一块牛肉先垫垫底，等夜里打下了下碣隅里飞机场，他和教导员领着他们去打美国佬的牙祭。

战士们虽然被吴铁锤的话语所鼓舞，但大多数人并没有将三个土豆一块牛肉一次性吃光，拳头大小的牛肉干掉了，土豆却是当宝贝一样地保管了下来。大战在即，谁知道会遇到什么意想不到的事情呢？老兵们对此都有经验，他们准备把这几个土豆用在最困难、最需要的时候。

吴铁锤、欧阳云逸当然也不会把他们的物资一次性全部拿出来打牙祭，总还要搞一点战略储备。剩下的几筐土豆、牛肉都交给了吴一六和老王头王三，由他们统一保管。

陕北红军老王头身居后勤马夫班，他的骡马虽已损失殆尽，到目前只剩下了一匹“大清花”，马夫班实际不复存在了，但是吴铁锤却不能叫他端着三八大盖去冲击美国人的下碣隅里飞机场，毕竟是陕北红军嘛，年事已高。吴铁锤考虑叫老王头协助粮秣员吴一六在后面搞搞保障。非常时期，情况特殊，老王头受令后感到责任重大。他把剩下的土豆、牛肉清点了又清点，当宝贝一样地守护了起来。因为从陕北老根据地一路跋山涉水来到长津湖畔的王三自然明白，在这个供给极度匮乏的长津湖畔，哪怕是一个冰冻的土豆也能挽救一名战士的生命。

从所剩无几的“储备”中也留了一些给欧阳云梅几个女同志以及乔静子。战斗即将打响，师医院的两个治疗队马上就要开上来展开救护，欧阳云梅她们就在原地等待着自己的队伍开上来。

吴铁锤把一小包土豆、几块清水煮牛肉交给了欧阳云梅，同时也把乔静子交给了她，他总不能带着乔静子去冲击美国人的阵地。吴铁锤的一只大手抚摸着乔静子扣着大棉帽子的脑袋，对她说“阿爸吉”要去打美国佬了，这一仗打下来全是好吃的东西，罐头大大的，饼干大大的，美国“香油”大大的。

乔静子似懂非懂，无言无语，只用黑亮黑亮的眼珠一直看着这个胡子拉碴自称“阿爸吉”的人，直到他在漫天飘舞的雪花中远去。

孙友壮把他缴获而又由向修远发给他的陆战队兜头大衣交给了他的沂蒙山老乡李桂兰。他对李桂兰说，穿惯了自制的土大衣，猛不丁穿上这个洋家伙还真是有点不习惯，你穿得单，留着吧。

李桂兰一句话没说。

孙友壮走远了以后，她才猛然想起来什么，跑过去撵上扛着捷克式轻机枪的大个子孙友壮，把发给自己的三个土豆塞在了孙友壮的怀里。

欧阳云逸也来和蓝晓萍以及他的妹妹欧阳云梅告别，他的手上戴上了蓝晓萍专门为他编织的蓝色毛线手套。他同样将自己身上的陆战队兜头大衣脱下来交给了蓝晓萍。欧阳云逸对蓝晓萍说：“孔子云有来无往非礼也，这件大衣，送给你了。”蓝晓萍不要，说：“这个毛衣还没有织好，没有大衣会冻坏你的。”欧阳云逸说：“没关系的，你冻得手里拿不住针，穿上大衣暖和了就织得快，你织得快我就穿得早。再说冲锋陷阵，穿着大衣碍手碍脚的，还是脱下来利落。”蓝晓萍笑了笑，没再推辞。她想欧阳云逸也许是有道理的，她要尽快把这个毛衣织完。

欧阳云逸对他的妹妹欧阳云梅解释，戴上了人家的毛线手套，总要有所表示，这就叫君子风度，下次缴获了战利品也送她一件，他是怕自己这个妹妹心里委屈。欧阳云梅却很大度，说她才不稀罕美国佬的破大衣，有什么战利品都给蓝晓萍，蓝晓萍这个将来的嫂子妹妹高兴了，她难道会不高兴？

欧阳云逸第一次在自己的妹妹面前红了脸。

雪越下越大，最后的一抹残阳已经影踪难觅，天空中一片混沌。

部队都出发了，欧阳云逸走到前面去了，吴铁锤则站在了松树下面。他要尿上一泡尿，而后跟上他的部队。

这棵松树很大，李大个抱了抱，大概他两个人才能搂得过来。树干上的雪都冻成了冰，巨大的树冠舞动着，发出呜呜的声响。

吴铁锤解开裤子刚要尿，李大个也凑过来叉开了两腿，他说他也要来上一泡，好有个标记。起初两个人都把尿尿在松树的根部，两个人尿在一起，不分彼此，不相上下。但是尿着尿着就有了前后之分，吴铁锤尿得靠前一点李大个赶上来，李大个尿在了前面吴铁锤又超过去，你追我赶，尿着尿着就上了树干。两道冒着热气的尿液滋在冰结的树干上，把树干上的冰雪滋得犹如五月的花瓣纷纷扬扬。李大个滋出了一人高，吴铁锤一使劲尿出了两个人头的高度。

李大个非常羡慕，以讨好的口气说道："营长你这个尿真是了得，滋得那么高，全营，欧阳教导员，哪个比得了嘛！"

吴铁锤不屑地说："不要讲欧阳教导员，就是美国佬也尿不到这个纪录。"

李大个自愧不如，怪只怪自己的个子小、"鸡子"短。

"鸡子"是他四川老家的土话，指的是男人裤裆里的家伙，而在吴铁锤的苏北老家吴家集，则称其为"屌"。这个称呼很粗鲁，远不如李大个老家的"鸡子"来得文雅。可是话又说回来，不管文雅还是粗鲁，都是裤裆里的东西，在实质上是一回事情。

李大个禁不住扭头看了看他营长的"鸡子"，这一看把他看愣住了。李大个对吴铁锤说：

"怪不得嘛！你的鸡子那么大，不要说全营，格老子全师也是天下第一！"

"全师不敢说，"吴铁锤系上裤子回答道，"但是我这个肯定要比美国佬的大。"

第十三章

1

一觉醒来，奥利弗·史密斯师长发现身前身后漫山遍野的都是中国人。

作战指挥军官麦克劳克林少校把他从睡梦中叫醒，告诉他侦察到敌军大部队运动的迹象，紧跟着前方后方的有线电话与无线电步话机就响成了一片，从西北方向的柳潭里到师部所在的下碣隅里；从身后的古土里再到后方的真兴里，到处都是敌军，到处都报告有敌人的大部队在运动。史密斯心里明白，这就是中国人，传说中的中国人，不动声色的中国人，隐蔽而又突然，预料之中，但是又出乎意料。

不久前里兹伯格团长派出的搜索队遭到了袭击，他们损失了七名陆战队员。什么人偷袭了陆战队，幸存者对此莫衷一是，有的说是北朝鲜人干的，是北朝鲜的残余部队或是游击队；有的说是中国人干的，是未曾露面的中国人。史密斯与里兹伯格心里面都认定是中国人，是中国人的部队，并且不是一般的部队发动了这个袭击。在大兵压境的情况下，北朝鲜的人民军早已溃不成军，怎么可能引火烧身向强大的陆战队发动攻击？只有中国人，中国人直奔他们而来，一点也不拖泥带水，中国人的目标就是他史密斯的陆战1师。从师部的韩国联络员那里，史密斯了解到一句中国的谚语，也是一个非常有意思的故事，叫什么“狼来了”。现在，“狼”终于真的来了。

这个“狼”就是中共军队。

当然，丢失了一份作战地图，丢掉了一些武器以及其他的装备，但是在史密斯看来它并不影响陆战队向鸭绿江方向的进攻。“大龄屎壳郎”麦克阿瑟早已把联合国军的北进行动计划大白于天下，搞得沸沸扬扬，唯恐世人不知，一个营级单位的地图又能带来多大的危害呢？与七名陆战队员的生命相比较，史密斯觉得它毫无意义。

史密斯告诉麦克劳克林，在任何时候、任何情况下，美国人的生命都是最为重要和最为宝贵的，与生命相比较，武器、装备、荣誉、尊严等等所有的一切都是无足轻重的。

在陆战队看来，有什么样的“大龄屎壳郎”，就有什么样的“屎壳郎兄弟”。第10军军长阿尔蒙德一天三遍电话催问他们的进攻进度，然后把他们的方位与坐标一一标注在自己巨幅的作战地图上，就像是一个咄咄逼人的催命鬼。阿尔蒙德过去从未指挥过美国海军的陆战部队，现在既然指挥了，那他就要把它指挥得一切到位。

史密斯叫麦克劳克林少校拿来作战地图，把它铺在长条形的行军桌上。从他身后也是最南面的真兴里一路向北，分别是古土里、下碣隅里和西北方向的柳潭里，这是一条近百公里蜿蜒崎岖的山间道路，仿佛一只巨型蜈蚣盘踞在长津湖畔。根据各团、营乃至连一级单位的报告，他的陆战1师、全部的部队，目前都被孤立在这四个点上，这四个点的四面八方同时出现了中国人的部队，意味着什么呢？

史密斯从作战地图上抬起头来，正好面对麦克劳克林焦虑万分的目光。温文尔雅的史密斯也禁不住打了个寒噤——他的陆战队已完全被中国人分割包围。

尽管如此，奥利弗·史密斯师长还没有意识到问题会严重到何种程度。空中的反复侦察和搜索队的前进搜索都没有发现中国大部队的影踪，他们从哪里来的？海运？空降？显然都没有可能。中国人要是具备这种能力的话，那他们美国人也不至于贸然来到这个狭长的朝鲜半岛。渗透，一定是渗透，只能是渗透，史密斯想到了这个词。中国人躲过了空中侦察，白天藏在山洞里，趁着夜色悄悄地行动，昼伏夜行，从他们的满洲一直渗透到这个长津湖。想到这里，史密斯刚刚紧张的心情稍有放松。既然是渗透，规模便不会很大。麦克阿瑟曾经信誓旦旦：如果有超过三万人的中国部队参战，就会被空中侦察发现。

史密斯要麦克劳克林少校给里兹伯格团长挂电话。

里兹伯格的部队已经推进到柳潭里，其中两个营位于柳潭里，一个营配属炮兵营、坦克营的部分部队守卫着下碣隅里以及下碣隅里机场——以后的战史会有记载，这是朝鲜战争期间美国海军陆战队在朝鲜半岛最北面、最为靠近鸭绿江的阵地，从此以后，他们再也没有能够越此而前进一步。

电话很快接通了，史密斯进一步听取了里兹伯格团长的情况及其所做的准备。里兹伯格虽然尚未判明中国人的意图——他们为什么突然出现在这里？他们的目的何在？但是依据他的经验，只要守住了夜间的阵地，白天就会显得轻而易举。中国人没有空中支援和掩护，白天将会完全是美军的天下。然而眼下的问题是，柳潭里的防御尚不完善，他们缺乏重武器，只是设法将一辆潘兴式重型坦克开到了那里，而大批的师属重型武器155和105毫米榴弹炮、潘兴式坦克，则留守在下碣隅里的阵地上。

史密斯肯定了里兹伯格所做的打算，并叫麦克劳克林立即通知所有的据点——真兴里、古土里、下碣隅里与下碣隅里机场，务必坚守阵地，等待曙光的降临。

好在他们事先有准备，部队之间不仅交替掩护向前推进，而且每到一地均占领阵地，等待着第二天的继续前进。史密斯的小心谨慎发挥了作用。

史密斯在电话里要里兹伯格不必过于担心，因为据他判断，中国人显然是为了阻止陆战队的继续北进，阻止他们推进到中朝边境鸭绿江，扰乱麦克阿瑟将军圣诞节结束朝鲜战争的总攻势计划，而且他们人数不会太多。他相信在西线的第8集团军，沃尔顿·沃克将军也会遇到同样的情况。

第8集团军司令沃尔顿·沃克中将极有可能会遭遇陆战1师的情况，但是沃克将军却不会用同样的方法来对待它。

在朝鲜西部，联合国军最高司令长官麦克阿瑟的计划是要沃克的第8集团军沿着清川江的广阔战线向鸭绿江发起进攻。在沃克将军的战线上，从西到东一字排列着美第1军（辖美24师、英27旅、韩1师）；美第9军（辖美2师、美25师、土耳其旅）；而后是韩国的第2军团，分别由韩第6、第7、第8三个师组成。美国第1骑兵师则在后方的顺川附近担任预备队，这就是沃克的全部兵力，他们面对着的是志愿军先期入朝的十三兵团的六个军，即第三十八、第三十九、第四十、第四十二、第五十、第六十六军，另加炮兵一个营和八个连。

沃克中将对此忧心忡忡。除了神秘莫测的中国人以外，此种配置本身就已经使他十分不安了。过了清川江以后，狭长的朝鲜半岛骤然加宽，越往北越宽，而部队的进攻正面则会随着地形的加宽而增大，宽大的攻击正面意味着兵力的相对分散，而且他与东线阿尔蒙德将军的部队存在着巨大的间隙，他们之间没有任何的联系。在刚刚过去的一个月，沃克已经吃过这样的亏了，所以他不得不加倍小心。

2

而道格拉斯·麦克阿瑟五星上将却对此不屑一顾。

为了圣诞节的总攻势计划，年事已高的他以少有的神采奕奕再次驾临沃尔顿·沃克将军的清川江前线阵地。同样是宽边旧檐帽、墨镜、玉米茎大烟斗，同样是夸夸其谈的演讲，同样有前呼后拥的记者，但是麦克阿瑟此行的声色却远比他第一次视察沃克的部队时要大出许多，他的信心以及由于胜利在望的那种自豪溢于言表。在威克岛，他已经向杜鲁门总统许下诺言，到圣诞节就将结束朝鲜战争，激情满怀的总攻势动员令也已发出，现在是开始行动的时候了。

在清川江前线的美第1军指挥部，麦克阿瑟旧话重提，他端着大烟斗，以非常轻松的口气对在座的师以上指挥官和记者们说：

“我已经向24师小伙子们的妻子以及他们的母亲打过包票了，他们将在圣诞节回国。别让我这个老头子当骗子，赶到鸭绿江我就放你们走。”

此话经过随军记者们的渲染再次传播到世界各地，前线美军，特别是第24步兵师的阵地上一片沸腾。沃尔顿·沃克则在一旁紧绷着面孔，一言未发。

此时的麦克阿瑟当然不会预料到几个月以后发生的事情，当时他正在东京的豪华酒店里享用日本料理，无线电广播里突然传来美国总统杜鲁门的声明，解除他作为美国远东军司令、联合国军司令等一切军职，即刻生效。舆论为之哗然，一度吹捧他的新闻界把他臭得一塌糊涂，说他把牛皮吹上了天，搞什么圣诞节结束朝鲜战争的总攻势，总攻势没搞成，却把自己给搞掉了。

麦克阿瑟神伤不已。他为此辩解道：

“舆论界把我的这句话歪曲为我们必定胜利的预言，而且用这个伪造的歪曲的解释来作为狠狠打击我的一个有力的宣传武器。欲加之罪，何患无辞？”

他不承认自己曾经发表过那样的豪言壮语。

确实，麦克阿瑟的政敌用“回家过圣诞节”的说法来牵制他，把他推入到一个非常尴尬的境地，从而为他的下台起到了推波助澜的作用。麦克阿瑟一贯目中无人，树敌过多，他为此付出了代价。

美联社随军记者詹姆斯·爱德华与麦克阿瑟的交往一向不错，在清川江美军的前线部队，爱德华当时也在场。据他后来的回忆，麦克阿瑟当时的确说过这样的话，虽然是半开玩笑，但在意思和目的上带有某种确定性。他在他的《前线日记》中写道：

攻势失败以后，（麦克阿瑟）将军私下里曾经承认，他当时发表那样一个乐观的公报确实有失慎重，但是将军解释他之所以那样说是为了“使中国人放心，一旦我们到达满洲边境就离开朝鲜，而不会觊觎中国的一寸领土”。

麦克阿瑟在他自己的回忆录中也曾经有如下的记述：

进攻开始当天，前线部队的情况使我极为担心，韩国军队的状况非常糟糕，整个战线的兵力令人沮丧。我在当时就已决定，如果遭遇中国人的大部队，就应立即放弃攻势，并停止任何北进的努力。

事实上在当时的清川江前线，麦克阿瑟的所作所为与他回忆录中所做的记述可谓是南辕北辙。就算他当时确实做出过这样的决定，他也并没有把它传达给他的任何战地指挥官，也没有告诉过他的任何参谋人员，而且美国远东部队司令部的档案里对此没有任何的记载，没有任何迹象能够表明他曾经下令在进攻中与中国人遭遇时撤退的史实。

五星上将麦克阿瑟不能自圆其说。

与其恰恰相反的是，在进攻开始的当天，西线的第8集团军司令沃尔顿·沃克中将就交给第24步兵师师长一封由他亲笔写好的信件，信中写道：

“告诉你属下的所有团以下指挥官，一闻到中国饭的味道就撤退。”

这些都是长津湖畔的史密斯师长不能想象的。

3

激烈而又杂乱的枪声惊醒了二等兵刘易斯的又一个好梦。

所谓激烈、杂乱都是他的班长肯尼斯·本森下士的判断。本森下士与刘易斯趴在用土袋搭成的掩体后面，麦卡锡中尉就在他们旁边。为了堆砌这个掩体，他们真是费了不少的力气——天寒地冻，泥土有如石头一样僵硬，掘壕为体该是多么困难，哪怕只是弄出几袋土来。但是里兹伯格上校和哈里斯营长的命令非常严厉，不管你采用什么办法，天黑以前每个班都必须要有能够御敌的掩体，哪怕使用炸药也要把土给堆上。刘易斯对此牢骚满腹，认为根本没有什么必要，他们只是路过此地而已。在通往鸭绿江的道路上，他们这个营已经到达长津湖西北方向的柳潭里，当夜在此住宿，天亮以后，他们将会向下一个目标——柳潭里西北方向的武坪里跃进。当天进驻柳潭里的陆战队有他们这个团的两个营以及另一个团的部队，他们的连队驻扎在村子外围，他们所在的掩体后面就是班里的防寒帐篷。村庄的规模与他们一路而来所遇见的朝鲜山村比起来虽然不算小，但是大部分房屋已为联军的轰炸所毁，只有几个饥寒交迫的朝鲜难民挤作一团，他们或是不愿意或是不能够逃离这里以避开战事。当然，在他们那里没有得到任何有价值的情报。

看起来一切相安无事，没有什么令人沮丧的坏消息。但是要不了多长时间，刘易斯就会为他的牢骚满腹而后悔，里兹伯格团长与哈里斯营长的决定是完全正确的。他们躲藏在匆忙间堆砌的土袋掩体后面，幸运地击退了中国人的第一场波浪式夜间进攻。

对于麦卡锡中尉以及本森下士和刘易斯而言，往事真是不堪回首。长津湖畔的被袭击简直就是一场噩梦，几天过去了，本森下士还处在难以言表的自责之中，感到自己罪孽深重，觉得是因为自己的一时疏忽才葬送了班里七名陆战队员的生命。为了从沉重的精神包袱中解脱出来，本森下士求助于弗雷特牧师，希望接受上帝的惩罚。

弗雷特牧师为七名陆战队员进行了祈祷，也为本森下士做了祷告。他告诉肯尼斯·本森，上帝是宽厚仁慈的上帝，上帝对当时的情况了如指掌，罪不在他，他已竭尽全力，所以上帝宽恕了他。上帝也会照顾好那些孩子们，他的七名同伴，他们都会在上帝所造的新天地中得到永生。

硬汉子本森泪如雨下。

刘易斯一直处在迷迷瞪瞪的梦境之中。同样是弗雷特牧师的祷告，同样接受了上帝的宽恕和原谅，刘易斯的想法却与他的班长截然不同。在刘易斯看来，上帝并不清楚他们陆战队为何而来和为何而战，并不了解他们为什么就到了荒无人烟的长津湖，到了这个他从未听说过的地方。现在好了，七名虔诚的基督徒去往了天堂，再也没有回来。说明什么呢？上帝也有稀里糊涂的时候。

刘易斯提出了各种各样奇怪的问题要弗雷特牧师来解答，弗雷特均坦然相对，不管刘易斯问什么，他都是万变不离其宗。弗雷特牧师对刘易斯说：

“我以圣父、圣子、圣灵的名义告诉你，我的孩子，上帝创造了宇宙万物，也创造了时间与空间，包括人类的始祖，上帝是历史的主宰者和审判者。人若拒绝服从上帝的旨意，不由上帝决定他一生的路程而决意选定走他自己的路，这便是有罪。但是上帝是宽厚仁慈的上帝，上帝对当时的情况了如指掌，上帝会原谅你的，我的孩子。阿门。”

刘易斯听过以后一言不发，也没有摊开两手耸肩膀。

麦卡锡死里逃生归队后，不仅受到了里兹伯格团长和史密斯师长的严厉斥责，而且被取消了优质服役的资历，这意味着他的晋升与待遇都将会大打折扣，他在陆战队服役的前景也十分不妙。麦卡锡中尉情绪低落。好在他们——他、刘易斯和本森下士幸运地躲过了一劫，他们都活着回来了。

4

柳潭里位于长津湖西北侧的溪谷，以该溪谷为中心，有五条棱线伸向四方。实际上它处在一个由五座大山环绕的宽阔山谷中央，这些大山呈放射状向四面八方扩展，分别叫作北山、西北山、西南山、南山和东南山。每座山形的棱线都起于村庄边缘，蜿蜒曲折、高低不平地通往远方，长津湖水库的一角从东南方向延伸过来，多条山区道路在此交会。

在拂晓前的黑暗中，枪声和手榴弹的爆炸声忽如爆豆响彻了柳潭里寒冷的夜空。首先是警戒部队与敌人接上了火，紧接着远远近近的枪声响成了一片，夜暗如墨，大雪纷飞，刘易斯被本森下士从温暖的棉帐篷中拽出来按在土袋掩体后面。如果继续躲在帐篷里，就会被横飞的流弹击中。

气温在零下几十摄氏度，滴水成冰，短短的几分钟之后，刘易斯已感觉到寒冷彻骨，好像全身都被冻透了一样。

韩国编写出版的战史中记载：

（1950年11月27日）18时30分，北国的夜幕已经降临，两个小时后气温降到零下二十摄氏度左右。陆战队官兵们躲在散兵壕内，等待这寒冷的夜晚尽快过去。正在这时，数千名中共军分多批冲进山谷，杀向柳潭里的防御阵地，喊杀声、枪炮声和军号声响彻寒冷的夜空，他们踏着冻土，步步接近，猛烈进攻。柳潭里完全被敌包围，处于孤立。

麦卡锡他们趴在掩体后面，聆听着远远近近的枪声。这些枪声激烈而杂乱，富有经验的陆战队老兵肯尼斯·本森下士静静地听了一会儿，依此做出了两点判断：枪声激烈说明敌军人数众多，听得出漫山遍野都是他们的部队；杂乱则说明有许多不同口径、不同型号的枪支在同时射击。这意味着什么呢？意味着敌军的装备不统一，混乱并且繁杂。

他们忍受着严寒的侵袭，趴卧在掩体下面，等待着战斗时刻的降临。

渐渐地，无数双鞋底踏在雪地上的嚓嚓声以及碾压着积雪的咯吱咯吱的响声由远而近，伴随着飞舞的风雪，听起来十分真切。

“来了，他们来了！”刘易斯惊恐不安地喊叫着。

“准备射击！”麦卡锡中尉下达了他的第一个命令。

随着一阵激越的号音响起，夜幕下爆发出一阵震天的喊叫声，与此同时，无数条由弹道编织的火舌从叫喊声中一起射来，成百上千发子弹打在他们的土袋、钢盔、身后的帐篷以及冰冻的雪地上，发出噗噗、当当、啪啪、啾啾的骇人声响。陆战队手中的武器也不约而同吼叫开来。

“照明弹！”本森下士冲后面的阵地喊道，“快打一发迫击炮照明弹！”

一声脆响，紧接着是当的一声，照明弹在前方的天空上爆裂开来。惨白的光晕下飞舞着漫天的雪花，攒动着望不到边际的人头，他们奔跑着、呐喊着向阵地冲来，越来越近，枪声、喊声和几百个脚板踩踏大地的声音交织在一起，在夜幕中隆隆回响。

“我的上帝！”

刘易斯一声惊叫，双手抱着脑袋，以逐渐萎缩的姿态消失在掩体下方，他的班长本森下士则用一支勃朗宁自动步枪拼命射击。麦卡锡中尉也抓起身旁的M-1迦兰德式步枪胡乱打向冲锋着的逐渐接近的人群，左左右右还击的枪声响成了一片。

“弹夹！”本森下士一边射击一边扭头对刘易斯喊道，“给我装弹夹！”

他打得非常快，只是十几秒钟，一支15发子弹的勃朗宁自动步枪弹夹就打光了，以至于刘易斯装填子弹的动作根本赶不上他射击的速度。

在等待弹夹的短暂空隙，肯尼斯·本森抓起木头箱子里的鸭梨式手雷，把它们一颗接着一颗投向迎面而来的人群。刘易斯飞快地装填着子弹，可是手却不听使唤，以至于许多子弹不是压进了弹夹，而是掉在了脚边的雪地上。照明弹一颗接着一颗不断闪亮，刘易斯偶尔会露出半个脑袋向外张望，他看到了更为可怕的一幕：

在照明弹惨白的亮光下，中国人源源不断地拥来，他们挺着长枪，奔跑着、呐喊着。轻重机枪、勃朗宁自动步枪、M-1迦兰德式半自动步枪的子弹犹如疾风暴雨横扫过去，迫击炮炮弹和鸭梨式手榴弹不断地在人群中炸开，中国人一群又一群地倒下，但是他们无所畏惧，前面的打倒了后面的冲过来，这一片倒下了又一片压上来，有如碧海波涛，一浪接着一浪，无穷无尽，无边无际。当他们冲到二三十米远的距离时便不顾一切地拼命投起手榴弹来，任凭子弹横飞炸弹爆炸也无所顾忌。

中国人扔过来的手榴弹接二连三在掩体的前后左右爆炸了，有的刺刺地闪着火花、冒着白烟。一块弹片打掉了本森下士的半只耳朵，黏糊糊的液体溅在他的脸上嘴巴上，但是本森下士毫无惧色，迅速捡起刺刺响着的中国人的木柄手榴弹转身扔向当面的人群。

紧接着一发步枪子弹再次击中本森的左臂，使得他疼痛难忍，血流不止。“救护兵！”他一面呼喊着救护兵前来包扎，一面用右手不停地射击。

刘易斯从未看到过这样的场面，也从未经历过这样的战斗。他的手抖得更凶，头压得更低，身子也缩得更矮了，直到这一场短暂，然而却是惊心动魄的战斗烟消云散。

随着一片哨声响起，中国人像他们突然而来的那样又突然地往后退去，很快就消失得无影无踪。麦卡锡中尉清点了一下人员，他们这个连在刚刚结束的黑暗中的战斗中一共有十六人阵亡，二十二个人负伤。

一个小时之后，中国人又重复了一遍刚才的进攻模式，刘易斯所在的连队又有九人阵亡，十三个人负伤，但是他们打退了中国人的进攻，守住了自己的阵地。

本森下士一直坚守在阵地上。耳朵与左臂都得到了及时包扎，已经不再流血，只是仍然很痛。先前在脸上嘴巴上的黏稠血液已经凝结成了冰片，硬扎扎地贴在皮肤上，使他很不舒服。本森下士用右手把这血液结成的冰片揭下来甩在雪地上。

一夜过去，流血苦战的陆战队终于迎来了天明。中国人夺占了周围的山头阵地，可是却并未能冲进柳潭里。这个几成废墟的北朝鲜村庄、陆战队临时据守的支撑点仍然在里兹伯格团长的手里面。

天空放晴，白雪覆盖着大地。

里兹伯格和弗雷特牧师站在村口的阵地上，仰望着周围的群峰叠翠，银装素裹。中国人退进了周围的群山，在他们不愿暴露自己的白天隐去无踪了。

彻夜激战中，里兹伯格团长的部队共有二百八十余人伤亡，许多年轻的陆战队员永远留在了这个叫作柳潭里的地方，但是更多的中国人倒在了他们的阵地前面。

弗雷特牧师巡视着雪地上倒卧着的中国人的身影，虽然有厚厚的积雪覆盖，但是还是能够看出他们一个个面朝前方冲锋时的姿态。他们都衣着单薄，戴着奇怪的有檐帽，脚上穿着质地类似于帆布帐篷一样的胶底单鞋，有的仰卧蓝天，有的面朝大地，每个人的手里都紧紧抓着他们的武器，那是一些简陋的、形形色色的武器。他们一个挨着一个，从陆战队阵地前面二三十米远的地方一直延伸到几百米的距离，一个一个，都是同样的姿态。

弗雷特牧师不禁为之肃然。这些中国人，他们没有宗教，也不信仰上帝，可是为什么要到这个荒凉贫瘠的地方来殉道呢？他们为了什么而头朝着前方僵卧雪地，毫不吝惜自己的生命？

弗雷特摇了摇头，一脸的茫然。

这是一群陌生的东方人，他不能够理解他们。

5

出发的时候雪已经下得很大了。

吴铁锤和李大个尿完了他们有史以来最了不起的尿以后感觉到浑身轻松，很快就赶上了队伍并走在了最前面，欧阳云逸正带领着部队艰难地行进在风雪之中。欧阳云逸说：“你干什么去了，我要陈阿毛到处找你的。”吴铁锤嘿嘿一笑，“什么也没干，就做了个标记。”

夜暗如墨，伸手不见五指；道路崎岖，走起来就更加困难。大家只能深一脚浅一脚地摸索着前行。

气温在零下几十摄氏度，到底多少摄氏度，谁也没有确切地计量，因为谁的身上也没有温度计之类的东西。几十年以后，孙友壮在他的沂蒙山老家的小山村里回忆起这个出击下碣隅里机场的风雪之夜，提起当时的温度，有两点印象特别深刻，那就是——用他的话叫作又冷又热。冷是指气温极低，滴水成冰，哈出的热气都在眉毛胡子上结成了霜，行军之前寒冷难耐，差不多每个人都冻得浑身发抖。热则是指走起来以后又浑身冒汗，眉毛胡子上的冰霜化成了水顺着脸颊往下流，漫天的飞雪飘落到滚烫的脸膛上顷刻之间就消融得无影无踪。一冷一热，又冷又热，冰火两重天，他们就在这样的冰火之中煎熬。

午夜时分，全团都运动到了下碣隅里机场外围，其中两个营配属其他部队攻击下碣隅里村庄，两个营包打下碣隅里飞机场。师参谋长范书宝和团政委张之白在一公里左右的后方开设了前进指挥所，专门负责对下碣隅里机场进攻的指挥。

吴铁锤将营指挥所设在攻击部队身后，超出了正常的规定范围，因为按照一般的常识，他的位置应该更靠后面一点。超出常规，尽量靠前，这是吴铁锤多年的习惯，或者叫一贯的作风。不靠前怎么掌握部队？不靠前怎么了解瞬息万变的敌情我情？不靠前怎么率领战士们冲锋陷阵？不靠前又怎么能让部队听到他的锣声呢？总之，吴铁锤有充分的理由。师长黄天柱为了这个问题在上海战役的时候就批过他，说他是个人英雄主义，完全不顾大局。为什么呢？因为你一个营长打掉了无所谓，你的营部打掉了就会影响到整个战斗的进行。吴铁锤表面上虚心接受，但实际上该怎么干还怎么干。他对欧阳云逸说：

“这个打仗就好比是猪羔子拱奶，一窝猪羔子拱在老母猪怀里，谁拱得凶、拱得猛、拱在前面，谁就能嘬上奶头子。落在了后面怎么样呢？落在了后面你连老母猪的屁也吃不上！”

欧阳云逸听完神情严肃，一句话没有。但是心里面还是认同吴铁锤的做法。

李大个告诉他的营长吴铁锤，现在是朝鲜，不是国内了；现在打的是美国鬼子，不是老蒋了，还是按照规矩往后靠，靠在后面毕竟要比前面安全嘛。吴铁锤狡黠地一笑：

“这你就不懂了？现在打的是立体战，什么叫立体战？前面后面美国佬飞机一起炸。鸭绿江远不远？照样挨炸！越靠前越稳当，越靠前越安全，要是和美国佬靠在了一块就更是万事大吉，为什么呢？油挑子分不出哪个是你李大个哪个是他美国佬，他还敢扔炸弹？”

李大个连连点头，佩服得五体投地。

部队都蹲在山坡上，眼前是一马平川的开阔地，黑乎乎的什么也看不出来。远远的下方有几盏微弱的灯火闪烁，显示出大致的方位，那应该就是下碣隅里机场。

雪好像下得越来越大，风也越来越冷，走得一身热汗，冷不丁停在呼啸的风雪中，很快就冻透了。衣服里的汗水结成了冰，眉毛胡子上重又挂上了白霜，远远近近一片牙齿打战的嘚嘚声。

吴铁锤身披关东军翻毛皮大衣手拎着二十响的驳壳枪在山坡上走来走去，显得非常焦虑。他对欧阳云逸说：

“团部怎么还没有信号呢？”

欧阳云逸也冻得够呛，颤抖着声音回答道：“可能是兄弟部队还没有到位。”

“都在这等着，冻也冻死了，还打个什么打。”

吴铁锤的话语里带有明显的不满。

在这个风雪交加的寒冷冬夜，他的狗皮帽子、翻毛皮大衣再次发挥了作用。但是由于刚才的一路疾行，里面的衣服都被汗水湿透了，一停一冻，衣服变得硬邦邦的，像一层盔甲捆在身上，非常受束缚。

“问问团部，”吴铁锤对李大个命令道，“到底什么时候发动攻击。”

“电话还没接通噻！”

黑暗中传来的是李大个焦急万分的声音。

“怎么搞的！”吴铁锤火了。

李大个回答道：“地都冻上了，哪个插得进去嘛！”

通信员李大个及其通信班的几个兵身背着线拐子，从后面的团部前进指挥所开始一路放线，放一段接一截，放一段接一截，一直连到了眼下的山坡上。他们这个电话是单线，就是只有一根电话线，这一根线连接着两端的电话机，另一头插在地上，要靠大地的导电性来保持通话。但是由于天寒地冻，需要插在地上的这一端无论如何插不进去了，所以就一直未能与团部取得联系。

吴铁锤问明了情况，对通信班的几个兵连同着李大个一起骂道：“都是他娘的猪脑子，你活人还能被尿憋死？留着那泡臊尿下酒吗？”

都没弄明白他的意思，所以几个通信兵挤在一起，谁也没有动。

吴铁锤一看更火了，喝道：“尿尿！把地化开！”

战士们这才恍然大悟，于是都挤在一起，尿。

十几泡热尿交叉着滋在同一个地方，在冰结的雪地上滋开了一块脸盆大小的口子。李大个觉得差不多了，摸索着将电话机的地线往地上连接，一插还真插上了。李大个摇了几下电话机的摇把，喊叫了半天，然而遗憾的是电话仍然不通。

吴铁锤三步两步跨过来，蹲下身子又摇又喊，但是不论他弄出什么动静来，电话机里也是同样的音讯皆无。气得吴铁锤把话筒朝地上一扔，骂道：

“什么破东西！”

他对欧阳云逸说不能再等了，部队都在山坡上冻着，时间长了非出事情不可。欧阳云逸问他怎么办，吴铁锤说开始向下面运动。欧阳云逸还没有表态，不远处却有一个声音说道：

“团部还没有进攻信号。”

吴铁锤听出来是机炮连曹连长的声音，就非常不高兴。“你是营长我是营长？”他对着曹连长的方向喊道，“是不是成了个副的，说话不管用了？”

黑暗中沉默了一会儿，然后听到曹连长嗫嚅的声音：“我不是这个意思，营长，我是说团部还没有进攻的信号。”

“我说进攻了吗？”吴铁锤质问道，“我是说运动，往飞机场运动！”

夜幕中再也没有传来曹连长的任何声音。

吴铁锤后来想起来这几句话可能是曹连长留给他的最后的话语，自此一别，他再也没有能够见到这个全国战斗英雄模范杨根思的老乡、小个子的江苏泰兴人，再也没有能够听到曹连长的声音。吴铁锤没有未卜先知的本事，他后来想要是早知道自此以后再也听不到曹连长的声音，那就应该让他多说几句话，而他当时也不应该对曹连长那样严厉。

6

全营六百多号人于是往山下运动。

山脚下是一马平川的开阔地，这个开阔地从东面与东北面的大山脚下一直向西南方向延伸，下碣隅里机场就处于这块开阔地上。据侦察到的情况，机场的外围围着一圈铁丝网，铁丝网内就是飞机跑道，跑道的中间和两头都堆放着空运而来的物资，弹药、油料、食品一垛一垛的，应有尽有。吴铁锤让李大个向各连长传令，只要过了铁丝网，战斗就算成功了一大半。

雪还在下着，一团团一簇簇扑打在人们的身上脸上，每个人都是双眼迷蒙，口鼻难开。但是这一层白色的铠甲也使他们与周围的环境融为了一体，反而便于部队夜幕中的隐蔽行动。

吴铁锤索性脱下了他的翻毛皮大衣递给李大个，只把狗皮帽子戴在头上。李大个说他不冷，他也走得浑身冒汗呢。吴铁锤说："你当是给你穿呢？抱着！又厚又重的，冲锋的时候碍事。"

李大个就抱着吴铁锤厚重的大衣跟在后面，肩膀上挎着缴获的"八粒快"。他的旁边紧挨着上海人陈阿毛。陈阿毛身背卡宾枪，肩挎冲锋号，手拎雕花云龙纹檀木匣铜锣。陈阿毛走起路来十分小心，生怕摔了手里的锣。欧阳云逸紧随其后，大雪封眼，他要不时地摘下眼镜，在黑暗中摸索着抹去镜片上的雪花。

南方和西北方向的夜空中传过来一阵紧似一阵的隆隆声响，机枪的嗒嗒声即便是隔着几公里的距离也能够隐隐约约分辨出来，那是兄弟部队在攻打古土里和柳潭里的美军阵地。可是他们眼下的下碣隅里机场与远处的下碣隅里村庄还是一片沉寂，仿佛一个世外桃源逍遥于漫天飞雪中。

部队已在平坦的地面上走了很长时间了，依然还在向前运动着，吴铁锤感觉到差不多已经走在跑道上，但是四野里仍然一片寂静，看起来敌人还没有发现他们。在李大个后来的印象中，这个过程非常漫长，一小时，一天，甚至是一年，他觉得他们就这样悄悄地行进着，无始无终，无边无际，好像永远也没有尽头。但是预料中的铁丝网却一直没有出现。

找不到铁丝网，意味着部队失去了大致的方向，几个连的通信员先后摸过来报告情况，请示营部应该怎么办。吴铁锤不管三七二十一，心想反正就是这个地方，有铁丝网也好，没有铁丝网也好，碰到敌人就打，遇着东西就搬，要是真的没有铁丝网，来回扛东西岂不是更方便嘛！所以他要几个连队的通信员赶紧回去告诉他们的连长、指导员，不要停，走，往前走；摸，往上摸，接上火为止，搞到东西算数。

话音未落，夜空中“当、当”就是两下清脆的响声，以吴铁锤的经验判断，应该是迫击炮炮弹出膛的声音。未及他反应过来，头顶上“当、当”两声闷响，一片惨白的亮光骤然暴起，恰如白昼——漫天的雪花、移动的部队，大地、山冈，一切尽在眼前。

7

两发迫击炮照明弹照亮了漆黑的夜空，大地上一片银白。借着照明弹的亮光看出去，平坦的前方坐落着一个个好像是房屋的物体，间隔有致，都覆盖着若隐若现的积雪。在这些物体的前面横亘着一道长长的暗影，那就是机场外围的铁丝网。

“铁丝网就在前面，隐蔽接敌！”

吴铁锤下达了他的第一个战斗命令。

在吴铁锤的想象中，一座一座的白色物体不是弹药就是整齐码放着的罐头箱子，要不就是美国佬睡觉的房子，反正里面有东西，端掉它再说。他高高举着的20响驳壳枪就像是一棵不倒的消息树，指引着战士们前进的方向。

部队加快了运动步伐，都是一路小跑着奔向百米开外的铁丝网围栏。突然间一片隆隆的马达声轰然而响，无数道光柱也同时射出，在漆黑的夜幕中就像是一只只怪异的鬼眼张开来。与此同时，那些覆盖着积雪类似于房屋的东西竟然移动起来，隆隆的马达声掩盖了几百双脚板踩踏积雪的动静，也淹没了风雪的呼号。

“坦克！是坦克，卧倒！”

营连指挥员们同时意识到了巨大的危险所在，指挥部队趴卧在冰冻的大地上。

话音未落，坦克上面的机枪及其周围掩体内的轻重型武器几乎在同一时间内爆炸般响了起来，犹如山崩地裂，狂风呼啸，把部队压制在雪地和沟坡路坎下面。吴铁锤现在知道了，那些披着白雪的物体不是他们想象中的房屋或者罐头箱子，它们是敌人的坦克。

照明弹一颗接一颗升起，坦克的鬼眼在夜幕中闪烁。几百人都趴在雪地上，前进不得，后退不能，吴铁锤焦急万分。

本来是想偷袭，冷不防搞他一家伙，没承想对方早有准备，部队暴露了。撤回去肯定不行，硬打要吃亏，怎么办？吴铁锤利用不断升起的照明弹和欧阳云逸碰了下头，看来只能硬着头皮上，变偷袭为强攻，说什么也要把下碣隅里机场拿下来。

这是一个生死攸关的决定，关乎着无数人的性命。吴铁锤和欧阳云逸都深深知道肩膀上的分量，他们的一句话、一个动作，从此将改变一个人的一生，改变这个人及其家庭的一辈子。但是他们是军人，中国的军人，他们别无选择。

“信号弹！”

李大个眼尖，首先发现了身后山头上冉冉而起的两颗红色信号弹，这是师前进指挥所向下碣隅里机场发动攻击的预约信号。两颗红色的信号弹一起，意味着攻打下碣隅里飞机场的两个加强营要从东、北两个方向同时发起进攻。

吴铁锤不敢怠慢，一扭头冲陈阿毛喝道：

“吹号，冲！”

上海人陈阿毛一跃而起，擎起军号就吹。号嘴凉如冰块，像一块强有力的磁铁一下子黏附在他的嘴唇上。清脆的号音激越而又凄厉，鼓舞着战士们从他们的隐蔽之地爬起来向前冲锋。在陈阿毛营部号声的带动下，几个连队的号手也同时吹响了他们前进的号音，营、连部的军号交织在一起，抑扬顿挫，高亢激昂。几百人的部队伴随着激越的号声呐喊着、奔跑着，他们的枪口喷吐着火焰。坦克的大灯光束在奔跑着的人群中扫来扫去，一串串红的绿的黄的曳光弹打在雪地上，溅起一道道、一束束色彩斑斓的雪雾。坦克上的火炮也咣咣地打开了，红光一闪，紧接着就是震耳欲聋的巨响。黑暗中的坦克炮弹有的打得很近，有的飞得很远，远远近近土石纷纷迸裂，雪花飞溅。中弹的战士们一片片倒在雪地上。

“坦克！注意敌人坦克！”

欧阳云逸在后面大喊。

8

部队的进攻又被压制住了。陈阿毛欲再起身，却被欧阳云逸一把拽倒在凹坑里。几乎同时，一串长长的曳光弹擦着他的日本式大盖帽子一掠而过。

跌倒在凹坑里的陈阿毛心有余悸，他不知道文质彬彬的欧阳教导员哪儿来的这么大力气。嘴唇上的一圈皮被冰冻到极致的号嘴粘掉了，现在上面的血已凝结起来，但是仍然疼痛难忍。开始的时候陈阿毛不知道是怎么一回事，嘴唇上像是被刀子割了一下，一片温热涌满了下巴。他用手抹了一把，晓得是流血了，以为自己负了伤，可是活动活动下巴、脑袋，没发现什么问题，后来就摸了摸号嘴和嘴唇，这一摸他心里就明白了。在极端寒冷的条件下，金属会扭曲变形，当皮肤黏附其上的时候就会发生某种变化，皮肤会被紧紧地粘住，而脱离的结果只能是舍去一层皮肤，此外别无他法。陈阿毛想起车运朝鲜的过程中，他们的闷罐子军列路过通化的时候，铁路吴师傅告诉他们朝鲜这疙瘩贼冷，鼻子耳朵拨拉拨拉就能冻掉，手上的皮碰着金属都能粘下来，他们当时都不信，以为人家吴师傅吹牛。现在，他知道了铁路吴师傅的每句话都是真的，吴师傅不是吹牛。

吴铁锤决定搞一次火力掩护，集中全营的机枪炮火猛打铁丝网内的美军阵地，借着火力的掩护再来一次冲锋，只要打进了铁丝网和美国鬼子搅在一起那就好办。

吴铁锤叫李大个通知机炮连的曹连长准备好火力，等他号令一齐开火。他特意叮嘱李大个，千万不能打着弹药箱子、汽油桶，这个东西要是一炸，那他们这一夜的功夫就算白费了。

所谓全营的机枪炮火实际上寥寥无几，一共只有两门迫击炮，两挺马克沁式重机枪，外加一挺缴获的美式机关枪，那是袭击麦卡锡中尉搜索队的战利品。另外就是一些捷克式或者加拿大式轻机枪了，每个连队倒有几支。孙友壮的捷克式轻机枪也不要了，抓过他缴获的美式机关枪选好了位置，支好了枪架，等待着营部的统一号令。

美国人的枪声稀落了一些，但是照明弹还在不断地升起，坦克上的大灯光束也仍然在漫无目标地扫来扫去。附近的下碣隅里枪声激烈，南面的古土里和西北方向的柳潭里仍然传过来隐隐约约的爆炸声，看起来那边也是个胶着的状态，战斗仍在继续。

李大个低着脑袋从前面跑回来，告诉吴铁锤和欧阳云逸，机炮连都准备好了。

吴铁锤咬了咬牙，一拉枪栓，冲着天空哗地就是一梭子，同时大喊道：

“打！”

驳壳枪的响声非常特别，不同于一般的连发武器。就一般人而言，他们或许分辨不出哪些是轻机枪、重机枪，哪些是汤姆式、卡宾枪或者驳壳枪的连射，但是对于奔波在枪林弹雨中的战士，特别是吴铁锤这个前卫营的战士，他们则能轻易听出枪械的种类，哪怕只是一个单发、一枪，他们也能知道那是三八大盖还是中正式射出的子弹。所以当吴铁锤的枪声一响，曹连长手臂一挥，两挺马克沁、十几支轻机枪外加一挺美国佬的机关枪便如同疾风暴雨般吼叫起来。

吴铁锤虽说是有言在先，不能打中弹药箱子、汽油桶，但是黑灯瞎火的，谁知道弹药箱子、汽油桶在什么地方？所以也管不了那么多了，二十余挺轻重机枪排成一百多米长的散兵线，对准晃动着灯光的坦克就是一阵猛打。上千发子弹击打着坦克的履带和装甲，叮叮当当，犹如天降冰雹，把坦克车上的鬼眼打得七零八落，接二连三熄灭了好几盏。两门迫击炮也施行抵近射击，炮弹落在铁丝网的前后左右，一片片土石雪块飞溅而起，机场内硝烟弥漫。

孙友壮打得酣畅淋漓，索性将缴获的陆战队帽子扔在地上，两手把着美式机关枪猛射。在照明弹恍恍惚惚的亮光之下，他光着的脑袋上竟然直冒热气，而他两边的副射手则冻得缩作一团，瑟瑟发抖。开始孙友壮觉得这个美国佬的机关枪也没有什么特别之处，比起他们的马克沁式重机枪，猛一看简简单单，好像不是个机关枪，但是用起来还是发现它有不少的长处。人家这个东西射速快，也方便灵巧，比他们老掉牙的马克沁先进。

吴铁锤看看火候到了，对欧阳云逸说："该让老祖宗上场了吧？"

欧阳云逸擦着眼镜，表情平稳地回答道："开始吧。"

吴铁锤一扭头对陈阿毛命令道：

"敲锣！急急风。"

陈阿毛早把锣槌握在手中，吴铁锤话音未落，锣声已经骤然而起。

一长串又急又密的哐哐哐哐声从营部的前沿指挥所、从吴铁锤和欧阳云逸的身旁传出，越过了枪炮的轰鸣和风雪的呼啸，穿越了寒冷的夜空与死亡的阴影，传到前沿，响在战士们的耳边。卧伏着的部队再一次跃起，呐喊着、奔跑着冲向前方，冲向铁丝网，冲向那些他们"心仪"的目标——黑暗中下碣隅里飞机场成堆成垛的食品与弹药。

美国人反击的枪炮声再次响起，一串串五颜六色的曳光弹又打在雪地上，打在冲锋的战士身上，又溅起一道道、一束束色彩斑斓的雪雾。喊叫着的部队全然不顾，在锣声的激励与催促之下不断地向前跃进、跃进。

铁丝网就在前面了。

9

急切的锣声浑厚而悠扬，穿透力极强，伴随着枪炮的轰鸣与漫天的飞雪，响彻了下碣隅里机场寒冷的夜空。多年以后，孙友壮回忆起这个冰天雪地的冬夜，回忆起下碣隅里机场的残酷战斗，印象最深的就是这锣声，唯一的记忆也是这锣声。

部队都上去了，打倒的已经静静趴在了雪地上，没打着的还在往前冲。重机枪的支援火力停了下来，部队冲到了前面，要是再打就会误伤自己人。孙友壮撇开美式的机关枪，重新抓起他的捷克式，对两个副射手喊道：

“带上炸药、手榴弹，跟我冲！”

曹连长本想拦住孙友壮，他们的任务是在后面发扬火力，而不是去前面冲锋陷阵，再说美式机关枪还在雪地上呢！可是未待他话音出口，孙友壮已经没有了踪影。曹连长走也不是，留也不得，急得直转圈。两门迫击炮还在后面的阵地上零零落落地打着，黑灯瞎火的，也不知道他们把炮弹打到了哪里。曹连长对着后面大喊：

“停止射击！停止射击！”

距离并不远，可是由于枪炮轰鸣，小炮排的人却听不到这一指示，仍然不时地发射炮弹。曹连长急了，炮弹不长眼，要是打着了美国人堆积如山的罐头箱子、汽油桶，来个惊天大爆炸，那吴铁锤还不吃了他！他从地上爬起来，以少有的大嗓门连喊加比画地大嚷大叫道：

“停下来，别打了，打掉了美国佬罐头箱子，营长非毙了你们不可！”

小炮排的战士总算是听到了他们连长的声音，他们也许并没有听清楚他全部的话语，但肯定是明白了他比画的动作，因为他们接着就停止了发射。

曹连长刚要喘口气，一发炮弹打了过来，是坦克炮的直瞄射击。架在地上的美式机关枪炸上了天。曹连长再也没有起来。

下碣隅里机场的环形铁丝网内外则上演着一幕更为惊心动魄的人坦大战。

在全营重武器火力的掩护以及浑厚激越的锣声激励下，一排排战士冲过了开阔地，冲到了铁丝网下面。美军的单层铁丝网实际上并不高大，也不密集，钻得进，翻得过，但是防守相当严密。铁丝网的后面是美国人的一处处既设阵地，坦克就相当于是活动的碉堡，往来驰援于各个阵地之间，随时随地提供着火力支援。

铁丝网虽然不是铜墙铁壁，却是一道重要的屏障，美国人对此十分清楚，要是中国人越过了这道屏障打到了机场里面，在黑夜中发生一场混战，那他们就会非常被动。因此，对铁丝网这道屏障的防护可谓是重中之重。而对于吴铁锤的前卫营来说，只要打过了这道铁丝网，战斗就会出现转机，用吴铁锤的话说就是可以闻到美国罐头的香味了。

两边展开了激烈的对射：一边是美军既设阵地上发射的枪炮子弹和火箭筒以及坦克的曳光弹；一边是吴铁锤前卫营的长枪短枪手榴弹和炸药包。美国人的火力优势显然占据了上风，部队成片倒在了铁丝网下面。

参加过长津湖战役下碣隅里机场战斗的幸存者们对这个寒冷的冬夜印象深刻，在他们的记忆中，铁丝网周围的战斗最惨烈、最震撼，伤亡最大，使得他们在此后的岁月中铭心刻骨。前卫营许许多多年轻的战士义无反顾地冲到了铁丝网下面，也永远倒在了铁丝网下面，他们再也没有回头，再也没有能够回到他们中国南方的家乡。

10

孙友壮带着几个战士刚刚爬过铁丝网，一辆美军的坦克亮着大灯直对着他们开过来，发动机轰隆隆地响着，淹没了周围的阵阵枪声。一串串曳光弹打在他们身前身后的雪地上，周围一片雪雾弥漫。孙友壮不管三七二十一，照着亮灯的方向就是一梭子打过去。坦克的大灯一下子熄灭了，但是上面的机枪仍在扫射着，红红绿绿的曳光弹穿透了夜幕的黑暗。

与孙友壮一起冲上去的有五六个人，已经有三人倒在了铁丝网内的雪地上。

孙友壮在雪地上趴着，眼看着美军的坦克轰鸣着从身旁驶过。在照明弹白晃晃的光晕中，他看到坦克后面竟然跟着一群戴钢盔穿大衣的美国人。孙友壮对一边的两个战士比画了一下投弹的动作，十几枚木柄手榴弹一齐扔了过去。

手榴弹接二连三地在坦克周围爆炸了，美国人被炸倒了好几个，剩下的都趴在地上毫无目标地射击。孙友壮对两个战士说：

“他不服气呢！给他个大的尝尝。”

他们拿出了一大一小两个炸药包，大的有十斤重，小的也有四五斤。孙友壮刚才的副射手、他班里的一个战士点燃了小炸药包的导火索，孙友壮看着它刺刺地冒着白烟，冒了一会儿，估计差不多了，喊道：

“扔！”

战士一扬手将炸药包扔了出去。

一声巨响，趴在地上打枪的美国人立即没有了动静。

已经过去的坦克显然发现了后面的情况，其中一辆原地掉头，圆顶上的盖子也掀开了，露出一个脑袋四面张望，看得出来他是要搞清楚刚才到底发生了什么。孙友壮看得非常真切，瞄准了盖子与人头一梭子捷克式过去，他们都消失在了长津湖畔的黑暗之中。

孙友壮对两个副射手喊道：“把这辆坦克干了！”

两个战士面面相觑。“怎么干，班长？”其中一个战士问他。

孙友壮抓下帽子，挠了挠头，一时也想不出什么好办法。美国人的坦克对他还是个新鲜事物，虽然在淮海战役他打过老蒋国民党的坦克，但那个坦克毕竟很小，几个手榴弹捆在一起就能炸坏，而眼前的美国坦克又大又重，刚才甩了十几个手榴弹也丝毫没有伤到它。孙友壮俩眼盯着美军的坦克，头也不回地说："扔炸药炸他狗日的！俺来掩护。"

两个战士一人抱着炸药一人端着长枪冲了上去。坦克嘎嘎作响，沿着铁丝网开过去又开过来、开过来又开过去，一阵枪声一溜曳光，就像是一道钢铁屏障守卫着机场的大门，而在远处，还有几辆这样的坦克在来来回回地游动。

孙友壮看着战士接近了坦克，并把炸药放在坦克屁股上。但是这个坦克的屁股是个慢斜坡，光秃秃的放不住，加上坦克自身的运动，几次都掉了下来。两个战士围着坦克直转圈，却是老虎吃刺猬无从下口。其中一个兵枪也不要了，抱着坦克车的后腚就往上爬，显然是想到上面打打主意。他爬到了坦克的圆顶顶上，在怀里拽出一颗手榴弹，伸手去揭那个盖子——美国佬就是从这个盖子中露出的脑袋，将盖子揭开后扔个手榴弹进去，那美国佬还不上西天？可是他并不知道这辆坦克的炮塔会转圈，一圈下来就把战士转到了地上，未待他反应过来，钢铁履带承载着千钧之力从他的身上一碾而过。另一个战士刚要躲开，也被它撞倒在地，炸药包丢弃在白茫茫的雪地上。

孙友壮急红了眼，抱起捷克式一阵扫射，坦克的装甲被打得叮当直响。坦克四处转圈，一边寻找着目标一边毫无目的地打炮。在一阵紧似一阵的"急急风"锣声中，孙友壮抱着他的捷克式轻机枪和美国人的坦克车干上了：他叉开两腿，稳稳地站着，怀里的机枪犹如筛糠似的抖个不停，一串串子弹打在美国坦克的前后左右，火星四溅，弹头乱飞，就像是天降冰雹噼里啪啦。

美国人的坦克却是毫发无损，仍然在不停地转圈打炮。孙友壮缴获的陆战队棉帽子也掉了，头上冒着热气。他挠挠头，非常无奈地捡起阵亡战士的炸药包，趴在了雪地上。

一阵强劲的寒风掠过下碣隅里机场，让孙友壮发热的头脑稍微冷静下来。从刚才的对射和班里两个战士的战斗过程中，孙友壮明白了一个道理，那就是机枪子弹打不了美国人的坦克，要想干掉这个坦克车，必须先叫这个坦克停下来，否则只能是瞎子点灯——白费蜡。但是怎么样才能使它停住呢？

坦克轰鸣着哗啦哗啦地又开了回来，当它路过身旁的时候，孙友壮看到了坦克的轱辘，是由一长串轮子组成的铁链子。要是把这个铁链子别住，它还能不能动弹？情急之中，孙友壮看准时机，将捷克式轻机枪插了进去，只听得嘁里咔嚓一阵响，奇迹出现了——坦克被别住了一条腿，在雪地上转起了圈圈。

孙友壮不敢怠慢，找准位置放好炸药，拉燃了导火索。

一声沉重的闷响之后，这个钢铁堡垒燃起了熊熊的火焰。没炸死的坦克兵身上烧着呼呼的火苗子惨叫着往外爬，爬了几下就不动了。孙友壮没管他们。他朝雪地上吐了口唾沫，骂道：

“你个驴操的，再跑？”

长津湖战役期间，张仁清这个军一共击毁击伤了十余辆美军的潘兴式M-26重型坦克，孙友壮是第一个吃螃蟹的人。孙友壮为此荣立了一大功。

虽然炸掉了敌人的坦克，可是孙友壮却发现自己已经形只影单，铁丝网内只剩下了他一个人。连长、指导员在哪里？战友们在哪里？孙友壮茫然不知所措。

恰在此时，枪声、风声、喊杀声中传来的“急急风”变成了“慢三锤”，这是脱离战斗的信号。孙友壮侧过耳朵仔细地听了听，确是他们雕花云龙纹檀木匣铜锣的“慢三锤”，他知道这场战斗结束了。孙友壮捡起一支美国人丢掉的“八粒快”，爬出了铁丝网，爬回了响着锣声的阵地。

被他炸毁的坦克还在熊熊燃烧。孙友壮遥望着那一堆火焰，对李大个说：

“可惜了我的捷克式了。”

11

在这个血雨腥风的风雪之夜，吴铁锤与欧阳云逸历经着不同的熬煎。

他们没有预料到美军的火力会是如此强硬，也没有想到过伤亡会是如此之大。

在战斗的短暂空隙，欧阳云逸令李大个、陈阿毛抓紧时间统计各连的伤亡和武器弹药消耗情况。李大个、陈阿毛带回来的情况使他目瞪口呆——六百多人的一个营，一阵冲锋号加上“急急风”之后就剩下了不到四百人，三百多名干部战士再也没有回来。

他们都倒在了进攻的道路上，倒在了铁丝网旁边，包括曹连长在内的四个连的五名连长、指导员都已阵亡。

这是这个营有史以来从没有遭遇过的损失。

欧阳云逸心如刀绞，吴铁锤打红了眼。

陈阿毛敲了半夜的锣，两只手冻得又红又肿，锣槌都拿不住了。嘴唇上的皮粘掉了，两片嘴唇都肿了。

前面的枪声越来越稀疏，风反而刮得一阵比一阵紧。雪倒是小了不少，可是气温仍在下降，冷风裹挟着冰雪袭击着战士们单薄的衣裤，他们的头、脸、手脚就像被锋利的刀子一刀刀划过，疼痛难忍。

“还敲吧？”陈阿毛对黑暗中的吴铁锤和欧阳云逸问道。

“敲，当然敲！”吴铁锤嘶哑着声音回答。

“急急风还是慢三锤？”陈阿毛又问。

“废话！”吴铁锤喊道，“我让你撤了吗？”

陈阿毛用僵硬的手提起铜锣拿上锣槌，刚要击打，却被旁边的欧阳云逸一把按住。

欧阳云逸告诉吴铁锤，这个仗不能再打了，再这样打下去，全营都会打光的。

吴铁锤瞪着眼睛说：“飞机场算个熊！接着打，打光算熊。”

“算熊”是吴铁锤的苏北老家吴家集一带的方言土语，意为拉倒、算完；与其相近的则是“算个熊”，中间多出个“个”字，含义就有所不同了：“算个熊”是指算什么、有什么了不起的意思。欧阳云逸与吴铁锤共事多年，当然能够听懂他的一些方言土语，不管他现在是“算熊”还是

“算个熊”，欧阳云逸都晓得他要决一死战，绝不肯善罢甘休。

吴铁锤要再来一次“急急风”。

欧阳云逸手按着陈阿毛对一旁的吴铁锤说：“我晓得你不怕死，我也不怕死，我们前卫营没一个怕死的。问题是这样打下去，能不能拿下下碣隅里飞机场？”

吴铁锤说：“拿不下就拿不下，死了也是光荣的。”

欧阳云逸直皱眉头：“你死了，光荣了，可是你的任务没有完成呀，同志。你死得不值呀！”

吴铁锤说：“我真没想到你老欧能说出这样的话。为抗美援朝保家卫国，死哪里都值，睡哪里也是堂堂七尺男子汉。”

“可是……你这样……如果……”吴铁锤的话让欧阳云逸有点语无伦次，

“没办法打了，侬晓得吧？没得办法了，八个连长、指导员死了五个，死了五个侬晓得吧？值不值呀？”

吴铁锤的牛劲又上来了：“管他娘的值不值，干掉一个够本，干掉两个赚了，急急风，跟我上！”

说完带头朝前跑去。

然而锣声未响。

陈阿毛冻肿的手被欧阳云逸死死地按着。

吴铁锤急了，三两步跑回来，用枪指着陈阿毛吼道：

“你敢违抗军令？敲，不然我一枪毙了你！”

“你毙了我吧。”欧阳云逸挡在陈阿毛前面，神色冷峻，“我是教导员，我有权决定全营的行动。”

“你！……”吴铁锤急得直转圈。他冲欧阳云逸喊道：“我是营长，打仗的事情我说了算！”

欧阳云逸一把撸下自己的眼镜，以少有的嗓门同样喊道：“我是教导员，你是副营长，你在我领导之下！”

这一嗓子把吴铁锤镇住了。他记起来了——他是个副营长，而他的营长职务在战前就被师长黄天柱、政委向修远给撤了。

他拍了拍自己的脑门，双手抱头蹲在地上，再也没有一句话。

雪停了，风刮得更大，气温好像仍在降低。欧阳云逸把眼镜擦了又擦，然后戴上它走到吴铁锤身旁，对蹲在地上的吴铁锤说：

“我们新四军部队哪个打仗惧怕流血牺牲？不要光想着拼命，命拼掉了任务完不成，不是白拼了？”

“你说怎么办吧。”吴铁锤头也不抬。

欧阳云逸说：“先把部队撤下来，撤下来再想办法。”

吴铁锤摆了摆手：“你是教导员，我只是个小小的副营长，你定！”

欧阳云逸没再搭理他，对陈阿毛命令道：“慢三锤，鸣金收兵。”

12

一下一下的锣声在疾风中响了起来，抑扬顿挫，节奏分明。这浑厚而又悠扬的金铜之声穿越了一处处弹坑和硝烟，掠过一片片沾血的土地，在寒冷异常的夜空中回荡。

确实不能再打了，不仅人员伤亡逾半，几个连队的主要指挥人员大都阵亡，而且弹药也已消耗殆尽。天空即将破晓，天亮后情况会更加被动，撤下来不仅是明智之举，也是唯一的办法。从另外一个方向攻击下碣隅里机场的一个营，他们的情况也大体相当。部队的伤亡很大，而且没有取得任何实质性战果。出席过全国战斗英雄模范代表大会的代表、战斗英雄毛杏表也在战斗中阵亡了，他同样倒在了铁丝网下面，倒在了美军坦克射出的曳光弹弹雨中。

彻夜激战中，九兵团的数万人马自北而南，分别向柳潭里、下碣隅里及其机场、古土里、真兴里以及长津湖东岸的新兴里美军阵地发动了猛烈、顽强与持续的进攻，占领了一部分山头要点，打掉了陆战1师的一部分有生力量并将其紧紧包围在这些地方。但是核心阵地仍在美军手中，他们的建制未被打乱，陆战队也没有伤筋动骨。

部队都在往山里撤，除了伤员痛苦的呻吟和胶底鞋踩踏着雪地的吱吱声，没有一点动静，没有一个人讲话。黑暗中看不清他们的脸，但是欧阳云逸晓得每个人都神情凝重。

吴铁锤从陈阿毛的手里拿过铜锣，把它抱在怀里，用翻毛皮大衣的毛绒里子擦了又擦。锣面光滑圆润，寒冷如冰，在已经微微放亮的天际背景映照下，散射着幽幽的、淡淡的寒光。

吴铁锤把它抱在怀里，他蹲在地上，嘴巴里念念有词：

“打虎亲兄弟，上阵父子兵。老祖宗啊老祖宗，今日里打美国鬼子陆战队，您老人家怎么就不露脸了呢？”

第十四章

1

吴铁锤祖传的雕花云龙纹檀木匣铜锣可谓是历史悠久。要了解这面锣的来历，就先要搞清吴铁锤的家史。

吴铁锤出生并成长于他的苏北老家吴家集，但其祖上并非苏北人，而是广东广州一带的人，自大清道光年间，他的祖上开始向北迁徙，经过了几代人的奔波跋涉，最终流落到苏北一带，并在吴家集购房置地繁衍生息。到了吴铁锤这一代，家境已经败落，父亲早逝，母亲吴李氏含辛茹苦地把兄弟四人拉扯成人。铁锤妈妈吴李氏有一双半大不小的小脚，那是碰到了民国初年的新文化运动，缠足缠到半道又放开的结果。这个性格内向、温厚而又少言的女人在自己的男人死了以后便开始守寡，从二十多岁守到八十多岁，几乎守了整整一辈子。

吴铁锤的祖上虽非名门望族，却也曾经声名显赫，皆因其与中国近代史上一个了不起的事件联系在一起。那是一个民间事件，然而却在风雨飘摇的大清末年名噪一时，让仰惯了洋人鼻息的大清子民扬眉吐气了一把，直到一百多年以后新中国成立，这一事件还被写进了教科书。

道光二十一年，也就是1841年的初夏时节，划时代的中英鸦片战争尚未结束，虎门销烟的余烬还未熄灭，英国远征军兵临广州城下，迫使腐败无能的清政府官员与其缔结城下之盟，同意由清政府赔款六百万两白银以作为英国人退兵的条件。银子尚未到手，英军指挥官卧乌古率兵占据了广州城北的制高点永康台，又曰四方台。此台距城仅有一里，卧乌古架设大炮，炮口直指城内，以此为要挟，并不断到周围村庄烧杀淫掠、惹是生非，从而激起民愤。

某日卧乌古的几名英兵窜至四方台西北方向的三元里抢了东西又调戏村妇，被村民围住，双方发生争执，其中一个膀大腰圆的赤脸汉子竟然三拳两脚将一对英兵打倒在地，再也没有爬起来。其余英兵狼狈而逃，连同伴的尸体都没有收殓。村民一看打死了人，亦不禁骇然，料定洋鬼子必来报复。赤脸汉子却是毫无惧色，他两手叉腰，声若洪钟：

“干掉一个够本，干掉两个赚了！”

他要村民准备好矛、戈、锄、犁等家伙，并联络四周泥城、西村、萧岗等村百姓，相约于村中的三元古庙集会，起誓以“三星旗”为约，以锣声为号，誓与洋鬼子大干一场。

这个人就是吴铁锤的祖上老铁锤吴举人。

老铁锤早年以打铁为生，平日里喜欢舞枪弄棒，会几手拳脚。经他所打器物，无论锹、镐、犁、锄还是刀、斧、戈、矛，从无偷工减料，样样皆是精品，在广州城外小有名气。经过十几年的拼打，老铁锤的铁坊竟然发展到相当的规模，城内城外作坊几十家，徒子徒孙数百人，几乎垄断了当地的制铁生意。老铁锤颇为春风得意，在酒足饭饱之余谋划起为官之道，花去大把银两捐得一顶武举的空名，所以人唤“吴举人”。之后又办团练，有家兵几十人。老铁锤虽然识字不多，但却晓得学而优则仕，做官和不做官毕竟是有所不同。老铁锤捐了武举的功名，天天是前呼后拥行走于广州城外，自然得意非凡。但他有一处致命的弱点，不事权贵。为官者哪有不会阿谀奉承之能事的？老铁锤性格刚烈直率，偏不吃那一套，因而在官场中，同僚们对他颇有微词。

但是在广州民间，特别是在西北部的三元里一带，老铁锤吴举人却有着相当的威望，他为人正直，又爱打抱不平，平时说一不二，深得乡人敬重。此刻振臂一呼，竟得到方圆百余村乡绅团练的响应。

老铁锤操起多年不干的看家手艺，亲自下到作坊打制了一面雕花云龙纹铜锣，并请专人配制了紫檀木匣，专等着洋鬼子前来报复。

英军指挥官卧乌古不甘受辱，果然引兵前来。老铁锤派出少量团练，诱敌至牛栏冈丘陵地带，一通锣响，伏兵四出，将卧乌古所带的印度雇佣兵团团围住。众百姓手执着矛、戈、犁、锄，端着土枪、土炮，挥舞着镰刀、铁锹，鼓乐齐鸣，杀声阵阵，与英军展开了肉搏鏖战。恰逢大雨骤至，雇佣兵的燧发枪因火药受潮不能发射，被刀砍毙伤者不计其数。

老铁锤吴举人在山岗上一面敲击着他亲手打制的雕花云龙纹檀木匣铜锣，一面坐镇指挥。放眼四望，大雨如注，呐喊声声，水网稻田里旌旗舞动，一派沸腾，正所谓刀、斧、犁头在手皆成武器，儿童妇女喊声亦助兵威。老铁锤感触其情其景，即兴赋“诗”一首，诗曰：

锣声，鼓声，喇叭声，声声入耳；
血水，雨水，烟油水，水水相通。

吴举人诗中的“烟油水”指的是英国殖民者的鸦片烟。在老铁锤看来，英国洋鬼子不远万里来到广州城外，皆因鸦片被焚，而林则徐林大人虎门销烟将洋鬼子的几万斤鸦片化为灰烬流入大海，其精髓亦与眼下痛杀洋鬼子的场面同出一辙，所以叫“血水，雨水，烟油水，水水相通”。

战至午后，英军派出了两个连的雷管枪兵前来增援，同样被老铁锤旗下的团练截在稻田，长筒皮靴拖泥带水十分不便，又被砍死戳伤几十人。卧乌古好汉不吃眼前亏，带着他的残兵败将且战且退，终于九死一生，逃回了四方炮台。

老铁锤率众乘胜追击，将炮台四面围住。

这一天是大清道光二十一年四月初五，也就是公历1841年的5月

25日。

三元里众百姓勇杀英夷洋鬼子的壮举就像是一把烈焰点燃了干柴，连南海、番禺等百余村的团练也来助战。人们从四面八方来到四方台，把卧乌古等一伙洋鬼子团团围住，断水断粮，断路断信，没几日围台者竟有数万之众。老铁锤吴举人要把英国洋鬼子活活饿死、困死在四方台。

卧乌古岌岌可危，遗憾的是朝廷命官却给英国人来了个雪中送炭。

广州知府怕事情闹大，一旦把卧乌古等一干洋人困死，朝廷上怪罪下来，他岂能吃罪得起？再说英国人的舰队还停在珠江口，洋人要是借机再炮轰广州，岂不是因小失大嘛！所以他亲自出面，并要番禺、南海两县的县令向挑头的三元里吴举人等一干乡绅施加压力，让他们组织百姓撤围。乡绅们一见知府大人都亲自出马了，纷纷避退。周围各村的百姓团练看到领头的乡绅们都走了，也都悉数散去。唯有老铁锤吴举人的三元里百姓及其家兵团练不撤不退不收兵，誓与洋人血战到底，决不让一个活着的洋鬼子从他们三元里的田地上溜掉。

县令乡绅们则是轮流前来劝说，许以黄金白银抚恤并诸多优惠条件，老铁锤只是不肯，软硬不吃。广州知府气急败坏，想来想去别无他法，无奈中决定摆一桌鸿门宴。

老铁锤吴举人素来豪爽仗义，为事侠肝义胆，为人光明磊落，看到知府大人都亲自发了大红帖子，所以也不能不应邀前往。

广州城内，知府衙门张灯结彩，高朋满座，一派喜庆气氛。

知府大人笑容可掬，特意将吴举人让到上座，很是赞扬了一番，什么勇挫洋夷，弘我大清之壮举，实为四邻八乡之楷模等等，不胜枚举，并亲自题字一幅，以示褒奖。

一番推杯换盏之后，知府大人也晓以大义，要德高望重的吴举人照顾大局，毕竟朝廷事大，百姓事微，他要老铁锤心里装着朝廷，时刻想着朝廷，处处以朝廷为重，时时替朝廷分忧。吴举人坦坦荡荡，慷慨陈词，不仅历数洋人之种种劣行，痛表除恶务尽的雄心义胆，而且鼓动知府大人及在座的各类名人雅士尽皆群起而攻之，以扬大清之威名。

知府大人心有不快，面上却未露出一丝一毫。酒席散罢，他依然是面带笑容，并亲自将吴举人送至府衙大门，礼仪不可谓不高。老铁锤受用不起，一再拱手表示谢忱。

一行人出得城外，谈笑间忽有一伙不明身份之蒙面人压上前来，十几支燧发火枪照着他们就是一通乱射。吴举人及其几个近身的家兵团练毫无防备，未待反应过来即被打倒多人，老铁锤身中数枪，血流不止。众人虽不明究竟，但亦不敢耽搁恋战，将吴举人抢运下来，匆匆忙忙抬至三元里家中。

知府大人闻听此事佯作震惊，非但派员前去探望，还专门拨出银两以资抚恤。

老铁锤吴举人奄奄一息。

临终前，他将儿孙们唤至榻前，要他们速速离开三元里，另择他处谋生。老铁锤把他亲手打制的雕花云龙纹檀木匣铜锣交与长子长孙，嘱咐他们务必好好保留，并一代一代传承下去，因为看到了锣就会想到他，看到了锣就会想到他们的故乡三元里，看到了锣就会想到他吴举人曾经挥师痛杀英夷洋鬼子的凛然义举。老铁锤忍着剧痛，给儿孙们约法三章：他西去以后，不可厚葬，不可告官，不可复仇。

儿孙们皆不明其中事理。老铁锤拼尽了最后的一丝气力说道：

“除恶务尽，赶尽杀绝，古已有之，切记……”

说罢气绝。

2

父命不可违。儿孙们虽然还不能理解老铁锤话中的全部含意，但是却不能不照着老铁锤的话去做。他们安葬了德高望重的吴举人，变卖了家产，往西北方向的山区逃亡。几十年以后，这一脉家族已是香火寥落，四分五裂。其中一支带着雕花云龙纹的檀木匣铜锣渡过了长江来到苏北，辗转漂泊若干年后，最终在吴家集一带安家落户并繁衍生息。这就是吴铁锤的老太爷，他爷爷的父亲。

老铁锤吴举人撒手西去，四方台最后的围台团练家兵百姓自然都作鸟兽散，台围遂解。道光二十一年四月十二，公历1841年6月1日，距老铁锤吴举人的三元里之战七天之后，英军卧乌古退出了广州。

老铁锤吴举人在天有灵，鸦片一战，割地赔款，皇上龙颜大怒，不久便怪罪下来，凡主张禁烟之朝廷命官尽皆革职查问、发配异地，挑头闹事者均捉拿问罪，处斩者不计其数。吴举人已经归西，家人皆散，前来捉拿其后人的官兵只能两手空空，无功而返。

广州知府因调停抚慰洋人有功，不但未受牵连，反而因祸得福，加官晋爵，连升三级。

吴铁锤的老太爷带着一干家人在苏北吴家集安顿下来，买了房子和地，房子自己住用，地都租给了佃户去种，他们收收租子，倒也清闲，日子虽不如过去那般小康，却也衣食无忧。谁料好景不长，连着几年大旱，之后又是洪灾，乡邻四处乞讨，田地尽皆荒芜。他们祖上本是打铁的出身，并不懂耕种，无奈之下，只好卖房子卖地。到了吴铁锤爷爷这一辈，家境愈加中落，铁锤父亲娶回了母亲吴李氏之后，家中已无一分闲田。吴铁锤的父亲不得不操起失传多年的打铁手艺，勉强维持生计。但是老铁锤吴举人亲手打制的雕花云龙纹檀木匣铜锣却一直在吴氏血脉中传承了下来。

在吴铁锤的记忆中，自打记事的时候起就知道这面铜锣。每一年的清明和年关，先是他的爷爷和他的父亲，爷爷仙逝父亲早亡以后，又是他的母亲吴李氏带领着全家摆案焚香敬天祭祖，那个时候，简单而又庄严的仪式上就会出现这面锣，这个雕花云龙纹的檀木匣铜锣对于他们兄弟几人而言，不仅是一个传说，也是一个图腾，吴铁锤小小的年纪就知道什么叫扶正祛邪，什么叫匹夫有责打抱不平了。

平日里，一家人并不经常见到这面锣，吴铁锤不知道他的爷爷、父亲、母亲把它藏在什么地方。每一年见上两回，这两回不是清明就是年关春节，其他的时候难觅其踪影。在吴铁锤儿时的印象中，母亲给他讲了关于锣的许多故事，这些故事有些是真实的，有些是演绎的。锣对于小小的吴铁锤无疑是一个神物，一旦拥有了这面锣，冷了有衣穿，饿了有饭吃，受了欺负可以申冤，要是他愿意，它还可以给他娶个新媳妇回家。但是讲归讲，想归想，故事毕竟只是故事，母亲从不让他动这面锣一根指头。

大清国之后是民国，之后又是日本人，来来往往，岁月交替，小铁锤在逆境中不断长大。他的爷爷过世了。日本人来了以后，日子更加难熬，还在壮年的父亲也撒手西去，撇下了他们母子五人——日本人占领了淮阴城，在距城一百八十里的刘集安了据点，带着大哥走乡串村打铁揽活的父亲被日本人抓去修炮楼。以打铁为生的父亲哪里干过这个活？站在高高的炮楼子上面，他两腿发飘，眼前一黑就栽落下来，头撞上地面的青砖，当场殒命。

母亲带着他们兄弟四人料理了父亲的后事，仍然在苏北吴家集坚强地生活下来。这个老实巴交的农村妇女虽然少言寡语，待人却是温厚善良，性格也十分坚韧。常常在夜深人静的时候把他们兄弟四人叫起来，要他们记住英夷洋鬼子，记住日本小鬼子，是他们害死了他们的祖上吴老举人，害死了他们的父亲。

吴铁锤真正接触到雕花云龙纹的檀木匣铜锣并将其作为自己的心爱之物，还是在他痛打了吴家集街上的大户人家吴老财的黄毛狮子狗之后，当时一大一小一强一弱的两个家庭正为这个小小的畜生闹得不可开交时，碰巧向修远的新四军江抗支队独立连到了苏北淮阴一带。欧阳云逸班长到吴家集征兵，吴铁锤绝处逢生，三十六计走为上，参加了向修远的新四军。临别时，吴李氏不知道从什么地方拿出了这面雕花云龙纹的檀木匣铜锣，仔仔细细擦去了上面的尘土，把它郑重其事传给了吴铁锤："家里没什么东西给你，就把这个锣带上吧，里面有你太爷和你爸的两条命。"

从此，吴铁锤便背着檀木匣子跟着欧阳云逸远走他乡走在了革命的道路上。

3

三元里一战，老铁锤吴举人亲手打制并挥槌敲击的雕花云龙纹檀木匣铜锣声震四野，威传八方，把卧乌古的英军部队围在水网稻田，杀得屁滚尿流。但是自此以后，它便流落在他乡，一直沉寂了多年。等到再闻其声的时候，沧桑的岁月已过去了一百零三年。

吴铁锤身背着铜锣跟在欧阳云逸身后，已在江淮大地上驰骋拼杀了好几个年头。打了几个仗，也消灭了一些鬼子汉奸，但是这面锣却一直没有机会使用。雕花云龙纹檀木匣铜锣第一次发挥作用或叫显示神威，是在淮阴城外打日本鬼子坂田次郎小队。

1944年，日本人的势头已不如先前那样旺盛。太平洋战争爆发以后，美国人加强了攻势，此刻正与日本人在太平洋诸岛上打得难解难分，日本人的“大东亚共荣圈”已是明日黄花，呈现出逐渐萎缩的状态。大量的兵员被调往东南亚和太平洋，加上共产党领导的八路军、新四军在敌后的大规模反击作战，日本人的日子很不好过。在这样一种情况下，向修远的江抗支队感觉到时机成熟，决定采用围点打援的办法将淮阴城内的日本人引诱出来加以消灭，鱼饵则是据守在刘集据点的坂田次郎小队。

坂田次郎是个白白净净的矮个子，戴着一副厚厚的近视眼镜，一副很有修养的样子。可在他文静的外表下面却是一副毒如蛇蝎的心肠，由他“发明”的活人拼刺法不知杀害了多少老实善良的中国百姓。所以提到坂田次郎及其小队，欧阳云逸独立连的每个人都是咬牙切齿。

坂田次郎带着三十多个日本兵与七十多个皇协军驻扎在淮阴城外的刘家集，此地距离淮阴一百八十里。一个月黑风高的夜晚，欧阳云逸和吴铁锤的独立连及其附近的一个县大队另加三个区中队和民兵浩浩荡荡千余人包围了刘家集据点，向修远的江抗支队主力则埋伏在淮阴与刘家集之间的途中，等待着从淮阴城来援的鬼子大队。

向修远时任江抗支队政委，欧阳云逸是其独立连的副指导员。吴铁锤当兵还没有几年，但是由于其打仗浑身是胆不怕死，几次战斗下来已升任了独立连的排长。有一点遗憾的是，他祖传的那面锣还一直没有派上用场。这次打坂田次郎，吴铁锤决定无论如何也要试敲试敲。

刘家集据点虽处平原地带，却也深沟高垒，一条大河横亘在东、北两面，是为天然屏障，南面和西面则筑有深深的壕沟，壕沟与河流相连，宽约数丈，水深没顶。壕沟与河流的内侧均满布着鹿寨铁丝网，中间一个主碉堡，进出的唯一通道是南面壕沟上的吊桥。此地虽然无险可守，但是戒备森严，也是易守难攻。

欧阳云逸和吴铁锤所在的江抗支队独立连多年来一直坚持的是敌后游击战争，虽说也打过一些村公所保安队，但是攻城略寨对于他们而言毕竟还是一个新课题，对待刘家集这样正规设防的据点，大家的心里都没有底。江抗支队对此次战斗也做了两手准备，如果能够引得淮阴之敌出援，则以打援为主，以攻点为辅；如若淮阴之敌拒不出援，则就势打下刘家集，干掉坂田次郎小队。但是首先还是围点打援，先围起来，广造声势，以引淮阴之蛇出洞。

趁着夜暗，部队与民兵构筑了工事掩体，在刘集周围悄悄地掩藏下来。鸡叫三遍，一声号响，轻重机枪、步枪、盒子枪、土炮土枪以及鞭炮、雷子炮轰轰烈烈地吼叫起来，惊醒了坂田次郎的好梦，惊扰了四邻八乡的村庄。鬼子小队和皇协军匆忙进入阵地，也搞不清怎么回事，对着四面八方就是一通乱射。坂田次郎忙着打电话向淮阴城内的日军大队长求援，说他们遭到了新四军大部队的袭击，需要快快地增援。

吴铁锤在连着日本人电话线路的单机上听到里面咿里哇啦又喊又叫，也不知道他们喊叫的是什么，反正是很急很急的样子。他对欧阳云逸说：

“小鬼子吃蜈蚣——百爪挠心。”

欧阳云逸问他：“怎么样？淮阴鬼子出来没有？”

吴铁锤说：“出来没出来不好说，不过这个什么次郎肯定是要他大哥二郎来帮忙。”

枪声热热闹闹地响了一阵子，终于停了下来，刘家集据点里一片黑暗。上千人把坂田次郎围在这个平原村庄里，使他摸不着头脑，搞不清东西南北。

天亮以后，坂田次郎爬到主碉堡顶层观察情况，白白净净的小脸上冷汗直冒——放眼四望，堑壕交通四通八达，四面八方旌旗飘舞，到处都是穿着灰军衣的新四军。日本人与皇协军都被压缩在碉堡工事里，头也不敢露，一露头就会招来一通机枪、步枪、长枪、短枪、排子枪。他不知道这些人从何而来，又为了什么把他围得个水泄不通。不过有一点坂田次郎很确信，来者不善，他们想要自己的命。他已经打了一夜电话了，嗓子都已经嘶哑了，淮阴城里的大队长却一个劲地让他稳住，天黑路险，情况不明，他不敢贸然出城相援。那么，现在天亮了，增援大队总该出动了吧?

坂田次郎从主碉堡上下来，下来后又是咿里哇啦一通电话。淮阴城的大队长猜到了中国人的真正目的，中国人狡猾大大的，他们是想以坂田为诱饵，诱他出城，然后伏击大大的。坂田次郎心里不快，又不能嘴巴上表露，只好小心翼翼地请教大队长，他是怎么了解到中国人的战术，从而对中国人的一举一动了如指掌的?尽管如此，坂田还是招来了大队长的一通臭骂，说他皇军的不是，武士的不是，简直就是猪的干活。因为新四军要没有诱他出城打他伏击的计划，怎么可能还叫刘集与他的淮阴城保持着电话联系?明显的是要坂田给他通风报信嘛。大队长最后送给他两个字：守住。只要守住就有办法。

坂田次郎挨了一顿臭骂，心里老大不痛快。好在新四军只是围着他的据点，并没有真进攻，这多少让他定下心来。坂田次郎命令他的日本小队和皇协军中队，不许睡觉，不许打盹，不许进茅房拉屎撒尿，只要听到新四军的号响，发现新四军有攻占据点的动作，就拼命地回击。

鬼子没有上当，计划需作调整。向修远命令独立连将计就计，变佯攻为真打，借机拿下刘集，消灭坂田次郎鬼子小队。支队主力则仍按原计划隐蔽待机，监视并寻机歼灭淮阴城内的鬼子大队。

任务明确了，欧阳云逸、吴铁锤等连排干部开会研究作战方案。部队里讲究军事民主，就是广为发动群众，群策群力，人人献计献策，也叫开诸葛亮会。这一下热闹了，有的提出来用火攻，借着东南风起来他个火烧刘家集，烧不死也熏个半死；有的提出来用水攻，掘壕引水，来他个水淹刘集；有的提出来打洞挖地道，暗度陈仓，不声不响地就把鬼子老窝端掉了……吴铁锤提出的方案是：锣攻。

综观以上几种办法，火攻也好，水淹也好，打洞钻地也好，最终还是要人进去，只有人进去摆上了炸药才能把鬼子炮楼炸掉，人进不去，什么办法也不灵。火烧刘家集是好，可哪儿来那么大的风？柴火又如何架到碉堡工事里去呢？刘集所在之地是一处平原，四面皆为河流壕沟，水流畅通，掘壕引水以淹之显然也不可能。打洞挖地道更是个馊主意，刘集四面以水相围，地洞要挖多深？工程量浩大费时费力不说，碰上塌方冒顶，就怕陈仓暗度不成，自己反倒先当了鱼鳖。思来想去，还是吴铁锤的“锣攻”比较切合实际。

实际上吴铁锤的锣攻并无什么新意，不过是佯攻的一种翻版而已。他的打法是以锣为号，虚张声势，先搞几次真真假假的攻击，把坂田次郎的头搞晕，而后在一个鬼子毫不在意的去处，乘船顺河而上，船上当然要满载炸药。当船靠上了壕沟内侧的鹿寨铁丝网，船上的人就引爆炸药并撤退，炸塌的泥土填在壕沟里，正好供大部队踩着冲锋。

最后大家还是一致认为“锣攻”这个办法的可行度比较高。吴铁锤暗暗高兴，老祖宗留下的传家宝终于可以派上用场了。

整个白天，独立连与坂田次郎小队互相盯着对方，偶尔打几下冷枪，甩几个冷弹，但是大体上相安无事。县大队区中队民兵、老百姓在抓紧准备着晚上的行动。

月黑风高，很快到了伸手不见五指的夜晚。

一切准备就绪以后，只听得一通锣响，西南方向响起了爆豆般的枪声，呐喊声、喊杀声伴随着手榴弹、炸药包的爆炸声此起彼伏不绝于耳，壕沟里的水也是扑扑通通响成一片，像是有无数的人正往里面跳。坂田次郎紧张了一天，此刻刚要放松一下，却被突然而起的奇怪的锣声搞得糊涂不已，他再次打电话向淮阴城求援，可电话那头却没有了任何声响，坂田次郎知道大事不好了。

双方对打了一阵。坂田次郎一面打一面在心里琢磨，新四军狡猾大大的，会不会在西南方向实施佯攻，而真正的攻击方向却选在其他地方呢？他马上传令各个方向严密警戒，绝不能上新四军的当。

西南方向的锣声开始时响得急，喊声也大，枪声也密。但是随着急促的锣声转眼间变成慢悠悠的三连声，喊声杀声一下子消失得无影无踪，之后就万籁俱寂，什么动静也没有了。坂田次郎迷惑不已，但是他心里明白，不能放松警惕，新四军随时都会卷土重来。

果然，个把小时以后，东北方向又是一通锣响，紧接着枪声响如爆豆，喊声杀声、爆炸声又是此起彼伏，不绝于耳，壕沟里的水再次扑扑通通响成一片。坂田次郎不敢怠慢，指挥他的人马朝着东北方向又是一阵猛打。这次他判断新四军动了真格的，除了东北部守军外，还把西南方向的人员调往东北方向。当二十几个鬼子伪军气喘吁吁刚从西南方向跑过来，锣声一变，轰轰烈烈的枪声、喊杀声一下子又消失得无影无踪。之后是在东南，然后又在西北，坂田次郎已经晕头转向。

坂田次郎小白脸气得发青，他从来没有碰到过这样的情况。新四军过去打仗都是吹号，号声一响，要么进攻，要么撤退，他大概能听出个子丑寅卯。可是这是什么响声呢？哐哐哐哐哐哐哐的，有时候急，急如暴风骤雨；有时候又慢，哐……哐哐，哐……哐哐，慢如和风细雨。而新四军部队的喊声杀声以及机枪、步枪、手榴弹好像都在随着这个响声调度变换，响声急打得也急，响声慢则偃旗息鼓，让人摸不清头脑。

坂田次郎的脑袋都胀大了，胀大了也没有搞清楚那到底是什么的干活。不过有一点他能判断出来，这个声音显然不是新四军常用的军号。

响声之处正是吴铁锤敲击着雕花云龙纹的檀木匣铜锣。进攻的时候是“急急风”，撤退的时候是“慢三锤”，这是他们老吴家祖辈上传下来的锣鼓点，日本人坂田次郎当然不能够明白。

就这样虚虚实实真真假假一直搞到鸡叫三遍，刘家集据点里的鬼子汉奸都已经筋疲力尽了。在这个过程当中，满载着炸药的两条木船悄悄靠上了西北方向的壕沟，一声惊天动地的巨响，高高的壕沟完全垮塌下来，鹿寨铁丝网飞上了天，紧接着一通急如暴雨的“急急风”，攻坚部队踩着炸塌的泥土，从浅浅的水面上一跃而过，未待鬼子汉奸反应过来，几百人已经冲进了据点，冲进了守敌的碉堡工事。一阵白刃拼杀加上机枪、步枪、手榴弹，三十多个鬼子都去见了他们的天皇，皇协军除了打死的以外，其余的全都乖乖缴枪当了俘虏。

坂田次郎小队长小白脸白得如同死人，他想剖腹自杀，指挥刀不知道丢在了哪里；他想跳河，壕沟内外都是新四军老百姓，过不去；他又想以头撞墙，可是担心脸面撞破了无颜去见天皇。坂田次郎什么也没有干成，晕头转向地就被吴铁锤和他排里的兵堵在了炮楼里面。

吴铁锤一手拎着雕花云龙纹檀木匣铜锣，一手拎着挂红绸的大刀片子，在微弱的余火光线中威风凛凛。坂田次郎被俘之后，迫切地询问新四军到底使用了什么新式的音响武器：

“哐哐哐哐，一整夜的，什么的声音？”

吴铁锤知道这个鬼子小队长是想听听他们老祖宗说话的声音，就把大刀片子递给旁边的战士，拿起了锣槌哐哐哐哐就是几下子，震得坂田次郎的耳朵嗡嗡直响，碉堡上的墙皮噼啪直掉。紧接着吴铁锤仿佛表演一般敲了一通“急急风”，又敲了一通“慢三锤”，之后又是一通“急急风”，把鬼子小队长坂田次郎的近视眼镜敲到了脚底下，敲得坂田次郎两手抱着脑袋吱哇乱叫。

日本人坂田次郎自此落下了偏头痛的病根。

中国人的仁慈和善良留给了这个矮个子日本人一条性命，坂田次郎战后回到了日本，但是刘集的这个夜晚却教他一辈子无法忘记。自此以后，他听不得任何的击打之声，只要有锣声响起，坂田次郎就会两手抱住脑袋吱哇乱叫，恨不得挖地三尺钻到洞里去。

打完了这一仗，向修远所在的新四军江抗支队不久就与其他的新四军江北部队发起了对日寇的全面反攻，打完了日本人又打国民党，后来接受整编，成为华东军区一纵一师，后来是第三野战军一纵一师，北上山东打了鲁南战役、莱芜战役、孟良崮战役，又参加淮海战役、渡江战役、上海战役等大战，一直打到了这个冰天雪地的长津湖。

一纵，也就是现在的志愿军20军。

吴铁锤的雕花云龙纹檀木匣铜锣在淮阴城外的刘集一战成名，在以后的战斗中也屡试不爽。从此以后，别的部队打仗吹号，他们这个部队不仅吹号，还敲锣。

然而在下碣隅里机场之战中，同样高亢激越的锣声不仅没有带来预料中的丰硕战果，反而带给部队巨大的伤亡，吴铁锤百思不得其解，怎么也想不通。

4

一夜的风雪慢慢停了，刚刚发生过惨烈战斗的长津湖畔已经悄无声息。

部队又掩蔽到了林木茂盛的深山之中。美国人的飞机成群结队在长津湖畔的上空来回穿梭。陆战1师在夜间遭到了突然而又猛烈的袭击，他们当然要中国人尝尝重装备部队的威力。飞机几乎都是贴着树梢飞过，所过之处浓烟滚滚火光冲天，无论松柏青翠的山头还是白雪覆盖的谷地都是弹坑累累。

双方的地面部队暂时脱离了接触，他们占据着各自的阵地，互相窥视对峙着，不时打上一阵冷枪，就像是两只狼犬在经过了一阵激烈的撕咬之后，各自舔一舔身上的伤口，准备着更加猛烈的搏斗。

同样都是舔疗伤口，待遇却千差万别。美国人靠着强大的空中与地面运力，很快得到了补给，无论食品、弹药还是御寒物品，都再度补充了两到三个基数，而志愿军部队却是捉襟见肘，弹药已经为数不多，吃的东西更是寥寥无几，许多部队都已断顿。伤员得不到及时救治，大量的冻伤人员则只能靠着顽强的毅力坚守在阵地上。下碣隅里机场作为陆战1师的补给基地和桥头堡，一架一架的运输机来回穿梭，送来了大量的武器弹药和食品，这些物资堆积在跑道的两旁，一垛一垛堆成了山，让山上的中国人羡慕不已。

在欧阳云逸和吴铁锤的前卫营，情况一样不容乐观。一场战斗下来，全营只剩三百多人了，这些人当中还有着相当一部分的冻伤人员，不是手肿了拿不起武器，就是脚肿了走不了山路。幸好战士们保家卫国的斗志依然旺盛。

伤亡是大了一些，那又有什么？在无数次的大战恶战中，他们这个部队经历过的伤亡还少吗？既是打仗，哪有不流血受伤死人的？初战受挫又有什么呢！他们舔一舔伤口又可以大战几个回合。关键是不能付出了伤亡却没有回报，没有完成既定的战斗任务，这让前卫营的战士们在愤愤不平中难以接受。

所以大家都决心认真总结一下经验，力争在下一个黑夜的战斗中打一个翻身仗。

也有人对美国鬼子是不是“纸老虎”发生了疑问。都说美国佬是“纸老虎”，一戳就破，没想到下碣隅里机场这块骨头那么硬，肉没有啃下来，牙拽掉了好几颗，好像不是“纸老虎”，是铁老虎、钢老虎。

但吴铁锤却不这么看，他不信打不下下碣隅里机场，他想哪怕它是铁老虎、钢老虎，也一样要把这只老虎打趴下。

吴铁锤思来想去，觉得自己在战斗指挥上没有什么问题，老祖宗不给脸，说明老祖宗有老祖宗的考虑，老祖宗还不到给脸的时候。他觉得是自己让老祖宗出场的时机没有掌握好——不是锣敲得早了，就是敲得晚了，要不然就是美国佬中间有人识得这个锣，能听出个子丑寅卯来。不然那么长时间的“急急风”，震也把美国鬼子震趴下了，收拾下碣隅里飞机场的物资弹药还不是探囊取物一般容易？

他有些不服气，将那面宝贝铜锣擦了又擦，准备夜间再战。

欧阳云逸却感到仗不能再这样打下去了。

他对吴铁锤说：“锣没有问题，老祖宗也还是那个老祖宗，不是锣错了，是打法上错了。”

吴铁锤却不认同："打法上不可能有错，我的指挥不可能有错。同样都是一通急急风，远的先不说——三元里吴家老祖宗打英国鬼子老祖宗，扯得有点远，咱说说抗战。淮阴城外打坂田次郎小队怎么样？我一通锣响，小个子坂田次郎还不是抱着脑袋吱哇乱叫？孟良崮上我一通锣响，部队攻上大崮顶子干掉了张灵甫是真的吧？淮海战役呢？我一通锣响，一个连上去抓了国民党黄百韬四百多个俘虏兵，连吴一六听到锣声都跑过来了，更是真的吧？怎么能说我这个打法不对呢！"

欧阳云逸说："你不要好汉只提当年勇，那是什么时候的事了？现在是什么时候？"

吴铁锤说："现在是什么时候？不还是打鬼子吗？英国鬼子、日本鬼子、美国鬼子，都是鬼子。"

欧阳云逸不想和他胡搅蛮缠，吴铁锤的逻辑思维与别人明显不同，他说着说着就会下道，你要是顺了他的竿子爬，不知道会爬到哪条道上去。在逻辑上，他这叫偷换概念。所以欧阳云逸依然坚持自己的观点：

"美国人构筑了坚固的防御阵线，更为重要的是，他们有坦克，重型坦克，活动碉堡。我们呢？没有炮火，没有任何的反坦克武器，让部队用人力去冲击美国人的坦克阵，你的锣敲得再响又能起到多大作用？"

吴铁锤说："坦克阵怎么样了？孙二愣子还不是干掉了一辆！"

欧阳云逸说："侥幸，纯属侥幸。"

"你这个教导员！"吴铁锤觉得欧阳运逸长敌人志气灭自己威风，"孙二愣子那是百里挑一的好兵，勇敢大胆，怎么能说是侥幸呢？"

"我不是那个意思，"欧阳云逸解释道，"战士的勇敢精神值得肯定，但是要看到美国鬼子的长处，他们这个'纸老虎'也不是一无是处，不能拿我们短处去碰敌人的长处，不能以卵击石嘛。"

"什么东西？"吴铁锤没听懂欧阳云逸的"以卵击石"是什么意思。

欧阳云逸补充道："就是拿鸡蛋碰石头。"

吴铁锤不屑地说："鸡蛋碰石头就是鸡蛋碰石头，转那个洋词干什么？不知道我老吴文化水平比你老欧知识分子水平低吗？"

欧阳云逸心里却说，你这个吴铁锤岂止是文化水平低，有时候简直就是没文化。

吴铁锤对欧阳云逸说：“你这样也不行那样也不行，依你说这个仗怎么打？怎么把飞机场上的罐头箱子弄回来？”

欧阳云逸说：“照我看，在目前这样的条件下，下碣隅里机场难以攻占，物资弹药难以取得。”

“就是说任务完不成了？”

吴铁锤的脸沉下来。完不成上级赋予的战斗任务为指挥员之大忌，更是参战部队的耻辱。在他们这个部队的历史上，还从来没有完成不了的任务，他们从来没有遇到过这样的事情。

吴铁锤对欧阳云逸说：“攻占下碣隅里飞机场是军里师里交给我们的任务，那么多的食品弹药，大家都眼巴巴等着呢，你现在说攻不下来，拿什么补充部队？”

“没有办法，”欧阳云逸叹了一口气，“这样打下去只会增加伤亡，不会有任何的实际效果。”

吴铁锤不说话了。

5

下了一夜的大雪，气温好像又在下降，山上的林子里寒气袭人。雪前雪后冷，这是铁锤妈妈在他小的时候嘴头上经常念叨的一句话，真是恰如其分。在昨夜的大雪中打了一夜，差不多谁也没有感觉到寒冷，现在停下来反而冻得受不住，战士们都是又蹦又跳，以此暖和身体。

欧阳云逸跺了一会儿脚，两只手相互交叉着握了又握，又搓搓脸，搓搓耳朵。他的手上戴着蓝晓萍为他编织的毛线手套，在此时零下几十摄氏度的严寒中，本该是暖融融的毛线手套也失去了应有的温暖，欧阳云逸觉得自己的双手慢慢变得僵硬，手指头也开始不听使唤了。

欧阳云逸跺了一会儿脚，看着下碣隅里机场方向。美国人的飞机来回地起飞降落，尽管看得很清楚，可是距离还是有点远，又没有炮火重武器，要想收拾他们不是一件容易的事。

他对站在旁边的吴铁锤说：“既然搞不到，还不如把它炸了。”

“什么？”吴铁锤身子一耸一耸的，“什么什么？”

欧阳云逸看着下碣隅里机场的方向说：“我是说那些物资弹药，我们搞不到，也不能让美国鬼子轻易得到。”

“亏你老欧想得出来，”吴铁锤说，“那是我们的补给仓库呢！炸掉了，几万人的部队喝西北风吗？军长师长不会同意先不说，打我吴铁锤这里它就说不通。”

欧阳云逸说：“陆战1师得到这些物资就是如虎添翼，起码也会苟延残喘，我们呢？我们只能挨打。”

吴铁锤说：“你又转那个洋词，我老吴听不懂，我就知道过去蒋介石是我们的运输大队长，现在美国鬼子是我们的运输大队长，不靠美国鬼子靠谁？说实话昨天晚上我都闻到美国佬的罐头味了，就差那么一点点，一点点呀！可惜了。”

“别说过去的事情了，”欧阳云逸说，“打也打过了，再可惜也没有什么用了，还是说说今晚的打法吧。”

“多多准备木头棍子、炸药包，先干坦克，坦克干掉了，什么都好说。”

预备木头棍子是孙友壮的主意，他的成功经验在于打坦克先要别住坦克的腿，只要把它的腿别住了，坦克原地转圈，炸起来就容易多了。为了炸掉美国人的坦克，他昨晚把自己心爱的捷克式轻机枪都搭进去了。

欧阳云逸说：“我对你说了半天等于对牛弹琴，白说了。”

吴铁锤说：“什么牛、琴的，你不能小竹筒倒豆子，直来直去吗？”

“炸药包要准备，但不能用来炸坦克。”欧阳云逸平静地说。

“炸什么？”吴铁锤睁着大牛眼。

“炸美国鬼子的武器弹药。”

吴铁锤在雪地上来来回回走了好几趟，然后停下来，非常认真地盯着欧阳云逸说："你不会来真的吧，老欧？擅自改变上级的作战命令，意味着什么？"

"从战斗实际出发嘛，"欧阳云逸冷静地说，"一切考虑到战斗的实际效果，才是对上级和部队负责。"

"我不会同意的！"吴铁锤胳膊一甩，"别看我现在是个副营长，我有战斗指挥权，我说不行就是不行。"

欧阳云逸笑了笑，说道："那我们请示上级吧，上级不同意，再按照你的打法打也不迟。"

吴铁锤心想请示上级？上级不撸你个鼻青脸肿就算是跟你讲客气。

两人正较着劲时，团部的通信员来到他们隐蔽的林地上，通知欧阳云逸和吴铁锤到团部开作战会议，研究晚上的战斗方案。

6

两个人带上李大个急忙往团指挥所赶。师前指并团指挥所设在一处山坳里，旁边是一个不大的朝鲜村庄，两边是山，中间一条谷地，谷地的两端又是山，山上山下树木稀疏，远远地就能看到谷底下有人员走动了。

吴铁锤站在山坡上四面看了看，对欧阳云逸说："团部选在这个熊地方，明显地不利防空嘛，也不知道这些人是怎么想的。"

欧阳云逸说："团部有团部的道理，不用我们操心，你还是多想想晚上的仗怎么打。"

"怎么打也不能按你的打法打。"

吴铁锤一边朝山下走一边头也不回地对欧阳云逸说道。

几个营的营长、教导员都过来了。激战了一个夜晚，每个营的伤亡情况都大大超出了预估。更让人懊恼的是，不但攻击下碣隅里机场的两个营没有达到预想的战果，另外两个营在配属兄弟部队攻击下碣隅里村庄中也没有取得大的进展，只占领了下碣隅里外围的几个阵地，眼下正承受着美军强大空中与地面火力的轰击，压力不小。开头一战打成这个样子，这是所有人都没有想到的。

师参谋长兼前卫团团长范书宝趴在由几个弹药箱子拼成的桌子上，上面摊着几张老王头从曲阜一路驮来的地图，不知道是没睡觉还是压力太大的缘故，脸色铁青，双眼的上下眼皮浮肿得厉害，有些吓人。看到人都到齐了，他头也不抬地说：

“都说说吧，晚上这个仗怎么打？”

营长、教导员们你看看我我看看你，都低下头来，谁也没有说话。

屋子里寒气袭人。说是个屋子，实际上就是个屋架子，四面漏着风，雪和风一阵一阵地刮进来，更使人寒冷难耐。

团政委张之白有些不高兴了：“呦，怎么了这是？霜打的茄子，美国鬼子没有打趴下，你们自己倒趴下了！”

吴铁锤说：“不是趴下了，是肚子咕咕叫，闹意见。”

范书宝没好气地说：“就你吴铁锤事多，开会研究作战的事，肚子闹什么意见？你有什么意见好闹的？仗打得比别人好吗？”

吴铁锤不服气，领导一上来就拿他出气，难道他是出气筒吗？

他本来坐在弹药箱子上，一下子站起来说：

“我没闹意见，是肚子闹意见，咕咕叫，我有什么办法？”

“叫它闭上嘴！”范书宝嗓门很大。

吴铁锤翻毛皮大衣袖子一甩：“没法闭上，我没那个本事。”

张之白一看要吵起来，忙打圆场：“好了好了，参谋长压压火，吴营长你也少说两句，饿了就饿了，什么咕咕叫？搞点吃的不就行了？”

欧阳云逸说：“仗没打好不是我们前卫营一个，都没打进去嘛，再说我们还干掉了美国鬼子一辆重型坦克，打死打伤美国鬼子少说也在上百人。”

范书宝没再说话，他趴在日本人几十年前绘制的作战地图上，脸色铁青。

张之白叫团部的人到隔壁弄了点吃的东西，一筐子煮熟的土豆。隔壁的雪地上有一个朝鲜老乡藏土豆的窖子，很大，放得下几千斤土豆。不过现在空空的，只有两袋子土豆撂在窖子里，作为团部的备用口粮。

啃了几个土豆，又喝了一通开水，大家才觉得暖和了不少，话也随之多了起来。对于晚上如何再战下碣隅里机场，都没有更多的好办法，条件和装备的现实情况无法忽略，只能是预备些炸药包，以爆破敌人的铁丝网，爆破美国人的工事与坦克。特别是打坦克，范书宝和张之白让吴铁锤详细介绍了一下他们的做法，以供大家参考。

吴铁锤的经验做法谈了不到五分钟，无非是孙友壮的那一套，多预备些木头棍子别坦克的腿，只要别住了这个坦克车的腿，那它就是拉磨的驴子，光转圈而没的跑了。

欧阳云逸也谈了自己炸美国鬼子弹药补给的想法，其结果可想而知，大家群起攻之，被张之白毫不客气地称作馊主意。范书宝竟从弹药箱子上跳起来喊道：

“说得轻巧，武器弹药食品罐头都炸了，拿什么补充部队？喝西北风吗？”

吴铁锤这时候反而不说话了，两个眼睛半睁半闭，好像是在闭目养神准备着晚上的战斗。

欧阳云逸自然又说了一些如虎添翼、苟延残喘之类的话，为他的想法寻找理由。范书宝和张之白倒没有说他转洋词，他们只是觉得这个想法很可笑。除了违背上级的作战命令与作战意图，还有一点在师参谋长范书宝看来是个显而易见的问题。他对欧阳云逸说：

“既然能穿过美国佬的铁丝网冲到飞机场里面，那还用炸吗？东西搬回来不就行了？”

欧阳云逸说：“问题是你冲不过敌人的铁丝网嘛。”

张之白有点糊涂了：“冲不进去你怎么放炸药包？不是自相矛盾吗？”

吴铁锤眼睛睁开了，这个问题他倒没有想过。光听欧阳云逸说炸机场，也没有想到问问他这个问题：能冲进机场就能占领机场，能占领机场就能把武器弹药食品罐头搬回来，用得着炸吗？要是冲不进去你就无法占领机场，也无法安放炸药。

欧阳云逸对此似乎早有准备。他说实际上根本不用部队往里冲，因为那样要付出的代价太大了！实际上只要几门小炮几发炮弹就足够了，美国鬼子的弹药箱子汽油桶堆得到处都是，只要有两发炮弹落上去就会引起一连串的爆炸，不仅炸毁美国人的补给物资，说不定还能把飞机场炸了。当然，他们一个营只有两门迫击炮，显然不够，需要集中全团或者全师的迫击炮，几十门迫击炮几十发炮弹同时砸上去，下碣隅里飞机场就会发生惊天大爆炸，就不相信他们的武器弹药、人员、坦克炸不掉！

欧阳云逸说完了以后，屋子里出现了片刻的静默，大家都拿眼睛看着他。看了一会儿，又都将目光转到了范书宝身上。范书宝是这个屋子里的最高首长，究竟如何打还需要他最后定夺。

“不可能！”范书宝使劲撑开浮肿着的双眼皮，“我不会同意的，师长不会同意的，军长不会同意的，就是兵团司令也不会同意！”

张之白也不赞同：“欧阳云逸，你是一个老同志，怎么能改变上级战斗部署呢？几发炮弹炸了简单，要我们部队干什么？要我们这些共产党员干什么？胡闹嘛！”

欧阳云逸还想争辩，却被吴铁锤拉住了。他觉得仗没有打好，从上到下都窝着一肚子火，就别再火上浇油，刚才自己已经挨了范书宝一顿熊了。欧阳云逸没再说话。他把眼镜摘下来，翻来覆去擦拭着，擦了很长时间。

接下来议论了一番粮弹的补充问题。一夜激战，一线部队的弹药告罄，更谈不上什么食品。出发前每个战士就发了几个土豆，一天一夜过去了，部队都在饿着肚子。照这个样子，晚上再战下碣隅里飞机场，别说是占领了，爬也难爬到铁丝网跟前。想到此，范书宝立即给师长黄天柱打电话，又叫张之白和营长、教导员们群策群力，务必想办法克服困难，以保证战斗顺利进行。

远处突然响了两枪，枪声非常清脆，一听就是三八大盖枪的响声。紧接着很近的一个什么地方又打了一梭子，接着远远近近的人都在喊着：

“飞机，飞机来了！”

屋子里的人都跑了出来。果然是三架“油挑子”，它们正掠着西南方向的山头向这边飞来。范书宝掏出手枪朝天上啪啪两枪，喊道：

“隐蔽，赶快隐蔽！”

一群人随着范书宝和张之白都往旁边的雪地上跑去，那里有一处朝鲜老乡的土豆窖子。欧阳云逸也想跟着跑过去，却被身后的吴铁锤一把拉住了。

前些日子部队筹粮，吴铁锤曾经在一个朝鲜村庄见识过诸如此类的土豆窖子，他和孙友壮还曾经下到窖子里装土豆。在吴铁锤的印象中，朝鲜人的土豆窖子虽然挖得较深，面积也不小，但是非常简陋，上面仅仅覆盖着一层由木棒、秸秆搭制而成的顶棚，根本就不能当作防空洞来使用。所以他不想跟着大家进那个窖穴，而是拉住欧阳云逸跑向了相反的方向，向对面的树林里跑去。跟在他们身后的还有一个营长两个教导员。

机关以及附近的部队都藏进了树林，范书宝和张之白则带着参加会议的几个人跑进了窖子。四野里一片安静，“油挑子”的轰鸣声由远而近。

美国人眼睛很尖，哨兵发现他们出现在西南方向的山头上并鸣枪报警的时候，“油挑子”的飞行员实际上已经发现前方的谷地中有人员活动，而当他们从谷地上空低低地掠过时，还能看到三三两两的人集结在雪地上，接着就消失无踪了。美国人非常清楚那是怎么一回事。掩蔽部，中国人的掩蔽部。

“油挑子”的动作干脆利落，一个筋斗折返回来，紧接着就是一阵密集的机关炮和火箭弹的扫射轰炸，三架飞机一架接着一架，轮番俯冲攻击，谷地中炮声隆隆，土石飞溅，一团一团的黑烟冲天而起。有几枚火箭弹直接命中了朝鲜人的窖穴，木棒、秸秆搭制的简陋顶棚连同着泥土雪块飞上了天。火光四起，窖穴及其附近的房子都冒着熊熊火苗烧了起来。

吴铁锤和欧阳云逸几个人在对面的山脚下看得十分清楚，在“油挑子”的火箭弹命中土豆窖子的一刹那，他们的血液猛地一凉，心脏也似乎停止了跳动。完了，藏在土豆窖子里的人算是完了。

“油挑子”飞走了，谷地上的硝烟还未散去。人们从四面八方跑过来，跑到被炸的土豆窖子跟前。

面目全非，一切都在爆炸中改变了原来的形状。

师参谋长兼前卫团团长范书宝，团政委张之白，两个营长，一个教导员，一个师里的作战参谋，还有两个战士，躲在土豆窖子里的八个人，被炸得面目全非，他们再也没有能够参加即将到来的战斗，再也没有能够回到自己的故乡。

范书宝和张之白是张仁清这个军及其九兵团在长津湖战役中阵亡的最高职务的指挥员，他们与无数倒下的志愿军战士们一起，永远留在了长津湖，留在了异国他乡的朝鲜。

欧阳云逸习惯性地摘下眼镜，把它拿在手中，用戴在手上的天蓝色的毛线手套反反复复擦了又擦。然后他把眼镜戴好，对吴铁锤说：

“我们两个差一点分开，老吴。”

“说的什么话，老欧！”吴铁锤白了他一眼，“我们两个能分开吗？永远都不能！”

第十五章

1

鉴于前卫团的实际情况，黄天柱和向修远决定前卫营以及另外一个攻打下碣隅里机场的营暂时取消该项战斗任务，在短时休整之后再做安排。攻取下碣隅里飞机场交给了另外的部队，攻击部队由两个营增加到了四个营，但是在当夜的战斗中依然没有越过美军的坦克阵，部队伤亡同样非常大。得到了及时补充的美国人进一步巩固了他们的阵地，他们牢牢守住了自己的桥头堡和生死线。

在变成一片废墟的师前指并团指挥所，欧阳云逸曾经打电话给向修远，汇报了他关于炸毁下碣隅里机场陆战1师补给仓库的意见，同样没有得到师部的明确答复。向修远把欧阳云逸的建议讲给黄天柱听，黄天柱的态度可想而知。他把手里的铅笔往木板桌子上一扔，吼道：

“亏他想得出来！”

黄天柱也打红了眼，这个节骨眼上让他改变战斗企图，不亚于叫他承认自己的失败。攻占下碣隅里飞机场、切断陆战1师的空中补给通道并获取相应的物资补充，不仅是他们的实际需要，也是兵团和军里的要求，别说是他这个师长，任何人也无权更改。

向修远倒是感到欧阳云逸的建议有些可行。如果真的不能攻占下碣隅里机场，不能获取到堆积如山的物资，倒不如毁掉它们，以断绝陆战1师的空中补给。美国鬼子就靠着这个机场，一旦大量地、快速地把物资补充过来，无异于给苟延残喘的病人打了一针强心剂。但是黄天柱态度坚决，丝毫没有商量余地，向修远也就没再坚持自己的想法。

许多年以后，已届暮年的向修远每每回忆起这个性命攸关的时刻，只有后悔和遗憾。他知道欧阳云逸是对的，他或许应该坚持对他的支持。如果他们炸毁了美国人的补给物资，那长津湖战役就可能完全会是另外一种结局。但是在当时的情况下，在那样一种背景之中，无论他还是欧阳云逸，他们的计划显然不会被用来实施。这就是局限。老年的向修远想道，每个人都有自己的历史局限性。这是他们本身的局限，也是他们这个部队的局限。

美联社随军记者詹姆斯·爱德华曾经在他的《前线日记》中写道：

> 整个长津湖战役期间，中国人对下碣隅里机场这个陆战队重要的空中桥头堡和物资集散地发动了持续的、猛烈的进攻，目的显然在于切断史密斯师长的补给通道并获取必要的补充——饥肠辘辘的中国士兵已经在周围的群山峻岭中饿了多日，饱受着严寒之苦。陆战队守住了自己的阵地，并使中国人付出了极高的代价。令人费解之处在于，中国部队始终没有想到要炸毁这个集散地，只要有一两发炮弹，成堆的汽油和弹药就会毁于一旦。但是他们显然不愿这么干。陆战队始终保持着有效的补给，他们因此而得以死里逃生。

什么是命？向修远认为命就是历史，历史就是命。历史没有如果，历史是不能更改的。

2

黄天柱所属部队初战柳潭里、下碣隅里及其飞机场的伤员被陆续送到师医院时，治疗队队长陆元寿大吃一惊。一次战斗下来如此多的伤员，在他的印象中颇为罕见。这些伤员中，除了枪伤、炸伤的以外，大多是冻伤人员，冻了脚的，冻了手的，冻了鼻子耳朵的。

两个治疗队的条件都非常有限，医疗器械奇缺，又不能输液——在零下几十摄氏度的严寒中，为数不多的葡萄糖液体冻结成为了冰块，许多针剂都冻裂了、破碎了，所谓的救治也只能是简单的清创和包扎。至于冻伤伤员，采用的仍然是老办法，松针煎水泡手泡脚，然后再用牛油蜜糖或是凡士林膏混合而成的自治冻伤膏涂抹。好在这时候的冻伤伤员还只是一些浅层的冻伤，深度冻伤并不多。土办法虽然不能从根本上解决问题，但毕竟还是取得了一些效果。

严寒的天气让陆元寿一筹莫展，眼看着宝贵的葡萄糖瓶子炸裂破碎而毫无办法。后来还是欧阳云梅、李桂兰她们设法把液体针剂放进朝鲜老乡的土豆窖中，包裹上毯子棉被，再覆盖上一层泥土，总算保留下一部分药品。这些药品在随之而来的更加残酷的战斗中挽救了许多战士的生命。

欧阳云梅、李桂兰的办法实际上很简单，土豆窖既然能窖土豆，当然也能窖葡萄糖液体瓶子，防冻保暖，一样的道理。在此基础上她们又进一步扩大其作用，不仅窖土豆，窖葡萄糖，也窖伤员，窖自己。在没有房子的时候，土豆窖自然要比荒山野岭暖和得多。不过有一条她们记住了，那就是不管窖什么，绝对不能当防空洞来用。

范书宝和张之白在土豆窖被炸身亡的这一天晚上，师医院也遭遇了空袭。治疗队的炊事班不知道打哪儿弄来了一头小花猪，连夜宰杀下了锅。锅还架在火上，正在翻腾着，执行夜间战斗飞行任务的“油挑子”就过来了，火光暴露了目标，“油挑子”一通机关炮扫射，煮肉的锅来不及端下，炸飞不说，还打死打伤了两个炊事员，打死了一个帮厨的女医生，前来了解情况的师部医政科协理员也被打死了。打死的女医生经组织介绍安排，在入朝前才刚刚与战斗英雄陈宝富结婚，他们的“蜜月”还没有度完。

20军出席第一届全国战斗英雄模范代表大会并受到毛主席亲切接见的杨根思、周文江、毛杏表和陈宝富，他们走下了天安门的观礼台就随同部队开到了长津湖，毛杏表已经阵亡。四人中陈宝富年龄最大，身体情况最差，组织上照顾他成了家。现在他刚刚建立的家庭没有了，这对于陈宝富的打击可想而知。

师部医政科的协理员是个团级干部，无锡郊外人，据郑小莉说和她是同乡，郑小莉哭得特别伤心。她站在这个协理员的遗体旁边，嘤嘤地哭泣着，眼泪一颗颗掉在地上结成了冰。欧阳云梅、李桂兰和蓝晓萍都过来劝她，郑小莉却依然伤心地哭个不停。欧阳云梅她们不知道这其中究竟有什么原委。蓝晓萍看出了端倪，凭她一个小女人的直觉，郑小莉与这个协理员绝不是一般的同乡，他们之间的关系也不像郑小莉所说的那样简单。

郑小莉对于其中的原因秘而不宣，如同她保守军列上的秘密一样。在仓促奔赴中国东北的征途上，是郑小莉最先透露了部队即将入朝参战的消息，当时欧阳云梅和李桂兰都以为那是天方夜谭——尽管事实不久就得到了验证。

美国飞机飞走以后，陆元寿组织治疗队清点人数，结果发现少了一个人，这个人是文工队导演凌子林。

陆元寿让治疗队的担架连连长领着一伙战士四处寻找，他们又喊又叫，找了半夜也没有找到，第二天凌子林也没有回来，陆元寿为此担心不小。凌子林，上海来的大导演，师文工队的重量级人物，在整个华东军区都非常出名，丢了他可是非同小可。

李桂兰也很担心。她对欧阳云梅说：“别是迷路了吧？没吃没喝的，大城市人呢，哪儿遭过这个罪？”

蓝晓萍说：“就怕凌导演一时想不开。”

郑小莉还没有完全从她的悲痛中解脱开来，只是慢慢地说道：“山上有狼的。”

欧阳云梅对此毫不在意，大大咧咧地说：“你们都是瞎操心，他那么大的人怎么会迷路？有什么想不开的？被狼吃了？被狼吃了更好！一天到晚什么不干不说，发展下去不是开小差就是当俘虏，要不就是投靠美国鬼子，美国鬼子和蒋介石是一伙的。蒋介石不是台湾人吗？凌子林也是台湾人，所以说留着他早晚是个祸害。”

分析来分析去，最终感到凌子林开小差的可能性比较大。

3

凌子林没有开小差。

凌子林把自己“窖”在欧阳云梅、李桂兰她们窖葡萄糖瓶子的土豆窖子中。

仗打得不顺利，伤亡很大，大批伤员来到治疗队的同时，也把残酷的战斗情况带到了后方，使得本来就心灰意懒的凌子林更加灰心。师医院遭到了空袭，打死打伤了好几个人，说不定他凌子林哪天也会被打死。死在这个异常寒冷的荒山野岭他就做不成导演了，就回不了上海了，当然也不可能再回到台湾，他的人生，他所热爱的艺术事业，他这一辈子就算是完了。想到这里凌子林就害怕，脊梁骨上出冷汗。吃又没的吃，跑又无法跑，到处一片冰雪的世界，真是让他犯难。他一个人转来转去，转了小半夜，后来就转进了欧阳云梅、李桂兰她们窖医疗器械的土豆窖里。窖子里没有风，没有雪，没有伤员断胳膊断腿的痛苦呻吟，凌子林感到这个地方蛮好。他待在里面，把自己与外面的战斗和外面的世界隔绝了开来。

凌子林听到外面有人喊他，他知道治疗队的人都在找他，却假装听不见，他藏在最里面的角落里，藏在医疗器械箱子和几袋子土豆以及半包大米的后面，那是整个治疗队最后的一点药品和最后的口粮，是欧阳云梅珍藏的宝贝。药品箱子包裹着毯子与棉被，上面覆盖着一层泥土，凌子林也把自己包裹在毯子与棉被下面，也覆盖着一层泥土。饿了啃两个土豆，渴了就喝葡萄糖，想方便了就在半夜里偷偷爬出去方便。他隐蔽得非常好，欧阳云梅进进出出好几次都没有发现他的存在。

还是心细的蓝晓萍发现了凌子林。她到窖子里取葡萄糖，暗淡的光线下忽然感觉到角落里的泥土微微抖动，这个不经意的发现让她吓了一跳。什么东西呀？老鼠、兔子，还是野狗、狼？蓝晓萍壮了壮胆，顺手拿根棍子戳了戳。这一戳不要紧，戳出个蓬头垢面的脑袋来。

蓝晓萍一声惊叫。

欧阳云梅站在外面，准备接应蓝晓萍的葡萄糖。听说全军部队把美国鬼子陆战1师紧紧分割包围在柳潭里、下碣隅里、古土里、真兴里几个孤立的村庄中，战斗异常残酷激烈。又下来了许多伤员，除了原先的枪伤、炸伤以及冻伤的以外，还有严重的烧伤。美国鬼子用了一种新炸弹，一落地就是一片火海，雪能融化，土能烧焦，满山的岩石也能烧开裂，活下来的伤员管它叫凝固汽油弹。重伤员需要输液，她和蓝晓萍来取为数不多的葡萄糖。

葡萄糖没有送上来，蓝晓萍的尖叫声传了上来。

欧阳云梅动作十分麻利，蓝晓萍叫声未落，她已掏出手枪，一蹦蹦到了土豆窖子里。

蓝晓萍瘫在地面上，棍子丢在了一边，而导演凌子林正用惊恐万分的眼神看着她们。

寂静只存在了短短几秒钟的时间，随之爆发的是欧阳云梅的一声吼叫。

“滚出去！”欧阳云梅对凌子林喊道。

凌子林没动，也许还没有从刚才的惊慌中反应过来。

“滚出去！”欧阳云梅又喊了一嗓子。

凌子林好像仍然没有听到，好像是思维迟钝，双目无神，脸色灰暗，惊恐万分地看着欧阳云梅，没有出去，也没挪动地方。

欧阳云梅用手中的小手枪指着凌子林说：

“出去不出去？不出去我一枪毙了你信不信？”

蓝晓萍气喘吁吁地爬起来，一把抱住了欧阳云梅的胳膊，也抓住了欧阳云梅的小手枪。她怕欧阳云梅真开枪打死凌子林。不管怎么说，凌子林也是她们文工队的导演。

据李桂兰后来看到的情况，凌子林低头弯腰走在前面，手里提溜着三块瓦的棉帽子，大衣和头发上都是土，而欧阳云梅则握着她的小手枪跟在后面，好像是押送着一个劳改犯。

“该死的东西，”欧阳云梅气乎乎地对治疗队队长陆元寿说，“吃了一堆土豆，喝了三瓶葡萄糖！”

陆元寿愁眉苦脸一言不发。

怎么处理师文工队导演凌子林呢？他有错误，肯定有错误，但是又没有犯罪，显然没有犯罪。凌子林既没有叛逃，也没有变节，他就是害怕了，退缩了，在伤亡和艰难困苦面前当了逃兵。不过这个矛盾还是内部矛盾，不是敌我矛盾。然而留着他也不好，不仅会增加治疗队的负担，也会影响到干部战士的情绪与士气。陆元寿举棋不定。举棋不定的治疗队队长陆元寿做不了如何处理师文工队导演凌子林的主，他思来想去，还是决定把凌子林的情况向师部汇报，跟向修远政委汇报。

沂蒙山人李桂兰陪着凌子林坐了很长时间，两个人都没有说话。后来李桂兰叹了一口气，她看着可怜巴巴的凌子林说：

“怨就怨你生在大城市呢，要是生在俺沂蒙山山沟里，怎会遭不了这个罪？”

4

遭罪的可不仅仅是凌子林，不仅仅是李桂兰、欧阳云梅她们，也不仅仅是吴铁锤、欧阳云逸，包括成千上万的志愿军战士都在遭罪。遭罪的还有美国人。美国人虽然条件优越，有御寒的物品，有充足的食物，但他们也处在零下几十摄氏度的风雪严寒之中，也拼死拼活地战斗在荒山野岭。中国人发动着一波又一波的猛烈进攻，把他们死死堵在柳潭里、下碣隅里一带，叫他们前进不得，后退不能，伤亡在不断地增加。冰冻的食物吃下去就会造成腹泻，冻伤减员也折磨着各级军官的神经。过去他们可以生火取暖，现在也不得不小心翼翼，一堆篝火说不定什么时候就会招来中国人的几发冷枪几个冷炮，有一些陆战队员就这样死掉了，为了暂时的温暖而永远躺在了冰冷之中。他们不得不加倍小心。

奥利弗·史密斯师长与里兹伯格团长等几位师团指挥官研究了一下当前的局势。里兹伯格奉史密斯的命令，乘直升机于天蒙蒙亮的时候从柳潭里前线飞到了下碣隅里的陆战队师部。一路上都是中国人的阵地。显而易见，陆战队所遭遇的是中国人的大部队，是顽强而又训练有素的正规军人，他们的人数也远远不是开始时预料的那样轻松——只有为数不多的中国人渗透到了长津湖附近的崇山峻岭。史密斯已经查明，在眼下围困陆战队的中国部队起码是六到八个师的建制，他们在人数上已经数倍于己，而更多的中国人正从四面八方源源不断地向着他们奔来。最为重要的一点在于，中国人看起来不仅仅是为了挡住陆战队北去鸭绿江的步伐，也不仅仅是为了破坏麦克阿瑟将军圣诞节结束朝鲜战争的总攻势计划，他们有更大的雄心，那就是要把陆战1师彻底消灭在长津湖水库地区。

中国人的这一雄心壮志让史密斯和他的师团指挥官们差不多每个人都感到不寒而栗。

“我们能做什么？”

史密斯把问题交给了每一位战地指挥官。

里兹伯格团长建议守住既有的阵地，特别是注重夜间的战斗。无论哪一处阵地，村庄或是山岗，只要能撑到天亮，他们占有绝对优势的炮火及空中支援就会发挥巨大的作用。至于柳潭里、下碣隅里、古土里、真兴里等核心据点，他相信中国人暂时难以攻破，因为他们没有重武器，缺乏炮兵与航空兵的支援和掩护，他们面对的是陆战队的“潘兴式”重型坦克及其坚固的防御阵地。

史密斯则要求务必保持补给道路的畅通，务必把几个核心要点连接在一起，绝不能使真兴里、古土里、下碣隅里及柳潭里成为漂泊在中国人汪洋大海中的孤岛。

为达此目的，史密斯命令陆战队在坚守既有阵地的基础上向着另一方的陆战队阵地出击，占领补给道路上的高地要点，保持道路通畅，使相互间得以连接。

他们的决心和战斗部署同时上报给阿尔蒙德军长以及美国海军司令部。

爱德华·阿尔蒙德一肚子不高兴。

陆战1师以及美7师被挡在长津湖水库地区已经整整两天两夜，在他看来，他指挥的第10军、麦克阿瑟将军铁钳攻势的东部集团白白浪费了宝贵的两天两夜时间。在偶尔出现的少量中国部队面前，陆战队显得惊慌失措，丧失了应有的斗志和勇气，他们不仅止步不前，没有继续朝着鸭绿江方向大步前进，而且担心自己会被莫名其妙突然出现的中国大部队消灭。阿尔蒙德觉得这真是天大的笑话，消灭陆战队？放眼当今世界，还没有哪一个国家、哪一支军队能够消灭强大的美国海军陆战1师，哪怕他们只是具有这样的想法。

陆战队北进鸭绿江的步伐不能停顿，麦克阿瑟将军圣诞节结束朝鲜战争的总攻势计划不容改变。

阿尔蒙德决定亲临长津湖前线，看一看陆战队那里究竟发生了什么。

5

飞机在烟尘滚滚的下碣隅里机场跑道上降落，阿尔蒙德走下机舱。群山环抱，白雪皑皑，结冰的长津湖湖面上寒光闪闪，谷地中回荡着隆隆的炮声。周围是一处处烧焦的雪地和弹坑，远处的山头上冒着浓烟，显然还有树木和森林正在燃烧。战争的气氛骤然降临到面前。

考虑到长津湖的陆战队已处于交战之中，阿尔蒙德此行没有大肆渲染，也没有带更多的新闻记者，只有他觉得关系比较密切而又和陆战队相熟的美联社随军记者詹姆斯·爱德华等少数人随同他来到了前线。

尽管前来迎接他的里兹伯格团长以及麦克劳克林少校神情严峻，战争的紧张氛围非常浓烈，但却丝毫没有影响阿尔蒙德的轻松心情。他用随手不离的手杖指了指周围的崇山峻岭，用故作轻松的口吻说道：

“景色不错嘛！它使我想起美国的弗吉尼亚。”

里兹伯格和麦克劳克林都没有说话。他们把阿尔蒙德一行让到各自的吉普车上，往陆战队的师部下碣隅里村庄驶去。开道的不再是吉普车，而是一辆潘兴式重型坦克，还有一辆同样的坦克压后。

阿尔蒙德前后看了看，皱着眉头说：“有这样的必要吗？”

“为了您的安全，将军。”

一旁的麦克劳克林少校彬彬有礼地回答道。

同样是在陆战1师的师部，史密斯指着墙上的作战地图介绍了当前的局势，提出了他的担心和忧虑。他认为在没有弄清中国人的根本目的及其计划之前，陆战队只能坚守既有的阵地，他们不便于贸然出击，因为中国人有六到八个师的正规部队包围着他们。

“不可能！”阿尔蒙德毫不客气地打断了史密斯的话。他走到作战地图前面，用手杖画了一个很大的圈圈说道，“六到八个师？他们从天上掉下来的？麦克阿瑟将军判断渗透到北韩的中共部队不到三万人，最多不会超过五万人，他们大部分被吸引到西线的沃克将军正面，出现在你们周围的不过是一些乌合之众。八个师？那有将近十万人的部队，十万人，上帝！他们是怎么变出来的？”

“那不是乌合之众，将军。”里兹伯格团长非常冷静地说，“依据我们的侦察，他们确实有那么多的部队，而且我们预料他们还会有更多的部队赶过来。”

阿尔蒙德很生气，一个小小的陆战队团长竟然也敢顶撞他。他用手杖敲击着墙上的地图说：

“什么中国人的大部队，是你们，你们自己高看了中国人，你们自己低估了陆战队的士气。你们当前要做的是尽快赶到那该死的鸭绿江，而不是在这里和中国人兜圈子，不要让一帮中国洗衣工挡住你们的去路！”

屋里一下子静下来。史密斯什么也没说，里兹伯格团长，麦克劳克林少校，所有的人都哑口无言了，他们看着阿尔蒙德，目光中流露的是一种复杂与难言的表情。

在里兹伯格等在座的师团指挥官们看来，“屎壳郎兄弟”阿尔蒙德将中国的正规部队比喻为“一帮中国洗衣工”无异于信口雌黄。这个夸夸其谈的家伙显然不了解前线的战斗是多么激烈，不了解陆战队打得多么艰苦，也不了解中国人是何等顽强——他们训练有素，总是在夜间发起进攻，十分注重渗透到陆战队的后方，一旦发现到薄弱的环节就会无休止地加以攻击。这些人衣着单薄，面黄肌瘦，但是他们士气高昂，在巨大的伤亡面前毫不退缩。真该让这个“屎壳郎兄弟”阿尔蒙德去亲自领教领教中国的“洗衣工”。

陆战队指挥官们默不作声，这让阿尔蒙德意识到他刚才的话有点言过其实了，于是他话锋一转，大肆夸奖起陆战队是多么英勇顽强。当他了解到班长肯尼斯·本森下士两处负伤仍然坚持勇敢战斗的情况时，当即决定亲往柳潭里授予本森下士一枚银星勋章。这一突如其来的决定同样地让陆战队的指挥官们摸不着头脑。

阿尔蒙德谢绝了史密斯及其师团指挥官们的好言相劝，执意在大白天乘坐直升机来到了柳潭里。尽管在短暂的飞行中史密斯和里兹伯格一路上都在担心可能会遭到袭击，但是谢天谢地，他们一路上平安无事，没有发生任何的险情。中国人好像只在夜间才会出现，而大白天是他们美国人的绝对天下。

S-51型直升机在柳潭里安全地降落了。

哈里斯营长带领着他的陆战队员列队欢迎阿尔蒙德将军的到来。

本森下士的头上缠裹着绷带，左臂也吊着绷带，但他精神很好，看起来问题不大。他向阿尔蒙德将军敬了礼，并和将军伸过来的大手握了握，他觉得阿尔蒙德的大手很温暖。

直到这时才想起来谁也没有带着银星勋章，不管是阿尔蒙德的随行人员还是史密斯他们。在里兹伯格想来，阿尔蒙德既然要向他的士兵授勋，理所当然地应当带着奖章，不然那就是一句空话。事实上阿尔蒙德是信口开河，在此之前，他没有一丝一毫这样的打算。

陆战队的指挥官们以及阿尔蒙德的随行人员都不知道应当如何化解这个尴尬的局面。

但是这样的事情难不住阿尔蒙德。他叫麦克劳克林少校拿来纸和笔，在柳潭里严寒的天气里龙飞凤舞地写道：

“特将此枚银星勋章授予战斗中英勇顽强的士兵肯尼斯·本森下士——第10军军长爱德华·阿尔蒙德，少将。”

然后他把这张纸别在本森下士的上衣口袋上。

詹姆斯·爱德华等随军记者们忙把这一难得的感人场面摄入镜头当中。

在哈里斯营长的陪同下，阿尔蒙德特意来到麦卡锡中尉所在连的阵地，查看了周围的地形，听取了两个夜晚的战斗情况介绍。多数是哈里斯营长在讲，有时候也问到肯尼斯·本森，本森下士腼腆地补充几句，而麦卡锡中尉则是少言寡语，差不多一直保持着沉默。

“一旦把周围的中国人扫荡完毕，”阿尔蒙德用他的手杖指点着远远近近白雪皑皑的山头，“陆战队将踏上通往鸭绿江的道路。麦克阿瑟将军的圣诞节就要到来了。”

里兹伯格及其陆战队官兵们面面相觑。史密斯知道大家在想些什么，他对阿尔蒙德说：

“您知道，将军，我的左翼没有任何的掩护部队，如果我们孤立冒进就会招致更大的伤亡。所以我想我们当前所要做的是尽可能稳住阵脚。请把我们的情况报告给麦克阿瑟将军。”

“我会的，”阿尔蒙德说，“这里的情况以及第8集团军的情况都在麦克阿瑟将军掌控之下。”

S-51的旋翼搅起了漫天的雪雾，阿尔蒙德在一片风雪之中飞回了下碣隅里机场，然后从那里换乘运输机回到他的第10军指挥部。遗憾的是，自此以后，他以及他形影不离的手杖再也没有涉足朝鲜半岛上的长津湖。

记者詹姆斯·爱德华留在了陆战队，他要亲临其境，他要看看中国人是如何进攻陆战1师这个美军王牌中的王牌，而陆战队又将如何突破中国人的包围。

本森下士目送着阿尔蒙德的直升机消失在东南方向的灰色天空中，然后用右手拿下别在他上衣口袋上的纸条，很认真地看了看。刘易斯凑过头来问他：

“将军给你写了什么？”

本森下士把纸条递给他：“将军发给我的银星勋章。”

刘易斯看了看上面的字。“这是一张纸。”他把纸条还给他的班长，以不屑的口吻说道。

本森下士将纸条折好，装进上衣口袋中，看着直升机消失的方向说：“这是将军的银星勋章。”

刘易斯摊开两手耸了耸肩膀，对本森，也对一旁的麦卡锡中尉说：

“它就是一张纸。”

麦卡锡中尉一言未发。他们的部队承担了新的战斗任务，要去占领补给道路上的制高点。麦卡锡满脑子都是即将到来的新的战斗。

6

道格拉斯·麦克阿瑟五星上将看过了第10军军长阿尔蒙德数页的电报稿，用十分轻松的口吻对他的副官说：

“陆战队遭到了六到八个中共正规师的进攻，你相信这样的事情吗？”

“不相信，”副官一口咬定，“他们从哪儿来的？”

麦克阿瑟把阿尔蒙德的电报稿丢在桌子上，以轻松的语气说：“中国人习惯于夸大自己的存在而使别人做噩梦，这一点并不奇怪，奇怪的是陆战队竟然相信这样的噩梦。”

副官说：“史密斯将军向来行事谨慎。”

“胆小的人往往总是耽误大事。”麦克阿瑟说，“如果他们的行动更为迅速一点的话，他们早就到了鸭绿江，而不是在长津湖与莫名其妙的中国人兜圈子。”

副官笑了笑，没有说话。

麦克阿瑟端着他的大烟斗悠闲地走动着，一边走一边说道：“攻势中出现一些零星的抵抗并不在我意料之外，但是我相信局势不会多么严重，起码没有陆战队认为的那样严重。偶尔出现的中国人只会阻止，而不可能改变我们到达鸭绿江的计划。”

上校副官微微地笑着，频频点头，完全信服麦克阿瑟的判断。

麦克阿瑟踱到巨幅的作战地图前，用大烟斗划拉着狭长的朝鲜半岛说：“沃克将军的第8集团军据说也遭到了数量不明的中国部队的攻击，这很正常，说明我们的铁钳攻势计划发挥了作用。请相信我的专业判断，上校，中国人不像他们想象的那么多，在我看来他们仍然只是一群缺乏训练的乌合之众，在强大的美军及其联军的强大火力面前很快就会一败涂地。”

麦克阿瑟的预言很快得到了“验证”。

西部战线上确实出现了“一败涂地”的局面，但结果却是截然不同，一败涂地的不是他斥之为“乌合之众”的中国人，而是沃尔顿·沃克中将指挥的“训练有素”的联合国军队。

西线的战斗开始于11月26日。开头两天，第8集团军确实只遇到了一些微弱的抵抗，位于整个进攻阵线最西部的第24步兵师甚至向他们的既定目标定州跃进了十六公里，位于中部阵线的第2步兵师也到达了距出发地军隅里大约十六公里的球场洞，只有作为右翼的韩国的三个师进展缓慢，到了进攻的第二天，这些南朝鲜人才仅仅从他们的进攻出发地德川向前运动了不足几百米的距离。第2步兵师的美军指挥官为此大吃一惊，他们缺少了右翼的掩护，已经孤军深入敌阵之中。

但是最先遭受厄运的却是韩国人。

11月26日这天晚上，中国人以重兵猛攻第8集团军的西端，把韩国第

1师向后驱赶了大约三公里。紧接着右翼的三个韩国师也遭到了无情的攻击，在激荡的军号声和哨子声中，中国人蜂拥而来直扑南朝鲜人，他们先是以小部队的穿插迂回渗透到韩国军队后方，切断韩国人的退路，然后主力部队开始从正面进攻。成百上千的中国士兵拥进韩国人的阵地，在短兵相接的混战中，韩国军队完全不是中国人的对手，他们扔掉了枪支及其他所有的装备，四处逃窜。几个小时以后，沃克第8集团军的翼侧保障就不复存在了。在中国部队的猛烈攻击面前，三个韩国师首先土崩瓦解。

沃尔顿·沃克将军简要地看了看地图，形势一目了然：

韩国军队的崩溃意味着美军第2步兵师彻底失去了翼侧的掩护与保障，从而也使第8集团军的右翼暴露在中国人面前。中国人的意图看起来非常明显，他们是想从他的身后，也就是美军部队的南面迂回并向西直达黄海，这样一来，联合国军队就会被分割包围，处于这个包围圈中的联合国军队就会全军覆没。

7

沃尔顿·沃克可说是不寒而栗。

圣诞节结束朝鲜战争的总攻势开始以前，他曾经告诫前线部队的指挥官，让他们一闻到中国饭的味道就撤退。现在“中国饭”的味道是闻到了，撤退却变得身不由己——他们已深陷中国人的汪洋大海之中。

沃克唯一能做的就是抓紧收缩他的部队。

然而收缩谈何容易。所有的部队都已被中国人分割包围，他所指挥的第8集团军的圣诞节总攻势不再是一场协同周密的整体进攻，而是被分割成一连串连级规模的小型战斗。所有的连队都在孤立作战，他们被大批的中国人团团包围，指望不到其他部队的增援，与上级及其友邻的联系被完全切断，他们只能设法自己挽救自己的性命。

韩国军团崩溃以后，紧邻其旁的美2师如同预料的那样遭到了中国人的进攻，先是这个师的第9团第3营被击溃和歼灭，接着是该团的第2营被包围在清川江边，骁勇善战的中国部队冲上美军阵地，与美军展开了激烈的肉搏战，一把把寒光闪闪的刺刀将无数美军刺死在他们的散兵坑内。

该部队的一个连奉命攻击中国人据守的山头阵地，以打通前方部队的收缩通路，他们遭到了异常顽强的抵抗。在这场历时一天一夜的残酷战斗打响的时候，该连有一百二十九人，到战斗结束时只有二十四人生还，其中半数为伤员。

许多美军士兵在黑灯瞎火的夜间混战中稀里糊涂成了中国人的俘虏，但是不知道是出于什么样的考虑，中国人很快释放了他们，沃克及其战地指挥官都对这一意想不到的情况迷惑不解。

11月28日天亮以后，沃尔顿·沃克才真正了解到第8集团军所处的险恶处境。

最东面，也就是右翼的韩国军团崩溃以后，美军第2步兵师处于被打击的风口浪尖上，几个营的部队已经在夜间的战斗中消耗殆尽。在清晨灰蒙蒙的光线中，该师的战地指挥官发现溃退的韩国部队的一个整团正向美军的防御阵地拥来，他对此有点手足无措，马上用无线电话请示沃克将军如何处理。一夜未睡的沃克怒不可遏，在电话上厉声说道：

“让那些该死的家伙停住，叫他们扭转他们的屁股，混蛋！”

然而战地指挥官却无法止住潮水般拥来的人流，即使鸣枪也抵挡不了韩国军人越过他们的阵地、头也不回地消失在远方的山谷里。

为了堵住战线右翼这块崩塌的缺口，沃克决定使用他的预备队——五千人的土耳其旅。

土耳其人几天前才刚刚到达朝鲜，他们既不了解当时的战况，也缺乏与美军部队的协同配合，而且他们的部队中没有配属美军顾问，情况不明，仓促上阵，就这样匆匆忙忙地投入与中国正规军队的战斗当中。但是土耳其人跃跃欲试，一副踌躇满志的样子。

几个小时以后传来了土耳其部队初战告捷的好消息：他们在初次与波浪般到来的中国人的激烈战斗中不仅守住了阵地，而且以白刃格斗的浴血战斗全歼了进攻他们的中国人，还抓获了几百名俘虏。美2师的战地指挥官禁不住喜形于色，急忙要情报部门的两名翻译去审讯这些“中国俘虏”。

两名情报部门的翻译没多久就搞清了事情的真相：所谓的几百名“中国俘虏”全都是一些倒霉的韩国士兵，他们在逃离自己的阵地时误入了土耳其部队的防线，被打死几百人不说，剩下的倒霉蛋都当了土耳其人的俘虏。

刚刚到达朝鲜的土耳其人分不清哪些是韩国人哪些是中国人，在他们看来，远东亚洲人的长相都差不多，说着一样的难懂语言，这怪不得他们。

沃克闻听此信后气得脸色铁青，好半天没说一句话。

接下来土耳其人就遭到了真正的中国军队的进攻，他们这次没有搞错，与真正的中国人发生了战斗，但是战斗的结局却已截然不同。被打死、打伤和俘虏的不再是那些中国人，而是他们自己。军官们把自己的帽子扔在地上，以此为界，越过帽子者一律格杀勿论，就是这样也阻止不了土耳其士兵败下阵来。五千人的土耳其旅几乎被全歼，只有少数的几个连队得以幸存。就是这少数的几个连队也都是伤痕累累。

沃尔顿·沃克无可奈何地看着整个第8集团军土崩瓦解。他的心中不再是什么“圣诞节结束朝鲜战争的总攻势”计划，他的目标也不再是进抵中朝边境的鸭绿江，他现在要做的是如何将第8集团军体面地撤回到三八线以南。

第十六章

1

吴铁锤最后一次见到曹连长的同乡杨根思，是在这一天的早上。

太阳刚刚升起，远远近近积雪的群山沐浴在灿烂的朝霞之中，白色的山岗，葱茏的树木，深色的谷地以及冰封的长津湖湖面都辉映着一抹淡淡的粉红，看上去竟是分外妖娆。初升的旭日在把光明与温暖带到这个狭长半岛的同时，也把一个经过了彻夜激战的宁静的清晨带到了长津湖，使得在此浴血厮杀的中国人和美国人能够共享这一短暂的祥和。

杨根思就是披着一身的霞光来到吴铁锤面前的。

吴铁锤还在山脚下的岩缝中睡觉，李大个把他叫起来，告诉他杨根思连长来了。吴铁锤睡眼惺忪，从土黄色的翻毛皮大衣里探出半个脑袋，看到杨根思头戴着包裹着棉布片子的大盖帽，身着单薄的棉军衣，脚穿单胶鞋，双手上同样缠裹着棉布片子，裤筒和胶鞋里鼓鼓囊囊的，显然是塞进了过多的棉花。旭日的霞光从他背后射过来，使得背光而立的杨根思轮廓分明，散射着一圈耀眼的虚光。吴铁锤揉了揉惺忪的睡眼，坐起身来说：

“杨连长？”

杨根思笑了笑："我要上去了，过来看看曹连长，顺便跟你讨点经验。"

吴铁锤挥了挥胳膊："胡扯嘛，我哪有什么经验？战斗英雄不是拿我说笑话吧？"

杨根思很认真地说："你们同美国佬交过手的，美国鬼子是什么战术？你不能保守啊吴营长。"

"保什么守嘛！"吴铁锤倒不好意思了，"美国鬼子那一套你还不知道？就是坦克加大炮，白天还有飞机，火力猛呗，除此之外没什么东西。"

"美国鬼子有什么短处没有？"杨根思想了想问道。

"短处吗？"吴铁锤把狗皮帽子摘下来，抓挠着密密的头发楂子说，"我看这个美国人有点怕死，面对面刺刀见红，他就稀汤拉水了。"

吴铁锤的"稀汤拉水"是句土话，杨根思一时没有听懂，但那个意思他是明白的，美国人怕死，吴铁锤的这句话他记住了。

"吴营长还有什么窍门？再说说，多给我说说。"杨根思非常谦虚的样子。

吴铁锤说："你别吴营长吴营长的，营长不干了，副的。"

杨根思沉默了一下说："听说你犯了错误，不知道是什么错误撤了你。"

"你真不知道？笑话我吧？"

"真的不知道，"杨根思很认真地说，"我能说假话吗？"

"杀牛。"吴铁锤闷声闷气地回答道。

"呦，"杨根思有点惊讶，"那是不能杀，有群众纪律的。我们连开始也有人要杀，我就没有同意。"

"还是你有觉悟，战斗英雄模范嘛！"吴铁锤的语气里带着明显的讽刺味道。

杨根思没有听出来，依然很认真地说："毛主席说爱护朝鲜人民的一山一水一草一木，一头耕牛就是家里的一口人，当然比一山一水一草一木要重要。”

“我听你这个话怎么和我们欧阳教导员差不多呢？”吴铁锤有点不高兴，“不杀牛吃什么？饿得屁都放不出来，拿什么打下碣隅里飞机场？”

杨根思这时候才看出来吴铁锤不高兴了，就没有接着往下说。不过在心里他还是觉得杀朝鲜老乡的牛是一件很严肃的事情，上级的处理是对的，处理了还不服气嘛。

吴铁锤把他的狗皮帽子扣在头上，站起来，披上那件土黄色的翻毛皮大衣，对杨根思说：

“副的是副的，我还说了算，还指挥这个营！”

杨根思一时没有说话。吴铁锤看着他背对着初升旭日的身体站立在霞光之中，身体四周轮廓分明。杨根思呼出的白气在霞光中上升着，但是很快就消失得无影无踪了。

“你们还打掉了美国佬的重型坦克？”过了一会儿杨根思又问道。

“瞎猫碰上死耗子，”吴铁锤说，“我们孙二愣子干掉的。你要想打坦克，我把孙二愣子给你找来。”

“那倒不必了，”杨根思忙说，“我们守高地，坦克上不来的。”

吴铁锤看了看他，心里咕哝着，死脑筋，美国人的重型坦克哪里不能去？不预备些打坦克的木头棍子炸药包，要是坦克上去了，你不是洋鬼子看戏——傻了眼？

吴铁锤与杨根思的交往不多，在他的印象中，这个人有点呆板，和他的泰兴老乡曹连长差不多。不过杨根思打起仗来不怕死，不然怎么当得上全国战斗英雄模范代表呢？

欧阳云逸起得很早，天刚蒙蒙亮就去看了看部队，然后到处找水洗脸刷牙。天寒地冻，滴水成冰，哪里找得到水？不过这难不住欧阳云逸，漫山遍野的白雪一样可以用来搓脸。就是刷牙困难些，牙膏冻得很硬，雪含在嘴里也不容易融化，但欧阳云逸还是坚持着刷了几下。

洗了脸刷了牙回到营部的欧阳云逸看到了杨根思，很热情地和他打了招呼，要他到石头缝里坐一坐避避寒风。

杨根思说他不坐了，他去看看曹连长，告个别，回去就要带着部队上阵地了。

欧阳云逸的脸色暗淡下来。吴铁锤看了看杨根思，想了一下还是说：

“你不知道？”

杨根思说：“什么？”

吴铁锤说：“曹连长牺牲了。”

“哦？”杨根思有一点小小的意外，但是也没有表现出太多的惊奇。也许在他想来，打仗死人是常有的事，只不过这个人他认识，是他的同乡曹连长。停顿了一下，他才又问道：

“人呢？”

“在下碣隅里飞机场外面。”吴铁锤说。

杨根思面有不快，对吴铁锤说：“你们应该把他带下来的，找个地方。”他看了看欧阳云逸，然后又说，

“把他带下来，找个地方。”

吴铁锤神色黯然：“怎么带啊？我一个营三百多人五个连长、指导员都在铁丝网下面睡着呢！我都想把他们带回来，怎么带？”

战斗竟如此残酷，超出了杨根思的想象。他又看看欧阳云逸和吴铁锤，低下头去，没有说话。

欧阳云逸说：“当时情况非常紧急。只能等到打完仗，打完这个仗才能掩埋那些牺牲的同志。”

杨根思抬起头来看了看远方，远处的山峦上白雪皑皑。战役打响的当夜下了一场大雪，厚厚的积雪掩埋了一切，杨根思知道他的同乡曹连长、他许许多多的一起走过了鸭绿江的战友们此刻正盖着厚厚的雪被子睡在那里，不知道冷，不知道饿了。

杨根思走了。他告诉吴铁锤和欧阳云逸，本来是想跟同乡曹连长告别一下，说一说家里面的事情，现在不用了。他摆了摆手，然后就迎着霞光走去了。

太阳又升高了一些，朝霞的色彩也在随同着旭日的上升而不停变幻，

淡淡的红色光晕渐隐渐退，天空和大地愈加明亮。杨根思就穿着他那身经过改造的南方部队的单薄棉衣迎着霞光走去，他的背影现在变成了暗色，轮廓却是一样分明。他走在霞光之中，身体四周虚光散射，欧阳云逸感觉到杨根思好像整个地燃烧起来了。

吴铁锤本来还有一句话想对杨根思说，美国鬼子火力太猛，不能硬碰硬。他这句话还没有来得及说，杨根思已经走远了。

2

连长杨根思是这天上午上的下碣隅里东南山小高岭，下午就牺牲了。这个小高岭卡在进出下碣隅里村庄的道路上，美国人觉得就像喉咙里卡着一根刺，所以要想尽一切办法拔下来，而杨根思则带着三十多人的一个排说什么也要卡在上面，卡住了这个小高岭就把下碣隅里的美国鬼子卡在了眼皮底下，所以双方反复争夺，谁也不让谁，战斗异常残酷。打到中午的时候阵地上已经没有人了，弹药也都打光了。负伤的重机枪手在杨根思的严厉督促下拖着重机枪下去了，他们上这个小高岭的时候带着一挺重机枪，子弹没有了，不能把重机枪丢在阵地上，所以杨根思命令重机枪手把重机枪拖下去。在杨根思的眼睛里面，重机枪是个宝贝，他不能把这个宝贝留给美国人。

阵地上就剩下了杨根思一个人，还有一个炸药包。

美国人的坦克没有开上小高岭，但是开到了小高岭下面，坦克炮的直瞄炮火打在阵地上，威力很大，杨根思他们没有一点办法。很快，美国人听到山岗上没有了还击的枪声，开始慢慢爬上小高岭，杨根思一个人坐在弹坑里，看着美国人小心翼翼地往上爬，不知道为什么，本不会吸烟的他这时候非常想吸口烟。他从旁边阵亡战士的口袋里搜了点烟叶末子，卷了卷吸起来。这个烟叶末子的劲头很大，呛得杨根思直咳嗽。美国人听到上面的咳嗽声，知道还有人活着，慢慢地合围了过来。杨根思扫了扫围上来的美国人，把烟屁股扔到烧焦的雪地上，拉燃了旁边的导火索。

战史对杨根思的最后时刻有如下的记载：

紧靠下碣隅里东南角之1071.1高地及其小高岭对敌威胁极大，地位险要，是敌我必争之地。第172团命第三连连长杨根思率第三排接替第六连第一排扼守该阵地。英雄连长杨根思表示坚决完成任务，誓为祖国争光。29日上午，敌在空、炮、坦配合下向该阵地猛攻，阵地上硝烟弥漫，烈火熊熊。该排同志在连长杨根思指挥下沉着应战，连续击退数倍于我之敌的八次猛攻。10时，弹药耗尽，战士们用刺刀、枪托、洋锹、石块与敌拼杀，最后全排仅剩二名伤员，仍坚守阵地。当团派一部分兵力冒敌火驰援时，敌已发起了第九次攻击。已负伤的英雄杨根思在此危急关头，抱起一包仅有的炸药，拉燃了导火索，冲向密集的敌阵，与敌同归于尽，以伟大的无产阶级革命战士的鲜血和生命，确保了阵地。

1950年12月25日的《人民日报》在显著位置刊登了新华社记者24日发自朝鲜北部的通讯《不朽的杨根思英雄排》，最早报道了杨根思的事迹。1952年5月9日，中国人民志愿军领导机关授予杨根思“特级英雄”称号，并追记特等功。1953年6月25日，朝鲜民主主义人民共和国最高人民会议常务委员会授予杨根思“朝鲜民主主义人民共和国英雄”称号，同时追授其金星奖章和一级国旗勋章。中国人民志愿军领导机关决定，命名杨根思生前所在连为“杨根思连”。

入朝前张仁清这个军共有四名全国战斗英雄，他们都出席了北京的全国战斗英雄模范代表大会，受到了毛主席等党和国家领导人的接见，并参加了国庆观礼。不到两个月的时间，四人中只剩下了两人。毛杏表已于两天前在攻打下碣隅里外围阵地的战斗中阵亡，现在杨根思也牺牲了，只有周文江和陈宝富还战斗在他们各自的岗位上。

消息传来，欧阳云逸和吴铁锤的心情都很沉重。

杨根思是欧阳云逸所敬重的人，早上还来跟他们告别，他想看一看他的同乡曹连长，说一说家里面的事情，没想到下午就牺牲在阵地上了。欧阳云逸想起在刚刚升起的旭日之中杨根思迎着朝霞走去的情景，那个时候的杨根思轮廓分明，周身散射着霞光的明辉，仿佛一根炙热的树木在燃烧。欧阳云逸对眼前的这一幕情景充满了无尽的留恋。

吴铁锤有些后悔，后悔没有把那句话说给杨根思。美国鬼子火力太猛，不能硬碰硬，他本来想把这个事情说给杨根思，但是他这句话还没有来得及说，杨根思已经迎着霞光走远了。吴铁锤对于杨根思的印象说不上太好，总感到他有点“怡”，但是话说回来，杨根思打仗勇敢不怕死，战斗精神和战斗意志非常顽强，这一点叫他很佩服。关键时候能够毫不吝惜自己的生命拉燃炸药包与美国鬼子同归于尽，不是一般人能够做到的，人家那是硬汉子，是真正的英雄。

欧阳云逸对吴铁锤说：“你这句话说不说都是一回事，打仗哪有不死人的？美国鬼子火力猛这是事实，条件就是这个条件，但是你不能因为美国鬼子火力猛就停滞不前，也不能因为条件不好就不去守那个山头。所以没什么值得后悔的。”

3

天黑下来以后，部队开始往死鹰岭上运动。

死鹰岭是横亘在柳潭里与下碣隅里之间的高山险岭，由平均海拔在一公里以上的一大片高高矮矮、大小不等的山头组成，主阵地1419.2高地卧伏于下碣隅里到柳潭里的公路上方，就像是一头饿虎蜷缩在此地，虎视眈眈地注视着东南方向的下碣隅里与西北方向的柳潭里。它是陆战队的生死门户，把握着陆战队的生死命门，陆战队是进还是退，是攻还是守，都要仰仗这头饿虎的关照。它也是志愿军部队的一把尖刀，守住了这一片阵地，就等于在美国人的心脏上戳了一刀子，叫他进进不得，退退不了，浑身抽搐，手脚冰凉，只能等着熄火，咽气，翻白眼。所以黄天柱师长和向修远政委在电话里反复叮嘱吴铁锤和欧阳云逸，务必死守死鹰岭诸阵地，掐断陆战1师的这一生死命门，切断柳潭里与下碣隅里之间的联系，为分别歼灭下碣隅里、柳潭里的敌人创造条件。吴铁锤表示请师长政委放心，他们前卫营不是吃干饭的，虽然没有攻入下碣隅里飞机场，但也叫美国鬼子领教了一下他们的厉害，那么大的重型坦克都给他干掉了一辆嘛。欧阳云逸表情沉静，说我们人在阵地在，前卫营全部打光了也要死守死鹰岭。吴铁锤看了看自己的教导员，心里想全部打光了还怎么死守？那不等于是放屁脱裤子，多此一举吗？但他想欧阳云逸可能也就是表个态度，所以也就没有说什么。

史密斯师长与里兹伯格团长都深深知道死鹰岭诸阵地对于陆战队的重要性，先前一步派出了警戒部队，并构筑了简要的防御阵地。吴铁锤和欧阳云逸的任务就是打掉山头上的美国人，抢占死鹰岭诸阵地并牢牢守住它们。

天黑得伸手不见五指，只能借助白色雪地的背景判断出大致的方位。部队拉成了长长的一路纵队，深一脚浅一脚地朝着死鹰岭的方向前进。两天前的一场大雪遮盖了远远近近的山岭，雪深及膝，走起来非常费劲。要是不小心掉进了山坳里，就会被没顶的积雪掩埋。所以三百多人的队伍时走时停，行进的速度很慢，等摸到死鹰岭山下的时候，启明星已经挂在了上空。

天就要亮了。

吴铁锤和欧阳云逸简单地分了分工，把营指挥所设在一处隐蔽的山坳里，欧阳云逸带着百十人的部队留在下面以作预备，其余的全部反穿衣裤，百十人配合兄弟部队抢占南北几处要点，百余人由他亲自率领攻击死鹰岭1419.2主阵地。欧阳云逸不想让吴铁锤亲自上去，想让他留在下面的营指挥所。黑暗中的吴铁锤对欧阳云逸说：“你别忘了我现在是个副营长，是冲锋陷阵的角色，我不上去谁上去？再者说，要别人领着上去，我也不放心。”

欧阳云逸没再说什么，只是用力抓了抓吴铁锤穿着翻毛皮大衣的肩膀。

参加攻击的人都把单薄的棉衣裤脱下后反穿起来。所谓反穿就是里朝外外朝里，里子都是白色的，白色的里子穿在外面也就与遍野的雪景融为了一体，易于伪装和掩护。

吴铁锤把百十人的预备队留在山下也自有他的考虑。他们是偷袭，是要借着夜幕的掩护突然发动攻击，人多了容易暴露，也施展不开；更重要的一点在于，攻占容易攻占，坚守却很困难，天亮以后，来自美国人天上地下的火力一定会非常猛烈，更多的人挤在阵地上只会增加伤亡。不过后面这一点他并没有对欧阳云逸明说，预备队嘛，谁都知道，所以欧阳云逸也没有细问。

老王头王三牵着他的高头骡子“大清花”跟在队伍的后面，骡背上驮着两筐冻土豆，这是他们现在全部的食品。按照吴铁锤的命令，凡是上山的人，不论干部战士，每人两个土豆。老王头和吴一六把筐子卸了下来，给大家发放土豆。

战士们秩序井然，排着队不声不响领他们的土豆。这些土豆本来都是煮熟了的，可是在眼下零下几十摄氏度的严寒中早已冻成了冰疙瘩。许多人领到了以后就放在嘴里啃，但是很快就感到了这一努力的徒劳，啃了半天也只啃下来一点点冰碴。大个子孙友壮想出一计，将冻土豆放在了胳肢窝里，焐一焐啃一点，焐一焐啃一点，竟然被他连皮带冰啃掉了一个。

两筐子冻土豆很快见了底，山下待命的战士们还在眼巴巴看着。欧阳云逸要吴一六抓紧时间想办法，他晓得死鹰岭上面的战斗将会是异常艰苦和激烈的，现在参加战斗的战士每人还有两个冻土豆啃，接下来怎么办呢？总不能发几块石头给大家吧！

吴一六百爪挠心。他看了看一旁喷着响鼻的高头骡子“大清花”，对欧阳云逸说：

“实在不行了只有一个办法。”

欧阳云逸说：“什么办法？”

吴一六指了指“大清花”：“它。”

老王头听到了吴一六的话，一个箭步冲过来，长杆子空烟袋锅点着吴一六的脑门子，压着嗓门急急火火地又喊又嚷道：

“你敢！你吴干部要想杀‘大清花’，你先把我杀了！”

吴一六被老王头的气势吓住了，他咧了咧嘴，龇了龇他的大金牙，没能说出一句话。欧阳云逸也没有说话。在欧阳云逸看来，老红军王三拿烟袋锅子戳吴一六的脑门子一点也不过分。杀“大清花”肯定是个馊主意，“大清花”是老王头的命根子，打抗战的时候就跟着他，跟了那么多年，老王头把它看得比自己的命还要重，杀“大清花”，不等于要老王头的命吗？

欧阳云逸要吴一六想想别的办法，实在不行就去趟师部。他知道师长、政委也很困难，但是师部在后面，后面的情况总比前线要好一点。他们团部被美国鬼子的“油挑子”炸掉了，师参谋长兼团长范书宝和团政委张之白均已阵亡，他们现在是由黄天柱和向修远直接指挥。

老王头用长杆子空烟袋锅点了吴一六的脑门子之后也没再说别的，拉着高头骡子“大清花”走向了一边。他从口袋里掏出两个没舍得吃的冻土豆，把它们放在“大清花”的嘴巴上。“大清花”闻了闻，张开厚大的嘴唇，嘎嘣嘎嘣地吃了起来。

吴铁锤已经带着队伍走了很远。

4

攻击部队排成了散兵线，悄悄地向山上摸去。山坡上的积雪都冻结了，脚踩上去嘎吱嘎吱地响。吴铁锤心想这个样子不行，一片嘎吱嘎吱的响声，美国鬼子老远就能听见，还搞什么偷袭？

“脱鞋！”吴铁锤下达了他的第一个战斗命令。

部队都蹲在雪地上脱鞋。吴铁锤低声下达完他的命令后，也坐在地上，脱去了陆战队的大皮靴。他把这双皮靴连同着厚重的翻毛皮大衣一并交给李大个，要李大个抱着它们跟在他的后面，叮嘱他枪响得再紧也不能把这两样东西丢了，否则就要揍他个熊。

李大个有些不满，抱着衣服鞋子，他还怎么打枪呢？黑暗中的吴铁锤瞪了他一眼，哪个要你龟儿子打枪？你和陈阿毛都跟在老子后面，跟住了，就算给老子完成任务了。

李大个缩了缩脖子没敢吭声。他的中正式步枪换成了美国佬的“八粒快”，他总想找个机会试一试，但一直没有等到这样的机会。

陈阿毛的怀里揣着铜锣，一手提枪一手紧握着锣槌。小号是不能再吹了。几个连队的号手也是这样，有的把号背在身上，有的干脆就没有带上山来。不管是连队的号手还是陈阿毛这个号长，他们原先可能什么情况都想过，但是没有想到过在冰天雪地的长津湖畔不能吹号。零下几十摄氏度的严寒，嘴唇一挨着冰冻的号嘴一层皮就被撕下来了，实在没有办法吹。好在他们这个部队有锣，锣声成为了吴铁锤调动指挥部队的唯一号令。

正是一夜中最为寂静的时刻，严寒笼罩着大地，山头山坡上一片肃然。只有西北方向柳潭里与东南方向下碣隅里的隆隆炮声打破了黎明前的黑暗。

几百人的部队都反穿着单薄的棉衣光脚走在寒冷到极致的雪地上，冰铁一样的大地吸附着他们的脚板，一阵阵疼痛渗透到他们的心脏、骨髓和每一个毛孔，就像是无数的铁钉子扎进了他们的血肉，使他们本来就冻伤冻肿的脚板子饱受着加倍的苦难。不管干部还是战士，他们全都紧咬着牙关，以免打战的牙齿惊扰了山头上美国人的好梦。吴铁锤不吭声，孙友壮不吭声，李大个和陈阿毛不吭声，所有的人都一声不吭地往上爬。

孙友壮的双脚已肿得很厉害，冰碴子与石子戳破了他肿胀的皮肤，如同尖利的竹签扎进了他的脚板，让他感受到从未有过的疼痛。孙友壮毫不在意自脚底蔓延到全身的痛苦，扛着新的捷克式轻机枪，迈开了大步往上爬。原来的那挺轻机枪在攻打下碣隅里飞机场的时候，孙友壮把它插进了美国人的坦克履带卷成了一堆废铁，这是他要吴铁锤从别人手中调换过来的。多年一日使惯了捷克式，孙友壮就觉得什么武器也没有捷克式好使。

孙友壮腾出手来摸了摸他的一双大脚，脚板脚面子黏糊糊的一片，他知道那是流出的血水。孙友壮管不了那么许多，甩开了膀子，几乎是大步流星地走在了散兵线的最前面，走在了吴铁锤的身旁。不一会儿双脚就麻木了，好像是两根僵硬的木头戳在冰冻的雪地上。孙友壮想起在沂蒙山老家时用蒜臼子捣蒜的情景，觉得他现在的两条腿就是那个蒜锤，它们正一下一下捣在蒜臼子里。

到了半山腰，吴铁锤抬起胳膊压了压，先是近处后是远方，先是身边后是两翼的部队都停了下来。吴铁锤听了听，山上山下一片寂静，美国人没有一点动静，搞不好都在睡大觉。吴铁锤没有大意，低声下达了他的第二个战斗命令：

“都卧倒，匍匐前进！”

所有的人都趴倒在雪地上，顺着山坡往上爬。

光脚走在雪地上的动静自然是比穿着鞋子走路的响声要小，但也不是一点声音没有，而匍匐着爬行的效果就截然不同了，用悄无声息这个字眼来形容此时此刻吴铁锤和他带领的队伍也并不为过。他们就是这样反穿着单薄的棉衣裤，赤裸着双脚爬行在冰冻的雪地上，无声无息地就把死神带到了美国人的身边。

打法是吴铁锤事先就规定好了的，一律不准乱开枪，三十米距离扔手榴弹，一通锣响之后，一百多颗手榴弹要同时砸到美国人的阵地上，即便是炸不死也把他们炸得晕头转向。奇袭，就要把他们打蒙，打疼，打得摸不着北。

5

美国人确实在睡觉。

向死鹰岭诸阵地派出的警戒部队是里兹伯格团长的哈里斯营，在经过了柳潭里两天两夜艰苦的防御战斗之后，哈里斯营的伤亡不小。但是史密斯师长意识到死鹰岭诸阵地的重要，严令里兹伯格的部队占领这一线山头要点，哈里斯营又一次首当其冲。在飞机、坦克和火炮的有效支援下，哈里斯营长指挥他的部队冲出了柳潭里的防御阵地，于白天抢占了死鹰岭诸阵地。营指挥所位于柳潭里至下碣隅里的公路旁边，而守卫着死鹰岭1419.2主阵地峰腰部的则是麦卡锡中尉所在的连。

肯尼斯·本森下士没有待在战地救护所里养伤，他把那枚第10军军长授予他的“银星勋章”装进兜里之后，就随同部队上了死鹰岭。二等兵刘易斯对此无法理解，因为依据军规，本森下士完全可以撤回到后方去，他不知道班长哪根筋出了差错，偏偏胳膊上头上缠着绷带还要到这个荒无人烟的地方来。

本森下士的回答是，他要跟他的部队待在一起。

刘易斯听了班长的话，一如往常的习惯，摊开两手耸了耸肩膀，脸上仍然是一副无法理解的表情。

整整一个白天都相安无事，陆战队员们绷紧的神经免不了松弛下来。夜幕降临以后，气温也在急剧地下降，麦卡锡和他的士兵躲在临时挖开的散兵坑内，不停地跺脚和拍打着双手，以抵御严寒的侵袭。眼下是白雪覆盖的山坡，柳潭里至下碣隅里的补给道路已消失在暗夜之中，黑黝黝的死鹰岭主峰则躲藏在他们身后的上方，麦卡锡虽然无法看到它们，但知道此时的死鹰岭就像是一只巨鹰，正睁着犀利和诡异的双眼注视着他们的一举一动。

周围一片宁静，远远近近的山头及陆战队员们据守的要点都隐藏在夜幕中，只有漫山遍野的积雪映照出淡淡的背景。寒冷使得士兵们昏昏欲睡，麦卡锡不停地喊叫着他们，把他们一个一个从即将到来的梦境中拉出来。中国人总是在夜间进攻，他们善于在夜幕中发动袭击，麦卡锡经历过这样的教训，他惧怕夜幕，惧怕待在这黑漆漆的荒山野岭上。麦卡锡的叫喊声凄厉而刺耳，显得十分神经质，听起来不像是平日里的那个麦卡锡。本森下士感觉到他这个长官的神经即将崩溃。

肯尼斯·本森忍受着伤痛担任了两个小时的警戒。刘易斯多次要他躺在鸭绒睡袋里，本森却推托不肯，他说他还行，还能坚持，反而要刘易斯钻到睡袋中去避寒。刘易斯无可奈何地躺进鸭绒睡袋中，看着他的班长本森下士有时伫立有时来回走动在黑暗的散兵坑内。倦意一阵阵袭来，刘易斯的眼睛很快就闭上了，可是随之而来的噩梦把他从睡梦中惊醒，他梦到了中国人袭击他们的情景，在七零八落的枪声中他落荒而逃，拼命奔跑，想远离那奇怪和恐怖的枪声，然而他的这一努力纯属徒劳，他脚步蹒跚，奔跑了半天还只是在原地转圈，两条腿好像不受自己控制。他使出了浑身的气力，拼命地蹬腿。他的腿蹬在鸭绒睡袋中，睡袋拉扯着他的身体，使他从噩梦中醒来。

严寒侵袭着大地，即使是在鸭绒睡袋里也一样寒冷难耐。刘易斯爬出睡袋，使劲跺着他麻木的双脚。皮靴接触到冻地的痛感传遍全身，使他真正地清醒过来，看到了寒冷夜空上闪烁的星光。本森下士还在执勤，黑色的身影在雪地背景的映衬下轮廓分明。刘易斯夺过他手里的勃朗宁自动步枪，无论如何要他去鸭绒睡袋里睡一会儿。本森下士看了看下面的山坡，山坡上一片寂静，大半夜平安地过去了。本森没再坚持，走向了刘易斯的鸭绒睡袋。

“伙计，你要睁大点眼睛。”

这是肯尼斯·本森对他的士兵刘易斯所说的最后一句话。

刘易斯跺着脚，在散兵坑内来回地走动。这会儿他非常想烤烤火，喝一杯浓香扑鼻的热咖啡，然后在有取暖炉子的棉帐篷里好好睡上一觉。但是他知道这只是他的奢望而已，棉帐篷、热咖啡都在山下，在柳潭里和下碣隅里的村庄内，山上只有鸭绒睡袋及保暖衣裤、防寒皮鞋和手套、兜头大衣。罐头食品也都冻得硬邦邦的，只剩下薄脆饼干没有冰冻，所以一天下来刘易斯只吃了一些饼干。如果此时在东京，正是缠绵的时刻，起码他会待在温暖的房间里，而不用在这个寒冷的山头上受罪。刘易斯想到了日本女孩美智子，他不知道美智子这会儿在干什么。刘易斯再一次想起他曾经对弗雷特牧师提过的问题，他们究竟是为了什么来到这个冰天雪地的朝鲜半岛。弗雷特牧师的解释似是而非，让他有一种无病呻吟的感觉，因为他不知道弗雷特究竟说了些什么。

黎明即将到来，寒冷的长夜就要过去了。麦卡锡中尉绷紧的神经也终于略有放松，他搓了搓脸，紧了一紧兜头大衣上面的防寒帽，靠着散兵坑的粗糙墙壁蹲了下来。他想他也许应该休息一下，否则真有崩溃的可能。一个白天相安无事，在易于遭到袭击的夜晚也没有发生任何情况，麦卡锡心里想这一夜应该又会平安度过了。而到了白天，他紧绷绷的神经就会更加放松。白天他们有制空权，有制火力权，白天完全是他们美国人的天下。

6

一阵急促和铿锵的金属撞击的声音在山坡上兀然而起，紧接着是一片远远近近的呐喊声，好像堤坝突然决口，山体突然崩塌。蒙蒙眬眬的麦卡锡一个激灵清醒过来，下意识地感觉到这是中国人，中国人来了！

伴随着铿锵的金属撞击声——麦卡锡当然不知道那是吴铁锤祖传的铜锣，山洪暴发一般的喊杀声越来越近，爆炸声随之响遍了整个死鹰岭大大小小的阵地。几百颗手榴弹同时飞向黎明前寒冷的夜空，飞向美国人据守的山头要点，有的扔在了散兵坑前面，有的扔在了散兵坑后面，有的正好扔在了散兵坑里，麦卡锡和他的陆战队员们都蒙了。更要命的是紧跟着爆炸的硝烟和横飞的弹片，无数白色人影的中国人冲进了他们的阵地，紧接着就是一场短兵相接的混战，许多陆战队员在睡梦中就被打死了。

阵地上已经到处都是蜂拥而至的中国人，麦卡锡中尉眼看着大势已去，下达了紧急撤退的命令，要陆战队全部撤到山下去。

刘易斯胡乱打了一通勃朗宁后，就头也不回地往山下跑，他的班长本森跟在他的后面，而他们的身前身后都是狂奔着的陆战队员。刘易斯一边跑一边招呼着他的班长，因为他感觉到班长的速度越来越慢了，后来干脆踉跄着摔倒在积雪的山坡上。刘易斯把本森扶起来，连扛带拖地把他弄下了山。

在山下的棉帐篷里，刘易斯、麦卡锡和随后而来的哈里斯营长看到了本森下士的伤口——中国人的手榴弹在他的胸前炸开了一个洞，大衣、防寒服被炸成了许多碎条块，胸脯上拳头般大小的血窟窿正咕咕地向外涌吐着血水。他的喉咙也咕咕地响，带着急促的咝咝的哨音。刘易斯怕极了。

哈里斯营长要救护兵给本森下士包扎了伤口，但是他心里明白，他作战勇敢的老兵已经不行了。

本森慢慢睁开无神的双眼，看了看周围的人。他的嗓子里咕噜了几下，嘴巴微微地张开和嚅动着。麦卡锡知道他要说话，将耳朵贴在他的嘴巴上，听到了本森下士轻轻的、不易察觉的话音，那是——

“牧师。”

哈里斯营长要人把弗雷特牧师叫了过来，弗雷特单膝着地跪在本森下士的身旁。他给本森做了祷告，让他吻了圣杯，并在他的额头上画了十字。一团鲜血从本森的嘴巴里涌出来，它们顺着他的下巴和两腮流淌到了脖子和胸前，与原先的已经冻结了的血块凝结在一起。

天亮时分，老兵肯尼斯·本森死在了长津湖畔的死鹰岭下。

刘易斯摇晃着身体走出烧着取暖炉的棉帐篷，站立在晨光熹微的天空下面。黎明前的混战中，他的棉帽子跑丢了，现在是光着脑袋站在异常寒冷的空气中，冷风就像是刀子一样割着他的耳朵。刘易斯没有意识到这一点，他默默地站着，站了很长时间。

后来，刘易斯对身旁的弗雷特牧师说：“上帝有没有眼镜，牧师？”

弗雷特看了看刘易斯，没有回答，因为他不知道眼前的这个士兵要对他说什么。

“如果他没有，牧师，”刘易斯说，“那就请你给他买一副，让他看看我们在长津湖畔受的苦。”

第十七章

1

一通急促的“急急风”锣响，吴铁锤领着他赤裸着双脚、反穿着衣裤的百十号人马杀上了死鹰岭1419.2峰腰部的主阵地。战斗进行得干脆利落，美国人几乎没有什么像样的抵抗，在把二十多具尸体丢弃在阵地上的同时，也把他们的枪支弹药、饼干罐头、背囊和鸭绒睡袋等等丢弃在散兵坑的周围。大家高兴坏了，顾不得穿上鞋子，光着脚满山乱跑。有的脱下了美国人的大衣，有的扒下了美国人的靴子，有的把美国人的鸭绒睡袋拿起来往身上套，更多的是嚼起了美国人硬邦邦的罐头食品和又干又脆的薄脆饼干。雪地上留下了一片一片的血迹，有的是美国人的，有的是从他们自己冻烂的脚板子上渗出来的，白的雪、红的血倒映在漫天的朝霞之下，竟是格外鲜明。

其他几个阵地的情况大致相同，美国人丢弃了尸体和装备退往山下的基地，死鹰岭一线诸阵地尽皆为志愿军部队所占领。

吴铁锤要大家抓紧时间打扫战场，准备迎接美国鬼子反扑。

孙友壮一双冻肿的大脚已经全部磨烂了，脚板上结下了一层红色的冰片。现在，这双肿胀的大脚已不再流血了，奇怪的是也感觉不到多么疼痛，只是发木发胀，又让他产生出蒜锤捣蒜臼子那样的感觉。他狼吞虎咽地嚼着美国人留下的青豆罐头，又啃了一把脆脆的饼干。青豆及其罐头里的水冻成了冰，嚼起来很硬，但是孙友壮一点儿也不觉得费劲，在他看来，这个冰冻的青豆罐头比石头一样的冻土豆好嚼多了。

吴铁锤特意看了看孙友壮的脚，发现他肿胀的脚面子上颜色发暗，要他多留神、多注意，不然就跑不了路了，而跑不了路就不能再跟着他去打美国佬，那可就真的毁了个熊了。

孙友壮叫吴铁锤放心，他这个脚不碍事，他这个脚是铁脚，流了点血就好比是抹了点香油，一点也不影响攻山头守阵地，他照样能够迈开他的大长腿追得美国鬼子屁滚尿流哭爹喊娘。

吴铁锤说："你不能大意，我觉得你这个冻伤有点成问题。"

孙友壮为了打消营长的顾虑，迈开长腿在冰冻的雪地上咚咚咚走了几个来回。吴铁锤没再说什么。

孙友壮没有去扒美国人脚上的大皮靴，一则他觉得那个皮靴太硬，对于他已经肿烂的脚板脚面子肯定不是个好事，穿上以后会磨得更烂、更厉害。另外扒死人的鞋穿，这在他看来是非常不吉利的一件事情。所以孙友壮又从怀里掏出了他的回力牌胶底鞋。他小心地揭掉脚板上残留的红色冰片，用棉布包好，费劲地把胶底鞋套在了大脚上。胶底鞋里塞着棉花和棉花套子，让孙友壮有一种非常柔软的感觉。

李大个和陈阿毛搜罗了半袋子各式各样的罐头，这堆罐头里面还夹杂着几颗美式手雷。吴铁锤看到这个美式手雷小巧玲珑，好像他老家的一种小甜瓜，所以就管这个美式手雷叫作甜瓜式手榴弹。还有战士搬来了一个未曾开封的木头箱子，吴铁锤叫李大个用刺刀撬开了，撬开一看是满满一箱子的罐头，外加两包香烟、两盒火柴。香烟上写着洋字码，吴铁锤他们不认得，但是上面画着的动物他们认得，那是一匹昂头驼背的骆驼。

这就是美国人的军用供给物资"骆驼"牌香烟。

吴铁锤非常高兴，撕开一盒骆驼烟分给大家抽，另外一盒他装进了翻毛皮大衣的口袋。他要留给师长黄天柱，叫黄天柱也尝尝美国佬的洋烟卷。

吴铁锤要李大个留下了一些罐头，准备战斗结束后带给山下的欧阳云逸和乔静子，当然还有治疗队的欧阳云梅她们，乔静子现在是由她们几个帮忙带着，缴获了战利品，总得要表示一下。

太阳出来了，朝霞流淌在整个天际。高天上的浮云闪射着冷光，它们慢慢地飘动，时而聚集在一起，时而又向四面分散。近处的山坡和远方的群山上一片白雪皑皑，它们沉浸在霞光之中，向阳的地方色彩斑斓，霞光在不停地交织和变幻着；而背阴之地却依然很暗，阴森、潮湿、寒冷，令人望而却步。而此刻，笼罩在大大小小山头上的严寒并没有因为太阳的升起而改变，山上山下的中国人和美国人都僵持在同一片冰雪的世界，感受着挥之不去的一样的袭人寒气。

利用美国人事先掘好的散兵坑，部队都隐蔽和潜藏下来，等待着即将到来的战斗。孙友壮架好他的捷克式轻机枪，把着枪托瞄了瞄下面的射界。视野非常开阔，公路在山坡下面穿行。再远一点的地方，在那些目力不能及的山坡后面，一缕一缕的炊烟袅袅悬浮着，孙友壮知道那是美国人开早饭了。他使劲吸了一下鼻子，想找一找曾经熟悉的感觉，遗憾的是并没有闻到“美国香油”的任何味道。

袅袅升起的炊烟中有时候会传来一片零乱的枪声，有步枪的单发，有自动武器的点射，间或还有重机枪长长的射击，这些枪声有时候响着响着就停下来了，停了一段时间后又会杂乱无章地响起。从枪声上判断它们来自于美国人，这一点毫无疑问，但那肯定不像是战斗。吴铁锤孙友壮他们不知道美国人在搞些什么名堂。

2

没能闻着“美国香油”的味道，孙友壮稍感遗憾。稍感遗憾的孙友壮不甘就此罢休，又把枪托抵在肩膀上，将枪口指向了那一缕一缕的袅袅炊烟，并且下意识地拉动了一下枪栓。一拉不要紧，枪机像是卡住了一样，纹丝未动。孙友壮又用力拉了一下，枪栓非常牢固，没有任何反应。他把机枪拿下来，竖在怀里，枪托拄着地面，使劲地按压枪栓。可是不管他弄出什么样的动静来，枪栓就是拉不过来。枪栓拉不下来，子弹就上不了膛，枪就打不响，孙友壮急得满头冒汗。他知道他的捷克式轻机枪出了毛病，枪栓卡住了。

同样的情况也出现在李大个和不少战士的枪上。李大个的枪是支“八粒快”，对于这支缴获的美国武器，他一直爱不释手，保管得很仔细，总想找个机会试一试。黎明前攻击美国人阵地的时候，他抱着吴铁锤的翻毛皮大衣、大皮靴以及他自己脚上的小个头大皮靴，根本没有开枪的机会。现在好了，守阵地，他这个“八粒快”要出出声了。可要命的是枪栓又出了毛病。

李大个很生气，把他的“八粒快”往雪地上一扔，骂道：“龟儿子，啷个晓得美国佬的洋枪也有毛病嘛！”

吴铁锤把他的枪捡起来，在手里摆弄了几下，对他说：“屁的毛病！冻住了！”

“冻住了？”

李大个很惊讶，把他的枪拿过来，翻来覆去看了好几遍。枪身上透着寒气，每一处钢铁机件都覆盖着不易觉察的薄薄的寒霜，要是手掌和皮肤直接接触上去就会粘下一层皮来。极度的严寒将枪栓牢牢地冻结起来，拉不动，掰不开。大家都没有遇到过这样的事情。

天寒地冻，又不能生火来烤，而且说不定美国人什么时候就会上来，大家都很着急。有的战士把枪放在缴获的鸭绒睡袋里来暖，有的裹在了陆战队的兜头大衣中，还有的战士干脆把枪揣在了怀里，想用体温融化它。效果都不明显。

李大个气不打一处来，又把枪往雪地上一扔，解开了裤带，掏出了他的“鸡子”。

一泡热尿淋在“八粒快”的枪栓枪身上，尿花飞溅，雪地上瞬间出现了一团蜂窝般的洞眼。尿液接触到寒冷的钢铁，冒起了一片一片淡淡的蒸汽，发出一些轻微的嗞嗞的声响。孙友壮看到以后非常奇怪，凑过头来问李大个：

“你这是弄得啥？”

“弄啥？”李大个学着孙友壮的山东腔调说，“滋它个龟儿子，把龟儿子的脑壳滋开。”

李大个想到了打下碣隅里飞机场的那个夜晚，电话机的单线无法插到冰冻的地面上，营长吴铁锤下令撒尿把地化开。既然硬邦邦的冻地都能融化，冻住的枪栓也应该能够滋开。李大个看见孙友壮在旁边探头探脑，就对孙友壮说：

“看啥子看嘛！帮帮忙噻？”

孙友壮只好敞开他的土大衣，解开了裤带子。但是他的尿没有撒在李大个的“八粒快”上，而是浇在了自己的捷克式轻机枪上。

李大个见孙友壮不帮他的忙，转而向吴铁锤求援，说他这个“鸡子”小，吴铁锤的“鸡子”大，吴铁锤一帮忙，他的枪栓肯定可以拉开。

吴铁锤把他二十响的驳壳枪挎在脖子上，一拉土黄色翻毛皮大衣的里子，裤带子一松，裤子掉到了脚面上，光溜溜的屁股暴露在一片朝霞之下。吴铁锤对李大个说：

“我这个大是大，不一定水多；你这个小，不一定水少。我这个话你听得懂听不懂？”

李大个当然听不懂。打下碣隅里飞机场之前他们俩往大松树上飙尿，他李大个使出了浑身的气力也就飙到一人多高，而营长吴铁锤不费劲就尿到了两个人头的高度，为什么？还不就是营长的“鸡子”大嘛！所以李大个不认为吴铁锤的话有道理。

吴铁锤看着李大个虔诚的面孔，无可奈何地说：“你还是个小家雀，什么时候长成老家雀什么时候就明白了。”

一阵哄笑后，陈阿毛也过来帮忙了。他手里的家伙是支三八大盖，好好的，一点也没有冻上。

李大个和孙友壮率先垂范，连吴铁锤也敞开了裤腰带，所以其他的人也都照此办理，凡是枪栓冻住了的都把手里的家伙扔在雪地上，撒开了欢地尿。

经过这一番折腾，冻住了的枪栓还真化开了。子弹上了膛，枪口指着山下，美国人上来，又就以用枪声欢迎他们了。

……吴铁锤觉得这不是个长久之计。天寒地冻，滴水成冰，阵地上没有一口热水下肚，大家都是以雪当水，嚼雪充饥，每个人的肚子里能有多少尿水？战斗打得较劲的时候，你的枪栓冻住了，美国鬼子不可能站在旁边等着。经常打枪倒是可以预热枪机枪管，可是弹药呢？宝贵的弹药都是他们费尽了千难万险从后方带过来的，是后方同志付出了血水、汗水和性命的代价送上来的，总不能放空枪保持枪机枪管的热度。唯一的办法就是不停地拉动枪机，以保证严寒条件下钢铁机件的润滑与灵活。

所以吴铁锤要大家打起精神，看好自己的枪机，要不断活动枪栓，保证能随时随地拉得开、打得响。

吴铁锤、孙友壮他们现在知道了，山下美国人的凌乱枪声说明了同样的一个道理，他们的枪栓也冻上了，他们面临着同样的难题。不同之处在于，美国佬的弹药供应充足，他们可以不停地开枪以预热枪栓枪管。

3

如同吴铁锤判断的一样，美国人遭遇着同样的情况。

最先发现枪栓冻住了的是刘易斯。本森下士死了，刘易斯很难过，他想放上几枪为自己的战友送行。一拉枪机，才知道勃朗宁自动步枪的枪栓冻住了，用力拉了几次都没能拉开。刘易斯刚刚喝了过多的咖啡，正要小便，索性把枪扔在地上，朝着勃朗宁自动步枪的枪身淋了下去。撒完了尿，刘易斯用干布把枪上的尿液擦净，再一拉，枪栓滑动了，子弹顶在了击发的位置，他扣动扳机，一梭子子弹飞了出去。

“对不住了，伙计，”刘易斯对死去的本森说，“我只能如此为你送行。”

其他的陆战队员们看到刘易斯的这个办法有效，也都效仿他。而哈里斯营长却不以为然，与吴铁锤一样，他感到撒尿化冻不是一个长久之计。在他看来，战斗中出现的问题不能依靠膀胱中的尿液来解决，战斗的胜败得失也不能由膀胱的大小来决定。哈里斯要他的陆战队员保持着间歇射击，不停地打枪，这样他们的枪栓就不会再被冻住。

陆战队有的是枪炮子弹，他们的弹药比造就他们尿液的热咖啡要多得多。

惨白的太阳钻出了云层，流淌在天际上的朝霞慢慢隐去，天空变得明亮而洁净。远山近岭起起伏伏，自眼前向目力不能极致的远方伸延，皑皑白雪在惨白色日光的映照下闪射着耀眼的寒光。

一夜激战，哈里斯营长的部队都被中国人赶了下来，他们遭受了严重的伤亡，陆战队士兵们的尸体丢弃在阵地上，他们再也回不了大洋彼岸的家乡了。夜晚是中国人的白天，哈里斯现在深深了解了这一点，他不愿意与中国人作战，特别是不愿意在夜晚与中国人作战。

死鹰岭一线的阵地对于陆战队而言是如此重要，以至于史密斯师长亲令里兹伯格团长组织反击，务必夺回夜间丢失的阵地。丢失了死鹰岭意味着柳潭里和下碣隅里之间的联系被切断，意味着陆战队的生死命脉被彻底断绝。所以史密斯下决心要重新占领这一线阵地，特别是要拿下1419.2峰腰部的主阵地。现在，天亮了，从下碣隅里冲出来的一队潘兴式重型坦克已经到达进攻位置，火炮校准了方位，联军的空中支援即将展开，陆战队强大的反击就要开始了。

4

吴铁锤和他的部队隐蔽在散兵坑内，他们反穿的衣裤与阵地上的白雪融为了一体，看上去一点也不显山露水。没有人说话，没有一点动静，他们都卧伏在冰冻的雪地上，默默注视着下面的山坡和上面的天空。只有偶尔拉动的枪机声打破了山头的寂静。

西南方向低垂的天际上传来巨大的轰鸣，一大片银光闪烁的飞机迎着阳光，贴着山头由远而近地飞过来，它们前后左右错落有致，队形齐整，声势赫赫，呈现着目空一切、势不可当的架势。吴铁锤他们从来没有见过这么多的“油挑子”同时飞在头顶，也从来没有经历过如此的阵势，都缩在散兵坑内往上看。李大个说有几十架，孙友壮说有几百架。陈阿毛一架一架数着，还没有数完，成堆成堆的炸弹就落在了山头上。

美国人的飞机没有转圈，也不拖泥带水，直接就把几十吨、上百吨的钢铁倾泻到了死鹰岭一线的阵地，大大小小的山头笼罩在刺鼻的硝烟之中，土石雪块冲天而起，大地在剧烈地震颤。

这一群飞机刚刚飞过，又一群飞机接踵而来。它们的形状不同于刚才的“油挑子”，在吴铁锤他们的印象中好像并不多见，所以也就叫不上它们的名字。更为特别的地方在于，这些敌机下的蛋也与刚才的“油挑子”截然不同，炸弹爆炸的声音没有“油挑子”炸弹的动静大，一声闷响之后就是一片火海，火星四处飞溅，飞到哪里哪里着火，石头、树木、泥土都随之燃烧起来，山上的冰雪被烧得吱吱直叫，钢铁也烧变了形。几十颗这样的炸弹落下来以后，死鹰岭一线的阵地便都笼罩在浓烟烈火之中了。

吴铁锤知道美国鬼子使用了新式武器，应该就是他曾经听说过的燃烧弹，也叫凝固汽油弹。

长津湖战役打响之前，师长黄天柱给他们介绍过美国人的武器，其中就提到过这个汽油弹，说它是如何了得，钢板都能烧出窟窿来。吴铁锤当时不以为意。说钢板都烧出窟窿了，那个冰雪能不能烧化呢？黄天柱瞪了他一眼，这不是废话吗？吴铁锤说这样最好，融了雪化了冰，他们就有开水喝了，省得自己烧火暴露目标。现在，他知道美国人的凝固汽油弹是怎么一回事了。

吴铁锤要陈阿毛保护好他的锣，一定不能让美国鬼子的汽油弹烧着。陈阿毛说：“营长你放心，这个锣比我的命还要重，我人在锣在。”

一波空中打击刚刚结束，山头山坡上的烈火还在熊熊燃烧，紧跟着炮击又开始了。美国人的炮击也不同凡响，它不是一群一群地覆盖，更不是七零八落地乱打，它是一排一排地沿着山下、山坡、山腰向山头上推进，好像是一排一排的散兵线，非常整齐，非常有规律，就像是用篦子梳头一样，所有的地方通通梳一遍，连犄角旮旯也不放过。炮声震撼着大地，浓烟烈火加上云雾般的硝烟，死鹰岭似乎被放在了蒸笼里蒸腾。

暴露在这样的火力之中，部队的伤亡可想而知。吴铁锤他们只有美国人留下的简易散兵坑，根本不足以抵抗这样的火力打击，不少散兵坑被炸平了，而平整的山坡山腰上又出现了许许多多新的弹坑。吴铁锤喊叫着，让没有受伤的战士匍匐到新的弹坑中去隐蔽，他自己也从一个弹坑跃进到另一个弹坑，李大个、孙友壮和陈阿毛几个人都紧紧跟随在他的身后。大家的耳朵震聋了，身上脸上落满了碎冰尘土，有的人惨叫着，头上身上冒着呼呼的火苗，有的人在爆炸声中一下子就消失得无影无踪，再也找不到曾经的印痕。

轰炸和炮击过去之后，山脚下就响起了铁链子搅动的声音，十几辆坦克一字排开，顺着山坡往上爬，一群一群头戴钢盔的美国人不紧不慢跟在坦克后面。

“营长，坦克上来了！”

李大个的声音里带着惊慌。

“不要慌！”吴铁锤大声喊着，然后看了看慢慢爬动的坦克。他们所处的山坡虽然是一马平川，但坡度却在随着山势的增高而不断加大，越往上地势越陡，他估计美国人的坦克开不到阵地上，不过是作为活动的碉堡和掩体掩护步兵冲击。吴铁锤对左右两边命令道：

“坦克不管，打步兵，三十米距离锣响扔手榴弹！”

没有受伤的战士都把木柄手榴弹盖子揭开，一个一个摆在弹坑散兵坑的坑沿上，头脸趴得低低的，等着美国人上来。

为了减小目标暴露的可能性，孙友壮把他的捷克式轻机枪放在了弹坑里，只把一堆手榴弹搁在外面，露着两个眼睛往下瞄。看着看着，他觉得不对劲，就对吴铁锤说：

“营长，俺看美国鬼子怎么不像是攻这个山头呢？”

吴铁锤瞪了他一眼：“不攻山头干什么？给你送香油吗？”

孙友壮知道吴铁锤在奚落他，大巴掌抹了把脸，有些不好意思地说：“给俺送香油倒是知不道，俺也喝不惯那个味。”

“呦呦，美得你！”吴铁锤又白了他一眼 。

李大个说：“你晓得龟儿子做啥子？”

“俺看这个美国佬在发丧。”孙友壮的判断透着肯定。

“发丧？”吴铁锤不明白了。

“你看，那不是？”孙友壮悄悄地指着嘎啦嘎啦爬动的坦克，“美国佬的坦克车上挂着招魂幡呢！”

吴铁锤、李大个、陈阿毛他们都露出眼睛往下看。陆战队潘兴式M-26重型坦克的正面侧面都涂有巨大的白色五角星徽，这是他们军用车辆的专用标志，非常醒目和显眼。吴铁锤他们实际上早就看到了，但是谁也没有往这个“发丧”与“招魂幡”上去想。在孙友壮的山东沂蒙山老家，只有死了人才贴白的、挂白的、举白色的招魂幡，所以他才觉得美国人是在发丧。吴铁锤弄明白了孙友壮的真实意思，显得很满意：“孙二愣子有种，让美国鬼子上来吧，一块给他们发发丧！”

吴铁锤估计得不错，陆战队的重型坦克爬着爬着就爬不动了，停在二百多米的距离上打枪打炮。峰腰部的阵地上无声无息，除了仍在燃烧的余火和飘散不去的硝烟，一切都在沉寂着，沉寂得让陆战队员们摸不着头脑。

5

在美国人看来，山头上的中国人也许都灰飞烟灭了，那么猛烈的轰炸和炮火，那么剧烈的燃烧，什么生命能够幸存下来呢？就算是一只蚂蚁也躲不过这样的毁灭。但是也可能有例外的情况，无论对于哈里斯营长的这个部队，还是对于麦卡锡、刘易斯他们，也许会有与其他陆战队员不同的看法。与中国人这样的陌生对手交战，什么情况不可能出现呢？中国人的打法与众不同，他们不按常理出牌，往往会干出一些你意想不到的事情来，他们的举动也常常出乎你的意料。因此，他们相信此刻的中国人也许就潜藏在那烈火硝烟中，他们静静地潜藏着，不露声色，说不定什么时候就会突然地蹦出来打你个措手不及。

所以麦卡锡和刘易斯他们都显得经验老到，陆战队员们离开潘兴式坦克的庇护往山头上攻击前进的时候，他们都很谨慎，非常谨慎。

里兹伯格团长和哈里斯营长坐镇山脚下的指挥所指挥着这次反击。他们的战斗手册上写着两个字，火力。在他们看来，所谓的战斗力也不外乎这两个字——火力。异常猛烈的火力之后，死鹰岭主阵地无疑已是唾手可得。

美国人攻击前进的队形零零散散，毫无章法可言，他们探头探脑，逐渐接近了吴铁锤的阵地。山坡上密布着大大小小的弹坑，余烟缭绕，气味刺鼻。美国人深一脚浅一脚，一边爬行一边想象着刚才的轰炸和炮击该是何等的震撼与残酷无情。

孙友壮手里攥着两个手榴弹，觉得差不多了，压低了嗓门对吴铁锤说：“扔吧，营长？美国鬼子上来了！”

吴铁锤没好气地瞥了他一眼，低声吼道：“我说了算你说了算？沉住气！”

吴铁锤的心里一直数着步子，他也估计到美国人差不多已接近到了三十米的距离，但是他想再近一点，越近突然性越大，越近准头越高。吴铁锤默默地数着，一，二，三，四，五……五步过去了，吴铁锤可着嗓子蹦出了一个字：

“敲！”

陈阿毛早把雕花云龙纹的铜锣擎在手中，吴铁锤话音未落，一通急促的“急急风”锣声骤然而起，几十上百颗手榴弹一瞬间从前后左右的弹坑散兵坑内飞出，犹如铺天盖地的冰雹自天而降，砸在美国人的头上，落在美国人的背上，滚落在美国人的胸前脚下，短短的几秒钟之内，美国人的身前身后头上脚下已经到处都是刺刺冒着白烟的中国造木柄手榴弹。

陆战队没有经历过如此密集的手榴弹弹雨，他们也没有进行过躲避这等手榴弹弹雨的训练，也就是说，还没有反应过来，伴随着奇怪金属的敲击之声，身前脚后的手榴弹已经震耳欲聋地炸开了，炸断了他们的腿，炸烂了他们的脚，把他们的脸炸得血肉模糊，他们的钢盔满山坡乱翻乱滚。

未待炸声落净，吴铁锤的嗓子眼里又蹦出一个字：

“打！”

一声大吼，手里二十响的驳壳枪就扫向了低头撅腚乱躲乱藏的美国人，与此同时，前后左右的机枪步枪卡宾枪响成了一片。两军相逢勇者胜，饥寒交迫的中国人在气势上完全压过了装备精良的美国人，陆战队被打得抱头鼠窜，还击的枪声七零八落，且战且退，撤往山下。

孙友壮打得兴起，怀里抱着他的捷克式轻机枪，右脚站在坑底，左脚踏在弹坑边上，照着美国人的背影一个点射连着一个点射。吴铁锤一把将他拽下来，厉声喝道：

“不要命了！出风头吗？”

孙友壮跌倒在弹坑内，几乎就在同时，一长串重机枪的子弹擦着他们的头皮，打在身后的雪地上。

排列在斜坡下的潘兴式重型坦克开始了火力支援射击，直瞄火炮的炮弹在雪地上炸开，子弹将雪块、泥土和石头打得漫天飞舞。

山头上又是死一般寂静，几十个陆战队员动也不动地躺在那里，任凭寒冷的阳光照射着他们慢慢僵硬的躯体。

麦卡锡中尉和刘易斯毫发无损。他们已经在昨夜的战斗中领教了吴铁锤祖传铜锣的厉害，已经经历过那种奇怪的金属敲击之声及随之而来的冰雹一样的手榴弹弹雨，因此，锣声一响，他们就地卧倒，后撤的速度比谁都快。

麦卡锡对吴铁锤的锣声非常敏感，他已经有些神经兮兮。他害怕再听到那个奇怪的响声，觉得自己差不多就要在那个奇怪的金属撞击之声中崩溃了。

吴铁锤要大家收集整理弹药，准备再战。

虽说打退了美国鬼子进攻，守住了脚下的阵地，但是吴铁锤的心情并不轻松。部队的伤亡不小，这些损失大都是在刚才的轰炸和炮击中所造成，真正面对面干的这一场，他们的损失并不大。他所担心的是美国佬的“三斧子”，就是飞机、大炮和坦克，简易的工事，血肉的躯体，什么东西能抗住这“三斧子”的蹂躏与摧残呢？

弹药也不多了，剩余的罐头饼干分了又分。吴铁锤原想把留下的罐头饼干带给乔静子以及替他照看乔静子的治疗队的姑娘们，现在看来不行了。因为只有肚子里有食才能守住阵地，守住了阵地才能消灭更多的美国鬼子，才能缴获更多的美国罐头、饼干和“香油”。大家嚼起了美国人硬邦邦的罐头，吃起了又干又脆的饼干，噎了干了渴了，抓上一把雪咽下去。

孙友壮没舍得吃那个罐头和饼干，分给他的他都装在了裤兜里。他的身上还有两个冻土豆，他把这两个冻土豆掏了出来。

土豆已经完全冻结了，使得大个子孙友壮无从下口。可是这难不住孙友壮。他找来了一块炮弹炸飞的石头，把冻土豆搁在石头上，用他捷克式轻机枪的枪托猛砸。土豆很硬，砸了几次才砸开，孙友壮把砸碎的土豆渣子放进嘴里，嘎嘣嘎嘣地吃了起来。

6

两个小时以后，美国人又重复了一遍被吴铁锤称作“三斧子”的进攻模式。

首先是飞机轰炸，接着是铺天盖地的炮火，然后是潘兴式坦克的直瞄射击与掩护支援。在经历了第一轮“三斧子”之后，吴铁锤他们也稍微有了些经验。黑压压的机群带着巨大的轰鸣刚刚出现在西南方向的天空上时，吴铁锤就一把脱下了他土黄色的翻毛皮大衣。他把大衣交给李大个，要他好生保管，千万不能叫美国鬼子燃烧弹烧了。在吴铁锤看来，美国人的燃烧弹确实有点不同凡响，他不能不加倍小心。烧到别的地方他不担心，烧了他的翻毛皮大衣他会受不了。

吴铁锤同时也再次叮嘱陈阿毛看好他的那个锣。陈阿毛没说话，只是指了指自己的身下。铜锣压在他胸口下面，压得紧紧的。李大个也照着陈阿毛的样子，把吴铁锤的翻毛皮大衣叠了又叠，然后同样压在了身体下面。

美国人的轰炸机群已经飞临死鹰岭诸阵地上空。

沉寂的山野再次被巨大的震撼和浓烟烈火所笼罩，大地剧烈地抖动，石头泥土甚至空气都在燃烧，冻结的冰雪化成了开水，一片一片的热气蒸腾着，使得此时的死鹰岭就像是一口沸腾的油锅在翻滚和煎熬。

孙友壮用被子改制的土大衣沾上了黏稠的火舌，身上背上呼呼地冒着烟火。李大个看得真切，“火，火！”他连说加比画，把这个险情告诉给浑然不知的孙友壮。山头山腰上一片火海，孙友壮分不清哪里是哪里。

大个子孙友壮听到了李大个的喊声，才明白了美国鬼子的燃烧弹烧到了自个身上。脱是肯定脱不下来了，情急之中的孙友壮只好连滚带翻，将火在雪地上滚灭，李大个也过来帮忙，用穿着陆战队防寒皮鞋的脚又踩又踩。融化的雪水与李大个不顾安危的帮助发挥了作用，孙友壮身上的火苗子终于熄灭了。

明火是灭掉了，身上的余烟却还在缭绕。孙友壮的土大衣烧掉了多半，已是面目全非。孙友壮很不高兴，盯着盘旋在头顶上的美国飞机骂了一句难听话。

燃烧弹喷溅的燃油也溅落在吴铁锤反穿的薄棉裤上，幸好他眼疾手快，立即蹬掉了大皮靴褪掉了裤子，光着屁股站在硝烟弥漫的雪地上。回头一看，棉裤已经烧成了一把黑灰。吴铁锤火冒三丈，鞋也顾不得穿，两手捂在光溜溜的屁股上，对着头顶上的美国飞机破口大骂：

“龟孙子，孬种，烧你老爷棉裤算什么本事？有种的下来，咱们面对面干一场？”

美国人听不到，当然也不会理他，照样在他的头顶上盘旋扫射丢炸弹。

气得吴铁锤四下里乱找乱看，他看到了孙友壮的捷克式轻机枪，一把抓起来，对着美国人的飞机就是一梭子，一边打一边骂道：

“狗日的，孬种，龟孙子，我就一条小棉裤，叫你烧了，丢人现眼你高兴？我大白天光腚出洋相你龟孙子哈哈笑？烧？我叫你烧，叫你烧！”

他越骂越有气，怎么着也不解恨。

孙友壮心急火燎地跑过来，想要夺回他的轻机枪，想把他拉到弹坑里去隐蔽，毕竟暴露在外面太危险了，光屁股暴露就更危险。吴铁锤瞪着大牛眼，冲孙友壮吼道：

“给老子压子弹，压！”

孙友壮看到吴铁锤急红了眼，不敢再劝他冷静，他只能按照吴铁锤的命令换弹夹，打完了一个换一个，打完了一个换一个。吴铁锤一带头，李大个、陈阿毛以及阵地上所有的人都把手里的武器对向了天空，机枪步枪卡宾枪一阵乱打。吴铁锤怀里抱着孙友壮的捷克式在阵地上跑来跑去，他在把一串串子弹射向天空的同时，也将一句句脏话送给了美国鬼子。他一边跑着，一边打着，一边嘴巴里不干不净地骂着：

“龟孙子，孬种，扔啊，你扔啊？大炸弹，小炸弹，燃烧弹，鸡巴蛋，还有什么蛋？”

美国人的飞机显然发现了他们，一架“油挑子”擦着山头贴着山坡低低地俯冲过来，机翼下的机徽、机舱里头戴皮帽子的飞行员看得一清二楚。

它俯冲着，带着巨大的怪叫。一团团硝烟急速地掠过了机头擦过了机翼，燃烧的山岗和大地扑面而来，山坡上站立的人影也越来越大，越来越清晰。而在吴铁锤的目光中，怪叫着的美国飞机却像是一座倾覆的大山压过来，刺耳的呼啸声震荡着他的耳膜，使他狗皮帽子下面的头皮一阵阵发麻。吴铁锤喊叫着要孙友壮隐蔽，孙友壮不仅不听，反而要夺他怀里的捷克式。火冒三丈的吴铁锤一脚把他踢在弹坑里，自己则抱着轻机枪光着屁股叉开双腿站在雪地上，发烫的枪口对着天空，对着迎面而来的敌机。

天上的美国人和地下的中国人僵持在同一个时空里了，时间像是凝固了一般静止不动，硝烟和火焰不再翻卷升腾，炸起的土石雪块悬浮在半空，沸腾的大地安静下来，四面八方死一般寂静。

但是这种超然的僵持只存在了短短的几秒钟，刹那之间，天上地下几乎在同一个时间内开了火，天上的美国人狠狠地压下了他的击发按钮，吴铁锤也一使劲把扳机扣到了底。

美国人的机关炮弹如同犁子犁地从吴铁锤左右两边犁过去，吴铁锤依然稳稳地叉腿挺立；吴铁锤的一梭子机枪子弹却打在“油挑子”的翅膀上，把“油挑子”挑在翅膀肩头上的油箱打着了火。

开始只是一点点烟、一点点火在飞机的翅膀上飘着，“油挑子”还能拉起机头来了一个潇洒的横滚爬升，可是它翅膀上的烟火却越来越大，突然间一声巨响，一团耀眼的火球在天空上炸开了，翅膀一家伙炸掉了半截，眼见着它像个断线的风筝一头栽到不远的山坡上，浓烟烈火冲天而起。

被踢倒在弹坑里的孙友壮十分惊愕地看着眼前的一切，嘴巴张开着，一层热汗浸湿了密密的头发楂子。

“俺的个娘，”孙友壮愣愣地说，“油挑子打下来了！”

整个长津湖战役期间，张仁清这个军的部队用轻武器一共击落了十架美国人的战斗机，吴铁锤可以说是首开纪录。就像是孙友壮在下碣隅里飞机场用炸药包干掉了陆战队的潘兴式M-26重型坦克一样，吴铁锤使用简陋的捷克式轻机枪打掉了美国海军陆战队的F-84战斗机。他们都是第一个吃螃蟹的人。

7

打到日头西沉、暮色苍茫，远远近近的枪炮声才慢慢停歇下来。美国人的飞机迫于能见度的降低，也都成群结队消失在灰色的天际。山岗和山谷变得平静，刺骨的寒风却一阵紧似一阵，偶尔一两声冷冷的枪响回荡在寒风之中。

里兹伯格团长的陆战队在近百架战斗支援飞机、几十门火炮和几十辆坦克的协同下打了整整一天，占领了一些山头要点，夺回了一部分丢失的阵地，但是却未能攻占死鹰岭1419.2主阵地。战斗异常残酷和激烈，有的阵地反复争夺几经易手，战死者僵硬的躯体倒卧在冰雪的世界中，伤者在痛苦呻吟，一片一片的鲜血染红了大地。

黑夜即将降临，黑夜是中国人的白天，里兹伯格团长停止了进攻。史密斯师长命令陆战队固守住已经占领的阵地，熬过又一个就要到来的夜晚。只要熬过了这个夜晚，陆战队就可以在绝对优势火力的支援下，在白天发动新的攻击。史密斯决心已定，天亮以后，他要集中一切可以集中的兵力火力猛攻死鹰岭1419.2主阵地，以保证补给道路的畅通，保证柳潭里的部队能够于关键时刻撤下来。

史密斯师长已经意识到，突然包围了陆战队的中国大部队绝非只是为了挡住他们北去鸭绿江的道路，他们有着更大的雄心壮志，那就是要把陆战队死死围在长津湖、困在长津湖，把陆战队彻底消灭在长津湖。想到这里，奥利弗·史密斯脊梁骨上冒冷汗，一阵战栗涌遍了全身。

在史密斯师长的眼里，自从美国海军陆战队建立以来，世界上的任何一个国家、任何一支军队，还从来都未曾流露过哪怕是一点点这样的想法，消灭陆战1师？这是任何一个国家、任何一支军队做梦也不会梦到的事情。也许只有中国人，只有中国共产党的军队才会有这样的想法，只有他们才具有着这样的雄心壮志。

中国人顽强而猛烈，他们的进攻不屈不挠，似乎毫不在意巨大的伤亡，总是在黑夜中进攻，进攻，无休无止地进攻，前仆后继地进攻。史密斯从来没有见过这样的打法，也从来没有见过这样的部队。北去鸭绿江显然已经无望，史密斯眼下所能做的就是尽量保持陆战队的建制，保持陆战队的战斗力，他要把陆战队这个美军部队的王牌带出长津湖，他不能让历史悠久的陆战队在他的手上偃旗息鼓。

在西线，沃尔顿·沃克将军的第8集团军已经全线溃退，陆战1师更加孤立，他们的处境也因此更加险恶。不用指望还会有什么别的部队来拯救他们，他们要靠他们自己，只有他们自己才能把陆战队这个声名赫赫的部队救出去。

至于“大龄屎壳郎”麦克阿瑟“圣诞节结束朝鲜战争的总攻势计划”，史密斯和里兹伯格都觉得那已是痴人说梦，是明日黄花，现在谁也不会想着什么鸭绿江了，当然也不会再去奢望什么统一北部朝鲜。

“屎壳郎兄弟”阿尔蒙德在陆战队拼死争夺死鹰岭生死阵地的白天，还来电督促他们冲出柳潭里，向既定目标——西北方向的武坪里和鸭绿江攻击前进，这在史密斯看来非常幼稚可笑。他让作战指挥军官麦克劳克林少校制订一份陆战队全面“转移”的计划，麦克劳克林为此大吃一惊。他从来没有制订过这样的计划，陆战队总是在进攻，他们也只懂得进攻，他们从来没有见过诸如撤退即“转移”一类的事情。麦克劳克林询问史密斯如何回复阿尔蒙德将军的电报，一向温文尔雅的史密斯说了一句粗话。史密斯对麦克劳克林说：

“让屎壳郎和他的兄弟去见鬼。”

8

吴铁锤的前卫营伤亡很大。

激战一天，他和他的部队虽然顶住了美国人三次“三斧子”的猛烈进攻，部队的减员却也超过了半数以上。没有像样的工事，缺乏应有的掩护，抗击的火力单薄微弱，只有一些轻武器和手榴弹，部队都暴露在美军绝对优势的火网中，那种损失可想而知。尽管他们将手中武器的效能发挥到了极致，然而面对美国鬼子的“三斧子”，他们的微弱火力还是相形见绌。美国人飞机、大炮和坦克“三斧子”的前两次进攻过去以后，吴铁锤带上死鹰岭主阵地的这一百多号人就伤亡了大半，危急之中，留在山下的预备队五十余人紧急赶来增援，紧接着就在随之而来的又一次“三斧子”的攻击中损失殆尽。他们虽然守住了阵地，但是能继续坚持战斗的却只有四五十个人了，而且多数人的身上都有伤，不是枪伤炸伤就是冻伤烧伤。协助兄弟部队攻占和坚守其他高地要点的百十人，情况更为严重，阵地丢失了，人员基本上全部伤亡。出击死鹰岭之前，吴铁锤的“前卫营”还有三百余人，一天一夜下来，山上剩余的人员加上山下留守的部队，满打满算，现在还有百十号人马，这就是他吴铁锤所要面对的严酷现实。

吴铁锤意识到这个仗不能再这样打下去了。

夜幕降临以后，气温急剧地下降，严寒笼罩着一切。被凝固汽油弹融化的雪水早已经冻结起来，散兵坑和弹坑里面都是冰，许多人的脚被冻住了，他们需要拿出相当的气力才能把冰结的双脚解放出来。

重新冰冻的雪水对于孙友壮一双大脚来说无异于雪上加霜，他感觉到他的胶底鞋已经完全与疼痛麻木的两只脚冻成了一个整体，哪是鞋哪是脚在他已经完全不能分辨出来。原先他还有蒜锤捣在蒜臼子里那样的体会，现在好了，当他用捷克式轻机枪的枪托捣碎了弹坑底部的冰从而这双脚弄出来的时候，已经连这样的体会也没有了。

吴铁锤走过来捏了捏他的脚，硬邦邦，跟捏着个冰壳子没什么两样，他就知道孙友壮脚上的冻伤已经非常严重了。他要孙友壮下去，不能再坚持在这个死鹰岭，孙友壮说什么也不同意。他又蹽开他的大长腿，嗵嗵嗵嗵来回走了几趟，以表示他的状态完全能够适应死鹰岭更加残酷的战斗。地都冻实了，坚硬如铁，孙友壮走在坚硬如铁的冻地上却觉得是踏在一大堆棉花堆上，他外部的身体稳稳当当，可是头脑里却有着一种轻飘飘的感觉。

吴铁锤抹了把脸，抹下一把冰碴子来。天寒地冻，呼出的热气在他硬扎扎的胡须上结成了霜、凝成了冰，把他弄得像个白毛关公，他想他这副胡子拉碴的模样要是被乔静子和欧阳云梅她们看到了一定不雅观。

刮胡子刀留在了鸭绿江对岸的中国，当时是想着打完了这个仗就回国了，打完了这个仗再刮胡子，现在看起来不是那么简单。不过吴铁锤又想现在是黑夜，白毛关公就白毛关公吧，乔静子不在跟前，欧阳云梅她们也不在跟前，谁也看不到他的这副尊容。原来的薄棉裤被美国佬的燃烧弹烧掉了，李大个不知道打哪儿又给他捣鼓来一条，很厚实，显然不是他们这个南方志愿军部队的装备。吴铁锤什么也没有问，三两下就把这个棉裤套在了光溜溜的下身上。美国鬼子叫他出了洋相，叫他把自己最隐私的部分暴露在众多战士面前，暴露在光天化日之下，他的心里觉得不得劲，很不得劲。过去不管是打小日本还是打老蒋他都没有这样狼狈过，虽然面对面干掉了一架美国佬的“油挑子”，吴铁锤还是觉得很别扭。好在他的翻毛皮大衣和雕花云龙纹的檀木匣铜锣都好好的，这给他灰暗的心情多少带来些欣慰。

9

吴铁锤把抹下来的一把冰碴子甩在黑暗中，对孙友壮说：

“这个美国鬼子很孬种，我看他一时半会儿不会离开死鹰岭。你不要硬撑，不行就下去治，治好了再上来。”

“俺不碍事，”孙友壮在黑暗中回答道，“俺担心俺前脚一走，美国鬼子后脚就上来了，磨刀误了砍柴的工夫。”

吴铁锤说：“美国佬的命值钱着呢，他不敢夜里来送死。”

李大个说：“你唧个晓得龟儿子不来？万一呢？弹药都没得了。”

“没什么万一，”吴铁锤说，“格老子我不去找他麻烦就算是便宜他。”过了一会儿又说，“至于弹药嘛，你们再下去找找，总还能找个一星半点的回来。”

陈阿毛说：“侬晓得的，什么东西也没有了，就剩美国鬼子裤衩没有搞回来。”

谁也没有下去。山坡上躺着不少的美国人，身上身下已让大家翻了好几遍，除了炸毁烧坏的，武器弹药差不多已经悉数拿回，再去翻恐怕也翻不出什么了，吴铁锤对此一清二楚。所以大家没动地方，他也没有强求。

孙友壮对吴铁锤说：“俺的机枪还有半弹夹子弹，手榴弹一个不剩了。”

李大个说："我的'八粒快'还有两发。"

陈阿毛说："阿拉还有两个手榴弹。"

大家都在报数，结果都在吴铁锤的意料之中。

吴铁锤没有说话。

弹药告罄，吃的东西也没有了，零下几十摄氏度的严寒，部队的困难可想而知。吴铁锤并不担心这个寒冷的夜晚，因为美国人不敢前来送死，凭着多年磨炼而成的顽强作风，凭着他们坚强的意志，他相信他的部队完全能够熬过这个夜晚，能够坚守住脚下的死鹰岭主阵地。可是天亮以后呢？天亮以后怎么办？明天到来的时候，美国鬼子一定会发动新的进攻，也许比今天更强大，更猛烈，"三斧子"会更快、更狠，他这四五十个人坚持不了多久。他吴铁锤不怕死亡，他吴铁锤的部队都不怕死亡，问题是他们死了，美国鬼子没有消灭，他们的任务没有完成，这样值不值得呢？吴铁锤想起打下碣隅里飞机场，欧阳云逸就对他说过这样的话，当时他打红了眼，要不是欧阳云逸，他吴铁锤的部队在那个大雪纷飞的夜晚也许就全部倒下了，那也就没有了夜袭死鹰岭阵地的胜利，也就没有了这一天一夜的坚守。

枪膛里没有了子弹还不如一根烧火棍子，赤手空拳抵挡不住陆战队的攻击，吴铁锤知道到了他抉择的关键时刻，到了他当机立断的时候了。他默默地走到远处，蹲在一个弹坑里面，两手抱住了头上的狗皮帽子。

他要好好想一想。

在远方、在柳潭里和下碣隅里的方向，一阵一阵的枪声爆炸声隐约传来，照明弹信号弹朦朦胧胧地闪烁，吴铁锤知道那是兄弟部队在一如既往地攻击美国人的阵地。他们只能在夜晚发起一波又一波顽强的攻击，前仆后继，不屈不挠。夜晚，那是他们的白天。但是在眼前，在周围，在生死门户死鹰岭的山上山下，却呈现着一片安详与宁静，只有美国人偶尔预热枪械的射击声穿透寒冷的夜幕。

夜晚是中国人的白天，吴铁锤对此已经深为了解，因为他们只能在夜晚行军和战斗。吴铁锤现在还了解了另外一点，白天是美国人的夜晚，美国人的优势火力在白天能够发挥到最大限度。夜晚是中国人的，白天是美国人的，不论中国人还是美国人，他们都只能在属于自己的黑夜中作战，这就是冰天雪地的长津湖。

李大个晓得吴铁锤以及他们所处的困境，晓得他们天亮以后就要面临的严酷局面，也晓得营长吴铁锤此时此刻的心情。李大个走到吴铁锤的弹坑旁边，他在地上蹲下来，对吴铁锤说：

“把山下的人都调上来，要不要得？”

吴铁锤瞪了他一眼：“傻蛋！都调上来，调上来把他们都打光？”

李大个看不清吴铁锤的模样，但是能够判断出吴铁锤此时的神情，他知道吴铁锤的眼睛一定瞪得很大。他学着吴铁锤的样子抹了一把脸，却未能抹下一把冰碴子来，他没有吴铁锤那样硬扎扎的胡须。李大个对吴铁锤说道：

“唧个搞嘛，想点办法噻？”

吴铁锤沉默了一会儿，然后告诉李大个，他准备天亮以前把部队撤下去。

“啥子？”轮到李大个瞪眼了，“部队撤下去，阵地唧个办？教导员能同意吗？”

吴铁锤说：“说你是个傻蛋不是？白天撤下去，晚上再上来嘛，晚上能面对面跟美国鬼子干。就这几个人，一顿飞机大炮打掉了，打掉了不说，你连美国佬的屁都闻不到，不够本儿！”

李大个想了想，觉得吴铁锤有些道理，但还是表示了他的担心。他对吴铁锤说：

“就怕教导员不干噻？”

“教导员好说，”吴铁锤极力遥望着黑漆漆的夜幕，遥望着此刻看起来显得宁静的后方，对李大个说，“他在这里，也会这么干！”

第十八章

1

吴铁锤想错了，欧阳云逸不会那么干。

当他带着阵地上所剩下的四五十个人于晨光熹微之中来到后方阵地和待机地域的时候，一夜未睡的欧阳云逸正徘徊在路口，同样遥望着悄无声息的死鹰岭方向，他看到了退下阵来的吴铁锤和他疲惫不堪的部队。

每个人的脸上都落满了硝烟，头上身上带着寒霜、冒着寒气，单薄的衣裤上沾满了泥土和冰雪。有的人头部缠着脏兮兮的绷带，有的吊着膀子，有的拄着树棍子一瘸一拐。几乎所有人的衣裤都破烂不堪，一缕一团的棉花从撕烂磨破的洞孔中挂到外面；有些战士的衣服显然被火烧过，花里胡哨已分不清原来的颜色了。这几十个疲惫不堪的人朝着欧阳云逸走去，每个人都把武器紧紧地握在手中或者扛在肩上，他们步履蹒跚但是目光炯炯，一脸的坚定。

欧阳云逸喊来了吴一六和老王头，更多的战士也纷纷跑过来，他们扶着死鹰岭阵地上的幸存者到背风的地方休息，拿来不多的东西给他们吃。吴一六和老王头还保留着多半筐的冻土豆，这是他们唯一能拿出来的东西，一人只是一两个，半筐的土豆就见了底。

孙友壮的自制土大衣已经烧得不成样子，但是剩余的部分还绑缚在他的身上，在老王头看来就像是他陕北老家羊倌身上的光板羊皮夹袄。老王头把两个冻土豆揣在孙友壮怀里，孙友壮掏出了两片美国人的薄脆饼干递给了老王头。这是夜袭死鹰岭阵地时缴获的，每个人分了分，孙友壮没舍得吃，他知道山下的同志也很困难，山下的人也没有东西吃。孙友壮还有一个罐头，他把这个罐头给了欧阳云逸。

欧阳云逸用一只手接过了这个罐头，看了看，一句话没说，转过脸去，用另一只手摘下眼镜，棉袄袖子在眼眶上擦了又擦。

“风真大。”他对孙友壮说。

欧阳云逸没有要这个罐头，他把罐头又塞在孙友壮的土夹袄里，看着他一瘸一拐地走去。

欧阳云逸静静地看着吴铁锤，良久之后才开口：“怎么都下来了，你们？我还想着组织部队去增援。”

吴铁锤摆了摆手：“干了一天两夜了，吃没吃的，喝没喝的，弹药也光了，不行了。”

欧阳云逸说：“没听到上面有动静啊？敌人进攻了？”

吴铁锤说：“敌人进攻了我们还能下来？”

“你们主动放弃的阵地？”欧阳云逸的脸色严峻起来。

吴铁锤的声音中带着透支般的疲倦：“美国鬼子火力太强，白天根本没办法打。”

“没办法打你们不也坚守了一天两夜？”

“是啊，坚守了一天两夜，可是你看看，人呢？前前后后上去三百人，还剩多少？就这些了。”

欧阳云逸冷冷地说：“伤亡是不小，但是你别忘了，人在阵地在。”

欧阳云逸的口气让吴铁锤有点不高兴：“别扯那个淡，谁不知道人在阵地在？问题是美国鬼子一通‘三斧子’下来，炸得你屁股狼烟，人都报销了，怎么人在阵地在？”

欧阳云逸却不这么认为："我不能同意你的做法，吴铁锤同志，你这是擅离职守，擅离阵地。"

"怎么擅离了？"吴铁锤放大了声音，"白天撤下来，晚上再夺回来！"

"那也不行！"欧阳云逸也抬高了嗓门，"师长政委命令我们坚守，什么是坚守？打到一兵一卒，一枪一人，也要钉在阵地上。"

吴铁锤说："打得一个人不剩，你钉个屁？打仗不能蛮干，得动动脑子，脑子！这话谁说的？"

"是我说的，不错，"欧阳云逸涨红了脸，"但是你要分清是什么情况，什么情况侬晓得吗？"

欧阳云逸急了，他一急，家乡的方言也就出了口。

吴铁锤不管这一套，之前的万分疲惫似乎一扫而光："什么什么情况？你说什么情况？"

欧阳云逸说："情况就是师长政委严令我们死守，死守，侬晓得吧？一个人没有了，也要死守！"

吴铁锤觉得很可笑。他反问欧阳云逸："你怎么糊涂了，老欧？一个人都没有了守个屁守？"

"我只是打个比方，"欧阳云逸解释说，"要分清什么情况，就是两个字，死守。"

吴铁锤显然很不同意欧阳云逸的说法："什么情况也得动脑子，白天打，晚上打，都是打！"

欧阳云逸被逼急了，语带怒气地说："我不跟你胡搅蛮缠，你这是抗令不遵，是犯罪！"

"不要说得那么吓人，同志！"吴铁锤说，"什么抗令不遵？什么犯罪？我听都没听到过。白天撤下来，晚上打上去，阵地还是我们的阵地，还能干掉他几个美国鬼子，不是灵活机动的战略战术吗？"

欧阳云逸说："不要自己往自己脸上贴金了，你这是畏阵逃跑，是贪生怕死。"

吴铁锤黑下脸来，神情凝重：“老欧你这个话就不是心里话了，我吴铁锤什么时候怯过阵，什么时候贪生怕死过？别人不了解我吴铁锤，你欧阳云逸教导员还不了解我吴铁锤吗？”

欧阳云逸沉默了，觉得自己刚才的话说重了。他稳定了一下激动的情绪，放缓了语调对吴铁锤说：

“没有命令你就放弃阵地，上级是要追究责任的，问题相当严重。”

“他能怎么样？还能砍了我的头？”吴铁锤有些愤愤不平，“我又不是逃跑，又不是怯阵，就是换个打法，不拿那个什么碰什么石头，你在下碣隅里飞机场不是说过这个话吗？”

“以卵击石，”欧阳云逸补充道，“在下碣隅里我是说过这样的话，可那是个什么情况？现在是什么情况？它们性质不一样啊！”

“都差不多，”吴铁锤说，“都是美国鬼子，都是陆战1师，在那打、在这打，都是打！”

欧阳云逸一时语塞，他在雪地上来回走了几趟。“没办法和你说，”他来来回回地走着，嘴里面咕咕哝哝地说，“我没办法和你说。”

吴铁锤不管那一套，仍然对着干转圈没办法的欧阳云逸连说加比画：“老欧你是不知道，美国鬼子那个燃烧弹邪门得很，就是师长说过的什么凝固汽油弹，一烧一大片，火星子四溅，一烧一大片，沾到你你就跑不了，我的棉裤就给它烧了，冻得老子腚疼。”

欧阳云逸停住步子，看了看他的下身，语气中流露出关切：“你没有事吧？”

“屁事没有，”吴铁锤一挥胳膊说，“我光着腚，还干掉了一架油挑子呢！”

欧阳云逸没再说话。他想象着吴铁锤赤裸着下身在冰雪中战斗的场面，完全能够想到那是一幅怎样的情景。欧阳云逸把眼镜摘下来擦着，擦了好大一会儿，好像是在下着一个什么决心。随后他把眼镜戴上，很冷静地对吴铁锤说：

“你们打得很苦，先休整一下，我带预备队把阵地夺回来。”

“那不行！”吴铁锤一瞪眼，“要去也得晚上去，我们一块去。”

欧阳云逸说：“擅离职守，放弃阵地，问题相当严重，你知道吧？马上夺回来还算是亡羊补牢为时未晚，不然的话，更严重！”

吴铁锤不当一回事，他对欧阳云逸说：“严重到什么样？我们无非是避开敌人的火力，夜黑风高的时候再杀上去，阵地还是我们的阵地，啥也不耽误。”

吴铁锤又想错了，事情没有这样简单。

2

黄天柱得知前卫营丢失了死鹰岭1419.2主阵地，而且是主动放弃的这个阵地，一下子脸色铁青，火冒三丈。

“这个吴铁锤！”黄天柱巴掌拍得木条桌子啪啪响，“竟然敢放弃阵地，放弃死鹰岭主阵地，他吃了熊心豹子胆，胆大妄为，胆大包天，秃子头上打伞——无法无天！”

黄天柱用力很大，木条桌子被他拍得上下左右直晃动，搪瓷缸子、蜡烛台、铅笔地图，还有一包美国烟都跟着一起晃。美国烟上画着昂头驼背的骆驼，是吴铁锤托人刚刚捎来的战利品，还没有开封。

师部的人都没有看到过黄天柱发这么大的火，也没有听到过他们的师长一下子说出这么多的词儿，事情显然是非同小可。

向修远同样感觉到了问题的严重。死鹰岭主阵地扼守着下碣隅里到柳潭里的必经之路，就像是一头饿虎一口咬断了陆战1师的膀子，守住了这个高地就可以一石二鸟，一头守着柳潭里，一头看着下碣隅里，它把下碣隅里与柳潭里之间的联系完全隔绝开来，为全军以及兄弟部队围歼这两部分敌人创造了必要的条件。现在好了，死鹰岭主阵地丢了，附近大大小小的高地要点都丢了，柳潭里与下碣隅里又连成了一块，分割围歼这两处的美国鬼子眼看着竹篮打水一场空，谁碰着都会着急，谁都担不起这个责任。

黄天柱背着手在山洞里走来走去，一边走一边自言自语似的说着狠话。黄天柱嘟嘟囔囔地说：“反了，简直是反了，无法无天，一定不能饶了这小子。”

师部设在一个简陋的矿洞里，虽然是潮湿阴暗、寒气袭人，然而就条件而言，显然要比冰天雪地的野外好出许多。黄天柱和向修远都穿着陆战队的兜头大衣，这还是长津湖大战打响以前，吴铁锤的侦察小分队在一次和美国人的小规模“遭遇战”中缴获的，连同着缴获的作战地图与电台，一共给他们送来了两件大衣，三床鸭绒睡袋。兜头大衣穿在他们的身上，睡觉的时候就睡在鸭绒睡袋里，他们俩的野外生存条件明显改善。

向修远看着脸色铁青走来走去的黄天柱，对他说：“先不要着急，了解一下情况再说，关键是要把死鹰岭重新夺回来。”

黄天柱说：“怎么夺？敌人火力那么猛，现在根本上不去。”

向修远问一旁的作战科长：“前卫营有什么考虑？”

“他们原来打算避开敌人的优势火力，晚上再组织反击，把死鹰岭1419.2主阵重新拿下来。”

作战科长小心翼翼地回答。

黄天柱问道：“还有多少人？”

作战科长说：“他们伤亡很大，差不多还有百十号人。”

“前卫团全团的情况呢？”黄天柱又问。

作战科长说：“他们全团的情况也差不多，晚上攻上去，白天退下来，伤亡很大，加上冻伤减员，能够继续战斗的已经不多。目前情况……”他看了看黄天柱的脸色，斟酌着说，“死鹰岭一线大大小小的山头阵地差不多都失守了。”

黄天柱又一拍木条桌子：“差不多差不多，你这个作战科长吃干饭的？给老子搞清楚，到底还占着多少阵地！”

作战科长身板一直，回答道：“已经全部失守了。”

山洞里死一般的寂静，参谋干事人员都静悄悄地站立着，谁也不敢弄出一点点声响。只有缝隙中渗出的水珠滴滴答答，打破了师部的安静。

黄天柱长吁一口气，颓然无力地说道："完了，我黄天柱完了，我这个师完了，我黄天柱是吃干饭的，等着军长处分我吧。"

"先不要急嘛，"向修远连说，"这样的情况恐怕不光我们有，其他的师、其他的军，都有，研究一下办法，怎么样挽救回来。"

黄天柱说："办法就是一个，组织所有可战人员反击，我今天晚上亲自上阵，不拿回死鹰岭，我也不回来了。"

向修远叹了一口气，心里想这完全是意气用事嘛，你师长带着部队攻山头，我这个政委干什么？急不是这个急法。但是这个话他并没有说出来，黄天柱此刻的心情他完全能够理解，部队丢了阵地，有悖于军部的命令要求，完不成任务还在其次，要是放跑了美国鬼子的陆战1师，那就是千古罪人，那个责任是谁也承担不起的。

情况非常急迫。张仁清赋予他们这个师的作战任务是与兄弟部队一道分割围歼下碣隅里、柳潭里几处的敌人，分割包围很利落、很迅速、很到位，但是接下来的战斗却不顺利。开始的时候部队打下碣隅里机场以及柳潭里，碰上美国人设防坚固的野战阵地和坦克阵，打了几天都没有打下来。美国人的后勤保障很充分，特别是来自空中的补给支援非常迅速，而志愿军大多已是弹尽粮绝。为了切断下碣隅里、柳潭里之间的联系，断敌增援，防敌突围逃窜，后来又把他们这个部队调出来抢占和固守死鹰岭一带的阵地，情况怎么样？面对敌人绝对优势火力的打击，部队的伤亡更大，冻伤等减员也更为严重，白天几乎不能够作战。虽然消灭了一部分美国鬼子，也打掉了敌人的嚣张气焰，但是部队的损失很大。现在好了，死鹰岭一带大大小小的山头要点尽皆丢失，他们还有什么脸面对军长张仁清，还有什么脸面对兵团首长面对眼前的朝鲜和身后的祖国呢？

黄天柱和向修远都感觉到心情万分沉重。

几个领导碰了碰头，开了个简短的会议。研究的结果是想方设法补充粮弹，于当夜组织全线反击。黄天柱当然不能亲自带上队伍攻山头，但是他要把师部作战科长派到前卫营去，给他们送去一些粮弹，在全力支持他们的同时，也督导他们再次拿下死鹰岭主阵地，坚守死鹰岭主阵地，保证兄弟部队能够全歼下碣隅里、柳潭里之地的美国鬼子。

“决不轻饶这个吴铁锤！”

会议快要结束的时候，黄天柱仍然发着狠话。

他拿起木条桌子上的骆驼烟，把它放在鼻子上闻，闻了好半天，有一点爱不释手。黄天柱自言自语地说：

“干掉了一架油挑子，还送了一盒骆驼烟，这小子有种。不过送烟也不行，送烟也脱不了干系。”

向修远说：“都退下来了，都没守住，又不是只有他一个吴铁锤。”

“那不一样，”黄天柱说，“别人是被打下来的，他是没打就撤下来的，一反一正，性质不一样。”

向修远反问道：“那怎么样呢？他们打得那么艰苦，难道还要执行战场纪律不成？”

黄天柱说：“大部队作战，执纪要严，关键时候也不是不可以挥泪斩马谡。”

向修远无可奈何地笑了笑，对黄天柱说：“马谡当斩，不过不是吴铁锤。这小子打仗有些鬼道道，他的想法也许是有道理的。”

“什么道理也不能违抗命令，”黄天柱说，“纪律不严肃，这个仗就没法打。”

“你不会真的想挥泪斩马谡吧，老黄？他还用轻机枪打掉了一架油挑子。”向修远不无担心地问。

“那倒不会，”黄天柱看了看木条桌子上的骆驼烟说，“我还指着他给我争脸争气捡洋捞呢，斩了他，我舍不得。不过话又说回来，”他看了看向修远的脸色，试探着说，“功是功过是过，是非清楚，奖罚分明，该记功给他记功，但也不能便宜了这小子，处理是肯定要处理的。”

“怎么处理呢？”向修远说，“你已经撸了他的营长职务了，他现在只是个副营长。”

“撸得还不够！”黄天柱发着狠，“再撸他一家伙，让他当连长，戴罪立功。”

向修远想了想，觉得这个处理并不伤筋动骨，也不影响吴铁锤指挥打仗，所以就没有表示什么不同的意见。

吴铁锤在死鹰岭1419.2主阵地光腚抱枪打掉了美国油挑子的战绩使他荣立大功一次。但是由于擅离阵地，也再次受到了降职的处分，吴铁锤成了连长了。这个连长他当得是名副其实，因为他的“前卫营”现在充其量就是一个连的架子了。

吴铁锤为自己的决定付出了代价。但是随后而来的战斗将会证明，这个代价的付出是完全值得的。

3

张仁清在山洞子中急得团团转。

长津湖战役打响以后，身为军长兼政委，张仁清一直坐镇军指挥所，又要管军事，又要管政治工作，还要操持后勤，忙得焦头烂额，关键是仗打得不顺利，部队的伤亡极大。

汇总到军部的各个单位的统计数字就像是一根鞭子抽打着张仁清的脊背：三天四夜的战斗以后，全军已经减员两万人，其中冻死冻伤一万四千人。这是他从未遭遇过的损失。

军部在更后面一点的山洞里，这个洞子比黄天柱、向修远师部的洞子要大，也干燥和暖和一些。洞壁上挂满了一张一张的作战地图，红红蓝蓝的箭头和符号标示出敌我双方的态势。机关人员进进出出，山洞里一片忙乱。张仁清不声不响，一个人坐在中间的木板桌子旁边抽烟。

开头倒是不错，他这个军四个师在克服了千难万险进抵长津湖地区之后，以突然和坚决果敢的动作同时出击，在兄弟部队的协同配合下，就把陆战1师掐头去尾拦腰斩断分成了四截，打得美国人晕头转向找不着南北。但是分割后各个击破时，陆战1师这块骨头却并不是那么好啃。美军的装备好，武器精良，供应充足，应变能力也很强。陆战1师被誉为美军“王牌中的王牌”，名不虚传，虽然遭到了志愿军突然的包围和打击，但他们并没有自乱阵脚，很快就稳定了局面，支撑起牢固的防御阵地。加上他们重武器多，又有强大的空中支援，造成志愿军部队的攻歼困难。据初步掌握的情况，陆战1师摆在下碣隅里盆地上的重型火炮就有几十门，其中有155毫米榴弹炮十八门，105毫米榴弹炮三十门，另外还有大量的大口径迫击炮和无后坐力炮，近百辆重型坦克，每天能够得到几十架、上百架次战斗机的掩护与支援。而他这个军呢？只有少量的轻便迫击炮，炮弹也不多，坦克和空中的支援更是连想也不用去想，唯一的优势是人多、手榴弹多。这就造成部队只能在夜间战斗，只能进行近战，只能冒着巨大的伤亡冲到距离美军阵地三十米左右时投掷手榴弹。张仁清没有想到手榴弹成了他这个部队唯一有效的武器，成了志愿军战士手里的“重武器”。更困难的还在于不论战士还是干部，部队都在饿肚子，都在经历着饥饿和寒冷，冻伤减员普遍。从而造成围住了打不进，包住了啃不动，战役进入了胶着状态。

张仁清走到作战地图前，看着上面各种各样的标记，眉头紧锁。他知道就是在这样的艰难困苦面前，全军部队仍然保持了高昂的士气和顽强的战斗意志，以压倒一切敌人而绝不向敌人屈服的气概向美军发起了一波又一波持续不断的进攻，取得了极为不易的战果。

昨夜，在新兴里，他这个军的一个师配合友邻部队向陆战1师的右翼掩护部队、美军步兵第7师发动了强有力的攻势，将美7师的一个团大部歼灭，从而创造了长津湖战役、也是整个抗美援朝战争一次战斗歼灭美军一个团建制的历史。

4

新兴里是一个北朝鲜的村庄，位于长津湖东岸，与西面的柳潭里隔湖相望。村庄的南面有三座平均海拔在一千米以上的大山，北面的地势则较为平坦，南高北低，东西狭长，西部紧挨着长津湖水库。在此驻守的是美7师的一个团，号称“北极熊团”。

该团作为陆战1师的右翼，所属部队的一部分曾于数日前孤军突入到了中朝边境的鸭绿江，把美利坚合众国的旗帜插在了边境小镇惠山津。虽然此举仅仅是一个象征性的动作，却仍然受到了麦克阿瑟总司令以及阿尔蒙德军长的高度赞誉。麦克阿瑟向第10军发去了贺电，阿尔蒙德更是驱车百余公里亲往惠山镇视察这一了不起的业绩，并在江边背对着中国合影留念。在麦克阿瑟和阿尔蒙德看来，进抵鸭绿江是一个具有划时代意义的了不起的事件，标志着北部朝鲜的即将统一，标志着联合国军的进击作战即将结束，他们就要大功告成，打道回府了。在此基础上，麦克阿瑟发动了他最后的一击，即其“圣诞节结束朝鲜战争的总攻势”，这个孤军深入到鸭绿江的部队也为之欢欣鼓舞。谁料好景不长，中国的大部队在长津湖地区包围了陆战1师，向陆战队以及他们美7师的部队发起了大规模突然而又猛烈的攻击，他们不得不匆忙拔掉插在鸭绿江边的美国国旗，龟缩到长津湖以东。现在，厄运降临到了他们头上。

午夜以后，志愿军部队集中了数倍于敌的优势兵力，从东、南、北三面对“北极熊团”发动了顽强、持续的进攻，一度冲入新兴里村庄与美军展开激战。混战中，“北极熊团”的团部被打掉，团长麦克莱恩上校被打死，绣有北极熊图案的团旗也被缴获。

“北极熊团”诞生于第一次世界大战，因其参加过1918年至1920年的对俄干涉作战，从而获得了“北极熊团”的绰号，团旗上有北极熊的标志，以显示其悠久的历史与赫赫的功绩。第二次世界大战期间，该团参加过太平洋战场阿留申群岛、马绍尔群岛和冲绳岛的战役战斗，是美国陆军中战斗力较强的部队，从它孤军突入鸭绿江的冒险举动中便可窥其一斑。但是斗转星移，时过境迁，这头声名赫赫的“北极熊”却在冰封雪冻的长津湖畔被中国人、中国军队干掉了。

一名战士打扫战场的时候捡到了一块一米见方的绣边金丝蓝布，上面还绣着个动物。这个战士没见过北极熊，当然也不能判断出这个动物是什么东西。然而从这块布的形状和装饰上来看，那很像是一面旗子，但是这个旗子和他以往见过的旗子不同，他所看到过的旗子都是红色的，哪有用蓝布做旗子的呢？所以这个战士没当一回事，叠吧叠吧做包袱皮用了。后来营长无意中看到了，一看不要紧，营长大吃一惊，知道那是“北极熊团”的团旗，赶快逐级上交了。从此以后，几十年过去了，这面蓝色的美军作战部队的团旗作为一级文物，至今还收藏在中国人民革命军事博物馆内。

一天两夜的激战之后，“北极熊团”基本上全军覆没，只有少数的漏网者沿着湖岸、借着夜幕一路南逃，绕过长津湖的南岸逃入了下碣隅里陆战1师的阵地。

战史记载，长津湖东岸新兴里一战，志愿军部队共毙伤美军第7步兵师“北极熊团”团长麦克莱恩上校以下两千八百零七人，俘获美军三百八十四人，击毁坦克七辆、汽车一百六十一辆。缴获颇丰，计有坦克十一辆，各型汽车一百九十九辆，105毫米榴弹炮十二门，高射炮七门，57毫米无后坐力炮二十八门，迫击炮八十八门，90毫米火箭筒四十四具，重机枪六十挺，轻机枪八十挺，各种步枪、手枪两千余支。可惜的是由于当时的条件所限，除了枪支弹药以外，坦克、火炮和车辆等重装备均无法带回，尽皆被随之而来的美国人的空中轰炸所摧毁。

在北部朝鲜，在天寒地冻的长津湖畔，“北极熊团”及其所在的第10军最高指挥官阿尔蒙德，为自己的鸭绿江之行付出了沉重的代价。

5

隔湖相望的新兴里的胜利鼓舞着军长张仁清，使他看到了未来的曙光。

张仁清一支一支地抽烟，一些参谋干事也跟着卷起了喇叭筒，洞子虽然很大，但却被几十支烟枪搞得乌烟瘴气。

张仁清重新坐回木板桌子旁边，仍然陷在深深的思索之中。困难是极度困难，部队没有饭吃，没有弹药打，没有御寒的衣物，在零下几十摄氏度的严寒中忍饥受冻，每天都面对着美国人铺天盖地的炮火，面对着枪林弹雨，面对着流血与死亡。但是他的部队没有垮下来，战士们仍在战斗、战斗。当然，他们的伤亡是巨大的，可以说眼下面对着的是前所未有的伤亡，在他的记忆中，这种艰难困苦和伤亡超过了红军时期的爬雪山过草地，超过了他们这个新四军部队腥风血雨的八年游击战争，超过了历次国内革命战争中大大小小的战役战斗。但是张仁清相信他这个部队，他这个部队经得住任何伤亡，付得起任何代价。只要能把陆战1师紧紧围困消灭在长津湖，麦克阿瑟的“铁钳攻势”以及“圣诞节结束朝鲜战争”的黄粱美梦就会彻底破灭，朝鲜战场上的急迫与不利局面就会有惊天的逆转，而他们身后刚刚站立起来的年轻的祖国就会安然无恙，从而屹立在世界的东方。为着这样的目标，他们的任何伤亡都是值得的；为着这样的目标，他这个军就算是打光了也是值得的。

张仁清觉得要鼓励和严令全军部队克服千难万险，再接再厉，紧紧抓住陆战1师，断敌去路，打敌增援，缠住它，咬住它，消灭它。死鹰岭至关重要。死鹰岭一线的阵地丢失了，要组织部队反击，白天打不了晚上打，白天丢掉的阵地晚上必须夺回来，必须控制住自北而南柳潭里、下碣隅里、古土里、真兴里之间的联系，使敌进进不得，退退不了，孤立无援，首尾不能相顾。

在张仁清看来，经过连续几天的大规模战斗，美国人出现了动摇的迹象，他们拼命抢占死鹰岭一带的阵地，无非是要打通下碣隅里至柳潭里的生命线，能够增援柳潭里，保证北进道路的畅通，其中更为重要的是可以把柳潭里的部队撤回来。西线美军已经全线动摇，陆战1师不会傻到仍然要孤军北进鸭绿江，那样他们就有可能招致全军覆没的命运。他们不会那么傻，他们显然做好了往回跑的打算。

要动员全军，向美国鬼子发动新的更加无情的攻击，绝不让陆战1师跑掉。

张仁清扔掉了烟屁股，地上已经是满地的烟屁股了。

6

朝鲜半岛上的战斗如火如荼，道格拉斯·麦克阿瑟却端坐在他东京宽大的办公桌前，一如既往看着报纸，喝着咖啡，抽着他随手不离的玉米茎大烟斗。前线的局势危如累卵，但并没有破坏这位联合国军司令的平和心境。然而，明显增多的电报接踵而至，带来了越来越令人不安的消息，这让麦克阿瑟感觉到局面似乎是朝着不利的方面恶化，而美国海军陆战队被中国大部队包围的消息更是震惊了全世界。在副官以及参谋人员的反复建议下，一向举重若轻的麦克阿瑟也觉得有必要召开一个专门的会议来分析一下朝鲜半岛的情况，看看那里究竟发生了什么。为此，他一个电报召来了朝鲜战场上的两位最高战地指挥官，西线的第8集团军司令沃尔顿·沃克中将，东线的第10军军长爱德华·阿尔蒙德少将。

这是一次“奇怪的会议”，怪就怪在这个会议不是开在炮火连天的朝鲜，而是开在近千公里以外的东京，开在东京繁华路段华灯初上的晚上。麦克阿瑟刚刚参加完日本首相的晚宴，他正好有点空闲。为了这个会议，两位战地指挥官要离开他们的指挥岗位，往返飞行上千公里在朝鲜和日本的海峡上空游荡。

麦克阿瑟对此不以为意，他不知道北部朝鲜究竟发生了什么，那个巴掌大的地方在他的心目中不值一提。他的心里是即将到来的圣诞节，是他的圣诞节结束朝鲜战争的总攻势计划，是让前线部队的小伙子们尽快回家过圣诞节的承诺。所以他觉得这个会议的形式和地点均无关紧要，在朝鲜开在东京开都是一样的。

沃克中将费了很大的劲才使麦克阿瑟相信北去鸭绿江已经无望，他的第8集团军正在遭受着中共大部队的打击，正面临着前所未有的崩溃。战场上到处都是骁勇善战的中国士兵，局面是如此混乱不堪，以至于所有的联军部队——美国人、英国人、韩国人、土耳其人都在“体面”地撤退，圣诞节饮马鸭绿江显然已经成为了奢望。

麦克阿瑟听过了沃克中将的汇报以后默不作声，这肯定是一个坏消息，坏到了他难以想象的程度。房间内灯火明亮，落地玻璃长窗外面的东京街头华灯怒放，景色绚丽而迷人，但它没有使房间内的气氛好起来。

接下来，阿尔蒙德又谈了谈东线的情况，东线的情况一样糟糕，用阿尔蒙德的话说，有确切的情报表示，陆战1师在长津湖地区遭到了八个中共正规师的围攻，而且还有更多的中共部队向长津湖赶来，到处都是突然出现的中国人，到处都是陆战队的苦战，每天的伤亡都在不断地增加。情况看起来非常糟糕，糟糕到一向信誓旦旦的阿尔蒙德在此刻也开始垂头丧气了。

仅仅在几天以前，亲赴长津湖下碣隅里视察，并随后慨然飞赴柳潭里前线为英勇战斗的弗吉尼亚人肯尼斯·本森下士授勋的阿尔蒙德，那时候还是一副踌躇满志的模样，完全没把突然出现的中国人当回事。在四面楚歌的下碣隅里和柳潭里，他的心中仍然是麦克阿瑟将军的宏图大业——进抵鸭绿江，统一北朝鲜，把共产主义势力彻底清除出朝鲜半岛。那时候，突然包围了陆战队的中国人在他眼中还不过只是一群“乌合之众”，是刚刚劳作归来的“洗衣工”，而陆战队不能被一帮“中国洗衣工”挡住去路。现在，几个昼夜的斗转星移之后，阿尔蒙德已不是当时的那个阿尔蒙德了，他再也不能将具有顽强战斗意志的中国大部队当成无足轻重的“洗衣工”了。

麦克阿瑟听过了阿尔蒙德的汇报，感到情况变得复杂起来，他不能再保持沉默，也不能对眼前的事实视若无睹。

但是颇有大将风度的麦克阿瑟没有因此而表现出任何的惊慌失措，片刻的沉默之后，他又开始了他那富有感染力的夸夸其谈。

“中国人的战略态势现已明确，”麦克阿瑟略作分析之后说，“他们10月下旬的最初介入是为了阻止联合国军的推进，达到这个目的以后，他们便脱离了接触，以便为冬季以后的大规模攻势集结绝对优势的兵力。他们的最终目标是要彻底摧毁在朝鲜的联合国军部队。”

两位战地指挥官聆听着他的讲话，一时间静默不语。

但是麦克阿瑟话锋一转，要沃克和阿尔蒙德相信，以眼下的情况分析判断，措手不及的显然是中国人，而不是他的联合国军部队。因为联合国军率先发动的大规模攻势迫使中国人过早地投入了战斗，因而也就破坏了中国人以后的计划。中国共产党的部队原本是打算集结好优势的兵力之后再进行攻击，而由于联合国军先发制人的战斗，中国人此后的攻势提前破产了。

沃克和阿尔蒙德听完这段话以后面面相觑，两个人都没有料到麦克阿瑟竟然会产生出这样的奇怪看法。

那么，既已如此，接下来应当采取何种行动呢?

麦克阿瑟给出了答案。“我们面临着一场全新的战争，委派给我们的任务已经超出了我们的能力。目前，由于鸭绿江全面封冻，中国人开辟了越来越多的增援补给通道，使得我们的空中力量无法实施有效的封锁。显然，先生们，就眼前而言，我们的军力不足以应付中国人这一场不宣而战的战争，天时地利对他们来说更为有利。由此而产生的形势带来了全新的局面，这种局面扩大了从全世界范围来考虑问题的可能性，也就是说，它已经超出了本战区司令所拥有的权限。本司令部已在其职权范围之内做出了力所能及的一切，但其目前所面临的局势显然超出了它所能控制的范围。”

复杂的修辞，华丽的辞藻，麦克阿瑟端着他的玉米茎大烟斗走来走去。他侃侃而谈，并不时做着手势，使得沃克将军总有一种这样的感觉，就是麦克阿瑟讲话的时候不是面对着他一个人，而是面对着一群人，面对着成千上万的听众。他讲话的意思也似是而非，什么“面临着一场全新的战争”，什么“它已经超出了本战区司令所拥有的权限”，其实给他的感觉就是，面对着朝鲜半岛当前的险恶局面，这位德高望重的将军已显得力不从心，他准备一推了之了。

但是麦克阿瑟并不打算这么干。

他准备建立一道新的防线，从进攻转为防守，并根据瞬息万变的形势经常进行调整，以适应战场的需要。至于这道新防线的位置，也许在清川江，也许在更靠南一些的什么地方，但它不是三八线。

此时的麦克阿瑟还没有意识到局势会严重到联合国军部队全部退过三八线的程度。

阿尔蒙德虽然听得糊里糊涂，但有一点他记住了，北进鸭绿江已绝无可能，他们不再需要进攻，他们要由此转入防守，“向南防守”，去建立新的防线。换言之，他们要全面撤退。

沃尔顿·沃克一肚子不满，因为直到目前，他所听到的都是些废话。什么“从进攻转为防守”，什么“向南建立新的防线”，这不是秃子头上的虱子——明摆着的事吗？他的第8集团军已经全面崩溃了，根本不再有什么进攻的问题，他所能做的就是撤退，全面撤退，撤出中国人的追击和包围，撤得越远越好。

“奇怪的会议”并未花去太多时间，沃克将军与阿尔蒙德又急匆匆乘机连夜赶往硝烟正浓的朝鲜半岛。当他们离开东京的时候，都已对麦克阿瑟的盘算心知肚明。麦克阿瑟的高明与大将风度就在于他并不讨论具体的问题或者细枝末节，他只讨论方向，讨论原则。他的方向就是“向南建立新的防线”，怎么建、在什么地方建，那是战地指挥官的事情。

但是让麦克阿瑟和阿尔蒙德都没有想到的是，这个短暂的会晤竟然是他们与沃尔顿·沃克将军见的最后一面。第8集团军的崩溃及其向三八线以南的撤退是混乱不堪，以至于沃克将军的吉普车同不要命往回跑的南朝鲜军队的军车撞在一起，吉普车翻下了深沟，沃克因头部重伤而不治身亡。沃尔顿·沃克中将是朝鲜战争中阵亡的美军最高级别的将领。

在沃尔顿·沃克中将和爱德华·阿尔蒙德少将飞走以后，麦克阿瑟给大洋彼岸的华盛顿发去了一份电报。在这份电报中，麦克阿瑟委婉地承认了圣诞节攻势的失败，但他是以自己特有的方式承认的。麦克阿瑟在电报中写道：

由我们的进攻行动所导致的形势变化已暴露无遗。现在，把朝鲜冲突局限于北朝鲜部队以及少量的外部势力渗透的看法都应排除，共产党中国在北朝鲜投入了大批的军事力量，他们的实力仍在不断地加强。任何在志愿名义掩护下的军事行动都不再具有有效性，他们是中国共产党指挥的正规部队。

因此，我们正面临着一场全新的战争。

7

在北朝鲜的长津湖畔，陆战队的高级指挥官们也在抱怨，他们一肚子牢骚。

与中国人的艰苦战斗已经进行了几天几夜，而负责指挥他们的第10军军部却没有任何的指示给他们。开始的时候阿尔蒙德军长还要求他们向既定目标——柳潭里西北方向的武坪里和鸭绿江进击，当他发现这一要求纯属徒劳时，他便没有了任何消息。每隔两个小时，陆战队就要向第10军军部报告他们这里发生的最新情况，但是第10军的大员们显然是不知所措，他们对中国人大举进攻一事怎么也拿不定主意，不得不重新考虑他们原来的想法。他们踌躇不前，完全不顾陆战队每时每刻都在浴血奋战和不断增大的伤亡，拿不出任何新的主意。

史密斯和陆战队的团长们明显感觉到，麦克阿瑟、阿尔蒙德及其参谋人员，他们都已经束手无策了。

史密斯师长行事向来谨慎，当他意识到中国人的战略企图——围歼、消灭陆战队而不仅仅是挡住他们北去鸭绿江道路的时候，他就已着手考虑“转移”的问题了。在史密斯看来，继续北进鸭绿江不仅是愚蠢的，也是根本不可能的，只会招致陆战队更大的损失甚至是全军覆没。但是没有上级明确的命令，他也不能擅自“转移”。因而这些天史密斯和陆战队所能做的，就是坚守、坚守，咬着牙坚守。

后来总算是等来了阿尔蒙德指挥部的一个命令，这个命令要史密斯把陆战队的一个团从柳潭里调回下碣隅里，然后向东去解救第7步兵师的陆军。位于长津湖东岸的该师的“北极熊团”正被中国人围得水泄不通。史密斯把阿尔蒙德的电报扔在桌子上。这不是胡说八道吗？海军陆战队正在被大量的中国部队分割包围着，前途叵测，自身难保，如何能够抽出一个团的部队去“解救”新兴里的陆军？所以他对此置之不理。作为陆战队的右翼，非但不能保障陆战队的安全，不能在眼下的紧急时刻伸出手来拉陆战队一把，反而要给陆战队乱上添乱。都是些什么人在指挥这样的部队？真是活见鬼。

史密斯不予理会，阿尔蒙德也没有办法，他似乎也能够感知到海军陆战队的困难处境，所以也未再追问。“解救”的事情不了了之，“北极熊团”在长津湖东岸消失了。

1950年11月就要过去的最后日子里，陆战1师终于等来了第10军军部的撤退命令，要他们将柳潭里的两个团撤回到下碣隅里，然后全师逐次转进，回过头来向南、向他们登陆的沿海“前进”。里兹伯格团长为此愤愤不平，麦克阿瑟、阿尔蒙德这帮貌似强大的官僚用了好几天才琢磨出其中的道理，而许许多多的陆战队员已经躺倒在冰天雪地的长津湖畔，他们没有能够等到撤退的命令，他们再也没有起来。

作战指挥军官麦克劳克林少校已经制订了一份全面“转移”的计划，史密斯与里兹伯格等团长以及师部的主要人员进行了研究，对一些部分做了调整，觉得它大体上可行。这个计划的指导思想是“决心以全部的力量，边与敌保持接触，边转移至咸兴、兴南作战基地”。据此，史密斯决定首先突破柳潭里周围中国人的层层包围，将柳潭里的两个团“转移”至下碣隅里，而后再分阶段突破下碣隅里、古土里、真兴里等地的敌之围困，“转移”至港口小城咸兴。

美联社随军记者詹姆斯·爱德华来到师部所在的作战指挥所。这些日子以来他一直奔波在各个阵地之间，和陆战队的士兵们风餐露宿在一起，没有谁比他更了解在极度严寒中苦苦支撑的陆战队，也没有谁比他更知道陆战队员们那种等待之中的绝望。现在好了，撤退的命令终于来了，他们可以离开死亡之地长津湖了。

爱德华记者虽然一直与麦克阿瑟保持着较为密切的关系，但是他也同样受到陆战队的尊敬，他的职业精神为陆战队员们所称道。

史密斯命令“转移”时炸毁一切不能搬运的装备，炮兵在“转移”以前将155毫米炮弹全部打光。汽车梯队伴随潘兴式坦克跟随在部队的后尾，只收容重伤员，阵亡者只保存遗物，尸体就地埋葬。为此，要占领柳潭里至下碣隅里作战公路两侧的制高点，特别是要牢牢守住死鹰岭一带的阵地，以掩护部队的“转移”行动。

史密斯下达完他的命令以后，大家一时间都保持着沉默，谁也没有说话，作战室里弥漫着热咖啡的香气和不安的氛围。

麦克劳克林少校又仔细看了一遍由他亲手制订，并经过了进一步讨论完善的撤退计划和作战地图上的相关标示，拍了拍手说：

“好吧，让我们开始撤退。”

“撤退？谁说我们要撤退？”史密斯的话语里带着明显的不满。

屋子里的人面面相觑。“撤退”对于海军陆战队的部队而言是一个十分忌讳的字眼，因为他们的作战手册里只有进攻，只写着进攻，从来就没有“撤退”的字样，所以在讨论部队的行动问题时，他们都一直小心翼翼琢磨着字眼，用“转移”这样的词语取而代之。

史密斯看了看大家，温文尔雅的面孔上神色严峻：“我们现在面临着的情况显而易见，陆战队要去夺回身后的补给线，要去占领和建立新的阵地。因此，我们的行动绝不是什么撤退，我们是转回头向南进攻，向我们的身后进攻。”

史密斯少将作为美国海军陆战队的资深指挥官，一生中说过许多著名的话语，这句“转回头向身后进攻”可谓其经典中的经典。随着时间的推移，这句话也必将作为一个了不起的创举载入陆战队的史册。

大家都没有说话。史密斯师长对陆战1师作战行动的性质盖棺定论，他们只能按照这个结论去理解。尽管人人都知道他们的行动是彻头彻尾的撤退，但是人人都不便于在嘴巴上那么说。

这就是脸面，美国海军陆战队的脸面，美国人的脸面。即便“离开”也体面地“离开”，“转移”和“转过头来进攻”都是体面离开的代名词。

詹姆斯·爱德华记者就此写了一篇简短的新闻稿，目的是让全世界的人了解陆战队新的行动。但是新闻稿里的个别字词他拿不定主意，比如究竟是用“退却”还是用“撤退”来形容陆战队将要采取的军事行动。尽管史密斯有言在先，但他觉得那是陆战队内部的事情，而对世界、对美国公众，还是实事求是一点比较好。

为慎重起见，爱德华专门征求了史密斯的意见。

史密斯看了他的新闻稿，耐心地对爱德华解释：“如你了解的那样，陆战队已经被层层包围，每一步行动都需要战斗，我们既不可能撤退也不可能退却，我们只能打出去。”

爱德华做了修改。最终播发的新闻稿这样写着：

“撤退？见鬼去吧！我们不过是回过头来向另一个方向进攻。”

8

柳潭里的撤退行动在紧张准备着。里兹伯格团长遇到的一个难题是如何处理阵亡官兵的尸体。

师部的作战会议上已经确定，只收容重伤员，保存阵亡者的遗物，尸体就地埋葬。但是这个看似简单的问题执行起来却并非易事。

首先是陆战队的士兵们，他们不愿意抛弃阵亡的伙伴，不愿意把他们的伙伴扔在荒凉与寒冷的北朝鲜村庄柳潭里，他们要带着这些伙伴一同上路，因为他们有着这样的传统。而从大局考虑，里兹伯格不会容许这样的行为发生。

在柳潭里及其附近高地要点几天几夜的战斗中，他的部队有几百人阵亡，单单在柳潭里村庄的防御圈内，他这个部队以及另一个团阵亡的陆战队士兵就有85人，这么多的人如何带出去？面对着中国人的层层包围，活着的人能不能自己打出去都是个疑问，更别说带着这么多阵亡的官兵了。这样做不仅会给部队增加沉重的负担，也会进一步增加部队的伤亡。里兹伯格下了死命令，所有的陆战队员，不论士兵还是军官，任何人都不能带走一个阵亡的伙伴。里兹伯格显得残酷无情，因为他只能执行史密斯师长的决定。考虑到士兵们的承受能力，里兹伯格也找来了弗雷特牧师，让弗雷特做一做士兵们的工作。弗雷特不负其望，为里兹伯格的陆战队士兵布道和解惑，从而消除了他们思想上的疑虑。

里兹伯格面临的另一个困难是如何掩埋这些官兵们的尸体。零下几十摄氏度的严寒，地冻数英尺，挖掘坟坑绝非易事。85具尸体，是用一个坑掩埋、一个一个地掩埋，还是分成若干个坑掩埋？自然，一个大坑会减轻陆战队的负担，也省事，但却不符合陆战队的传统；一个一个掩埋倒是合乎规矩，但就眼下情况而言显然行不通，没有现成的墓地，条件不允许，时间、宝贵的时间也来不及。里兹伯格决定采用一种折中的方案，挖掘十个墓坑分别来埋葬这些官兵。

工兵分队首先用炸药在柳潭里南面的山坡上炸开了十处坑穴，而后使用推土机推成一个个长方形的墓道，85具阵亡者的尸体分别8个一排、8个一排整齐摆放在墓穴中，按照他们先前的部队建制，每个墓穴8人，最后一个是五名陆战队的军官。每个人都头与头相挨，像是陆战队集体宿舍的宿营一样，整整齐齐。尸体冻得硬邦邦，脸上都覆盖着一层冰霜。

弗雷特牧师一手拿着银色的十字架一手端着圣杯逐次走过一个个墓坑，他把一滴一滴的圣水洒在坑穴中，在每个墓坑边上的祷告也千篇一律。几百名陆战队员站在山坡上，默默注视着弗雷特牧师的动作。走过了这个程序，弗雷特来到陆战队员们面前，他面向这十处整齐的墓穴，举起银光闪闪的十字架，同时在胸口上画了一个大大的十字，说道：

“阿门！”

所有的人都在胸口上画了十字，几百个声音同时喊道：“阿门！”

推土机重新轰鸣起来，一堆一堆的冻土雪块被推入坑穴，85名陆战队员躺在了黑暗冰冷的墓坑中。他们就此与外面的世界隔绝开来，再也看不到就要来临的圣诞节回不到大洋彼岸美国的家了。

柳潭里战死的陆战队员们最后还享受了一个不坏的葬礼，而那些躺倒在柳潭里之外的人，那些在中国人的勇猛冲击中再也没有站起来的人，他们就只能留在荒山野岭，慢慢地变硬，越来越硬，如同长津湖畔的岩石。

9

哈里斯营长、麦卡锡中尉以及二等兵刘易斯都没有参加柳潭里的葬礼，他们还坚持在死鹰岭一带的阵地上。

重新占领1419.2主阵地没费多大的功夫，一通铺天盖地的轰炸和炮火之后，山头山腰平均削去了一米多，凝固汽油弹的灼热火焰烧过了每一寸土地，连一点点残枝败叶也没有留下。山坡上一派焦黑，白雪皑皑的群山的环绕之下，阴森森的死鹰岭死一般沉寂，毫无声息可言。

没有中国人的影踪。这么猛烈的炮火，如此剧烈的燃烧，阵地上还有什么生命能够幸存？在他们看来，阵地上的中国人都烧光了、汽化了、蒸发了，没有留下一丝一毫的痕迹。他们没费一枪一弹就占领了阵地，他们感到非常庆幸。

哈里斯营长亲自来到了1419.2主阵地，他要看看自己的陆战队士兵到底能不能守住这个性命攸关的阵地。成群结队的中国人现在没有了任何动静，好像都已远遁他方。一天过去了，他和他的部队非常平静，他们已经“坚守”了一天，一个白天相安无事。现在，天空又慢慢地暗淡下来，夜幕再次降临。

麦卡锡中尉和刘易斯都惧怕即将到来的黑暗，黑暗带给他们的恐惧太多太多。寒冷的深夜，呼啸的风雪，中国人的漫天呐喊伴随着一阵紧过一阵、令人毛骨悚然的金属敲击之声；无数双脚板踩踏着大地，无数颗手榴弹冰雹般倾泻……一想到这些情景，他们就直冒冷汗。麦卡锡反复提醒他的营长哈里斯，一定要注意那个奇怪的金属敲击之声，时时刻刻防范它，它不响则万事大吉，它一响便大祸临头。而刘易斯似乎找到了应付其敲击的办法，一闻其响，拔腿就跑，否则就会是死路一条。

哈里斯不以为意。他仔细分析了中国人的打法，同时也仔细询问了麦卡锡称之为“奇怪的金属敲击之声”到底是一种什么声音。麦卡锡皱着眉头，搜肠刮肚地寻找着能确切描绘那种声音的字眼。想了半天，他还是徒劳地叹了口气，表示他对此无能为力。他只是告诉哈里斯，那个声音一旦响起，就意味着两个字——死亡。

倒是刘易斯帮了大忙。他活泼快乐的天性以及天生的模仿能力丝毫也不逊色于那些专业的黑人说唱演员，因此，让他的长官没费多大劲就搞明白了。

“铜钹，东方人的铜钹。”他一口咬定。

哈里斯不知道吴铁锤的这个锣叫“锣”，他只听说过铜钹，所以吴铁锤的锣也就成了他所说的“铜钹”。

麦卡锡仔细回忆了中国人的战术及其调动部队的“铜钹”之声，发现这个令他毛骨悚然的声音并非一成不变，实际上它有着快慢之分。这个被哈里斯长官称作“铜钹”的东西急促而又连续敲响的时候，必定是中国人呐喊进攻和铺天盖地投掷手榴弹的时候，换言之，中国人是以“铜钹”急促而又连续的敲击作为攻击的信号；反过来，当其敲击之声有节奏放缓的时候，中国人必定是在退却，他们在缓慢的“铜钹”声中散去，或是休整待战，或是远遁他方，就是说，中国人是以其缓慢而又悠远的“铜钹”声调动部队脱离战斗，与进攻正好相反。

貌似复杂的问题竟这样简单解决了，陆战队员们欢欣鼓舞。就像是牛顿从苹果掉落地面受到启发从而发现了万有引力的定律那样，哈里斯的部队也从中窥见了中国军队夜间战斗的密码。

哈里斯不愧是美国海军陆战队的优秀基层指挥官，以此为基础，制定了陆战队死鹰岭主阵地夜间防御战斗的战法。

“不管中国人如何退却，”哈里斯对他的陆战队员们说，“我们以进攻克制进攻，以手榴弹回击手榴弹——战斗的信号就是中国人急促而又连续的铜钹敲击之声。一旦中国人进攻的信号响起，我们就先发制人，把铺天盖地的手榴弹扔到中国人的头上去。”

他看了看周围的士兵，以必定胜利和踌躇满志的口气补充道：

“中国人的手榴弹相当低劣，其爆炸威力只是我们的一半。先生们，准备去吧！”

第十九章

1

蓝晓萍总有一种不好的感觉，她觉得她永远都织不完这件天蓝色的毛衣了。

气温低至零下几十摄氏度，手冻得又红又肿，握不了拳头，拿不住物体，更不用说使用又细又长的织针。欧阳云梅劝她，既然织不了就不要勉强，等打完了这个仗，等到天气暖和了以后再织不迟，哥哥不会责怪她的。欧阳云梅印象中，哥哥欧阳云逸虽然是一介知识分子，有的时候对她过于严厉，有些时候执拗认死理，但是他善解人意，感情还是比较细腻，能够理解人、宽容人。在这样艰难困苦的条件下，他肯定不会在意蓝晓萍织毛衣的速度，也不会强求立即穿上这件毛衣。蓝晓萍只是笑了笑，把好看的小米牙咬在薄薄的嘴唇后面，织毛衣的手却没有停下来，只要一有空闲就织。冻得实在是没办法了，就把冻僵的双手放在肚子上、胸口上焐一焐，如此反复，僵了就暖、暖开了再织。她把欧阳云逸去前线之前送来的陆战队兜头大衣穿在身上，感到从未有过的温暖。美国人的防寒大衣很暖和，正好用来暖手。她无法烤火，因为她的手又红又肿，一旦烤火马上就会溃烂。

蓝晓萍就这样坚持着，上一针、下一针，左一针、右一针，织得很慢，针眼很大，针脚很粗。她看着自己为欧阳云逸织的这件毛衣，紧抿着嘴唇，眼泪一颗一颗落了下来。

欧阳云梅没有办法。她用手指头点着蓝晓萍的额头说："阿拉勿晓得，侬小女子这般纯情。"

郑小莉酸溜溜地说："心上人儿在何方？心上人儿在阵地上。"

蓝晓萍没有理会她。

李桂兰拍了一下郑小莉的头，把她拉到一边，对她说："俺看人家怪难过的，你就不要讲这种话了。"

郑小莉撇了撇嘴："有什么好难过的？小资情调。"

前线的战斗非常残酷和激烈，她们即便是远离阵地也时常能够听到隆隆的炮声。几个姑娘有时候会站在师医院治疗队附近的山坡上，透过逶迤的山峰遥望远方，燃烧的烟云在那里升腾，轰轰的爆炸声连成了一片，时断时续，时慢时紧，让她们的心随之跳荡。

大批的伤员不断地转运下来，枪伤，炮伤，炸伤，更多的是冻伤和烧伤。美国鬼子的凝固汽油弹非常残酷，差不多每一个烧伤的伤员都是面目全非。药品奇缺，又没有条件将这些从火海中滚出来的战士送至后方，整个师医院急得像热锅上的蚂蚁。光急也不是个办法，伤员躺在那里，分分秒秒地与死亡进行着抗争，他们要把伤员们从死亡的阴影中拉出来，重新带回到这个寒冷但却是光明的世界。他们只能自己动手，因陋就简。治疗队发明了一个土办法，就是用头发、豆油、氧化锌硼酸软膏混合制成了烧伤膏，先给烧伤的战士进行清创冲洗，清创冲洗以后抹上这个"烧伤膏"，效果还算不错。

而对大量的冻伤伤员，则视冻伤程度区分对待和处理。

治疗队队长陆元寿和欧阳云梅他们发现，大多数冻伤伤员的冻伤部位都在下肢上，下肢多于上肢，足趾多于手指，面部较少。他们觉得这与部队没有棉鞋穿有很大的关系，没有棉鞋，还要白天黑夜地站在及膝深的雪地里战斗，其情其景可想而知。头脸耳朵手想了些土办法，用棉布片子包裹遮挡了，所以头脸耳朵手这些部位的冻伤相对较少，也较轻。冻伤部位大多呈干性坏死，湿性较少。

因此依据冻伤的不同情况，他们把冻伤分成了四度。第一度冻伤为皮肤浅层冻伤，出现红斑和轻度水肿，稍感钝麻、刺痛、瘙痒；第二度冻伤为皮肤全层冻伤，水泡形成，浮肿、青红色，感觉钝麻；第三度冻伤为皮肤全层和皮下组织冻伤，皮肤及皮下组织坏死，伤处渐由苍白变为紫褐色，最后呈黑色，与健全组织有明显的界限；第四度冻伤是最为严重的冻伤，指的是深度组织坏死，并延至肌肉甚至骨骼，伤部组织完全失去功能和感觉。

治疗的条件非常差，只能是力所能及。对于轻度冻伤、也就是一、二度冻伤的治疗，主要是保护性的治疗，一度冻伤是用温水浸泡和摩擦，二度以上冻伤主要是采用高锰酸钾溶液泡洗，然后用消毒敷料包扎保暖防感染，注射破伤风抗毒素和抗生素以防并发症。而对于严重坏死的肢体则只能进行截肢手术和清除坏死组织。

不过，由于条件过于简陋以及环境的恶劣，真正治疗的过程中并不能全部按照这样的办法来实施。比如注射和输液，由于天气奇寒，针管针剂和液体都被冻裂了，使得本来就捉襟见肘的医疗器械药物面临着雪上加霜的磨难。有些重伤员就算是输上了液，也不顺利，液体与针头会因为寒冷而凝固和冻结，这时候就要想办法融化药品从头再来。好在欧阳云梅和李桂兰她们利用朝鲜老乡的土豆窖子窖藏了一部分器械药品，从而挽救了不少战士的生命。

不仅仅是输液和注射，就连最为简单的敷料也极为匮乏。路途艰险，敌机封锁，后方没有供应与保障，她们就只能自己动手。欧阳云梅、李桂兰她们几个带头把自己的被子全拆了，棉花经过蒸煮消毒成了药棉，被面被里改成了敷料。她们几个的行为起到了带动作用，治疗队队长陆元寿以及许多的人都把自己的被子拆了。

战史载：

长津湖战役，因药品缺乏加之天气寒冷，液体冻结给输液工作造成困难，4000余名伤员和10000余名住院冻伤伤员中只有600余人得到输液。

艰苦卓绝的环境可见一斑。

2

没有了被子，睡觉的时候就只能相互搂抱着取暖，男人和男人们搂抱在一起，女人和女人们搂抱在一起，每一处小小的房屋和山洞里都挤满了人。

这样的睡法或者说这样的生存环境让一些人不习惯，很不习惯，主要的代表有三四个人，比如郑小莉就觉得不习惯。郑小莉的被子没有拆，这倒也合乎要求，按照陆元寿和欧阳云梅研究的意见，每十人中可以保留两床被子，郑小莉争取到了这个十分之二的名额。被子是留下了，她却不能一个人独盖，她也不可能一个人独居一室。欧阳云梅和陆元寿都有话在先，保留下来的被子一律公用，就是要铺在大家的身底下。郑小莉认了，公用就公用吧，公用也比没有了要好。她受不了的是搂抱着睡觉，脸对脸、嘴对嘴，那个味道不好闻。搂着蓝晓萍还好，蓝晓萍轻声细语的，睡起觉来几乎没有一点点动静；搂着欧阳云梅就不行，欧阳云梅大声大气，还磨牙，嘎吱嘎吱，一夜不消停。要是搂到了李桂兰就更麻烦，李桂兰睡觉不仅打呼噜，还说梦话。她的梦话都是她沂蒙山老家的方言土语，郑小莉听不懂，郑小莉觉得自己的脑袋仿佛要开裂了。睡不着觉的她冒着零下几十摄氏度的严寒跑到房屋或是山洞的外面，外面倒是很清静，但却是滴水成冰，寒冷难耐。寒冷难耐郑小莉也不愿意回去，所以很快就冻僵了。

李桂兰出来小解，看到郑小莉黑黑的影子蹲在地上，吓了一跳。“俺娘来！”她十分惊讶地说，“怎蹲外头冻着呢？”

郑小莉抱着膀子说不出话来了，说不出话她还不愿意回去。李桂兰小便也不解了，又拉又抱，想把她弄回去。雪地上的动静惊醒了欧阳云梅，她三两步跑出来，手里捏着那把叫不上名字的小手枪。

“吃饱了撑的！”

当她问明了情况以后，对郑小莉吼出这五个字。

在欧阳云梅看来，郑小莉纯粹是没事找事。嫌人多抱着睡觉不舒服，别来呀。谁叫你参加了原来的解放军现在的志愿军来到这个冰天雪地的朝鲜呢？家里头倒是舒服，有暖乎乎的被子，有热饭热汤，风吹不着雪打不着的，你也回不去呀。既然回不去，那就要坚持在这里，坚持，和部队和战士们一样坚持。欧阳云梅对郑小莉说：

“你是人别人也是人，别人可以抱着睡你怎么不行？说人家蓝晓萍小资情调，要阿拉讲你才是小资情调。”

郑小莉也不说话，任李桂兰连拖带抱把她抱在怀里，脚底下却不动弹。李桂兰一个人弄不动她，对欧阳云梅喊道：

“搭把手啊？说不定吸袋烟工夫就冻死人呢。”

郑小莉脑子不糊涂，一听说吸袋烟的工夫就冻死了，也不较劲了，脚底下顺势迈开了步子。

欧阳云梅一手捏着小手枪，一手拖着郑小莉，嘴巴上却没好气地说：

“抱着女的不舒服，抱着男的舒服？阿拉明天就把侬交给男的，让侬抱着凌导演睡。”

郑小莉听了这个话想起了伤心的事，鼻子一酸，差点哭出声来。

一身寒气的郑小莉回到住处，一瞬间感觉到了温暖。房屋的地铺上睡着几十个人，有原来师文工队的女队员，有师医院的女医生女护士女卫生员，而现在都属于陆元寿这个治疗队的女同志。人的体温加上呼出的热气在狭小的空间内交织，使得里外的温差有着明显的区别。冻了半天的郑小莉被李桂兰搂在怀里，不再在意李桂兰是不是打呼噜说梦话，很快就沉沉地睡去了。而李桂兰抱着浑身冰凉的郑小莉，直到天亮，再也没有睡着。

郑小莉后来想出来一个办法，每天要宿营的时候都是早早地把朝鲜小女孩乔静子抢在怀里搂着，她搂着乔静子睡，从而避开了欧阳云梅鼓风机一样吹出的气流和李桂兰的打呼噜说梦话。乔静子乖巧听话，睡起觉来一点点动静都没有。

乔静子一直跟着欧阳云梅她们，白天在她们身边，看着她们忙碌，跟着她们玩耍，晚上就睡在她们的中间。有时候欧阳云梅搂着，有时候李桂兰搂着，有时候又是蓝晓萍搂着，但多半的时候是欧阳云梅搂着。睡觉的时候欧阳云梅会拍着巴掌招呼乔静子，说来来，跟阿玛尼睡觉了。乔静子就会晃动两根长长的大棉袄袖子跑过去，非常听话地躺在她的怀抱里。欧阳云梅很疼这个孩子，吴铁锤把这个孩子交给了她，她要好好地照顾。

乔静子与欧阳云梅几个人已经处得很熟了，白天晚上大都显得快乐。偶尔的，也有闷闷不乐的时候，不过这样的时候不多，很少。这时候欧阳云梅就会摸着她的小脸蛋，问她怎么了？为什么不高兴啊？乔静子不能完全听懂欧阳云梅的话，但欧阳云梅的那个意思她能够明白。乔静子黑亮黑亮的眼珠看着欧阳云梅，然后凝望着白雪皑皑的远方，默默地说：

“阿爸吉。”

欧阳云梅听懂了这三个字，她以为乔静子想起了被美国鬼子飞机炸死的亲爹亲妈，她不知道怎样才能安慰这个尚不谙人事的小孩子。欧阳云梅很无奈，更紧地将乔静子搂在怀中。

欧阳云梅想错了，乔静子的“阿爸吉”不是她亲爹亲妈，乔静子太小，亲爹亲妈仿佛已是非常遥远的过去了，她记着的“阿爸吉”是那个胡子拉碴的吴铁锤。那个胡子拉碴的人过去带着她睡，他给她弄来好吃的，他会逗得她咯咯直笑，他的胡须常常戳得她脸蛋痒痒，他的翻毛皮大衣很柔软、很暖和。那个胡子拉碴的人已有多日不见，他自称是她的“阿爸吉”，她不知道这个“阿爸吉”去了哪里。

还有一个不习惯睡在人堆中的人是过去的导演凌子林。灰头土脸的凌子林因为有了“潜伏”土豆窖子的经历已变得垂头丧气，衣着梳洗颇为讲究的他也早已不修边幅，一副胡子拉碴蓬头垢面的模样。他一天到晚低垂着脑袋不声不响，干不了治疗队的活计，也参加不了其他的活动，自然更没有什么节目可导。整个师医院治疗队几百人了解了他的“潜伏”经历后没几个人搭理他，而他也不搭理别人。在治疗队，凌子林就好像是一个不存在的人，好像是一个活着的死人。他一个人晃来晃去的，倒也清闲。

白天好晃，一到晚上凌子林就脑袋发晕，他要面对狭小的空间，与十几、几十个人头尾相连地挤在一起，整夜聆听着他们的呼噜梦呓加上放屁打嗝，凌子林已经忍无可忍了。他参军前生活在上海大都市，住的是花园洋房，喝的是牛奶咖啡，干着既体面又挣钱的导演工作，灯红酒绿，哪里受过这样的罪，遭遇过如此多的白眼呢？凌子林心想确实也不能怪别人，怪只怪他自己，要不是自己一时心血来潮，他哪里会参加当时的解放军、现在的志愿军，来到这个荒无人烟又冷又饿条件是如此恶劣的朝鲜。凌子林想起一句话，一失足成千古恨，他知道自己就是那失足之人。

3

土豆窖子自然是不能再回去了。不能睡也要睡，战场、前线，就这个环境这个条件，部队和战士们就是这样过来的。这还是在后方，山头上的部队和战士更艰苦，这一点，凌子林还是心知肚明。他也想出了对付这一恶劣条件的办法，就是在耳朵里塞上棉花，在嘴巴上捂着毛巾，用三块瓦棉帽子包住脑袋，身上裹上大衣。

治疗队还是比较照顾凌子林，没有拆他的被子做敷料，也没有为难他。凌子林的情况被反映到师部，向修远觉得这个人比较特殊，凌导演在过去整个华东军区都很出名。让他扛枪打仗，他确实不是这块料，像他这样的人毕竟不是枪林弹雨中摸爬滚打出来的，也不能拿他与普通的干部战士相提并论。让他回国吧，向修远和黄天柱商量，国内的情况好一些，也许更适合凌子林这样的人。黄天柱已经无暇顾及这些，残酷而又艰难的战斗已够他焦头烂额的了。

向修远把凌子林的情况汇报给了军长兼政委张仁清，张仁清一口就同意了。军里有一批伤重的领导干部及个别特殊人员要回国，凌子林正好可以同行，这几个人当中包括战斗英雄模范代表陈宝富。陈宝富在张仁清这个军出席全国第一届战斗英雄模范代表大会的四名代表中，年龄最大，身体条件最差，新婚不久的妻子又被美国鬼子的飞机炸死了，精神上受到很大打击，所以组织上照顾他回国。陈宝富走了，杨根思和毛杏表均已牺牲，四名战斗英雄模范代表中只有周文江还战斗在长津湖畔。

凌子林走的这天天空阴沉沉的，西北方向的云层压得很低，好像就要下雪的样子。李桂兰说凌导演要走了，俺们送送他吧。欧阳云梅眉毛一挑，十分不满地说：

“送他？这样的人早该滚蛋，留着他也是祸害，说不定什么时候就会投靠美国佬。”

“不会吧？”蓝晓萍说，“凌导演就是怕苦，思想上不够坚定。”

欧阳云梅不同意：“怎么不会？他作威作福惯了，碰到同样作威作福的美国佬不投降？不投降才怪！”

蓝晓萍不敢同欧阳云梅顶嘴，她只好什么也不说。李桂兰提议，蓝晓萍本来要去了，毕竟凌子林当过她的导演，大家共事一场也算是有缘分。但是欧阳云梅一反对，蓝晓萍就不动了。郑小莉没想过要去送凌子林，虽说凌子林过去也是她的导演。说实话她心里很羡慕凌子林，不管怎么讲人家那是回国了，中国，祖国，那是她们的家乡。

李桂兰见她们都不去，就自己去了，她尾随着凌子林到了山谷外头的路口，一同来的还有治疗队队长陆元寿、一个战士。几个人在路口上停住了。

凌子林胡子拉碴，三块瓦棉帽子的耳朵在风中扑棱着。他低垂着头，一言不发。

陆元寿把他的手拉出来，在寒风中握了握：“回国了，好事，回国后好好工作。”

凌子林点了点低垂的脑袋，回国是件令人高兴的事情，而此时此刻的他却高兴不起来。

李桂兰叹了口气，她觉得导演凌子林走到今天这个地步也不容易，有些事情也不能全怪他。她对凌子林说：

“你走好，凌导演，有空再回来，回来俺们还欢迎你。”

凌子林抬起头来看了看李桂兰，李桂兰身穿孙友壮留给她的美国兜头大衣，站在寒风里，脸上挂着浅浅的很平和、很真诚的笑容。这个看起来有点傻乎乎的李桂兰一直很照顾他，让他在治疗队里感觉到一种不多的、实实在在的宽容。李桂兰和凌子林都没有想到他们在以后的岁月中还能见面，没想到就此一别的再一次相见竟然在整整三十年以后。被送回国内的凌子林在轰轰烈烈的“文化大革命”中被打成“历史反革命”，罪名是在朝鲜战场投靠美帝开小差，为此判刑十年，接受劳动改造。凌子林出狱之后四处收集材料来证明自己的清白，坚决要求平反。他历尽艰辛找到了生活在沂蒙山区一个小小村庄中的李桂兰，他的介绍信是当年朝鲜战场上拍摄的照片，最边角上站着的那个傻乎乎的女人，就是他要找的李桂兰。李桂兰如实出具了自己的证明材料，证明凌子林不是开小差，也没有投靠美帝，那是组织上的照顾，提前送他回了国。凌子林得以昭雪平反。

凌子林走了，身后跟着那个战士，战士的肩膀头上挎着一支长长的三八大盖枪。凌子林走得深一脚浅一脚的，本来想回过头来对李桂兰说上两句感谢的话，可是他的喉头哽咽了，一句话也没有说出来。

4

陕北红军老王头王三在某些事情上看不惯粮秣员吴一六，就像是欧阳云梅看不惯导演凌子林。

王三印象中，吴一六说起话来不但没深没浅，最主要的是他身上总带着些不好的习气，但要说不好在哪里，他一时也不能完全概括出来。他们两人朝夕相处也有多年了，从淮海战役吴一六投诚过来就在一起，先是淮海，然后是渡江，然后是打上海，攻台练兵，现在又一同来到这个冰天雪地的朝鲜。吴一六在国民党军队里浪荡多年，当过皇协军，干过保安队，淮海战役过来以前是国民党部队的副连长，老王头觉得这些都不重要，他们这个部队，战士也好干部也好，甚至是不少的领导干部，许多人都在旧军队里待过，有些部队整师整团整营都是旧军队俘虏过来的，更有许多整军、整兵团起义投诚的部队加入这个队伍。这些都说明不了什么。大都是受苦人，翻身解放是同一个目的，投到了革命队伍上算是寻到了根，革命队伍才是让大多数受苦人真正能够得到翻身解放的地方。所以许多人脱胎换骨，成为了真正的“解放战士”，昨天还是旧军队的懦夫，今天就成了杀敌的模范，这样的事情在他们这个部队里有很多。然而吴一六不同，吴一六身上表露出来的某些东西不是这个队伍所应有和具备的，吴一六的一些习气让老王头如鲠在喉，憋得他喘不过气来。

吴一六偷吃为数不多的给养是老王头憋气的一个原因。实际上也不能叫“偷”，他就是明打明地拿起来吃。吴铁锤和欧阳云逸将所剩无几的一点点冻土豆交给了他们，老王头对这个事看得很重，他觉得这是领导无限的信任。土豆本来不是什么值钱的东西，可在饥寒交迫的眼下，这些不值钱的东西却分外的珍贵，几个土豆可以挽救一个人的性命。部队上去战斗，进攻以前每人也才能分到两三个冻土豆，而吴一六在下面要随便得多，什么时候想吃了，他就会把手伸到老王头的驮筐里。一共还有两半筐冻土豆，这还是他们费尽了周折从朝鲜老乡的土豆窖里弄来的，吴铁锤交给了他们，要他们好生保管，吴一六就是这样保管的。

驮筐上盖着老王头破破烂烂的被子以及他能找来的棉花套子烂布片和其他乱七八糟的东西，他把两个筐子塞得满满的，老王头以为这样能保暖。老王头的努力纯属徒劳，筐里的土豆依然冻得和石头差不多。但是这些都难不住吴一六。吴一六的手插进筐子里，就像是一条小蛇在自己的洞穴中探头探脑，他游刃有余，总是能搜寻到自己的猎物。老王头开始并不好说什么，粮秣员嘛，大小是个干部，又管着这事，他要吃就吃两个吧，天寒地冻的，都难受，都饿。老王头抽着烟袋锅子不说话。

吴一六掏出了几个土豆，有时候是暖一暖，暖软了再啃下去，有时候就用石头砸碎，将一粒一粒的冰碴子放在嘴里含化。他不敢生火，烟火会招来美国人的“油挑子”，这样的事情他见过不少。所以饿是饿，他的脑子并不迷糊。

吴一六有时也会招呼着老王头："吃啊？你也来一点，吃了这个好歹暖乎一些不是？"

老王头默不作声，他只是挥动了一下长长的烟袋杆以示拒绝。老王头也很饿，但是他知道山头上的那些战士更饿，知道吴铁锤他们正饿着肚子与美国鬼子战斗，老王头不能吃，这是他们的救命粮。老王头只能吧嗒着他的旱烟袋。

一次两次，老王头忍着没有开口。可吴一六没完没了，短暂的停歇之后，他又将手插进驮筐里。一共只有两半筐冻土豆，照这个弄法，两半筐土豆撑不了多久。而且吴一六也不避讳老王头，他觉得这个事情很正常，没什么可避讳的，就像是在他的家里一样，他的手插进驮筐里的时候一点也不心虚气短。老王头终于不能熟视无睹了，他把烟袋锅子在冰冻的雪地上磕了磕，对吴一六说：

"吴干部你垫吧垫吧也就算了，可不要都吃了，阵地上的人饿着哩。"

吴一六啃着硬邦邦的冻土豆，啃得很费劲，大金牙一龇一龇的，以满不在乎的口吻说道：

"就几个烂土豆，又不是什么好东西，值得你大惊小怪的？"

老王头表情严肃，正色道："几个烂土豆，它能换回阵地上的命。"

吴一六说："不要说得那样严重，上面下面都是一回事，没有我们在下面支援，他上面的人也打不了。"

老王头不爱听这个话："支援啥了？你送了粮还是送了弹上去了？"

"咦？你看看你这个老王头，"吴一六不高兴了，"缺粮少弹的，怪得了我吗？全军、全师都这个样，我能有什么办法？"

老王头说："办法咱没有，这点粮食咱不能糟蹋了。"

吴一六一听这个话更不干了："什么叫糟蹋了？我吃几个烂土豆就糟蹋粮食了，我是牲口？"

老王头说："我不是这样讲话，我是说就这一点点粮食，咱要给山头上的人留着，不能自顾自都吃了。"

“好，好！”吴一六把手里的土豆蛋子朝驮筐里一丢，“你革命，你进步，你积极分子行吧？我落后，我是糟蹋粮食的骡子行吧？”

老王头被吴一六的这个动作和这几句话惹恼了，烟袋锅子敲击着冰冻的地面，脸红脖子粗地说：

“我老王头革不革命不用你吴干部讲，全营、全师都知道，师长政委都知道！有没有觉悟咱不说，这个粮食，咱不能糟蹋。”

吴一六一看老王头动了怒反而不敢说话了。老王头的资格老，营长、教导员都敬着他，惹恼了他不是闹着玩的，他要把这个事情报告给吴铁锤，依着吴铁锤的脾气，非“揍他个熊”不可。

于是吴一六咧了咧嘴：“不要生气嘛老同志，我就是打个比方，比方，你不要当真。”

老王头不依不饶：“不是我说你吴干部，你大小是个干部，成天转来转去的，都干了些啥？粮秣员粮秣员，你给大家伙弄回来多少粮食？”

吴一六脸上红一块青一块的，心里不是个滋味。他还不能回嘴，所以硬挤出些笑容说：

“买也没得买，搞也没得搞，我是巧妇难为无米之炊呀。”

老王头烟袋锅子磕得啪啪响：“巧妇？你算哪门子巧妇？巧妇总还能想出个救急的法子，你倒是想了啥法？”

吴一六看了看不远处的高头骡子“大清花”，带着酸溜溜的腔调说：“救急的办法嘛倒有一个现成的，你又死活不愿意。”

老王头顺着他的视线看到了“大清花”，这个骡子正拴在一棵松树上，不紧不慢啃着地上的草料，浑然不知吴一六心怀鬼胎。老王头翻了翻眼睛，心里头明白吴一六那话里的意思。这是他看不惯吴一六或是恼怒吴一六的另一个重要原因。

5

“大清花”曾经险遭黑手。

一天宿营的时候，“大清花”同样被老王头拴在一处背风的树林里，而他自己却睡在了石缝中。睡到半夜，一阵奇怪的动静把老王头惊醒了，老王头心里面念着“大清花”，睡觉一直留着神，夜里总要起来看“大清花”几次，所以有点动静他马上就能惊醒。老王头听了听，辨别出奇怪的动静来自拴着“大清花”的树林子，好像是他宝贝骡子的踢打和叫唤。但是这个踢打不是正常的踢打，叫唤也不是正常的叫唤，它是那种无力的挣扎扑打，仿佛脖子被勒住了一样的那种呜咽。老王头不敢怠慢，一把抓起身旁的中正式步枪就往树林跑。

天虽然很黑，但是由于雪地背景的映衬，大致轮廓还是能够分辨出来。一个黑影发现了跑步而来的老王头，一闪身消失在树林的深处，而“大清花”则在雪地上躺着。

老王头蹲下身子，顺着“大清花”的脑袋脖子身子肚皮摸了一遍，没摸到伤口，但是在它脖子上发现了一根绳子，系着死扣，紧紧勒在骡子的脖颈上，使得“大清花”粗气直喘，蹄子乱踢。老王头想把这个绳子解开，可是绳子系得很死，勒得很紧，他一时无法解开。情急之中的老王头把中正式步枪的刺刀拔了下来，急急慌慌又十分小心地用锋利的刀刃割断了这根要命的绳子，“大清花”侥幸逃过一劫。

老王头看见了刚才的黑影，他操起了身边的中正式步枪，很费力地拉动枪栓顶上子弹，照着黑影消失的方向放了一枪，嘴巴上同时恨恨地骂道：

“日你个先人！”

沉闷的枪声打破了寒夜的寂静，震落了枝杈上的积雪。欧阳云逸听到枪声后带着两个战士跑了过来，这时候“大清花”已经缓过劲来了。几个人又拉又拖把这个高头骡子弄了起来，“大清花”喷着响鼻，嘴巴抵在老王头怀里，嘎嘣嘎嘣嚼起了老王头喂给它的冻土豆。

欧阳云逸问明了情况，判断出老王头刚才所见的黑影是自己人无疑，不是美国鬼子，也不是南朝鲜特务，这个人的目的就是弄死“大清花”。欧阳云逸分析这个人还是有些小伎俩，因为他不用刀不用枪而用一根麻绳，让骡子看上去像是个自然死亡。他要是使用了刀枪，“大清花”明显的就是被人害死的，那样的话会有很大麻烦，搞不好要惹起很大的风波，而自然死亡不显山不露水的，你就不会怀疑到某个人。那么“大清花”死了有什么好处呢？明摆着的，可以吃一顿骡子肉。

欧阳云逸没有去分析这个人会是谁，老王头也没有讲。但是老王头能在心里面猜到这个人是谁。

除了吴一六，不会有谁干这种下作的事情。

老王头知道吴一六无时无刻不在打着他的“大清花”的主意。出击下碣隅里飞机场之前部队打“战斗牙祭”，这个吴一六就想着把他的“大清花”一块打了，结果在他的一顿痛骂中不了了之；攻占死鹰岭主阵地，吴一六又要杀他的“大清花”以壮行色，结果被他用长长的烟袋锅子点了脑门子才算罢休。在吴铁锤的这个营，谁都知道“大清花”是他老王头的命根子，“大清花”俨然他手下的一个兵，是他家里面的一口人，是他的兄弟姐妹，而不知天高地厚的吴一六竟然时常打着“大清花”的主意，竟然要拿他的兵他家里面的一口人他的兄弟姐妹来开刀，老王头怎能不气，怎能不恼？

马夫班的骡马随着部队走过了鸭绿江，但是多数未能走到眼下的长津湖畔，有些在途中被美国鬼子飞机打掉了，有些在翻山越岭的时候摔掉了，“大清花”成了唯一的幸存者，“大清花”因为老王头的格外呵护才得以生存下来。没有吃的，老王头顾不得天寒地冻四处去找草料，有一次差点掉进山沟里摔死；队伍上分下来几个土豆，老王头只舍得啃一半，留下一半给“大清花”啃；宿营地上的背风之处总是要让给“大清花”，遇到了风雪，唯一的一床破被子也搭在“大清花”的身上，“大清花”成了老王头的无价之宝。

俗话说不怕贼偷就怕贼惦记，老王头知道长此以往不是个办法。怎么样才能让这个吴干部彻底丢掉他的痴心妄想呢？老王头为此颇伤脑筋。开始他是想用长长的烟袋锅子再戳一次吴一六的脑门子，一想似有不妥。吴一六大小是个干部，他老王头资格再老也还是一介马夫，一个马夫去戳干部的脑门子显然不太合适，况且先前已经戳了，效果也并不怎么理想。老王头想来点他自认为是最厉害的，来点吴一六一辈子都忘不了的。

老王头收起他的旱烟袋，把它别在怀里，背着两手走到吴一六面前，仰着脸，眯着眼，声音不大然而却是一板一眼地说：

“吴干部我告诉你，你要是再打‘大清花’的主意，我王三就跟你拼命。”然后他又重复了一遍：

“我跟你拼命。”

老王头说过了这句自认为是最厉害的话就走了，他两手背在身后，怀里的烟袋杆子一颤一颤的。

粮秣员吴一六愣在了雪地上。

6

打到眼下，八百人的前卫营满打满算还只有不到一个连的兵力。原来的连都是大连，二百多号人，剩下的这百十口子人只及原来一个连的一半，所以吴铁锤对再次到来的处分不以为意。他对欧阳云逸说：

“爷俩比鸡巴，一个样。反正就这百十口子人，营长连长的无所谓。”

欧阳云逸直皱眉头。

随着战斗的进展和伤亡的不断增加，吴铁锤的脏话也越来越多。过去有欧阳云逸在面前，吴铁锤好像还有些克制，现在好了，越是当着欧阳云逸他脏话说得越来劲，欧阳云逸不晓得是环境改变了吴铁锤还是吴铁锤改变了环境。

擅离阵地，处分是必然的，这在欧阳云逸的意料之中。但是欧阳云逸觉得这样的处分对于吴铁锤而言也似乎有些过于严厉，两场战斗下来，算起来他这个营长吴铁锤已被连降两职，因为杀朝鲜老乡的牛打“战斗牙祭”，从营长降为营副；擅自撤离死鹰岭1419.2主阵地，又从营副降为连长。战斗越来越残酷，伤亡越来越大，人员越来越少，吴铁锤的职务越降越低，这好像成为了一种现象，一种规律。欧阳云逸心中无底，他不晓得这样的现象还会不会持续下去。

出发前欧阳云逸仍然进行了战斗动员，要求大家服从吴铁锤的命令，听从吴铁锤的指挥，吴铁锤还是他们这个部队的军事指挥员。他要求全体指战员都要学习吴铁锤和孙友壮的战斗精神，不畏强敌，敢打必胜。孙友壮在下碣隅里飞机场只身炸掉了美国鬼子的重型坦克，吴铁锤又用轻机枪打掉了美国鬼子的战斗机，都立了大功，为他们这个部队争了光。欧阳云逸最后还非常真诚地对吴铁锤说：

“不论你是营长还是连长，打仗的事还是你说了算。”

吴铁锤也不客气，一如往常那样对着部队吼了几嗓子，无非是以锣为令，锣进则进，锣退则退，“急急风”的时候谁要是孬种不勇猛冲锋，或者“慢三锤”的时候谁还死皮赖脸地不撤下来，别看他当了连长，也一样“揍你个熊”。

欧阳云逸听了以后哭笑不得，也不好说什么，习惯性地摘下他的眼镜，无可奈何地擦拭起来。

黄天柱派来的作战科长带来了一批弹药和一麻袋煮熟的土豆，土豆还没有完全冻结，吴铁锤叫大家抓紧吃。部队都围着这包土豆吃起来，没多大工夫，麻袋包就空了。

老王头和吴一六也把他们保管的两半筐冻土豆搬了过来，每人两个，筐子也很快见了底。大家都知道这个不能吃，这两个土豆要带到阵地上去，要留在最艰难、最困难的时候吃。再战死鹰岭，谁都知道那是一场更加残酷的战斗，许多人的心里都明白，这个夜晚之后，他们也许就再也回不来了。

零下几十摄氏度的严寒，部队就要上去和美国人血拼死战，两个冰冻的土豆显然解决不了任何问题。欧阳云逸要吴一六和老王头留在下面搞吃的，无论如何要想办法搞到，搞到了就往阵地上送。

吴一六拍了拍自己的胸脯，说：“请教导员放心，我吴一六不是吃干饭的，豁出这条命不要也要搞到吃的送上去，不能叫同志们眼巴巴饿肚子。”

老王头看了看吴一六信誓旦旦的模样，沉闷地吧嗒着旱烟袋。他摇了摇头，一句话没说。

重新出击死鹰岭，吴铁锤的想法与先前又有不同。

首次夜战死鹰岭的时候，部队都反穿了衣裤，以使里面的白色能与漫山遍野的雪景融为一体，起到一定的掩护作用。下了阵地以后，大家都还没有换过来，衣裤还是原来的衣裤，都还好好反穿着。而现在，当部队又将出击死鹰岭主阵地的时候，吴铁锤却命令大家再把衣裤反穿回去，即原来的面还是面，里还是里。本来都冻得够呛，脱了衣服就更冷，所以有些人就不愿意再折腾。

孙友壮没有脱，他倒不是怕冻，他的鞋子冻在脚上了，脱裤子非常费劲。而且他对吴铁锤的这个命令也迷惑不已。夜间进攻嘛，反穿着衣服还有些伪装，又改过来，岂不是更容易暴露目标吗？

吴铁锤看见孙友壮没动地方，走到他跟前说：“我都光着腚了，你孙二愣子怎么不脱？噢，我当连长了，说话不好使了？”

孙友壮说：“你看你说的，营长，俺哪能不听你的话呢？俺是觉得这个白色能起到掩护作用，穿在身上好好的，怎么又换过来呢？”

吴铁锤说：“你孙二愣子白长了人高马大的架子，你是四肢发达头脑简单。”

“怎么说呢，营长？”孙友壮不明白。

吴铁锤说：“你原来上去能掩护，现在上去还能掩护？”

“怎就不能掩护了呢？都是雪地，都是白色嘛。”孙友壮眼睛眨巴着。他不明白现在上去和过去上去有什么不同。

吴铁锤指了指孙友壮，似乎不知道对他说什么好。

李大个脑袋瓜子活泛些，大概能够猜到吴铁锤的一些想法，就在一边搭腔：

“格老子满山坡的雪都让龟儿子燃烧弹烧光了，啷个掩护嘛！”

吴铁锤听了以后很满意，对李大个说：“人小心眼多，李大个说得不错，雪都化了，山坡上烧得黑里胡哨的，你穿个白里子衣服上去，美国佬还不拿你当活靶子打？”

李大个倒不好意思了，抹了把脸说：“我没得心眼，比不上营长，还是营长心眼多。”

吴铁锤晃了晃胳膊：“别扯那个淡，营长营长的，不干了你们又不是不知道，连长，叫连长就行。”

孙友壮实实在在地说：“你不管干什么俺都听你的，你就是当俺这个班长俺也一样听你的，你让俺脱俺就脱。”

吴铁锤瞪了孙友壮一眼：“你孙二愣子是嫌我撤得还不够，我撸得蛋精光你才高兴？”

孙友壮嘿嘿地笑了：“俺不是这个意思，营长，俺不是这个意思。”

吴铁锤也嘿嘿地笑了，转而对大家说：“李大个讲得很到位了，谁要是想当活靶子谁就不脱。”

所有人都动了起来，也顾不得光屁股挨冻了。孙友壮因为胶底鞋冻在脚上，动作慢了不少。还是李大个过来帮忙，好不容易才把他的裤子脱下又穿上。

欧阳云逸看到孙友壮走起路来一瘸一拐的，很关切地问他能不能坚持，不行夜里的战斗就不要参加了，去下面的医院看一看，看好了再回来不迟的。孙友壮说他能行，他觉着并不怎么疼，就是走路用不上力气，不过不碍事，不影响他打美国鬼子。营长白天带着他们撤下来了，是因为营长怕美国鬼子的燃烧弹把他们都烧焦了，为此受了处分，大家的心里都明白，都有些过意不去。所以再次上阵，都决心把死鹰岭主阵地从美国鬼子手中夺回来。

欧阳云逸咬了咬嘴唇，没再说什么。

7

死鹰岭主阵地前后的山头山坡上果然一片黑暗。

美国人的凝固汽油弹把整座山峰都熔化了，白色的雪地变成了漆黑的焦土，使得夜幕中的死鹰岭与周围的冰雪世界呈现出截然不同的景象。山坡上交错叠压着密密麻麻的弹坑，融化的雪水在坑内结成了厚厚的冰冻，要是不小心掉进了弹坑里，就会在厚厚的冰面上滑倒。在远处，在柳潭里和下碣隅里的方向，枪声爆炸声隐隐约约地传来，有时候零落，有时候激烈，标示出战斗的激烈程度。柳潭里的美军部队按照史密斯制订的作战计划开始了所谓“回过头来向身后进攻”的撤退行动，战斗彻夜进行，残酷激烈。而在眼前，在脚下，饱经蹂躏的死鹰岭大地却安然沉寂，只有轻轻掠过的一阵阵冷彻脊骨的呜咽着的寒风，打破了山坡上的寂静。

吴铁锤、欧阳云逸知道这就是战斗即将打响的前奏，是子弹顶在枪膛、炮弹就要出膛那样的期待，这种状态既让人战栗又使人出汗，既让人着迷又叫人厌恶，挥之不去，如影随形。他们都曾反复体会过这样的状态，都曾无数次在这样的氛围中煎熬过，这就是战争。

百十号人排成散兵群的战斗队形往山头上摸去。吴铁锤、欧阳云逸以及师部的作战科长跟在队伍后面。打法并没有改变，还是之前吴铁锤确定的“奇袭”：潜行到手榴弹投掷的范围以内，一通锣响，上百颗手榴弹一齐砸到美国人头上。吴铁锤没再叫部队脱鞋子，雪地变成了焦土，积雪化为了雪水顺坡而下，流在一个个弹坑里结成了冰冻。现在，鞋子踩在地面上不会再有嘎吱嘎吱的响声了。

李大个提着他的“八粒快”走在了队伍的前面。第一次夜袭死鹰岭的时候，吴铁锤让李大个跟在屁股后，他抱着吴铁锤的翻毛皮大衣、大皮靴以及自己的小皮靴，别说是扔个手榴弹，连举枪的机会都没有。这一回吴铁锤没脱他的翻毛皮大衣，也没叫他抱那个沉甸甸的大皮靴，李大个觉得浑身轻松，手拿着“八粒快”跃跃欲试。

李大个走在了前面，孙友壮落在了后面，严重的冻伤影响了他前进的脚步。刚出发的时候，他并没有觉得疼痛，就是一瘸一拐，很费劲。走了小半夜，又是爬坡，他的一双大脚开始疼痛难忍，这种疼痛从脚底迅速向全身蔓延。孙友壮咬紧牙关坚持着，在滴水成冰的寒夜，他的身上头上竟然满是热汗。胶底鞋已经完全粘在脚上了，崎岖不平的山坡碎石磨破了他早已溃烂的脚板脚面，让他感觉到一片又一片温热黏稠的液体渗出来，把胶底鞋、鞋里的棉花套子烂布片与他的皮肤更紧密地连接在了一起。孙友壮知道那是血，他溃烂的大脚又出血了。他知道要不了多久，这些温热的血液就会凝结，会更紧地将他单薄的胶底鞋冻结在脚板脚面子上。

眼看着半山腰上的阵地越来越近了，部队都匍匐在地上，一点一点往上爬。陈阿毛跟随在吴铁锤和欧阳云逸的身后，一只胳膊向前爬，一只胳膊夹着雕花云龙纹的铜锣，以防行进过程中锣面碰到石块发出声响。吴铁锤拍了拍他的肩膀，示意他做好准备，随后和欧阳云逸、师部的作战科长爬进了一个大大的弹坑，陈阿毛也跟着他们爬进了这个弹坑。

美国人的阵地已经近在咫尺。

“都准备好。”

从后面传来了吴铁锤低低的命令声。百十号人都把木柄手榴弹拎在手上，弹盖子揭开，拉火环套在指头上。陈阿毛一手提锣，一手擎着锣槌。

吴铁锤觉得差不多了，刚要下达攻击的命令，一看弹坑里还趴着几个人，想起来是欧阳云逸和师部的作战科长都在身旁，心里想差点把这事忘了。他把头凑到欧阳云逸和作战科长的跟前，压低了嗓子说：

“要不要开始？”

欧阳云逸不假思索地说：“你指挥战斗，你定。”

师部的作战科长没说话。黄天柱让他来参加夺回死鹰岭阵地的战斗，并不是要他来指挥这个战斗，他只是观战或是督导，而不是指挥，所以他知道自己该说什么不该说什么。

吴铁锤见他们没有异议，一把拽出二十响的驳壳枪，猛不丁大喊一声道：

“敲！”

陈阿毛一个激灵，未待吴铁锤话音落地，锣槌便下意识地砸在锣面上，“急急风”猛烈而又急促的铿锵震耳之声骤然而起，一瞬间打破了死鹰岭的万般寂静。

战士们紧随着锣声一跃而起，人人手里都拎着揭开了盖子的手榴弹。

他们刚要把手榴弹投掷出去，却见一片黑乎乎的石头蛋子一样的东西迎面飞来，砸在他们的胸上，落在他们的脚下，顺着山坡滚落在他们的后方。短短的几秒钟之内，这些“石头”就轰轰地炸开了，山坡上接二连三爆发出一团一团暗红色的闪光，土石飞溅之中，寒冷的空气被不断撕裂，烧焦的山坡打摆子一样颤抖不已。

8

“石头”一样的东西并非石头，它是美国人的甜瓜式手榴弹。

爆炸声中，美国鬼子阵地上的枪声也急风般响开了，一条条火舌穿透了夜幕，抽打着山坡上的人群。冲锋的战士被成片成片地炸倒、打倒在焦黑的土地上。

冲在前面的李大个可谓是眼疾手快，眼见着一群黑乎乎的“石头”迎面而来，他情知不妙，于爆炸的瞬间就地一趴，一个翻滚滚在了旁边的弹坑中，从而躲过了美国鬼子这一轮手榴弹的袭击。躲过了大个的手榴弹，却未能幸免于密如弹雨的射击，一颗子弹从他的两腿间穿过去了。李大个感觉到下身一阵剧痛，一股黏糊糊的热流涌淌在裤裆里面，浸湿了单薄的棉衣裤。他心里明白，他裤裆里面的某个部位负伤了。

孙友壮同样没有被这一轮袭击所伤，由于行动困难而落在后面的他躲过了美国鬼子的手榴弹阵。耳听着枪声、爆炸声响成了一片，孙友壮也是一个翻滚爬进了弹坑，把捷克式轻机枪架在弹坑边上，一溜火舌扫向了美国人的阵地。

手榴弹的爆炸声中，此时此刻晕头转向的不再是山上的美国人，而是弹坑内的吴铁锤。

在吴铁锤的想象中，一通锣响之后，上百颗木柄手榴弹就会同时砸在美国人的头上，就会打得美国鬼子找不着南北，就像是他们第一次夜袭死鹰岭那样。结果呢？锣响了，手榴弹也爆炸了，倒下的不是美国人，是他吴铁锤跃起冲锋的士兵。虽然他不知道发生了什么样的情况，但是有一点吴铁锤的心里非常清楚，那就是美国人事先有了准备，偷袭没有成功。

吴铁锤趴在弹坑边上观察了一下情况，形势一目了然。被炸倒击中的战士已经躺在了山坡上，一部分人隐蔽在密密麻麻的弹坑中，一部分人还在朝着山头上冲击，山上山下火舌迎着火舌，枪声对着枪声，而美国人占据着明显的优势。

攻击预有准备的美国鬼子无异于以卵击石，僵持下去必定会造成部队更大的伤亡。吴铁锤马上清醒过来，命令陈阿毛鸣金收兵。

“慢三锤”悠缓的锣声富有节奏地响了起来，它一下一下，穿越了枪林弹雨，召唤着浴血奋战的士兵。部队听到了“慢三锤”开始往下撤，锣声中，山下山上的枪声几乎同时停歇了下来。

9

哈里斯营长命令陆战队员们停止射击。中国人已经撤退，这从他们变调的锣声中可以听得出来。他们带上山头的弹药也不多，他要预备着中国人的下一次攻击。

在刚才发生的战斗中，哈里斯营长的部队完全占据了上风，他们几乎没有什么伤亡就打退了中国人的进攻。在麦卡锡中尉看来，这完全得益于哈里斯营长的分析和判断。令他神经行将崩溃、被哈里斯营长称作“铜钹”的金属敲击之声正是中国人攻击与撤退的信号，对此他一点也不意外，意外的是哈里斯竟然能够以中国人的信号为信号，在急促的铜钹声中率先发起进攻，当中国人的木柄手榴弹还没有出手的时候，他们的甜瓜式手榴弹就先前一步扔到了中国人头上，从而一举粉碎了中国人的进攻。

麦卡锡感到中国人的铜钹也许并没有他原先想象得那么厉害，在以往的战斗中，这个奇怪的金属敲击之声搞得他胆战心惊，几乎要神经错乱，许许多多的陆战队员就是在这样的声音中丢掉了性命。中国人是一个陌生的对手，是一团谜，这个谜曾叫他百思不得其解，但是现在，麦卡锡觉得解开它也不是完全没有办法。

刘易斯卧倒在散兵坑内，他非常庆幸打退了中国人刚才的进攻。这个进攻来得很突然，而他觉得打退中国人的进攻也十分突然。

刘易斯他们按照哈里斯营长的交代，整整一个晚上都在等待着中国人的出现，等待着中国人进攻的信号——那个奇怪的铜钹声响起，谁也不敢哪怕是闭一会儿眼睛，等得他们差不多人人都感觉到马上就要垮下来了。就在这个时候，中国人进攻的信号毫无征兆地骤然敲响了，他们来不及思索，几乎是下意识地就把甜瓜式手榴弹扔了出去。刘易斯趴在散兵坑内，听着外面的枪声爆炸声响成了一片，他没有抬起头来，就那样趴着，直到中国人撤退的信号传来，枪声逐渐稀疏并完全沉寂下去。

刘易斯抬起头来，往黑乎乎的山坡下看了看。山坡下面静悄悄的，他什么也没有看到。刘易斯不敢确认中国人是否真的已经撤退，半信半疑地问不远处的哈里斯营长：

“中国人走了？”

黑暗中传来哈里斯平静的声音：“我想是的。”

“他们为何走得如此之快？”刘易斯仍然不能确信。

麦卡锡中尉说：“我们掌握了他们的密码。”

刘易斯说：“这样简单，我完全没有想到。”

麦卡锡说：“我也没有想到，看起来简单无比。”

“就这样简单，先生们，”哈里斯说，“听到他们的信号，把你们的手榴弹扔出去，然后等着它们爆炸，就是这样。不过士兵，”哈里斯加重了语气说，“如果你能勇敢地抬起头来，事情就会更加简单了。”

刘易斯知道哈里斯营长对他刚才的行为表示了不满，他没有说什么，一如往常的习惯做法那样，在黑暗中摊开两手耸了耸肩膀。

麦卡锡中尉向哈里斯请示，既然打退了中国人的进攻，陆战队就应该休息一下，最好是轮换着休息休息，毕竟山坡上寒冷难耐，大半夜过去了，直到现在谁也没有合眼。

哈里斯没有批准麦卡锡的请求，他要陆战队员们准备好自己的手榴弹，因为中国人还会回来的。哈里斯对他的陆战队士兵说：

“竖起你们的耳朵，先生们，中国人的铜钹马上就会敲响。”

哈里斯判断得不错。

10

山坡下的吴铁锤正筹划着新的进攻，但是这个进攻将不会以哈里斯希望的方式出现。

部队撤下来以后，吴铁锤清点了一下人数。这一轮战斗，他的部队被打倒了二三十人，加上负伤挂彩的，他这个营眼下已经不足百人了。吴铁锤觉得这个仗不能这样打，这样打下去他就只好去当排长了。

清醒下来的吴铁锤和欧阳云逸、师部作战科长几个人一起分析了一下当前的形势。显而易见，山坡上的美国鬼子早有准备，部队提前暴露了，使得偷袭没有成功。至于什么时候、什么地方暴露了部队的行踪，几个人的意见却并非一致。作战科长说美国鬼子长着鬼眼，你什么时候来，从哪里来，他看得清清楚楚，所以会率先发起攻击。吴铁锤不同意这个看法，要说美国鬼子都长着鬼眼，在过去的战斗中怎么没有发现他们？怎么会被他们打得屁滚尿流满地找牙呢？欧阳云逸对此也表示怀疑，他认为美国鬼子不是长了什么“鬼眼”，而好像是了解了部队的进攻信号，因为“急急风”一响，美国鬼子的手榴弹紧接着就扔了过来。吴铁锤觉得欧阳云逸所言有理，他一口咬定，有人走漏了风声，把锣声代表的信号报告给了美国人。

欧阳云逸感到吴铁锤的这个判断过于武断，也过于牵强。谁会，又如何去告诉美国鬼子他们是以锣声为信号来进攻和撤退的呢？显然不可能。

吴铁锤说既然没有人走漏风声，美国鬼子怎么会听懂他的锣？除非他们长了三头六臂。欧阳云逸说：“没有什么三头六臂，你只要一想就能够晓得，你那个锣，来来回回那么两个调调，不是‘急急风’就是‘慢三锤’，不是‘慢三锤’就是‘急急风’，傻瓜听过了几遍也能听出来，何况美国人？”

吴铁锤一想是这么个道理。他这个锣虽系祖上所造，经过了他们吴氏家族几代人的传承，可是说到底也并非是什么高深莫测之物，就是一面锣，就是以击打的快慢来变换节奏，用在战斗上就变得更为简单，进攻、撤退，撤退、进攻，听过了一遍就会过耳不忘，何况是反复地击打、反复地听？

吴铁锤由此判断美国人掌握了锣声的一些规律，但是掌握到何种程度却一时也搞不清楚，于是他决定搞一次佯攻，试试山坡上的美国鬼子把他的锣声到底掌握到了什么火候。

李大个躺在下面的弹坑里，感觉到非常憋气。本来是想试一试手里的“八粒快”，哪里想“八粒快”还没有来得及发言，就稀里糊涂挨了一枪。虽然这一枪未打在要害处，但他仍然觉得憋气。他觉得自己不划算，很不划算。

裤裆里已经没有了新的热流涌出，这就是说负伤的部位不再流血了。严寒使得伤口凝结起来，阻止了血液的流淌。但是李大个不敢动，一动就疼得要命。

欧阳云逸问李大个伤到了什么地方，要不要紧，李大个说不要紧，胳膊脑袋腿都能活动，就是裤裆里不敢动，大概打着他的屁股了。吴铁锤说打着屁股不碍事，年纪轻轻，十天半月的就能好。

一切准备就绪以后，吴铁锤命令陈阿毛敲锣。

伴随着再次骤然而起的“急急风”锣声，美国人的甜瓜式手榴弹又噼里啪啦扔在了山坡上，阵阵爆炸声中，一团一团暗红色的火光闪烁着，土石迸裂，硝烟刺鼻，整座山坡打摆子一样颤动不停。爆炸声中，山头上枪声大作，美国人的轻重武器一齐吼叫，一条条火舌刺穿了寒冷的夜空，抽打在饱经蹂躏的大地上。

部队都在山脚下趴着，眼看着山坡上爆炸声响成了一片，心想幸好是个佯攻，不然的话，又会有许多人倒在那个坡坡上再也回不来。

打了一会儿，吴铁锤用手一压陈阿毛肩膀，锣声顿时变缓，“慢三锤”悠扬的节奏在寒风中飘荡开来。山头上的美国人停止了射击。

看到这种情况，吴铁锤气得直跳脚："他奶奶的，美国佬能听懂我的锣！"

这一轮佯攻的过程中，吴铁锤发现他指挥的不是自己的部队，而是山头上的美国人。他没想到在残酷的死鹰岭主阵地，他还指挥了一下美国人的海军陆战队。

欧阳云逸和师部的作战科长也看出了其中的端倪，这就是山上的美国鬼子完全掌握了他们的信号，摸住了他们的规律，这是他们事先没有想到的。眼见着大半夜过去了，战斗打成这个样子，他们都很焦急，不知道接下来怎么进行。

吴铁锤却想好了一个主意。他对欧阳云逸和师部的作战科长说："既然美国鬼子叫我指挥他，我就指挥指挥，不能驳他面子。"

欧阳云逸不无担心地说："你怎么指挥他？时间很紧了，来不及的。"

吴铁锤说："来得及，再来一次佯攻，耗耗狗日的弹药。"

作战科长没有表态，显然是拿不定主意。欧阳云逸想不出什么更好的办法，没再提出不同的意见，实际上也就默许了吴铁锤的想法。

半个小时以后，急促的锣声再次敲响在死鹰岭主阵地，山头上的美国人又是同样的投弹射击，枪声爆炸声再一次回荡在滴水成冰的死鹰岭夜空。打了一会儿，锣声一变，仿佛进攻的中国人又一次败退而去，所以美国人的枪声也再次停歇下来。死鹰岭经过了又一番的蹂躏挣扎之后，又重新变得沉寂。

吴铁锤感觉到差不多了，要大家准备好武器弹药，发起一次真正的进攻，一次没有锣声调度和指挥的进攻。

在远方，沿着山脚下的道路向着东南方向的下碣隅里和西北方向的柳潭里延伸，枪声爆炸声仍然连成了一线，响成了一串。柳潭里里兹伯格的部队经过一整天的血战之后占领了一些高地要点，他们要突破志愿军的层层包围抵达下碣隅里，就必须占领这些高地要点，而志愿军部队要包围消灭里兹伯格的陆战队，也必须夺回并守住这些高地要点，双方展开了激烈的争夺。白天美国人依靠着强大的空中支援和猛烈的炮火攻上来，晚上志愿军部队再借着夜幕的掩护把美国人打下去，不是你死就是我活，鲜血染红了白雪皑皑的大地。

部队都在悄悄地向着山头摸去，没有说话声，没有武器的碰撞，连一点点轻微的咳嗽也没有。不辨影踪的刺骨寒风刮来刮去，它们掠过了远方朦胧的白色山岗，掠过了脚下一片片焦黑的土地，掠过了阵亡者渐渐僵硬的躯体，向着不可见亦不可知的更加寒冷、更加黑暗的夜空刮去。

11

美国人的阵地上也是一片寂静，在他们看来，前后打退了中国人的三次进攻，山脚下的中国人差不多已是元气大伤。这个夜晚即将过去，中国人在这个夜晚的进攻也许已经结束了，而他们可以钻进鸭绒睡袋去暖和一下冻僵的身体了。

刘易斯感觉到这个夜晚的战斗十分轻松，你只需要趴在冰冻的大地上，时刻注意聆听中国人的铜钹就行。一旦中国人敲击他们的金属，就把手里的甜瓜式手榴弹甩到下面的山坡上去，然后操起武器一通猛射，此后的问题就变得非常简单。要不了多久，肯定是这样，中国人撤退的信号就会响起，一场战斗从而宣告结束。最后一次打退中国人的进攻时，刘易斯差不多是睡在他的鸭绒睡袋里完成的战斗，他甚至都懒得从暖融融的睡袋中爬出来。整个夜晚，刘易斯认为他最大的敌人不是神秘莫测的中国人中国部队，而是寒冷，寒冷如同尖利的刀刃一样割裂着他的脸颊。现在好了，山脚下的中国人已经无声无息，也许他们都已经远遁他方了。寒冷与倦意一阵阵袭来，刘易斯抵不过睡意就要闭上眼睛时，肚子却开始闹腾了，他知道这是战斗间隙吃了冰冻食物的缘故。他想在睡觉之前还是先解决一下自己的肚子问题，然后在鸭绒睡袋里好好睡上一觉。一觉醒来，就会是又一个崭新的明天了。

刘易斯极不情愿地爬出了他的睡袋，向阵地后方走去。

曾经攻占过的阵地近在咫尺了，美国人还是毫无动静。他们习惯了聆听中国人的锣声，锣声未起，因而也就觉得万事大吉。吴铁锤眼看着战机成熟，二十响的驳壳枪一举，一长串子弹冲出了枪膛，穿破了夜幕中的黑暗和静谧。

随着吴铁锤急促的枪声响起，第一轮近百颗木柄手榴弹冒着滋滋的烟火飞向了美国鬼子的阵地。这一轮手榴弹尚未落地爆炸，紧接着第二轮近百颗木柄手榴弹又是脱手而出，当它们还在空中飞行的时候，第一轮扔出去的手榴弹已经嘭嘭嗵嗵炸开了，一团一团的烟火闪烁着，美国人的阵地上到处都是爆炸声，到处都是飞溅的土石和炸碎的破衣烂衫。

阵阵爆炸声中，吴铁锤率领着部队冲上了美国人的阵地，机枪步枪卡宾枪一阵乱打，刺刀对着刺刀，枪托迎着枪托，砍杀之处刀光剑影，血肉横飞，一片惨叫。美国人完全没有料到中国人会改变打法，没有铜钹的敲击，没有呼号呐喊，中国人完全是无声无息地就来到了自己的身边。

哈里斯大声喊叫着，叫他的陆战队员稳住阵脚，反击中国人的攻击，当他在阵地上来回穿梭给陆战队员打气时，一阵轻机枪的射击将他打倒在地。哈里斯挣扎着抬起头来，眼睁睁看着头旁边一颗中国人的木柄手榴弹刺刺地冒着白烟。哈里斯万念俱灰。手榴弹爆炸了，他再也没有起来。

大个子孙友壮差不多是最后一个攻上阵地的人，严重的冻伤扯住了他进攻的脚步。当他一瘸一拐来到阵地的时候，上面已经打成了一团。他看到一个美国人哇哇乱叫着，尽管听不懂他的话，但他估计到这个人是个头头，不假思索，扣响了怀里的捷克式轻机枪扳机，紧跟着又扔过去一个手榴弹，刚刚还挥舞着手大声喊叫的美国人随着一声爆炸再也不动了。

战斗进行得干脆利落。由于攻击突然，吴铁锤和欧阳云逸的这八九十个人完全占据了上风，美国人被打得晕头转向，除了打死的以外，剩下的都跑进了看不见的黑暗中。清点战果，阵地上横七竖八躺着二十多具美国人的尸体，另一个意外的收获是竟然还抓了三个俘虏。

这三个人都是躺在鸭绒睡袋里被活捉的，他们都穿着大衣，害怕地蹲在地上缩成一团。欧阳云逸的英语不错，让他们不要害怕，中国军队优待俘虏，不会杀他们，在战争结束以后就会送他们回家。三个美国人才稍微安下心来。

欧阳云逸问了问他们的姓名和部队番号，其中一个小个子的美国人说他是陆战队的中尉副连长，叫麦卡锡，他们这个阵地的最高指挥官是营长哈里斯中校。欧阳云逸说：“你们的营长去了哪里？”麦卡锡说哈里斯中校已经在刚才的战斗中阵亡了。

天色微明，远远近近的枪声爆炸声又一次停歇下来。

麦卡锡终于看到了可能是“铜钹”的中国人的进攻武器，金属表面上散射着幽幽的寒光。在渐渐明亮起来的寒冷晨光中，这个“铜钹”经受着一阵又一阵寒风的拂动，铮铮作响。麦卡锡不能完全看清这个“铜钹”，但是他知道这就是那个传说中的东西，那个几乎要使他神经崩溃的东西。

麦卡锡问欧阳云逸，他们一晚上都在捕捉着这个东西的一举一动，完全是按照这个东西的响声来进行战斗，为什么它最后一次没有敲响？

欧阳云逸把麦卡锡的话翻译给了吴铁锤。

吴铁锤鄙夷地看了看麦卡锡：“真真假假，虚虚实实，我们老祖宗神通大大的，你的永远搞不懂。”

第二十章

1

刘易斯的肚子救了刘易斯一命。

因为肚痛难忍刚刚在雪地上蹲下来，中国人的手榴弹就轰天裂地似的炸开了，阵地上枪声喊声爆炸声乱成了一团。刘易斯蒙了，他知道他的陆战队伙伴肯定也蒙了，因为中国人的“铜钹”没响，却攻上了他们的阵地。他慌忙拉上裤子朝着黑暗跑去，直到把枪声喊声爆炸声远远地抛在身后。

麦卡锡中尉则把自己的被俘完全归罪于哈里斯营长的瞎指挥，什么破译了中国人夜间战斗的密码，什么找到了中国人进攻撤退的规律，什么中国人的木柄手榴弹非常低劣、爆炸力只有陆战队甜瓜式手榴弹的一半等等。就是这些质量相当低劣的木柄手榴弹炸死炸伤了他们几十号人，连踌躇满志的哈里斯自己也丧生于它。更为愚蠢的一点在于，哈里斯竟然要他们以中国人的锣声为信号——现在他知道了，这个东西的真正名称叫作“锣”，是一种中国的打击乐器。哈里斯要他们仔细听这个锣声，以攻击对攻击，以手榴弹对手榴弹，锣声一响就战斗，锣声一停就休息。结果怎么样呢？中国人的锣声未响，中国人却攻上了山头。当时，麦卡锡和不少的陆战队士兵都躲在鸭绒睡袋里避寒，因为他们已经连续打退了中国人的三次进攻——这从中国人的锣声中可以判定，他们都认为这个夜晚不会再有战斗了。这一切都应该归咎于营长哈里斯，不然的话，他怎么会躺在鸭绒睡袋里、在毫无防备的情况下就稀里糊涂当了中国人的俘虏呢？当然，诅咒死去的人有失道德水准，何况是诅咒与他们朝夕相处的哈里斯营长。

麦卡锡通过这个晚上的战斗彻底弄明白了一个道理，那就是夜晚永远是中国人的夜晚，中国人踏着冻土积雪源源而来，他们全不把貌似强大的陆战队放在眼中，他们总是趁着夜色发起一波又一波的攻击，不屈不挠，前赴后继。中国人夜晚战斗的密码永远也不可能破译，这是一种他们美国人丝毫也不了解的东西，那是一种精神，一种信仰，是中国人独有的宗教。而陆战队呢？陆战队只能在白天战斗，只能以强大的空中和地面火力为支撑，否则就寸步难行。

麦卡锡的所思所悟还是比较符合实际，尽管这个分析来得晚了一点。麦卡锡的被俘证明了一个基本的情况，那就是陆战1师的撤退，即史密斯“回过头来向另一个方向进攻”的行动只能于能见度较好的白天进行，在能见度较好的白天，远东空军的轰炸机、陆战队的战斗机才能够起飞和执行任务，而到了极度严寒的夜晚，那是中国人的白天，他们就只能龟缩在既有的阵地上，饱受着中国部队的攻击，寸步难行。

事实也的确如此。

美国人驻守在柳潭里的部队经过几天几夜的战斗，依靠着强大的空中和地面炮火的支援，终于突破了中国军队的层层围攻，进抵到下碣隅里的防御区内。这一路非常残酷，战斗的激烈程度超出了里兹伯格团长的想象。突围以前，他们在柳潭里就地埋葬了85名陆战队官兵，现在又有许多新的官兵倒在了撤退的道路上，而他却没有机会去掩埋他们。但是不管怎么说，他们毕竟冲破了中国人的包围，他们从死亡的阴影中撤出来了。

韩国编写出版的战史对此有如下的记载：

柳潭里的先头部队和后尾部队，分别经过59小时和79小时，结束了柳潭里地区突围战斗，路程只有21公里。陆战队的损失大都在这一战斗中产生，阵亡164人，失踪55人，负伤921人，计1140人；非战斗损失（大部分为冻伤）1194人。

尽管只是只言片语，但由此也不难窥见中国人和美国人在包围与突围、进攻与撤退中激烈战斗的程度。

2

吴铁锤和欧阳云逸夺回了死鹰岭主阵地，然而却没有挡住美国鬼子的溃逃。天亮以后，里兹伯格的陆战队在飞机和炮火的掩护下顺着死鹰岭山脚下的土石公路往下碣隅里方向逃窜，战斗队形中行驶着一辆一辆的坦克，坦克的厚重车体上漆着醒目的白色五角星徽，这样的白色星徽曾经被孙友壮当作“发丧”。然而“发丧”的美国人不好对付，开道和断后的都是坦克，坦克掩护着步兵的车辆，哪里有情况它出现在哪里，挡不住，躲不开。吴铁锤觉得这个坦克就像是美国人的“爹”，美国鬼子不论是进攻还是撤退都仗着他这个“爹”护着，所以吴铁锤要部队先打美国人的“爹”。

拿什么打呢？经过昨夜的战斗，弹药已经所剩无几，大家的手中只有一些手榴弹炸药包，只能用这个手榴弹炸药包去冲击美国鬼子的潘兴式M-26重型坦克。孙友壮已经不能亲自上阵了，但是他现身说法，要大家必须先别腿，只要别住了坦克的腿它就跑不了。经验是这个经验，但孙友壮忘记了一条，这是白天，不是夜晚。上去了几个爆破小组，别说别腿了，还没有接近美国鬼子的坦克就被打倒在地，扔出去的手榴弹炸药包没有起到任何作用。阵地上的战士照着坦克打，不多的弹药一会儿工夫就打光了。成群的子弹飞蝗般叮咬着美国人的钢铁身躯，美国鬼子不痛不痒，该撤退还是撤退。吴铁锤干瞪眼没有办法，只能看着一路一路的美国鬼子在头上飞机地下坦克的护送下跑进了下碣隅里。

师部来的作战科长要欧阳云逸组织部队追击，他没有对吴铁锤下令，欧阳云逸是教导员，现在的吴铁锤只是个连长。但是他忘了，连长归连长，战斗还是靠吴铁锤指挥。欧阳云逸对吴铁锤说追吧，美国鬼子眼看着没影了。吴铁锤说怎么追啊？子弹打光了，手榴弹也没有了，都没有吃饭，步行的怎么追得上坐车的？作战科长说这个他不管，他受师长政委的指派前来督战，他的话就是师长政委的话。吴铁锤不爱听这个，想瞪眼睛，欧阳云逸抓了抓他的肩膀，制止了他。几个人商量了一下意见，最后还是决定往下碣隅里方向追击。但由此带来两个问题，一是阵地上的伤员，二是抓到的几个俘虏。欧阳云逸、吴铁锤和师部的作战科长又研究了一番，决定把伤员留在阵地上，等待后方收容，或者是自行去后方寻找医院。十几个伤员，轻重不一，有伤了胳膊腿的，有伤了头的，还有冻坏了手脚的。指定孙友壮为临时负责人。孙友壮双脚上的冻伤已经非常严重，他在咬牙坚持了昨夜的战斗以后，眼下已经完全不能行走了。李大个目前对于自己的伤情仍然不明究竟，开始的时候以为是屁股上中了一枪，吴铁锤还说他年纪轻轻，十天半月的就能好，可是现在他觉得事情好像没有那么简单。李大个曾经把手伸进裤裆里偷偷探寻了一下自己的伤情，这一摸让他吃惊不小，伤处好像不是屁股，而是两条大腿中间的那个东西。但此时的李大个并没有意识到问题会严重到何种程度，尽管很疼，但走路还能走，所以也就觉得并无大碍。早先流出的血水已经结成了冰片，李大个小心翼翼地掰下来一点。冰片是红色的，在已经明亮起来的天空下像一簇火苗那般耀眼。

至于俘虏的三个美国鬼子，吴铁锤的意见是带上他们，说不定什么时候就能派上用场。师部来的作战科长死活不同意，因为明摆着的，部队要去战斗，条件又如此之差，吃没吃的，喝没喝的，还要优待他们，怎么优待？明显是个累赘。欧阳云逸考虑了半天，还是决定按照吴铁锤的意见带上三个美国人。眼前的情况是既不能把俘虏交给阵地上的伤员，也不能派人把他们押往后方，只能临时带着他们，等条件成熟再将他们送往师部。欧阳云逸在几个干部中职务最高，他一表态，师部来的作战科长也就不好说什么了。

恰在此时，老王头和吴一六来到了阵地上，每人背着半筐子冻土豆。从昨夜到现在，战士们大都没有吃东西，一看有吃的东西送到了阵地上，都很高兴。打扫阵地的时候倒是缴获了一些美国人的罐头饼干，欧阳云逸把它们集中起来留给了伤员，所以大多数人还一直饿着肚子。

欧阳云逸表扬了吴一六和老王头，关键时候把吃的东西送到了阵地上，这就是雪中送炭，不论干部还是战士都会感谢他们。老王头蹲在地上吧嗒着旱烟袋，一句话没说，吴一六却得意非凡地在阵地上走了几个来回，好像是领导干部到前沿视察阵地一样。

李大个从他的帆布挎包里掏出了吴铁锤珍藏多年的洋河大曲，他把它递给了吴铁锤。干掉了山头上的美国鬼子，收复了死鹰岭主阵地，李大个觉得应该庆贺庆贺。吴铁锤将酒瓶子放在鼻子上嗅着，一阵阵酒香淹没了硝烟的苦涩，轻轻涌进他的肺腑之中。他把这瓶洋河大曲重新装进李大个的帆布挎包，系好带子，对李大个说：

“好好给我留着，什么时候彻底干掉了陆战1师，什么时候再喝不迟。”

李大个说：“我给你留着，营长，你打完了美国龟儿子再回来庆贺。”

李大个要和孙友壮他们这些伤员留在阵地上了，等待着后面的部队前来收容。吴铁锤看了看李大个被寒风吹裂的脸颊，对他说：

“下去后好好养伤，你的伤不重。不过你龟儿子也要留神，你独苗一个，再碰到美国鬼子子弹就不能给你爸你妈养老送终了。”

李大个点了点头，对吴铁锤说：“营长你也留神，美国佬的这个子弹伤不到你，但美国佬的炸弹炮弹会咬人。”

“不碍事，”吴铁锤摆了摆手，很费劲地啃着冻土豆说，“我弟兄四个，我回不来上面还有哥三，老娘有人管。”

3

麦卡锡知道中国人开饭了，中国人大概饿坏了，他们一个个狼吞虎咽，好像在吃着什么美味佳肴。麦卡锡非常好奇，他不知道中国人吃什么吃得这样投入，这样香甜。

欧阳云逸把几个冻土豆分给了麦卡锡和另外两个美国人。土豆沉甸甸的，又硬又凉，麦卡锡他们感到无从下口。这就是中国人的“美味佳肴”，中国人就是啃着这个石头一样的东西在和他们作战。在他们看来，这个东西只配给牲口吃，而他们是人，是美国人，这根本不是他们美国人能够吃的东西。麦卡锡他们把手里的“石头”扔在了雪地上。

吴一六气不打一处来，上去踢了麦卡锡一脚。

为了这两半筐冻土豆，吴一六没少挨老王头的数落，他被老王头拽着翻山越岭，忍受着寒冷和饥饿的折磨，在荒无人烟的冰雪世界中跑来跑去，鼻子耳朵差点冻掉了。好不容易碰到了一位朝鲜老乡，搞了这两半筐土豆，就着朝鲜老乡的锅灶煮了煮。他自己是趁着热乎劲吃了一顿，吃得老王头没有好脸子看他。没有好脸子就没有好脸子，吴一六不管那个，没有什么比自己填饱肚子更要紧的。最后老王头实在看不过去，数落他：

“不是我说你吴干部，阵地上同志们都在饿肚子，你这个吃法，太过分。”

吴一六听了以后很不高兴：“吃几个烂土豆你还管着了，你是吴铁锤？”

老王头说：“我不是营长，也不是教导员，我老王头什么也不是，我就是个兵，我得为营长、教导员考虑。”

吴一六不屑地说：“考什么虑考虑？营长、教导员的事情不用你考虑，你还是先考虑考虑自己。”

“我考虑自己就是把这个土豆赶快送上去！”

吴一六见老王头要动怒，声音反而缓和下来，说：“不就是往山上送吗？总得垫垫吧？有了力气才能送上去不是？”

老王头说：“你那是垫垫？恨不得一锅的土豆都吃下去。”

“不能这么说嘛，老同志，”吴一六在脸上挤出些笑模样，抓了两个土豆递给老王头，“你也垫垫，垫垫好上路不是？”

老王头翻了翻眼睛，没有拒绝吴一六这两个热乎乎的土豆，毕竟吴一六的话也有些道理。天寒地冻的，浑身上下没有一点热乎劲，是需要吃点东西，吃点东西才有力气翻山越岭上前沿阵地。

老王头只吃了一个热土豆，他把另一个留给了心爱的“大清花”。

吴一六气得嘴巴直咧。老王头的举动无疑是在说他吴一六还不如这个骡子。

所以吴一六踢了美国人麦卡锡一脚，为了这些送上来的冻土豆，他窝了一肚子火。

吴铁锤瞪了他一家伙：“不打不骂，优待俘虏，我还没舍得踢呢！”

吴一六不吭气了。

欧阳云逸拿来了几包饼干，几个罐头，他把这些东西给了几个美国人。欧阳云逸的手上戴着蓝晓萍为他织的毛线手套，天蓝色的，非常醒目，它吸引了麦卡锡的目光。麦卡锡有点好奇，这一副蓝色的毛线手套与这一群人、与这个阵地上的环境很不协调，显然也不是中国军队的装备物资，他不知道这个“长官”模样的人的手上怎么会戴着这样一副手套。

好奇归好奇，麦卡锡的脸上还是流露出感激的表情，说了好几个谢谢、非常感谢之类的话。

欧阳云逸把他们扔在地上的冻土豆捡起来，在衣服上擦了擦，一边很费劲地啃着，一边对麦卡锡说：

“我们啃冰冻土豆，你们吃罐头饼干，你们还不是当了我们的俘虏？”

4

惨白的日头吊挂在西南方向的天空上，虽然有白花花的光线倾泻下来，雪地上散布着耀眼的银白，但是感觉不到其中的温暖。高天上冷冷的云层随风飘荡着，大地上一片冰雪的世界。松涛阵阵，风声呜咽，冰冻的长津湖湖面上寒光闪闪。周围异常安静，没有了枪炮的轰鸣，刺鼻的硝烟也飘到了目力不能及的远方。头顶上偶尔有隆隆的声音传来，那是美国人的飞机，只有轰鸣而过的美国飞机打破了周围的平静。

部队都在石洞石缝和树林子里休息。撤离了死鹰岭1419.2主阵地以后，吴铁锤和欧阳云逸带着部队一路追击溃败的美国鬼子到了下碣隅里外围，在这里他们碰到了更多自己的部队，有围攻下碣隅里的，也有一路从柳潭里追着美国人屁股赶过来的，人不少。下碣隅里的情况和柳潭里差不多，攻击部队打了几天也没有打下来，各个部队的伤亡都很大。下碣隅里是史密斯的师部所在地，火力配备完整，阵地异常坚固，易守难攻。原来被包围在柳潭里的美国人也进入了下碣隅里，接下来的战斗就更不好进行了。所以有新的指示传来，暂且不攻击下碣隅里的敌人，等到他们突围出来的时候再攻击。对于没有重武器的志愿军部队而言，毕竟攻打暴露于野外的敌人比攻打据守坚固阵地的敌人要容易得多。吴铁锤和欧阳云逸他们绕过了下碣隅里，在下碣隅里与古土里之间的乾磁开这个地方隐蔽起来，等待着新的战斗任务。

陆战1师的部队接下来还要继续“向身后进攻”，要从下碣隅里突围到古土里，这是交战双方指挥员都心知肚明的事情。中国人和美国人都在调兵遣将，暂时平静的下面将会是更加激烈、更加残酷的战斗。

一阵吵闹声把吴铁锤吵醒了。

吴铁锤躺在一个半是石缝半是山洞的凹坑里，身上裹着他的土黄色翻毛皮大衣，狗皮帽子包着脑袋。他迷迷糊糊睡了一觉，在这个并不十分踏实的睡眠中，他做了一个梦。让他印象深刻的是，他的梦境里开满了五颜六色的花朵，到处鲜花烂漫，芳香扑鼻。在满是赤橙黄绿青蓝紫各式各样花朵绽放的草甸子上，一口大铁锅烧得正旺，他的老母亲揉着面烙着又暄又软的大饼。母亲满头乌发，显得年轻干练，揉面烙饼的动作十分麻利，而他吴铁锤站立在一旁，手里攥着大饼，饼里卷着母亲腌的咸辣椒和辣白菜，自顾自地大块朵颐。老母亲烙着一张一张的大饼，吴铁锤一张接过一张地吃着，铁锤妈妈埋怨他说："你看看你这个孩子，饿死鬼托生似的，也不知道伸伸手搭把搭把。"吴铁锤嘿嘿地笑着。话音未落，竟然来了一个高高大大的女子，也不说话，站在锅灶前与老母亲一起烙开了大饼，一边烙一边和铁锤妈妈拉着家常，很亲近的样子。吴铁锤觉得这个女子非常面熟，可一时又想不起来人家姓甚名谁，他想啊想啊，后来想起来了，她是欧阳云梅。吴铁锤说："你不好好地待在师医院，跑到这里干什么？"欧阳云梅红颜一怒："不是你要我来成亲的吗？怎么又反悔了？"吴铁锤吓了一跳，心想这个事情不是闹着玩的，他还没有跟欧阳教导员商量呢，人跑到家里来了，这叫怎么回事？女子转而一笑，说她不叫欧阳云梅，不是欧阳教导员的妹妹。吴铁锤依然将信将疑，他打定主意，要问问这个女子到底叫什么名字。刚要开口，一阵吵闹就把他惊醒了，所以也就没有弄清楚这个梦境中的女子到底是不是欧阳云梅。

吴铁锤很不高兴。

吵闹声来自不远处的大树下面，有骂骂咧咧的叫喊，有叽里咕噜的争辩。吴铁锤侧耳听了听，骂骂咧咧的好像是吴一六，叽里咕噜的却听不出是谁。吴铁锤一掀翻毛皮大衣的大襟，三两步跨出睡觉的洞缝，手里拎着二十响的驳壳枪。他倒要看看哪个吃了熊心豹子胆，竟然打搅了他的好梦。

合抱粗的松树下面，粮秣员吴一六正与美国人麦卡锡撕扯在一起，旁边围着一圈的战士，两个被俘的美国人也在其中，谁也不说话，谁也不上去帮忙或是拉架，都在旁边站着看热闹。

吴铁锤眼睛一瞪，吼道："干什么？吃饱了撑的？！"

吴一六和麦卡锡却置若罔闻，两个人依然撕扯着。

“都给我松手！”吴铁锤又喊了一嗓子。

吴一六和麦卡锡听到了这个喊声扭过脸来，他们看到了怒目瞪眼的吴铁锤。两个人停止了撕扯，但是彼此钳制的手却没有松开。

吴铁锤火了，他什么怪事都见过，但没有见到过这样的怪事——中国人吴一六和美国人麦卡锡撕扯在一起，而且这两个人竟然不听他的命令。吴铁锤把驳壳枪的大小机头掰开，拉动枪栓顶上了子弹，黑下了脸说道：

“松开不松开？”

吴一六和麦卡锡看到了他手里大小机头张开着的驳壳枪，可是看了以后依然没有进一步的动作，仍然僵持着。

“他娘的！”

吴铁锤气得直冒火，一梭子子弹就飞了出去。

枪声一响，吴一六、麦卡锡抓着对方的手不约而同松开了。麦卡锡兜头大衣的扣子拽掉了两颗，吴一六大盖帽子上的日本式护耳帘子扯掉了一块，薄棉袄的衣襟也撕烂了，棉花露在外面。吴一六一边整理着这些乱七八糟的东西，一边气喘吁吁地对吴铁锤说：

“这个家伙很反动。”

麦卡锡也走到吴铁锤面前，一手指着自己的大衣，一手指着吴一六，叽里咕噜说了一大通话，分明是在争辩什么。但是吴铁锤搞不懂，他既搞不懂麦卡锡，也搞不懂吴一六，吴一六对他说麦卡锡“这个家伙很反动”，他不知道吴一六指的是什么。

直到欧阳云逸赶来才弄清了事情的原委。

原来穿着单薄的吴一六不满麦卡锡他们作为俘虏还穿着陆战队的兜头大衣，俘虏穿得比俘虏他们的人还要暖和，这让吴一六有些不平衡，所以他要扒下美国人的大衣，自己试试究竟暖和不暖和。因为在死鹰岭阵地上，吴一六对麦卡锡心存芥蒂，所以挑了他来下手。

麦卡锡对吴一六也同样不满，吴一六无端的一脚仍然使麦卡锡记忆犹新，所以他对这个镶着大金牙的人一直保持着成见。

欧阳云逸搞懂了事情的经过，同样地对着麦卡锡和另外两个美国人说了一通英语，大意是吴一六这个现象是个个别现象，不代表中国人、中国军队。中国人说话是算话的，中国人讲人性，讲人道主义，志愿军说优待俘虏就优待俘虏，志愿军说到做到。

麦卡锡看了看欧阳云逸，感觉到了他的真挚，这让他多少放下点心来。他印象中戴着眼镜的欧阳云逸有别于其他的中国人，能说一口流利的英语，文质彬彬，富有修养。虽然他的衣着装备与其他的中国人并无大的差别，但是这个人的身上流露出一种特殊的气质，这种气质对麦卡锡有着一种说不清的吸引力。

麦卡锡和他的两个士兵刚被俘那阵子很害怕，害怕中国人会处死他们。他们不了解中国军队。共产党中国的部队被高层军官们说成是一群“乌合之众”，是一帮“农民”和“洗衣工”，麦卡锡他们都很为自己的命运担心。因为尽管有《日内瓦战俘公约》的限制，但对于一群乌合之众的农民和洗衣工而言，这样的限制无异于形同虚设，他们大概都不会知道有这个公约，即使知道，也可能置之不理。但是短暂的接触中，麦卡锡发现中国共产党的部队不是“乌合之众”，更不是什么“农民”和“洗衣工”，他们是正规的部队、正规的军人，他们虽然衣着单薄，条件简陋，武器装备非常低劣，但是他们军纪严明，士气高昂。

依据麦卡锡的观察，中国军队的条件之简陋已经到了最低的限度，甚至连基本的生存保障也没有。零下几十摄氏度的严寒，士兵们穿着单薄的服装，他们的脚上没有棉鞋，身上没有大衣，头上没有棉帽子，看不到什么棉帐篷、鸭绒睡袋、取暖炉之类的东西，更别奢望来上一杯热咖啡。他们的食物就是几个冰冻的土豆。这样的条件连自身的生存都难以保障，他们却还要进攻，冒着陆战队猛烈的轰炸和炮火，无休无止地进攻，毫不抱怨身边的环境。麦卡锡对此难以理解，而且更让他费解的是，他竟然成为了这些人的俘虏。

5

周围的战士都散去了，吴一六跟着吴铁锤去了他睡觉的小洞缝，两个美国人也被带到了一旁，大树底下只剩下了欧阳云逸和麦卡锡。欧阳云逸问了问麦卡锡美国家乡的情况，家里都有什么人，做什么工作，麦卡锡一一做了回答。天气非常寒冷，两个人都搓着手，麦卡锡又看到了欧阳云逸手上的天蓝色毛线手套。

“这样的天气要是有一杯热咖啡就好了。”麦卡锡自我解嘲般说道。

欧阳云逸笑了笑，说：“是啊，可是这里没有，而且我们也不喝咖啡。”

“你们的饮品呢？你们总要喝点什么吧？”

麦卡锡表现出了好奇，中国人没有咖啡，不喝咖啡，这在他还是第一次听说。

欧阳云逸说：“我们的饮品是我们的茶，茶叶，一种天然的植物，非常醇香，非常浓厚，喝起来芳香扑鼻，丝毫不亚于你们的咖啡。”

麦卡锡在日本的时候也曾经品尝过茶，但是他觉得那个东西不好喝，而且发苦。这个苦还不是黑咖啡那样的苦，黑咖啡越苦越香，茶叶苦过之后只有苦，苦而无味。麦卡锡对欧阳云逸说：

“咖啡是香的，非常香，你们的茶叶是苦的，我在日本的时候尝试过，遗憾的是我不能接受它。”

欧阳云逸说：“日本的茶叶都是从中国引进的，日本人只是学到了一些皮毛。中国的茶叶有几千年的历史，形成了一种茶文化。你不了解我们的茶文化，不知道什么叫苦尽甘来。”

麦卡锡当然搞不懂。在这样严寒的天气里，一杯热咖啡能提供不少的热量，中国的茶叶能提供什么呢？显然什么也提供不了。他心里面这样想着，脸上却是谦和的笑容，一副认真听讲的模样。

欧阳云逸说：“茶是我们中国人的饮品，也是我们中国人待客的礼品，亲戚远来，朋友话别，总是一杯清茶诉衷情。我们中国茶叶的品种很多，有绿茶、红茶、乌龙茶，有铁观音、茉莉花、龙井。特别是我们南方的龙井茶，清香甘洌，回味悠长，古代都是作为贡品进贡给皇帝，老百姓是难以喝到的。”

欧阳云逸如数家珍，他一时间沉浸在对于美好事物的向往之中，好像忘记了眼前，忘记了长津湖畔残酷的战争环境。

欧阳云逸看了看白雪皑皑的山岗和树林，心驰神往般说道：“这么好的雪，化开了泡茶，泡一杯我们南方的龙井茶，一定别有风味。”

麦卡锡很认真地听着欧阳云逸说话，有些能听懂，有些似懂非懂，有一些则根本无法理解。毕竟是两种语言，而且欧阳云逸在把他的话变成了英语表达出来以后，意思已不都是原来的意思了，所以搞得麦卡锡一头雾水。一头雾水的麦卡锡还是要认真听讲，还是要带着谦和的笑容。麦卡锡心里面明白，中国部队的长官虽然在和他平起平坐，说起话来彬彬有礼，但是有一点他不能忘了，他是中国人的俘虏。

欧阳云逸讲了半天，麦卡锡还是觉得他们的咖啡好。他对欧阳云逸说：“咖啡可以提供热量，陆战队员们只要有一杯热咖啡就能去战斗。你们的茶叶在哪里？它能给你们带来什么呢？”

这个话把欧阳云逸问住了。眼下别说是一杯热茶，他们连一口白开水也难以喝到，喝茶，喝他们南方的龙井茶，对于此时的欧阳云逸而言那只是一种向往，或者是回忆。

“茶叶治百病，”欧阳云逸过了一会儿才说，“我们的丝绸之路你有没有听到过？在古代，中国的茶叶通过丝绸之路销往中东和欧洲，是比黄金还要贵重的东西。”

“是的，我知道，”麦卡锡笑着说，“中国的丝绸之路，很了不起，丝绸之路有茶叶，没有我们的咖啡。”

欧阳云逸晓得麦卡锡是在用一种幽默的方式说话，欧阳云逸也笑了，他话锋一转，对麦卡锡说：

“你们的咖啡确实可以提供热量，但我不能明白的是，如此寒冷的季节，你们不在你们美国的家里喝咖啡，偏偏要跑到这个冰天雪地的朝鲜半岛受冻，我想知道为什么。”

麦卡锡收敛起笑容，想了想说：“这就是陆战队的责任，美国军队的责任。当美国的利益和价值观念受到挑战的时候，我们有责任来维护它。”

“你们美国人很霸道的，”欧阳云逸说，“你们总是把各个国家、各个地区的事情看成是你们自己家里的事情，让全世界的人都按照你们的生活方式和价值标准去生活，这怎么可能呢？”

麦卡锡不服：“我们集合了全世界最先进的文化，我们两百年的文明被证明是最理想的文明。”

欧阳云逸不屑地说：“两百年？你们美国才只有两百年的历史？你知道我们的文明有多长？五千年！”

麦卡锡震惊地望了望欧阳云逸，相对于五千年的历史文化，他们两百年的经历不过是昙花一现。

“你有没有听说过中国的四大发明？”欧阳云逸问麦卡锡，“就是指南针、火药、造纸术和活字印刷，没有我们老祖宗的这些发明，你们哪来的飞机大炮？怎么会从你们的美国漂洋过海来到这个地方？”

麦卡锡对此一无所知，他也搞不懂戴眼镜的欧阳云逸所说的这些东西和他们前来维护美国的民主和利益有什么关系。麦卡锡没有回答欧阳云逸的问话。

欧阳云逸晓得眼前的这个陆战队的副连长不可能理解他的问题，但是他要让这个美国人晓得一些道理，晓得他们应当干什么，不应当干什么。欧阳云逸对麦卡锡说：

“尽管我们中国有五千年的历史文化，我们从来没有想到过要让你们美国人按照我们的生活方式来生活，你们喝你们的咖啡，我们喝我们的茶，有什么关系呢？为什么要让全世界的人都跟着你们美国人喝咖啡呢？”

麦卡锡无奈地笑了笑，说道：“抱歉，长官，我回答不了你的问题，我想我理解不了灿烂的中国文明。”

欧阳云逸也笑了，他对麦卡锡说：“没有关系的，中国的文明博大精深，你理解不了也是正常的，遗憾的是我们没有咖啡给你们。不过，我想我们会尽量为你们提供方便。”

“谢谢长官，非常感谢！”麦卡锡真诚地说道。

欧阳云逸离开了，他戴着天蓝色毛线手套的手臂一甩一甩的，在麦卡锡的目光中器宇不凡。

6

吴铁锤把吴一六叫到他睡觉的石洞，瞪着俩眼责问道：“丢人现眼的货，你脱人家大衣干什么？”

吴一六不服气，梗着脖子辩驳：“凭什么他美国佬穿得暖和的，我吴一六要挨冻？”

“呦，你还有理了？”吴铁锤说，“优待俘虏优待俘虏，什么叫优待俘虏你知道吧？不打、不骂、不搜身、不掏腰包，脱人家大衣算怎么回事？”

吴一六知道自己理亏，但是他不服气：“他优待了，我这儿受罪。不是说美国佬运输大队长吗？我运个大衣还不行了？”

“运什么大衣？淮海战役你跑到我的阵地上，我运你了吗？打你、骂你，还是搜你了？”

吴铁锤的话让吴一六想起了自己的过去，他不吭气了。

“你让我说你什么好！”吴铁锤在狭小的洞缝前走来走去，“你大小是个干部，一天到晚正事不干，尽想着这些缺德的事，自己脸皮厚觉不着，我这个脸还没地方放呢。”

“不就是想穿穿他的大衣，看看暖和不暖和，又不是杀人放火搞破鞋。”

“你还不如杀人放火搞破鞋呢，你杀人放火搞破鞋有我这把盒子枪收拾你，在美国佬跟前丢人现眼，我怎么收拾？”

“怎么就丢人现眼了？”吴一六还是不服，“一个破大衣，有什么了不起？又不是金子银子。”

吴铁锤压着性子说：“你有本事就真刀真枪干一场，自己去缴获，欺负俘虏不是男人干的事，女人都不干。”

吴一六听到这个话以后翻了翻眼睛说：“站着说话不腰疼，翻毛皮大衣穿身上暖和的，我要有你这身打扮我绝不干这种事。”

“滚一边去！”吴铁锤火了，他最终没有压住性子，“我揍你个熊信不信？”

吴一六习惯性地龇龇大金牙，腮帮子一鼓一瘪。

不能和吴铁锤顶着干，吴一六知道这一点，他打小的时候就知道这一点。吴铁锤叫他“滚一边去”，那他就“滚一边去”好了，好汉不吃眼前亏。吴一六走开了，一边走一边黑着脸，还是明显不服气。

吴铁锤看着吴一六离开的背影，心里想江山易改本性难移，这个吴一六从小就吊儿郎当，又在不同的旧军队里浪荡多年，人变油滑了，好吃懒做不说，还净给他惹乱子。这样的人就该叫他到火线上去和美国鬼子面对面真刀真枪地干一场，也许这样才能长长见识变变模样。

吴铁锤心里琢磨，一旦战斗打响，就派吴一六去冲击美国人的坦克车。

第二十一章

1

吴一六和吴铁锤的交往可谓是源远流长。

他们俩的故乡都是苏北老家吴家集，两个人在这个不大的平原村庄里一起生活了多年，说起来还有着不远不近的亲戚关系。在他们的苏北老家吴家集，吴姓者居多，都是一个姓，一个宗族，多少都沾点亲带点故，这并不奇怪。即便是村里的大户人家吴老财，若论起辈分，应当喊铁锤妈妈叫作姑奶奶，这样算来，吴铁锤就应该是吴老财的长辈。然而辈分归辈分，日子归日子。吴老财有几百亩水田旱地，村里的人家差不多每家都租着他的地种，吴老财的日子很殷实，吴铁锤一家的日子却不好过。他的祖上老铁锤吴举人当年聚众于广州城外的三元里痛打了英夷洋鬼子之后，迫于朝廷及贪官污吏的陷害，为延续吴氏宗脉而一路北迁，到了吴铁锤老太爷这一代已流落在了苏北一带，并最终于吴家集安家落户，落地生根。吴铁锤的老太爷，也就是他爷爷的父亲在吴家集买了房子置了地，日子虽不如祖上吴举人在世时那般风光，却也小康安闲。岂料好景不长，应验了一句老话叫作富不过三代。吴铁锤爷爷在世的时候家里还有几亩薄地，而到铁锤他爸娶了铁锤他妈吴李氏回来，日子已是捉襟见肘，家产都变卖得差不多了，原来是租地给人家种，现在是租人家的地种。无奈之下铁锤他爸重操祖传的打铁旧业，靠使力气流汗换来的一点小钱维持生计，不料又给日本人拉去修炮楼，摔死在淮阴城外的刘集据点内。吴铁锤曾经引以为荣的吴氏家族自此一落千丈，仅靠着铁锤妈妈吴李氏拉扯着他们兄弟四人勉强度日，家境是愈发破落。

吴铁锤一家走下坡路的时候，村中的大户吴老财却是如日中天，房子越盖越大，土地越来越多，四邻八乡的人都租着他的地种。吴老财的成功源于他天生的钻营与交际本领。那时候社会上的关系纷繁复杂，各种势力相互掣肘，有日本人，有皇协军，有国民党，有杀人越货的土匪，还有共产党领导的新四军抗日游击队，吴老财都能一一打理，往来密切。他整日里捧着一把纯银的水烟袋，张口闭口必孔子曰孟子云，笑容可掬，颇为儒雅。吴老财有一心爱之物黄毛狮子狗，平日里很有些察言观色的本领，不要说那些穿着绫罗绸缎者，就是对穿着打扮稍微整洁一些的人它也从不吠叫，均有摇头摆尾之态。倘若破衣烂衫或穷困潦倒者，它便凶相毕露，非咬你个魂飞魄散不可，村里人都说它是狗眼看人低，其中不乏有影射咒骂吴老财的意思。吴老财微微一笑，泰然处之。他对吴家集的族人长者们说，琴棋书画、礼义廉耻乃人之本分，穷人者何之穷也？乃不耕读诗书是也。不耕读诗书者神之萎靡，貌之聊困，则狗不能不吠也。在他看来穷人穷都是因为先天的不去读书识礼，而他的黄毛狮子狗咬了穷人则是替孔孟之道出气。因此当吴铁锤怒而将其黄毛狮子狗痛打一顿之后，道貌岸然的吴老财就不能不在吴氏祠堂大摆场面从而替孔孟之道正名。

事情皆因吴一六的惹是生非。

吴一六的名字说起来有点讲究，其中蕴含了他爸他妈的宏伟抱负与美好向往。吴一六他爸几世单传，都是一根独苗延续，到他爸娶了他妈并顺利生下吴一六之后，这一家人觉得香火寥落的局面从此就要改变，故给刚刚坠地的小家伙取名“一六”，他们准备一鼓作气生六个小家伙，吴一六是第一个，所以叫作“一六”。谁承想世事难料，吴一六长到了七八岁，他妈的肚子再也未见鼓起来。吴一六八岁这一年，他妈得了咳血的毛病，脸越来越黄，人越来越瘦，最后瘦得像个麻秸秆，活活的就瘦死了，人说得的是痨病。他妈走后的第二年，他爸在一个汗滴禾下土的炎炎晌午头上去地里锄草，忽然看见自家坟地里一群蝴蝶翩翩起舞，紧接着一个红鞋红袄红盖头的女子打坟地里走出，直直地奔他而来。他爸觉得这个女子非常眼熟，好像是自己刚刚故去的亡妻，为此吃惊不小，才要看个仔细，一阵冷风扑面而来，风去之后，红鞋红袄红盖头的女子连同着翩翩起舞的蝴蝶皆不见了踪影。吴一六他爸从此以后便精神恍惚，不吃不喝不言语，不久也就死了，死了也没有搞清楚得的什么病。吴一六孑然一身，开始了浪迹生活，东家一口馍，西家一碗饭，过着半饥半饱、不饥不饱的日子。吴一六天生的嘴巴甜，谁给他馍给他饭他都喊人家爸叫人家妈，吴一六吃过了百家的饭，喊过了百家的爸和妈，仍然过着半饥半饱、不饥不饱的生活，有时候饿极了就去吴老财的青砖门楼后面偷狗食吃。吴老财的青砖门楼后面拴着黄毛狮子狗，是吴老财花了好几个大洋买来的。这个狗吃得好，白米细粮，肉骨头隔三岔五地不间断。这些肉骨头都是吴老财的家人按照吴老财的吩咐特意为黄毛狮子狗烀制准备的，骨头很大，肉很多，吴一六对此一清二楚。

吴一六的眼睛只顾盯着黄毛狮子狗的饭碗，心里却忘记了一个基本的事实。在他还小的时候，黄毛狮子狗也小，黄毛狮子狗敢怒不敢言，往往是把香喷喷好吃的肉骨头拱手让给吴一六。吴一六长着个头，黄毛狮子狗也长着个头，而且其增长的速度远远超过了吴一六，几个月前还是个唯唯诺诺的小狗，几个月后就成了威风凛凛的大狗，对吴一六的强取豪夺逐渐流露出不满，目光中凶相渐现。吴一六沉湎于不劳而获的满足之中，对已经变化的事实浑然不知，依然觊觎着黄毛狮子狗饭碗里的肉骨头，直到被忍无可忍的黄毛狮子狗一家伙咬住了手腕子才罢休。

吴一六发出杀猪般的号叫，肉骨头也顾不得要，紧攥流血不止的手腕子落荒而逃，从此对吴老财的青砖门楼望而却步。

黄毛狮子狗打败了食不果腹的吴一六之后俨然成为了一国之君，自此便视吴一六为三等草民，只要发现了吴一六的影踪就会高昂着脑袋狂吠不止，其声其形相当威严。

吴铁锤了解了吴一六的遭遇以后，面露要打抱不平的神色。吴老财的黄毛狮子狗也曾经不止一次对他吠叫，吴铁锤要为吴一六讨个公道。

吴一六虽然吃遍了百家的饭，但是到吴铁锤家里的次数却是最多，一则因为铁锤妈妈的慈祥疼爱，一则因为吴铁锤毫不见外地相待。他和吴铁锤下河摸鱼，上树摘枣，东家掏个喜鹊蛋，西家捣个老鸹窝，有时候睡觉也睡在吴铁锤弟兄们中间，就像是吴铁锤家里的一口人。家里人被一只畜生搞得如此狼狈，年少气盛的吴铁锤怎么能视而不见。

不过吴铁锤的心里也有些疑惑，狗咬人一般都咬在腿上脚上，不知道吴老财的黄毛狮子狗怎么就咬在了吴一六的手腕子上。吴一六对此嗯嗯唧唧，嗯唧了半天吴铁锤也没有搞清楚是怎么一回事。

吴铁锤一家对吴老财早有怨恨之情。据铁锤妈妈说，吴老财的几百亩水田旱地中有相当的一部分属吴铁锤祖上所有，后来被吴老财家族一辈辈地蚕食而去。吴老财的祖上与吴铁锤的祖上早先是至亲近邻，吴老财的祖上都租着吴铁锤祖上的地种，到了民国的时候这种情况发生了变化，吴铁锤他家已经基本上没有什么房产田地了，日本人来了以后，他们反过来开始租吴老财的地种，所谓三十年河东三十年河西。怨恨归怨恨，吴铁锤一家也只能在背地里说说，毕竟吴老财家大业大，吴老财是地主，他们是佃户，佃户自然不能跟地主翻鼻子瞪眼。但是吴铁锤的心里面有一个心结，为什么祖上的家业都成了吴老财的囊中之物，而他们只能过着饥寒交迫的生活？吴铁锤盼望着有朝一日跟吴老财理论理论，现在，他感到机会来了。

吴一六在向吴铁锤讲述自己的遭遇时隐瞒了一个重要细节，他只描述黄毛狮子狗如何威风凛凛凶相毕露，而只字不提自己到这个畜生碗里面强取豪夺的事实，从而给义愤填膺的吴铁锤造成了一种错觉。吴铁锤觉得哪里有压迫哪里就有反抗，一个佃户的忍耐也是有限度的。

吴铁锤率领着吴一六上路了。

2

吴老财的偌大宅子占据着吴家集的中心地带，青砖门楼显得气派威严。这个晌午头，不大的街面上行人稀少，周围一片安静。

黄毛狮子狗像它的主人一样正在午休，以至于器宇轩昂的吴铁锤和诚惶诚恐的吴一六在青砖门楼前走了几个来回也懒得起来。吴铁锤有点不耐烦，他停下步子，对吴一六说：

“狗呢？”

吴一六小心地指了指青砖门楼：“在那后面。”

“把它喊出来。”吴铁锤大大咧咧地说。

吴一六不敢喊，吴一六是被吴铁锤硬拽着来的，要不是有吴铁锤在此，他早就落荒而逃了，哪里还敢喊什么黄毛狮子狗出来。

吴铁锤说：“喊啊！”

吴一六不喊，吴一六下意识地攥着手腕子往吴铁锤的身后躲。

“你不喊它出来我怎么给你评理？”年纪不大的吴铁锤俨然一副判官的模样。

吴一六看看威严的青砖门楼，又看看正气凛然的吴铁锤，小心翼翼地说：“要不……算了吧，下次再来？”

吴铁锤一听很不高兴：“没用的货，你看看你那个熊样！你把它咬了还是它把你咬了？”

吴一六说：“我敢咬它吗？”

“这不就是了？”吴铁锤说，“有理走遍天下，无理寸步难行，你横竖占着理，怕它什么事？喊，喊出来给你评理。”

吴一六底气不足，息事宁人一样地说：“什么理不理的，要说咬也就咬了，能评出什么理来？”

吴铁锤一脚踢在吴一六的腚上：“真是没用的货，给我喊，不然我踢你个熊。”

吴一六被踢了个踉跄，他攥着手腕子，显示出进退维谷的模样。

“你喊不喊？”吴铁锤眼睛瞪着，“过了这个村没有这个店，以后什么事也别找我，也不能去我家里挤被窝。”

吴一六听到吴铁锤说了这样的狠话就有些害怕。吴铁锤家里的条件虽然并不好，可是吴一六还有个可以时常落脚的地方，吴铁锤不让他去挤被窝就等于对他下了逐客令，这对于吴一六而言是一个很重大的事情，远比被黄毛狮子狗咬了手腕子事大。犹豫不决的吴一六经过反复权衡最终还是决定把黄毛狮子狗喊出来，他只管喊，至于喊出来以后怎么办，那是吴铁锤的事情。

吴一六定了定神，使劲干咳了两下，才要说话，就见吴老财的青砖门楼后面呼啦一道影子蹿了出来，未待他们反应过来，急促的狗吠声已响在了耳边。

正是吴老财的黄毛狮子狗。

吴一六过去来吴老财的青砖门楼后面拿肉骨头，每次伸手以前都要煞有介事地干咳两声，黄毛狮子狗对此耳熟能详，一当这个声音响起，碗里的肉骨头转眼就不见了踪影。黄毛狮子狗记忆犹新，吴一六的干咳刚刚响起，它条件反射，以为又是那个被它咬了手腕子的家伙前来拿它的肉骨头，午觉也顾不得睡，一下跃起蹿到了门楼外面。

吴铁锤看这个黄毛狮子狗果然是非同一般。它四蹄粗壮，脑袋高昂，浑身上下油光锃亮，嘴巴上喷着白沫子。它的吠叫雄浑粗犷，威风凛凛，仿佛是吴老财正对着他的佃户讲述孔孟之道的尊严。吴铁锤没有被它的气势所吓倒，大声喝叫了两下，要这个黄毛狮子狗住口。

黄毛狮子狗哪里肯听，反而叫得更凶。

眼前的两个人一高一矮一壮一弱，一个来势汹汹，一个畏首畏尾。这个矮个瘦弱的人它认得，就是过去经常来拿它的肉骨头被它咬住了手腕子的那个家伙，而这个高高壮壮的人它却不太认得。这个人对着自己指手画脚又喊又叫，明显地是在教训自己，明显没把自己、这个青砖门楼、这处威严的宅院和宅院的主人放在眼中。黄毛狮子狗从来没有见过这个阵势，也从来没有见过这样大胆无法无天的人，它大声吠叫着，要跟这个不知道天高地厚的人理论理论。

吴铁锤毫无惧色，一边用脚跺着吴老财青砖门楼的地面，一边用手指着黄毛狮子狗的鼻子，对着貌似吴老财的黄毛狮子狗大喊大叫，说它仗势欺人，骂它杂种杂毛，质问它一天到晚吃香的喝辣的，那些香的辣的都是哪里来的。黄毛狮子狗当然无法回答吴铁锤的质问，黄毛狮子狗只能对着吴铁锤更凶地咬，更凶地叫。

吴铁锤和吴老财的黄毛狮子狗干上了，吴铁锤指着黄毛狮子狗又喊又骂，黄毛狮子狗对着吴铁锤又扑又咬，相互之间的距离越来越近。黄毛狮子狗心里面盘算着距离再近一点就能咬着吴铁锤；吴铁锤心里面盘算着距离再近一点就能踢到黄毛狮子狗。黄毛狮子狗现在顾不得那个拿它肉骨头的人了，那个人把着手腕子退到了远远的地方；吴铁锤也顾不得吴一六了，吴一六就是个熊包软蛋，有他没他都一样。

撕咬与叫骂之中，吴铁锤和吴老财的黄毛狮子狗终于短兵相接。黄毛狮子狗一口咬去，吴铁锤眼疾手快躲闪迅速，黄毛狮子狗只咬住了吴铁锤破烂不堪的裤脚，把他的裤脚撕掉了一块；吴铁锤怒从心头起，狠狠一脚踢去，黄毛狮子狗竟也闪展腾挪，只把它油光锃亮的毛发蹭掉了三五根。怒从心头起的吴铁锤更加恶向胆边生，跑到一旁弯腰捡起了一块半大的砖头，黄毛狮子狗不仅不躲，反而迎着吴铁锤扑上来。吴铁锤非常奇怪，心里想这个财主家的狗还就是不一样，竟然不怕他低头弯腰。

狗怕弯腰的，这是铁锤妈妈的至理名言，吴铁锤很小的时候就记着这句话，他也曾经验证过这句话。不管多么凶多么恶的大狗小狗公狗母狗，只要你低头弯腰，它都会躲得远远的，它认为你要捡石头打它。吴老财的黄毛狮子狗没有经过这样的阵势，它没有这样的经验，因为从来就没有人低头弯腰捡石头砸过它，所以它不仅没有躲开，反而迎面扑了上来。吴铁锤看得真切，抡起长腿就是一脚，同时手里的半大砖头也狠狠砸了出去。

吴铁锤的这一脚同样没有踢到黄毛狮子狗，但是却将半大的砖头砸在了狗的前腿上，一家伙就把吴老财的心爱之物砸趴到了地上。

黄毛狮子狗没料到吴铁锤会来这一手，它受到了突然的打击，完全被打蒙打疼打转了向，威严的吠叫一转眼就变成了嗷嗷的惨叫。眼看着吴铁锤又去低头弯腰捡砖头，黄毛狮子狗有了先前的教训，觉得它好汉不能再吃眼前亏，也顾不得前腿剧痛难忍，一瘸一拐地嗷嗷叫着跑回了青砖门楼内。

大门外的吠叫吵闹打扰了吴老财的午休。吴老财开始以为又是哪个要饭的要到了他的门上，正要打发家人去大门外看看，没承想黄毛狮子狗的惨叫就传了过来，吴老财心头一紧，水烟袋也没有端，三步并作两步就往外走，正碰到心爱的黄毛狮子狗一瘸一拐嗷嗷叫着跑进门来。

狗跑回了自己的窝里，它看到了自己的主人，一边舔舐着疼痛难忍的伤口，一边把尖厉的惨叫变成了轻轻的呜咽，分明是在诉说着无尽的委屈。被砖头击中的前腿上渗着血水，黄毛狮子狗舔一下看一眼吴老财，舔一下看一眼吴老财，心疼得吴老财眼泪蛋蛋差点掉下来。

吴老财从高大的青砖门楼走了出来。

大门外面已经围了不少的乡亲，有穷人也有不怎么穷的人，大都租着吴老财的地种，所以吴老财基本上都认得他们。年少气盛的吴铁锤凛然站立在人群的最前面，似乎毫不隐瞒发生的事实，还把半大的砖头拎在手中，一副好汉做事好汉当的模样。

眼前的情况一目了然。

吴老财板着脸，内心的气愤差不多要翻江倒海，可是表面上还装着很平静的样子，虽然手里面没端着纯银的水烟袋，但是当着乡里乡亲的面，他觉得不能辱没了孔孟之道的斯文。

不远处站着攥着手腕子的吴一六，吴一六虽然面露惊慌，但是看到威严的吴老财走出来，还是能够轻轻松松地说：

“不是我干的。”

他把刚才的事情一推六二五。

“你妈个蛋！”吴铁锤踢了他一脚，“不是你我吃饱了撑的到这来？”

吴一六自知理亏，攥着手腕子不说话了。

吴老财仰脸看着吴铁锤："你为什么打我的狗？它招你了还是惹你了？"

"它咬了小六子！"吴铁锤把吴一六抓过来，掰开他的手说，"你看把小六子手腕子咬得？一溜大牙印。"

吴老财鄙夷地看了看叫作小六子的吴一六："我这个狗不咬好人，他不招它惹它，我这个狗能咬他手腕子？"

吴铁锤对吴一六说："小六子你说说，你怎么招的它惹的它？"

吴一六有苦难言。他想起来到黄毛狮子狗的碗里面拿肉骨头的事情，恨不得眼前有条地缝钻进去，哪里还能说出个一二三四。

吴老财说："我这个狗通灵性，它识文达理，对识文达理的人从来不叫。想必是你们一天到晚游手好闲，既不耕读诗书，也不琴棋书画，不要说我的狗了，连我都看不惯。"

众人听了吴老财的话后默不作声。理是这个理，但是穷人家连口饭都吃不饱，衣不遮体，拿什么耕读诗书、琴棋书画？

"咬人就不行，"吴铁锤仍然振振有词，"你养的狗你要管好，咬了人，东家要负责。"

吴老财气得脸色铁青："打狗看主人，懂不懂这个道理？你是打狗吗？你是打我！"

吴铁锤说："我没有打你，我打的是那个咬人的畜生。"

吴老财肥硕的脑袋直摇晃，也顾不得斯文不斯文了，气哼哼地说："狗也打伤了，腿也打折了，你说怎么办吧？"

吴铁锤大言不惭："它咬了人，我打了它，一报还一报，互不赊账。"

吴老财差点气晕过去。他认得吴家的老四吴铁锤，这个穷小子天不怕地不怕，家里虽然穷得叮当响，但却自以为将来会是什么了不起的大家伙，从来就不知道什么天高地厚。吴老财想好好教训教训这个吴铁锤，但不是在这里脸红脖子粗评什么道理，他是有身份的人，有身份的人总不能跟这个愣头愣脑的穷小子一般见识。吴老财琢磨着搞点更厉害的，搞点吴铁锤和全村大人孩子一辈子都忘不掉的事情。

铁锤妈妈和铁锤的大哥听到吴铁锤闯了祸，都跑到了吴老财的青砖门楼前面，他们紧忙着给吴老财赔礼道歉。铁锤妈妈一再表示，他们吴家人穷志不短，就是砸锅卖铁，也要赔偿吴老财的损失。

吴老财对铁锤妈妈说："砸锅卖铁？你家有多少锅砸多少铁卖？就算你们砸锅卖铁，你们也赔不起。"

铁锤妈妈对吴老财说："砸锅卖铁不行，让老四去抵命。"

吴铁锤在家里排行老四，铁锤妈妈和铁锤的几个哥哥平时都喊吴铁锤老四，老四是吴铁锤的乳名。

吴老财听了铁锤妈妈的话以后重露出平日里的儒雅神态："我不要你们砸锅卖铁，也不要你们家老四抵命，我要让你们受点教育，让你们知道知道什么是孔孟之道，礼义廉耻。"

在吴老财看来，君君臣臣，父父子子，君为臣纲，父为子纲，同样的道理，佃户种财主的地，则财主为佃户之纲。打狗看主人，这哪是打他的狗？分明就是打他，是扇他的脸，打他的嘴，完全违背了礼义廉耻的规范和要求。吴老财觉得这个事情非同小可，由此决定在吴氏宗族祠堂大摆场面，不是为了自个的面子好看，而是要维护孔孟之道的尊严。

吴氏祠堂孤零零坐落于吴家集的村头，是个三进三出的院落，青砖铺地，院墙高耸，一色的砖瓦结构，虽然谈不上多么排场，却也气象森严。祠堂在一年的时间中大多闲置不用，只在祭祖或是有重大事件发生的时候才被当作重要的场所加以利用，而平日里只有两个老头子把门。祠堂里供奉着吴氏祖先的牌位和那些有头有脸先人们的牌位，保存着吴氏宗谱。老铁锤吴举人的牌位端端正正，置于最显要的位置上。

说起来这个祠堂还是由吴铁锤的祖上从广州的三元里一路辗转来到吴家集以后牵头所建，风风雨雨百余年才发展到今天这样的规模。斗转星移，物是人非，祠堂成了吴家集吴姓人家的公共场所，早已失去了往日的面目，只一个老铁锤吴举人的牌位孑然而立，让铁锤妈妈一家偶尔念起昔日里曾经拥有的荣光。

吴家集吴姓的男人们不分老少都集合到了吴氏祠堂的庭院中。女人不进祠堂，这是一辈辈传下来的规矩，所以铁锤妈妈叫铁锤的大哥等几个兄长硬拽着吴铁锤去了祠堂，自己只在家中等待着祠堂里传来的消息。

院子里站满了人，吴铁锤和吴一六都站在人群前面，吴老财和族长等几个地位显要的人物则立在台阶上，他们指指画画商量着将要进行的事项。黄毛狮子狗一条前腿上绑扎着绷带，此刻也趴在台阶上，它茫然注视着众多的人群，偶尔吠叫一两声，目光中流露的依然是遭受痛打之后的不安。

族长首先讲话，他介绍了事情的大致经过和要把吴家集的男人们集合到吴氏祠堂的原因，一副道貌岸然的模样。吴老财随后发言，同样是孔子曰孟子云之乎者也讲了一大套，在理论上启发村人的觉悟，以期使大家能够明白吴铁锤的下作行为完全是有悖于孔孟之道的。最后就是对吴铁锤的处罚办法：给台阶上的黄毛狮子狗磕三个响头。

决定一经宣布，人群里一片议论纷纷，有的说行，有的说太过分，有的说这样的处理不花钱不伤皮肉不痛不痒还是可以接受，有的说这是软刀子杀人不见血，是比蛇蝎还要毒的毒招。吴铁锤气炸了肺，一双溜圆的圆眼怒视着吴老财等一干人以及台阶上的黄毛狮子狗，呼哧呼哧粗气直喘。

“磕吧，”族长想要息事宁人，劝吴铁锤说，“磕了就没事了，东家还是东家，乡亲还是乡亲。”

吴铁锤怒目而对，一言不发。

吴老财端着纯银的水烟袋，大度从容。这个办法是他深思熟虑以后拿出来的，不打人，不骂人，不赔钱，不动肝火，不辱没了他吴财主的斯文，还叫吴铁锤这个穷小子一辈子忘不了。他等待着吴铁锤跪下来，吴铁锤的膝盖只要跪到了青砖地面上，他吴财主的一切就都回来了。

院子里鸦雀无声，村人们不说话，吴老财不说话，吴铁锤的几个兄长不说话，吴一六更不说话。吴一六吓得不轻，事情本是因他而起，他没想到会闹到吴氏祠堂里来。要说磕几个头也不是什么大不了的事情，磕了以后万事大吉，他吴铁锤还是吴铁锤，吴一六还是吴一六，也不缺斤少两的，无非是不再从吴老财的青砖门楼过，无非是从此以后不再招惹那个黄毛狮子狗罢了。吴一六拉了拉吴铁锤，意思是早磕早完事。

“磕啊？”族长催促着吴铁锤，“都等着呢。”

吴铁锤甩开了吴一六的手，一口唾沫唾在青砖铺就的地面上，对着族长等一干人说：

“我是个人，不能给畜生下跪！”

都愣住了。

吴铁锤的几个兄长张着嘴巴看着吴铁锤，半天合不拢；村人们小声地相互打听，以为自己的耳朵出了毛病；族长的脸上青一块红一块，显然不是个滋味；黄毛狮子狗趴在台阶上不声不响；吴老财一口水烟含在嘴里却忘了朝外吐。他没想到小小年纪的吴铁锤说起话来竟然如此掷地有声。

还是族长干咳了两下，打破了一时间的尴尬。他对吴铁锤说：“你这孩子怎么这样说话呢？打狗看主人，好歹是吴财主的狗不是？你给狗赔个不是，就是给吴财主赔不是，吴财主面子上过去了，大家都过去了不是？”

吴铁锤一对圆眼瞪着族长：“我吴铁锤跪天跪地跪父母，给个杂种下跪算什么东西？要我给畜生磕头，除非你把我的头割下来。”

族长被吴铁锤的几句话噎得直翻白眼，“你这孩子，”他下意识地走来走去，有点手足无措，“你这孩子……”

吴一六显得惊慌不安，他不知道这样闹下去会有什么样的可怕结果。走也不是，不走也不是，这一刻他觉得自己真是无地自容。无地自容的吴一六正好被手足无措的族长看到了。

族长对着吴一六说：“事情不是因你而起吗？铁锤不磕你来磕，就是三个头，早磕早回家。”

吴一六被搞愣了，没想到族长会点到自己头上。他傻乎乎地站在那里，更加不安，不知道如何是好。

吴老财发话了。他以大度的口吻对吴一六说：“你磕也行，磕了以后给你两个白馍。”

吴老财的这句话就像是一颗定心丸，使得犹豫不决的吴一六有了自己的主意。一边是族长的要求，一边是吴老财的两个白馍，吴一六都不能漠然视之。不就是磕几个头吗？不伤筋不动骨的，既能将眼前的事情化解，又能换来白馍吃，何乐而不为呢？吴一六看了看吴铁锤的脸色，走到台阶前面，当着黄毛狮子狗的面低下了头，弯下了腰。

吴铁锤怒不可遏，一个跨步上去，照着弯腰低头还没有完全跪下去的吴一六就是一脚，骂道：

“给我起来，孬种！你敢磕这个头，我揍死你个熊！”

吴铁锤的这一脚力气很大，一脚就把吴一六踹趴到了台阶下面，把吴一六踹了个嘴啃地，吓得台阶上的黄毛狮子狗一声惊叫，顾不得腿上的伤痛，一瘸一拐地朝祠堂后面跑去，很快就不见了踪影。

吴老财气得水烟袋直抖，连声说：“反了，简直是反了……”

族长搓着手唉声叹气，摇晃着脑袋说：“这事弄的，你看看这事弄的……”

铁锤大哥想把铁锤拉回去，他要说说他这个小弟。吴铁锤又是一抡胳膊甩掉了大哥的手，对着台上台下的乡亲族人凛然说道：

“我们老吴家打铁的出身，只知道敬天敬地敬父母，要叫我们给畜生磕头下跪，除非太阳打西边出来。”

吴老财抹下脸来，冷冷地说：“你不磕这个头也行，要有条件，不能你想怎么样就怎么样，吴家集容不得你来撒野。”

吴铁锤的声音更冷：“什么条件你说吧。”

“你，还有这个小混混，从吴家集滚出去，今天就给我滚，滚得越远越好，不然就打断你们的狗腿，我见一回叫人打一回，见十次叫人打十次，打得你们皮开肉绽不知道谁是你们的爸妈！”

吴老财终于拉下了斯文，也顾不得什么体面不体面，身份不身份的了。

吴铁锤冷笑了一两声，对吴老财说：“你说话算话？”

吴老财说：“君子一言，我能跟你这样的人耍赖？”

“好，”吴铁锤说，“族长在此，大哥在此，乡里乡亲在此，我吴铁锤从今天起就远走高飞永不再回吴家集，除非你们派八抬大轿来接，八抬大轿来接我吴铁锤也不一定回来。”

吴老财端着水烟袋鄙夷地说：“也不撒泡尿照照自己，八抬大轿是给你这样的人预备的？”

吴铁锤没再搭理他，拉起了吴一六就往祠堂外面走。吴一六被踢得不轻，此刻正鼻涕一把泪一把地抹着脸。

3

吴铁锤拖着吴一六走出了吴氏祠堂，走上了吴家集狭窄的街道，从另一个方向走出了吴家集。在村外，他们碰到了新四军班长欧阳云逸，欧阳云逸带着两个新四军战士正要进村。新四军的江抗支队开到了苏北，他们要在苏北一带发展抗日根据地，要招兵买马，扩军。戴眼镜背长枪的欧阳云逸深深吸引了吴铁锤的注意，他的长枪很威风，而眼镜又让他显得秀气，看起来文质彬彬。特别是欧阳云逸介绍他们这个新四军部队是抗日的部队，是穷人的部队，是专门为穷人打天下的队伍，所以吴铁锤打定主意要参加欧阳云逸的新四军。

“你们新四军能不能吃饱饭？”

吴一六想起了这个最关键的问题。

欧阳云逸微微一笑：“新四军吃白米，穿洋布，不仅饭管吃饱，子弹也管够。看到我这个枪了吗？这叫中正式，比小日本的三八大盖差不到哪里去。”

吴铁锤和吴一六这时候还搞不懂什么三八大盖中正式，但是欧阳云逸的白米、洋布他们记住了。白米就是江南的大米饭，洋布就是机器织的布。机器织的布又细又光滑，当然比手工织的又粗又硬的土布要高级许多。吴铁锤、吴一六跟欧阳云逸说定参加新四军，他们回去收拾一下，第二天就跟上欧阳云逸到新四军的队伍上去。

前脚走了共产党的欧阳云逸，后脚来了汪精卫的忠义救国军。忠义救国军前来扩军的也是个班长，他告诉吴铁锤和吴一六，他们忠义救国军也是抗日的队伍，也吃白米、穿洋布，除此以外，每月还发一块大洋的饷。

吴一六怦然心动。

两个童年长大的伙伴产生了分歧，吴铁锤要去欧阳云逸的新四军，吴一六要去汪精卫的忠义救国军。吴铁锤去新四军是为了信义，因为已与欧阳云逸有约在先，他不能说话不算话，而且欧阳云逸明确说过新四军是穷人的队伍，是为了穷人打天下，忠义救国军则对此只字未提。他吴铁锤是穷人，穷人就只能到穷人的队伍上去。

吴一六去忠义救国军是为了每月一块大洋的饷，既然都是投军，都吃白米穿洋布，为什么不要那一块大洋的饷呢？吴一六是见钱眼开。两个人话不投机，即便吴铁锤说了“揍你个熊”也未能改变吴一六的主意。吴铁锤跟了欧阳云逸的新四军，吴一六随着忠义救国军进了城。两个人分道扬镳，从此天各一方。

吴一六的忠义救国军没过多久摇身一变成了日本人的皇协军，吴一六稀里糊涂就当了汉奸。抗战胜利后他所在的队伍被国民党军队收编，成了国民党的保安大队，后来又整编加入了中央军黄百韬兵团，直至淮海战役中跑到吴铁锤的阵地上，两个人才又戏剧般重逢。吴一六算是弃暗投明，绕了一个大大的弯子，重新参加了共产党领导的武装。

吴铁锤对吴一六说：“你放屁脱裤子多此一举，早知现在，何必当初？”

第二十二章

1

欧阳云逸和吴铁锤带着前卫营剩余的全部战斗人员前往下碣隅里方向追击溃逃的陆战1师以后，李大个和孙友壮等负伤人员留在死鹰岭1419.2主阵地上等待着后方部队的救援。但是他们等了整整一天，也没有等到自己的部队前来营救他们。

孙友壮和李大个知道不会有人来救他们了。

战局变化很快，陆战1师已经全线溃逃，所有的部队，所有能继续行军、继续战斗的人员都背对着鸭绿江向南追击着美国鬼子，部队的建制差不多都打乱了，军找不着师，师找不着团，团找不着营，营以下基本上都打光了。军长张仁清下了死命令，军找不着师、师找不着团不怕，能找着美国鬼子就行，只要找到了美国鬼子，就进攻、进攻，无休无止地进攻，把陆战1师围在长津湖，拖在长津湖，困在长津湖，消灭在长津湖。

在没有任何通信保障的情况下，阵地变幻不定，人员交错繁杂，敌我双方的部队来来往往，很难有哪一级的指挥人员能够判明哪一处阵地、哪一个山头上有没有自己的伤员，有多少伤员。他们的目光永远都在最前面，永远都盯着最前面的敌人。

所以孙友壮、李大个知道不可能会有人来救他们，他们要靠自己救自己。

吴铁锤和欧阳云逸带着部队离开死鹰岭的时候，指定了孙友壮为负责人，要求他们在阵地上等待后方收容或是自行去寻找后方医院。交代完之后，吴铁锤、欧阳云逸就匆匆而去了，他们再也没有回来。

除了孙友壮和李大个，阵地上还有十几个伤员，有枪伤、炸伤、冻伤。孙友壮脚上的冻伤最为严重，基本上已经不能走路。他看看日头就要西沉了，仍然见不到收容部队的人影，觉得无论如何不能再在死鹰岭上待下去了。死鹰岭，鹰飞上来血液都会凝固，会冻死在山头上，何况是人？尤其是天就要黑了，天黑以后气温会急剧地下降，他们都会在阵地上冻死。

李大个同意孙友壮去找师医院的意见，但是十几个伤员中的大多数还是想在阵地上等待，等待着后方的部队来救他们。又冷又饿，身上都带着伤，别说是不能走，就是能走，往哪里走？到什么地方去寻找师医院？孙友壮动员了半天，还是没有统一意见。

“龟儿子，”李大个已经没有等待的耐心了，“等，等，等个鸡子等！等到夜里，把你们龟儿子的鸡子都冻掉！”

李大个一开骂，伤员战士反而都不说话了。李大个是营部的通信员，距营长、教导员最近，某些时候某种情况下，李大个的影响比一般的连排干部都要大，李大个说话就意味着营长、教导员说话，对这一点，他们都有共同的感觉。

孙友壮就势说：“营长、教导员要俺负责，俺是指挥员，现在都听俺的，收拾武器弹药，还有吃的，跟俺上路。”

“哪个不走就冻死他龟儿子。”李大个又补充了一句。

没有人再坚持留在阵地上了，都在收拾东西准备离开。吃的东西不多，欧阳云逸他们走的时候留下了一些冻土豆和少量缴获的罐头食品，孙友壮把它们集中起来，每个人平均分了分，武器也都带上了。阵亡的战友他们已无力顾及，他们只能默默地与这些已经长眠的战友们道了别，把不再知道寒冷和饥饿的他们留在了死鹰岭上。

留在死鹰岭上的还有战死的美国人，他们横七竖八躺在1419.2主阵地的山腰山头上，都已经僵硬。陆战队的撤退行动非常坚决，他们也没有顾得上躺在荒凉寒冷的长津湖畔的那些昔日里的伙伴。

2

孙友壮把他的捷克式轻机枪背在背上，带着伤员们顺着山脊往后方、往鸭绿江方向走去。孙友壮不知道师医院的确切位置，但是知道它在北方，北方有鸭绿江，他们是从鸭绿江一路走来的，越往北离鸭绿江越近，越往北离他们的家越近。

孙友壮走得很慢，非常慢，更确切地讲他不是在走，是在挪动，看上去就像一个小脚老太太走在崎岖不平的山路上。两个脚板已经完全失去了知觉，以至于他不能够操纵自己的双脚，仿佛它们已经离开了身体。小腿以下都是麻木的，孙友壮挪动得非常缓慢，费尽周折。尽管如此，仍然有剧烈的疼痛传上来，传到他的心，传到他的头，好像是一把刀子戳着他的神经，一挪一戳，一挪一戳，戳得他脊梁骨上冒冷汗。

李大个也在挪动，李大个同样迈不开步子。迈不开步子的李大个不是因为脚上的冻伤，他的脚上穿着缴获的陆战队防寒皮鞋，所以脚板子没有大碍，他的挪动在于裤裆里的伤处。美国人的一发子弹不偏不倚穿过了他的裤裆，从他身体上的某个部位穿了出去，这让李大个感觉到一种从未有过的痛苦。胳膊腿好好的，脑袋好好的，就是不敢动，一动就疼得要命。伤处已经不再流血，这个李大个能够感觉出来，严寒冻住了伤口，但是李大个现在还不知道他的伤情如何，也不知道到底伤在了什么地方。李大个曾经用手偷偷探查过自己的伤口，这一摸让他吃惊不小，他的伤不在屁股不在腿上，好像在裤裆中间那个要命的东西上，这叫他多少有点灰心丧气。李大个想起长津湖战役打响的时候，他们前卫营在出击下碣隅里飞机场之前他和营长吴铁锤往大松树上滋尿的情景，他的高度远远没有吴铁锤滋得那么高，原因在于自己的个子矮、鸡子小。现在好了，要真是裤裆中间的这个家伙中了枪，撒尿都受影响，更不用说和营长比赛了。

痛苦不堪的李大个和小脚老太太孙友壮没什么两样。至于其他的战士，冻了手的抱着膀子，负了伤的拖着腿脚，行进的速度很慢，到日头落在了长津湖西面的群山之后很久，暮霭完全笼罩了苍茫的大地，他们离开死鹰岭才只有几里路的距离。

孙友壮很焦急，照这样挪动下去，什么时候才能回到后方，什么时候才能找到师医院呢？

李大个也很焦急。入夜以后，气温急剧地下降，滴水成冰不说，连空气也冻得凝结起来，山上山下的雪都冻住了，结了厚厚的冰层，走起来很滑，对艰难挪动的他们来说无异于雪上加霜。走了好几个小时，又冷又饿，实在是挪不动了，孙友壮叫大家停下来休息。

十几个人或坐或躺在雪地上，拿出了冻土豆和不多的罐头来吃。土豆已经冻得很硬，罐头也冻住了，吃起来很费劲，可是每个人都是饥不择食，都吃得津津有味。他们知道再冷再冻的东西，只要是食物，吃下去就能提供热量，就能增加抵御严寒的力气，就能使他们回到后方的家。所以谁也不说话，都在努力地啃着冻土豆嚼着冰冻的罐头食品，咯吱咯吱嘎嘣嘎嘣的声音格外响亮。

孙友壮想起来李大个的挎包里还有一瓶子洋河大曲，问他是不是拿出来每人喝上一小口，去去寒。李大个说亏你龟儿子说得出口，洋河大曲，格老子营长的宝贝，营长都舍不得喝，你龟儿子下得去口？说得孙友壮半天没话，只好更加使劲啃他的冻土豆。

孙友壮啃完了两个冻土豆，抹了抹嘴巴上的冰碴子说：“不能停，还得跟着俺，走。”

李大个说：“你那是走？比龟儿子乌龟还慢。”

孙友壮说：“再慢不也是个走嘛，越走离后方越近。”

李大个说：“啷个走得了嘛，走不动了噻！”

“走不动也得跟俺走，”孙友壮黑暗中的语气很坚定，“不能停，一停就会冻死。”

谁也没有说话，因为每个人都明白孙友壮话中的含义及他们面临的严酷现实。零下几十摄氏度的严寒，暴露于荒山野岭，一旦停止活动很快就会冻僵、冻硬，这样的事情他们已经经历了很多。

静了一会儿，李大个说：“不能冻死噻？谁有啥子办法没得？”

都不说话。四野里一片寂静，听得到空气冻裂的咔咔的响声。

“爬吧？”孙友壮说，“走不了，爬也跟俺爬到后方去。”

“要得！”李大个大声说，“爬他个龟儿子！”

一行人便趴到雪地上开始爬动。

孙友壮的这个办法不错，他是冻伤了脚不能走，只能爬。李大个伤了裤裆中间的家伙，挪动起来非常疼，在地上爬反而减少了痛苦。雪地因为结了冰走起来溜滑，搞不好就要摔跤摔跟头，而爬行使他们避免了进一步的摔伤。爬行的速度虽然很慢，有时候比小脚老太太的挪动还要慢，但毕竟还是继续前进了。孙友壮对大家说，只要方向没搞错，哪怕是爬得再慢，早晚也能爬回到自己的后方。

他们没有搞错方向。他们也起不来顺着山谷一直向北方、向鸭绿江的方向爬行。山谷弯来绕去，有时候通向西，有时候通向东，但总体上还是通向北方。地上的雪很硬、很凉，每个人都是寒冷彻骨，他们没有停下来，他们知道不能停下来，一停下来就再也起不来了。

大半夜过去了，十几个人还在顽强爬动着。远方有隐隐约约的枪炮声传来，在他们的身后，在很远很远的南边，他们知道那是下碣隅里，是下碣隅里更南边的古土里、真兴里，那是他们的部队、他们的战友正借着黑暗向美国人进攻。夜晚是他们的白天，在这个夜晚美国人的日子同样不好过。

黎明前的气温更低、空气更加寒冷，沉沉的倦意折磨着每个人的神经，使得他们差不多要昏睡过去。身上的武器也越来越沉重，好像有千钧的重量压在他们的背上，拖拽着他们极度寒冷、极度疲惫的身体。有的战士说是不是把枪扔了？背着它们显然是个累赘。这立刻遭到了孙友壮严厉的斥责。孙友壮说枪是我们的命，有武器就能战斗，身上背着枪说明我们还活着，既然活着就不能丢掉自己的武器，除非你死了。再也没人敢吭声。

孙友壮的背上是他的捷克式轻机枪，他背上的负担最重，但是孙友壮咬牙背着它。这是他的第二挺捷克式轻机枪，是营长吴铁锤从别的连队专门调给他的，他原先的那挺打下碣隅里机场的时候插进了美国鬼子的坦克履带，报废了，他一直觉得非常可惜。

李大个的背上背着缴获的“八粒快”，他没有想过要扔了它，这是他的宝贝，是他跟着营长吴铁锤亲自从美国鬼子陆战队手中缴获的，他想一直带着它，带它到海角天涯，直到再也拿不动它。孙二愣子讲得好，丢掉自己的武器就等于丢掉自己的命，只有死人才会同自己的枪支分开。

倦意一阵又一阵不断袭来，每个人都想要好好睡一觉，哪怕是睡一小会儿也好。孙友壮知道他们不能闭上眼睛，一旦闭上眼睛就再也不会睁开。他在努力爬动的同时，不时呼喊着李大个的名字，呼喊着每一个战士的名字，他们要是答应慢或是停止了答应，孙友壮就会更加大声呼喊着他们，会爬到他们的跟前，直到他们清醒过来，答应过来，重新跟着他爬动起来。

孙友壮想起了营长吴铁锤，想起了教导员欧阳云逸，此刻这两个人让他觉得比过去任何时候都亲切，孙友壮想营长、教导员此时此刻要是能在面前那该有多好。他要李大个讲一讲营长、教导员，听到了营长、教导员的名字，大家也许就会有力气，就不会犯困，就会跟着他爬回到自己的后方了。

李大个来了精神，讲了吴铁锤痛打吴家集吴老财黄毛狮子狗的事情，讲了粮秣员吴一六在淮海战役时如何饿得不行，赶巧爬到了营长吴铁锤的阵地上从而投诚当了解放军。李大个也讲了欧阳云逸，透露了欧阳云逸的一个小秘密，就是教导员手上的天蓝色毛线手套。包括孙友壮在内的许多人于是都第一次听说了蓝晓萍的故事，知道是她给他们的教导员织了那副天蓝色的毛线手套。

在吴铁锤的部队，差不多人人都知道吴铁锤和粮秣员吴一六是一个村子出来的人，但对于他们之间源远流长的故事，除了欧阳云逸、李大个等几个营部的人以外，其他人都知之甚少。特别是李大个，他和自己的营长吴铁锤形影不离，知道和了解的事情当然就多，他的话具有相当的权威性。在这个黑暗寒冷的冬夜，在北朝鲜狼林山脉苍茫的冰雪世界中，每个人都听得入神。

李大个说营长吴铁锤从不食言，自从离开了苏北老家吴家集就再也没有回去过。淮海战役期间，吴铁锤所在的部队打吴家集不远的地方路过，吴铁锤本来有机会回家里看看，那时候他已是解放军的连长了。当时的指导员欧阳云逸要连长吴铁锤回去看看，毕竟离开家乡那么多年了，家中还有个老娘。吴铁锤没有回去，住在离吴家集十里的村庄上。他派人把铁锤妈妈跟几个兄长接了过来，炒了四碟四碗的菜，蒸了两大锅白面馒头，一家人阔别多年以后吃了顿团圆饭。席间谈起吴家集过去的财主现在的恶霸地主“吴老财”，都有一种天翻地覆般的感觉。那时候吴家集已经搞过了土改，“吴老财”的几百亩水田旱地都分给了穷人，原来属于铁锤妈妈的土地又回到了铁锤妈妈家里。吴铁锤问现今的“吴老财”怎么样？铁锤妈妈说斗得不轻；吴铁锤说吴氏祠堂呢？铁锤妈妈说祠堂还在，不过已破落得不成样子；吴铁锤提到了黄毛狮子狗，铁锤妈妈说黄毛狮子狗早死了，疯死的，也不知道死在了什么地方。吴铁锤这次与铁锤妈妈及几个兄长的相逢是距苏北老家吴家集距离最近的一次，但是他并没有回去。吴铁锤给了母亲两块洋布，把一套没舍得穿的军装给了他大哥，这是他当时的全部财产。铁锤妈妈说：“老四你怎么就不能回家去看看呢？回家娶了媳妇生了孩子再去当兵不迟。”老四是营长的小名。吴铁锤说打过了这个仗吧，打过了这个仗解放了全中国他就回到吴家集，娶妻生子，伺候老母亲颐养天年。

李大个讲到这里停住了，他讲得很累，也爬得很累，他要停下来歇一歇。孙友壮说：“后来呢？营长有没有去他的苏北老家吴家集搞对象、娶媳妇？”

“娶个鸡子，”李大个回答道，“打完了淮海打渡江，打完了渡江打上海，本来要去解放台湾，没想到又开到了这个冰天雪地的长津湖来打美国龟儿子陆战1师。不过营长说了，打完了龟儿子陆战1师，他就娶媳妇。”

“乖乖，”孙友壮说，“俺营长的新媳妇在吴家集等着营长呢。”

“啷个吴家集嘛！”李大个说，“吴家集小了噻？格老子有大城市人等营长。”

孙友壮大声说：“这么说俺营长已经有心上人了？”

李大个同样大声说：“你们晓得欧阳教导员的妹子欧阳云梅吗？”

孙友壮说：“俺晓得，欧阳云梅是师医院的，跟俺老乡李桂兰一个治疗队。”

李大个说：“老鼠拉木锨，大头在后面，有好戏看噻！”

孙友壮说：“这么说俺营长跟俺教导员妹子好上了？”

“我啷个讲了嘛，”李大个说，“这是你龟儿子孙二愣子讲的！”

“咦，你怎么猪八戒倒打一耙呢？”孙友壮说，“明明你开的头嘛，开了头要有尾，说书的都这么说。”

“这个尾嘛，”李大个卖了个关子，“欲知后事如何，且听下回分解！”

一路讲一路爬，一路爬一路讲，爬到黑暗过去，爬到天空放明，爬到了太阳从东边的山头上升起。太阳升起来了，太阳让他们稍微感觉到了一点温暖，每个人的心里都因为太阳的升起而充满了希望。他们熬过了最黑暗、最寒冷、最困难的夜晚，迎来了太阳升起的时刻。他们又啃了些冻土豆，把宝贝一样保留的冻土豆都啃光了，只还保留着少数的几个罐头，这是他们的战利品。他们是从前线上下来的，刚刚打跑了美国鬼子，到后方见到了自己的同志总要表示点意思，不然谁知道他们打败了美国鬼子呢？

在逐渐明亮起来的天空下，每个人都从对方眼中看到了此时此刻的自己。他们的身上冒着寒气，眉毛胡子上结满了白色的冰霜。十几个人围成一片，他们趴在地上，嘴巴上哈着白汽，如同蠕虫一样地蠕动，他们的身后留下了一道道溪流似的痕迹。太阳静静照射着山谷，照射在异常缓慢但是仍然不停蠕动着的战士们的身上，给这条原始、漫长、死一般的山谷带来了生命的迹象。

太阳的方位在不停变换着，从东面移到东南，从东南移到正南，移到他们的背上屁股上，又从他们的背上屁股上移到西面。他们缓慢但是始终顽强而又不停地爬行，毫不在意太阳光线的变换，直到迎面走来队伍，长长的、零零散散的一大群人，穿着他们这个南方部队的服装。他们知道这是自己人，美国人已经被远远地抛在身后了，他们得救了。

3

迎面而来的是师医院治疗队队长陆元寿及其队员。战局发展变化很快，部队都在向南追击溃逃的美国鬼子，他们的医院也要从后面向前推进。天亮后开始出发，为了避开美国飞机的轰炸，男男女女几百号人离开了道路，贴着山脊顺着山谷往前走，山脊和山谷的两边都有密密麻麻的树林子，便于隐蔽。走到太阳西斜，快要到达预设位置的时候，迎头碰上了孙友壮这十几个爬在地上的人。

地上的雪很厚，山谷和两边的山坡上白雪皑皑，陆元寿他们直到跟前才发现了孙友壮这十几个人。陆元寿开始的时候心头一紧，他以为碰到了一片阵亡士兵的遗体。可是仔细一看，这些卧倒在雪地上的人都背着枪，虽然浑身上下冒着寒气，眉毛胡子上结满了冰霜，但是他们的嘴巴上还哈着微微的白汽，每个人都在慢慢地蠕动、爬行。

这是自己部队的战士，他们都还活着！

陆元寿大声招呼着治疗队的人员赶快过来帮忙。孙友壮、李大个他们都爬不起来了，他们也不说话，都很平静，任自己的同志架着自己。人群中，他们发现了几个熟悉的身影。

“李桂兰，李桂兰……”

孙友壮话音微弱但是仍然兴奋地喊叫着。

“欧阳云梅，欧阳云梅……”

李大个也使出了浑身的气力，努力使欧阳云梅能够听到他虚弱的声音。

李桂兰和欧阳云梅都听到了，她们来到了孙友壮和李大个的担架旁，但没能马上认出他们两人。因为他们的头发、眉毛、胡子上都挂着白色的冰霜，破破烂烂的军装上也结了一层冰，像是两尊白毛关公。两个人都努力地在冻僵的脸庞上挤出些轻松的表情来，对着她们尽力绽放出灿烂的微笑。

“俺是孙友壮。”孙友壮笑着对李桂兰说。

“我，李大个，前卫营营部通信员。”李大个也笑着说。

“俺娘来，”李桂兰脸色陡变，“是孙友壮呢！”

“李大个？”欧阳云梅拍了李大个一巴掌，“阿拉不知道是侬呢！”

生离死别后的重逢，让几个人都欣喜若狂。尽管他们分别的时间并不长，不过是短短的数日而已。可是因为其间横亘着残酷的生离死别的战斗，每个人又都觉得日子是那样的漫长，好像过去了几个月、几年。现在，他们又见面了，虽然激烈的战斗仍然在进行当中，但是能够再次相逢毕竟是一件美好的事情。

蓝晓萍也认出了李大个和孙友壮，蓝晓萍问了问他们部队的情况，问他们部队现在在哪里，打得怎么样。孙友壮说战斗打得很艰难、很残酷，消灭了不少美国鬼子，但损失也很大，原来一个营，现在只剩七八十人了，差不多是过去一个连的一半。蓝晓萍、欧阳云梅她们听完之后，心情都变得无比沉重。

李大个看到她们的表情，劝慰她们，教导员和营长都还好好的，活蹦乱跳，一根汗毛也没伤到，目前带着部队追击美国佬去了，干掉了剩下的美国人就能回来。他还特意提到了欧阳云逸手上的毛线手套，说教导员戴着这个蓝色的毛线手套很暖和，两只手一点没冻到。

蓝晓萍咬了咬嘴唇，苍白的脸上突然出现一片红晕，扭身走到一旁去了。

孙友壮要李大个解开了他鼓鼓囊囊的土黄色帆布挎包，把他们珍藏的没舍得吃的陆战队罐头分给了大家。拿着罐头的陆元寿知道这是战士们从美国人的手上缴获的，这是他们的战利品，是他们跟美国鬼子真刀真枪血肉拼杀的见证，他们把这几个罐头当成了自己的荣耀，他们宁可自己忍受着严寒饥饿也要与战友分享这种荣耀。陆元寿的眼睛里一片迷蒙。

“烧水，烧开水！”

欧阳云梅一声大喊让每个沉浸在感动与敬佩中的人如梦初醒，孙友壮、李大个他们十几个人都冻僵了，要让他们先喝上一通热水，暖和暖和身体。她们几个刚才净顾着说话和高兴了，竟然一时间忘掉了这码子事。

郑小莉不无担心地说：“大白天烧火，美国佬飞机要发现的。”

“去他娘的美国佬飞机！”

欧阳云梅骂了句粗话。

郑小莉皱了皱眉头，转身往旁边走去。她碰到了治疗队队长陆元寿，又说：

“大白天生火烧水，美国佬飞机发现很麻烦的。”

陆元寿看了看她，又看了看天空，说道：“去他娘的美国飞机吧。”

战史载：

（长津湖战役）每个治疗队划分为六个治疗组，手术队亦分为六个小组，分散展开收容治疗。当时，气候严寒，担架员冻伤很多，后转力量不足，第一线抢救任务难以完成。因为战场分布广，距离远，加上当时运输工具缺乏，道路经常遭敌机袭击，所以伤员无法后送。在此种情况下，动员了1200余名轻伤员翻越高达1730公尺的广城岭，步行40公里到后方医院。其余重伤员直至攻克柳潭里后才开始后送，最多时一个队囤积伤员1218名，11天后才后送。

这就是九兵团的长津湖战役。

4

喝了一通热水，吃了几个土豆，孙友壮和李大个他们都渐渐暖和过来，师医院也已重新安营扎寨完毕，等待着收容和治疗前方下来的新的伤员。陆元寿和欧阳云梅给李大个、孙友壮他们检查了伤情，立即在现有条件下展开了救治。

李大个这个时候才知道了自己的伤情，他最为担心的事情发生了。

美国人的一发子弹穿过了他的裤裆，不偏不倚打在了一只睾丸上，把这个睾丸打碎了，其他的地方均无大碍，只是屁股上擦破些皮。这个睾丸显然是不能保住了，只能把残余的组织摘除，然后再进行清创缝合。李大个气不打一处来，恶狠狠地骂道：

“龟儿子，打哪里不好，打老子鸡子！”

陆元寿安慰他：“幸好情况没有变得更坏，只打坏了一个蛋，如果再稍微偏一点，两个蛋子都完了。”

李大个不无担心地说：“那鸡子还要不要得？”

陆元寿明白李大个话中的意思，那个意思是剩下了一只睾丸还管不管用，会不会影响以后的结婚生育。陆元寿想了想，对李大个说：

“我看问题不大，只要处理得好，不感染，不发生并发症，不至于影响你的房事。”

“啥子？”李大个没搞明白，“啥子房事？格老子问尿不尿得？”

陆元寿也糊涂了：“尿尿啊？尿得，没碰着阴茎尿道，尿尿没问题。”

他显然没有搞清楚李大个的原有之意。李大个担心的是打碎了一个“鸡子”会不会耽误他滋尿，特别是会不会耽误他往大松树上滋尿。战斗打响前他和吴铁锤比赛着往大松树上滋尿，他输了，原因在于自己的个子矮、“鸡子”小。现在好了，小小的“鸡子”又被打坏了一只，以后就更滋不远了，也更没有办法去跟营长吴铁锤比赛了。李大个还小，还搞不懂陆元寿所说的“房事”是个什么东西，没有想到那么远。

欧阳云梅一直站在旁边，嘿嘿直笑。她没想到这个李大个傻了吧唧的还不懂得多少人间烟火。李大个是前卫营营部的人，他们营部的人都傻，李大个傻，吴铁锤傻，她哥哥欧阳云逸也傻。

嘿嘿笑着的欧阳云梅让李大个有些不好意思，不但自己的私密部位让她看到，而且还被笑话。李大个觉得很别扭，非常别扭，他要欧阳云梅回避回避，因为男女有别，授受不亲。

欧阳云梅瞪了他一家伙：“什么男女有别授受不亲？阿拉医生，医生侬晓得吧？只有救死扶伤、没有男男女女的。叉开腿！”

在欧阳云梅的帮助下陆元寿给李大个做了清创缝合手术，没有麻药，李大个疼得脸上都挤成了一团。不过他并没有吭声，也不敢朝欧阳云梅看上一眼，他怕自己要是叫唤的话，欧阳云梅更会笑话他。

孙友壮脚上的冻伤非常严重，已经没有办法保住了。

单薄的胶底鞋完全冻在了他的脚上，与他的皮肤融为一体了，几个治疗队战士费了很大劲才脱掉了他左脚上的那只，而右脚的鞋无论如何脱不下来。蓝晓萍说需要暖，暖开了才脱得下来。可是怎么暖呢？冰天雪地的野外，条件是如此的简陋，又不能用热水烫，干着急没有办法。情急之中，李桂兰一下子把孙友壮的这只大脚塞进了自己的大衣和薄棉袄里面，塞进了自己的怀中。

孙友壮涨红了脸，使劲抽动着右腿，想把那只破烂的沾满了冰屑和血痂的胶底鞋拿出来，可是李桂兰抱得紧紧的，他抽了几下都没有抽出来。他的右脚完全失去了知觉，已经不再听他的使唤了。孙友壮没有办法，结结巴巴地对李桂兰说：

“俺的脚脏，弄坏了你的衣服，俺脚脏。”

李桂兰却毫不在乎：“俺不嫌，俺这个大衣还是你给的，俺不嫌。”

孙友壮对李桂兰说：“你这样待俺俺过意不去，俺娘也没有给俺暖过脚，俺娘也没有。”

李桂兰说：“你娘不在这儿，你娘要在这看到了你这个样子，你娘也会给你暖，你娘一准会的。”

停了一下，孙友壮又说：“你让俺拿出来吧，俺的脚太凉，把你冻坏了，不值得。”

“不碍事，”李桂兰更紧地抱住孙友壮的脚说，“暖一暖就能暖过来，暖过来脱了鞋子就好治了。”

孙友壮叹了一口气，说道：“俺这个脚怕是不中用了，一点知觉也没有，怕是保不住了。”

李桂兰听到这个话后眼泪立即掉了下来：“你这么大个人，五大三粗的，哪能治不好呢？你相信俺，你的脚不碍事，一定能治好。”

孙友壮笑了笑，没有再说什么。

李桂兰揣着孙友壮的大脚就像是揣着一大坨冰疙瘩，寒冷浸透了她的全身，冷得她手脚打战，嘴唇乌青，可是她咬紧了牙关，更紧地抱着这坨冰疙瘩不放，她不相信自己的体温暖不开孙友壮的脚。

陆元寿仔细检查了孙友壮脚上的冻伤，情况非常严重。从颜色上来看，孙友壮的两只脚及其小腿总体已由苍白变为紫褐色，特别是他的右小腿已呈黑色，与小腿以上的健全组织有着明显的界限。伤部组织完全失去了功能和感觉，说明这些部位的深部组织已经坏死，而且很有可能蔓延到了肌肉甚至骨骼，按照划定的四级冻伤标准来判定，孙友壮是属于最严重的第四度冻伤。

李桂兰焦急地问陆元寿怎么办，有没有办法能够治好孙友壮的腿脚。

陆元寿神色凝重地看了看李桂兰：“办法只有一个办法，截肢，而且要快，不然会有生命危险。”

李桂兰的脸一下子变得蜡黄。

陆元寿是根据治疗冻伤的实际经验做出的决定，对于严重坏死的肢体只能进行截肢手术并清除坏死组织，这是他们从大批冻伤人员的治疗中积累的经验。他们是南方部队，师医院别说是治疗如此严重的冻伤，在国内作战的时候甚至连“冻伤”这两个字听都没有听说过。一切都是残酷的战争带给他们的。

李桂兰有些担心，她问陆元寿："两个腿都截吗？俺看着他的腿一个颜色重一些，一个颜色好像轻一些呢。"

陆元寿给了李桂兰当头一棒："差不了多少，都截。"

李桂兰还不死心："你截了他一个腿他将来架个拐还能走，顶多是个瘸子；两个腿都截他就瘫了，成了瘫子，他就走不了路了。"

陆元寿皱了皱眉头，不知道这个婆婆妈妈的李桂兰是怎么一回事情。

同为女人的欧阳云梅似乎明白点李桂兰焦虑的原因，她对陆元寿说："孙大个子左腿上的颜色确实浅一些，先保守治疗一下看，也许可以保住的，不行再截肢不迟的。"

陆元寿想了想，同意了她们的意见。

治疗方案终于达成了一致，可是还有一个不知如何解决的问题，他们没有麻药。在零下几十摄氏度的严寒中，不多的针剂基本上都已冻坏冻裂，麻药更是所剩无几。李大个做清创缝合手术的时候就没有麻药，他挺过来了，那毕竟是个小手术，而孙友壮是截肢，没有麻药，孙友壮怎么挺？

陆元寿决定把孙友壮五花大绑在手术床上，无论如何将截肢手术做了。

陆元寿对孙友壮说："给你截肢了，不然你会死的。"

孙友壮笑了笑说："截吧，俺知道俺这个腿保不住，能保住命就行，保住了命俺还能扛着捷克式打美国鬼子。"

陆元寿说："没有麻药。"

孙友壮又笑了笑："没有麻药就没有麻药，要那个麻药弄什么？"

"得把你绑住了。"

孙友壮有些纳闷："你绑俺干啥？俺不能走不会跑的。"

"你会疼得受不了！"

孙友壮却不当一回事："俺当是啥！"孙友壮却不当一回事，"掉脑袋俺都不怕，俺能怕疼吗？不用绑，俺不会碍你的事。"

5

李大个做过了裆部的手术已经没有大碍了，只是还不能活动，一活动裤裆中间就疼得厉害。听说孙友壮要截肢，他忍着疼痛慢慢地挪动到了充当手术室的一处山洞，看到孙友壮已经被绑在了手术床上，他不理解：“要麻药做啥子？我没得麻药，也做过了不是？”

欧阳云梅不耐烦地说：“去，你那是什么手术，孙大个子是什么手术？截肢，截肢侬晓得吧？就是把腿锯掉，没有麻药，挺不过来的。”

李大个依然不解：“麻药有啥子作用嘛？”

陆元寿给他解释：“麻药的作用就是睡觉，不用动不用疼，他一觉睡过去，手术也做完了。”

李大个心里有了底，只要能让孙二愣子睡过去，他就不会疼，不会喊，也不会动，当然也用不着绑了。因为被如此五花大绑，不仅孙友壮觉得别扭，李大个也别扭，那跟杀猪没什么两样。

李大个从挎包里掏出了一瓶子酒，那是吴铁锤珍藏了多年的家乡的洋河大曲，一直没舍得喝，现在他把它掏出来了，因为孙二愣子要截肢，孙二愣子没有麻药。麻药的作用是睡觉，这个酒也能让孙友壮睡觉，吴铁锤说过这个酒的劲头很大，两口下去就能放倒一个人。

孙友壮说什么不喝。且不说这个酒能不能起到麻药的作用，就算是有点作用他也不能喝，那是营长的宝贝，跟他那个雕花云龙纹檀木匣铜锣一样的宝贝，孙友壮怎么能喝了吴铁锤的宝贝。

“龟儿子，”李大个骂道，“命要紧嘛！营长看到了，营长也会叫你龟儿子喝。”

孙友壮躺在手术床上直摇头，说什么不干。

李大个不管他三七二十一启开了瓶盖子，以命令的口气说：“按住，灌他个龟儿子。”

陆元寿有些手足无措，他没想到事情竟然会发生这样的变化，他也从来没有见过以酒代替麻药的事情。欧阳云梅倒还冷静，对李桂兰说：

“死马当作活马医，有用没用的，灌下去再说。”

两个人不由分说按住了孙友壮的两条胳膊，陆元寿托着孙友壮的头，李大个拿着沉甸甸的酒瓶子往孙友壮的嘴里灌。孙友壮的腿脚早已失去了知觉不能动弹了，胳膊又被欧阳云梅和李桂兰按着，一点办法没有，只能听任李大个的摆布。浓郁的酒香瞬时弥漫在寒冷的山洞里。

陆元寿托着孙友壮的头，使劲抽动着鼻子，连说：“好酒，真是好酒，名不虚传！”

李大个原来想灌上几口就行了，因为吴铁锤说过这个酒的劲头特别大，两口下去就能放倒一个人。可是十几口下去了，孙友壮的眼睛还睁着，嘴巴上嗯嗯啊啊个不停，李大个只好继续灌，一灌就把大半瓶子酒灌了下去。孙友壮停止了挣扎，没过多久就呼呼地睡了过去。

李大个把瓶塞子塞上，放在耳朵上摇了摇又晃了晃，不无可惜地说：“龟儿子，喝了这么多，营长那里啷个办嘛？”

孙友壮彻底醉死过去以后，陆元寿和欧阳云梅开始为他做截肢手术。剥离清除了坏死的肌肉组织，锯掉了残肢，然后缝合包扎，手术进行得很顺利。孙友壮在整个手术过程中一直酩酊大醉大睡特睡，特别是截除残肢的时候，陆元寿手里的锯子吱吱响，而孙友壮则打着呼噜，嘴巴里喷吐着浓浓的酒气，一点也没有感觉到痛苦。

李桂兰给他输了300CC的血液，以报答孙友壮曾经的救命之恩。

孙友壮昏睡了一天一夜，醒来的时候发现自己的右腿从膝盖以下没有了，左脚上也缠着绷带。陆元寿采纳了李桂兰和欧阳云梅的意见，他没有截除孙友壮的左腿，只把左脚上几个冻死的脚指头去除了。孙友壮留住了这条腿，他没有瘫，而是成为了李桂兰所说的瘸子。在以后的岁月中，孙友壮架着拐，硬朗朗走着，走了很长很长的时间。

李桂兰前来看望清醒过来的孙友壮。孙友壮默默拂动着右腿上空空的裤管，对李桂兰说：

“原想着打完这个仗跟你一起回沂蒙山老家去种地，现在不行了，残了。”

李桂兰的眼睛湿润了。她抹了抹眼泪，对孙友壮说：“不碍事，一个腿残了，还有一个腿，你还能走，不会瘫。”

“反正残废了，种不了地了，到哪儿也是个累赘。”

“要俺说你不要想这些，大不了回俺们沂蒙山老家，俺不要你种地，你跟着俺，有俺吃的就有你吃的，俺吃干的，不让你喝稀的。”

孙友壮抬头看了看山洞外面灰蒙蒙的天空，好像看到了沂蒙山的青山绿水。“沂蒙山，好地方。”他有些神往地说道。

李桂兰说：“要俺说你就放宽心，俺用沂蒙山的煎饼小米就能把你养得好好的，你放宽心。”

孙友壮看了看李桂兰，笑了笑，没再说话。

过了一会儿，李桂兰理了理披散在额前的头发，对孙友壮说：“俺给你唱个歌吧，你一准爱听，听了以后你就不难过了。”

李桂兰也不管孙友壮要不要听，自顾自地哼起来：

人人（那个）都说（哎）
沂蒙山好
沂蒙（那个）山上（哎）
好风光
青山（那个）绿水（哎）
多好看
风吹（那个）草低（哎）
见牛羊

高粱（那个）红来（哎）
稻花（那个）香
满担（那个）果蛋（哎）
堆满仓……

李桂兰的歌声仿佛行云流水，婉转明丽，韵味十足。它穿越了风寒雪冷的长津湖，把孙友壮带回到了遥远的、亲近的沂蒙山。这个调调是孙友壮十分熟悉的调调，是他们的《沂蒙山小调》，是沂蒙山人自己的歌声。在他们老家方圆八百里沂蒙山区，差不多人人都能哼上几句。但是在孙友壮听来，在此时此刻，李桂兰的歌声却完全是另外的一种，好像这歌声不只是她身体发出的声音，而像是这长津湖畔的风鸣，是他们沂蒙山老家牵牛花朵的开放。孙友壮不知道李桂兰还能哼唱出这样的歌声来。

李桂兰充满深情地望着孙友壮说："俺不嫌你，一辈子做牛做马，俺不嫌你。"

第二十三章

1

刘易斯二等兵终于在下碣隅里机场的简易跑道旁边躺下了，身前身后都是躺着或者坐着的陆战队伙伴，他们都负了伤，有枪伤炸伤也有冻伤。枪伤大多来自中国人五花八门的子弹，有中国人自制的，有日本人的，还有他们陆战队勃朗宁自动步枪以及M-1迦兰德步枪的子弹。而陆战队员们身上的那些炸伤则基本上来源于中国人简陋的木柄手榴弹，这些手榴弹的质量相当低劣，爆炸力远远不及陆战队甜瓜式手榴弹的一半，但是它们可以炸死人，他的班长肯尼斯·本森下士就被这个低劣的木柄手榴弹炸死了，营长哈里斯中校也死于它的爆炸之下，而在此之前哈里斯营长非常瞧不起中国人的这种木柄手榴弹。

说实话中国人的木柄手榴弹质量确实低劣，但刘易斯知道它一样会要人的命，它们从中国人手里扔出来的时候几乎是铺天盖地，让你躲不开、跑不了。不要说这些木柄手榴弹会爆炸，就算是它们不炸，它们铺天盖地而来，砸也会砸死人。刘易斯一想到中国人的木柄手榴弹黄蜂般在天空上飞舞，他就心有余悸心胆俱裂，恨不得学习一下中国的神话人物孙悟空，一个跟头翻到十万八千里之外。

孙悟空的故事是弗雷特随军牧师讲给他们的，他和他的班长本森下士去牧师那里聊天，牧师在闲聊中谈到了这个中国的神话，牧师的父亲老弗雷特20世纪30年代到过中国。在弗雷特随军牧师的描绘中，孙悟空对于中国人而言相当于上帝的使者，那是中国人心目中的英雄。刘易斯当时还觉得奇怪，因为牧师告诉过他们中国人没有宗教，他们从来就不信仰上帝。既然没有上帝，怎么会出来上帝的使者呢？弗雷特随军牧师当时笑了笑，说他只是打个比方，仅仅只是一个比方而已。

现在刘易斯躺在下碣隅里机场简易的跑道旁边，回想起中国人黄蜂般飞舞的手榴弹弹雨，回想起弗雷特随军牧师所说的中国的神话人物孙悟空，一时间脑子有些恍惚，不知道哪个是真实的，哪个是虚幻的。也许中国人真的有上帝的使者孙悟空也说不定，他神通广大，一个跟头十万八千里，以至于把强大的海军陆战队打得如此狼狈，鸭绿江也去不了了。

刘易斯的身前身后躺满了负伤的陆战队士兵，黑压压的一大片，应该有几百人，也许几千人，刘易斯已经没有预估的心情了。他们都是他的伙伴，在前几天还与他目标一致，雄心勃勃地准备在临近的圣诞节前到达北边的鸭绿江，因为长官们告诉他们只要抵达鸭绿江，就可以回家过圣诞节。

长官的话言犹在耳，可是从眼下的情况来看，无疑已经化为了泡影。什么鸭绿江，什么圣诞节，刘易斯心里骂了一句“见鬼去吧”，他什么也不要，他只要离开这个异常寒冷荒凉的鬼地方长津湖，离开得越快越好。

美联社随军记者詹姆斯·爱德华的《前线日记》对当时的情景有如下的记载：

海军陆战部队及其大批伤员终于从柳潭里来到了下碣隅里，他们仿佛经过了一阵痛打，伤痕累累，有的丢了头盔，有的光着脚，几乎每个人的脸上都密布着寒风吹裂的口子，一个个蓬头垢面，到达下碣隅里的防御阵地以后倒头就睡，毫不在意凛冽的寒风和飞舞的雪花，有些人因此再也没有起来。他们用70个小时将近4天的时间走完了21公里的山路，那绝不是一次漫步，而是从死神怀抱中挣扎出来的逃跑，这在海军陆战队的历史上是绝无仅有的，而前方的险峻山路上还有无数不怕死的中国人在等待着他们的归程。陆战队能否经得起最后的一击？即便是史密斯将军这样的老陆战队员也为此忧心忡忡。

在死鹰岭1419.2主阵地最后一个夜晚的战斗中，刘易斯大难不死，他倒霉的肚子救了他的命。刘易斯跑回了下碣隅里，许许多多的伤员和部队都跑回了下碣隅里。陆战1师下一步的计划是从下碣隅里撤退到古土里，从古土里撤退到真兴里，再从真兴里撤退到咸兴和兴南港，从那里登船撤往南朝鲜最南端的釜山。当然，在陆战1师的作战手册里，撤退不叫“撤退”，叫“转回头来向另一个方向进攻”。按照史密斯的部署，进一步的行动已经全面展开了，下碣隅里的部队都在拼命往南打，古土里的部队也在拼命向北接应，可是效果并不理想，中国人紧紧卡着由下碣隅里到古土里的崎岖山路，陆战队的伤亡很大，史密斯的脑袋很疼，而令他更加头疼的还有聚集在下碣隅里的大批伤员，有在柳潭里附近的战斗中受伤的，有在下碣隅里附近的战斗中受伤的，有从柳潭里突围到下碣隅里的途中受伤的，有的来自死鹰岭等大大小小的山头要点，还有一批是溃败于长津湖东岸的第7步兵师的伤员，他们历尽了千难万险，跑到了下碣隅里这个临时的庇护所，加起来有好几千人。陆战队继续向南的突围战斗已经开始，他们不能带着这些伤员。从下碣隅里到古土里和真兴里的道路崎岖险恶，中国人不要命地穷追猛打，加上异常严寒恶劣的天气，这几千名伤员不仅会拖累陆战队的突围行动，甚至可能全部无法存活下去。

2

史密斯感到他必须做出决断。他想到了下碣隅里的简易机场。

下碣隅里机场位于下碣隅里村庄的东南方向，处在一块平坦的开阔地上。四周群山环抱，北面紧挨着冰冻的寒光闪烁的长津湖。在麦克阿瑟将军圣诞节总攻势组成部分的“铁钳行动”开始之前，史密斯坚持在此修建了简易的飞机跑道，为了这个事情他和第10军军长阿尔蒙德将军闹得不可开交，差不多是不欢而散。史密斯当时曾明确表示，如果下碣隅里的简易机场不能修建、陆战队的补给通道得不到根本的保障，则陆战1师北进鸭绿江的进攻行动便不能如期进行，换言之，他史密斯就不能执行阿尔蒙德的命令。阿尔蒙德对此嗤之以鼻，认为史密斯纯粹是浪费时间，有可能会影响到麦克阿瑟将军圣诞节结束朝鲜战争的总攻势计划，他要陆战队加速前进。史密斯置阿尔蒙德的要求于不顾，执意在下碣隅里这处不大的盆地上修建了这个简易的机场。

史密斯的执拗和谨慎不仅挽救了陆战1师的命运，也挽救了数千名陆战队员的性命。

长津湖战役打响以后，陆战队通过下碣隅里简易机场运来了大批的武器弹药、防寒装备、医疗器械、油料、食品以及其他各种各样的物资，从而确保了严寒条件下陆战队的战斗行动。中国人同样看到了这个机场的重要，发动了一波又一波猛烈的攻击，争夺机场及其物资的战斗尤为残酷。所幸他们打退了中国人的进攻，守住了这个空中的桥头堡和补给基地。

现在，史密斯又想到了这个简易的机场，他要调集远东空军的一切力量，把滞留在下碣隅里的数千名伤员转运出去。

远东空军给予了陆战1师最大限度的支援，上百架C–119运输机往返穿梭，把大批的伤员运往南朝鲜最南端的釜山以及日本的美军医院。C–119个头不大，双尾梁双发动机，粗短的机身简单实用，便于空投作战物资，是美国空军在当时使用最多的活塞式轻型战术运输机。它起降方便，对于机场的条件要求不高，能在短距的简易跑道上起落，在此时、在长津湖战役的关键时期发挥了至关重要的作用。

伤员的转运很顺利，不过有一些意外的情况。师部的军医主任向史密斯报告，就在当天上午，他的医院里不过只有四百五十名伤员，可是这一天却由C–119运输机运走了九百多人，而天黑以后，还有二百六十个伤员躺卧在战地医院的病床上。史密斯一时间不明白发生了什么事，这个数字把他搞糊涂了。

军医主任解释其中原委：医院里实际收容的伤员在当天只有四百五十个人，结果总数加起来却是一千六百余人，多出来一千一百余名“伤员”。

史密斯问多出来的一千一百名“伤员”是从哪里来的？军医主任耸了耸肩膀，说这个显而易见，也许他们真的有伤，也许就是混进来的。

这种无异于逃兵的行为让史密斯恼羞成怒，他当即命令身旁的作战指挥军官麦克劳克林少校彻查此事。

麦克劳克林很快就弄清楚了事情的真相。为了远离中国人源源不断的攻击和长津湖畔的荒凉寒冷，很多没有受伤的士兵都假装受了重伤，以登上后撤的C-119运输机。这些士兵来到机场的跑道上，裹上一条毯子，然后倒在担架上呻吟，看护兵过来也没检查就把他们抬上飞机运走了。这些假装负伤的士兵大多是长津湖东岸跑过来的第7步兵师的人，也有一部分陆战队的士兵，这些士兵都经历了柳潭里和下碣隅里的残酷战斗。

温文尔雅的史密斯听了麦克劳克林少校的汇报后勃然大怒。

整个陆战队都在竭尽全力，他们要冲破中国军队的层层包围撤往三八线以南，撤到朝鲜半岛的最南部，许多陆战队员都在流血苦战，不仅仅为了陆战1师的生存，也为了美国海军陆战队的荣誉，可是竟然有人装成受伤，胆怯害怕，临阵脱逃。在战斗中负伤是光荣的，而假装负伤却是可耻的，是不能容忍的。

史密斯严令军医主任把握标准，以他的结论作为是否转运后方的依据，同时向下碣隅里机场派出宪兵进行纠察，严防假伤员蒙混过关。麦克劳克林少校向史密斯建议，是不是可以向机场派一些牧师，让牧师们同士兵聊聊也许会舒缓他们的恐惧感。

史密斯同意了这一请求。

3

实际上麦克劳克林的这个建议提出来以前，弗雷特随军牧师已经到了下碣隅里机场，他觉得负伤的陆战队员这个时候会非常需要他。

他又碰到了刘易斯。

只要装成腿瘸就可以混上转运伤员的飞机，这种现象大大启发了刘易斯的思维。刘易斯从死鹰岭历尽艰难跑到了下碣隅里，可说是九死一生，说什么他也不要再回去了。他发现许多人都在想方设法离开长津湖，而搭乘C-119运输机在眼下是唯一可行和便捷的方法，刘易斯几乎是不假思索，他找了根棍子，一瘸一拐地蹒跚到了飞机场，在众多的伤员当中躺了下来。

弗雷特随军牧师在伤员中间走动着，察看他们的伤情，倾听着他们的诉说，同时把上帝的祝福带给他们。很多士兵经过了残酷的战斗都有着心理上的障碍，极度的严寒更增加了他们肌体和心理上的负担。有些伤员的伤情非常严重，他们僵硬地躺在冰冻的大地上，在零下几十摄氏度的严寒中动也不动，任凭刺骨的寒风撕咬着他们的面颊。有的陆战队士兵没有能够等到抬进飞机的时刻，躺在跑道旁边，再也没有起来。

弗雷特牧师在每一个死去的陆战队士兵的额头上画着十字，愿他们的灵魂得到安息。弗雷特总结了一个经验，判断这些伤员是不是还活着的简要办法是观察他们的眼睛，如果那个士兵的眼睛在动，说明他还活着；要是他凝望着灰蒙蒙天空的眼睛动也不动了，那这个士兵很可能已经死去。

“嘿，牧师。”刘易斯叫住了穿梭在伤员们之间的弗雷特。

弗雷特认出了刘易斯，他对这个士兵的印象很深刻，他仍然记得这个士兵曾经建议他给上帝买一副眼镜，让上帝看一看陆战队在长津湖畔遭受的苦难。弗雷特当时宽容了这一亵渎上帝的想法，因为上帝从未疏于过对每个人的照顾。

“你还好吗，我的孩子？” 弗雷特温和地看着刘易斯。

“不好，牧师，我感觉非常不好。”

弗雷特在他身旁蹲了下来，他想看一看他的伤情。刘易斯紧紧抓住他的手，告诉他自己的脚冻坏了，走不了路了，不能够继续战斗下去了。弗雷特安慰了他，对他说上帝知道他所受的痛苦，会保佑他平安无事的。

“你的伙伴们怎么样？哈里斯中校他还好吗？”弗雷特问道。

“哈里斯营长阵亡了，在死鹰岭。”

“上帝，”弗雷特在胸前画着十字，“愿上帝保佑他。”

跑道上机声隆隆，一架一架的C-119运输机不时地起飞和降落，螺旋桨搅起的尘土雪雾漫天飞舞着，遮挡了灰蒙蒙的天空。

弗雷特说：“你的伙伴们，他们都还好吗？”

“不好，我想他们都不好。”刘易斯表情沉重，“本森下士阵亡了，您知道的牧师，许多人都阵亡了，我们这个连差不多已经完全垮掉，麦卡锡中尉也失踪了，不知道是死是活。”

弗雷特沉默了一会，然后说道：“你们确实打得艰苦，上帝了解你们的苦难，那些失踪的人，上帝同样会保佑他们平安无事。”

刘易斯的眼前又浮现出一场场与中国人战斗的情景，中国人震耳欲聋的呐喊，黄蜂般漫天飞舞的木柄手榴弹弹雨，寒夜中凄厉的“铜钹”敲击，这一切都让他心惊肉跳。

“中国人为什么总是进攻、进攻？他们为什么盯住陆战队不放？他们为什么不怕死？”

刘易斯一连提出了好几个问题，这几个问题难倒了弗雷特。尽管他与史密斯师长、里兹伯格团长、已经阵亡的哈里斯营长以及许许多多的士兵都聊过同样的问题，但仍然找不到答案。

中国人穿着单薄的服装，拿着简陋的武器装备，在零下几十摄氏度的严寒中无休无止地冲锋，他们冒着陆战队猛烈的轰炸、强大的炮火和密集的弹雨源源而来，前面的一片片倒下去，后面的又一片片冲上来，似乎毫不在意巨大的流血与伤亡，哪怕是明知要倒下，也不吝惜自己的生命。这些人，这些中国的军队，他们究竟是为了什么？究竟是一种什么样的力量在支撑着他们前仆后继地进攻?

弗雷特一直以来都认为中国人没有上帝，没有宗教，因此也没有信仰，他们精神上的那一点点东西无非是共产主义许给他们的空洞希望。可是现在他觉得自己的认识出现了问题，中国人和中国军队是有信仰的，他们似乎都具有着一种精神，是这种精神在激励着他们奋勇向前，即使付出生命的代价也毫不足惜，陆战队不了解这种精神，史密斯师长不了解，里兹伯格团长不了解，阵亡的哈里斯营长不了解，这个刘易斯不了解，作为随军牧师的他也同样不了解。

“好好养你的伤，我的孩子，”弗雷特答非所问，“他们是一群陌生的东方人，我们不能够理解他们。”

刘易斯想摊开两手耸耸肩膀，可是他突然发现自己躺在担架上，以十分无奈的口吻说道：

“无所谓了，不管他们怎样，我再也不想同他们作战了，我要回到美国去。我只知道，在这里，哪怕是上帝也救不了我的命。”

弗雷特听了以后忙在胸口上画了个十字，说道：“上帝会宽恕你的，我的孩子。”

又一架C-119降落在跑道上，看护兵和宪兵一同走了过来。弗雷特随军牧师对他们说：

“这个士兵的伤情非常严重，请把他抬上去吧。”

“好的，牧师。”宪兵给弗雷特敬了个礼，然后做了个手势，看护兵接着就把刘易斯二等兵抬走了。

刘易斯终于离开了风寒雪冷的长津湖。当机翼掠过一座座白雪皑皑的群山，狭长的朝鲜半岛最终消失在雾气蒙蒙的远方之后，刘易斯长长地舒了一口气。他想他终于活着出来了，他这辈子再也不会回到那个叫作长津湖的地方去了。

经过五天时间的努力，远东空军的C-119运输机从下碣隅里运走了五千名伤员。在史密斯师长的坚持下，陆战队甚至还悄悄运走了将近两百具尸体，他们都是在下碣隅里附近的战斗中被中国人打死的陆战队官兵。

事情好像永远都是这样，前面刚刚掩埋了阵亡的官兵，后面又接着会有新的陆战队员阵亡。史密斯不管这个，既然有远东空军的运输机提供帮助，他就不想把他的士兵们留在荒凉孤寂的下碣隅里，哪怕他们已经死去。陆战队员们也有着同样的想法，他们瞒过了第10军军部的人，悄悄地把这些尸体装上了飞机。阿尔蒙德军长不同意陆战队这么干，紧张的空运力量只能为活着的人服务。可是史密斯的陆战队官兵有办法瞒天过海，这些尸体都冻得硬邦邦，跟那些冻僵的伤员并无大的区别。他们做到了这一点。

史密斯紧接着将他的师部转移到了古土里。师部的转移是由直升机从空中完成的，从下碣隅里到古土里，空中飞行的时间只有短短的十几分钟，看起来是非常简单，然而留在身后的陆战队主力部队的转移却远非易事。从下碣隅里到古土里的崎岖山路上到处都是中国人的阻击部队，他们卡着山隘，把守着山头要点，十几公里的道路上堆满了各式各样的路障，集中在下碣隅里的部队苦战了两天两夜也才前进了几公里的距离，而且付出了很大代价。身处下碣隅里的里兹伯格团长和到达古土里的史密斯都是焦急万分，他们觉得单靠下碣隅里的部队孤军向南苦战难以突破中国人的围追堵截，必须由古土里派出支援部队向北接应，否则战斗会进一步胶着下去，陆战1师的伤亡会进一步增大。

史密斯决定组建一支特遣部队，由该部队向北突破中国人的阻击，完成接应下碣隅里突围部队的任务。该特遣部队的主力由英第41特遣队、第3营G连、第7步兵师的第31团第1营B连和师司令部梯队混编而成，总兵力922人，装备有汽车141辆，潘兴式M-26重型坦克29辆。陆战1师司令部的作战指挥军官麦克劳克林少校担任司令部梯队的指挥官。

这是当时史密斯在古土里所能集中的全部力量。谁都知道此去下碣隅里路途险恶，凶多吉少，离开了古土里的防御阵地就如同一叶小舟漂入了中国人的汪洋大海。中国人在道路两旁虎视眈眈，绝不会让他们像一趟旅行那样悠闲，谁都知道他们有可能会有去无回。

史密斯师长和麦克劳克林握了握手：“祝你好运，少校。”

“再见将军，”麦克劳克林给史密斯行了个军礼，“我会回来的。”

麦克劳克林在陆战1师师部工作多年，与史密斯的个人关系一向不错，他跟长官告别的时候一点也不觉得沉重。然而，将要发生的事情却并非那么轻松。

4

乾磁开这个地方后来能在长津湖战役的战史上涂抹上重重的一笔绝非出于偶然，这个只有几间破烂房屋的北朝鲜的小村庄所以能够垂名军史从而令交战双方的将军或者士兵几十年以后都念念不忘，有着其无法改变的宿命。

乾磁开位于下碣隅里与古土里之间，差不多在下碣隅里以南七八公里的位置上，虽然是四面环山，但地势却并非十分的险要。由下碣隅里至古土里的简易公路穿村而过，它弯来绕去，一直通往山区南边的兴南港，那里是陆战1师“回过头来向身后进攻”的最终目标，一旦到达了兴南港，陆战1师就可以远走高飞了，哪怕后面的中国人再多，再怎么穷追不舍，他们也只能望洋兴叹。张仁清和黄天柱、向修远他们都非常了解这一点，吴铁锤和欧阳云逸他们也深深知道这一点，过了这个村没有这个店，若在崎岖的山路上卡不住美国人，美国人离开了山区进了平原，对于消耗、减员极大的他们而言，就完全束手无策了。所以张仁清破釜沉舟，把全军可战之兵力全部摆在下碣隅里、古土里至真兴里一线，要求部队再接再厉，誓死将陆战1师消灭在崇山峻岭之中，决不让一个敌人跑掉。

部队的建制已经完全打乱，加上伤亡损耗极大，整团整营的编制基本上已经荡然无存，黄天柱不得不把全师部队重新编组，统一组建了十二个连，每个连一二百人，分别由原来的团长、营长们具体指挥，他把这些部队全部派遣到了下碣隅里至古土里一线的崎岖山路上。刚刚跨过鸭绿江进入朝鲜的时候，黄天柱这个师还是个大编制，全师浩浩荡荡一万余人，而现在这十二个不满员的连队却是他可以继续战斗的全部力量了。

吴铁锤官复原职，重新以营长的身份指挥三个连截击陆战队。这三个连中的其中一个由前卫营剩下的百十人组建，由欧阳云逸亲自带队，另外两个是重新编组的连队，分别由兄弟部队的两个营长、两个教导员带队，加起来大概有四百多人，他们都埋伏在公路两边的山头上。山脚下有几间破破烂烂的房屋，早已是人去屋空。吴铁锤和欧阳云逸拿着日本人的旧地图对照比画了半天，才弄明白了身处的这个位置叫作乾磁开。

兄弟部队的两个营长、两个教导员不太服气，他们是营长、教导员，吴铁锤、欧阳云逸也是营长、教导员，凭什么他们要听从吴铁锤、欧阳云逸的指挥？黄天柱前来察看阵地，说你们哪个不服气？都是战斗需要，你们哪个要能光腚给我干掉一架“油挑子”，我立马叫吴铁锤听你的指挥。

几个营长、教导员闷着头再也不说话了。

站在边上的吴铁锤满脸的不在乎。他对欧阳云逸说，什么营长连长的，能打美国鬼子就行。

欧阳云逸笑了笑算是回答。心想吴铁锤表里如一，这个话说得不虚伪。

一夜相安无事，只是北边的下碣隅里方向和南边的古土里方向枪炮声不绝于耳，吴铁锤知道那是兄弟部队在同美国人血战。下碣隅里的美国人拼命往南突围，古土里的美国人拼命往北接应，战斗的残酷和激烈可想而知。只是他们这个地方还算平静，乾磁开孤立于大战之前的寂静中。

天空阴沉沉的，头顶上的云层越来越厚，能见度越来越差。上午还来了几批美国人的“油挑子”“海盗式”，又是侦察又是投弹，沿着简易公路两边的山头山岭飞了好几个来回，可是随着能见度的降低，不管“油挑子”还是“海盗式”都已不见了踪影。

又一场暴风雪即将降临。

吴铁锤看了看阴沉沉的天空，对欧阳云逸说：“美国佬的飞机都滚了蛋了，今天搞不好要唱一出好戏。”

欧阳云逸也看了看头顶上厚厚的云层，说：“这样的天气敌机是不会出来了，就是不晓得美国人离开飞机掩护还出不出来。”

陈阿毛背着雕花云龙纹的檀木匣铜锣趴在一边插话道：“美国鬼子要

不来，我们不白冻一夜了？”

吴铁锤学着上海话的腔调：“侬放心好了，美国小鬼子猴急猴急地要回他们老家过什么……什么蛋节，他还能不来？”

欧阳云逸纠正：“是圣诞节。”

吴铁锤立即附和：“对，这个生蛋节，他爸他妈家里等着他过节呢，不来飞机他也要跑的。”

吴一六在国民党军队的时候听说过“圣诞节”这个东西，国民党军队里有美国顾问，每一年过圣诞节的时候都热闹非凡。但是“圣诞节”究竟怎么个情况，他也搞不太清。现在吴铁锤提到了圣诞节，就想请教请教他。

“营长，你知道这个圣诞节到底怎么个来头？”

“我当然知道了，”吴铁锤大言不惭地对吴一六说，“生蛋节都吃生鸡蛋，为什么都吃生鸡蛋呢？这要说到鸡的品种，他那个鸡的品种不行。师里向政委对我说过，美国那个鸡是火鸡，火鸡下的蛋煮不熟，只能生着吃，过节这天美国鬼子不分男女老幼家家户户都煮生鸡蛋吃，所以叫生蛋节。”

欧阳云逸听了吴铁锤的话以后哭笑不得，而周围的战士们却都十分相信地频频点头，原来美国人的“生蛋节”是这么一回事情。上海人陈阿毛有点将信将疑，他虽然对圣诞节知之甚少，但也不是孤陋寡闻，上海滩十里洋场，对于圣诞节他多少有些耳闻，营长吴铁锤的这个解释在他还是头一回听说。

“不对吧营长？”陈阿毛说，“半生不熟的生鸡蛋吃到肚子里，还不把肚子吃坏了？”

“就是嘛，”吴铁锤不假思索，“你没见抓的那几个美国鬼子，身上那个毛长的，什么原因？生鸡蛋吃多了嘛！”

欧阳云逸实在忍不住了：“再好的东西从你嘴里出来就变味了。什么生鸡蛋？胡说八道嘛！”

“哎？我老吴文化不多，老欧你是个知识分子，大家等着问呢，你来说说生蛋节怎么回事。”

欧阳云逸说：“首先来说圣诞节不是什么生鸡蛋，圣诞节是耶稣基督诞生的日子，是为了纪念耶稣诞辰而设立的节日，一般是每一年12月的25日，这一天有隆重的纪念仪式，家家户户团圆，一点不亚于我们春节。圣诞节的前一晚叫平安夜，类似于大年三十，大人孩子聚在一起互道平安，有点像我们的守岁。”

陈阿毛好奇地问：“美国人发不发压岁钱？”

欧阳云逸看了看他说：“我说的是类似于，打个比方，压岁钱美国人没有的。”

“小气鬼嘛，”吴铁锤说，“既然过年不发压岁钱，要这个什么基督有什么用呢？”

欧阳云逸眉头直皱：“我跟你说不清楚，你这个吴铁锤，许多问题说着说着就下道，没办法跟你说。人家那就是个纪念，人家信仰上帝，不过一个纪念仪式而已嘛。”

吴铁锤笑了笑，自我解嘲似的说：“有钱过年，没钱也过年，穷人过年，富人也过年，美国鬼子不要命地往回跑，想跑回去过他们的什么生蛋年。不过这个不能由着他们，他得问问咱们答应不答应，对不对呀同志们？”

“对！”

一片激越的回答声。吴铁锤的话点燃了战士们的热情，使他们在寒冷的野外感受到战斗的激情。有的说管他什么上帝不上帝，上帝也救不了美国小鬼子的命；有的说美国佬过年不发压岁钱，咱们给他发，让他尝尝机枪步枪手榴弹。吴一六裹着大衣坐在雪地上，说得更干脆：

“此路是我开，此树是我栽，要打此路过，留下买路财。”

吴铁锤说：“你有本事，你是土匪！”

吴一六咧开嘴巴笑了，大金牙一闪一闪的。

5

两边的山坡上长着稀稀拉拉的松树，差不多都被砍倒堆在了道路上，一同堆在路上的还有土石，还有一处处炸开的凹坑。天寒地冻，又缺少必要的物资器材，设障也只能设到这个程度。吴铁锤指望着这样的路障能挡住美国人前进的步伐，能把南逃北援的美国人拖在乾磁开一线。

时过正午，从南面的山间道路上终于传来渐渐响亮的马达轰鸣声，一长串由坦克和汽车编成的车队逶迤而来，渐渐驶入了乾磁开一线的阵地。美国人的坦克和汽车交叉排列着，前面是几辆开路的坦克，后边是一些汽车，然后又是一辆坦克、几台汽车，拉得远远的，每辆坦克和汽车的车身上都涂着醒目的白星，让吴铁锤想起了孙友壮曾经形容过这个白星有如“发丧”。他突然间有些惦记他们，不知道他们现在身处何处，不知道他们是不是都得到了救治。

前面的坦克和车辆被堆在路上的树木土石挡住了，整个车队都停了下来。吴铁锤刚要下达战斗命令，就见从后面上来一辆坦克，坦克头上顶着个铁斗子，好像是一把巨大的铲子，一推一铲，树木土石就被顶到了一旁，车队又慢慢朝前爬行。吴铁锤没想到美国鬼子还有这样的装备。他不敢怠慢，下令陈阿毛敲锣。

伴随着一通急促铿锵的“急急风”锣声，几里路长的崎岖山路上顿时枪声大作，两边山头山坡上的部队都在向美国人的车队猛烈射击，机枪步枪卡宾枪的子弹雨点般打在美国人的坦克汽车上，一阵一阵的火星子直冒。手榴弹更像是冰雹一样地砸在汽车坦克中间，一团一团的烟火闪烁着，爆炸声接二连三响成了一片。有些汽车被击中了，燃着浓烟火焰，有些人中弹趴在了车厢上，而更多的美国人则纷纷跳下车来，以沟坡岩石和车辆为依托，拼命还击。潘兴式重型坦克的直瞄炮火和机枪也朝着两边的山坡猛打，一时间硝烟四起。

美国人一边还击一边继续向着下碣隅里的方向蠕动，清障的坦克不时将一处处障碍推掉，而紧随其后的车辆和人员就交替掩护着往前爬行，速度虽然很慢，但毕竟还是不断地行进着。吴铁锤一看这个打法不行，堵不住人，必须把开路坦克干掉。

“吴一六，吴一六！”

吴铁锤大声呼喊着吴一六的名字。他想起了曾经有过的打算，一旦战斗打响就派吴一六去冲击美国人的坦克车，现在这样的机会来了。

吴一六没有应答，吴一六早已不见了影踪。

“他娘的，”吴铁锤气得直骂，“吴一六跑哪儿去了？”

欧阳云逸说：“战斗打响的时候他说去下面搞东西吃，我同意了。”

吴铁锤一拍大腿，也顾不得吴一六了，对欧阳云逸说：“去几个人把美国佬的推土坦克干了。”

“我去！”陈阿毛自告奋勇。

吴铁锤瞪了他一眼：“你去？我的锣谁敲？胡闹！”

陈阿毛退到一旁不说话了。陈阿毛晓得粮秣员吴一六不会去冲击美国人的坦克车，他看到吴一六在战斗刚刚打响的时候就急急忙忙离开了阵地，这是他最后一次看到吴一六，吴铁锤和欧阳云逸他们也是最后一次看到他。从此以后，他们再也不知道吴一六的下落。

此次指挥三个连的战斗，吴铁锤在战斗打响以前曾经特意对另外两个连的指挥员交代了以锣为号的注意事项，这是两个临时编建的连队，是从别的部队抽调过来的，当然不能像他自己的部队一样懂得他这个锣。吴铁锤给他们讲了进攻信号“急急风”，也讲了撤退信号“慢三锤”，并要陈阿毛现场演示。

吴铁锤专门交代，眼下打美国鬼子南逃北援，第一波“急急风”是开始战斗的信号，接下来的“急急风”是冲锋的信号，冲到美国人跟前就算完成任务。

下去了一个排长，带着五六个战士。吴铁锤在山坡上组织火力掩护，两边展开了激烈的对射。山头上的火力打在坦克车的装甲上，一片叮叮当当火星子乱冒；坦克上的并列机枪扫在山坡山头上，扫得一溜雪雾连着一溜雪雾，扫到了好几个战士。但是这个排长还是领着两个人冲到了开路的坦克脚下，一捆炸药包一捆手榴弹将它炸瘫在道路上。另外几辆潘兴式坦克见势不妙，加大油门冲出了阻击阵地，头也不回地往下碣隅里方向驶去，而身后的汽车队美国兵都被丢在了下面的山间道路上。

天空上飘起了雪花，开始是一片一片，不经意间就成了一团一团的雪蛋子，打在生死鏖战的中国人和美国人的头上脸上，打得人眼发花，分不清天上地下，东西南北。四野里漫天雪雾弥漫着，雪雾好像是一道严实的大幕，遮挡了远处的一切，也遮住了乾磁开几间破破烂烂的房屋，以至于只闻风声呼号，只闻喊杀阵阵，只闻远远近近的枪声炮声爆炸声响成一片，它们仿佛远在天边，实际上又近在眼前。

美国人完全失去了空中的掩护和支援，也失去了远程炮兵的火力，这对他们而言无异于雪上加霜。他们的战斗力主要来自强大的空中以及地面炮火的协同配合，此时天降大雪，能见度差到了极点，不要说飞机无法起飞，就是炮兵也难以看清目标。失去了火力支援的美国人不敢贸然行动，他们蜷缩在乾磁开的道路两旁，等待着艰难时刻的过去。

6

吴铁锤迎着漫天的大雪仰头大笑，说了好几个“天助我也”之类的话。他和欧阳云逸简单商量了一下，决定趁着天降大雪发起冲锋，把堵在山脚下的美国人彻底消灭。

“急急风”铿锵的锣声再次敲响了，所有的部队都在向着下面的道路冲击。寒风呼啸，锣声阵阵，喊杀声穿破了迷蒙的雪雾传到几里路以外。

随陆战队同行的美联社随军记者詹姆斯·爱德华身临其境，对当时的情况有着非常深刻的印象，这一印象后来记载于他的《前线日记》中。爱德华写道：

> 大雪遮盖了远远近近的一切，中国人伴随着奇怪的金属敲击之声

发起一波又一波的攻击。风雪中看不清他们的身影，但是能够听到他们的喊声响彻在寒冷的天空。特遣部队的陆战队员也许从未见过这么多的中国人蜂拥而至，坦克炮、无后坐力炮、迫击炮和机枪卡宾枪向着呼喊而来的中国人猛打，把跑步前进的他们一片片打倒在道路两旁的山坡上，但是中国人仍然源源而来，他们视死如归的精神让陆战队肃然起敬。在中国军队顽强不息的进攻面前，前往救援别人的特遣部队的士兵终于败下阵来，他们不得不收缩防御，等待别人的救援。

雪还在下着，天色慢慢暗淡下来，寒冷的冬夜再次降临了北朝鲜的长津湖畔。夜晚是中国人的白天，雪上加霜的美国人面临着更加难熬的时刻。

一阵短兵相接的战斗以后，美国人完整的车队被割裂成了无数截，每一截都被不怕死的中国人围困着，他们到了山穷水尽的时候。中国人也暂时停止了攻击，双方僵持着，好像是两头猛犬在惨烈的撕咬之后需要舔一舔各自的伤口，都在准备着最后的更加致命的拼杀。

欧阳云逸抹了抹脸颊上的雪水，对吴铁锤说：“气可鼓不可衰，一鼓作气，把这串蚂蚱解决掉。”

吴铁锤也抹了抹脸上的雪水。冲锋、呐喊、战斗，每个人都打得浑身冒汗，即便是在零下几十摄氏度的严寒中，热烘烘的脸庞竟然融化了冰冻的雪花。吴铁锤听了听此刻已经变得零落的枪声，对欧阳云逸说：

“部队需要休息一下，饿得前胸贴着后背了，没劲了个熊。再说弹药也消耗得差不多了。”

欧阳云逸说：“我们困难，美国鬼子更困难，谁能咬住牙谁就能坚持下来。”

吴铁锤说：“不是不可以拼下去，把美国鬼子干掉了，我们也得差不多拼个精光蛋。你没见上午师长那表情？全师能继续战斗的部队，划拉划拉都在这里了。”

“你说怎么办？夜里解决不了战斗，到明天就更困难了。”

吴铁锤将狗皮帽子拿下来，挠着硬扎扎的头发楂子说：“能不能来个阵前喊话，叫美国小鬼子缴枪投降？”

欧阳云逸想了想，说：“这倒是个办法，不过这个陆战1师很顽固，打了这么多天了，还没有喊话投降的先例。”

吴铁锤说：“阵前喊话我在行，淮海战役我喊过来多少国民党整团整营的部队？”

“那是在国内，”欧阳云逸说，“都是贪生怕死的国民党兵，眼前打的可是美国人。”

吴铁锤不以为意：“美国人同样怕死，到夜里更怕死。他黑灯瞎火摸不着我们虚实，咋呼咋呼，兴许有用。”

欧阳云逸考虑了一会儿，说道：“行，试试看。你把部队摆好，两手准备，不行就再打。”

7

吴铁锤收拢了部队，再次分配了弹药，所有的人都静静趴卧在沟坡塄坎上，等待着一个特殊时刻的到来。欧阳云逸对吴铁锤说：

“你喊吧。”

“什么我喊吧？”吴铁锤在暗夜中瞪着眼睛，“我说话美国佬能懂吗？”

欧阳云逸想起来了，吴铁锤说不了美国话，光想着瓦解敌军，倒把这码子事情给忘了。他对吴铁锤说：

“你们趴着别动，我来喊。”

欧阳云逸刚要站起身来，吴铁锤一把将他拽倒了。“趴下，”他压着嗓门说，“我先给他个信号。”

欧阳云逸在雪地上趴下了。吴铁锤手臂朝着天空啪啪就是两枪，算是给美国人打了招呼，欧阳云逸接着用英语喊道：

“陆战队的官兵们你们听好了，你们已经被中国大部队包围了，继续顽抗下去只有死路一条，赶快缴枪投降，保证你们生命安全！”

一片沉寂，美国人好像睡着了，既不打枪，也不回话，暗夜中只有一片风雪的呼号。

欧阳云逸等了一会儿，又大声用英文喊道：“陆战队官兵们，圣诞节就要到了，你们的家人在大洋彼岸等待着你们的归来，不要做无谓的伤亡，不要死在北朝鲜这个寒冷的地方。陆战队官兵们，抵抗下去你们都会战死，投降吧，中国人说话算话，保证让你们早日回去与家人团聚。”

还是静悄悄的。陈阿毛问身旁的吴铁锤：“教导员叽里咕噜说什么呢？美国佬听不听得到？他们晓得不晓得教导员什么意思？”

吴铁锤说：“教导员吃奶的力气都使出来了，美国鬼子听不到？我看他们是猪鼻子插大葱，装象呢。”

欧阳云逸又喊了几嗓子，对面的美国人还是没有动静，他也气得直冒火，抓过陈阿毛手里的三八大盖啪的就是一枪，吼道：

“赶快投降，不然把你们全部打死在这里，给你们最后一分钟时间考虑，一分钟之后，中国大部队开始进攻！”

对面的美国人终于有了动静：“请等一下先生，我们需要考虑一下，我们正在考虑。”

欧阳云逸有些兴奋：“你们抓紧时间考虑，你们的时间不多了！”

吴铁锤焦急地问：“说什么呢他们？投不投降？”

“他们要考虑考虑。”

“考虑个熊，”吴铁锤说，“再不投降，一顿机枪步枪手榴弹都叫他们见他们的上帝去。”

欧阳云逸说：“不要急，他们说考虑考虑，只要考虑就有希望。”

吴铁锤觉得这个时候如果能给美国人吃上一颗定心丸，再加上一把火，说不定这个事情还真能成。吴铁锤想到了他们俘虏的几个美国兵。

从死鹰岭向南追击的时候，由于一时无法将俘虏的美国人送往后方，他们带着麦卡锡等三个陆战队官兵一同来到了这个叫作乾磁开的地方，现在这几个人都在阵地后面的山脚下，由老王头带着两个战士看管着他们。

吴铁锤想让副连长麦卡锡现身说法，做一做美国人的思想工作。

欧阳云逸赞同吴铁锤的办法，要陈阿毛领着两个人把麦卡锡带过来。陈阿毛摸黑去了好大一会儿才回来。

“怎么这么长时间？”吴铁锤很不满意。

“不好找，找了半天才找到老王头。”

陈阿毛气喘吁吁。

欧阳云逸对麦卡锡说明了情况，要他劝说劝说对面的陆战队同伴，因为事情明摆着，中国军队把他们围得水泄不通，僵持下去只有死路一条，不是打死就是冻死，这样他们就回不了美国了，不仅回不了美国，也不能迎接即将到来的圣诞节，投降是唯一的选择。中国军队将保证他们的人身安全，所有的美国人都会受到人道主义待遇，战争结束以后就会回到自己的国家去。

麦卡锡开始有些犹豫，他觉得自己的这个“现身说法”不太好，使他有一种不太光彩的感觉，毕竟他是陆战队的军官。

欧阳云逸说：“你是陆战队的军官，你有义务和责任让这里的陆战队员们活下去，不然他们都会死在这里。你不能一个人活着而置你的同伴于不顾。”

这几句话切中了麦卡锡的要害，他不是一个贪生怕死的人，起码麦卡锡自己是这样认为的。寒冷的冬夜，面对着中国人的层层包围，面对着中国人即将发起的一波又一波无休无止的进攻，眼前的陆战队撑不了多长时间。身边这个戴着眼镜的中国人文质彬彬，给他一种值得信赖的感觉，他们聊过天，他尊重和理解他们美国人，所以他相信他的话。麦卡锡认为确实不能只想着自己活着而将死亡的阴影留给伙伴们，所以决意要拯救他们。

欧阳云逸做通了麦卡锡的工作，又向黑暗中喊道：“陆战队官兵们，你们考虑得怎么样了？现在由你们陆战队的中尉副连长麦卡锡先生对你们说话。”

麦卡锡清了清嗓子，加大了声音说：“我是哈里斯营的麦卡锡中尉，我的连队在死鹰岭阵地上伤亡殆尽，我和几个伙伴被俘了，我们受到了中国军队人道主义的待遇，中国人理解尊重我们。现在中国的大部队包围了你们，继续抵抗是没有意义的，你们都会死在这里。圣诞节就要到了，先生们，死在这里没有任何意义。”

远处的黑暗中沉默了片刻，然后一个有气无力的声音说道：“麦卡锡中尉，请您告诉中国军队的长官，我们正在研究他们的意见，我们需要时间。”

欧阳云逸听到了这句话，对麦卡锡说：“问一问他是谁，他们的指挥官叫什么名字，告诉他陆战队的时间不多了。”

麦卡锡对着黑暗喊道：“请问您的职务和军衔？中国军队的长官想要知道你们的指挥官是谁？”

一个底气不足的声音传过来：“我是陆战1师司令部的作战指挥军官麦克劳克林少校，我负责指挥这个部队。”

“好的，少校，”麦卡锡继续说，“中国人答应以战俘的身份对待我们，他们保证遵守《日内瓦公约》的条件，战争结束以后就会送我们回家。”

麦克劳克林说：“知道了中尉，请您转告中国指挥官，我们准备答应他们的条件，我们准备一下。”

麦卡锡说：“中国长官留给你们的时间不多了，少校。”

黑暗中再次沉默下来，只有风雪夹带着呜呜的哨音在孤寂寒冷的乾磁开回荡。

8

被截断在乾磁开一线崎岖山路上的美国人正是麦克劳克林少校指挥的司令部梯队。史密斯向北派出的接应下碣隅里突围部队的特遣队，其总兵力接近一千人，这些人都是从各个部队临时抽调组建的，麦克劳克林负责指挥的这一块有三百六十人，全部来自师司令部所属的直属单位，包括机关人员、通信兵、后勤分队、汽车兵等等。战况异常恶劣，从南到北几乎所有的陆战队员们都在战斗，而支援和接应下碣隅里突围部队的任务又是这样紧急，史密斯师长拿不出什么更好的办法，这是他在匆忙之中所能集中的全部战斗部队了。麦克劳克林指挥的司令部梯队本来处于特遣队的中间位置，从古土里的防御阵地一出来，刚刚前进了一公里左右的样子，特遣队就遭到了中国人的猛烈进攻。中国人埋伏在道路两旁的山坡山头上，居高临下，火力异常凶猛，以至于缓慢行进的特遣队完全处于被动挨打的地位，长长的行军梯队被拦腰截成了好几段，本来是要去救援别人，自己却陷入了包围。加上天公不作美，大雪扑面，能见度差到了极点，特遣队完全失去了空中火力的支援，他们只能凭自己的力量拼命还击，全然忘记了原有的行动目标，每一段被截住的部队都在为了自己的生存而战斗。最终后尾梯队成功冲出中国人的堵截撤回了古土里，而继续夺路北上的前卫梯队及其中央梯队却再次遭到中国部队的伏击，人员伤亡严重。前卫梯队经过拼死挣扎跑向了下碣隅里，麦克劳克林指挥的中间梯队则又被中国人割裂成数截，再也无法前进或是后退一步。

麦克劳克林拿出作战地图，看了看所处的方位，了解到这个地方叫作乾磁开。

在一天大半夜的战斗中，麦克劳克林的部队伤亡惨重，他们一路奔波战斗而来，一路上丢下了几十具陆战队员的尸体，出发时三百六十人的部队，现在剩下不到三百人了，其中还包括六十名左右的伤员。子弹基本上消耗殆尽，手榴弹也用光了，无后坐力炮的炮弹全部打光，炮手全部阵亡，电台车也炸坏了，与师部的通信联系完全中断。中国人压在进攻发起线上，几乎一个冲击就将席卷他们的阵地，麦克劳克林真正体验到了什么叫作弹尽粮绝。

几百名陆战队员的安危和性命担在麦克劳克林的肩上，他不得不反复权衡。他想起出发前史密斯师长告诫他的话语和寄予他的无限期望。他的目标是去拯救下碣隅里的陆战队官兵，可是他现在却要为了自身及其部队的生死存亡而努力。麦克劳克林想起了史密斯说过的一句话，任何时候、任何情况下，美国人的生命都是最为宝贵的，与美国人的生命比起来，所有的一切都显得毫无意义。

中国人在阵前喊话，先前被俘的麦卡锡中尉也介绍了中国人中国军队的情况，麦克劳克林觉得他所说也许都是实情，就眼下情况而言，他们除了投降或许再无别的选择。不过麦克劳克林还想等一等，等一等也许就会柳暗花明、时来运转。

麦克劳克林躲在乾磁开一座没有了屋顶的破烂房屋中，抵御着刺骨寒风的侵袭，与他同处一处的还有弗雷特随军牧师以及记者詹姆斯·爱德华。这两个人本来都已随同着史密斯陆战1师的师部由空中撤到了古土里，当他们得知特遣队要重新杀回下碣隅里时，便要求史密斯将军批准他们随同特遣队一同行动。弗雷特牧师觉得陆战队员们需要他和他们待在一起，而爱德华则是为了他的战地报道。在他看来，特遣队的解救行动是一个将生死置之度外的英雄行为，素材难得，他要随队采访。史密斯批准了他们的要求，牧师和记者就此钻入了中国军队的火网。当他们在中国人的枪林弹雨中蹒跚到这个叫作乾磁开的北朝鲜的村庄时，与身边的陆战队员一样，再也没能前进或是后退一步。

破烂的屋架子四面漏风，大雪从上面的夜空中倾泻而下，每个人的头上身上都覆盖着一层白色的雪花。麦克劳克林应答过中国人的喊话后回到屋架子里，他蜷缩在一个角落，好长时间一言不发。

“情况非常严重吗，少校？” 弗雷特随军牧师问他。

“是的，牧师，”麦克劳克林叹了口气，“我们伤亡很大，最糟糕的是我们的弹药打光了，陆战队员们无法继续战斗。”

爱德华记者在一旁说：“我们别无选择吗？”

“是的，好像是这样。”麦克劳克林回答道。

弗雷特在胸口上画了个十字说：“上帝保佑，上帝将会拯救我们于水火之中。”

沉默了一会儿，麦克劳克林说：“您怎么看，牧师？”

“上帝是仁慈的上帝，上帝理解你所做的一切，我的孩子。”

“您呢，记者先生？”麦克劳克林又问爱德华。

“我只是个记者，少校，”爱德华回答道，“您是指挥官，您有权决定一切。”

“中国人会不会像他们所说的那样？我们会受到人道主义待遇吗？”

“根据我的观察，”随军记者爱德华说，“与陆战队交战的中国军队是正规的部队，虽然他们的装备很差，但是他们军纪严明，我认为他们会信守自己的承诺，他们会说到做到的。”

麦克劳克林没有提出不同的意见，寒冷的屋架子里又是一片沉默，只有一阵又一阵呼啸的风雪从空无遮拦的头顶上掠过。

随军牧师弗雷特后来问麦克劳克林：“问题是眼前，我的孩子，中国人说他们的时间不多，你眼前有何打算？”

麦克劳克林说：“我准备和中国人拖下去，拖到了天亮，一旦得到了空中的补给和支援，我们便能够得救。”

弗雷特牧师和爱德华记者听了以后都没有说话。

麦克劳克林打着自己的小算盘，他以为自己很精明，一边佯装着答应中国人，一边跟中国人玩心眼，玩到了天亮，情况也许会发生根本性转变。

不过他的小算盘没有打多久，吴铁锤和欧阳云逸很快就识破了他的小伎俩。吴铁锤对欧阳云逸说：“这个家伙很狡猾，想跟我们拖时间。”

欧阳云逸看了看黑蒙蒙的天空：“天亮以后很麻烦的，如果美国鬼子增援部队上来就不好办了，不能让他拖到天亮。”

“跟我玩这一手，”吴铁锤在雪地上走来走去，“不给他点颜色看看，他也不知道我马王爷长几只眼。”

欧阳云逸说：“怎么办呢？天快亮了。”

吴铁锤说：“来个佯攻，敲打敲打他。”

稍做安排以后，伴随着一通“急急风”的锣声，部队向美国人临时据守的阵地发起了攻击，沉寂的山间道路上重新响起了密集的枪声呐喊声和手榴弹的爆炸声。麦克劳克林一看中国人动了真格的，马上要求停火谈判。因为他知道，如果真的再打，幸存的陆战队士兵将有可能全部阵亡。他的耳边重新响起史密斯师长曾经说过的话，美国人的生命是最为宝贵的，为了三百名美国人的性命，麦克劳克林决定让其他的一切去见鬼。

随着“慢三锤”锣声一变，攻击再次停止，夜空中重新变得安静。欧阳云逸带着陈阿毛去跟玩心眼的麦克劳克林谈判。吴铁锤把自己的二十响驳壳枪交给欧阳云逸，又给陈阿毛换了支卡宾枪，给他们背上手榴弹，交代他们要是发现情况不妙，先一枪毙了那个什么劳克林再说。

欧阳云逸在黑暗中笑了笑：“美国鬼子现在是热锅上的蚂蚁，不会有意外的。”

美国人麦克劳克林终于和中国军人面对面站在了一起。

中国人的英语很流利，说起话来不紧不慢，文质彬彬，给他一种温文尔雅的感觉，但在一些原则问题上，这个中国军人一点也不让步，温文尔雅的话语里透着十分坚决的态度。

他要美国人马上集合缴枪。

“好的，先生，”麦克劳克林开始提出条件，“这一点没有问题，不过我有一些伤员，这些伤员能不能得到及时有效的治疗？”

欧阳云逸说：“你有多少伤员？”

“大约六十人。”麦克劳克林回答道。

欧阳云逸皱了皱眉头，这一点他没有想到。自己的部队缺衣少食，条件异常恶劣，战士们负了伤都得不到及时的转运和抢救治疗，有些就冻死在阵地上了，而面前的美国人竟然有六十名伤兵。该如何处理这些伤员呢？隐瞒自己的实情显然不利于与美国人的谈判，而且欧阳云逸也不愿意这样做。他想他们管不了这些伤员，不是他不愿意，而是确实做不到这一点。

欧阳云逸把眼镜拿下来擦拭着，问麦克劳克林：“你的伤员，他们的伤势如何？”

“都很严重，他们无法跟随部队的行动。”

“我们没有条件，”欧阳云逸实话实说，“我们无法保证他们能够得到及时有效的治疗。”

“很遗憾先生，”麦克劳克林说，“作为指挥官我不能丢下他们不管。”

欧阳云逸想了想：“这样吧，把你的伤员集中起来，武器全部交出来，留下人员负责他们的安全，留给他们充足的食物和御寒物品，等待你们自己的部队来救援他们。天就要亮了。”

麦克劳克林与身边的人商量了一下，同意了中国人提出的意见。以眼下的情况来看，只有这个办法还算稳妥。他没有想到中国人能够网开一面，能把这六十人的伤员从被俘者之中留出来。

“还有一个问题，先生，”麦克劳克林又说，“我这里有一个牧师和一个随军记者，他们都不是战斗人员，他们要留下来和伤员们待在一起。”

欧阳云逸同样同意了他的这个请求。

麦克劳克林集合了他的部队，一共是二百四十人，包括美国人和英国人。在欧阳云逸和陈阿毛的带领下，这二百四十人走出了叫作乾磁开的北朝鲜村庄，而后由吴铁锤带着一部分战士连夜将他们押往后方。

9

一下子俘虏了几百个美国鬼子，吴铁锤和欧阳云逸都觉得这件事情不小，吴铁锤决定亲自押送俘虏去后方，而由欧阳云逸带领部队继续留在阵地上，等待着上级进一步的指示。原先俘虏的麦卡锡等三个美国人也一同随行。

当了俘虏的麦克劳克林少校在志愿军的战俘营里一直待到战争结束，后来回到美国，重新在美国海军陆战队服役。他被当作英雄，受到了格外的尊重。被俘的经历并未对他的军旅生涯带来任何影响，反而由于长津湖战役中的表现而深得器重，一路官运亨通，在越南战争期间曾出任陆战师的副师长，最后是以美国海军陆战队太平洋战区中将司令的职务退役。

吴铁锤走后，欧阳云逸他们面对着下碣隅里突围之敌的猛烈进攻，又在乾磁开一线坚守了一个白天，部队的伤亡很大，在黄昏以后才接到命令向南转移。他们越过了古土里，越过了真兴里，来到了长津湖畔最南端的黄草岭1081高地。军长张仁清倾其部所有能战之兵力堵截陆战1师，虽然在下碣隅里、古土里、真兴里一线打得异常顽强，取得了较大的战果，但是由于粮弹供应极为困难，部队冻伤减员极大，仍然使得陆战1师主力冲出了下碣隅里包围圈，冲出了下碣隅里至古土里一线部队的层层堵截，重新集结在古土里至真兴里的防御阵地上。史密斯下令炸毁了下碣隅里的一切设备和物资，把漫天的浓烟烈火留给了张仁清的追击部队。史密斯也随之将指挥所迁到了真兴里，“转过头来向后进攻”的最终目标兴南港已在他的视野之内。

乾磁开一战，吴铁锤和欧阳云逸指挥部队首创阵前瓦解美国海军陆战队，不能不说是长津湖战役浓墨重彩的一笔。此次战斗虽未从根本上扭转战役的最终结局，但却在交战双方及其指挥员的记忆中留下了永远的印痕，以至于他们几十年以后都念念不忘。我军相关战史对乾磁开一战有如下的记载：

真兴里、古土里之美陆战第1师之坦克营、通信营各一部，及美第7师第32团一个连，英突击大队一个连，乘坦克、汽车百余辆，在飞机掩护下，企图向下碣隅里增援，先头一部突破我前沿阵地，进至化被里西侧公路，占领路东高地后，以火力掩护主力夺路增援。15时，当敌先头坦克、汽车数辆窜过我1182高地前时，爆破组奋勇炸毁其中坦克一辆。敌前进道路被阻，又遭我火力猛烈压制，队形顿时混乱，除大部坦克逃回古土里外，其余被我包围于乾磁开南北公路一线。

当日黄昏，我趁敌疲惫混乱又失去炮兵、空军支援之际，向敌发起冲击，发扬了我军近战夜战之特长，一举打入敌人车群，反复冲杀四五次，战至半夜，将敌截成数段，控制了部分公路，紧缩了包围圈。其时，敌伤亡累累、混乱不堪。我乃抓紧这一有利时机，在军事压力下，积极对敌展开政治攻势，利用美俘喊话，迫敌投降。拂晓前战斗胜利结束，俘敌二百四十名，缴获及击毁坦克、汽车七十八辆。

韩国编写出版的战史对特遣队的战斗及其被俘同样有详尽的记述：

16时15分，当特遣部队抵达古土里以北六公里处时，由于中共军大兵团从东侧实施步炮协同攻击，前进一时受阻，双方展开激战。天黑后，敌人的进攻更加猛烈，各行军梯队前后被分隔，被分隔的单位再分成小分队，临时在补给道路两侧占领防御阵地，完成夜间坚守防御态势。其中遭到最猛烈进攻的师司令部梯队由第31团B连一部、宪兵队、英国陆战队、师部人员和勤务部队等单位组成，在麦克劳克林少校指挥下，仓促修筑防御阵地，尽力击退敌军一波又一波的进攻。

21时10分，后卫梯队的坦克营B连成功突破敌军包围返回古土里，但司令部梯队的战况更加危急。2时，麦克劳克林部队连手榴弹也消耗殆尽，唯一的75毫米炮和迫击炮炮手也全部阵亡。4时30分，中共军将包围圈压缩到冲击发起线，而后以友军俘虏做人质打头阵，劝我立即投降。麦克劳克林少校为争取支援部队抵达的时间，保障更多的兵士逃离，边拖延时间，边坚守阵地。但由于剩余兵力严重不足，加之大部均已受伤，弹药消耗殆尽，在这严重情况下若继续坚持战斗，那将意味着全军覆灭。于是，麦克劳克林少校决定在护送重伤员的条件下同意投降，中共军也接受投降条件。至此，“火地狱溪谷”（即乾磁开一线山谷）战斗告结束。

关于是日夜间特遣队的损失情况，无法准确了解，但大致情况如下：

阵亡及失踪一百六十二人，负伤一百五十九人，汽车损失七十五辆。

战场上的形势变幻无常，交战双方的观点往往不尽一致，以至于许许多多的战斗也常常是扑朔迷离，但对于1950年12月的这个冬夜，对于这个异常严寒夜晚里的战斗，双方却都有着大致相同的记载。尽管乾磁开一战有待于历史做出评价，发生在吴铁锤、欧阳云逸及麦克劳克林身上的故事也有待于后人给出不同的答案，但是对于当事者而言，对于从北朝鲜长津湖畔这个孤寂偏僻村庄走出来的人，这一切令他们永生难忘。

乾磁开一天一夜的战斗对随军牧师弗雷特和随军记者爱德华而言同样具有着非同寻常的意义，身临其境的经历使他们对陌生的中国人中国军队有了进一步的了解。弗雷特牧师觉得不信上帝的中国共产党部队除了具备他们独有的信仰和精神以外，他们还非常仁慈，非常讲究人道，而记者爱德华则再一次真切认识到中国军队绝不是什么“洗衣工”和“乌合之众”，他们非常正规，是具备着高度组织纪律性的正规部队。但是中国共产党的部队对于他们来说仍然有很多的谜团，从根本上讲，这是一支他们美国人还远远未能了解的军队。

随军牧师弗雷特战后回到了美国，他不过只是美军众多随军牧师队伍中的一员。朝鲜战争期间，从战争开始时的几百人到战争结束时的几千人，随军牧师无处不在，其中有十三名牧师在战地阵亡。

美联社的随军记者詹姆斯·爱德华也在长津湖战役以后打道回府，他在乾磁开战斗中拍摄的新闻照片《死里逃生》获得了这一年的普利策新闻奖。

随军牧师弗雷特和随军记者爱德华留在乾磁开的选择是正确的，他们见证了中国共产党军队的骁勇善战和不屈不挠，历经千辛万苦，但是他们平安无事，他们都活了下来。

第二十四章

1

吴铁锤一路打听，终于还是找到了师医院。

在把麦克劳克林及两百多名被俘的美国人交给收容部队后，吴铁锤特意来看望李大个、孙友壮和欧阳云梅她们。

李大个像个小脚老太太那样慢慢挪动到吴铁锤面前，一行热泪潸然而下。吴铁锤瞪了他一眼：

“好好的，哭个什么劲？”

李大个可怜巴巴地说：“我的鸡子打掉了，格老子再也不能和你比赛滋尿了。”

吴铁锤笑了：“我当什么事！不能比就不比，以后我让着你还不行？”

李大个抹了抹眼泪蛋子，破涕为笑。他知道他情不自禁的眼泪并非为了自个的“鸡子”，而是见到了营长的缘故。分别数日，如隔数年。吴铁锤披着一身硝烟从残酷的战场上回来了，吴铁锤还是那个活蹦乱跳的吴铁锤，李大个是喜极而泣。

吴铁锤跟师医院治疗队队长陆元寿问清了李大个的伤情，脸上露出满不在乎的神情。“我当什么事！”他对李大个说，“你的鸡子好好的，就是蛋子掉了半个，不过这不碍事。你听说过那句话没有？”

李大个问：“哪句话？”

吴铁锤说：“独瓣蒜更辣。”

李大个搞不明白：“啥子独瓣蒜更辣哦？我们家乡很少吃蒜的。”

吴铁锤叹了口气，他无可奈何地看着李大个说：“说你是个小家雀不是？我吴铁锤说独瓣蒜更辣它就更辣，你记着我这个话，等你成了老家雀你就明白了。”

李大个点了点头，虽然他还搞不清吴铁锤的意思，但是记住了这句话。

六十年以后，已届八十高龄的李大个已是儿女成群，子孙满堂。他一共养育了三双儿女，有十八个孙子孙女，有的孙子孙女又给他生了重孙子重孙女，所以李大个的膝下满满当当几十口人，是一个蛮大的家族。这对于六根不全的李大个而言不能不说是一个奇迹。当年他裤裆里的家伙中了美国人要命的一枪，李大个原来觉得他老李家可能因此就要断后。谁承想斗转星移，岁月交替，他竟然建立了一个子孙满堂的名门望族。李大个想到了吴铁锤当年所说的“独瓣蒜更辣”那句话，那真是经典中的经典。

孙友壮的身体非常虚弱，高大的个头剩下了一副架子，两个眼窝塌陷着，空空的怪吓人。吴铁锤来到他所在的山洞时，孙友壮听出了营长的声音，辨出了营长的身影，他在地铺上撑起大半个身体，微微地笑着，看着自己的营长吴铁锤来到面前。

吴铁锤蹲下来，蹲在了孙友壮的旁边。吴铁锤看到了孙友壮右腿上那一截空空的裤管。

“还行，”他咬了咬牙，对孙友壮说，“就冻掉了一个腿嘛，还有一个腿，端起你的捷克式照样打得美国鬼子屁滚尿流！”

孙友壮说：“打阻击守阵地是行，打冲锋不行了，俺这个腿跑不了了。”

吴铁锤笑着说：“我以后不叫你冲锋，也不叫你撤退，我就叫你跟个钉子一样钉在阵地上，有你在，我放心。”

孙友壮苍白的脸上浮起笑容：“俺知道营长，俺知道。可你也不能光让俺守阵地，你们冲在前面吃香的喝辣的，俺在阵地上喝西北风，急也把俺急死了。”

吴铁锤拍了拍他的肩膀，以大度的口吻说道：“没关系，我什么时候吃香的喝辣的也忘不了你孙二愣子。眼下嘛你得好好给我养伤，伤好了，我吴铁锤还要你。”

孙友壮挠了挠密密的长长的头发，很难为情地说：“有个事俺得和你说说营长，俺把你的酒当麻药喝了，俺不是故意的，李大个、欧阳云梅和李桂兰他们硬灌的俺，俺当时动不了，俺没有办法，俺觉得怪对不住你。”

吴铁锤一挥胳膊：“我当什么事！李大个给我说了，灌得好，不把你孙二愣子灌趴下，你这个腿怎么锯？锯不了你这个腿，你的命保不住，怎么跟我打美国佬呢？打个熊打嘛！”

“你那个酒劲头大，俺一天一夜没睡醒。”

“我就说嘛！陈年老酒、陈年老酒，老母亲家里头放多少年了，两口下去能放倒一个人，何况你孙二愣子一家伙给我灌下去大半瓶？还剩几口你也别惦记了，我带回去，给教导员尝尝。”

李桂兰端着松针熬制的温水来给孙友壮泡脚，吴铁锤对李桂兰说了一通感谢的话。孙友壮对他说过了，他现在身上淌的血都是李桂兰的，李桂兰和欧阳云梅还偷偷地熬米汤给他和李大个喝。在开往长津湖战区的路途上，欧阳云梅领着李桂兰、蓝晓萍、郑小莉几个人“抬”了一包兵站的大米，她们到现在还珍藏着一点点，每次抓出一小把偷偷地熬了米汤喂给他们，所以他孙友壮和李大个才能坚持下来。

吴铁锤给孙友壮留了几个罐头，给李大个留了几个罐头，把剩下的罐头都给了欧阳云梅和乔静子。吴铁锤来的时候背着美军的野战背囊，鼓鼓囊囊塞满了在乾磁开战斗中缴获的各种各样的罐头食品。枪支弹药就地补充了部队，收集到的食品进行了统一分配，除了留下一部分给陆战队的六十名伤员外，大部分分发给了美军俘虏。优待俘虏、优待俘虏，他们不能失信于麦克劳克林的陆战队。

更多的物资是大批的汽车，有七八十辆，可惜的是无法将它们开回去。

小女孩乔静子对吴铁锤已经有些认生，这个既熟悉又陌生的人让她有一种似曾相识的感觉。欧阳云梅对她说这是你的阿爸吉，你阿爸吉回来看你了。乔静子将信将疑，将信将疑的她被吴铁锤拉到了自己的翻毛皮大衣里面，乔静子重新找回了过去的感觉。这个翻毛皮大衣曾经是她温暖的被子，她终于想起了这个胡子拉碴的人。乔静子抱着吴铁锤的大腿，小脑袋从厚重的大衣里露出来，黑亮黑亮的眼珠熠熠生辉，乔静子笑了。

欧阳云梅说："亲不亲，故乡人，说到底乔静子还是同你这个阿爸吉亲呢，我们再怎么带她也不行的。"

吴铁锤说："你这个阿妈尼也不赖嘛，这些天多亏了你们照顾她。"

郑小莉说："主要是她阿妈尼，你这个阿爸吉走了，她阿妈尼可疼她呢，就怕你阿爸吉回来以后不满意。"

"满意，我非常满意，她阿妈尼能不对她好吗？"

吴铁锤呵呵大乐。

李桂兰说："一个阿爸吉，一个阿妈尼，一个乔静子，你们还真成了一家人了呢。"

郑小莉挖苦道："本来嘛，人家就是两口子。"

听着大家的打趣暗讽，欧阳云梅一点也不生气："两口子就两口子，你怎么样啊？眼馋了？眼馋了也去找个阿爸吉，不过就怕我们家乔静子不同意。是不是呀乔静子？"

乔静子听不懂这么多中国话，她天真而又幸福地笑着，美美地吃着阿爸吉带给她的美国罐头。

蓝晓萍在一旁文静地笑着，等到别人安静下来了，才对吴铁锤说："你们部队还好吧？听说战斗非常艰苦。"

吴铁锤说：“不是艰苦，是艰苦加残酷，伤亡很大。不过我们也干掉了不少美国鬼子，他们孬种了，都在往回跑。”

说到这里他好像想起来什么，一拍大腿：“你看我这个记性！我们欧阳教导员好好的，老夸你织的毛线手套暖和。他没有事，现在正带着队伍在古土里—乾磁开一线打兔子呢。”

听到欧阳云逸还活着，一直提心吊胆的蓝晓萍舒了一口气，有些不好意思地说：“打什么兔子？大冬天哪儿来的兔子呀？”

“美国鬼子都跟兔子一样往回跑呢，打美国兔子，我马上也要返回乾磁开。”

实际上欧阳云逸这时候已经带着部队奔向了黄草岭的1081高地，吴铁锤还不知道。他以为看过了李大个、孙友壮他们这些伤员，再跟欧阳云梅和乔静子她们道个别，他还会回到乾磁开一线的阵地上，继续堵截向南败退的陆战1师。然而战局的发展变化非常快，完全超出了吴铁锤此刻的想象。

蓝晓萍等到人群散开了以后偷偷塞给吴铁锤一个帆布挎包，挎包里装着她为欧阳云逸织的毛衣。过江以后她就开始织这件毛衣，现在终于勉强织完了。蓝晓萍羞涩地说：

“手冻肿了，织得不好，让他将就着穿吧。”

吴铁锤很高兴：“你放心，我保证给你带到。这家伙，毛线手套，再加上这个毛衣，还不把我们老欧搞得浑身冒汗！”

蓝晓萍更加不好意思了。

吴铁锤看了看帆布挎包里的东西，那是一件天蓝色的毛衣，非常醒目。

2

师长黄天柱和师政委向修远前来看望师医院的伤员们，严酷的现实使他们受到从未有过的震撼。由于条件所限，大批伤员都滞留在师医院附近，除了战斗中的创伤以外，大部分是冻伤，这上千名冻伤的伤员蜷缩在他们所能寻找到的山洞、土豆窖以及一些破破烂烂的房屋中，大多得不到及时有效的治疗。虽然师医院所属的两个治疗队尽了最大的努力，但一些伤员的伤情仍然在不断恶化，一些人就这样死去了。

手脚严重冻伤的部位均采取截肢的办法以挽救生命，这些截除的残肢都呈现着黑色或是黑褐色，它们被丢弃在山沟里，上面覆盖着厚厚的积雪。昨夜的一场寒风带走了这些积雪，乌黑色的残肢，那些冻掉的手和脚从冰雪中显露出来。白的背景，黑的血肉，反差是那样强烈。

黄天柱打过无数的仗，什么血与火的战斗没有经历过？什么血肉横飞的场面没有见识过？但是他从来没有见过这样的景况，也从未面对过如此凄惨的情景。黄天柱站在一堆堆乌黑色的残肢前，忍不住号啕大哭了。

“你不要这样，老黄，战争嘛，哪有不流血牺牲奉献生命的？你不要这样，伤员们在看着我们……”

向修远想劝劝他，话未说完，向修远自己也是泪如雨下。

吴铁锤跟他们如实汇报了战斗的情况。尽管是在如此艰难困苦的条件下，战士们仍然具备着压倒敌人而绝不被敌人所屈服的顽强意志，都誓死与美国鬼子战斗到底。不过他也反映了部队普遍担心的问题，坚持在一线阵地上的部队不怕死，也不怕完不成上级交给的战斗任务，他们主要是担心没有东西吃，担心没有弹药打，担心负伤了以后抬不下来。

黄天柱夸赞吴铁锤的部队是好样的，不含糊，乾磁开一战俘虏那么多美国人，在全师、全军都是首开先例，给他这个师长露了脸、争了光。至于部队普遍担心的问题，不光是他们这个师、这个军存在，整个兵团都面临着同样的问题，这个问题一时半会儿解决不了，只能靠他们自己。他告诉吴铁锤，已命令欧阳云逸带着全师剩余的全部兵力开赴黄草岭1081高地，那是长津湖山区的最后一个关口，过了这个关口，再往南就是一马平川的平原了，就再也堵不住、追不上陆战1师了，他要吴铁锤立即赶回自己的部队。

向修远同时对吴铁锤以口头通知的方式宣读了一个命令，任命他为前卫团的副团长，任命欧阳云逸为前卫团的副政委，立即生效。

吴铁锤没想到会有这样的安排。他对黄天柱和向修远说：“反正就那么多部队了，团长营长的无所谓。”

黄天柱板着面孔没吭气，向修远却用指头点着吴铁锤说：“你这个吴铁锤，说你什么好？什么无所谓有所谓的？这是组织上的信任，也是你们新的责任，只能干好，不能干坏！”

吴铁锤一个立正：“是！感谢组织信任，只能干好，不能干坏。”

黄天柱翻了翻眼睛，而后从大衣口袋里掏出一个油纸包裹的拳头大小的东西，对吴铁锤说：“这个东西你拿上，路上能垫一垫。”

“什么宝贝呀，师长？”

黄天柱说：“好东西，狗肉。”

“狗肉？”吴铁锤眼睛一亮，“哪里弄的狗肉呢？”

“忘了？战役打响以前不是你派人给我送了条狗腿？我和政委没舍得吃，这一小块，送给你了。”

吴铁锤接过这个拳头大小的纸包，在鼻子上贪婪地闻了又闻，然后把它递还给黄天柱，说：“还是你留着吧，师长。”

“怎么？嫌少啊？”

“哪能呢，”吴铁锤说，“还是你留着，你指挥一个师，我才指挥一个营。”

黄天柱明白了吴铁锤的意思。黄天柱说：“嗐，一个师，我这个师能够继续战斗的人都在你那里了，拿上。”

吴铁锤没有再推辞，他把它装进了大衣口袋里，给他们敬了个军礼：“师长政委放心，有我们前卫营，不对，有我们前卫团就有1081高地，缺胳膊断腿掉脑袋也把美国鬼子堵在黄草岭，绝不叫他跑出长津湖山区。”

向修远说：“胳膊腿断了还能接，脑袋不能掉。脑袋掉了怎么打美国鬼子啊？”

吴铁锤一个立正，响亮地回答：“是，脑袋不能掉！”

小小年纪的乔静子知道阿爸吉又要走了，抱着他的腿久久不松手。吴铁锤无限亲昵怜爱地摸了摸这个朝鲜女儿的头，把那个拳头大小的纸包塞在了乔静子的怀里。

起风了，吴铁锤翻毛皮大衣的衣襟在寒风中舞动着，以至于他大步流星走去的背影显得器宇不凡。他的肩膀上斜挎着一只土黄色的帆布挎包，里面装着蓝晓萍为欧阳云逸所织的天蓝色的毛衣，他受托将这件毛衣带到黄草岭的1081高地，带给欧阳云逸，他知道这中间倾注着蓝晓萍无限的情感。

欧阳云梅牵着乔静子的小手站在路口，蓝晓萍和李桂兰伫立在一旁。目送着吴铁锤渐去渐远的背影，欧阳云梅突然大声喊道：

“吴铁锤，侬要给阿拉回来！”

吴铁锤听到了欧阳云梅的喊声，他回过身来，没有停步，只是摘下头上的狗皮帽子摇了摇。

3

1081高地位于长津湖地区的最南端，它所在的这一片山区叫作黄草岭，实际上也是朝鲜东北部狼林山脉的一部分，属于狼林山脉的余脉。平原和山脉以此为界，往南是朝鲜东海岸一马平川的沿海平原，往北则由此进入长津湖地区的崇山峻岭。

中国人、美国人都知道黄草岭1081高地的重要，它是陆战1师撤往兴南港的最后一道屏障，一旦越过了黄草岭1081高地，就再也没有什么能够挡住陆战队“转过头来向后进攻”的步伐了。

军长张仁清先敌一步，率先向1081高地派出了自己的阻击部队，这就是欧阳云逸和吴铁锤所带领的在乾磁开战斗中幸存的战斗人员，也是黄天柱这个一万余人的师剩下的全部可战兵力。

乾磁开一战打响前，他们三个连四百人拼成了一个营。乾磁开一天一夜的战斗后，他们在取得重要战果的同时，伤亡加上严重的冻伤减员，实际上只剩下一百多人了。吴铁锤带着部分人员押送美国俘虏去了后方，留给欧阳云逸的满打满算还有百十号人。张仁清、黄天柱的命令下来以后，欧阳云逸没有丝毫耽搁，立即带上这百十号人向着黄草岭1081高地穿插前进。

雪已经停了，白色的太阳在厚厚的云层后面若隐若现。寒风吹拂着大地上的积雪，起伏不平的山路上一派迷蒙。大雪掩埋了所有的一切，道路上雪深及膝崎岖难行，走起来非常费劲，人和骡子都是深一脚浅一脚小心翼翼地摸索着往前走，稍不留神，就有可能掉落在白雪覆盖的深谷之中，所以部队行军的速度十分缓慢。

欧阳云逸很焦急，因为照这样走下去，不知道何时才能赶到1081高地。军师领导的命令非常明确，尽全力以最快的速度抢占1081高地，决不放美国人逃过黄草岭。美国人不是傻瓜，他们迟早也会向这个高地派出部队，而且说不定已经派出了部队，所以欧阳云逸一再地督促大家加快步伐。山下的道路是不能走，在那里随时可能遭遇美国人，而山腰中又处处隐藏着险情。欧阳云逸考虑再三，决定部队上山，顺着山脊一路南行。爬山的过程是耽误了一些时间，但是山脊上的积雪都被寒风刮到了山坳里，也比较平坦好走，所以总的来说还是加快了行军的速度。

老王头唯一的骡子“大清花”跟随在百十号人的队伍中，驮着乾磁开战斗中缴获的枪支和弹药箱子。上山的时候费了不少的周折，十几个战士连推带拉，好不容易才把它弄到山脊上。老王头舍不得丢掉他的“大清花”，那么多艰难困苦的日子都熬过来了，说什么他也要带着他的“大清花”坚持到底。现在他一手握着空空的烟袋锅子，一手牵着自己的这个老伙伴，看着它哈着一团一团的白气，四蹄有力地前行着，感觉到一种从未有过的满足。

老王头的旱烟早已抽光了，后来他在阵地上收集了一些烤焦的树叶子，揉碎了放在烟荷包里，再后来树叶子也抽光了，只剩下了一根空空的烟杆。没有了烟叶的烟袋就像是没有了子弹的枪支，在手里只能是个累赘。但是老王头依然舍不得丢掉他的烟袋杆。

欧阳云逸的另一个难题是食物极度匮乏。粮秣员吴一六离开了乾磁开弹雨横飞的阵地再也没有回来，自然也就不能指望他带来任何的补给。缴获了一些食品，一部分留给了美国人的伤员，一部分分给了押往后方的俘虏，剩下的已是寥寥无几了，战士们也只是象征性地领了几个罐头几包饼干。整整一个白天过去了，爬山上坡，冒着风霜严寒，体力消耗很大，不多的食品也已全部吃光。所有的人都在紧咬着牙关往前走，不时有人抓起树根下的积雪吞咽着，把它当作水，也当成了饭。

陈阿毛背着铜锣走在"大清花"的旁边，嘴里含着一块雪，雪在他嘴巴里结成了冰块，他不得不将它们嚼碎，囫囵着吞到喉咙里。陈阿毛等待着冰凉的雪水顺着食道一路下滑，滑落到冰凉冰凉的肚子中，无比羡慕起"大清花"来：

"人要是骡子就好了，骡子没有粮食还能吃草，人没有粮食只能吃雪。"

老王头看了看他说："有雪吃还算好，保不了饥保得了渴，到雪都没有了，你就只能喝西北风。"

"粮秣员怎么一去不回？哪怕搞几个冻土豆也好啊？"

老王头将空烟袋杆咬在嘴上，不屑地说："吴粮秣员是不会再回来了，起码这个当口不会回来。"

陈阿毛有些担心："他会不会被打死？"

老王头头也不回："那不好说。"

"他会不会当俘虏？"陈阿毛又不无担心地问道。

"那不好说。"老王头仍然瓮声瓮气地回答道。

陈阿毛没再说什么，他正了正身上的檀木匣子，更加使劲地走起来。沉甸甸的檀木匣子斜挎在他的肩膀上，使得饥肠辘辘的他脊背佝偻。老王头要陈阿毛把这个檀木匣子的锣放在"大清花"的背上，"大清花"驮了不少的东西，不缺一个匣子一面锣。陈阿毛拒绝了，因为营长再三跟他交代过，人不离锣，锣不离人，缺胳膊少腿掉脑袋，不能碰了摔了这面雕花云龙纹的檀木匣铜锣。

欧阳云逸站立在路旁鼓励部队加速前进，他告诉大家，只要截住了美国鬼子就能搞到吃的东西，所以要拼命往前赶。美国人这个运输大队长的表现不如国民党蒋介石，不能让他就这么随随便便跑了。部队听了以后都来了精神，身上腿上也有了气力，心里面就是一个字，走，咬着牙走。

暮霭渐起的时候，异常孤寂和荒凉的黄草岭1081高地已在他们的脚下。欧阳云逸带领部队占领了阵地，百十号人的百十条枪一齐指向了山下的道路。北望古土里，风雪弥漫一片沉寂。

4

高地上有一些散兵坑、堑壕等简易工事，都堆积着厚厚的积雪，可能是长津湖战役之前兄弟部队临时修筑的。当时陆战1师于元山登陆后，兄弟部队曾于此迟滞过美国人北去长津湖的脚步。现在，欧阳云逸和他的部队又重新占领了这些阵地，他们要阻挡的是同一拨美国人，这是他们的共同之处；而不同之处是这拨美国人前些日子还在向北进攻，现在却要转过头来往回跑。

欧阳云逸的百十号人到达1081高地以后，史密斯的陆战队还在古土里以南的山路上徘徊着，他面临着新的难题，撤退途中的一座桥梁被中国人炸掉了。没有这座桥，陆战1师的所有车辆和人员都将被继续堵在长津湖地区的崇山峻岭之中，以前所有的努力都会前功尽弃。

这就是架设在悬崖峭壁之上的水门桥。

水门桥悬空于两座绝壁之间，是柳潭里、下碣隅里和古土里一线通往兴南港的必经之路，桥下是深不见底的深渊。张仁清军长早已盯上了这一处关口要隘，先后两次派部队将其炸毁，而陆战1师的工兵分队也两次将其抢修完毕。张仁清的部队破釜沉舟，第三次冲上设防严密的水门桥，不仅将美国人刚刚修好的桥梁桥板炸了，连桥墩也炸掉了。一路苦战到达此地的陆战队被堵在断崖以北的崎岖山路上，只能望桥兴叹。

史密斯把里兹伯格团长找来，分析了一下眼前的险峻形势：“水门桥是陆战队的生死命门，若无此桥，所有的陆战队员最终都会葬送在长津湖畔的风雪中。”

里兹伯格眉头紧锁，一样感觉到问题的万分严峻：“必须重新架设一座桥梁，而且要快，要争分夺秒。”

“所有的东西都被中国人炸烂了，我们没有任何的器材和设备。你对此有何意见，上校？”

史密斯也是愁眉不展。

里兹伯格说：“我建议立即请求远东空军的援助，要他们空降一座新的桥梁下来，空降一座车辙桥。”

史密斯同意了里兹伯格的请求，目前看也只有这个办法能够挽救危局。史密斯下令马上呼叫远东空军的支援，同时要求里兹伯格的部队配合工兵分队的行动，一旦车辙桥空投下来，就立即进行架设。

远东空军几乎不假思索就答应了陆战队的请求，然而他们也面临着同样的难题。这些钢制桥梁的构件每件都重达一千多公斤，超出了降落伞所能负载的最大重量，第一次空投没有成功，车辙桥的钢梁摔得变了形。里兹伯格建议远东空军使用双降落伞空投，即每两具降落伞负载一件钢制的构件。远东空军照此办理，他们取得了成功。一套车辙桥就可以将悬崖峭壁变为通途，可是为了保险起见，远东空军的C-119运输机一次投下了两套完整的车辙桥。每套车辙桥都由四根钢梁组成，八根钢梁使得架桥的器材绰绰有余。另外，远东空军还空投了一批木板，作为铺设在两根钢梁之间的桥面来使用，以保证除了坦克、火炮之外的其他车辆通过。里兹伯格的部队一面担任警戒一面协助工兵分队铺架桥梁，几个小时以后，新的钢铁桥梁出现在水门桥的悬崖峭壁上。车辙桥能够承受五十多吨的重量，木板搭建的桥面也能承载二十吨，陆战队的坦克、火炮、战斗人员及其他大大小小的车辆全部顺利通过了这一处险要的关隘。

史密斯将要迎来的下一个生死命门是黄草岭上的1081高地。不过他不打算让陆战队冒夜晚进攻的风险，惯于夜间战斗的中国人不会善罢甘休，而极度的严寒也会大大削弱部队的战斗力。他要求所有的陆战队员坚守住既有阵地，他们可以待在暖和的棉帐篷里，可以一边喝着热咖啡一边等待着又一个明天的到来。明天到来以后，他的部队将向黄草岭上的1081高地发起最后的一击，而后他们就可以朝着海边大踏步前进了。

在他们身后，中国军队的追兵似乎越来越远、越来越稀散，他们的进攻和射击也不像开始时那样猛烈了，大概他们已消耗到极致。不过史密斯和里兹伯格等陆战1师的指挥官们都知道，中国人绝没有善罢甘休，他们依然在咬着牙穷追不舍。所以他们都明白此地不可以久留。

纷纷扬扬的雪花再度飘落下来，伴随着一阵猛似一阵的寒风，气温在急剧地下降着。炮兵部队的气象军官向史密斯报告，此时的温度已接近零下四十摄氏度，而且他有绝对的把握料定它还会继续下降。史密斯暗自笑了笑，他叫陆战队的小伙子们待在棉帐篷里是一个不错的主意，否则他们就有冻死的可能。

5

风寒雪冷的1081高地上银装素裹，一片冰封雪冻的景象。

大雪遮盖了一切，散兵坑、堑壕、堑壕里的人，所有的一切都被厚厚的积雪包裹着，欧阳云逸和他最后的部队遭受着前所未有的磨难。刀削斧砍一样的寒风从阵地上掠过，刺穿了战士们单薄的衣裤，使他们饥寒交迫的身体慢慢变得麻木，变得僵硬。部队都蹲在堑壕里，蹲在深深的雪窝子中，他们的头上雪花席卷，狂风飞舞，漆黑如墨的苍穹笼罩着冰冻的大地。

没有一个人要求下山，没有一个人要去躲避冰雪寒风，他们都在等待着美国人的到来。极度的严寒摧残着大家的身体和意志，更折磨着他们饥饿的神经。零下四十多摄氏度的严寒下，部队没有一点可以果腹可以提供热量的食物，饥饿和寒冷把他们推到了承受力的极致。欧阳云逸想要部队站起来活动活动，哪怕是蹦一蹦跳一跳也好，不然美国人到来的时候就动不了了，就不能战斗了。欧阳云逸对部队下着命令：

“都……起来，活……动……活动。”

堑壕里的人都站立起来，他们按照欧阳云逸的要求来蹦、来跳。但是每个人都没有力气了，他们蹦不动，也跳不动了，他们站了一会儿，又都抱着枪蹲了下去，他们觉得这样还能躲避一些寒风，还要暖和一些。

“都找……找吃的东……西，看看还……有……没有。”

欧阳云逸僵硬的喊声在凄厉的风雪中回荡着，一瞬间就飘散而去，消失得无影无踪。

战士们缓慢而又机械地摸索着自己的挎包、口袋，他们翻找过无数次了，他们都知道自己的身上不可能再有任何吃的东西。但是尽管如此，他们仍然机械般地摸索，教导员既然下达了命令要他们找，他们就要再找一遍。不少人一边摸索着自己的挎包，一边抓起身边的积雪往嘴里送，吞咽积雪也能让他们饥饿的神经得到暂时的满足。

欧阳云逸也再一次翻了翻自己的帆布挎包。挎包里装着他的洗脸毛巾、牙刷、牙膏、本子、笔、喝水的缸子，还有一个手绢包裹着的包包，那是鸭绿江中国一侧的江土，是他过江的时候带上的。当时老王头牵着“大清花”那些骡子在江边上撒尿以作标记，吴铁锤和全营八百人的官兵也在江边上撒尿，他们用这个特殊的行为跟自己的祖国、自己的家乡和亲人告别。欧阳云逸没有尿，他取了这包江土。虽然撒尿和取土的内容并不一样，但是欧阳云逸觉得它们的象征意义一样的——找到回家的路。

挎包里没有任何可以充饥或是能够提供热量的食物，欧阳云逸知道这一点。但是他冻僵了的手还是在里面摸索着，他摸索了半天，最后拿出了那管牙膏。

牙膏还有大半管，欧阳云逸一直用得很仔细。欧阳云逸有一个习惯，不吃饭喝水可以，不刷牙洗脸不行，从国内、从上海带来的牙膏在他是一种十分珍贵的东西，现在他把这个牙膏拿了出来。欧阳云逸的手上戴着蓝晓萍所织的毛线手套，这个手套在风和日丽的时候还暖和，可是它抵挡不住眼下刀子般的寒风，欧阳云逸的手指头已经完全僵硬了，他不得不用牙齿咬掉牙膏上面的盖子。牙膏也冻住了，好不容易挤出了一截，欧阳云逸把这一截牙膏吃进了嘴里。

牙膏已经有些干硬，但并没有完全冻结，欧阳云逸慢慢咬嚼着，一股辛辣的味道充满了他的口腔。他把这管牙膏递给身旁的陈阿毛，陈阿毛咬了一截，然后又把它传给了下面的战士。一个传一个，欧阳云逸的半管牙膏没传多远就被大家吃光了，每个人都吧嗒着嘴巴，每个人的嘴巴里都散发着浓重的辛辣的味道。

陈阿毛的怀里抱着那个雕花云龙纹的檀木匣铜锣，匣子上包裹着破破烂烂的毯子。浑身麻木的陈阿毛没有把那个毯子拿下来包着自己的头或是肩膀，他怕冻坏了这面锣，如果锣冻坏了就无法指挥战斗，所以那个破破烂烂的毯子一直包裹在檀木匣子上面，他再把它紧紧地抱在怀中。

老王头没有要欧阳云逸的牙膏，老王头想着山下的“大清花”。“大清花”驮来的弹药箱子都搬到了阵地上，它现在孑然一身，拴在背风的山坳中，身边放着老王头为它精心准备的干草。老王头蹲在堑壕之中，看着极度饥饿寒冷的部队在风雪中煎熬，看着大家在黑暗中慢慢传递着欧阳云逸的半截牙膏，他的心在震颤在滴血，好像一股一股风雪的巨浪拍打着他的胸膛，一把尖利的刀子一下一下戳着他的心脏。他觉得这个法子不行，部队很快就会冻僵，冻僵了就不能战斗，美国鬼子上来就开不了枪，也扔不了手榴弹了。山下面黑漆漆的，除了风雪的呼啸之外没有其他动静，但是老王头知道美国鬼子早晚要来，而且说不定随时都可能上来。

老王头磕了磕烟袋锅子，尽管他的烟袋锅子空空的，一点烟叶也没有，但他还是习惯性地磕了磕。老王头摸索到欧阳云逸跟前，颤抖着嗓门说：

“我去搞点吃的，教导员，我去搞点吃的。”

欧阳云逸惊诧地抬起头：“哪有……东西？你怎么……搞？”

“我有办法，你们等着，我有……办法。”

欧阳云逸没再说什么，他看着老王头佝偻的身影消失在黑暗之中。

雪下得好像小了些，但是刺骨的寒风却更加猛烈。欧阳云逸害怕部队睡着了，他知道在这样严寒的夜晚一旦睡着就再也起不来了，他喊叫着，要大家站起来，活动活动手脚，或者抱在一起互相取暖。战士们艰难地站起来了，他们立在刀子般的寒风中，三五个人抱在了一起。欧阳云逸竭尽了气力喊道：

“坚持……同志们，坚持住，我们要像钢钉一样钉在这个阵地上，决不让美国鬼子从山下跑掉！坚持啊，同志们，老王头去搞吃的东西了，天就要亮了啊同志们……”

欧阳云逸大声喊叫着，他声嘶力竭的喊声响在每一个战士的耳边，伴随着一阵又一阵猛烈的寒风传到了很远很远的地方。

大家相互抱了一会儿又重新蹲在堑壕之中，毕竟堑壕里面的寒风要比外面小一些，他们一个挨着一个，挤得紧紧的，似乎都觉得这样能够给他们带来些许的温暖。

陈阿毛紧紧挤在欧阳云逸的身旁，身下压着包裹着破烂毯子的檀木匣子铜锣。暗黑中的脸上是一片神往的表情：

“说来说去，还是我们江南好，没有这么……冷。”

欧阳云逸抱着他的肩膀说：“打走了美国……鬼子就……回去，回到我们的……江南。我们……江南，油菜黄，稻花香，八月桂花遍地开……”

他们的目光极力望向前方的黑暗，透过寒风呼啸雪花飞舞的黑漆漆的夜幕，仿佛看到了自己的江南，大片大片的油菜花黄得耀眼，沉甸甸的稻谷压弯了枝头，而桂花的芬芳漫天弥漫着，从山清水秀的江南一直飘散到这个脚下的长津湖畔，飘到了他们的身旁。他们都张大了鼻孔和嘴巴，深深地、贪婪地呼吸着。

6

老王头深一脚浅一脚走了很长时间才找到拴放着“大清花”的那处山坳，风雪改变了地形地貌，也扰乱了他的目光，使他一时迷失了方向。他转了半天，才找到“大清花”。“大清花”好好的，它的头上身上虽然披着一层雪花，但是看起来依然精神。它听到了老王头的脚步声，昂起脖子叫了一嗓子，一团一团的蒸汽便在渐渐发白的天空下飘荡开来。老王头摸了摸它的头，拍了拍它的背，然后在它的前面蹲下来，抽出旱烟袋，叼在了嘴上。

天色微明，雪已经完全停了下来，只是寒风仍然呜呜个不停。老王头沉默地吧嗒着空空的烟袋锅子，吧嗒了一会儿，对他的“大清花”说：

“大清花啊大清花，你跟着我从陕北走到晋中，从晋中走到山东，打淮海过长江占上海，过后又跟着我迈过鸭绿江来到这个长津湖，这么多年了，我一向待你不薄，你是我家里的一口人呢，我老王头没有对不住你。你说说，你凭良心说说，我老王头什么时候慢待过你？”

“大清花”喷着响鼻，默默注视着面前的老王头。

“你说不出来是吧？我老王头从来就没有做过对不住你的事！可是现如今，这个眼下，我老王头要对不住你了，我要坏一次良心，我对你不坏良心，我对教导员他们就要坏良心，我对住了你，对不住他们。你不要怨我老王头心狠，我是没有办法。你有来世，我还是把你当成家里的一口人，你不要怨我。”

“大清花”默默地看着老王头，看到他在雪地上磕了磕空空的烟袋锅子，看到他捡起了地上的三八式步枪，十分吃力地拉开枪栓，顶上子弹，枪口冲着自个的脑门。

老王头的眼前出现了他们这个部队告别祖国时的情景，他的几十匹骡马连同着前卫营的八百名指战员一起在鸭绿江边上撒尿。猫记千狗记万，凡属动物都有这个灵性，人也一样。猫走一千里狗走一万里为什么还能回到自己原来的家？就是撒尿做标记。“大清花”是在祖国的鸭绿江边上做过这个标记的，老王头肯定“大清花”的魂能够回到祖国去。

老王头对“大清花”说：“回去吧，还是自己的家乡好啊，没有飞机，没有炸弹，没有这么多的冰雪，没有这样寒冷的天气，回去吧，一路走好。”

老王头的手颤抖着，枪杆子晃来晃去。晃了一会儿，然后眼睛一闭，狠狠扣动了扳机。

清脆的枪声打破了黎明时分的寂静，震落了树枝树丫上的积雪。枪声过后，“大清花”好好地站着，依旧喷着响鼻，默默注视着老王头。显然，这一枪没有打中。老王头颤抖着双手，费劲地拉开枪栓，顶上子弹，又打了一枪，可是又没有打中。老王头拖着三八大盖在雪地上转来转去，耳朵里嗡嗡直响，眼睛前金花乱冒，嘴巴里叨叨咕咕，两个手抖得厉害。转了半天，他还是咬了咬牙，又一次推弹上膛，几乎贴着“大清花”的脑门子打了一枪。

“大清花”轰然倒地。

老王头愣愣地站了一会儿，看着倒在地上的“大清花”。这一枪正好打在这个骡子的脑门中间，血水汩汩往外涌冒着，一条后腿无力地踢动。老王头突然感觉到一股巨大的力量撞击到他的胸膛上，一个趔趄跌倒在地，三八大盖扔到了远远的雪窝子里。

7

风停雪住，曙光再次降临在北朝鲜的长津湖。

苍白无力的日头慢慢升起到群山上以后，里兹伯格的部队开始往1081高地运动。昨夜的风雪彻底扫荡了长津湖地区所有的崇山峻岭，使得整个山区的面貌发生了显而易见的变化。原有的积雪被狂风吹得无影无踪，而前进的道路又被新的积雪所覆盖，陆战队走走停停，用了很长时间才到达1081高地的山脚下。高地上静悄悄的，寒冷的阳光洒在雪原上，视野之中是一片阴森森的银白。没有枪声，没有喊声，也没有黄蜂般飞舞的手榴弹弹雨，大地上一片安详。

里兹伯格团长有点莫名其妙，因为这种安详过于反常，中国人的无声无息也叫他摸不着头脑。以基本的常识而言，中国人不可能不向1081高地这个最后的关隘派出阻击部队，他心里想也许有不同寻常的事情要发生。里兹伯格命令他的陆战队员加倍小心，占领山头上的阵地。

美国人终于小心翼翼爬上了山头，他们被眼前的景象惊呆了。

积雪覆盖的堑壕之中是一具具中国军人僵硬的身体，他们一个挨着一个趴在自己的战斗位置上，有百十号人，都据枪而待，枪口全都指向下面的道路，那是陆战队将要经过的地方。这些中国人的衣着都非常单薄，没有大衣，多数人还戴着单帽、穿着单鞋。冰雪在他们的脸上凝结成了寒霜，每个人的眉毛胡子上都挂着密集的细小的冰凌，微风拂过，铮铮有声。

阵地上的中国人好像都睡着了，听任美国人来到身旁而无动于衷，他们就那样趴卧着，每个人的武器都已冻结在自己的手中，而每个人脸上又是那样神态安详。

里兹伯格听到陆战队的报告以后也爬上了1081高地，他为同一幕景象所震撼。这就是与他们鏖战了二十多天的中国军队，就是层层包围着他们、一波又一波不断向他们进攻的中国人，就是这些人，他们宁愿冻死也决不放弃自己的阵地。这是些什么人啊？他们从哪里来，要到哪里去？他们为什么如此顽强，为什么具备着这样非同寻常的意志力？里兹伯格摇了摇头，虽然他不能完全理解这些人，但是他知道他们都是些无畏的勇士，是真正的军人。

里兹伯格微微并拢的手指在钢盔的边沿上碰了碰，对着静静趴卧在阵地上的中国人行了个庄重的军礼，美国海军陆战部队的军礼。

里兹伯格对他的陆战队员们说：“让他们待在这里吧，不要打扰他们。”

陆战队排起了长长的队列，他们一路路一队队从1081高地的下面通过，每个人都把并拢的手指放在钢盔或是兜头大衣的帽檐上，向沉睡在山头上的中国人，向他们的对手致意。

史密斯的陆战1师至此全部撤离了冰雪长津，他虽然为此付出了惨重的代价，但毕竟还是成建制将海军陆战队从中国人的层层包围之中撤了出来。史密斯在暗自庆幸的同时也仍然心有余悸，他知道他是经历了怎样的艰难才离开的这个地方。

人声鼎沸的兴南港，史密斯少将为战死的陆战队员们举行了最后一次葬礼，两百多名僵硬的士兵被集体埋葬在他们即将放弃并永远也不会回来的脚下的这个地方。

上百艘巡洋舰、驱逐舰、运输舰和船坞登陆舰等大大小小的舰船停泊在港口和附近的海面上，头顶上是成群结队的F-84和海盗式战斗机。远东空军以及美国海军的战术战斗机在此战期间的战斗支援保有架数创造了新的纪录，12月1日为二百三十架，12月10日为三百六十架，12月16日为三百一十八架，12月23日更是达到了空前的三百九十八架。美国海军第7舰队、第90特混舰队也倾其主力保障陆战1师及其第10军的海上撤退行动，舰炮把成吨成吨的钢铁倾泻在元山和兴南港的外围，以阻止中国军队的追击，短短几日就发射了六万余发炮弹，其火力猛烈的程度超过了三个月前的仁川登陆。在强大的海空力量的协同保障配合支撑下，阿尔蒙德第10军的十万余人（包括陆战1师、美7师残部、大韩民国第1军团）和九万八千人的难民以及一万七千五百辆汽车、三十五万吨作战物资得以顺利从海上撤离。最后，史密斯下令用四百吨炸药炸毁了兴南港及其不能运走的全部剩余物资，在火山喷发一样的黑云烈焰中驶离了他一辈子也难以忘怀的北朝鲜的东海岸。

回望风雪弥漫的长津湖，史密斯心情沮丧。回想起与中国军队一幕幕拼死战斗的情景，他的心里充满了不安。在漫天的风雪呼啸之中，中国士兵的冲锋呐喊好像依然回荡在耳边，他们一拨又一拨前仆后继进攻的场面也依然在他的眼前浮现，挥之不去。史密斯摇了摇头。这是一支他既不了解也不能理解的可怕的军队，他永远也不要再与这样的军队在陆地上碰面。

奥利弗·史密斯的目光无意间停留在船舱的日历上，这一天刚好是1950年12月24日，他们的圣诞节前夕。

8

当老王头背着沉重的口袋重新回到黄草岭1081高地的时候，史密斯的陆战1师已经全部通过了这一处关隘。老王头在阵地上看到了美国人所看到的同样的景象。

“教导员！”

“陈阿毛！”

老王头呼喊着欧阳云逸的名字，呼喊着陈阿毛的名字，老王头从堑壕的这一头跑到堑壕的那一头，呼喊着他所能叫出来的每一个战士的名字。阵地上除了轻轻呜咽的风声没有任何动静，只有他老王头孤独而又凄凉的喊叫一声接着一声。

老王头踉跄着在阵地上跑来跑去，翻动着、摇晃着每一个僵硬的熟睡的人。他的嗓子喊哑了，可是没有一个人搭理他。老王头沉甸甸的口袋摔在冰冻的大地上，煮熟了的骡子肉顺着阵地滚下了山坡。那是他的“大清花”……

吴铁锤一路紧赶慢赶，直到夕阳西下才赶到黄草岭1081高地。

他没有想到1081高地是他这个部队最后的归宿，也没有想到竟然会以这种方式来跟自己的老搭档欧阳云逸告别。

百十号冻僵的人都从堑壕里抬了出来，抬到了平缓的坡地上。他们的身体弯曲着，保持着据枪射击的姿势，弯也弯不平，扳也扳不直，枪支抱在他们的怀中，冻结在他们的手上，拽也拽不下来。每个人的脸上都凝结着寒霜，头发和眉毛胡子上密布着晶莹细小的冰粒，在夕阳昏黄余晖的照射下晶莹剔透。

吴铁锤看到了欧阳云逸，他好像完全睡着了，闭着眼睛，睡得很踏实、很安详。他的手上戴着蓝色的毛线手套，肩膀上背着他的帆布挎包，他的眼镜片冻裂了，眼镜架掉落在胸口上。吴铁锤把他的眼镜拿起来，解开欧阳云逸的挎包，用毛巾将冻裂的镜片擦了又擦，然后重新把它戴在了欧阳云逸的鼻梁上面。

欧阳云逸的挎包里还装着他的牙刷、缸子、本子、笔等，除了这些零零散散的个人物品以外，还有一个手绢包着的包包。吴铁锤看了看，这是一包泥土，褐色的泥土，已经板结、冻硬。

吴铁锤看着面前睡熟的欧阳云逸，他还从来没有这样仔细看过他。白天黑天，晴天雨天，不论酷暑还是严寒，他跟这个人形影不离朝夕相处。多少年了？好像还是抗战的时候，在苏北，在他的老家吴家集，这个人带着他参加了新四军的抗日支队，他们一起打鬼子，打走了日本鬼子，他们从苏北北上鲁南打国民党，他们打了鲁南战役、莱芜战役、孟良崮战役、淮海战役等许许多多的大仗，然后过长江，打上海，最后跨过鸭绿江来到这个冰天雪地的朝鲜半岛打美国鬼子陆战1师。这么多年了，他从没有想到过会同这个人分开，哪怕是在这个长津湖畔最残酷、最恶劣的环境中，他也从来没有想过。可是现在，这个他非常熟悉和非常敬重的人却在极度的严寒之中彻底睡了过去，他睡在自己的阵地上，没有离开自己的战斗岗位。吴铁锤知道这个人再也不会醒来了。

吴铁锤解开了自己随身带来的挎包，这是他离开师医院治疗队的时候蓝晓萍交给他的，挎包里装着一件蓝晓萍编织的毛衣，天蓝色的，非常醒目，非常耀眼。蓝晓萍的手冻坏了，蓝晓萍织这个毛衣织了很长时间，针脚很粗很大，她觉得有些难为情，有些对不住欧阳云逸。她把这个毛衣交给吴铁锤的时候有一种很歉疚的感觉，拖了这么长时间，又织得这么不好，只能叫欧阳云逸对付着穿了。吴铁锤还能想到蓝晓萍当时那种羞涩、内疚的神情。吴铁锤将这件天蓝色的毛衣掏了出来，他把它轻轻放在了欧阳云逸的胸口上。

吴铁锤拿出了李大个还给他的那小半瓶洋河大曲，拔掉了瓶塞，将瓶中剩下的酒全部倒在了欧阳云逸的身体旁边。浓浓的酒香一瞬间飘散开来，飘散在寒冷的、沉睡着的1081高地上。

吴铁锤看到了陈阿毛，陈阿毛的怀里还紧紧抱着他那面雕花云龙纹的檀木匣铜锣，檀木匣子上包裹着不辨颜色的破烂毯子。陈阿毛的脸比任何时候都白净，半睁半闭的眼睛透过睫毛上的寒霜凝望着风雪之后的天空。吴铁锤抬起头来，夕阳映照的天空上一片明净，几朵冷冷的白云随风飘荡着，白云之上的苍穹无边无际，寒光闪闪，一眼望不到尽头。

吴铁锤把他的雕花云龙纹的檀木匣铜锣从陈阿毛的怀抱中抽了出来。

陈阿毛抱得很紧，也睡得很熟，吴铁锤不想惊扰了他，他费了一些周折以后，才使这个锣离开了陈阿毛的怀抱。

吴铁锤揭掉了包裹在檀木匣子上的毯子，打开匣盖，取出了雕刻着云龙纹图案的铜锣。在夕阳昏黄余晖的照射下，锣面上云龙腾飞，冷光闪闪。

吴铁锤看了看前卫营最后的部队，这些人此刻都跟随着欧阳云逸躺在坡地上，躺在夕阳西下之中。这些人中许多都是老兵，从淮海、渡江和打上海的时候就跟着他，每当他冲锋的锣声敲响，他们就会是下山的猛虎，没有什么能够阻挡他们的步伐。可是现在他们都睡着了，睡在了荒凉而又寒冷的长津湖畔，从此以后，再也没有人能够听懂他吴铁锤的这个锣。

吴铁锤站立起来，手中拎着那面锣，他高大的身影由于夕阳的下沉而拉得很长。北望长津湖，长津湖一片沉寂；南看兴南港，兴南港人声鼎沸，陆战1师仍在进行着他们最后的撤退。

一通锣响骤然而起，惊醒了沉睡的高地，震落了抖动的夕阳。锣声铿锵而密集，清脆而又富有节奏，它震颤着，呼喊着，穿透了苍茫的暮色，响彻在整个长津湖畔。

吴铁锤敲了一通“急急风”，敲了一通“慢三锤”，而后又是一通“急急风”，又是一通“慢三锤”，他挥开了膀子，酣畅淋漓地敲击着，敲得浑身冒汗，直至一声脆响，锣面变成无数的碎片划空飞舞，然后溅落在冰封雪冻的1081高地上。

暮色苍茫之中，吴铁锤孑然一身站立在高高的阵地上，他扔掉了锣槌，解开裤子撒了一泡热尿。

夕阳像个金蛋子滚下了西面的群山，昏红的余晖最后一闪，很快就消失得无影无踪，黑色的暮霭在大地上升起。吴铁锤的尿液迎着最后的余晖划空而过，如同一条闪亮的银鞭抽打在越来越浓的暮霭之上。

阵地下面陆陆续续走来了一些兄弟部队的战士，都是由后面尾随着溃逃的美国人而来，人数七零八落的。吴铁锤系上他的裤子扣，对这些战士吼道：

“我是副团长吴铁锤，现在听我命令，每个人尿上一泡尿，然后拿起你们的机枪步枪手榴弹，跟我去追美国佬！”

9

师医院治疗队一别，欧阳云梅和蓝晓萍再也没有见到吴铁锤。

长津湖战役结束以后，她们这个部队休整了很长时间，没有参加接踵而至的第三、第四次战役，直到几个月以后的第五次战役打响才又重新开赴前线，在汉城东北部的汉江北岸打了五十天防御战，同样打得艰苦卓绝。此战结束以后，她们这个军就奉命回国了，那时候朝鲜战场上的停战还远远没有到来。

孙友壮养好了伤以后就离开了部队，回到了他的沂蒙山老家，跟他一道回来的还有李桂兰。孙友壮离开部队是不得已，少了一条腿，当然不能继续行军打仗，而李桂兰则是主动要求脱下的军装，她要照顾残废的孙友壮。两个人一同回到了生他们、养他们的山东沂蒙山区。

他们生儿育女、耕种编织，共同度过了许多许多的光阴，60多年以后，还硬朗地蹒跚在孟良崮脚下的村前屋后。

蓝晓萍回国不久就复员回到了江南的故乡。富饶的鱼米之乡湿润而又温暖，即便是在冬天也不用换穿臃肿的棉装，但是蓝晓萍却在一年四季的大多数时光中不停地编织着毛衣，春夏秋冬，从不间断。这些毛衣都是单一的蓝色，一件一件，像是万里无垠的天空。织好的毛衣堆在床头、叠在一个一个的樟木箱子里，把她不大的屋子塞得满满当当。蓝晓萍视而不见，只是不停地织啊织的，一年又一年，织了一辈子。

欧阳云梅和李大个回国后也都离开了自己的部队。乔静子交给了北朝鲜的人民军。欧阳云梅本来想把乔静子带回国内当闺女一样养起来，可是限于当时的规定，她不能不忍痛割爱。1953年7月朝鲜战争停战以后，大个子的欧阳云梅和小个子的李大个曾经一道去了趟苏北吴家集，他们见到了吴铁锤的老母亲和家里的大哥。铁锤妈妈满头银发，身体却是相当的硬朗，一双半大不小的小脚很响地捣着坚硬的黄泥街道，坚持着把小儿子队伍上这一高一矮的两个战友送到村外，而后就像往常那样手搭凉棚，看着他们的身影越来越远，逐渐消失在通往远方的牛车路上。

小儿子战友走后的这天夜里，铁锤妈妈做了一个奇怪的梦，奇就奇在这个梦跟她两年前做过的梦一模一样。

是一片白雪皑皑的山坡，她的小儿子吴铁锤领着一群兵在上面睡觉，他们睡得那么香，喊也喊不起来。山上山下一片冰雪的世界，而小儿子和兵们所躺的这一片山坡却开满了五颜六色的花朵。她喊他们，问他们冷不冷，不要冻着了，然而小儿子和他的兵却只顾自个睡觉，怎么也喊不醒。铁锤妈妈自言自语，这些孩子，睡得那么死，也不怕着凉，不知道是怎么了。更令她百思不得其解的是，满世界白雪皑皑，他们睡觉那地方怎么就开满了五颜六色的花呢?

在接下来的几天时间里，铁锤妈妈朝思暮想着这个梦及梦境中的一切，竟然精神恍惚，不吃不喝。当时吴铁锤的大哥还找来了村里人称半仙的吴瞎子，让他给镶治镶治。吴瞎子掐指一算，对铁锤妈妈说：

“好梦，老四要回来了。”

老四是吴铁锤的小名。

铁锤妈妈信以为真，从此便手搭凉棚，天天站在村头，凝望着通往远方的牛车路。

2011年3—8月写于济南英雄山下、青岛唐岛湾畔，2011年10月一版。

2018年3月再版修订于青岛磬香斋。

图书在版编目 (CIP) 数据

长津湖 / 王筠著. -- 北京 : 北京十月文艺出版社，2021. 10（2025 .7重印）
ISBN 978-7-5302-2187-7

Ⅰ. ①长… Ⅱ. ①王… Ⅲ. ①长篇小说—中国—当代 Ⅳ. ① I247. 5

中国版本图书馆 CIP 数据核字 (2021) 第 173258 号

长津湖
CHANGJINHU
王筠 著

出　　版 北 京 出 版 集 团
　　　　 北京十月文艺出版社
地　　址 北京北三环中路 6 号
邮　　编 100120
网　　址 www.bph.com.cn
发　　行 新经典发行有限公司
　　　　 电话（010）68423599
经　　销 新华书店
印　　刷 北京盛通印刷股份有限公司
版　　次 2021 年 10 月第 1 版
印　　次 2025 年 7 月第 15 次印刷
开　　本 710 毫米 ×980 毫米 1/16
印　　张 32.5
字　　数 466 千字
书　　号 ISBN 978-7-5302-2187-7
定　　价 49.00 元
质量监督电话 010-58572393
如有印装质量问题，由本社负责调换。